rororo

Jean Rémy ist ein Pseudonym; der Autor ist in Deutschland zu Hause. Das Périgord fasziniert ihn mit seiner vielfältigen Natur, seiner mittelalterlichen Vergangenheit, den charmanten Dörfern und kulinarischen Genüssen – und hat ihn zu diesem Roman um das fiktive Städtchen Fleury-sur-Azurain inspiriert.

Jean Rémy

Die Rosen von Fleury

Roman

Rowohlt Taschenbuch Verlag

Veröffentlicht im Rowohlt Taschenbuch Verlag, Hamburg, November 2022

Covergestaltung Hafen Werbeagentur, Hamburg,
nach einem Entwurf von Christina Krutz, Biebesheim am Rhein
Coverabbildung 123RF, iStock
Satz aus der Karmina
bei Dörlemann Satz, Lemförde
Druck und Bindung Druckerei C.H.Beck, Nördlingen, Germany
ISBN 978-3-499-00238-0

ERSTER TEIL

Die Freundinnen

VORSPIEL

Isabelle Améry feiert Hochzeit, aber nicht ihre eigene (leider).

Das Feuerwerk war der Höhepunkt. In immer neuen Kaskaden schossen die Raketen hoch in die Luft und zauberten Sterne, explodierende Sonnen, funkelnden Sprühregen und phantastische Gespinste aus Gold und Silber, Rot, Gelb und Weiß in den azurblauen Abendhimmel. Doch damit nicht genug – das Spektakel wirkte wie orchestriert, es war perfekt abgestimmt auf die Musik, die laut über den Marktplatz von Fleury-sur-Azurain schallte. Wohl die Lieblingslieder der beiden, dachte Isabelle Améry, als sie staunend das knallige Spiel der Farben und Formen verfolgte. Ein paar klassische Stücke, ein paar beliebte Songs.

Sie hatte sich auf die Balustrade der Terrasse des *Cerf Blanc* gesetzt und ließ die Beine baumeln. Ein Logenplatz mit bester Aussicht auf das Brautpaar, das sich auf der Freitreppe vor dem Rathaus aufgestellt hatte, umrahmt von beiden Elternpaaren und dem Bürgermeister in vollem Ornat und mit stolzgeschwellter Brust. Die Trauzeugen, ein paar enge Freunde und Ehrengäste. Mehr fanden auf der kleinen Freitreppe vor der Mairie von Fleury-sur-Azurain keinen Platz. Alle anderen Hochzeitsgäste sowie eine fast unüberschaubare Menge an Zuschauern standen auf dem großen Platz davor und reckten entweder ihre Köpfe oder ihre Smartphones nach oben, was etwas kurios aussah, wie sie fand. Als erwarteten sie die Ankunft eines Engels.

Dabei stand der «Engel» bereits vor ihnen. Hélène Géricault sah atemberaubend aus in ihrem raffiniert geschnittenen und doch traditionellen Brautkleid, das nichts von seinem strahlenden Weiß verloren hatte, seit sie mit dem Mittagsläuten in der

Kirche Notre Dame des Roses Einzug gehalten hatte wie eine Königin auf dem Weg zur Krönung.

Der Beifall und die «Ahs» und «Ohs» der Menge nahmen kein Ende, wurden immer wieder befeuert von den Feuerwerkskörpern, die strahlend, pfeifend und knallend ans Firmament schossen und farbensprühend zerplatzten. Isabelle suchte Hélènes Blick und schickte ihrer Cousine ein Luftküsschen. Hélène bedankte sich mit einem strahlenden Lächeln und einem Augenzwinkern, in dem man ein *Merci!* lesen konnte. Isabelle war plötzlich unbändig stolz auf sie. Und auf sich.

«Wunderschön, nicht wahr?» Isabelle brauchte sich nicht umzudrehen, um zu wissen, dass es Rosalie Fontaine war, die sich auf der Terrasse an ihre Seite vorgearbeitet und neben sie gesetzt hatte. Ihr gehörte das Blumengeschäft *Les Fleurs de Fleury* gleich neben Isabelles Papeterie, und sie sahen sich fast tagtäglich.

Isabelle nickte unbestimmt. «Sie sehen toll aus, deine Rosen ...», sagte sie und wies auf den Bogen, der den Eingang des Rathauses schmückte.

«Ach, das meiste haben sie doch selber mitgebracht oder importiert. Außer den Rosenbogen dort und die Blumendekoration in der Kirche. Der Tischschmuck beim Diner ist auch nicht von mir gewesen.»

«Du bist trotzdem genial, Rosalie», meinte Isabelle, um etwas Nettes zu sagen, und bemerkte, wie sich der Teint ihrer Nachbarin vor lauter Freude färbte. «Und nichts passt besser zu unserer Rosenstadt Fleury als dein bezaubernder Laden.»

«Ach, Isabelle, du bist lieb. Danke schön. Es ist wirklich einmalig hier, nicht wahr? Und das haben wir einzig und allein dir zu verdanken.»

«Ja, einmalig ... So etwas werden wir nie wieder erleben.»

In diesem Punkt sollte sie sich allerdings täuschen. Gründlich täuschen ...

1

Emily Bennett besucht die kleine Stadt im Périgord, aber nicht, um Urlaub zu machen.

Das Erste, was Emily Bennett sah, als sie aus dem roten Cabrio stieg, das sie auf dem Parkplatz am Stadtrand abgestellt hatte, war ein Hund. Ein kleiner braun-weißer Jack Russell Terrier, wie ihr schien, der sich direkt vor die Tür ihres Mietwagens gesetzt hatte und sie mit schief gelegtem Kopf erwartungsvoll anblickte. Und der den Wunsch nach Abwechslung oder Bewegung, den er zweifellos zu haben schien, gleich in die Tat umsetzte. Denn sobald Emily ein paar Schritte machte, folgte ihr der Hund, als gehöre er zu ihr oder sei eigens hergekommen, um sie zu begrüßen. Er lief neben ihr her, sie immer wieder um Aufmerksamkeit anbettelnd, als kenne er ihr Ziel. Dabei hatte Emily gar kein Ziel. Sie wollte den Tag entspannt verbringen, ziellos umherflanieren und Eindrücke aufnehmen. So wie man es vielleicht am ersten Ferientag an seinem Urlaubsort tut, noch voller diffuser Erwartung, jedoch kaum zu bändigender Vorfreude.

Es erschien ihr wie ein gutes Zeichen. Sie war noch keine fünf Minuten in Fleury und hatte schon einen Freund gewonnen.

Die Nacht zuvor hatte sie in einem Landhotel in Périgueux verbracht. Eigentlich lag es gar nicht auf dem Land, das kleine Hotel mit seinen vielleicht zwanzig Zimmern, sondern mitten in der Provinzhauptstadt, war jedoch mit farbenfrohen Stoffen und Tapeten so atmosphärisch und stimmungsvoll eingerichtet, als habe es sich von *Country Homes* inspirieren lassen. Bereits wenige Minuten nach ihrer Ankunft hatte Emily das Gefühl, dass sich die weite Anreise aus England gelohnt haben könnte. Die Unaufgeregtheit und die Freundlichkeit der Menschen hier boten geradezu ein Kontrastprogramm zu der Hektik ihres überdrehten Lebens in London. Sie atmete auf ... und tief durch. Schon der Blick aus dem Fenster, der in einen kleinen Garten mit entzückenden weiß gestrichenen Eisentischen und -stühlen sowie geschmackvollen Blumenarrangements fiel, wirkte entspannend.

Sie war gleich nach dem Frühstück aufgebrochen. Eine gewisse Neugier auf das eigentliche Ziel ihrer Reise war doch allzu mächtig und ließ sich nicht mehr beschwichtigen. Fünfzig Kilometer Fahrt auf der Landstraße bei offenem Fenster und warmer Morgenluft, die einen heißen Frühsommertag erwarten ließ, steigerten Emilys Vorfreude auf ein Abenteuer, wie sie es sich immer wieder ausgemalt hatte, seit sie den unerwarteten Brief aus ihrem Briefkasten gezogen hatte. Einen knisternden Umschlag mit zwei Bogen feinem Kanzleipapier, die es in sich hatten.

Der Absender – Maurice Ulian, Notar – war ihr unbekannt. Der Ort, aus dem er ihr schrieb, allerdings nicht: Fleury-sur-Azurain. Emily hatte keine Ahnung, was er von ihr wollte, als sie den Brief öffnete, und erlebte eine wahre Überraschung. Monsieur Ulian teilte ihr in seiner Funktion als Nachlassverwalter mit, sie sei die alleinige Erbin ihrer jüngst verstorbenen Tante Hermione, und um das nicht näher erläuterte Erbe anzutreten, sei es unerlässlich, dass sie persönlich bei ihm vorspreche. «Sobald es Ihre Zeit erlaubt», wie er nonchalant angefügt hatte.

Hermione hatte jahrzehntelang in Fleury gelebt, die letzten Jahre als Witwe, allein. Emily biss sich auf die Lippen, schloss die Augen. Sie empfand die Tränen, die die Erinnerung ihr in die Augen trieb, weniger bedrückend als die Scham darüber, dass der Kontakt zu ihrer Tante in den letzten Jahren nahezu zum Erliegen gekommen war. Früher hatte sie Hermione immer zu Weihnachten einen Gruß und zu ihrem Geburtstag einen Glückwunsch geschickt. Doch dann hatte sie es irgendwann einfach vergessen. Die besonders hektischen Zeiten in ihren verschiedenen Jobs, die aufwendigen Pressekampagnen, dann die Schwärmerei, die sich schließlich zu einer großen, unglücklichen Liebesgeschichte mit einem der wichtigsten Schriftsteller des Vereinigten Königreichs ausgewachsen hatte, der Ausnahmezustand, den heftige Verliebtheit nun einmal zur Folge hat, das hatte alles andere völlig in den Hintergrund gedrängt. Auch Hermione und ihren Geburtstag im Mai, der Emily ansonsten immer ein paar Zeilen wert gewesen war.

Hermione hatte nicht nur bei ihrer Schwester, Emilys Mutter, als «schwarzes Schaf» der Familie gegolten. In den sechziger Jahren war sie mit irgendeinem obskuren französischen Comte aus dem grauen, kalten Nachkriegslondon und den beengten Verhältnissen ihrer Lebensumstände ins zweifellos sonnendurchflutete Périgord geflüchtet. Und hatte dort – wie jedermann vermutete – ein ziemlich zügelloses Leben geführt. Was wiederum dazu führte, dass sich auch Hermione um ihre «ignoranten Verwandten», wie sie sie nannte, nicht mehr kümmerte.

Es war lange her, dass Emily sie zuletzt gesehen hatte. Dreizehn Jahre, um genau zu sein. Sie bewunderte die Unabhängigkeit und den Eigensinn ihrer Tante, aber Hermione wohnte einfach zu weit entfernt und war nicht zu bewegen gewesen, wieder mal nach England zu kommen. Emily ihrerseits zog nichts ins Périgord, das landschaftlich wunderschön war, aber für eine metropolitane junge Engländerin von geradezu erschütternder Langeweile. Mit siebzehn Jahren war sie dort gewesen, das erste und zugleich das letzte Mal. Nach der Trennung von Henry – ihrem zunächst schüchternen, dann eifrigen, schließlich jedoch überdrüssigen Freund – war sie der Einladung ihrer Tante, die Sommerferien bei ihr zu verbringen, gefolgt. Die lebenserfahrene Hermione hatte es vermocht, den ersten großen Liebeskummer ihrer Nichte zu lindern, und sie dann gut bekocht und aufgepäppelt, jedenfalls gesund und munter nach Portsmouth zurückgeschickt. Dort – und später in London – führte Emily ihr eigenes Leben, turbulent und unbekümmert, wie es junge Leute eben tun. Die Verbindung zu Hermione hielt sie nur sporadisch aufrecht.

Und nun eine Erbschaft im Périgord? Was konnte das sein? Woraus das «Vermögen» bestand und wie groß es war, hatte «Monsieur le Notaire» in seinem Brief unerwähnt gelassen. Das bot Anlass zu allerhand Spekulationen und Spinnereien, doch Emily dämpfte die vermutlich allzu großen Erwartungen, die in ihr aufstiegen wie Wasserkaskaden. Hermione hatte in einer kleinen Wohnung am Marktplatz von Fleury gewohnt, und ein größerer Luxus war Emily nicht aufgefallen. Vielleicht war ein bisschen Geld übrig geblieben? Doch selbst das erschien ihr unwahrscheinlich.

So verspürte sie zunächst auch gar keine große Lust, sofort aufzubrechen, wie es der Brief ihr nahelegte. Andererseits befand sie sich seit Wochen in einer ziemlich labilen Verfassung, seit ihr PR-Job für einen Buchverlag sie zu langweilen begann und ihre jüngste Beziehung – zu Jonathan Fairlie, den sie wochenlang auf einer großen Lesereise begleitet hatte – in die Brüche gegangen war.

Außerdem musste sie ohnehin nach Fleury, dann konnte sie es auch gleich hinter sich bringen. Irgendwie, dachte sie, scheint es mein Schicksal zu sein, dass mich zerbrochene Liebesbeziehungen letzten Endes immer nach Fleury-sur-Azurain führen.

Was also hielt sie noch in London?

Kurz entschlossen hatte Emily sich eine Auszeit genommen und Bahntickets für eine kleine Tour durch Frankreich gebucht, an deren Ende sie in Fleury das ominöse «Erbe» in Empfang zu nehmen gedachte. In Bergerac hatte sie einer plötzlichen Laune nachgegeben und einen geradezu verwegenen Mietwagen gechartert, ein rotes Alfa-Romeo-Cabrio. Unternehmungslustig und wie befreit hatte sie begonnen, die Tage im Südwesten Frankreichs zu genießen.

Der kleine, lebhafte Terrier schien wirklich ein gutes Omen zu sein. Emily neigte nicht zur Zeichengläubigkeit, doch der Hund, der neben ihr herlief, als wolle er ihr die Schönheiten und Besonderheiten seiner Stadt zeigen, ließ sich nicht abwimmeln. Sie versuchte es mit begütigenden Worten, schließlich aber lachte sie und ließ es zu. Er würde schon wissen, wo sein Zuhause war. Warum ihm nicht das kleine Abenteuer gönnen?

«Wie heißt du denn?», fragte Emily, doch der Hund blickte sie nur an, nicht einmal ein «Wuff» gab er von sich. «Okay, dann nenne ich dich Hund.» So wie Holly Golightly in *Frühstück bei Tiffany* ihre Katze einfach Kater genannt hatte.

Vergeblich kramte Emily in ihrem Gedächtnis nach Erinnerungen ihres Fleury-Aufenthalts vor dreizehn Jahren. Sie waren längst verblasst wie Fotos, die zu lange im Hellen liegen und allmählich ihre Farbe verlieren. Sie erinnerte sich noch vage an die schmalen Gässchen, die zumeist kleinen Häuser und Gärten, die mittelalterliche Enge der Stadt, die nur von dem großen Marktplatz mit dem Rathaus und der Kirche, aufgebrochen wurde. Noch immer wirkte Fleury verschlafen, wie eine Kulisse für einen Kostümfilm, der längst abgedreht worden war.

Emily blickte sich um. In den an einer Seite des Platzes verlaufenden Arkaden mit ihren charakteristischen Rundbögen befanden sich noch immer Geschäfte, Cafés, kleine Handwerksbetriebe. Eine winzige Buchhandlung, die auch Papeterie und Zeitschriften anbot. Ein Blumenladen – *Les Fleurs de Fleury* – mit einer jungen rotwangigen Floristin inmitten ihres Blütenmeers. Eine Boulangerie, die den entzückenden Namen

La Fée du Sucre trug und deren Auslage die pure Verführung war. Neben der Mairie ein großer Gasthof, davor eine Terrasse, unbezweifelbar das gesellschaftliche Zentrum dieser Stadt. Und gegenüber, gleichsam als Kontrapunkt, ein winziger Eissalon, der mit ein paar Wimpelchen und gerade mal zwei Tischchen vor der Tür zur Erfrischung einlud.

Emily fand sogar das Haus wieder, in dem ihre Tante gewohnt hatte, als sie sie damals besuchte. Es lag dem Gasthof schräg gegenüber, neben der Papeterie, und bot vom Wohnzimmerfenster eine phantastische Aussicht über den gesamten Platz. Auf ihre Frage, warum sie nicht bei ihrem Freund, dem Comte, wohnte, hatte Hermione nur gekichert und ein Bonmot zum Besten gegeben: «Die Liebe, mein Täubchen, lebt von der Entfernung der Liebenden.» Nicht dass Emily das verstanden hätte, schließlich war sie erst kürzlich verlassen worden und hielt jede Entfernung zwischen Liebenden für das größte Unglück. Doch Hermione hatte seit jeher einen Hang zu geistreichen Sprüchen gehabt, die manchmal sarkastisch sein konnten, zumeist aber voller Lebenserfahrung waren. Den ominösen Comte, dessen Name ihr entfallen war, hatte Emily den ganzen Sommer über nicht zu Gesicht bekommen.

Und wohin mochte es wohl Isabelle verschlagen haben? Sie waren fast gleichaltrig, und es hatte sich eine Ferienfreundschaft zwischen den beiden Mädchen entwickelt, die für drei, vier Wochen unzertrennlich gewesen waren, dann jedoch beide die in jenem Alter unüberwindbare Entfernung akzeptieren mussten. Auch diese so lebhafte Beziehung war schließlich eingeschlafen. Isabelle hatte nur ein Haus weiter über der kleinen Papeterie gewohnt, die von ihrer Mutter geführt worden war. Sicherlich war sie inzwischen längst glücklich verheiratet, hatte zwei Kinder, einen Job und ein glückliches Leben – womöglich gar nicht mehr im verschlafenen Fleury, sondern im aufregenden Paris.

Auch die Erinnerungen an Isabelle waren etwas verblasst.

Doch das Fleury-Gefühl war noch da – ein Gefühl der Lebensfreude, der Unbeschwertheit, das sie nach ihrer Pubertät zum ersten Mal überhaupt in ihrem Leben empfunden hatte, hier bei Hermione und Isabelle.

Langsam schlenderte Emily über den Marktplatz, ging durch den Bogen eines mächtigen Stadttors, in welchem sich eine kleine Trafik mit Tabak, Wein und sogar Schokolade befand, kaufte dort bei einem mürrischen Gauloises-Raucher eine Schachtel Zigaretten und einen Stadtprospekt und lief durch die Straßen und Gassen eine Anhöhe hinauf.

Vor einem großen schmiedeeisernen Tor blieb sie stehen. Und hier verlor sie den Hund, ihren bis dahin treuen Begleiter, der sich nun durch das Gitter zwängte und die Auffahrt hinauflief, als gelte es, der Herrschaft die Ankunft von Lady Emily Bennett anzukündigen. Hinter großen Bäumen, mitten in einem Park, blitzte das Schloss auf: ein dreistöckiger, gestreckter Bau, hellgelb gestrichen, mit Flügeltüren und –fenstern wie aus dem Bilderbuch. Wie hieß noch mal die Familie, die hier wohnte? Auch das war im Nebel des Vergessens versunken.

Nach zwei Stunden hatte Emily das Gefühl, das gesamte Städtchen durchstreift und alles gesehen zu haben, was es überhaupt zu sehen gab. Sie setzte sich an einen der runden Eisentische, die vor der Bäckerei aufgestellt worden waren, und bestellte einen Café crème und ein Fruchttörtchen, das ihr die *Boulangère* mit Nachdruck empfohlen hatte. Sie rauchte eine Zigarette, ließ den Blick über den Marktplatz schweifen und fühlte sich ... angekommen. Mit einem Mal empfand sie Vorfreude auf das Gespräch mit dem Notar, das für den Vormittag des nächsten Tages vereinbart war.

Sie schlug den kleinen Stadtprospekt auf. Schöne Fotos, ein kleiner Stadtplan und ein launiger Text, den sie mit Vergnügen las.

«Damit Sie verstehen, wie die Menschen in Fleury-sur-Azurain ticken, sollen Sie etwas erfahren über die Region Aquitaine, Département Dordogne. Wenn Sie sich Frankreich wie einen menschlichen Oberkörper vorstellen, der kurz vor seinen unaussprechlichen Regionen endet (also an der Grenze zu Spanien), dann liegt das Périgord ungefähr da, wo der Magen in den Darm übergeht. Was Ihnen einen Hinweis darauf gibt, dass hier gern gekocht, gespeist, genossen und notgedrungen auch verdaut wird. Manche ihrer Landsleute (vor allem die im Norden, in der überbevölkerten Hauptstadt Paris) nennen die Périgordins gern ‹verfressen›, aber das sind sie ganz und gar nicht. Auch die Leber liegt nicht weit entfernt, woraus wir schließen dürfen, dass das Périgord zudem eine klassische Weinregion ist, in der gern getrunken wird, und nicht selten auch über den Durst. Geprägt ist das Périgord von den Flüssen Dordogne, Vézère und L'Isle, gelegen zwischen sanften Hügeln und verwöhnt von einem milden Klima. Es ist kein Geheimnis, dass diese Region ungemein geschichtsträchtig ist mit den prähistorischen Höhlenmalereien von Lascaux, den gepflasterten Straßen und über tausend mittelalterlichen Burgen und Bastionen, Zeitzeugen des sogenannten Hundertjährigen Krieges zwischen Frankreich und England und unzählig vieler anderer Auseinandersetzungen und Scharmützel. Daraus speist sich ein nicht unbeträchtlicher Regionalstolz.

Das schöne Périgord gibt es gleich in vier Ausführungen: Da ist das *Périgord vert* im Norden, so genannt wegen seiner ausgedehnten grünen Wälder; sein Zentrum ist die Stadt Nontron, die für ihre Messer berühmt ist. Im Südwesten liegt das *Périgord pourpre*, purpurn wie sein Wein, mit der Stadt Bergerac im Zentrum. Von West nach Ost erstreckt sich das *Périgord blanc*, weiß wegen seiner Kreideböden und -felsen; hier befindet sich die Hauptstadt Périgueux. Die Stadt Sarlat-la-Canéda schließlich ist das Zentrum des *Périgord noir*; manche behaupten, das

Beiwort beziehe sich auf die dunklen Eichen-, Kastanien und Walnusswälder, andere glauben, schwarze Trüffel seien dafür verantwortlich. Es stimmt vermutlich beides.»

Derart bestens informiert, mietete sich Emily in einer kleinen Pension mit dem etwas überspannten Namen *Fantaisies de Fleury* ein, die hinter der Kirche lag und von ihrem Zimmer einen Blick auf den verwunschenen Friedhof bot. Er wirkte wie ein kleiner Park. Emily fand eine leere Bank in der üppigen Pracht der blühenden Bäume und Sträucher und blieb lange sitzen, sah den wenigen Leuten zu, die sich hierher verirrten und mit Blumensträußen und Gießkannen zwischen den Gräbern hin und her huschten. Erst als eine kleine hagere Frau in Schwarz immer wieder an der Bank, auf der sie saß, vorbeikam und sie jedes Mal mit einem finsteren Gesicht musterte, stand Emily, die sich unbehaglich zu fühlen begann, auf und setzte ihren Gang fort.

Schließlich ließ sie sich mit müden Füßen und etwas benommen von der Hitze auf der Terrasse vor dem Gasthof *Le Cerf Blanc* nieder, der – direkt neben der Mairie gelegen – einen prächtigen Akzent auf dem an historischen Gebäuden so reichen Marktplatz setzte. Weiße Stühle und Tische, rot-weiß gewürfelte Tischdecken, rote Sonnenschirme, auch die Fensterläden des imposanten Gasthofs hatte man in dunklem Rot gestrichen. Weiß gekälkt war hingegen das Mauerwerk, und weiß leuchtete auch der namengebende Hirsch im Messingschild, das über der Eingangstür hing.

Rotes Kleid mit weißen Tupfen, darüber eine Schürze: Sogar die Wirtin hatte sich dieser Farbgebung angepasst. Sie war überaus hübsch und hieß Adèle Tavernier, wie Emily auf dem kleinen Namensschild an ihrem Kleid lesen konnte.

Es war auf bedrückende Weise schwül geworden, und Emily war für die Erfrischung dankbar, die die Wirtin ihr empfohlen und gebracht hatte: eine kühle Weinschorle mit einer dekorativ drapierten Zitronenscheibe.

«Voilà ...», sagte Adèle Tavernier und zwinkerte ihrem Gast mit einem Funkeln in den Augen zu. «Sie sprechen übrigens sehr gut Französisch, wie ich bei Ihrer Bestellung gemerkt habe – Kompliment!»

«Finden Sie wirklich? Danke! Ich habe französische Literatur und Linguistik studiert ... schon eine ganze Weile her.» Emily hätte sich gerne noch weiter mit der freundlichen Wirtin unterhalten, doch die war schon ein paar Schritte weitergegangen, um die Bestellung eines jungen Mannes aufzunehmen, der sich an einen der Nachbartische gesetzt hatte.

Das sinkende Licht des Spätnachmittags, das sich wie der unendlich langsame Fall eines Theatervorhangs ausnahm, und die verzögerten Bewegungen ließen lediglich eine Illusion von Wind und Abkühlung aufkommen; der Frühsommer hatte die Stadt, die die Hitze den ganzen Tag fast reglos über sich ergehen lassen hatte, auch jetzt noch fest im Griff. Es schien nur mehr eine Frage der Zeit, bis ein Gewitter dieser bedrohlichen Lethargie ein Ende bereiten würde.

Reglos saß Emily auf ihrem Stuhl und hatte längst vergessen, warum sie sich in dieser Stadt und an diesem Platz befand. Dann und wann nahm sie einen Schluck von ihrem Weißwein, der jedoch allmählich seine erfrischende Kühle verlor. Willenlos ließ sie sich einfangen von den umherhuschenden Schemen und Bewegungen, von den verwischenden Farben und verklingenden Lauten, die der Szenerie etwas Unwirkliches verliehen.

Dann drang eine heisere, jedoch hörbar von sich überzeugte Stimme an ihr Ohr. Eine sichtlich ausgetrocknete Touristengruppe hatte sich ziemlich genau vor ihrem Platz aufgebaut und lauschte den enthusiastischen Ausführungen ihres *Guides*. Er war altmodisch gekleidet, mit seinem verwegen gemusterten Einstecktuch, das den einzigen Farbtupfer in einem ansonsten ziemlich grauen Habitus setzte, und dem Strohhut auf dem Kopf, der ihm etwas von Sommerfrische gab, die eigentlich so gar nicht zu ihm passen mochte. Mit einem Mahagonistock, an dessen Spitze eine rosa Glaskugel blitzte und mit dem er die Touristen durch sein Städtchen dirigierte, wies er auf den Kirchturm und stapfte dann davon; die Gruppe folgte ihm im Gänsemarsch.

Emily blickte ihm nach. Irgendwie provinziell, dachte sie, aber sympathisch. Auch die Wirtin, die wieder an ihren Tisch trat, schaute ihm hinterher, mit belustigtem Gesichtsausdruck.

«Haben Sie ihn gehört, unseren Monsieur Meunier?»

Emily nickte mit einem verschwörerischen Lächeln, als teilten sie jetzt ein Geheimnis miteinander. «Ihr Lokalmatador?»

«Könnte man so sagen. Monsieur Meunier hat viele Talente. Er ist Lehrer, Journalist, Historiker, Stadtarchivar. Leider auch Abstinenzler, daher sehen wir ihn in unserem Gasthof nicht so oft ...» Adèle Tavernier grinste. «Sie werden leider auch nur noch kurze Zeit das Vergnügen haben, fürchte ich.» Sie zeigte in Richtung Himmel, an dem sich die Wolken schwer und dunkel zusammengeballt hatten und für einige Augenblicke in vollkommener Windstille verharrten. «Das Gewitter wird nicht mehr lange auf sich warten lassen.»

Die Wirtin hatte sich gerade mit dem Geld, das sie von ihrem Gast kassiert hatte, abgewendet, als Emily, die ihr nachschauen wollte, die kleine Bridge-Umhängetasche von der Schulter glitt und mit einem leisen Poltern zu Boden fiel. Der junge Mann vom Nachbartisch war flinker als sie, hob sie wieder auf und reichte sie ihr mit einem treuherzigen Blick, der ihr jedoch kalkuliert vorkam. Emily nahm die Tasche wieder an sich und nickte nur, bevor sie sich schließlich ein leises «Merci» abrang. Verlegen biss sie sich auf die Lippen.

«Darf ich Sie auf etwas zu trinken einladen?», hörte sie ihn fragen.

Emily sah ihm herausfordernd ins Gesicht, musterte ihn mit zusammengekniffenen Augen, als müsse sie eine Beurteilung über ihn abgeben. Was sie sah, war gar nicht so verkehrt: Er war etwa in ihrem Alter, schätzte sie, hatte ein scharf geschnittenes, doch überaus anziehendes Gesicht. Wenn er sich nur nicht immer wieder die ihm in die Stirn fallende Haarlocke zurückstreichen würde, wäre sein Charme weniger affektiert, sondern vielleicht sogar unwiderstehlich.

«Pardon», sagte er schließlich ungeduldig, «ich habe Ihnen eine Frage gestellt. Und Ihre Antwort habe ich nicht gehört.»

Er blickte sie an, herausfordernd lange. Emily schnaubte, als könne sie über diesen hilflosen und doch hartnäckigen Flirtversuch nur empört sein.

«Die Antwort lautet: nein», sagte sie einfach.

In diesem Augenblick fielen die ersten dicken Regentropfen, ein noch fernes, aber unüberhörbar heranrollendes Donnergrollen trieb die Gäste von der Terrasse in den Gasthof und die Passanten in das nächstgelegene Geschäft. Emily war froh, dass auch sie den Schauplatz verlassen und unter den Arkaden Schutz suchen konnte. Es krachte infernalisch, ein Blitz entlud sich irgendwo hinter dem Kirchturm. Als sie sich noch einmal umdrehte, sah sie den jungen Mann gleichmütig an seinem Tisch sitzen, ungerührt von der sich über der Stadt entladenden Atmosphäre. Nach nur einer halben Minute war er der einzige Mensch, der auf dem großen Marktplatz noch zu sehen war. Mit einem ironischen Lächeln quittierte er den Regen, der in Strömen auf ihn niederprasselte und dem er sogar noch sein Gesicht entgegenhielt. Emily wusste nicht, ob sie das für Dummheit oder Verwegenheit halten sollte. Wohl für beides, entschied sie. Er war wahrscheinlich ein besonders dummer Held.

2

Isabelle beginnt ein neues Glückstagebuch und erlebt prompt einen besonders glücklichen Moment.

Als Isabelle Améry an diesem schönen Frühlingsmorgen das Rollgitter vor der Eingangstür hochzog und ihren Laden betrat, hatte die Sonne schon eine erstaunliche Kraft. Es würde ein heißer Tag werden in Fleury mit seinen voll erblühten Gärten und Blumenkästen vor den Fenstern. Bald würden auch die Touristen zahlreicher kommen und das Geschäft beleben. Als sie vor die Tür trat, bemerkte sie, dass das Ladenschild mit der geschwungenen Aufschrift *Les Feuilles d'Isabelle* etwas verschmutzt war. Ich werde es bald putzen müssen, dachte sie.

Ihr von bereits drei Tassen Kaffee wacher Blick streifte das cremeweiße Holzregal mit den Clairfontaines und den anderen Schreibwaren, und ihr fiel wieder ein, dass sie ein neues Notizbuch für ihre Listen und Notizen brauchte. Das letzte hatte sie am Abend zuvor vollgeschrieben. Isabelle führte für ihr Leben gern Tagebücher und Listen, in denen sie alles notierte, was sie glücklich machte oder doch zumindest machen könnte. Zugegeben, sie lebte gerne in der Zukunft, lieber noch als in der Gegenwart, und jeder Traum, jede Idee, die sie gewissenhaft notierte, war so etwas wie ein Beitrag zu ihrem ganz persönlichen Glücksarchiv.

Sie trat zu dem Regal und wählte ein in nachtblauen Stoff eingebundenes Notizbuch, auf dem kleine silberne Sterne eingeprägt waren, sodass der Einband wie ein Stückchen Nachthimmel wirkte.

Ding ... dong ... ding!

«Salut!»

Arthur Meunier! Isabelle verkaufte ihm seine morgendliche Zeitungsauswahl – *Le Monde, Le Figaro, Ouest-France* und *Dordogne Libre* waren immer dabei –, doch ihr erster und bester, jedenfalls regelmäßigster Kunde ließ es nicht dabei bewenden, das Geld abgezählt auf den Zahlteller zu legen. Ohne ein paar verdruckste Komplimente verließ er *Les Feuilles d'Isabelle* nie, und wenn ihm keine einfielen, redete er über das Wetter. Dieses verzögernde Palaver verschaffte ihm die Möglichkeit, sich länger als nötig – oder als es Isabelle lieb gewesen wäre – in seinem offensichtlichen Lieblingsladen aufzuhalten. Dann verabschiedete er sich endlich mit einem erneuten «Salut!» und schloss die Tür hinter sich.

Bis zum späten Vormittag war selten viel los, daher hoffte Isabelle auf ein paar ungestörte Minuten, um sich mit ihrem neuen *Cahier* anzufreunden. In einem Anflug von Optimismus entschied sie, dass dieses *Livre bleu* ihr neues Glücksbuch werden sollte. Hier würde sie alles aufschreiben, was ihr Schönes widerfuhr, und alle Momente festhalten, die ihr Glück versprachen. Sie zückte ihren Lieblingsstift, doch noch vor dem ersten Eintrag klingelte die Türglocke, zwei junge Frauen betraten den Laden und begannen, sich unverbindlich umzuschauen.

Mit der Ruhe war es dahin, und es schien Isabelle, dass mit der stetig wachsenden Hitze, die leider auch zunehmend schwülfeuchte Luft in den Gassen festsetzte, der Kundenstrom – Einheimische, aber auch etliche Touristen – in ihrem kleinen Laden anschwoll. Vielleicht suchten sie ihn auf, weil sie sich hier Abkühlung erhofften, doch wie so oft sorgte schon wenig Kundschaft für Enge zwischen den Regalen. Die kleine Klimaanlage lief auf Hochtouren, kam gegen die Wärme, die in das Lädchen drang, kaum noch an.

Gegen Mittag sperrte sie zu, doch als sie zwei Stunden später wieder öffnete, war aus der kleinen Papeterie unter den Arkaden, die eine Seite des großen Platzes säumten, ein Backofen geworden. Die wenigen Kundinnen, die sich nicht in einem der Cafés oder unter den großen Sonnenschirmen auf der Terrasse des gegenüberliegenden Gasthofs erfrischten, sondern unbedingt nach Postkarten und Geschenkpapier Ausschau halten wollten, fächelten sich Luft zu und lächelten sie mitleidig an. Die Ärmste, schienen sie zu denken, muss den ganzen Tag zwischen all dem Papier ausharren und schwitzen. Isabelle hielt sich fast nur noch in der Nähe des kleinen Klimageräts hinter dem Verkaufstresen auf, ließ kühle Luft unter das Kleid strömen und musste nur aufpassen, dass ihr nicht der Stoff hochwehte.

Wie kann es nur so früh im Jahr schon so heiß und schwül sein?, dachte sie. Der Klimawandel scheint seine Vorboten auch nach Fleury-sur-Azurain zu schicken.

Als es wieder einmal leer im Laden war, nahm sie einen der bemalten Fächer, die sie so gern verkaufte, und einen Stuhl, setzte sich vor die Tür und fächelte sich Luft zu wie eine heißblütige Señora im Teatro de la Maestranza von Sevilla. Es fiel ihr schwer, den Blick vom leuchtenden Himmel über den mittelalterlichen Mauern von Fleury abzuwenden. Die wildesten Farbenspiele boten ein spektakuläres Panorama. Unter dem langsam verglühenden Tageslicht schien alles zu verschwimmen, was zuvor klar und deutlich gewesen war, alle Gebäude rund um den Marktplatz mit seinen abzweigenden Gässchen, die Passanten, die hier langsam umherflanierten oder mit den letzten Besorgungen des Tages beschäftigt waren.

Isabelle hatte längst vergessen, dass sie eigentlich hinter den Tresen in ihrem Laden gehörte. Dann und wann nahm sie einen Schluck aus der eisgekühlten Wasserflasche, die sie sich geholt hatte, doch das Wasser schien ihr von Minute zu Minute wärmer zu werden. Es war kein unangenehmes Gefühl, das sich ihrer bemächtigt hatte, im Gegenteil. Sie genoss die träge Reglosigkeit, die Beine leicht von sich gestreckt, die brennenden Augen auf nichts gerichtet, in eine Leere, die von der Stelle, an der sie saß, bis zum äußersten Rand des Sichtfelds reichte.

Eine Touristengruppe wurde von ihrem dozierenden Guide über den Platz geführt. Arthur, wer sonst. Mit geradezu verzücktem Gesichtsausdruck setzte Isabelles verschmähter Liebhaber vor seinen etwas gelangweilt dreinblickenden Zuhörern zu einer Lobeshymne auf seine Heimat an. Er sprach so laut, dass sie jedes Wort verstand. Ihr kam sogar der Verdacht, dass er sie erspäht und sich dann absichtlich mit seiner Gruppe in ihrer Nähe aufgestellt hatte. Hier ließ er sich langatmig und etwas einschläfernd über das Périgord, Fleury, *la gloire de la histoire* aus. Man konnte den Eindruck gewinnen, dies hier sei der geschichtsträchtigste Ort Frankreichs, ja Europas. Und natürlich vergaß er auch nicht, die Spezialität des Périgord nord zu erwähnen, die schwarzen Trüffel. *«Ah ... les truffes!»* Er küsste seine Fingerspitzen, vermutlich weltweit eine Geste für außerordentlichen Genuss, die auch von seinen Zuhörern verstanden wurde, denn einige von ihnen schenkten ihrem Guide ein versonnenes Lächeln, bevor sie weiterstapften.

Ach, Arthur ... deine Zuhörer dürften nur noch kurze Zeit das Vergnügen haben, dachte Isabelle. Am Himmel hatten sich die Wolken mittlerweile schwer und dunkel zusammengeballt und verharrten für lange Augenblicke in vollkommener Windstille. Das erlösende Gewitter würde nicht mehr lange auf sich warten lassen.

Dann sah sie, dass Adèle, die Wirtin, sich gerade mit dem Geld, das sie von einem ihrer Gäste kassiert hatte, abwandte und ebendieser jungen Frau, die Isabelle leider nicht genau erkennen konnte, etwas von der Schulter glitt und zu Boden fiel. Der junge Mann vom Nachbartisch – es war unverkennbar Jean-Luc de Bricassart – hob sie wieder auf und reichte sie ihr, vermutlich mit seinem üblichen notorisch treuherzigen Blick. Die Frau in dem weißen Sommerkleid nahm die Tasche wieder an sich und nickte nur. Ein kleiner Wortwechsel schien sich zu entspannen, natürlich verstand Isabelle aus dieser Entfernung kein einziges Wort, glaubte aber doch zu erkennen, dass die junge Frau nicht geneigt war, sich von Jean-Lucs Flirtversuchen in irgendeiner Form beeindrucken zu lassen.

Die Unbekannte schwieg und wandte den Kopf ab. Er blickte sie an, herausfordernd lange. Isabelle schnaubte. Jean-Luc akzeptierte nie ein Nein. Wer in Fleury wusste das nicht?

Dann entlud sich das Gewitter, von einem Moment auf den anderen stürzte der Regen sintflutartig herab, begleitet von heftigen Donnerschlägen, die krachend von den alten Mauern widerhallten.

Die junge Frau in dem weißen Sommerkleid lief geradewegs auf ihren Laden zu – und Isabelle sprang auf, weil sie plötzlich erkannte, wer das war. Sie traute ihren Augen nicht, als die Frau direkt in ihre Arme lief, die sie reflexhaft ausgebreitet hatte, um sie aufzuhalten. Sie hielt an und heftete ihre Augen mit einem verwunderten Blick auf sie, den Isabelle nur zu gut kannte.

«Ach, du meine Güte», stammelte sie. Ungläubig, jedoch mit einem Lächeln, das immer leuchtender wurde, umarmte sie Isabelle stürmisch und strich dann etwas verlegen ihr schon völlig durchnässtes Kleid glatt.

«Das gibt's doch nicht ... Emily!», rief Isabelle mit heiserer Stimme.

Es war Emily Bennett, wirklich und wahrhaftig. Isabelle hatte sie vor dreizehn Jahren zuletzt gesehen, genau an dieser Stelle, als sie sich mit ihrem kleinen Koffer von ihr verabschiedet hatte und aus ihrem Leben verschwunden war. Ihre verlorene Freundin. Das Leben schlug die verrücktesten Purzelbäume. Lachend zog Isabelle sie mit sich und führte sie in den kleinen Raum hinter dem Laden. Emily schaute sich kaum um, ließ sich gleich in den Sessel fallen und zog einen Stuhl heran, um die Beine hochzulegen.

«Hast du was zu trinken da?»

Isabelle war sich nicht sicher, doch dann fielen ihr die zwei Flaschen Wein ein, die ein Vertreter als Geschenk dagelassen hatte.

«Wir sind im Périgord, meine Liebe. Was meinst du denn?»

Sie ging davon aus, dass sich Emilys Vorlieben nicht allzu sehr geändert hatten, und goss ihnen zwei Gläser Weißwein ein. Er war natürlich alles andere als kalt und erfrischend, kein Wunder in dieser kleinen Backofenbude.

«Und Eis? Gibt's so was auch?»

Isabelle seufzte theatralisch und bewegte sich wie eine beflissene Kellnerin zum Kühlschrank.

«*Avec des glaçons ... bien sûr, Madame*. Wie viele Würfel dürfen es denn sein?»

«Oh ... zwei, bitte.» Isabelle ließ sie in das Glas plumpsen, wo sie sich gleich aufzulösen begannen. Sich selbst gönnte sie nur einen Eiswürfel.

Emily hatte viel zu erzählen, und Isabelle hörte ihr gern zu. Ein bisschen atemlos, als müsste sie den Jahren, die sie «verloren» hatten, hinterherlaufen, gab sie eine nicht enden wollende Antwort auf die Frage «Was machst du denn hier in Fleury?» Sie erzählte Isabelle alles ... von Tante Hermione ... ihrem Leben in London ... dem kryptischen Brief des Notars, den sie aus ihrer Handtasche zog.

Hermione? Ja, die war vor ein paar Wochen beerdigt worden, wie Isabelle sich erinnerte.

Sie blickte auf den Absender des Briefes, den Emily ihr nun unter die Nase hielt – Maurice Ulian, Notaire. Der war ihr natürlich nicht unbekannt, hatte er sein Büro doch ebenfalls am Marktplatz, gleich gegenüber, neben dem Rathaus. Und er war ein eifriger Besucher der ebenfalls von ihr geführten Stadtbücherei. Und weithin bekannt für seinen gut gefüllten Weinkeller, in dem er ganze Abende und Wochenenden zu verbringen schien.

Ach, du je ... Emily hat geerbt!, dachte sie.

«Ich hatte keine Ahnung, was er von mir wollte, als ich den Brief öffnete.»

«Wusstest du denn nicht, dass deine Tante gestorben ist?»

«Doch, aber ich war auf einer Lese- und PR-Reise unterwegs, die ich organisiert hatte. Mom hatte mir gesagt, sie würde sich darum kümmern, und obwohl sie zu ihrer Schwester nicht das beste Verhältnis hatte, war sie wohl kurz zur Beerdigung in Fleury.»

Isabelle hob die Schultern. Das Begräbnis war nicht gerade Tagesgespräch gewesen, und sie hatte keine Ahnung, wer daran teilgenommen hatte.

«Hermione hat hier wohl die letzten Jahre als Witwe allein gelebt.» Emily biss sich auf die Lippen, schloss die Augen. «Ich habe sie nie wiedergesehen ... seit damals ... Es ist schon so lange her.»

Isabelle seufzte zur Antwort.

«Um ehrlich zu sein ... ich stecke mitten in einer veritablen Lebenskrise. Tante Hermiones Tod war da nur eine deprimierende Nachricht mehr ...»

Isabelle erschrak etwas über diese Art, etwas so Gravierendes so lapidar zur Kenntnis zu nehmen.

«Aber ...», wandte sie ein, «aber ... ihr standet euch doch nahe!»

Emily schaute sie an, nun doch etwas betroffen.

«Ja, du hast recht. Es war ein Fehler. Ich hätte kommen müssen ... eigentlich nicht erst zu ihrer Beerdigung, aber spätestens dann. Es war ... respektlos ... lieblos.» Sie war sichtlich zerknirscht.

«Na ja», Isabelle tätschelte ihren Arm, «du hast ja, wie du sagst, erst kürzlich deine große Liebe verloren. Da ist man schon durcheinander ... Seit wann bist du denn überhaupt hier?»

«Ach, erst seit gestern ...»

«Seit gestern schon? Und da bist du nicht auf die Idee gekommen, bei mir zu klingeln? Emily!» Isabelle legte eine große Portion Empörung in ihre Stimme.

«Ich habe mich nicht getraut. Nach so vielen Jahren ... Du hättest längst über alle Berge sein können, mit Mann und Kindern weggezogen aus diesem kleinen Kaff.» Isabelle runzelte die Stirn. «Sorry, kein Kaff. Ein Kleinod, ich weiß. Ich war nicht sicher, ob du mich nicht vergessen hattest. Und ich wollte nicht einfach so dastehen, während du dein Gedächtnis durchkramst, wer wohl die fremde Frau sein könnte, die plötzlich an deiner Tür auftaucht.»

«Emily Bennett, du hast einen gepflegten Knall ... wirklich! Ein Anruf vorher, und ich hätte dich abgeholt, egal wo!»

«Jetzt, wo du es sagst, das wäre schön gewesen ... schade.» Sie lächelte schüchtern. «So hat mich nur ein kleiner Hund empfangen ...»

«Ein Hund?»

«Ja, das Erste, was ich sah, als ich aus dem Wagen stieg, war ein Hund. Er lief den ganzen Tag neben mir her ...»

«Emily, Emily ... ein Hund! Und deine Freundin hast du vergessen!» Isabelle schüttelte den Kopf, aber ihre Entrüstung war nur noch gespielt.

Emily schaute betrübt in ihr Glas. «Gibt's noch Eis?»

Isabelle besorgte Nachschub, goss ihnen beiden reichlich Wein nach und gönnte auch sich selbst einen weiteren Eiswürfel. Sie konnte es immer noch nicht recht fassen, dass ihre Freundin nicht gleich zu ihr gekommen war.

«Ich bin einfach ziellos umhergeschlendert», erzählte Emily von ihrem ersten Tag in Fleury, «über den Marktplatz, durch das Stadttor, bis zum Schloss. Es sieht immer noch so wie aus dem Bilderbuch, mit den imposanten Flügeltüren und -fenstern. Mehr bekommt man ja leider nie zu sehen. Wie heißt noch mal die Familie, die dort wohnt?»

«De Bricassart.»

«Ach ja.»

«Bist du schon an einem unserer früheren Lieblingsplätze vorbeigekommen?»

«Ja. Am Gasthof dort drüben natürlich, in dem wir früher immer Holunderlimonade und Wein getrunken haben, weißt du noch? Und – wenn wir ganz mutig waren – auch mal einen Cidre. Da habe ich mich auf die Terrasse gesetzt, unter einen dieser schönen Sonnenschirme. Und hatte eine etwas verunglückte Begegnung mit einem Typ am Nachbartisch, der mich gleich mit seinem Charme einzuwickeln versucht hat ...»

«Jean-Luc de Bricassart. Unser Jungaristokrat», warf Isabelle ein.

Emily starrte sie verwundert an. «Wirklich? Woher willst du das wissen?»

«Ich habe eure kleine Szene beobachtet. Allerdings habe ich dich von weitem nicht erkannt.»

Emily warf Isabelle einen fragenden Blick zu, der sie zum Lachen brachte.

«Was schaust du denn so? Jean-Luc erkenne ich aus jeder Distanz. Dich aber habe ich nun wirklich nicht hier erwartet.»

«Gut, dass dieses Gewitter plötzlich losging, sonst wären wir uns womöglich gar nicht in die Arme gelaufen.»

«Die Hauptsache ist, dass du nun wieder hier bist», befand Isabelle. «Und darauf stoßen wir an!»

Während sie ausgiebig ihr Wiedersehen feierten, erinnerten sich Emily und Isabelle gegenseitig an Episoden von früher. Damals waren sie unzertrennlich gewesen, obwohl sie unterschiedlicher nicht hätten sein können.

Isabelle war grundsätzlich extrovertiert und stets optimistisch gestimmt, Emily hingegen eher in sich gekehrt, immer ein bisschen skeptisch, oft melancholisch. Isabelle packte das Leben beim Schopf, Emily zog höchstens zögerlich an einer Haarsträhne. So war es schon seit ihrer ersten Begegnung gewesen.

Doch sie passten tatsächlich gut zusammen, trotz oder gerade wegen all ihrer Unterschiede. Wenn sie Arm in Arm über die Straße gingen, blickte man ihnen hinterher. Jungs, die zum anerkennenden Pfiff ansetzten, wurden von Emilys strengem Blick in ihre Schranken gewiesen. Isabelle hingegen genoss jede Aufmerksamkeit.

An die ausgelassenen Wochen mit Emily hatte Isabelle noch deutlichere Erinnerungen als ihre Freundin. Damals waren sie beide erst siebzehn gewesen und hatten oft genug mächtig über die Stränge geschlagen. Sie tranken viel und führten dann intensive Gespräche, an die sie sich am nächsten Morgen beide nicht mehr recht erinnern konnten. Sie genossen jeden einzelnen Tag, wohl wissend, dass ihre Sommerfreundschaft in Fleury nur eine Frage der Zeit sein würde. Zwar legte Emily tausend Schwüre ab, so bald wie möglich zurückzukehren und sich mit Isabelle in das so herrlich verrückte Fleury-Leben zu stürzen. Doch daraus würde nichts werden, das wussten sie insgeheim beide. Isabelle war sich sicher: Emily würde zurück nach Portsmouth fliegen und ihre Ferienfreundin bald vergessen. Und so war es dann auch gekommen.

Isabelle hatte sich Emilys Leben stets aufregend vorgestellt: London, Partys, Pubs, Affären. Was hatte Fleury dagegen schon zu bieten? Außer Isabelle selbst, natürlich, denn Emily wusste durchaus, was sie an ihrer Freundin hatte – es reichte schon, mit ihr zusammen zu sein und mit einem Picknickkorb und Muße durch das Val d'amour zu streifen, über das Leben und all seine Probleme zu reden – nicht zuletzt über die Männer, die irgendwo da draußen auf sie warteten. Immerhin hatte Emily gerade ihre erste Liebe hinter sich, sie war von einem Tag auf den anderen verlassen worden und entsprechend deprimiert bei ihrer Tante angekommen. Doch Isabelle hatte es verstanden, sie abzulenken und auf andere Gedanken zu bringen. Sie konnte eine phantastische Trösterin sein.

«Kannst du deinen Laden nicht zusperren, und wir gehen zusammen irgendwohin?», fragte Emily nun, in Erinnerung an ihre früheren abendlichen Streifzüge.

Isabelle nickte und blickte auf die altmodische Uhr, die an der Wand hinter der Theke vor sich hin tickte. «Gute Idee», sagte sie. «Es ist inzwischen sowieso Ladenschluss. Gehen wir nach nebenan zu Valérie und genehmigen uns einen Kaffee. Und dazu vielleicht Kirschclafoutis. Sie hat sie auf ihrer schwarzen Tafel als Spezialität des Tages angeschrieben.»

Das Gewitter hatte sich verzogen, der Regen längst aufgehört, und es war deutlich kühler geworden. Unter einem der großen grünen Sonnenschirme fanden sie einen freien Tisch, und Valérie begrüßte Emily mit einem schon fast vertrauten «Ah, Sie sind's wieder. Willkommen zurück!». Sie freute sich sichtlich über den Gast, den sie am Vortag schon bewirtet hatte und den Isabelle ihr jetzt vorstellte. Sogar ihr Mann François – wohl der schweigsamste Bürger von Fleury, der sich nur selten, und wenn, dann mehlbedeckt, aus seiner Backstube in den Verkaufsraum wagte, wo seine Frau zusammen mit Nelly, einer weiteren «Zuckerfee», ihr temperamentvolles Regiment führte – ließ sich blicken und nickte ihnen mit seinem typisch verkniffenen Grinsen zu.

Die Kirschclafoutis waren köstlich, Emily verdrehte die Augen und seufzte genießerisch. «Unglaublich! Ich könnte in dieser Stadt keine drei Wochen überleben, ohne mein Gewicht zu verdoppeln. Solche Clafoutis hat uns auch deine Mom immer gemacht, weißt du noch, Isabelle? Ach, was rede ich denn da, natürlich weißt du das noch.»

Isabelle nickte.

«Wie geht es denn eigentlich deiner Mutter? Damals stand sie doch immer selbst im Laden. Wann hast du ihn von ihr übernommen?»

«Maman lebt nicht mehr.» Isabelle schluckte und blickte zu Boden. «Sie ist vor vier Jahren gestorben. Und da uns das Haus gehört, habe ich den Laden weitergeführt.»

«Das tut mir leid, Isabelle», sagte Emily erschrocken und legte ihrer Freundin mitfühlend eine Hand auf den Unterarm. «Was ist passiert?»

Isabelle hob die Augen und schaute sie an. «Darmkrebs», sagte sie tonlos und fuhr nach einem Moment fort: «Sie hat sehr gelitten, als sie die Diagnose bekam. Es war eine schwere Zeit, auch für mich. Ein monatelanger Albtraum. Als sie nach den Operationen aus der Klinik kam, habe ich sie gepflegt, so gut ich konnte. Sie wollte immer so rasch wie möglich wieder nach Hause, ‹zu meinem Mädchen›, hat sie immer gesagt.» Isabelle wischte sich eine Träne aus dem Augenwinkel. «Aber sie war auch schon in den Jahren davor nicht mehr richtig bei der Sache. Die Papeterie machte ihr keine Freude mehr, ich habe immer öfter ausgeholfen, als ich nach dem Studium aus Bordeaux zurückkehrte. Und als sie dann noch den Spaß am Kochen und Backen verlor, wusste ich, dass irgendetwas mit ihr nicht stimmte. Zuletzt war sie so dünn ... so zerbrechlich ... ihre Haut war durchscheinend wie Seidenpapier, man glaubte, durch sie hindurchsehen zu können. Sie lag da, wie versunken in ihrem schmalen Bett, und blickte mich immer nur mit ihren großen Augen an. Damit konnte sie mehr ausdrücken als mit tausend Worten.»

«Ja», sagte Emily. Und nach einer Pause sanft: «Das hast du von ihr.»

Isabelle lächelte wehmütig. «Nein, gegen Maman bin ich doch eine Amateurin. Dafür finde ich mich besser im Laden zurecht. Für Malou war er nie mehr als eine Verkaufsstelle, es herrschte ein unglaubliches Durcheinander. Ich musste immer lange suchen, wenn jemand etwas wollte, das sich nicht in meinem unmittelbaren Blickfeld befand. Und manchmal musste ich warten, bis Maman zurück war. Sie wusste mit schlafwandlerischer Sicherheit, wo sie was hingeräumt hatte.»

«Heute ist der Laden ein Schmuckstück», versuchte Emily sie zu trösten.

Isabelle nickte. «Er ist im Grunde noch immer zu vollgestopft. Aber es passt alles gut zusammen, und meine Kundinnen lieben ihn.»

«Dich lieben sie auch», versicherte Emily und fügte dann keck hinzu: «Und wen liebst du? Gibt es jemanden in deinem Leben?»

«Schön wär's», seufzte Isabelle und schüttelte den Kopf. «Fleury hat da nicht gerade die größte Auswahl zu bieten. Und wahrscheinlich ist der Zug für mich auch schon abgefahren ...»

«Das darfst du nicht sagen – nicht einmal denken», insistierte Emily.

Isabelle zuckte die Schultern. «Alle, die irgendwie in Frage gekommen wären, sind inzwischen weggezogen oder verheiratet. Wenn auch unglücklich vermutlich.» Sie verzog den Mund.

«Natürlich unglücklich!», rief Emily und rührte in ihrer Tasse, obwohl sie mittlerweile leer war. «Wenn sie dich nicht wollten ...»

«Es hat irgendwie nie gepasst, jedenfalls nicht so sehr gefunkt, dass ich mich in die Ehe gestürzt hätte.»

«Aber du bist wunderschön, du hast etwas Besonderes an dir ... also, ich verstehe das nicht. Die Männer müssen doch bei dir Schlange stehen!» Emily schüttelte fassungslos den Kopf.

«Ach, Schlange stehen ... was du immer denkst. Ich hatte ein paar Flirts, aber ich war wohl einfach zu wählerisch. Oder zu anspruchsvoll? Jedenfalls habe ich den Zeitpunkt verpasst. Heute ist nur noch Arthur da.» Isabelle lachte leise.

«Na, immerhin.» Emily schöpfte Hoffnung. «Wer ist denn Arthur?»

«Mein bester Kunde», sagte Isabelle verlegen. «Das heißt, er will wohl mehr. Aber ich nicht.»

«Was spricht gegen Arthur?», fragte Emily mit dem strengen Blick einer Gouvernante, die ihren ungezogenen Schützling verwarnt.

«So ziemlich alles. Das fängt schon mit seinem Alter an, er ist fünfundzwanzig Jahre älter als ich. Das wäre noch nicht schlimm, aber es fühlt sich für mich an, als seien es fünfzig Jahre. Er ist der langweiligste Langweiler, den das Universum je gesehen hat. Und dazu noch so verklemmt. Er druckst und stottert nur herum, lässt einen aber gern spüren, wie bildungs- und kulturbeflissen er ist. Er liest eigentlich ständig nur ... Zeitungen, Bücher, sogar die amtlichen Verlautbarungen, die im Schaukasten am Rathaus vor sich hin gilben.»

«Aber du liest doch auch gern», beharrte Emily in dem Glauben, ihre Freundin wüsste ihren Verehrer womöglich einfach nur nicht richtig einzuschätzen.

«Natürlich lese ich gern, aber das ist es ja – nur aus diesem Grund glaubt er wohl, in mir eine wesensverwandte Seele entdeckt zu haben. Fälschlicherweise, muss ich hinzufügen, denn auch in unseren literarischen Vorlieben liegen wir völlig über

Kreuz. Er ist einfach so ... lächerlich, ein bisschen wie Troubadix in den Asterix-Heften.»

Emily kam ein Verdacht. «Ist das vielleicht der Typ, der in Fleury die Stadtführungen gibt?»

«Arthur Meunier ... ja.»

«Ach, du meine Güte!» Emily seufzte. «Jetzt verstehe ich. Den habe ich vorhin schon gesehen, wie er auf dem Marktplatz vor einer Gruppe Touristen eine langatmige Hommage auf euer Périgord vom Stapel gelassen hat.»

«Das war er», sagte Isabelle mit einem gequälten Lächeln.

Valérie trat vor die Tür und fragte nach ihren Wünschen.

«Nach diesem deprimierenden Einblick in die Abgründe der Männerwelt von Fleury brauche ich etwas mit ein paar Prozenten», sagte Emily. «Was haben Sie denn da?»

Valérie stemmte belustigt ihre Arme in die beschürzte Taille. «Na, hören Sie mal. Dies ist eine Boulangerie, alkoholische Getränke führen wir nicht. Dafür müsst ihr rüber zu Adèle gehen.»

«Nein, schon gut», beruhigte Emily. «Noch ein Kaffee tut's auch. Aber einen guten, starken, bitte.» Isabelle nickte, um sich der Bestellung anzuschließen.

«Guten, starken Kaffee!», brummte Valérie im Weggehen. «Aber ob es bei mir etwas anderes gäbe!»

Sie gingen dann doch noch zum *Cerf Blanc* hinüber, und irgendwann an diesem langen, redseligen, trinkfreudigen Abend kamen sie auch wieder auf Emilys mysteriöse Erbschaft zu sprechen.

«Morgen habe ich das Gespräch mit dem Notar. Da musst du mich begleiten, Isabelle!», bat Emily.

Ihre Freundin setzte eine skeptische Miene auf.

«Ich weiß nicht ... Das ist doch etwas sehr Persönliches ...»

«Genau, sehr persönlich! Und darum möchte ich dich dabeihaben. Weißt du, du bist schließlich das Persönlichste, was ich hier habe.»

Isabelle seufzte. «Na schön. Ich soll also wieder deine Beschützerin spielen. Die Rolle kenne ich ja schon.»

Emily knuffte sie in die Seite. «Was heißt hier Beschützerin? Seit heute bist du wieder meine beste Freundin.»

3

Emily Bennett macht eine ziemlich überraschende Erbschaft und fällt aus allen Wolken.

Am nächsten Morgen wurde Emily früh wach, obwohl sie einen Brummschädel von all den Willkommens- und Wiedersehensdrinks hatte und sich gern noch einmal die Bettdecke über den Kopf gezogen hätte. Doch sie war zu nervös, jetzt, da der Notartermin bevorstand. Die Gedanken fuhren Karussell in ihrem Kopf, immer schneller und schneller, und Emily konnte sie überhaupt nur anhalten, indem sie ihre Morgendämmerung beendete.

Im Anschluss an eine Heiß-Kalt-Dusche, nach der sie sich etwas besser fühlte, trug sie ein leichtes Make-up auf und stellte sich in Unterwäsche vor den Kleiderschrank. Was sollte sie anziehen? Ein Notar wird sicherlich etwas Formelles erwarten, überlegte sie, aber daran hatte sie beim Packen nicht gedacht. Sie hatte eigentlich überhaupt nichts Passendes dabei. Tatsächlich ließ Emilys zeitloser, eher unbekümmert romantischer Kleidungsstil ein gesundes Misstrauen gegen allzu Modisches erkennen. Dagegen war sie eine Meisterin im Kombinieren von Mustern und Accessoires, die auf den ersten Blick nicht zusammenpassten und an ihr doch eine besondere Wirkung hatten.

Das weiße Sommerkleid mit dem roten Stoffgürtel musste sich erst noch vom gestrigen Regenguss erholen. So entschied sie sich schließlich für eine schlichte Kombination aus einem dünnen Baumwollrock von kreidig-mattem Blau, einer schlichten weißen Bluse, die direkt einem Kleiderschrank aus der Regency-Ära hätte entnommen sein können, und einem hellblauen Pullover. Ein bisschen brav, befand sie, aber wir gehen ja schließlich nicht auf eine Party, sondern zum Notar. Im letzten Moment, als sie ihr Zimmer verließ, griff sie noch nach ihrem Strohhut.

Pünktlich um neun Uhr saß Emily zusammen mit Isabelle beim Notar von Fleury in dessen kleiner, jedoch nobler holzgetäfelter Kanzlei. Eichenparkett mit dunklen Intarsien, ein schwerer, gediegener Schreibtisch, mit Lederpolstern bestückte Türen, die jeden Schreckensruf ersticken würden. Die Einrichtung gefiel Emily, denn es sah hier aus wie in einem englischen Club, und Maurice Ulian wirkte wie ein verhinderter älterer Dandy. Er kultivierte eine gewisse Extravaganz: zweifarbige Schuhe, gepunktete Socken, Einstecktuch mit Paisleymuster und eine Krawatte, die Oscar Wilde nicht nachlässiger hätte binden können. Mit seinem fein geschnittenen Gesicht und der gepflegten Frisur wirkte er trotz seines fortgeschrittenen Alters durchaus attraktiv.

«Willkommen in Fleury-sur-Azurain, Mademoiselle!», begrüßte er sie mit ausgebreiteten Armen und fügte theatralisch hinzu: «Willkommen in unserem verträumten, sonnenverwöhnten Städtchen, mitten zwischen Weinbergen und Wäldern!»

Er strahlte Emily an, nickte Isabelle hingegen nur kurz zu, was diese quittierte, indem sie leicht die Lippen verzog.

Bei dieser übertrieben poetischen Begrüßung musste sich Emily ein Lachen verkneifen, erwiderte aber höflich: «Vielen Dank.»

«Haben Sie sich schon ein bisschen umgeschaut?», wollte der Notar wissen. «Seit wann sind Sie hier?»

«Seit vorgestern erst. Ja, ich habe schon Ihren Friedhof und Ihren Gasthof besucht. Und eine Freundin wiedergetroffen ...»

«Das ist ja noch nicht viel», unterbrach Maurice Ulian sie bekümmert. «Wir haben schon einiges mehr zu bieten. Wenn Sie möchten, zeige ich Ihnen gern ein paar der wahren Schönheiten unserer Stadt. Und den besten Bergerac-Wein könnte ich Ihnen auch bieten.»

Der charmant-beflissene Notar machte auf Emily einen gewissen Eindruck. Sie nickte höflich, was Monsieur Ulian als Zustimmung nahm.

«Bon. Dann werde ich Ihr historischer Stadtführer sein ... sozusagen vom Mittelalter bis zum Barock – aus dieser Zeit ist nämlich das Schloss, zumindest der erste Bau.»

«Dort war ich schon. Allerdings nur bis zum großen Tor.»

«Aha. Nun, dann spazieren wir vielleicht durchs Val d'amour und genießen die Natur.»

«Ach ja, das Val d'amour. Davon hast du mir schon erzählt», wandte sich Emily an Isabelle. «Wie ist es denn eigentlich zu seinem hübschen Namen gekommen?»

Bevor Isabelle darauf antworten konnte, sprang der Notar schon ein, als sei die Frage an ihn gerichtet gewesen.

«Das ist nicht so leicht zu erklären, Mademoiselle. Zwar scheint hier jeder eine eigene Theorie dazu zu haben, doch im Grunde weiß niemand unserer paar tausend Einwohner, woher unser Tal seinen schönen Namen hat, nicht wahr, Mademoiselle Améry?» Isabelle zuckte die Schultern, sie schien es auch nicht zu wissen, und bevor sie etwas sagen konnte, sprach der Notar wiederum beflissen weiter. Er schien es zu genießen, mit seinem Wissen angeben zu können, und redete, als habe er einen Reiseführer verschluckt. «Der Baron de Bricassart behauptet steif und fest, König Ludwig XV. habe das Val d'amour nach einer amourösen Visite im Park seines Châteaus so getauft. Doch mit dieser Erklärung gibt sich unser bürgerstolzes Städtchen natürlich nicht zufrieden – hier ist man allerseits überzeugt, dass in diesem Tal eben Liebe und Glück beheimatet sind. Immerhin werden hier neuerdings auffällig viele Hochzeiten gefeiert.»

«Hochzeiten? Wird denn hier mehr geheiratet als anderswo?», wunderte sich Emily.

«Ach, die Einwohner von Fleury liegen sicherlich nur im Durchschnitt. Aber Gäste von außerhalb treiben die Statistik nach oben. Was hier durchaus erwünscht ist, zumindest von den meisten Bürgerinnen und Bürgern. Allzu lange ist die Zeit an diesem Fleckchen ja recht beschaulich und ohne die Aufregungen und Zumutungen der modernen Welt dahingegangen. Es gibt Landkarten, da ist unser Ort nicht einmal verzeichnet – oder wenn, dann nur abgekürzt: Fl.-sur-Az. Hier kommt die vielbesungene französische Provinz sozusagen zum Stillstand. Es ist nicht übertrieben zu behaupten, dass wir ziemlich im Windschatten leben, unentdeckt und beschaulichkeitsverliebt, wenn ich das so sagen darf.»

«Aber Fleury hat doch einiges zu bieten», warf Emily ein. «Es ist wirklich schön hier!»

Der Notar nickte. «Keine Frage. Allerdings können wir weder mit einer imposanten Stadtkulisse aufwarten wie Cordes-sur-ciel, noch können wir aus unserer historischen Vergangenheit touristisches Kapital schlagen wie etwa Sarlat, Castelnaud oder Domme. Obwohl auch Fleury noch einen nahezu intakten mittelalterlichen Stadtkern aufweisen kann. Aber es liegt im abgelegenen Winkel der landschaftlichen, architektonischen und kulinarischen Attraktionen, die das Périgord in so verschwenderischer Fülle bietet. Das ist Segen und Fluch zugleich, müssen Sie wissen.» Der Notar blickte die beiden vor ihm sitzenden Besucherinnen direkt an. «Ich lebe wirklich gern in dieser Stadt, Mesdemoiselles. Aber ich mache mir auch Sorgen um ihre Zukunft. Selbst unser hochgeschätzter Bürgermeister Bruno Bouvier hat kein Rezept, wie man unsere Stadt für Touristen attraktiver machen könnte. Zwar gilt Fleury als ‹Rosenstadt› – mit dem Rosarium des Châteaus und der Kirche Notre Dame des Roses –, aber damit kann man keine Massen anlocken, fürchte ich.»

Emily hob verlegen die Schultern.

«Wie auch immer.» Er raschelte in den Papieren auf seinem Schreibtisch und zog eine Akte hervor, die ein paar handgeschriebene Seiten auf mauvefarbenem Papier enthielt.

«Voilà, das handschriftliche Testament Ihrer teuren Verblichenen. Bevor ich es Ihnen eröffne, nehme ich noch rasch Ihre Personalien auf. Dürfte ich um Ihre Carte d'identité bitten?»

Nach den obligatorischen Regularien räusperte sich Maurice Ulian und begann mit dem Verlesen des Testaments. Er absolvierte es nicht in dem üblichen monotonen Singsang, den die meisten Notare sich angewöhnt haben, sondern als habe er etwas wirklich Spannendes zu berichten.

Und das hatte er auch.

Emily konnte es kaum fassen, dass Hermione ihr neben ihrem nicht unbeträchtlichen Vermögen, immerhin hoch sechsstellig (was ihr ein atemloses «Puh!» entlockte), nichts weniger als ihr Manoir hinterlassen hatte! Das kleine Landhaus, in dem sie in den vergangenen Jahren «gehaust» hatte, wie Monsieur Ulian es etwas abfällig ausdrückte. Vor dreizehn Jahren, bei Emilys Besuch in Fleury, hatte Hermione noch allein in ihrer kleinen Wohnung am Marktplatz gewohnt – von einem Manoir war keine Rede gewesen. Und nur am Rande von dem geheimnisumwitterten Comte, mit dem sie zusammengelebt hatte. Wie der Notar erklärte, hatte Charles Henri Comte de Bruyant lange vor seinem Tod das Manoir seiner Lebensgefährtin überschrieben, eben hier in seiner Kanzlei. Das Vermögen war dagegen ihr eigenes, niemand wusste, woher sie es hatte, denn der Comte war so gut wie mittellos gestorben.

«Das wär's im Großen und Ganzen», schloss der Notar.

«Ich bin wirklich überrascht ... nein, überwältigt», sagte Emily und atmete einmal tief durch. «Ich hatte keine Ahnung von diesem ...»

«Manoir.»

«Ja. Und ich muss sagen, ich bin ziemlich gespannt darauf, es mir anzuschauen. Wann wäre das denn wohl möglich?» Sie blickte ihre Freundin mit aufgerissenen Augen an. «Oh, Isabelle, ist das aufregend!»

«Von mir aus gleich», sagte der Notar. «Ich kann Sie zwar – was ich eminent bedauere – jetzt nicht persönlich begleiten, da ich in einer halben Stunde einen weiteren Termin habe. Aber ich könnte Ihnen die Schlüssel geben ... ja, Sie könnten sich gleich auf den Weg machen. Es ist nicht schwer zu finden, und Mademoiselle Améry könnte Sie hinführen.»

«Ja, dann gleich», stimmte Emily zu, die vor lauter Aufregung nicht mehr stillsitzen konnte. «Wunderbar!»

«Aber erwarten Sie nicht zu viel! Und lassen Sie mich bald wissen, wie Sie sich entscheiden ... ob Sie das Erbe annehmen.»

Maurice Ulian kramte in einer Schublade, drückte Emily dann einen Bund mit riesigen rostigen Schlüsseln in die Hand und verabschiedete sie schließlich mit einem formvollendeten altmodischen Handkuss.

Es war wirklich nicht weit, Isabelle kannte den Weg, auch wenn sie, wie sie sagte, noch nie selbst im Manoir gewesen war. Sie gingen von dem neben der Mairie gelegenen Notariat links auf das Stadttor zu, durchschritten es und folgten dann zwei, drei Straßen stadtauswärts. Nach dem Gewitter am Vortag wirkte der Himmel an diesem Morgen wie frisch gewaschen, es hatte sich deutlich abgekühlt, war aber immer noch so warm, dass Emily ihren Pullover auszog und auch den Strohhut abnahm. Sie genoss die Sonne, die sie den ganzen Weg über begleitete: durch ein kleines Wäldchen, eine von alten Bäumen gesäumte Allee entlang, bis die gepflasterte Straße aufhörte und in einen befestigten, leicht ansteigenden Weg überging. Und dann sahen sie auch schon zwischen den Bäumen ein größeres Haus hervorblitzen, das sich mit seinem dichten dunkelgrünen Efeukleid ganz der Natur angepasst zu haben schien.

Emily war inzwischen von hochgespannten Erwartungen erfüllt. Sie hatte den ganzen Weg lang die Hand ihrer Freundin nicht mehr losgelassen und murmelte unablässig vor sich hin.

«Ein Manoir! Was genau kann ich mir denn eigentlich darunter vorstellen? Ein Landsitz, hat der Notar gesagt. Vielleicht einen Gutshof? Oder ein Herrenhaus?»

«Lass dich überraschen», sagte Isabelle nur.

Doch Emily sollte bald spüren, wie tief der Fall aus den Höhen luftiger Träume war, die ihre Phantasie inzwischen erklommen hatte. Denn schon von außen entpuppte sich das Manoir keineswegs als eines der prächtigen, von verspieltem Rokoko oder strengem Klassizismus komponierten Gebäude, das sie insgeheim erwartet hatte. Es lag im Gestrüpp eines ausgedehnten Gartens, den man als verwunschen, aber auch als verwildert hätte bezeichnen können, allgegenwärtigem Verfall und unbeherrschter Vegetation hingegeben.

Emily war überrascht, wie gedrungen und geduckt es dalag. Nicht gerade das, was man in England ein Herrenhaus nennt, dachte sie bedrückt. Eher eine Villa mit überschaubaren Proportionen – zwei Stockwerke und darüber ein Dachgeschoss –, vor der mit schweren Beschlägen bewehrten Haustür eine Steintreppe mit kunstvoll verziertem Eisengeländer, das schon etwas Rost angesetzt hatte. Die Stufen waren ansatzweise bereits vom Moos erobert worden, das jetzt im Sonnenlicht wie ein grüner Saum wirkte.

Als Emily den größten Schlüssel zückte, um damit die wuchtige Eingangstür aufzuschließen, jagte ihr ein Schauder über den Rücken. Ihre Nervosität schien auch auf Isabelle überzuspringen, deren Finger unablässig in Bewegung waren. Der Schlüssel knirschte im verrosteten Schloss, als sei das Gebäude ganz und gar nicht damit einverstanden, zwei Wildfremden Einlass zu gewähren.

Beim Öffnen knarrte die schwere Tür, ein gruseliges Kreischen, dessen Nachhall umso lauter war, als das Haus leer zu sein schien. Der Boden mit den einst sicherlich dekorativen schwarz-weißen Steinfliesen war an etlichen Stellen aufgeplatzt, sodass man kaum einen Schritt wagte. Emily ging voran, vorsichtig, als hätte sie Sorge, jemanden aufzuschrecken. Trotzdem hallten ihre Schritte von den kahlen Wänden wider, deren Putz wie in einem venezianischen Palazzo porös und teilweise abgeblättert war.

«Hallo? Ist hier jemand?», rief sie zaghaft.

Doch wer hätte sich hier aufhalten sollen? Das Manoir stand seit Monaten leer, anscheinend sogar seit Jahren. Emily ging voran und öffnete eine Tür nach der anderen, und überall bot sich ihr das Bild gleichgültiger Verlassenheit. Im Parterre gab es neben einer in den ersten Stock führenden breiten Holztreppe und einem Vestibül, in dem zwei Marmorstatuen nackter Göttinnen standen, einen großen, leeren Salon mit ebenfalls bereits schadhaftem Parkettboden. Außerdem eine altmodische Küche mit ein paar Schränken, deren Türen und Schubladen teilweise offen standen, einem großen Gasherd in der Mitte, einem Holzofen und einer riesigen, jedoch klapprigen Anrichte, auf der man nicht einmal ein Omelett zuzubereiten gewagt hätte. Daneben ein ziemlich geräumiger, kühler Vorratsraum mit Regalen, in denen noch einige Konserven und Marmeladengläser standen sowie ein paar leere Körbe und Holzkisten.

Ein Windstoß ließ das Küchenfenster, das wohl nicht richtig geschlossen worden war, mit einem lauten Knall auf- und wieder zuklappen, als wollte das Haus die unliebsamen Besucher darauf aufmerksam machen, dass es sich in seiner Ruhe gestört fühlte. Sie zuckten beide wie zwei kleine vorwitzige Mädchen zusammen und entspannten sich erst wieder, als sie die Ursache des Knalls ausfindig gemacht hatten. Isabelle schloss das Fenster, so gut es ging, der rostige Riegel ließ sich nur mit Mühe feststellen. Sämtliche Fenster des Hauses schienen schon seit Jahrzehnten nicht mehr geputzt worden zu sein, daher wirkte das Licht, das sie hereinließen, seltsam milchig und gefiltert.

An die Küche schloss sich ein kleiner Flur an, dessen Wandfarbe undefinierbar war und in dem sich abgestandene Luft staute. Er führte zu zwei hintereinanderliegenden geräumigen Zimmern, die durch eine Flügeltür miteinander verbunden waren; einer der Flügel hing etwas lose in den Angeln. Diese beiden Räume waren als einzige möbliert und ließen Spuren früherer Bewohner erkennen. Emily meinte, es müssten wohl der Wohn- und der Schlafraum ihrer Tante gewesen sein, sie erkannte ein paar Möbel wieder, die früher in Hermiones Wohnung gestanden hatten, unter anderem ein mit einem Porzellanbild am Kopfende verziertes Eisenbett, in dem sie, Emily, damals während ihres Besuches geschlafen hatte, sowie einen Nachttisch aus dunklem Holz mit einer Marmorplatte und einem grün beschirmten Lämpchen darauf.

Ein Kleiderschrank, ein mit Büchern vollgestopftes Regal, ein ziemlich zerschlissener Sessel, ein Beistelltisch, eine Staffelei mit einer nicht bemalten, offensichtlich schon alten Leinwand und einer Palette voller eingetrockneter Farben.

«Wann hat Hermione angefangen zu malen?», murmelte Emily. «Bei meinem Besuch damals war davon noch keine Rede oder gar etwas zu sehen.» Durch eine niedrige Tür ließ sich ein Badezimmer betreten, das überraschend sauber war. Und eine weitere Tür führte vom Salon auf eine Terrasse, die recht lauschig aussah, zumal in deren Mitte ein kleiner Brunnen stand, der aber jetzt mit Holzlatten abgedeckt und möglicherweise schon seit Jahren außer Betrieb war.

Kopfschüttelnd ging Emily zurück in die Eingangshalle, Isabelle folgte ihr sichtlich beklommen, als hätte sich die spürbare Enttäuschung ihrer Freundin auf sie übertragen. Von dort stiegen sie die geschwungene Holztreppe zur ersten und dann zur zweiten Etage hoch, doch auch die oberen Stockwerke boten nichts Neues, bestanden nur aus vielleicht zehn oder zwölf Räumen unterschiedlicher Größe. Sie waren allesamt bis auf vereinzelte Möbelstücke leer – in einem Zimmer lag eine Matratze mit Bettdecke und Kissen zusammen mit einem deplatziert wirkenden modernen Koffer. Außerdem gab es drei Badezimmer mit unterschiedlicher Ausstattung. Unter dem Dach war eine Art Atelier ausgebaut worden, mit einem zur Rückseite gehenden kleinen Wintergarten, der einen hübschen Ausblick hätte bieten können, wäre das Gelände rund um das Haus nicht so von Unkraut überwuchert gewesen.

Auch hier oben präsentierte sich das Manoir eher abweisend. Es wirkte wie eine seit Jahrzehnten verlassene und dem Vergessen anheimgegebene Theaterbühne. Beklommen wanderten die Freundinnen durch die modrig-pudrig riechenden Räume, in die sie nur kurze Blicke warfen, zurück, doch überall bot sich ihnen das gleiche enttäuschende Bild.

Als sie sich am zugedeckten Brunnen auf der kleinen Terrasse hinter «ihrem» Manoir niederließ, gab sich Emily einem ausgiebigen Bad in Selbstmitleid hin und stand kurz davor, entsetzt wegzulaufen. Sie überlegte schon jetzt, das Périgord-Kapitel einfach abzuhaken, sich ihr ererbtes Vermögen überweisen zu lassen und so rasch wie möglich wieder abzureisen.

Stumm nahm Isabelle sie in den Arm, und Emily ließ sich

dankbar trösten. Sie brauchte jetzt Zuspruch von jemandem, der sie von Grund auf verstand. In ihrem früheren Leben hatte sie sich manches Mal an Isabelles Schulter ausgeweint.

«Das ist ... das ist alles ziemlich deprimierend, findest du nicht?»

Isabelle nickte unbestimmt.

«Meine Güte, das ist also das Manoir. Und wir sitzen hier in einem Hinterhof an einem verfallenen Brunnen, neben einer bronzenen Nackten mit einem Kleid aus Patina ...»

«Emily», sagte Isabelle sanft, als wollte sie der Enttäuschung die Wucht nehmen. «Wir gehen jetzt einfach wieder zurück ...»

Emily nickte, als sei dies der weiseste Ratschlag aller Zeiten.

«Vielleicht zurück in die Pension. Oder jedenfalls in die Stadt. Wir machen einen kleinen Einkaufsbummel und lenken uns ab ... irgendwie.»

«Einkaufen? Hier? Hier ist doch nichts los!»

Isabelle seufzte. «Wie auch immer. Wir suchen uns ein bisschen Zerstreuung.»

«Ich denke, ich sollte wohl besser gleich wieder abreisen.»

«Nein ... warte!» Isabelle holte erschrocken Luft. «Du kannst doch jetzt nicht einfach so überstürzt wieder fahren.» Sie schluckte. «Wir haben uns doch gerade erst wiedergefunden.»

Emily hob den Kopf und lächelte ihre Freundin traurig an. Sie fühlte sich untröstlich, obwohl im Grunde gar nichts Schlimmes passiert war – nichts Schlimmeres jedenfalls als ein paar zerplatzte Träume. Vielleicht waren ihre Erwartungen auch einfach nur unrealistisch gewesen. Doch sie war dankbar für Isabelles unmittelbare Nähe und legte den Kopf an ihre Schulter.

«He ... he ...», murmelte Isabelle. «Was ist denn, meine Süße?»

«Ich hatte gedacht ... ich hatte gehofft ...»

«Was denn? Dass du hier ein Schloss mit Bediensteten erbst, die du für den Rest deines Lebens herumkommandieren kannst?

Mit einer Köchin, die kocht wie Nigella Lawson? Und einer Kammerzofe, die dir morgens beim Ankleiden hilft?»

Emily schniefte. «Ach, ich weiß es nicht. Als der Notar das Testament vorlas, fühlte ich mich plötzlich so ... beschenkt. Unverdient zwar, aber ...»

«Ich verstehe dich.» Isabelle sah ihrer Freundin mit festem Blick in die Augen. «Na komm, wir gehen jetzt einfach wieder zurück. Und irgendwann in den nächsten Tagen gibst du dem Manoir einfach eine zweite Chance.»

«Meinst du? Ich habe eigentlich gar keine Lust, mir den alten Kasten noch mal anzuschauen.»

Isabelle strich Emily eine Haarsträhne hinter das Ohr. «Das wäre aber sehr schade.»

«Wieso?»

«Ich erlebe gern mit dir solche Abenteuer. Wie früher ... da konnte uns nichts unterkriegen. Dein deprimierendes Erbe lassen wir jetzt hinter uns und spazieren direkt zum *Cerf Blanc*. Adèle holt was Schönes aus dem Keller, und wir trinken ein Gläschen – oder auch zwei ... Wie in alten Zeiten!»

Emily rang sich ein Lächeln ab, drückte Isabelles Hand und ließ sie dann wieder los. «Du hast recht. Wie immer. Du bist eine echte Freundin.»

4

Isabelle erweist sich als echte Freundin, und Adèle Tavernier setzt Emily eine ziemlich verrückte Idee in den Kopf.

Zwei Tage später war die trübe Stimmung verflogen, und sie unternahmen einen Ausflug in Emilys rotem Alfa Romeo. Auf die an ihnen vorbeigleitende Landschaft des Périgord reagierte Emily wie im Grunde alle Touristen, die zum ersten Mal durch diese Region fahren: Sie war außer sich vor Entzücken! Hügel erstreckten sich in sanften Wellen, weite, dichte Laubwälder säumten die Straße, immer wieder öffnete sich der Blick auf rasch vor den Augen vorbeifliegende felssteingemauerte Häuser und Bauernhöfe, sich lässig der Zeit hingebende Villen und wehrhafte Kastelle. Unterwegs hielten sie kurz an dem anheimelnden, lieblich sich durch das Val d'amour windenden, von Pappeln gesäumten Flüsschen Azurain, um einen grandiosen Ausblick zu genießen, bevor sie weiterfuhren, vorbei an schroffen, hochaufragenden Felsenkliffs und Dörfern, die wie in dieses Szenario hineingezaubert wirkten. Die Luft war von berauschenden, geradezu betäubenden Düften nach Blumen und Kräutern erfüllt, in die sich etwas Harziges, Würziges, nicht genau Bestimmbares mischte. Das Périgord tat sich hier auf wie eine gewaltige Urlandschaft.

Natürlich war auch auf dieser Fahrt – wie oft in diesen Tagen – die Erbschaft Gesprächsthema. Mit geradezu schauriger Lust rief sich Emily die Details ihrer ersten Besichtigung in Erinnerung, und immer wieder betonte sie, dass sie wild entschlossen sei, das abweisende, vom Grün überwucherte Manoir so bald wie möglich zu verkaufen, zu welchem Preis auch immer. Am Tag zuvor hatte sie bereits mehrere *Agents immobiliers* in der

Umgebung kontaktiert, die ihr allerdings wenig Mut gemacht hatten. Luxusobjekte seien im Périgord natürlich gefragt, von Grund auf der Renovierung bedürftige Häuser hingegen weniger bis gar nicht. «Das sind Fässer ohne Boden», hatte einer der Immobilienmakler gesagt. «In denen will niemand sein Geld verschwinden sehen.»

«Das Haus wird gar nicht so viel einbringen.» Emily schaute Isabelle ernüchtert an. «Wenn ich es überhaupt losschlagen kann. Wo sollte ich einen Verrückten finden, der darin wohnen und das offensichtlich verschrumpelte Leben meiner Tante fortführen will?»

«Vielleicht wäre ja eine Filmproduktion interessiert, dort den nächsten historischen Thriller zu drehen», schlug Isabelle, halb im Scherz, vor.

«Schön wär's», seufzte Emily.

«Das würde mir Spaß machen: Ich schließe meine Papeterie und mache eine Event-Location-Firma auf. Dein Manoir als Schauplatz und Drehort des nächsten Films von Sofia Coppola.»

Emily lachte. Isabelle war es gelungen, sie aufzumuntern. «Ich überschreib's dir gern.»

«Keine Witze, meine Liebe. Sonst bist du es schneller los, als du dir vorstellen kannst. Egal, wie es aussieht, es hat Potenzial ...»

Emily schnaubte kopfschüttelnd und warf Isabelle einen verständnislosen Blick zu. «Was für Potenzial denn bitte? Na schön, bringen wir's hinter uns. Wir fahren jetzt gleich zum Manoir und statten diesem gespenstischen Gemäuer einen Abschiedsbesuch ab. Ich sage: *Au revoir pour toujours!* Und das war's dann.»

Ihrer Freundin schien es ganz und gar nicht zu gefallen, dass sie das Manoir so umstandslos loswerden und dann – wie sie angekündigt hatte – bald schon wieder abreisen wollte, das spürte Emily genau. Wahrscheinlich grübelt Isabelle schon darüber nach, wie sie mich zum Hierbleiben überreden kann, dachte sie, wenigstens noch für ein paar Tage. Also tat sie ihr den Gefallen, sich das «gespenstische Gemäuer» noch einmal anzuschauen, und sie musste zugeben, dass es ihr auf den zweiten Blick gar nicht mehr so abweisend erschien, wie sie es bei ihrem ersten Besuch empfunden hatte. Geradezu ehrfürchtig, als bewege sie sich auf historischem Boden, schritt sie mit Isabelle noch einmal von Zimmer zu Zimmer, die überall anerkennend nickte, als taxierte sie wie eine Maklerin für Luxusimmobilien ein Objekt allererster Güte.

«Bitte, Isabelle ... Du machst mich wahnsinnig mit deinem Kopfnicken!» Wie um sie zu ärgern, machte sich Emily einen Spaß daraus, sie auf alle Schäden und Unzulänglichkeiten hinzuweisen, die ihr ins Auge fielen. Doch wo sie lautstark über die allzu offensichtlichen Zeichen des Verfalls lamentierte, äußerte Isabelle sich begeistert über pittoresken Charme und romantische Patina. Wo Emily die dunkle Kühle beklagte, öffnete Isabelle kurzerhand die Fensterläden und ließ die Mittagssonne herein. «Aber das ist doch bezaubernd!», rief sie aus und schüttelte nur den Kopf, als Emily unbeeindruckt blieb und sie skeptisch anblickte. «Daraus kannst du doch eigentlich was machen!»

«Was sollte ich aus einer solchen Bruchbude machen können? Meinst du, ich will hier wie Tante Hermione die nächsten Jahrzehnte einsam in zwei Zimmerchen hausen und langsam, aber sicher verrückt werden?»

«Sei nicht so melodramatisch, Emily. Das bist du immer, wenn etwas nicht gleich auf Anhieb klappt. Natürlich kannst du das Ding verkaufen und mit ein paar Pfund zurück auf deine

Insel fahren. Aber ein Abenteuer ist das nicht, das musst du zugeben.»

«Was soll ich damit? Mein gerade ererbtes Geld in diese ... diese Ruine am Ende der Welt stecken, um sie für ein paar Ferienwochen im Jahr bewohnbar zu machen? Hätte ich Kinder, wär's vielleicht wirklich ein Abenteuer – sie würden es sicher lieben, hier herumzustreifen und Streiche auszuhecken. Aber ich allein ... ich kann mit diesem alten Kasten nichts anfangen.»

Isabelle schob die Unterlippe vor. «So verfallen ist er gar nicht, dein alter Kasten», murmelte sie.

«Weißt du, du bist wirklich eine Gewohnheitsoptimistin», rief Emily in schlecht gespielter Empörung, da sie bei Isabelle auf so gar keine Zustimmung stieß. «Ich aber nicht.»

«Nein, du bist eine Gewohnheitspessimistin.»

«Keineswegs. Aber warum soll ich mir Illusionen machen? Ich sehe die Dinge eben, wie sie sind.» Sie blies verächtlich die Lippen auf. «Dies ist einfach nur ein Spukhaus, aus dem selbst die Gespenster geflohen sind.»

Doch so schnell gab Isabelle nicht auf. Sie legte den Arm um ihre Schulter und drückte sie an sich.

«Ach komm, sei nicht so schlecht gelaunt ...»

«Ich bin nicht schlecht gelaunt!»

«... oder so enttäuscht. Okay, ich gebe zu, das ist hier alles ein bisschen ... vernachlässigt ...»

«Heruntergekommen, würde ich sagen, völlig heruntergekommen. Nicht nur ein bisschen.»

«Von mir aus auch heruntergekommen. Aber du könntest wirklich etwas draus machen. Ein bisschen Geld in die Hand nehmen, dem Ganzen einen neuen Anstrich verpassen, das Nötigste restaurieren und renovieren, ein paar Möbel hineinstellen. Eine tolle Website – und du kannst es als entzückendes romantisches Hideaway vermieten, für alle, die das Besondere suchen.

Wenn du es verkaufst, hast du vielleicht ein paar Nullen mehr auf deinem Konto, aber ich kenne dich. Du bist trotz all deiner Londoner Coolness im Herzen noch immer eine romantische Seele. Eigentlich müsste das hier deine Phantasie wecken und nicht dein Misstrauen. Übrigens, es ist keineswegs so, dass du ‹die Dinge siehst, wie sie sind›. Eigentlich siehst du sie immer so, wie du sie haben möchtest. Seltsam, dass das in diesem Fall nicht funktioniert.»

«Meinst du?»

«Aber ja. Denk einfach in Ruhe noch ein bisschen darüber nach!»

«Na schön.» Emily lächelte, dankbar, dass die Diskussion um das leidige Manoir erst einmal ein Ende fand. Sie hakte sich bei Isabelle unter und zog sie zurück zum Auto, wo sie ihr schwungvoll die Tür öffnete.

«Darf ich bitten, Mademoiselle Améry?»

Der Abend dieses Tages endete ganz anders, als Emily es erwartet hatte.

«Ah, unsere englische Erbin! Und ihre Immobilienberaterin!», begrüßte Adèle Tavernier die beiden auf der Terrasse ihres Gasthofs.

«Sie wissen davon?», fragte Emily entgeistert.

«Ich weiß alles, ma chère.» Die Wirtin zwinkerte Emily vergnügt zu und reichte ihnen die Speisekarten. «Mir entgeht fast nichts in dieser entzückenden, aber überschaubaren Stadt. Außerdem schadet es nicht, ein paar besondere Verbindungen zum Rathaus zu haben. Und unser allseits hochgeschätzter Notar ist verpflichtet, Erbangelegenheiten, die Liegenschaften und Immobilien betreffen, dem Rathaus anzuzeigen. Wir wissen hier immer gern, wer was kauft oder erbt.»

Sie bestellten eine *Plateau de fromages* sowie eine Flasche Wein, die ihnen von Adèle empfohlen worden war. «Wein aus dem Périgord wird auch auf unseren Hochzeiten am liebsten getrunken.»

«Ah, die Hochzeiten», sagte Emily. «Der Notar sprach auch schon davon ...»

«Es wundert mich fast, dass unser Ruf eure Insel noch nicht erreicht hat, aber ihr seid ja inzwischen nur noch mit den Folgen eures Brexits beschäftigt. Fleury hat nämlich in Sachen Hochzeiten eine besondere Expertise.»

«Wie – die ganze Stadt?», hakte Emily nach und blickte Isabelle an.

«Ja, die ganze Stadt ... sozusagen.»

Und dann erzählte Isabelle von ihrer in Paris lebenden Cousine Hélène Géricault, die vor zwei Jahren nach einem stimmungsvollen Ort für ihre Hochzeit gesucht und der sie von Fleury vorgeschwärmt hatte. Fleury war ganz nach Hélènes Geschmack gewesen – und da sie immerhin eine der berühmtesten Schauspielerinnen des Landes war und ihre Heirat ein Medienereignis ersten Ranges, waren die Bilder von ihrem rauschenden Fest durch alle Sender und Zeitungen gegangen. In einem Interview war die Braut dann gefragt worden, warum sie ausgerechnet in Fleury heirate, und Hélène hatte entzückt geantwortet: «Aber das weiß doch jeder, dass Ehen, die im Val d'amour geschlossen werden, besonders glücklich werden.»

«Wie romantisch!», seufzte Emily.

Adèle hingegen verdrehte belustigt die Augen. «Ja, nicht wahr? Jedenfalls wurde dieser Satz zu einer Art Initialzündung. Innerhalb weniger Monate entwickelte sich unser Fleury zur ‹Hochzeitsstadt›: Vom Frühling bis zum Herbst vergeht seither kein Wochenende, an dem hier nicht mindestens drei Hochzeiten stattfinden, manchmal nur in der Mairie, oft aber auch in der Kirche.»

Emilys Augen wurden immer größer.

«Und oft unter reger Anteilnahme der Öffentlichkeit», ergänzte Adèle. «Unserem Herrn Baron passt der Trubel in seiner ‹beschaulichen Stadt› allerdings gar nicht.»

«Was kann denn der Baron gegen ein bisschen Leben in der Stadt einzuwenden haben?», fragte Emily. Sie blickte sich um. «Hier sagen sich doch sonst eher Fuchs und Hase gute Nacht, oder?»

Adèle überging diese wenig schmeichelhafte Äußerung. «Oh, er hat eine ganze Menge dagegen. Bürgerstolz bedroht den Adel, das war schon immer so und wird auch immer so bleiben. Doch gegen den kleinen Aufschwung, den unsere Stadt erlebt, war und ist der Baron machtlos.»

«Und dieser Aufschwung», warf Emily ein, «der besteht darin, dass hier ab und zu Hochzeiten gefeiert werden?» Sie konnte es kaum fassen.

«Nicht nur ab und zu», sagte Isabelle. «Die Hochzeiten sind zu einem richtigen Wirtschaftsfaktor geworden, wir alle profitieren davon. Sie locken Gäste in die Stadt, die sonst nicht hierherkommen würden. Und die meisten Bürgerinnen und Bürger von Fleury sind mit viel Phantasie und Enthusiasmus ins ‹Hochzeitsgeschäft› eingestiegen. Adèle mit dem Gasthof natürlich, aber auch Rosalie mit ihrem Blumenladen, Maxime, der neue Coiffeur, Valérie macht die schönsten Hochzeitstorten ... Wie geben alle unser Bestes, jedem einzelnen Brautpaar eine wunderschöne, unvergessliche Hochzeit auszurichten. Wir haben sogar unsere eigene Website – die erlebt geradezu einen Ansturm.»

«Kaum zu glauben», murmelte Emily. «Jede Woche Invasionen von Gästen und Touristen ...»

«Hochzeitsgästen. Ja, mit der Heirat von Hélène Géricault hat alles begonnen», resümierte Adèle. «Es war wie die Hochzeit einer Märchenprinzessin, fast schon übertrieben aufwendig, aber auch herzerwärmend, weil sich alle so viel Mühe gegeben haben. Noch heute schwärmen sie davon.»

«Ja», bestätigte Isabelle. «Nach dem Feuerwerk hat die ganze Stadt auf diesem Platz getanzt und zum Schluss die Marseillaise gesungen, die Stadtkapelle hat sie geschmettert wie noch nie.»

«Man feiert einfach gern im Val d'amour», ergänzte Adèle und goss ihnen Wein nach. «Und seither herrscht stets eine festliche Stimmung in Fleury, es scheint irgendwie ansteckend zu sein.»

«Mittlerweile lassen wir unsere Stadt dauergeschmückt, mit den Rosen im Frühjahr bis zu den Arrangements im Herbst. Die Hochzeitsgefühle sollen hier sozusagen ganzjährig in der Luft liegen», bekräftigte Isabelle.

«Erstaunlich!» Emilys Augen leuchteten. «Eine ganze Stadt vom Hochzeitsvirus infiziert!»

«Könnte man so sagen. Obwohl ...», räumte Adèle ein, «obwohl es durchaus auch Probleme gibt.»

«Probleme? Was für Probleme?» Emily konnte sich gar nicht vorstellen, dass es in diesem niedlichen Städtchen, wo alles so friedlich seinen Gang zu gehen schien, überhaupt Probleme geben könnte.

«Zum Beispiel die Übernachtungsmöglichkeiten für Hochzeitsgäste. Wir haben einfach zu wenig Betten. *Fantaisies de Fleury* ist eigentlich kaum mehr als eine Frühstückspension. Wir im *Cerf Blanc* haben auch nur acht Gästezimmer, und die sind kaum geeignet für rauschende Hochzeitsnächte. Dann gibt's noch das *Écoute-la-pluie* im Tal, das etwas größer ist, aber schon ein bisschen ab vom Schuss. Außerdem will es bald mal renovieren und für mindestens ein halbes Jahr schließen. Alles andere liegt außerhalb, ein paar Kilometer entfernt.»

«Wo haben denn Hélène und ihre Familie übernachtet?»

«Oh, die waren fürstlich untergebracht», berichtete Isabelle. «Laura hatte sie kurzerhand ins Schloss eingeladen. Ihre Eltern waren zunächst alles andere als begeistert, fühlten sich aber dann doch geschmeichelt. Laura, musst du wissen, ist eine der drei Bricassart-Töchter. Sie arbeitet als Assistentin des Bürgermeisters in der Mairie und ist auch für die Hochzeitskoordination zuständig.»

«Ein wahres Organisationsgenie, wenn Sie mich fragen», ergänzte Adèle. «Bei ihr laufen alle Fäden der in Fleury geplanten Hochzeiten zusammen. Sie hat auch den besten Draht zur Église ...»

«Und besonders zu Christian Arnault, dem jungen Pfarrer der Gemeinde, in den sie sich ebenso heimlich wie vergeblich verguckt hat», warf Isabelle ein.

«Und die anderen beiden Töchter aus dem Schloss, sind sie auch im Hochzeitsbusiness?»

«Oh nein, das würde ihre Mutter nicht zulassen. Anne-Sophie de Bricassart hat ein ausgeprägtes Standesbewusstsein, man könnte auch Dünkel sagen.» Adèle setzte eine etwas verschlagene Miene auf. «Die Baronne hat sich als geborene Vicomtesse Rouge de Pennac im Grunde ‹unter Wert› verheiratet. Sie leidet sehr darunter, das Schloss ihrer hochherrschaftlichen, finanziell jedoch ziemlich derangierten Familie nicht mehr standesgemäß führen zu können. Inzwischen lässt sich die Baronne kaum noch in der Stadt blicken. Aber sie liebt es noch immer, im Hintergrund die Fäden zu ziehen.»

«Und ihre anderen beiden Töchter?», hakte Emily nach.

«Ach ja. Louise ist ganz Baronesse, fühlt sich zu Höherem berufen. Sie hat jedoch bereits zwei geplatzte Verlobungen hinter sich und gilt seitdem als ‹die Braut, die sich nicht traut›. Und Léonie ist zwar als jüngstes Kind das Küken, in mancherlei Hinsicht allerdings die Emanzipierteste von den drei Mädchen. Wie Laura sieht sie für sich im Château keine Zukunft und strebt eine bürgerliche Existenz an. Ich habe gehört, dass sie sich heimlich von der Schlossköchin ausbilden lässt.»

«Aber wenn das Schloss so große Probleme hat, sich finanziell über Wasser zu halten – warum machen die de Bricassarts aus ihrem Domizil nicht ein Fünf-Sterne-Hotel?», fragte Emily. «Sie könnten doch einen Flügel der Residenz für sich nutzen und den größeren Teil zur Luxusherberge umbauen ...»

«Ja, gute Frage.» Adèle Tavernier goss ihnen noch einmal Wein nach. «Haben wir uns natürlich auch schon gestellt. Aber das ist im Périgord doch anders als bei euch in England. Hier bewegt sich der alteingesessene, verarmte Landadel nicht immer auf der Höhe der Zeit. Der Baron hält den ganzen Hochzeitsboom für einen Spuk, der sein Verfallsdatum bald überschreiten dürfte. Er hat noch immer nicht eingesehen, dass die hochzeitsfreudigen Gäste auch für ihn die Rettung bringen könnten.»

«Und für die Baronne dürfte das eine Horrorvision sein – ständig Fremde auf ihrem Territorium und jede Woche Trubel, Tamtam und Trara», vermutete Emily.

«So ist es. Sie würde dazu niemals ihre Zustimmung geben. Allerdings ...» Adèle erlaubte sich ein leicht hämisches Lachen. «Die Front bröckelt. Der Rebell sitzt im eigenen Haus. Jean-Luc de Bricassart!»

Emily warf Isabelle einen verschwörerischen Blick zu.

«Das älteste Kind ... der Kronprinz», fuhr Adèle fort. «War ein paar Jahre aus dem Verkehr gezogen, ist aber just vor ein paar Wochen zurückgekehrt. Mit einigen revolutionären Ideen im Gepäck, nach allem, was man so hört.»

«Was hört man denn so?» Emily fand an all diesem Stadt- und Schlossklatsch zunehmend Spaß. Vielleicht ist Jean-Luc de Bricassart ja gar nicht so übel, dachte sie.

«Er fühlt sich anscheinend berufen, das Schloss gründlich zu entstauben und zu entrümpeln und daraus eine Art Relais-&-Châteaux-Golfhotel zu machen. Was ihn auf Konfrontationskurs zu seinen Eltern bringt.»

«Na schön ... vom Schloss ist also die Lösung eurer Unterkunftsprobleme nicht zu erwarten», resümierte Emily, deren Zunge schon etwas schwer vom Rotwein war und die damit kämpfte, das Wort «Unterkunftsprobleme» flüssig über die Lippen zu bringen. Nur aus den Augenwinkeln bekam sie mit, dass der Wirt mit ungeduldigem Winken seiner Frau bedeutete, sich auch wieder um die anderen Gäste zu kümmern.

«Ich muss los», sagte Adèle Tavernier. «Mein formidabler Antoine gibt unentwegt Zeichen.» Sie stand auf, stützte sich auf den Tisch und blickte den beiden Freundinnen verschmitzt in die Augen. «Aber ich hätte da eine Idee. Ihr Manoir, Emily – das könnte doch ein perfektes kleines Hotel werden. Und Sie selbst eine perfekte kleine *Hotelière*. Denken Sie darüber nach! Meine Unterstützung hätten Sie!»

Am nächsten Morgen schien alles schon beschlossene Sache zu sein. Als Emily und Isabelle am späten Vormittag nach einem ausgiebigen Frühstück im kleinen Garten des *Fantaisies de Fleury* einen beschwingten Rundgang durch das Städtchen unternahmen, hatte die so leichthin am Vorabend in die Welt gesetzte Idee schon ihre Kreise gezogen. Mit einem Schlag war Emily stadtbekannt; in jedem Geschäft wurde sie prompt auf ihr «Projekt» angesprochen.

Es schien, als hätte Adèle Tavernier keine Zeit verloren, die ganze Stadt mit dem Manoir-Virus zu infizieren. Dabei hatte sie nur bei ihrem frühmorgendlichen Einkauf Valérie in der Boulangerie beiläufig von der Idee erzählt. Doch hatte sie wohl den Eindruck erweckt, Emily sei bereits wild entschlossen, aus dem Manoir ein schickes Hotel zu machen.

Es war wie beim Stille-Post-Spielen – jeder schnappte etwas auf, schmückte es aus und erzählte es weiter. In der Boulangerie wurde Emily noch eine Frage gestellt, im nächsten Geschäft war die Frage bereits zu einer vollendeten Tatsache geworden. Alle glaubten an einen festen Plan, auf dessen Details sie neugierig waren und den jeder zu unterstützen bereit schien. André Chardin, der als Buraliste die kleine Trafik im Stadttor betrieb, brachte es auf einen unwiderlegbaren Punkt: «Das bringt Leben in die Bude!»

Die Begeisterung, die Emily allseits heraushörte, schmeichelte ihr nicht wenig. Es freute sie, dass es anscheinend keinerlei Ressentiments gegen das Vorhaben einer Engländerin zu geben schien, hier mitten in der tiefsten französischen Provinz ein traditionsreiches Haus wie das Manoir zu einem Hotel umzubauen. Über Nacht schien ihr die Stadt die Entscheidung abgenommen zu haben und die am Vorabend noch vage Idee bereits als Fait accompli zu werten.

«Unglaublich!», sagte Emily wieder und wieder. «Unglaublich!»

Am begeistertsten von allen schien erstaunlicherweise Isabelles Nachbarin Rosalie Fontaine zu sein. Wann immer sie mitbekam, dass Emily und Isabelle die Papeterie unter den Arkaden ansteuerten, kam sie gleich aus ihrem Blumenladen nebenan herbeigelaufen.

«Stellen Sie sich doch nur vor, Emily – ein charmantes Refugium für alle, die zu einigermaßen bezahlbaren Preisen eine hübsche Unterkunft im Val d'amour suchen! Mit oder ohne Hochzeit. Auf jeden Fall aber mit der Gastfreundschaft, für die unser Périgord so berühmt ist.»

Solch aufmunternde Sätze sprach sie jedes Mal, bevor sie wieder zurück zu ihren Rosensträußen und Blumengestecken eilte.

«Ich bin zu jung für Aussteigerphantasien», meinte Emily. «Wie stehst du denn eigentlich dazu, Isabelle?»

Isabelle hielt nicht damit hinter dem Berg, wie sie zu der Aussicht stand, ihre Freundin könnte nach Fleury ziehen.

«Ach, Emily, du stellst Fragen. Natürlich bin ich begeistert davon, wenn das ‹Hochzeitsprojekt› noch weiter Fahrt aufnimmt! Außerdem sollte das Manoir im Wald endlich aus seinem Dornröschenschlaf aufgeweckt werden. Und das Beste: Meine einstige Ferienfreundin lässt sich womöglich in Fleury nieder – ich bin völlig aus dem Häuschen vor Freude! Und was heißt überhaupt ‹aussteigen› », fuhr sie fort. «Du steigst hier ein ... Du baust dir etwas ganz Eigenes auf. So musst du das sehen!»

«Aber ich habe doch keinerlei Ahnung vom Gastgewerbe. Ich bin eine mäßig talentierte Jobhopperin, die in ihrem Leben im Grunde noch nichts auf die Reihe gekriegt hat.»

«Und ob du Ahnung hast. Du bist schließlich die Tochter einer Hoteliersfamilie. Das liegt dir im Blut. Glaub mir. Und ich bin an deiner Seite, ich komme jeden zweiten Tag und stelle mich mit dir an den Herd.»

«Ich und Kochen! Sehr witzig. Wir Engländer können bekanntlich gar nicht kochen, sondern allenfalls etwas zubereiten, das denkt ihr doch von uns. Was mich betrifft, trifft es allerdings zu. Ich esse jeden Tag auswärts. In meinem Kühlschrank streiten sich eine verschrumpelte Zitrone und ein abgelaufener Joghurt um die Vorherrschaft ...»

«Zitronen soll man nicht im Kühlschrank aufbewahren», warf Isabelle ein.

«Siehst du? Nicht einmal das weiß ich.»

«Okay, okay ... dann nicht kochen. Du wirst eine Köchin finden, das dürfte in unserer genusssüchtigen Region nicht so schwierig sein. Oder noch besser: einen knackigen Koch! Dann könnt ihr euch an den heißen Pfannen näherkommen ...»

«Hör auf!» Emily musste jetzt doch lachen. Das würde noch

Stunden so weitergehen, wenn sie nicht allmählich wieder auf den Boden der Realität zurückkehrten.

«Also schön, kein knackiger Koch. Aber alles andere ...»

«Wird unendlich teuer und meine Erbschaft in der Sonne schmelzen lassen, noch bevor ich die Vorhänge aufgehängt und die Teppiche ausgeklopft habe.» Emily zog eine Schnute.

«Ich bitte dich, meine Liebe. Jetzt komm mir nicht mit Geld! Das Parkett abschleifen und neu versiegeln, den Steinfußboden ausbessern, ein bisschen Farbe für einen gründlichen Anstrich drinnen und draußen, das wird nicht die Welt kosten.»

«Vielleicht muss auch das Dach gemacht werden ...»

«Ja, und die Elektrik und die Heizung und die sanitären Anlagen und Pipapo. Natürlich wird das kein Spaziergang, das weiß sogar eine notorische Optimistin wie ich. Es kann die Hölle sein, nach allem, was man von Handwerkern so kennt und hört. Aber am Ende wird alles gut, das weiß ich, und du feierst hier ein rauschendes Eröffnungsfest mit der ganzen Stadt. Du wirst glücklich sein wie noch nie in deinem Leben. Und ich werde danebenstehen und triumphierend lächeln!»

Emily war ehrlich gerührt, was Isabelle nicht verborgen blieb.

«He, he ... was ist denn? Du musst doch nicht gleich weinen, nur weil dir das Schicksal mal einen Joker in die Hand gegeben hat.»

«Ich weine doch gar nicht. Du meinst das alles ernst, oder? Du traust mir das zu? Du machst keine Witze?»

«Nein, keine Witze. Mein voller Ernst. Aber du musst ein Mal, nur ein Mal in deinem Leben Vertrauen haben. Vertrauen zu dir selbst. Und ein bisschen auch zu mir.»

5 *Zwei Freundinnen und ihre verborgenen Talente*

Am Abend dieses Tages lud Isabelle ihre Freundin zum ersten Mal zu sich nach Hause ein. Vom Laden zu ihrem Appartement hatte sie es nicht weit, nur ein paar Stufen die enge geschwungene Holztreppe hinauf, dann öffnete Isabelle schon die blau gestrichene Tür zu ihrer kleinen Wohnung über der Papeterie. Sie war nicht groß – zwei Zimmer und eine Küche –, bot für eine Person aber genug Platz.

Mit einer einladenden Handbewegung und einem ironischen, aber doch anmutigen Knicks lud sie Emily ein einzutreten. Sie standen in einem Flur, der durchaus Chancen auf den Eintrag als «kleinster Flur einer europäischen Wohnung» ins Guinness-Buch der Rekorde hätte. Von hier aus brachte sie schon ein einziger Schritt in Isabelles Wohn- und Schlafzimmer.

Lässiger Bohème-Stil, Stoffe, Polster, Kissen im ganzen Zimmer, alles am genau richtigen Platz. Neugierig blickte Emily sich um. Der wuchtige Schreibtisch – noch mehr als das danebenstehende Himmelbett der unbestreitbare Mittelpunkt dieses kleinen Refugiums – war voll mit Bilderrahmen, Stifthaltern, antiken Weingläsern, Bronzefigürchen, einem silbergerahmten Kalender, dem unvermeidlichen Notebook, Büchern natürlich und einem Eisenständer – mit grüner Patina – für ein wahres Sammelsurium von Briefen und Postkarten und Notizzetteln.

Das Bett war ordentlich gemacht, ein hellblauer *Grandfoulard* lag darüber, auch hier ein paar Kissen wie zufällig verteilt, in Wahrheit aber wohl sorgfältig angeordnet. «Ich liebe es, wenn ich mich am Abend in dieses Bett sinken lassen kann», kommentierte Isabelle.

«Kann ich mir lebhaft vorstellen. Noch besser, wenn jemand mit dir zusammen sinken würde ...» Emily grinste anzüglich.

Daneben ein bequemer Ohrensessel und ein kleines Holzregal, übervoll mit den Büchern, die Isabelle gerade las oder bald lesen würde. «Ich lese wirklich viel», räumte sie ein, als sie den erstaunten Blick ihrer Freundin bemerkte.

Emily bewunderte den antiken Kleiderschrank mit einer Unzahl an Türen, Fächern, Schubladen, für den man einen Übersichtsplan bräuchte, um sich zurechtzufinden.

Zurück in dem kleinen Flur, warf sie einen Blick in die Puppenküche, alles auf engstem Raum, staunte über das Regal mit dem Kaffee- und Teegeschirr und den alten sechsflammigen Gasherd. Das Bad war dagegen überraschend geräumig, mit einer porzellanweißen Badewanne, die auf Löwenfüßen stand. Wer träumt nicht davon?, dachte sie.

Isabelle schien eine Seifenliebhaberin zu sein, sie sammelte Seifen in altmodischen Verpackungen. «Rosen, Lavendel, Vanille, Sandelholz», zählte Emily auf.

«Und Tuberosen, mein Lieblingsduft.»

Ein weiteres Zimmer, das größte in dieser Wohnung, war nur spärlich möbliert, man ahnte, dass es nicht oft genutzt wurde. Es schien auf irgendetwas zu warten, für irgendwen bereitzustehen, doch Isabelle hob nur entschuldigend die Schultern, lächelte verlegen und schloss die Tür wieder.

«Nur dass die Wohnung keinen Balkon hat, ist wirklich schade», meinte Isabelle bekümmert. «Doch der Blick aus dem Fenster ins Grüne tröstet mich darüber hinweg.»

«Oh, Isabelle, es ist ganz bezaubernd hier!»

«Ja? Gefällt es dir?»

«Und wie! Ich bin ganz hin und weg.» Emily deutete auf das Bett. «Darf man das auch benutzen?»

Isabelle kräuselte die Stirn. «Äh ... ja, natürlich!»

«Na dann!», rief Emily und ließ sich auf die Bettdecke fallen.

Sie stopfte sich ein paar bequeme Kissen in den Rücken und machte eine scherzhaft blasierte Handbewegung.

«Sie dürfen jetzt den Wein bringen, *my maid*. Und weil ich heute Abend in so überaus generöser Stimmung bin – bringen Sie sich einfach ein Glas mit und nehmen Sie hier an meiner Seite Platz.» Sie klopfte auf die Stelle neben sich. Isabelle ließ es sich nicht zweimal sagen. Mit Anlauf warf sie sich jauchzend aufs Bett und versuchte, die übermütig lachende Emily mit Kissen um Kissen zum Schweigen zu bringen.

Es wurde ein rotweinseliger Abend. Sie hatten sich auf dem Himmelbett ausgestreckt und ließen sich durchs Fenster vom Mond bescheinen. Ein paar Kerzen versuchten, die dämmrige Stimmung aufzuhellen, was ihnen leidlich gelang. So blieben sie nebeneinander liegen, redeten und schütteten einander ihre Herzen aus.

«Was hast du in den letzten Jahren alles erlebt?», wollte Emily wissen.

«Na ja … erlebt.» Isabelle seufzte. «Fleury hat dafür ja kaum etwas zu bieten. Ein paar Restaurants, Cafés und Läden – das war's. Kino, Bars und das, was man hierzulande für Nachtleben hält, ist fünfzig Kilometer entfernt und ja beinahe schon auf einem anderen Stern. Das war früher nicht anders, und ich habe mich in meiner Jugend ziemlich gelangweilt.»

Seit ihrem zweiten Lebensjahr hatte Isabelle mit ihrer Maman allein gelebt, ihren Vater, der sich aus dem Staub gemacht hatte, nie kennengelernt, was ihre Mutter Malou vollkommen in Ordnung fand. Trotzdem hatte sie eine glückliche Kindheit gehabt, in der nur Frauen eine Rolle spielten, außer Malou vor allem ihre Großmutter und zwei Tanten. Nach der *École primaire* ging sie aufs Collège Jean Ladignac im viel kleineren Saint-

Cyprien. Dort wohnte sie bei ihrer Tante Aurélie in einer winzigen Kammer, die kaum mehr Platz bot, als Harry Potter unter der Treppe im Haus der Dursleys hatte, und in der sich ein Bett, ein Tischchen mit Stuhl, eine Kleidertruhe und eine wachsende Anzahl hoffnungsvoller kleiner Wünsche drängten.

Daraus wurden rasch große Träume. Raus aus diesem putzigen Dörfchen mit maximal ein paar tausend Einwohnern, die sich in mittelalterlichen Gässchen aneinanderdrängten. Raus aus diesem abwechslungsarmen Leben, das alle Hoffnungen zu ersticken schien wie das Löschhütchen eine Kerze.

Das Studium in Bordeaux – Geisteswissenschaften natürlich – erwies sich für Isabelles Freiheitsdrang geradezu als Katalysator. Doch nach dem Examen ging sie – für alle unbegreiflich – zurück nach Fleury. «Meine Mutter war schwer krank, wie du ja schon weißt, und die kleine Papeterie, wo ich meine Kindheit zwischen Notizbüchern, Schulsachen, Ansichtskarten, Zeitungen und Rätselheften verbracht hatte, erforderte, dass ich einsprang und aushalf, damit wir beide über die Runden kamen. Mit Mitte zwanzig war ich verwaist, einsam und ohne Perspektive.»

Aber diese traurige Geschichte war nur die Hälfte der Wahrheit, die eine Seite der Medaille, die das Leben ihr umgehängt hatte. Auf der anderen Seite widerstand Isabelle der Verbitterung, sie eroberte sich ihre Fröhlichkeit und ihren Optimismus zurück, fühlte sich gefordert in ihrer Selbständigkeit und stellte sich mit beiden Füßen fest in das Leben, dem sie ihr eigenes Glück abtrotzte.

Als die magische Zahl Dreißig näher rückte, schien Isabelle Améry sich mit ihrem Heimatstädtchen Fleury angefreundet zu haben, wo sie neue Freundschaften geschlossen hatte. Mit ihrem Laden, in dem sie sich mit gedruckten und schönen Dingen umgeben konnte. Mit der Leidenschaft für Bücher, mit der sie auch als ehrenamtliche Bibliothekarin der Stadtbücherei Krimis von Agatha Christie an die alte Madame Renard, den *Schatten des Windes* an Monsieur Ulian und die *Harry Potter*-Bücher an Gigi und Julie, die beiden leselustigsten Mädchen von Fleury, auslieh. In diesen Stunden überließ sie ihre Papeterie gern Madame Claudel aus dem Nachbarhaus, die darauf brannte, ihr auszuhelfen.

Nach der Übernahme des kleinen Ladens änderte Isabelle das Schild mit der schlichten Aufschrift Papeterie, das jahrzehntelang über der Eingangstür geprangt hatte, in *Les Feuilles d'Isabelle*. Und als Bruno Bouvier, der Bürgermeister, sie eines Tages fragte, ob sie nicht auch die Poststelle der Stadt übernehmen könne, stimmte sie ohne Zögern zu.

«Du bist doch glücklich hier ... oder?», fragte Emily, als die Freundin geendet hatte.

Isabelle schwieg, und Emily hatte den Eindruck, dass sie mit den Tränen kämpfte, denn sie wischte sich über die Augen. Aber dann setzte sie sich auf und blickte sie mit einem etwas wehmütigen Lächeln an.

«Glücklich ... ja, irgendwie schon. Merkwürdig oder?»

«Merkwürdig? Warum?»

«Eine alte Jungfer liegt mit ihrer wiedergefundenen Freundin auf dem Bett und betrinkt sich. Aber okay, eine Art Glück ist das schon.»

Sie legte sich wieder hin, den Blick in den Betthimmel gerichtet. Eine Weile herrschte Schweigen, bis Isabelle forderte: «Und nun du! Ich will einen lückenlosen Bericht. Das aufregende Leben der Emily Bennett in London. Soweit ich mich erinnere, hast du damals Fleury mit großen Plänen verlassen.»

Emily goss sich Wein nach, als müsste sie sich Mut antrinken.

«Große Pläne», schnaubte sie verächtlich. «Was im Leben läuft schon nach Plan? Bei mir jedenfalls wenig. Oder nichts, wenn ich ehrlich bin. Es gibt», fuhr sie nicht ohne einen Anflug von Bitterkeit fort, «wahrscheinlich kaum eine Frau in meinem Alter, die so wenig auf die Reihe gekriegt hat.»

Und tatsächlich, das musste Isabelle nach dem, was Emily dann erzählte, zugeben, war das Leben ihrer Freundin ziemlich planlos dahingeplätschert. Es hatte sich mehr oder weniger alles zufällig aneinandergereiht, das Studium, die Journalistenakademie, ein Praktikum hier, ein Volontariat dort.

Nirgendwo hatte Emily richtig Fuß gefasst. Sie hatte sich die Vorzüge, «freie Journalistin» zu sein, schöngeredet. «Das ist krisensicher, habe ich mir gesagt, gute Autorinnen werden immer gebraucht.» Doch das war längst nicht so gewesen. Das Internet hatte ganze Schwärme von Schreibbesessenen hervorgebracht, die alle glaubten, auf Professionalität komme es nicht so sehr an, und die vor sich hin bloggten und die Foren und Netzwerke mit ihren Posts füllten.

«Komm doch zu uns», hatte ihre Mutter immer dann vorgeschlagen, wenn Emily ihr mal wieder vorjammerte, wie schwierig alles sei. «Wir können dich gut gebrauchen. Und für eine Lokalzeitung schreiben kannst du auch hier in Portsmouth.»

In ihren dunkelsten Stunden, in denen sie vor Selbstmitleid zerfloss, gab es Momente, da erschien Emily dieser Vorschlag gar nicht mehr so abwegig, auch wenn es in letzter Konsequenz eine Kapitulation war. Welche Tochter würde es nicht als ultimatives Versagen empfinden, unverrichteter Dinge «nach Hause zu kommen» und resigniert wieder bei den eigenen Eltern unterzukriechen?

Als Emily sich freinahm, um im Périgord vorbeizuschauen, war dies also kein «Urlaub» im eigentlichen Sinn, wie sie Isabelle erzählte. Sie war nach wie vor nicht fest angestellt, sondern als Schwangerschaftsvertretung in einer Presseagentur tätig. Dort hatte sie zuletzt Jonathan Fairlie betreut, den literarischen Überflieger und Starautor, der mit jedem seiner Bücher an die Spitze der englischen und amerikanischen Bestsellerlisten gestürmt war und dessen französische Ausgaben sogar Isabelle in ihrem kleinen Laden führte. Ihn hatte Emily auch auf seiner letzten vierwöchigen Lesereise durch England begleitet. Und sich in ihn verliebt, unsterblich natürlich, denn anders als unsterblich verliebt man sich bekanntlich nicht. Jede Nacht verbrachten sie in einem anderen Hotelzimmer, dabei konnte sie den insgeheim gehegten Verdacht doch nicht abschütteln, dass sie für Jonathan Fairlie womöglich kaum mehr als ein Mischwesen aus Groupie und Gouvernante war.

Sie hatte seine Lesereise organisiert, sie kutschierte ihn in einem Leihwagen von einem Ort zum anderen, sie stellte ihm jeden Abend das Glas Mineralwasser aufs Lesepult. Und sie zog ihn allabendlich von diesen Sirenen weg, aus denen sein ihn anhimmelndes Publikum bestand, hinein ins Federbett, wo der erfolgsverwöhnte Autor sich bei perfekt temperiertem Rotwein und perfekt für ihn orchestrierten Zärtlichkeiten entspannen konnte.

«Es hatte durchaus etwas von einer *Amour fou*. Jonathan Fairlie war als Liebhaber fast noch besser denn als Schriftsteller. Ich hätte mit ihm ewig so weiterfahren können. Und je näher das Ende der Lesereise mit unseren bettlakenzerwühlten Nächten rückte, umso panischer wurde ich.»

«Aber warum?»

«Tief im Inneren wusste ich, dass danach alles vorbei wäre. All diese schönen verstohlenen Berührungen, wenn wir tagsüber durch die Städte flanierten oder auf Caféterrassen saßen, die langen Fahrten über Land, auf denen wir uns ununterbrochen unterhielten. Das konnte nicht von Dauer sein.»

In Edinburgh war es tatsächlich zu Ende gewesen. «Er verabschiedete sich vor dem Haus seiner Mutter, wo er noch ein paar Tage bleiben wollte. Ein letzter leidenschaftlicher Kuss, und das war's. Es war von Anfang an eine Liebe auf Abruf. Oder irgendeine Zukunft. Er ging einfach so aus meinem Leben. Als sei ich nur ein Durchgangszimmer.» Emily nahm noch einen großen Schluck Rotwein und seufzte. «Das spricht nicht gerade für die Zauberkraft meiner Attraktivität.» Sie blickte ihre Freundin fragend an.

Isabelle zuckte die Schultern, als fühlte gerade sie sich für solche Erklärungen nicht zuständig. «Das hat nichts mit Zauberei zu tun», sagte sie. «Manchmal führt der vermeintliche Weg ins Glück nur ins Nirgendwo, und dann muss man den Mut haben umzukehren. Du willst dir nicht eingestehen, dass deine Gefühle für Jonathan dich in die falsche Richtung führen, dass es vorbei ist ... Du leidest vermutlich noch immer unter der Zurückweisung.» Isabelle richtete sich auf und blickte Emily in die Augen. «Vielleicht hast du ihn gar nicht geliebt», vermutete sie. «Womöglich warst du einfach nur süchtig nach seiner Aufmerksamkeit. Das ist etwas völlig anderes.»

«Danke für die Diagnose, Frau Doktor.» Emily nahm den Befund mit Ironie entgegen. «Das hilft mir schon weiter.»

«Willst du im Ernst behaupten, Jonathan Fairlie sei die Liebe deines Lebens ...»

«Gewesen.»

«... gewesen? Du sprichst ja schon in der Vergangenheitsform von ihm. Wenn deine Liebe überhaupt noch eine Zukunft hätte, dann würdest du sagen: Ich liebe ihn, und ich lasse ihn nicht los.»

«Ich liebe ihn doch. Ich bin nur nicht so verblendet zu glauben, wir hätten uns einen Monat später vor dem Traualtar wiedergefunden. Aber ich vermisse ihn, verdammt ... Ich will ihn immer noch.»

«Wer eine große Liebe erlebt, der kämpft auch für sie und beweint sie nicht nur», beharrte Isabelle. «Davon bin ich zutiefst überzeugt.»

Vielleicht hat sie recht, dachte Emily. Vielleicht sollte sie sich endlich eingestehen, so schwer es ihr auch fiel, dass Jonathan Fairlie nicht diese große Liebe war, so wenig, wie Arthur Meunier es für Isabelle war.

«Ach, meine Süße», murmelte Emily, «wir haben einfach kein Glück, oder?»

«Nicht dieses Glück», antwortete Isabelle. «Noch nicht.»

Und vielleicht war es in diesen Augenblicken einer besonderen Vertrautheit angesichts zerplatzter Träume und enttäuschter Erwartungen, dass sie Freundinnen fürs Leben wurden.

Am nächsten Morgen schien Emily erstmals gewillt, den Gedanken an eine Übersiedlung nach Fleury einmal ernsthaft durchzuspielen. Sie saßen beim Frühstück in Isabelles winziger Küche, der kleine Tisch war vollgestellt mit Kaffeekanne, Brotkorb, Marmelade, Käse, gekochten Eiern, frisch gepresstem Orangensaft, zwei Tassen und zwei Tellerchen, mehr passte beim besten Willen nicht mehr drauf. Emily bestrich sich ein Stück Baguette mit Butter und mit der von ihr heißgeliebten Kirschkonfitüre und biss voller Wonne hinein.

«Wenn ich hierbliebe ...», begann sie kauend zu sprechen, bevor sie wieder verstummte. Isabelle blickte sie erwartungsvoll an und nickte, um sie zum Weitersprechen zu ermuntern. Emily schluckte, nahm einen Schluck Kaffee und fuhr fort. «Ich denke, meine Freundschaften in England könnte ich ja auch aus der Ferne weiterpflegen, oder? Vielleicht sogar mit Einladungen ins Val d'amour festigen. Meine Eltern und mein Bruder sind in Hampshire ohnehin aus meinem Blickfeld verschwunden, und ich würde sie kaum weniger oft sehen als jetzt schon, wo ich mich gerade zweimal im Jahr in Portsmouth blickenlasse.»

Sie hielt inne. «Ach, Mist, was soll's eigentlich? Was oder wer erwartet mich denn, wenn ich zurück nach London gehe? Ein arroganter Chef, ein unterbezahlter Job, ein fünfundsiebzig

Meilen entferntes Elternhaus, ein winziges Apartment in Soho, für dessen horrende Miete ich mich krumm schufte. Und mein Liebhaber? Der ist über alle Berge und sitzt wahrscheinlich schon wieder an seinem nächsten Bestseller ... Ich sollte mir ein Herz fassen, das Kapitel Jonathan definitiv abschließen und es unter Abenteuer verbuchen.»

«Ja», sagte Isabelle verschmitzt, «und dann solltest du dich einem echten Abenteuer stellen: deinem derangierten Landsitz!»

Emily zog die Lippen ein und nickte. Dann grinste sie und atmete hörbar aus. «Puh ... ja!»

Isabelle klatschte in die Hände. «Das ist die richtige Einstellung!», rief sie und warf ihr mit Schwung ein weiteres Stück Baguette zu, das ihre Freundin geschickt auffing.

Dann fiel Emilys Blick auf einen Bilderrahmen, in dem ein Foto steckte, das Isabelle und eine andere Frau zeigte, die beide in die Kamera lachten. Die hübsche Unbekannte hatte sich ihre Sonnenbrille ins Haar geschoben und kam Emily vage bekannt vor.

«Wer ist denn diese Schönheit?»

«Du kennst sie nicht? Na, hör mal! Das ist Hélène, meine Cousine. Mit ihrer Hochzeit hier in Fleury hat alles angefangen.»

«Aber das Bild wurde nicht am Tag ihrer legendären Hochzeit aufgenommen, oder?»

«Nein», lachte Isabelle. «Das sind wir beide, als wir in Limoges zusammensaßen und Hélène sich in den Kopf setzte, ihre Hochzeit ausgerechnet in Fleury zu feiern.»

«Und wie ist sie so? Komm, erzähl doch mal ...»

«Na schön. Wird eine längere Geschichte, fürchte ich. Also nimm dir noch einen Kaffee ...»

Es war vor zwei Jahren gewesen, als Isabelle eines Tages auf dem Display ihres Telefons Hélènes Namen gelesen hatte. Seit Jahren hatten sie nur wenig Kontakt gehabt. Hélène war ihr irgendwie ferner gerückt, seit sie berühmt geworden war. Trotzdem war Isabelle fast zwangsläufig stets auf dem neuesten Stand, was Hélène betraf, denn was immer ihre prominente Cousine tat und trieb, wen sie liebte und wo sie shoppte, konnte Isabelle den bunten Zeitschriften und Magazinen entnehmen, die in ihrer kleinen Papeterie zum Kauf auslagen.

Atemlos drückte Isabelle die Taste, um das Gespräch entgegenzunehmen. Sie musste nicht lange warten, bis Hélène nach einigem Vorgeplänkel mit dem Grund für ihren Anruf herausrückte.

«Jean-Martin hat mir einen Antrag gemacht!», sprudelte sie heraus. «Es war hochromantisch! Er hat sich nach einem Candlelight Dinner mit ... ich weiß nicht, hundert Kerzen? ... vor mir auf die Knie geworfen und mir den Ring entgegengehalten. Na ja, nicht auf den Knien, wer macht das heute schon noch, aber fast. Jedenfalls hat es sich so angefühlt. Und ich hatte doch tatsächlich Tränen in den Augen ... der Klassiker ... und hab ‹Ja! Ja! Ja!› gerufen, als könnte er es sich jede Sekunde anders überlegen. Ich bin so glücklich!»

Isabelle kam kaum zu Wort, wusste aber genau, warum Hélène gleich sie angerufen hatte und keine andere. Es war wegen der Wette vor fünfzehn Jahren, als sie beide ihre Ferien an einem bretonischen Strand verlebt hatten: Sommer und Sonne pur, Wind in den Haaren, Lachen ohne Ende, wie in einem Rausch.

In jenem Sommer hatten sie diesen Schwur getan: Wer immer als Erste vor den Traualtar treten würde, würde die andere als Hochzeitsplanerin engagieren. Sie verbrachten endlose Stunden damit, sich auszumalen, wie und wo und mit wem gefeiert werden sollte. Im Nachhinein konnte Isabelle über diese zwei Mädchen nur lächeln, die schon so früh eine Vorstellung davon hatten – oder zu haben glaubten –, wie sie einmal heiraten wollten.

Und nun war es Hélène, die den Anfang machte. Und Isabelle erschrak nicht wenig, als sie ihr eröffnete, sie erwarte von ihr nichts weniger als die Einlösung der Wette.

«Aber das war doch nur eine fixe Teenie-Idee, damals», rief Isabelle in ihr Telefon. «Das kannst du doch heute nicht im Ernst von mir verlangen, Hélène, nach so vielen Jahren! Meine Güte, schau uns doch an: Du bist die bekannteste Schauspielerin Frankreichs, man verfolgt dich auf Schritt und Tritt. Wie soll ich da deine Hochzeit in Paris organisieren?»

«Paris? Wer redet von Paris? Keiner heiratet in Paris. Das kannst du knicken.»

«Oder eben woanders, was weiß ich. Mein Horizont reicht nicht über Bergerac hinaus. Ach, Hélène, es ist lieb, dass du an mich denkst und dich sogar an unsere verrückten Einfälle erinnerst, und über eine Einladung zu deiner Hochzeit würde ich mich wahnsinnig freuen. Aber ich werde dir kaum von Nutzen sein können, fürchte ich.»

Hélène ließ nicht locker. «Und ob du das kannst, ma petite. Komm, wir setzen uns einfach mal zusammen und spinnen herum, wie in alten Zeiten. Mit dir kann ich das am besten! Ich brauche eine tolle Idee, einen grandiosen Einfall ...»

Isabelle wusste, wann es sinnlos war, mit Hélène endlos herumzudiskutieren. Sie hatten sich wenig später in Limoges getroffen, quasi auf halbem Weg. Um ihr Inkognito bemüht, musste Hélène – eingehakt bei ihrer Cousine – wieder mal mit Strohhut und Sonnenbrille durch die Stadt gehen, was im Januar ziemlich affektiert wirkte. Mein Leben mag langweilig sein, dachte Isabelle seltsam erleichtert, aber wenigstens muss ich es nicht in aller Öffentlichkeit führen.

Sie betraten *Flan'Elles* und hatten das Glück, in einer Nische einen unbeobachteten Tisch zu finden. Hier setzten sie ihre Diskussion über eine geeignete «Location» für das Hochzeitsevent des Jahres fort.

«Es muss einzigartig sein ... außergewöhnlich», meinte Helène bestimmt. «Das ist ein so besonderer Tag, daher sollte das Fest auch an einem besonderen Ort stattfinden. Ich möchte eine große, rauschende Hochzeit mit vielen Gästen und einer lauten Party am Vorabend, keine Trauung in einer abgelegenen Kapelle auf irgendeinem korsischen Berg mit nur der engsten Familie und Trauzeugen. *Paris Match* hat bereits wegen der Bilder angefragt, keine Ahnung, woher sie das schon wissen. Wenn ich sie ihnen nicht gebe, werden sich die Paparazzi einen Spaß machen, mich abzuschießen. Nicht mal eine kleine polynesische Insel wäre vor ihnen sicher ...»

Sie unterbrach sich, als die Kellnerin die Bestellung brachte und sie forschend anblickte.

«Es ist sicher kein Vergnügen, unter ständiger Beobachtung zu stehen», meinte Isabelle mitfühlend.

«Ach, man gewöhnt sich dran. Manchmal ist es schon sehr lästig, meistens aber nehme ich es hin wie das Wetter. Ändern kann ich daran ja doch nichts.»

«Dann brauchst du für deine Hochzeit sicherlich ein zusätzliches Zelt nur für die Presse. Reporter, TV-Teams ...»

Hélène seufzte. «Wahrscheinlich.»

«Gut, dass ich diese Probleme nicht habe. Sollte ich einmal heiraten, würde mich in Fleury-sur-Azurain sowieso niemand aufspüren», seufzte Isabelle.

Hélène stieß einen überraschten Pfiff aus. «In Fleury!»

«Ja, in Fleury! Wo denn sonst? Es ist meine Heimat, was für dich vermutlich nur schwer nachvollziehbar oder verständlich ist. Aber so ist es eben!» Trotzig blickte sie in Hélènes Augen, die mit einem Mal ernst und aufmerksam geworden waren.

«Natürlich verstehe ich das. Meinst du, ich bin so eine abgehobene, eingebildete Zicke geworden, dass ich mir nicht vorstellen kann, was Heimat bedeutet?» Dann biss sie aufgeregt doch ein Stückchen von ihrem Macaron ab. «Aber meinst du nicht, Fleury wäre ideal ... auch für mich?»

Isabelle blickte sie verträumt an. «Aber ja ... natürlich ... die Stadt der Rosen mitten im Val d'amour ... die Rosenkapelle in der Kirche, die malerische Mairie, ein Fest unter freiem Himmel mitten auf dem Marktplatz vor mittelalterlicher Kulisse ... Die ganze Stadt wird mitfeiern! Das ist sicher ganz schön dort, aber ebenso sicher nicht glamourös genug für dich.»

«Glamourös, glam, pam, pam! Wieso glauben eigentlich immer alle, ich sei so ein Glamour-Girlie, das nur Sinn für oberflächliches Bling-Bling hat? Ich denke, Fleury-sur-Azurain wäre vielleicht gar keine schlechte Wahl. Val d'amour ... das könnte nicht einmal ich mir ausdenken, so romantisch ist das. Also», schloss sie, «erzähl mir alles von Fleury, ma belle ...»

6

Emily lernt ihr Manoir ganz neu kennen und muss sich gegen Jean-Luc de Bricassart behaupten.

Dass Hélène Géricault ihre Hochzeit in Fleury gefeiert hatte, blieb nicht ohne Resonanz auf Emily. Sie war ziemlich beeindruckt und fühlte sich dazu aufgefordert, das Rosenstädtchen nun mit anderen Augen zu sehen. Und irgendwie auch dazu, die «verrückte Idee», das Manoir als kleines Hotel wiederzubeleben, nicht mehr als Hirngespinst abzutun. Sie bat Isabelle, sie noch einmal zum Haus zu begleiten. Danach würde sie den Notar über ihre Entscheidung informieren, ob sie das Erbe antrat oder nicht.

Natürlich hatte sich an dem vernachlässigten Zustand des Manoirs nicht das Geringste geändert, aber merkwürdigerweise war Emily doch seltsam von der Vorstellung berührt, was sich hier in all den Jahren, in denen ihre Tante Hermione das Haus bewohnt hatte, wohl an Freud und Leid zugetragen haben mochte. Das Manoir wirkte auf sie, als habe es sich selbst vergessen. Und damit all die Geschichten, die sich in ihm abgespielt haben mochten.

Nach dem Tod des Comte war Hermione aus ihrer kleinen Wohnung am Marktplatz aus- und hier eingezogen. Doch sie hatte offensichtlich kaum mehr als die beiden Räume im Erdgeschoss bewohnt, das Badezimmer, vielleicht auch die kleine Terrasse mit dem Brunnen genutzt. Das hatte ihr vermutlich genügt. Sie war nicht auf die Idee gekommen, Leute hierher einzuladen, Feste zu feiern oder gar Bälle zu geben. Das alles passte nicht zu ihrer lässigen Bohème-Einstellung, die sie Zeit ihres Lebens kultiviert, und zu der Hippie-Freiheit, die sie propagiert hatte. Genau das war es, was auch Emily und Isabelle einst so an ihr bewundert hatten. Es war ihr wohl egal gewesen, dass der große Garten von ungebändigtem, wildem Pflanzenwuchs überwuchert wurde, das Geisterhaus sich widerstandslos der Zeit auslieferte, dem Moder, dem Staub. Womöglich hatte sie auch einfach die Kraft und Energie, sich dem entgegenzustemmen, nicht mehr gehabt. So hatte sie einen Großteil des Hauses sich selbst überlassen und – zurückgezogen in ihre beiden Gemächer – mit ihm in friedlicher Koexistenz gelebt.

Zwar rief das Manoir den Eindruck hervor, als hätte es das Leben hinter sich, doch allein dadurch, dass es, wenn auch lädiert, überdauert hatte, wirkte es wie ein bewunderungswürdiges Relikt aus fernen Zeiten. Jedenfalls war Emily nun bereit, sich unvoreingenommen darauf einzulassen. Dass es einmal bessere Zeiten erlebt hatte, die vielleicht nur darauf warteten, wieder zum Leben erweckt zu werden, spürte sie deutlich.

So ging Emily mit ganz anderen Gefühlen als bei ihren ersten beiden Besuchen durch die Räume. Betrachtete alles aufmerksam, mit Respekt und sogar einer gewissen Ehrfurcht, und ließ es auf sich wirken. Nachdem ihr beim ersten Besuch noch das Knarzen der Türen, das Klappern der Fenster Schauer über den Rücken gejagt hatten, erschien es ihr nun, als empfange sie ein vor sich hin dämmerndes, verschlafenes und verstaubtes Idyll, das wahrscheinlich sogar erleichtert wäre, würde sich nun endlich wieder jemand seiner annehmen.

Trotz der über dem Land hängenden frühsommerlichen Hitze draußen war es hier drinnen im Haus angenehm kühl. Als Emily vorsichtig die Türschwelle zum von ihr kühn «Atelier» genannten Raum überschritt, flog erschrocken ein Vogel auf und entschwand lautlos durch ein halb offenes Fenster des Wintergartens. Wie rücksichtslos von ihnen, ihn von seinem Schlummerplatz aufzuscheuchen! Die sich überall auf dem Boden tummelnden Wollmäuse ließen sich jedoch nicht stören, und Emily störte sich genauso wenig an ihrem Anblick. Irgendein Getier huschte über Wände und Fußböden auf und davon. Mauerritzen und Löcher, um sich zu verbergen, gab es hier wahrlich genug.

Doch all dies missfiel Emily gar nicht weiter, denn als sie dieses Mal durch «ihr» Haus ging, begann sich auch ihre romantische Ader zu regen. Immer wieder stellte sie sich vor, wie dieses oder jenes aussehen mochte, wäre es erst einmal restauriert oder renoviert. «Vielleicht», sagte sie, «wartet dieses verwunschene Haus ja tatsächlich darauf, von mir geweckt zu werden.»

Verwunschen nannte sie es jetzt, nicht mehr verrottet.

«Du bist also doch eine Romantikerin», stellte Isabelle fest.

Und bald ging die Phantasie mit Emily durch und vollzog im Geiste bereits die anstehende Wiederbelebung des Hauses. Emily bewunderte den Stuck an der Decke, auch wenn er an einigen Stellen abgeplatzt war, die etwas verschossenen, doch größtenteils intakten Stofftapeten, das Stäbchenparkett mit seinem edlen Muster.

Auf all das wies sie Isabelle hin und sagte dann: «Stell doch in Gedanken mal ein paar Möbel hier hinein – ein hübsches Bett, einen dazu passenden Nachttisch, einen bequemen Sessel, vielleicht einen Sekretär und einen runden Tisch für eine Vase voller Sommerblumen. Das wäre ein Zimmer ganz nach meinem Geschmack. Wie gern würde ich darin wohnen. Oder wenigstens übernachten ...»

Hatten die ersten Besuche sie desillusioniert, so machte ihr dieser Rundgang Mut und begann sie zunehmend zu beflügeln. Es erschien Emily nun alles weniger eine Frage dessen, was noch zu tun und zu reparieren sei, als vielmehr eine der inneren Einstellung. Im Grunde war es die berühmte Art, ein Wasserglas zu betrachten – halb voll oder halb leer? Nun schien es halb voll zu sein. Ja, das Haus kam ihr vor wie ein einziges Füllhorn großartiger Möglichkeiten.

In dem Augenblick, als Emily begann, das Haus zu akzeptieren, stand fest, dass sie das Erbe definitiv annehmen würde. Das war auch Isabelle klar, Emily musste es gar nicht aussprechen. Sie hatte begonnen, dieses Haus mit dem windschiefen, abgeblätterten Lächeln zu lieben, das so abgeschieden dalag in seiner kleinen heilen Welt. Das Manoir hatte ihr tausend Fragen gestellt. Und sie war bereit, Antworten zu finden.

Wenige Stunden später saßen sie wieder beim Notar, und Emily sagte ihm, dass sie das Erbe annehmen wolle. Und mehr noch: um ein kleines Hotel daraus zu machen. Diese Entscheidung hatte Maurice Ulian wohl nicht erwartet, denn er zog die Augenbrauen so hoch, als sei dies für ihn die Überraschung des Tages.

«Wirklich?», fragte er erstaunt.

«Wirklich», bekräftigte Emily und drückte Isabelles Arm.

«Sie sind eine ... tapfere junge Frau, das muss ich schon sagen. Sie trauen sich etwas! Mir scheint beinahe, dass sie schon vom Geist des Périgord ergriffen sind», erklärte er in seiner etwas überspannten Art. Und ganz formidabel finde er, dass das Manoir kein weiteres leerstehendes Feriendomizil in dieser an Zweitwohnsitzen nicht gerade armen Gegend werden sollte, sondern ein kleines Hotel.

«Vielleicht sogar mit Restaurant?», fragte er vorsichtig. Emily nickte. Monsieur Ulian schnalzte mit der Zunge, als freue er sich schon jetzt auf die kulinarischen Freuden, die ihm dort künftig geboten werden sollten.

«Und bei der Bestückung Ihres Weinkellers werde ich Ihnen mit Rat und Tat zur Seite stehen», versprach er.

Um den aufgekommenen Enthusiasmus nicht gleich im Keim zu ersticken, verbot sich Emily in den folgenden Tagen allerdings noch allzu sachliche Überlegungen. Was da auf sie zukam, auch die zu erwartenden Mühen und Kosten der Restaurierung, blendete sie aus. «Es wird schon gelingen», sagte sie sich tapfer, «früher oder später.» Mit Ideen, Ausdauer und Zähigkeit. Noch wollte sie nichts wissen von Kostenvoranschlägen und Angeboten oder von der notwendigen Durchsetzungskraft gegenüber schlampigen und sehr oft säumigen Handwerkern, die es auch im schönen Périgord geben würde und von der sie nicht wusste, ob oder wie sie sie aufbringen könnte. Sie hatte nicht einmal eine Vorstellung, wie sie an diese Handwerker herankommen sollte. Aber das würde sich schon finden, auch wenn es noch Monate hin wären, bis sich hier die ersten Gäste an der kleinen Rezeption in der Eingangshalle melden würden: *«Bonjour, Mademoiselle, nous avons réservé.»* Doch Emily war optimistisch, das Manoir im kommenden Frühjahr eröffnen zu können – rechtzeitig zur im Mai wiederbeginnenden Hochzeitssaison.

Ein weiteres, nicht weniger wichtiges Projekt würde neben dem Haus der Garten werden. Es erschien Emily wenig sinnvoll, das Haus nach allen Regeln der Kunst herauszuputzen, das Grün rundherum jedoch wuchern zu lassen, sodass sich die Gäste einen Weg zum Eingang wie mit der Machete durch den Dschungel würden schlagen müssen. Es erschien ihr, als hätte sich die Natur in den früheren Beeten alles zurückerobert, was man zuvor gerodet, beschnitten und zurechtgestaltet hatte. Sie würde einen fähigen Gärtner mit Erfahrung brauchen, der parallel zu den Restaurierungsarbeiten im Haus auch die Grünanlagen wieder zu einem Schmuckstück machte.

So gewann das Projekt allmählich erste Konturen. Nur in Gedanken, nicht auf dem Papier. Vor ihrem inneren Auge sah Emily jedoch bereits eine lichte, fast englisch anmutende Parklandschaft, in der Sitzgruppen und Tische verstreut standen und zu lauschigen Stunden einluden. «In der hinteren Ecke des Gartens könnte vielleicht ein offener Pavillon Platz finden», sagte sie, und ihre Wangen röteten sich, «bespannt mit Stoffbahnen, die sich im Wind aufbauschen.»

«Eine Liebeslaube, gib's zu», sagte Isabelle grinsend.

In diesen aufregenden Tagen war Isabelle in ihrem Laden kaum richtig bei der Sache; oft überließ sie ihn Madame Claudel, die wie immer entzückt war, wenn sie aushelfen durfte. Das Angebot, bei ihrer Freundin zu wohnen, hatte Emily jedoch ausgeschlagen. «Hier stürmen so viele Gedanken und Ideen auf mich ein, ich brauche auch mal Zeit für mich», hatte sie gesagt. Es spielte sich also so ein, dass die Freundinnen beide morgens in Emilys Pension oder bei Valérie frühstückten und Isabelle dann ins Geschäft ging und ihre emsige Stellvertreterin ablöste, bevor sie schließlich zu einer ausgedehnten Mittagspause schloss. Dann hatte Emily schon das eine oder andere erledigt und hielt sich oft den ganzen Nachmittag bei ihr auf. Und immer, wenn es gerade mal keine Kunden gab, rief sie Isabelle aus dem Hinterzimmer alles zu, was ihr gerade durch den Kopf ging: Ideen, Bedenken, Befürchtungen. Sie war Feuer und Flamme!

Es kam aber auch vor, dass Isabelle sie kurzerhand aus dem Laden scheuchte und sie auf den Abend vertröstete. Sobald sie die Lampen gelöscht und die Tür abgeschlossen hatte, ging sie dann schnurstracks zum *Cerf Blanc* hinüber, wo Emily meistens schon mit der Gastwirtin zusammenhockte und Pläne schmiedete. Adèle nahm mit Feuereifer Anteil an dem Projekt. Sie schien Emily besonders zu mögen, sodass Isabelle manchmal sogar ein wenig eifersüchtig auf die beiden wurde, wie sie so die Köpfe zusammensteckten. Doch gleich nachdem sie auf den neuesten Stand gebracht worden war, waren diese Anflüge auch schon wieder verweht.

Eines Abends blickte Emily der auf ihre unnachahmliche Weise über die Terrasse tänzelnden Wirtin nach. «Sie ist nett, nicht wahr? Und sie mag mich, glaube ich.»

«Den Eindruck habe ich auch. Frauen kommen mit ihr ohnehin gut klar. Bis auf diejenigen, die Angst um ihre Männer haben, natürlich.»

«Angst?»

«Nun ja, durch ihren natürlichen Charme stiftet Adèle unbeabsichtigt einige Unruhe. Dabei weiß sie sich gegen die Verehrer, die ihr nicht passen, durchaus zu wehren. Den Charme hat sie wohl von ihrem Vater geerbt. Sie ist die Tochter von Notar Ulian, wusstest du das?»

Emily schüttelte den Kopf. «Und was sagt ihr Mann dazu?»

«Schwer zu sagen. Manchmal scheint Antoine mir fröhlich über alles hinwegzusehen, dann wieder platzt ihm leicht der Kragen. Aber ob es wirklich Eifersucht ist? Bisweilen kommt sie mir arg gespielt vor. Ich habe den Eindruck, dass er sich seiner Adèle sehr sicher ist. Er ist ja selbst sehr umgänglich und immer von hohem Unterhaltungswert. Er und Adèle sind ein unschlagbares Team im *Cerf Blanc*.»

«Davon habe ich bei unseren Gesprächen auch schon einen Eindruck gewonnen», meinte Emily und nahm einen Schluck von ihrem Weißwein. «Oh, der ist gut ... wirklich gut!», meinte sie anerkennend. «Also keine Probleme zwischen der charmanten Adèle und ihrem rotnasigen Mann?»

«Antoine gibt zwar hinter dem Tresen den Zampano, aber er sieht alles. Vor allem, wenn männliche Gäste ihr allzu begehrliche Blicke zuwerfen. Auch wenn sie meinen, es in aller Heimlichkeit zu tun. Antoine bekommt es immer mit, verlass dich drauf. Manchmal geht's mit ihm durch, ganz besonders, wenn der Bürgermeister in ihre Nähe kommt, der Adèle extrem attraktiv zu finden scheint. Er macht immer wieder den Fehler, den Wirt mit Komplimenten über seine Frau oder auch mit Anzüglichkeiten in Rage zu bringen. Da kann der gutmütige Antoine hinter seinem Ausschank rasch ungemütlich werden. Er scheut dann nicht einmal vor Handgreiflichkeiten zurück, und die Hausverbote, die er Bruno Bouvier erteilt hat, kann hier niemand mehr zählen. Doch wie das so ist in einer überschaubaren Stadt – man schlägt sich, man verträgt sich, das ist fast einerlei ...»

Wenn Emily spätabends in ihrem Bett in der Pension *Fantaisies de Fleury* lag und ein kühler Abendwind die Vorhänge am Fenster bauschte, malte sie sich immer voller freudiger Erregung das Abenteuer aus, das sie am nächsten Tag erwartete. Sie hatte nach und nach all ihre Skepsis hinter sich gelassen und wollte schließlich nichts mehr von Ausflüchten oder Bedenken wissen. Sie hatte nicht die geringste Lust darauf, zu riskieren, dass sich ihr Enthusiasmus wieder verflüchtigte. Nein, das Manoir war ihr Projekt geworden. Es war ein Traum, noch nicht mehr, aber auch nicht weniger. Und dieser Traum sollte nun Wirklichkeit werden.

Mit Isabelle an ihrer Seite, freundete sich Emily Tag für Tag mehr mit Fleury an. Oft machten sie ausgedehnte Spaziergänge, gingen zusammen eine Kleinigkeit essen, setzten sich in den Teil des Schlossparks, der für die Öffentlichkeit zugänglich war – eine Heldentat des Stadtrats, der sich jahrelang bei den de Bricassarts dafür eingesetzt hatte –, oder auf den idyllischen Friedhof hinter der Kirche, der mit einem imposanten Baumbestand und weichen Moosbetten zwischen den alten Gräbern aufwartete.

Bei diesen Rundgängen wurde Isabelle nicht müde, die Vorzüge ihrer kleinen Ville des Roses herauszustellen, doch sie verschwieg auch nicht die Nachteile: die vielleicht allzu behäbige Lebensart, die mangelnde Abwechslung, die fehlenden Reize und Ablenkungen. Emily gab zu, dass ihr dieses Provinzielle nicht auf Anhieb gefiel – zu sehr war sie das trubelige Leben in London gewohnt, den raschen Takt einer Metropole, der auch ihren Rhythmus bestimmte.

Flanierten sie Arm in Arm durch das Städtchen, war meistens schon nach nicht einmal zwei Stunden Schluss, und sie waren durch fast jede Straße, jede Gasse gegangen, hatten jeden Platz überquert und auf jeder Sitzbank gesessen. Daher war es nur folgerichtig, dass sie diese Spaziergänge ausdehnten, indem sie sich in diesem Geschäft und jenem Lädchen ausgiebig umschauten (obwohl es dort wahrlich nicht ständig Neues zu entdecken gab), bei Valérie Kaffee tranken und bei Adèle «etwas Stärkeres», auch die anderen Cafés und Lokale frequentierten und den Tag dann in dem kleinen Eissalon mit dem hübschen Namen *La Myrtille*, der dem Gasthof gegenüber neben der Markthalle lag, mit der Spezialität des Hauses, einer *Coupe glacée de myrtilles*, ausklingen ließen. Für Heidelbeeren schien Fleury ebenso berühmt zu sein wie für Rosen. Sie wurden hier in Likör eingelegt und boten wahre Geschmackssensationen.

Doch meistens setzten sie im *Cerf Blanc* den Schlusspunkt ihrer Tagesaktivitäten. War das Wetter schön – und das war es meistens –, ließen sie sich auf der Terrasse nieder, an «ihrem Tisch», es gab schon so etwas wie schöne Gewohnheiten. Mal schmiedeten sie hier Pläne, manchmal gerieten sie sich in die Haare, dann lachten sie darüber und fanden in das ruhige Fahrwasser zurück, in dem das Leben in Fleury sich bewegte.

Doch eines Abends wurden sie dabei empfindlich gestört.

Sie waren gerade in eine hitzige Diskussion verwickelt, als Emily plötzlich abbrach und errötete, wusste sie doch nicht, was der junge Mann gehört hatte, der an ihren Tisch getreten war. Es war Jean-Luc de Bricassart, der sich frech einen Stuhl nahm und sich ungefragt zu ihnen setzte.

«Oh, Mr. Rainman ...», murmelte Emily.

«Wie bitte?»

«Ach nichts, Monsieur. Nehmen Sie ruhig Platz bei uns», sagte sie sarkastisch.

«Das habe ich schon getan, wie Sie sehen, Mademoiselle.» Er grinste unverschämt. «Einen Champagner, bitte», rief er Adèle zu. «Eisgekühlt!»

«Was für ein Spiel läuft denn hier ab?», fragte die Wirtin verdutzt.

«Wir kennen uns schon ...», setzte Jean-Luc zu einer Erklärung an.

«Flüchtig!», unterbrach ihn Emily, bemüht, den Eindruck irgendeiner Sympathie erst gar nicht aufkommen zu lassen. Sie hatte die kurze Begegnung an ihrem ersten Tag in Fleury auf ebendieser Terrasse nicht gerade in bester Erinnerung. Als sie jedoch merkte, wie sie nervös auf ihrem Stuhl hin und her rutschte, schien es doch so, als könne sie sich der Anziehungskraft des jungen Barons nicht völlig entziehen. Also zwang sie sich zur Ruhe. Immerhin ist das hier nicht *Stolz und Vorurteil*, dachte sie. Und Monsieur de Bricassart schon gar kein Mr. Darcy.

Jean-Luc setzte wieder seinen geübt treuherzigen Blick auf. «Wenn ich mich recht erinnere, war nicht ich flüchtig, sondern Sie waren es.»

«Es gab einen Wolkenbruch, schon vergessen? Sie sind einfach im strömenden Regen hier sitzen geblieben, Sie Ritter im Gewitter.»

«Ich wollte bei Ihnen nicht den Eindruck erwecken, ich liefe Ihnen nach.» Mit einem Blick von unten durch seine wuschelige Haartolle packte er seinen ganzen Charme aus.

«Ach, wirklich?» Emily schien hin und her gerissen, sie

wusste wohl selbst nicht, ob sie dieses Wortgefecht ärgerte oder ob sie es womöglich genoss. «Es scheint ja Ihre Angewohnheit zu sein, sich mir aufzudrängen. Heute schon wieder!»

«Das schätzen Sie falsch ein. Ich habe mir erlaubt, mich aus rein sachlichen Gründen zu Ihnen zu setzen.»

«Welche sachlichen Gründe sollten das sein? Und hätten Sie nicht trotzdem höflich um Erlaubnis bitten können?»

«Oh, bitte», warf Isabelle ein, die sich inzwischen wie ein überflüssiges Rad am Wagen vorkam. «Könntet ihr vielleicht das Geplänkel sein lassen und euch wie zivilisierte Menschen unterhalten? Und wenn es möglich wäre, auch mit mir?»

«Verzeih, Isabelle», sagte Emily etwas zerknirscht. «Aber an die seltsamen Umgangsformen des Adels von Fleury muss ich mich erst gewöhnen.»

Jean-Luc warf Isabelle einen seiner kalkuliert um Pardon bittenden Blicke zu und legte beide Hände entschlossen auf den Tisch, als habe er etwas Wichtiges zu verkünden.

«Nun, Mesdemoiselles ... ich wollte Ihnen nur sagen, dass ich doch etwas verwundert über das Vorhaben bin, das halb verfallene Manoir, das kaum mehr ist als eine pittoreske Ruine, zu einer Art Luxusunterkunft umzubauen. Die ganze Stadt spricht von nichts anderem. Aber es kollidiert etwas ... nun, mit meinen eigenen Plänen ...»

«Und die wären?»

«Wir verfolgen im Schloss ein ähnliches Projekt.»

«Mit meinem Manoir?»

«Nein, nicht mit Ihrem Manoir. Aber auch wir planen eine Hotellerie auf unserem Anwesen.»

«Ach ja? Und was sagt Ihre hochwohlgeborene Familie dazu?»

Jean-Luc ließ sich keine Irritation anmerken. Er blickte Emily, die ihm direkt gegenübersaß, undurchdringlich mit zusammengekniffenen Augen an. In diesem Moment trat Adèle Tavernier wieder an den Tisch und stellte ihm sein Glas Champagner hin.

«Santé, Jean-Luc», sagte sie fröhlich und blieb stehen, da sie Emilys letzten Satz gehört hatte und keineswegs den Ausgang des sich anbahnenden Scharmützels verpassen wollte.

«Hol dir doch auch einen Stuhl», sagte ihr Gast bissig.

«Flirtest du etwa mit mir, Jean-Luc?», reagierte sie schlagfertig. «Nimm dich vor Antoine in Acht! Um was geht's denn hier?»

«Jean-Luc plant eine Revolution im Schloss», bemerkte Isabelle.

«Im Alleingang?»

«Keineswegs allein», versetzte Jean-Luc, der sich wohl unbehaglich in die Defensive gedrängt fühlte. «Wir diskutieren noch, das stimmt. Aber das Hotel wird kommen, das kann ich Ihnen versichern. Und ich finde, wir haben die älteren Rechte.»

«Die älteren Rechte? Was?» Emilys Puls nahm Tempo auf. «Das ist doch keine Frage von Rechten. Fakt ist, dass Sie es wohl bislang versäumt haben, etwas Sinnvolles beizutragen, damit die Stadt mit den wachsenden touristischen Anforderungen fertigwird!»

«Ich bin erst seit ein paar Wochen zurück in Fleury ...»

«Was spielt das für eine Rolle? Sie setzen sich hier forsch hin und kommen mir überheblich, schwafeln mir etwas von alten Rechten vor, was ich nur als Drohung auffassen kann ...»

«Niemand will Ihnen drohen. Ich am allerwenigsten», wandte Jean-Luc ein. «Ich sehe hier nur eine gewisse ... Interessenkollision. Und ich fürchte, Fleury wäre mit gleich zwei Luxusherbergen doch etwas überfordert.»

«Dann machen Sie nicht solche Andeutungen oder Ansagen! Ich habe mich entschieden, aus dem Manoir zwar keine ‹Luxusherberge› zu machen, wie Sie es nennen, aber doch ein kleines Schmuckstück. Statt es weiterhin verrotten zu lassen, bis es völlig in sich zusammenfällt. Sie hingegen haben vielleicht einen Plan, aber, soweit ich weiß, noch keineswegs den Segen Ihrer Eltern. Und wenn ich die ersten Gäste im Manoir begrüßen werde, sitzen Sie vermutlich noch immer mit Maman und Papa beim Tee im Salon und versuchen, sie zu überzeugen. Lassen wir es doch einfach drauf ankommen!»

«Wenn Sie es so sehen, Mademoiselle, dann wünsche ich Ihnen viel Glück. Ich habe Sie gewarnt!», sagte Jean-Luc aufgebracht, trank sein Glas in einem Zug aus und warf einen Zwanzig-Euro-Schein auf den Tisch. «Der Rest ist für Sie.»

«Wie großzügig, Monsieur le Baron. Ich danke Ihnen.» Adèle schaute Jean-Luc belustigt nach, der die drei Frauen keines Blickes mehr würdigte und mit großen Schritten davonstürmte.

«Was war das denn?», fragte Isabelle konsterniert.

«Das war eine Kampfansage, fürchte ich.» Emily wirkte plötzlich bedrückt, alles Kämpferische war von ihr abgefallen wie ein Kleid, das ihr zu groß geworden war. «Vielleicht habe ich meine Klappe doch zu weit aufgerissen?» Sie biss sich auf die Unterlippe.

«Ach was! Mach dir doch darüber keinen Kopf, Emily.» Adèle tätschelte ihren Arm. «Wir haben mit den Brics schon ganz andere Kämpfe ausgefochten. Du jedoch hast alle auf deiner Seite – die ganze Stadt. Und auch die Zeit. Wie ich diejenigen kenne, die im Schloss etwas zu sagen haben, brauchen sie noch Jahre und Jahrzehnte, um sich zu Jean-Lucs Plan durchzuringen. Wenn es überhaupt dazu kommt.»

Isabelle hob ihr Glas. «Auf das Manoir!»

Emily lächelte. Sie war sichtlich erleichtert. Cin cin, die Gläser klangen, und es hörte sich wie ein Glockenspiel an, das eine wunderbare Zukunft einläutete.

«Auf das Manoir!»

7 *Jean-Luc de Bricassart kommt ins Grübeln, was er ganz und gar nicht gewohnt ist.*

Wutentbrannt stapfte Jean-Luc de Bricassart durch die Gassen bis hinauf zum Schloss. Er passierte gerade das Haupttor, als er sah, wie Nicolas im Schlosspark verblühte Heckenrosen abschnitt. Er begrüßte ihn mit Handschlag. Nicolas Bourdieu, *Jardinier* und Faktotum auf dem weitläufigen Bricassart-Anwesen, war von den wenigen noch verbliebenen Angestellten im Schloss so etwas wie Jean-Lucs Vertrauter.

Nicolas sah wohl sofort, dass mit Jean-Luc heute etwas nicht stimmte. Er brauchte gar nicht zu fragen, denn der «kleine Prinz», wie er ihn früher immer genannt hatte, erzählte es ihm unaufgefordert.

«Und warum genau regst du dich über diese Mademoiselle Bennett so auf?», fragte Nicolas, nachdem Jean-Luc seinem Ärger Luft gemacht hatte.

«Weil ich ... weil ich ... ach, ist ja auch egal. Ich komme mit ihr einfach nicht klar. Sie ist ein so ... engstirniges, kratzbürstiges Geschöpf!»

«Den Eindruck hatte ich ganz und gar nicht. Ich habe sie nämlich erst vor kurzem in der Stadt getroffen, bei Rosalie Fontaine, der ich jede Woche Blumen liefere, und ein paar Worte mit ihr gewechselt. Was sie mir über ihr Projekt erzählte, schien mir ganz vernünftig zu sein. Sie ist nun wahrlich keine Kratzbürste, Jean-Luc!»

«Aber sie bringt mich in null Komma nichts auf hundert. Und ich kann nichts dagegen tun.»

«Womit hast du sie denn so provoziert?»

Jean-Luc schwieg, nickte und starrte auf den Boden. Es war

wohl Zeit, Nicolas in seine Pläne einzuweihen. Anders könnte er diese Frage nicht beantworten.

«Lass uns heute Abend darüber reden. Gegen acht Uhr bei dir, ja? Ich bringe einen schönen Weißwein mit.»

Nicolas lächelte. «Aber stell ihn kalt. Nichts ist deprimierender, als mit einem Bricassart lauwarmen Blanc zu trinken!»

Im Schloss hatte man ihm das Appartement – zwei Räume über der Beletage – wiederhergerichtet. Seit seiner Rückkehr vor vier Wochen – Jean-Luc hatte die ENA mit Erfolg absolviert – war es sein Rückzugsort, sein Refugium. Hier störte ihn keiner, er konnte Zigarren rauchen und Portwein trinken, Zeitungen lesen und an einem riesigen Schreibtisch aus poliertem Mahagoni und mit einer dunkelgrünen Lederfläche – ein Vermächtnis seines Großvaters – arbeiten. Das Bett stand hinter einem Paravent, der eine gestickte amouröse Jagdszene zeigte, die es oft genug in seine Träume schaffte. Jean-Luc ließ sich in einen der bequemen Sessel fallen und legte die Füße auf einen Schemel. Es gab einiges, über das er nachdenken musste. Und alles hatte mit Emily Bennett zu tun.

Warum, so ging er mit sich ins Gericht, warum benehme ich mich ihr gegenüber so kühl und provozierend, dass sie gar nicht anders kann, als sich darüber aufzuregen? Sie muss mich für einen arroganten Kerl halten! Er hatte auf Granit gebissen mit seiner Ankündigung, das Château würde dem irrwitzigen Plan, aus dem alten, heruntergekommenen Manoir ein Hotel zu machen, schon einen Riegel vorzuschieben wissen. Wie anders denn als Drohung hätte sie es verstehen können? Jean-Luc verfluchte sich selbst dafür, dass er keinen Draht zu ihr fand, ja nicht einmal eine Ebene, um vernünftig und sachlich mit ihr zu reden.

Warum ihm das aber so zu schaffen machte, war rational

überhaupt nicht zu erklären. Sie ließ ihn nicht kalt, so viel stand fest. Schon seit er sie auf der Terrasse des Gasthofs sitzen gesehen hatte und sie ihn bei seinem ungeschickten Versuch, Kontakt zu ihr aufzunehmen, sang- und klanglos hatte abblitzen lassen. Aber Gefühle auf den ersten Blick – gab es das überhaupt? Die diffusen, aber heftigen Emotionen, die Emily Bennett in ihm auslöste, sprachen dafür. Sie hatte ihm ihre kalte englische Schulter gezeigt, was ihn aber nicht davon abgehalten hatte, all seine Antennen auf sie auszurichten, er konnte nichts dagegen tun. Nicht einmal, als sie ihm so eloquent seine Grenzen aufgezeigt und metaphorisch die Tür gewiesen hatte. Er war abgezogen wie ein Hund, dem man einen Tritt verpasst hat. Unfassbar! Jeder Satz, den sie ihm entgegenschleuderte, hatte wie ein Zündholz gewirkt, das man in trockenes Holz wirft. Ihm wurde immer heißer, in jeglicher Beziehung. Er verlor die Contenance, seine Überlegenheit, auf die er sich so viel einbildete, er regte sich auf, oder, besser: Sie regte ihn auf, in durchaus zweideutigem Sinn. Diese arrogante, abweisende Emily Bennett saß da vor ihm und schleuderte ihm eine Unverschämtheit nach der anderen entgegen, die er wie Prügel einsteckte, bis er wutschnaubend den Tisch verließ. Es war beschämend, ja demütigend gewesen, so davonzustürmen. Die Scham war – neben der Wut – das vorherrschende Gefühl, das schließlich in beängstigende und für ihn untypische Niedergeschlagenheit umschlug.

Als er sich nach zwei Gläsern Portwein einigermaßen beruhigt hatte, wusste er: Die Sache mit dieser «kleinen Engländerin», die ihm den Schlaf raubte, war noch nicht ausgestanden. Er hatte eine *Bataille* verloren, aber nicht den Krieg. Allerdings wusste er, dass er zu einer ganz anderen Strategie greifen musste, damit sie ihm zuhörte. Und letzten Endes von ihrem verrückten Vorhaben abließ. Er musste wieder die Oberhand gewinnen!

Erst als Nicolas ihm die Tür seines kleinen Domizils auf dem Schlossgelände öffnete, ihm die beiden Weinflaschen abnahm – die er sogleich an der Wange auf ihre Temperatur prüfte, um dann zufrieden zu brummen –, spürte Jean-Luc, dass er die alte Vertraulichkeit zwischen ihnen vermisst hatte. Seine Kommilitonen im fernen Straßburg hatten mit solchen eher unstandesgemäßen Anhänglichkeiten nichts anzufangen gewusst, ja sie sogar geringgeschätzt. Ein Grund, weswegen er sich dort stets ein wenig verloren gefühlt hatte.

Mehr als seine Familie war Nicolas Bourdieu – der «Mann für alles Gute», wie Jean-Luc ihn insgeheim nannte – eine feste Bezugsgröße für ihn, ein Vertrauter, ja ein Freund. Jemand, auf den er sich immer verlassen konnte, der stets für ihn da war und der sich seit jeher seine großen Sorgen und kleinen Abenteuer anhörte. Und Nicolas, selber kinderlos, wenn auch verheiratet, genoss diese Rolle des Ersatzvaters, obwohl er seinem Dienstherrn niemals auch nur ein Quäntchen über seine Gefühle für dessen Sohn verraten würde.

«Bonsoir, mon cher», grüßte Jean-Luc und blickte sich um. «Agnès ... ist nicht da?»

«Ach woher. Sie lässt sich immer erst blicken, wenn ihre Herrschaft zu Bett gegangen ist, vorher würde sie nie nach Hause kommen. Wobei man vermuten könnte, dass ihr wahres Zuhause doch eher das Schloss ist und nicht diese bescheidene Behausung, in der ihr armer Ehemann jeden Abend ungeduldig auf sie wartet.»

Jean-Luc lachte. «Nun übertreib mal nicht. Du hast doch gern deine Ruhe und würdest eine ständig um dich herumwirbelnde Frau gar nicht ertragen.»

«Auch wieder wahr. Komm, setzen wir uns dort hinüber.» Er wies auf den kleinen Erker, der mit zwei Ohrensesseln, einem Tischchen und einer überaus gemütlichen Lampe eine Insel der Behaglichkeit war.

Es war sicherlich von Vorteil, mit Nicolas allein zu sprechen. Jean-Luc traute Agnès Bourdieu zu, dass sie sich im Zweifelsfall immer auf die Seite ihrer Herrin schlagen und dass längst nicht alles vertraulich bleiben würde, was sie hier aufschnappte. Sie nannte sich «Hausdame», fungierte aber ebenso als Haushälterin und *Femme de chambre* sowie als engste Vertraute und Sekretärin ihrer Schlossherrin. Über mehr als zwei Zimmermädchen, die sich auch aufs Putzen verstehen mussten, verfügte ihr kleines Heer an dienstbaren Geistern allerdings nicht, doch es genügte, dass sie im Kommandoton alle auf Trab halten konnte. Ja, eigentlich war sie zusammen mit ihrem Mann Nicolas, der, wenn er wollte, beachtliche Butler-Qualitäten an den Tag legen konnte, und Bernadette Jeunet, als *Cuisinière* die Herrscherin über Küche und Weinkeller, das Dreigestirn, das den Laden am Laufen hielt.

Hier herrschte jedoch eine ganz andere Atmosphäre als in den herrschaftlichen Räumen und Sälen des Haupthauses. Jean-Luc spürte, wie er sich augenblicklich entspannte, als er sich in einen der Sessel fallen und von Nicolas ein Glas Wein einschenken ließ.

«Nun erzähl mal», sagte der Gärtner gespannt, «was hast du vor? Ich höre immer nur Andeutungen, nichts Konkretes. Es hat wohl eine Sitzung des allerhöchsten Familienrates gegeben?»

Jean-Luc seufzte. «Auf diesem herrschaftlichen Anwesen bleibt auch nichts geheim, wie?»

«Wenig. Aber, wie gesagt, nichts Genaues weiß man nicht. Übergibt dein Vater nun die Staatsgeschäfte an dich?»

«Danach sieht's nicht aus. Und ich würde sie jetzt auch noch gar nicht haben wollen. Hier einfach den alten Stiefel weiterzuführen – eine Horrorvorstellung, jedenfalls für mich.»

Nicolas nahm einen großen Schluck Wein und blickte anerkennend ins Glas.

«Nicht schlecht», konstatierte er. «Hast du dir Bernadettes Schlüssel zum Weinkeller stibitzt?»

Jean-Luc verdrehte die Augen. «Ich habe meinen eigenen Schlüssel.»

«Ach ja, ich vergaß, du bist ja inzwischen der junge Herr. Da muss ich wohl jetzt etwas mehr Respekt entwickeln ... Wie auch immer, spann mich nicht auf die Folter: Was sind deine Pläne?»

Mit genug Ideen für die Zukunft im Gepäck – Ideen, wie man das antiquierte, seltsam eingefrorene Leben im Château wieder in Schwung bringen könnte – war Jean-Luc nach Jahren des Studiums an der oft Eliteuniversität genannten *École nationale d'administration* in Straßburg in den Schoß seiner Familie zurückgekehrt. Nur für ein, zwei Jahre, sagte er sich, er hatte nicht vor, sein privates Glück mit einer übrig gebliebenen Dorfschönheit in Fleury zu finden. Man musste ihm schon die Möglichkeit zugestehen, sich anschließend wenigstens ein bisschen den Wind um die Nase wehen zu lassen und sich ein Leben außerhalb der heimischen Schlossmauern aufzubauen. Ob er dann irgendwann einmal, wenn seine Eltern es nicht mehr schafften und womöglich auch keine seiner Schwestern die «Herrschaft» übernahm, als Stammhalter seinen Platz auf dem Hügel über der Stadt einnahm, würde sich zeigen. Er hatte damit keine Eile.

Doch als er dann durch das Schloss und über das weitläufige Gelände geschritten war, war sein Ehrgeiz geweckt worden. Er hatte ein Gespür dafür, was hier im Argen lag. Und er begann, für das Château eine Zukunftsperspektive zu entwickeln, die vor allem auch dessen finanzielle Ausstattung verbessern würde.

Doch trotz der vielen Hochzeiten in der Gegend wäre ein

Luxushotel in dieser Region wohl kaum profitabel zu betreiben. Die meisten Gäste reisten zur Hochzeit an, gaben eine Menge Geld aus, feierten ein rauschendes Fest, schliefen ihren Kater aus und fuhren am nächsten, spätestens übernächsten Tag nach einem opulenten Champagnerfrühstück wieder ab. So würde die Auslastung bei weitem nicht reichen.

Stattdessen hatte er ein Konzept ausgearbeitet, von dem er sich versprach, dass es von seinen Eltern nicht gleich in Bausch und Bogen abgelehnt wurde: ein Bed & Breakfast im gehobenen Landhausstil, das man in einem Teil des kaum genutzten Ostflügels des Schlosses unterbringen und ohne größeren Aufwand oder allzu viel Personal betreiben konnte. Liefe es gut, könnte man vergleichsweise leicht expandieren. Einziger Wermutstropfen: das Manoir, mit dem diese Emily Bennett wohl etwas ganz Ähnliches plante. Doch das brauchte er seiner Familie ja nicht gleich en détail auf die Nase binden ...

Das Ergebnis der Zusammenkunft des Familienrats hätte man vorhersagen können: «Wir waren jahrhundertelang die Herrscher über diesen Flecken Erde», hatte der Baron deklamiert. «Inzwischen ist unser Daseinszweck nur mehr die Dekoration republikanischer Ideale. Ich habe keine Lust, die Leute, die einst zu uns aufgeschaut und uns dann aller Privilegien beraubt haben, nun auch noch in meinem eigenen Haus zu bedienen. Nein, Jean-Luc, wirklich nicht. Damit schaffen wir uns selbst ab, definitiv.»

«In diesem Moment», sagte Jean-Luc zu Nicolas, der ihm aufmerksam zugehört hatte, «wusste ich, dass ich gegen diesen harten Stolz meiner Eltern nicht ankommen würde. Sie haben gleich die Zugbrücke hochgezogen und sich hinter ihrer aristokratischen Arroganz verschanzt. Eine Arroganz, möchte ich hinzufügen, für die nun wahrlich keinerlei Berechtigung mehr besteht.»

«Das sehe ich nicht so, Jean-Luc. Was hast du erwartet? Dass sie sich vor Begeisterung nicht zu halten wissen? Du musst ihnen Zeit geben, sich mit deiner Idee anzufreunden, die Chancen zu erkennen. Und vielleicht kannst du ihnen auch entgegenkommen, den ganzen Plan etwas ... modifizieren.»

«Du bist ein haltloser Optimist, Nicolas. Aber du täuschst dich, fürchte ich.»

«Besser ein enttäuschter Optimist als ein Pessimist, der recht hat.»

Jean-Luc lachte. «Na schön, dann will ich mit dir anstoßen. Darauf, dass am Ende der Optimist wider Erwarten doch recht behält!»

«Das Ganze hat nur einen Haken», gab Nicolas zu bedenken, der seinem Gast eine Zigarre aus dem antiken Humidor anbot, den ihm der Baron zu seinem fünfzigsten Geburtstag geschenkt hatte.

Jean-Luc nickte düster. «Ja, ich weiß, und der Haken heißt Emily Bennett. Mit ihrem vermaledeiten Manoir verfolgt sie ein ganz ähnliches Konzept. Und sobald meine Eltern Genaueres darüber in Erfahrung bringen, werden sie mir auch den letzten Rest Wind aus den Segeln nehmen. Wie du weißt, hegen sie keinerlei Sympathien für den ‹Hochzeitswahn› in Fleury, wie sie es nennen. Und der würde durch das Manoir nur noch befeuert. Es liegt einfach nicht im Interesse des Châteaus, noch mehr Unruhe in die Stadt zu holen. Und um sich selbst zu engagieren, wenigstens ein Stück vom Kuchen abzubekommen, an dem sich hier alle gütlich tun, dafür sind sie schlicht zu stolz. Und auch zu überheblich.» Aufgeregt zog er an seiner Zigarre.

«Da gibt's nur eins», sagte Nicolas, gemächlich vor sich hin paffend. «Du musst mit dieser Engländerin reden. Dich vielleicht mit ihr ... abstimmen ... oder arrangieren.»

«Vergiss es. Ich hab's schon versucht, mit niederschmetterndem Ergebnis. Sie hasst mich!»

«Unfug!»

«Doch, glaub mir. Sie kann mich nicht leiden. Mir gegenüber ist sie auf Krawall gebürstet, euch hat sie ja schon alle um ihren hübschen Finger gewickelt. Und ich habe nicht gerade die beste Figur abgegeben, als ich heute mit ihr über meine Bedenken gesprochen habe.»

«Du hast doch bestimmt nicht nur deine Bedenken vorgetragen», brummte Nicolas. «Raus mit der Sprache: Was hast du gesagt ... oder getan?!»

«Sagen wir es so: Meine diplomatischen Sensoren haben versagt. Es ist mit mir durchgegangen, und das Ganze endete in einem lautstarken Eklat. Und noch etwas ganz anderes kommt erschwerend hinzu ...» Er holte tief Luft.

«Was denn, um Himmels willen?»

«Sie hat sich von mir keine Handbreit von ihrem Vorhaben abbringen lassen», brach es aus Jean-Luc hervor. «Sie denkt nicht einmal daran! Als würde das Schloss keine ernsthafte Konkurrenz für sie bedeuten, sondern wäre nur eine lästige Fliege, die man mit einer Handbewegung wegscheucht. Ist das zu fassen? Aber da hat sie sich getäuscht, diese widerspenstige Miss. Mächtig getäuscht! Sie wird noch feststellen, dass man sich mit den Bricassarts besser nicht anlegt.»

8

Emily Bennett nimmt das Projekt Manoir in Angriff und entwickelt ein Konzept.

So schön ihre entspannten und mit Gesprächen angefüllten Tage waren, so deutlich spürte Emily irgendwann, dass sie mit den Plänen für ihr Manoir keine Zeit mehr verlieren sollte. Der Augenblick war gekommen, die nötigen Schritte in die Wege zu leiten, und das waren einige. Sie hatte mit ihrem Bruder Charles telefoniert, der in Portsmouth, dem Wohnort ihrer Eltern, zusammen mit seiner Lebensgefährtin ein Architekturbüro betrieb und von dem sie sich ein paar sachkundige Tipps versprach. Auch mit ihren Eltern hatte Emily gesprochen; sie hatten ihren Entschluss, sich in Fleury-sur-Azurain eine neue Existenz aufzubauen, zunächst mit elterlich gebotener Skepsis aufgenommen, dann jedoch erkannt, dass es für ihre etwas unstete Tochter beruflich wie privat ein Neuanfang und eine Chance sein konnte.

Der Zeitraum von knapp einem Jahr, den Emily optimistisch für ihr Projekt veranschlagte – sie wollte noch im Juni mit der Renovierung beginnen und das Hotel im Mai des folgenden Jahres eröffnen –, war ambitioniert. Zunächst ging es vor allem darum, das Haus so weit instand zu setzen, dass es bewohnt und bewirtschaftet werden konnte. Eine Komplettsanierung kam weder aus Zeit- noch aus Kostengründen in Frage, erschien Emily jedoch auch gar nicht als wünschenswert. Die Villa sollte ihren etwas abgewetzten «Vintage-Stil» behalten und aus ihrer Geschichte einen Teil ihres Charmes und ihrer Anziehungskraft beziehen.

Was Emily jetzt am dringendsten brauchte, war ein Bauleiter mit Organisationstalent und Sachverstand. Einen, der die Expertise und die Kontakte hatte, das Vorhaben wirklich durchzuziehen. Einen mit Ellenbogen und Durchsetzungskraft.

Die Empfehlung des Bauleiters kam um ein paar Ecken: Isabelle wusste, dass ihr Cousin Félix jemanden kannte, der mit einem gewissen Léon Ferrier freundschaftlich verbunden war. Und dessen Ehefrau wiederum war mit der *Boulangère* Valérie Aubry befreundet, die zwar über die fachlichen Kompetenzen von Monsieur Ferrier nichts zu berichten wusste, ihn jedoch nur vertrauensvoll empfehlen könne, da er ja nun mal der Mann ihrer Freundin und überhaupt äußerst charmant sei. So liefen die Dinge in Fleury. Emily jedenfalls sah keinen Grund, an Valéries Empfehlung zu zweifeln, setzte sich mit Monsieur Ferrier in Verbindung und bat Isabelle, bei dem Treffen mit von der Partie zu sein, «schon aus sprachlichen Gründen».

Léon Ferrier war seines Zeichens tatsächlich approbierter Baumeister, was schon mal nicht schlecht war. Er erklärte sich bereit, während der gesamten Renovierungsarbeiten vor Ort zu bleiben und die Arbeiten der verschiedenen Handwerker zu koordinieren.

Nach gründlicher Inspektion des Hauses meinte Ferrier, Emily benötige keinen Architekten, wenn sie ihm die Bauleitung anvertraue. Es müssten ja keine Pläne gezeichnet werden, und das Gesamtprojekt könne er ohne Schwierigkeiten mit den Gewerken bis zur Fertigstellung begleiten. «Die anstehenden Maßnahmen – vor allem Außenanstrich, Innenausbau mit Elektrizität, Boden- und Wandrestaurierung, Tapezier- und Malerarbeiten – sind nicht wirklich kompliziert. Das Dach muss auch nicht komplett erneuert, sondern nur an einigen Stellen ausgebessert werden. Ich habe dafür, glaube ich, sogar noch passende Schindeln vorrätig.»

Als Monsieur Ferrier damit so etwas wie ein All-inclusive-Angebot vorlegte, waren sowohl Emily als auch Isabelle erleichtert, denn es hätte sie beide restlos überfordert, jeden Tag von einem anderen geschäftstüchtigen Handwerker über den Tisch gezogen zu werden. Emily gefiel die bodenständige Sachkompetenz, die der Bauleiter ausstrahlte. Der von Valérie behauptete Charme ließ jedoch zu wünschen übrig.

«Sind nicht doch eventuell statische Berechnungen erforderlich?», fragte Emily ihn etwas blauäugig. «Mein Bruder ...»

Monsieur Ferrier reagierte mit einem Aufwall an Empörung, als hätte sie mit diesem schüchternen Einwand sein meisterliches Können grundlegend in Frage gestellt. «Trauen Sie etwa meiner Handwerkskunst und meiner Erfahrung nicht? Ah ...!», rief er aus und warf seine Arme theatralisch in die Luft wie Louis de Funès. «Also wirklich, Mademoiselle! Ich kann Ihnen hundertprozentig versichern, dass all das, was bislang unter meiner Anleitung gebaut wurde, von höchster Qualität war und ist. Ihre Frage zeugt wahrlich nicht von großem Vertrauen.» Noch einmal warf er die Arme in die Höhe und zog eine übertrieben empörte Miene. Was für ein arroganter Wichtigtuer, dachte Emily.

«Ich will hier wirklich nicht überheblich klingen», sagte er, obwohl er genau das tat, «aber es steht Ihnen natürlich völlig frei, jemand anderen zu beauftragen, wenn Sie schon jetzt kein Vertrauen in meine Arbeit haben.»

Sie hatten ihren Rundgang durch das Haus am Brunnen auf der kleinen Terrasse beendet, wo der famose Bauleiter seine Aktentasche ablegte, die so dünn war, dass sie unmöglich mehr als ein paar Blatt Papier enthalten konnte. Doch hatte Léon Ferrier es während ihres Rundgangs ohnehin nicht für nötig gehalten, sich irgendwelche Notizen zu machen, und sich, als Isabelle ihn darauf ansprach, an die Stirn getippt: «Speichere ich alles hier drinnen, Mademoiselle. In meiner ganz persönlichen Cloud.»

«Bekomme ich denn von Ihnen verbindliche Kostenvoranschläge?», fragte Emily.

«Selbstverständlich bekommen Sie die erforderliche *Estimation des prix*. Die lasse ich Ihnen umgehend zukommen, sobald ich alles ausgemessen und berechnet habe. An welche Adresse darf ich sie Ihnen schicken ... ich nehme nicht an, dass Sie bereits hier wohnen.»

«Nein, noch nicht», räumte Emily ein. «Schicken Sie doch alles zu meinen Händen an die Adresse meiner Freundin Isabelle Améry. Und in rechtlichen Angelegenheiten wird mich sicherlich Monsieur Ulian unterstützten.»

Es erwies sich als ein kluger Schachzug, den Notar zu erwähnen, denn von diesem Augenblick an war der Bauleiter deutlich zuvorkommender. Sie hatte mit Ulian eine Autoritätsperson genannt, vor der Ferrier erkennbar Respekt hatte, jedenfalls mehr als vor Isabelle, die ja offensichtlich kaum mehr als «Emilys Briefkasten» zu sein schien.

«Wir können mit den Restaurierungsarbeiten umgehend beginnen, sobald die Kostenvoranschläge Ihre Zustimmung gefunden haben, Mademoiselle. Und nachdem Sie alles abgesegnet haben, vergebe ich unverzüglich die Aufträge. Natürlich brauchen Sie noch die formale Erlaubnis von Bürgermeister und Gemeinde, schließlich geht es hier um die Renovierung eines historischen Gebäudes.»

Emily hatte nicht die geringste Vorstellung, um was es sich bei dieser Erlaubnis handeln könnte, versprach aber, möglichst bald in der Mairie vorzusprechen.

Nach einem längeren Gespräch mit Bruno Bouvier, dem sich sehr aufgeschlossen zeigenden Monsieur le Maire, erhielt Emily mit dem *Certificat d'urbanisme* die notwendige Genehmigung, allerdings mit einigen behördlichen Auflagen, das Manoir in seinem äußeren Erscheinungsbild unbedingt in seinem Zustand zu belassen, zumal das Gebäude den Urkunden zufolge vor zweihundert Jahren im klassischen Stil der Restaurationszeit errichtet worden war.

Ein Zugeständnis, das für Emily kein Problem war, da sie den historischen Charme des Hauses, der sie so sehr beeindruckte, ohnehin nach Möglichkeit erhalten und aus dem Manoir eben kein Ensemble mit historischem Kern und modernen Anbauten machen wollte.

Das Anwesen, immerhin dreigeschossig – wenn man das «Atelier» unter dem Dach mitzählte –, erschien ihr für ein kleines Hotel geräumig genug. Ihr Traditionsbewusstsein überraschte den Bauleiter, doch hatte er dagegen – abgesehen vom wirtschaftlichen Aspekt – nichts einzuwenden.

«Zuallererst aber machen wir was, Mademoiselle?» Er blickte Emily gespannt an. Sie zog nur die Augenbrauen hoch. «Wir schließen das kleine Loch im Dach. Das Haus muss unbedingt wetterfest gemacht werden, dann folgt alles Weitere.»

Er hielt Emily die Hand hin, und die junge Bauherrin schlug beherzt ein.

Im Juni kündigte Emily bei ihrer Presseagentur an, dass sie nur noch ausgewählte Projekte betreuen könne und für die Lesereise von Jonathan Fairlie, die auf dem Kontinent im September stattfinden und durch insgesamt zwölf Städte in fünf Ländern führen sollte, leider nicht zur Verfügung stehe. Ihre Entscheidung wurde allgemein mit Verwunderung aufgenommen, hatte sich der Starautor anscheinend doch restlos begeistert über seine frühere Begleiterin gezeigt und sich in höchsten Tönen über ihre Professionalität ausgelassen. Doch Emily hatte einen

Schlussstrich gezogen – unter die Beziehung zu Mr. Fairlie und auch unter ihre freiberufliche journalistische Existenz, die sie nach dem Sommer definitiv beenden wollte, um sich ganz ihrem Haus im Périgord widmen zu können.

Manchmal rief Jonathan sie noch an, wie sie Isabelle bei einem ihrer allabendlichen Gespräche zögerlich erzählte, meistens spätabends, wenn der Alkohol seine Zunge gelockert und er wohl einsam genug war, um aus Verzweiflung ihre Nummer zu wählen. Emily blieb dann ziemlich einsilbig, sie hatte keine Lust, Jonathan von ihren neuen Aktivitäten zu berichten oder ihn sonst wie in die Überlegungen, ihre Zukunft betreffend, einzubeziehen. Sie hatte das Gefühl, dass sie immer mehr Abstand gewann, was ihr überraschend guttat. Und wenn sich ihr Autor dann mehr oder weniger betrunken in sentimentalen Erinnerungen erging, reagierte sie entsprechend kühl: «Schlaf gut, Jonathan. Mindestens so gut wie ich.»

Am Telefon überschütteten ihre Eltern sie geradezu mit Ratschlägen und Anregungen. Bisweilen schien es Emily, als seien sie noch begeisterter von dem «Projet Manoir» als sie selbst. Seit nun fünfunddreißig Jahren betrieben Sophia und Richard Bennett ihr direkt an der Promenade gelegenes Strandhotel *Sea Dreams*, das sie einst von einer ihren Ruhestand herbeisehnenden Großtante übernommen hatten, und es war unbestreitbar, dass sie viel Erfahrung in Hotellerie und Gastronomie hatten.

Ursprünglich war das *Sea Dreams* im viktorianischen und edwardianischen Stil eingerichtet gewesen, ein typisches Grandhotel für die Sommerfrische am Meer. Jahrzehntelang hatte es sich seinen altmodischen, wenn auch etwas brüchigen Charme bewahrt, wirkte jedoch mit der Zeit zunehmend antiquiert und genügte modernen Ansprüchen nicht mehr. Vor ein paar Jahren hatten sich die Bennetts daher entschlossen, das *Sea Dreams* behutsam zu erneuern – es erhielt einen neuen Anstrich und eine Ausstattung, die vielleicht nicht ganz nach Emilys Geschmack war, dem gesamten Ensemble jedoch das Flair eines zeitgenössischen englischen Strandhotels gab. Ein paar Art-déco-Möbel hatten die Bennetts teils in England aufgetrieben, teils im Auktionshaus Dorotheum in Wien erstanden – was zur Folge hatte, dass sie das alte Mobiliar, das nicht zu diesem nüchternen neuen Stil passte, ausgemustert und zwischengelagert hatten. Und diese Möbelstücke boten sie nun Emily für die Einrichtung des Manoirs an.

Emily überlegte, welche der Stücke wohl für sie in Frage kommen könnten. Manches würde man restaurieren müssen, anderes war noch gut in Schuss. Doch ihre Überlegungen endeten immer bei der grundlegenden, ungeklärten Frage, in welchem Stil sie ihr Hotel eigentlich einrichten wollte. Jeden Tag und jeden Abend brütete sie über den Grundrissen, Plänen und Aufstellungen von Léon Ferrier und überlegte hin und her. Es war wie ein Puzzle, das sich nicht zusammenfügen wollte und bei welchem noch wichtige Teile fehlten.

Schließlich kam Emily auf die Idee, doch einmal im Manoir zu übernachten. «Nur so ... um zu schauen, wie es sich anfühlt. Und vielleicht hilft es uns ja weiter.»

«Aber da ... da ist doch noch gar nichts», stammelte Isabelle. Die Vorstellung, allein in diesem Geisterhaus im Wald zu übernachten, in dem nichts anderes zu hören sein würde als die Schreie der Käuzchen und das Rufen der Eulen, begleitet von Mäuserascheln und Blätterrauschen, machte ihr Angst. Sie blies die Wangen auf. «Ich weiß nicht, Emily ... ob das so eine gute Idee ist. Wir zwei ganz allein in der Wildnis da draußen.»

«Nun hör aber auf! Du warst es doch, die mich zu diesem Abenteuer überredet hat …» Isabelle wollte protestieren, doch Emily ließ sie nicht zu Wort kommen. «Da wirst du doch jetzt nicht das kleine Mädchen spielen, das sich ängstlich in die Ecke kauert, weil draußen der Uhu ruft. Komm schon, das wird ein Spaß!»

«Ich weiß nicht …», wiederholte Isabelle.

«Aber ich weiß. Wenn du nicht mitkommst, ziehe ich das alleine durch.»

«Es gibt dort doch überhaupt keine Betten …»

«Wir schlafen in Hermiones altem Bett. Das ist breit genug. Und wenn du dann immer noch Angst hast, kuschelst du dich an mich und suchst Schutz bei deiner alten Freundin.»

«Aus der Nummer komme ich wohl nicht raus», murmelte Isabelle.

Aufgekratzt wie zwei halbwüchsige Mädchen, die zu einer Nachtwanderung aufbrechen, packten sie ein paar Sachen zusammen. Sie füllten einen Picknickkorb mit einem Imbiss und einer Flasche Cidre und zogen wie zwei Rotkäppchen in den finsteren Märchenwald. Es war Vollmond, also ziemlich hell. Trotzdem stolperten sie über Wurzeln, rutschten auf dem moosigen Boden aus, und Zweige klatschten ihnen ins Gesicht, sodass sie das ins Mondlicht getauchte Manoir ziemlich ramponiert erreichten. Und ziemlich erleichtert.

Sie zogen ihre Pyjamas an und schlüpften gleich ins Bett. Es war kühl im Haus, und sie kuschelten sich unter einer zusätzlich mitgebrachten Wolldecke aneinander. Ein Picknick im Bett, ein ausgelassenes Gelage mit jeder Menge Cidre und Wein.

Emily führte sich auf, als sei dies das Abenteuer ihres Lebens.

«Das ist doch toll, oder?», rief sie immer wieder.

Isabelle nickte unbestimmt. «Toll ... ja.»

«Wir machen es uns richtig gemütlich.»

Isabelle vermochte trotz der Decken und des wärmenden Weins kaum ein Zittern zu unterdrücken. Es war eisig kalt.

«Und das mitten im Sommer», brummte sie.

«Ach, nun stell dich doch nicht so an, du Mimose!»

«Und was machen wir jetzt?», maulte Isabelle und nahm einen Schluck direkt aus der Flasche. «Willst du mir ein Schauermärchen erzählen? Zwei Feen auf der Flucht vor bösen Zwergen suchen Schutz in einem verlassenen Haus, wo die Hexe auf sie wartet?»

«Nein, kein Märchen.» Emily sprang aus dem Bett. In der Ecke des Zimmers stand ein Regal mit alten Büchern. «Aber vielleicht finden wir hier etwas Passendes zum Vorlesen ...»

Bücher! Da hielt es auch Isabelle nicht mehr unter der Decke. Plötzlich war die ungemütliche Kälte vergessen – der Trost der Literatur winkte!

Hermione hatte durchaus Geschmack, das mussten sie beide zugeben, als sie durch das Regal stöberten. Große Werke der Weltliteratur in schönen alten Ausgaben. *Romeo und Julia*, natürlich. *Nana. Lehrjahre des Gefühls. Madame Bovary. Auf der Suche nach der verlorenen Zeit*. Ein ziemlich zerlesenes Theaterheftchen mit dem Liebesabenteuer des *Cyrano de Bergerac*. Ein Band mit Diderots Liebesbriefen an Sophie Volland.

«Ziemlich viel Liebe, findest du nicht?», fragte Emily erstaunt.

«Kein Wunder, das Haus steht schließlich im Val d'amour.»

Und da zündete bei Emily plötzlich die Idee!

«Isabelle, das ist es! Ich werde jedes Hotelzimmer nach einem literarischen Liebespaar benennen! Und bei der Gestaltung und Einrichtung des betreffenden Raumes lasse ich mich von der Epoche, in der die Geschichten spielen, inspirieren!»

Jetzt sprudelten die Ideen nur so aus ihnen heraus. «Wir machen es so: Abaelard & Héloise und Tristan & Isolde werden das Mittelalter repräsentieren ...»

«Romeo & Julia die italienische Renaissance ...», sekundierte Isabelle begeistert.

«Beziehungsweise die elisabethanische Shakespeare-Zeit. Mr. Darcy & Elizabeth Bennet die Regency-Ära ...» Auch Emily war nicht mehr zu bremsen. «Gatsby & Daisy die Golden Twenties an der amerikanischen Westküste und Schiwago & Lara die Zeit nach der russischen Revolution.»

«Dann muss aber eigentlich auch das Traumpaar des Périgord, Cyrano de Bergerac und seine heimlich angebetete Roxane, eine Rolle spielen», warf Isabelle ein, die sich sofort für die Idee erwärmte, auch ohne zusätzliche Wolldecke.

«Du bist genial! Natürlich ... Cyrano & Roxane!»

Zwei Gläser Cidre später war klar, dass diese sieben «literarischen» Suiten das Herzstück des Manoirs werden sollten, und Emily überlegte, wie sie jede von ihnen besonders und originell einrichten könnte. Genau wie die kleineren Einzel- und Doppelzimmer, diese allerdings ohne die Patenschaft eines berühmten literarischen Liebespaars. Und schließlich fiel ihr auch ein Name für ihr Hotel ein: «Es kann gar nicht anders als *Le Manoir au Val d'amour* heißen!»

Plötzlich war alles so einleuchtend, dass Emily sich wunderte, nicht früher auf diese Idee gekommen zu sein! Im nächsten Frühjahr würde *Le Manoir au Val d'amour* allen verliebten oder frisch verheirateten Paaren ein romantisches Refugium bieten.

Mit diesem «Konzept» im Kopf gingen Emily und Isabelle noch einmal die Liste des Möbellagers und die Fotos durch, die Emilys Eltern geschickt hatten. Da die Stücke allesamt fester Bestandteil ihrer Kindheit im *Sea Dreams* gewesen waren, hatte Emily die meisten von ihnen genau vor Augen und konnte sie

Isabelle bis ins Detail beschreiben. Vieles kam jetzt nicht mehr in Frage, weil nicht mehr passend. Doch schon bald hatten sie eine eigene Liste mit Möbelstücken erstellt, die sich bestens für das Konzept eignen würden: sechs Einzel- und vier Doppelbetten aus Mahagoni und Kirschholz mit dazu passenden Nachtschränkchen; einige Polstersessel, die laut Inventarliste keiner größeren Restaurierung bedurften; einen großen ovalen Esstisch (zum Ausziehen) mit zwölf dazu passenden Stühlen; ein paar kleinere Tische, an die man Hochlehner stellen konnte, vielleicht fürs *Petit déjeuner*; eine intarsierte Anrichte für Porzellan und Gläser, die ebenfalls im Restaurant Platz finden könnte; Tischwäsche aus feinsten Stoffen (inklusive Servietten); einen alten Waschtisch mit Porzellanschüssel im Renaissance-Stil für Romeo & Julia; verschiedene Regency-Möbel für Mr. Darcy & Elizabeth Bennet; einen prächtigen Samowar aus Messing für Jurij Schiwago & Lara; eine mittelalterlich anmutende Laterne und ein schlichtes Schreibpult für Abaelard & Héloise; einige Lampen und Kerzenständer aus diversen Epochen; einen riesigen Kronleuchter wie aus einem Loire-Schloss – als Blickfang vielleicht in der Eingangshalle oder im Restaurant; die nahezu vollständige Einrichtung eines kleinen Rauchersalons.

Der Clou war eine Toilettenausstattung mit einem WC-Sitz, der in einen mittelalterlichen Prunkthron aus reich geschnitztem Holz eingelassen war, zu dem sogar zwei Stufen hinaufführten. Für die Notdurft auf allerhöchstem Niveau, sozusagen. Dazu passte auch eine frei stehende Badewanne mit einer patinierten Messingarmatur, alles wie geschaffen für das Badezimmer von Tristan & Isolde.

«Sogar ein großer alter Wandteppich mit einer amourösen Szene ist dabei! Der ist nie in unserem Hotel *Sea Dreams* aufgehängt worden, scheint mir jedoch perfekt in das Cyrano & Roxane-Zimmer zu passen. Die Suite, in der du deine Hochzeitsnacht feiern wirst, Isabelle.»

«Du bist komplett verrückt, ma belle. Lass mich da mal außen vor. *Isabelles Hochzeit* wird sicherlich kein Stück, das in deinem kleinen Hoteltheater zur Aufführung kommen wird.»

«Warten wir's ab. Aber erst einmal: Auf unsere Liebespaar-Zimmer!»

Dann spielten sie eine Weile das zwischen ihnen so beliebte *Wenn*-Spiel. Wenn hier erst einmal alles fertig ist ... Wenn die Zimmer eingerichtet sind ... Wenn die Küche funktioniert ... Wenn die ersten Gäste kommen ... Wenn hier eine Hochzeit gefeiert wird ... Ihre Phantasie ließ sich keine Grenzen setzen. Sie spielten es unermüdlich durch, bis sie doch müde wurden und etwas einsilbiger und auch noch etwas betrunkener.

«Darf ich mich an dich kuscheln? Mir ist kalt», murmelte Emily und schlang die Arme um ihre Freundin. Und auch Isabelle wurde immer ruhiger, atmete ein und aus und sank mit einem letzten Gedanken an Eulen und Käuzchen in einen tiefen, traumlosen Schlaf.

Es war früh am Morgen, noch keine sieben Uhr, als Isabelle erwachte, erstaunt, wie erfrischt sie sich fühlte. Emily schlief noch, ganz eingehüllt in die Wolldecke, aus der nur ihr Haar hervorlugte. Isabelle stand auf, stolperte ins Badezimmer, wo sie sich die Zähne putzte und eiskaltes Wasser ins Gesicht spritzte, um den letzten Rest Schlaf zu vertreiben. Sie tapste barfuß herum, aber es war so kalt, dass sie sich ihre abgenutzten Espadrilles anzog.

Alles war still, wie ausgestorben: die verschachtelten Gänge in der ersten und zweiten Etage und oben unter dem Dach der Raum, den sie «Atelier» nannten. Isabelle war von einer seltsamen, unbekannten Neugier getrieben, bis sie auf der Schwelle eines der Zimmer verharrte.

Der Raum war bewohnt, zumindest deutete alles darauf hin:

eine Matratze und ein moderner Rollkoffer, über den sie sich schon bei ihrem ersten Besuch gewundert hatten. Diesmal war das Nachtlager zerwühlt, und unter den Laken lag jemand, ganz offensichtlich noch in Träumen befangen.

Verwundert rieb Isabelle sich die Augen, sie wagte keine Regung und beobachtete verstohlen die junge Frau, die hier schlief wie ein unschuldiges Kind, die Decke bis unter die Nase hochgezogen.

Meine Güte, wer ist das denn?, fragte sich Isabelle.

Für eine Landstreicherin war sie zu jung, und der Koffer ließ darauf schließen, dass sie hier bewusst Unterschlupf gesucht und gefunden hatte.

Isabelle hielt den Atem an, gebannt von der unwirklichen Erscheinung. Dann spürte die Beobachtete wohl doch ihre Anwesenheit und schlug die Augen auf. Nur ein kurzer, aufblitzender Blick, dann sprang sie auf, wie ertappt, sagte aber kein Wort. Mit dem Laken suchte sie notdürftig ihre Nacktheit zu verbergen und lächelte unsicher. Irgendwie kam sie ihr bekannt vor, aber Isabelle kam nicht darauf, woher. Sie machte eine Art abwiegelnde Handbewegung, als müsse sie und nicht ihr Gegenüber sich entschuldigen für das Eindringen in dieses Haus. Und rutschte und stolperte ohne ein weiteres Wort wieder nach unten, wo sie Emily unsanft weckte.

«Wach auf, du Murmeltier ... Du glaubst es nicht ... ich meine, dort oben ... komm, das musst du dir anschauen ...»

«Was denn?» Emily wuschelte sich durchs Haar und schlüpfte rasch in das Kleid vom Vortag. «Was ist los, um Himmels willen, nun sag schon! Uh, ist der Boden kalt ...»

Isabelle stürmte wieder nach oben, gefolgt von der noch schlaftrunkenen Emily. Bis sie beide wieder in der Tür zum Schlafzimmer der Fremden standen, die sich seit Isabelles Weglaufen wohl in aller Hast angezogen hatte und nun fahrig ihre Sachen in den Koffer stopfte.

Sie war sehr schlank und hatte dunkel schimmerndes kupferfarbenes Haar, und ihr Gesicht mit dem verschlafenen Lächeln kam Isabelle plötzlich gar nicht mehr unvertraut vor.

Woher kenne ich sie nur?, grübelte sie.

Und dann fiel es ihr ein. Sie hatte sie schon des Öfteren gesehen, aber immer geschminkt und mit aufgestecktem Haar, daher hatte sie sie nicht sofort erkannt. Es war das Mädchen, das in der Trafik aushalf. André Chardins Verkäuferin.

Und es schien auch Isabelle zu erkennen, jedenfalls zeigten die spröden Lippen den Anflug eines Lächelns.

«Ich ... ich bin Ela.»

«Ich weiß», sagte Isabelle.

Emily warf verwunderte Blicke von der einen zur anderen.

«Ela», wiederholte der Überraschungsgast. «Sie entschuldigen, dass ich hier ...» Ihr fiel kein passendes Wort ein. «Dass ich jetzt hier bin.»

«Und ... warum?» Emily schien noch immer nicht zu verstehen, während Isabelle längst klar war, dass Ela hier wohnte. Unrechtmäßig natürlich, aber das Manoir war unverkennbar ihre Zuflucht. Wie bei einer Art Hausbesetzung.

Ela Marószan war Polin, neunzehn Jahre alt, wie sie ihnen radebrechend erzählte, und vor ein paar Monaten nach Fleury gekommen. Auf der Suche nach ihrem Bruder, der in einer heimischen Baukolonne Arbeit gefunden und ihr von dem Manoir, in dem er mit seinem Trupp arbeitete, erzählt hatte. Jeden Morgen machte Ela sich auf den Weg zum Stadttor, um in der Trafik auszuhelfen. Jeden Abend kehrte sie zurück und übernachtete hier. Sie hatte nicht genug Geld, um sich irgendwo eine Wohnung zu nehmen, denn Pawel, ihr Bruder, schlief in einer Gemeinschaftsunterkunft, wo sie natürlich nicht unterschlüpfen konnte.

«So viele Männer ... nicht für mich», schloss sie ihren kleinen Bericht. «Mir gefallen hier sehr gut ... Entschuldigung. Ich nicht habe Recht, hier zu sein, aber solange Umbau, ich denke, ich kann bleiben ... vielleicht? Pardon, wenn Sie erlauben.»

«Hm», machte Emily, blickte sich dann in dem Zimmer um und schloss die Inspektion mit einem Seufzer. «Na schön, warum nicht. Es ist vielleicht ganz gut, wenn hier auch nachts jemand im Haus ist.»

«Sie erlauben?», rief Ela aufgeregt und strich sich eine Haarsträhne hinter die Ohren.

«Ja, ich erlaube. Und wenn ich es mir recht überlege ... Sie könnten ja auch bei uns arbeiten ... wenn wir fertig sind, meine ich. Das wird hier ein Hotel, wissen Sie?»

«Oh ... das wäre ja ... ein Entzücken», sagte Ela in ihrem gebrochenen Französisch, mit dem sie sich so rührend abmühte.

«Ein Entzücken, ja. Vielleicht könnten Sie als Zimmermädchen arbeiten.»

«Mädchen für Zimmer, ja ... ja.»

«Wie bringen wir das nur André bei?», murmelte Isabelle.

«André kein Problem. Ein guter Mann. Er mich mögen, aber ich nicht Tabak.»

«Sie arbeiten in einer Trafik und mögen keinen Tabak?»

«Kein Tabak ... nein ... nie rauchen.»

Oje, dachte Isabelle. Und dann steht sie mit diesem Dauerraucher den ganzen Tag in seinem Laden. Und ist ganz froh, wenn sie abends frische Luft im Wald findet. Und eine Bleibe in diesem Haus.

«Ela ... ich darf dich Ela nennen, oder?» Emily hielt ihr die Hand hin.

«Ela ... ja, natürlich.» Sie ergriff die Hand und schüttelte sie begeistert. Ein Leuchten ging über ihr schmales, schönes Gesicht.

9 *Isabelle zeigt Emily die Schönheiten des Périgord.*

Der Frühsommer ist die schönste Jahreszeit in Fleury-sur-Azurain, schöner noch als der Frühling. Emily bewunderte die nun in vollem Laub stehenden Wälder, erfreute sich an den Farbklecksen der Wildblumen auf den Wiesen und Hängen. In der Stadt stiegen nicht nur Thermometer und Stimmung, sondern auch die Zahl der Touristen. Doch die Gäste kamen nicht nur zum Wandern, Baden, Kanufahren und Faulenzen – sondern eben auch zum Heiraten. Auf der Terrasse des Gasthofs servierte Adèle Tavernier sonnengereifte Waldbeeren mit *Crème Chantilly,* die jeden noch so süßen Honeymoon noch mehr versüßten. Laue Sommerabende luden dazu ein, das Leben zu genießen, und Emily und Isabelle hatten es sich zur Gewohnheit gemacht, den Tag bei einem Dessert und einem Wein im *Cerf Blanc* ausklingen zu lassen.

Doch Emily hatte sich getäuscht, wenn sie dachte, die Arbeiten an ihrem Haus schon im Sommer wesentlich voranbringen zu können. Fast jeden Tag ließ einer der Bauleute und Handwerker sie sitzen, manchmal mit fadenscheinigen Begründungen und aberwitzigen Entschuldigungen oder Ausreden. Oder sie meldeten sich erst gar nicht und tauchten seelenruhig ab. Auch Monsieur Ferrier schien im Hochsommer seine Pflichten als Bauleiter nicht mehr so ernst zu nehmen wie noch in den Wochen zuvor. Ihn schien eine sommerliche Lethargie ergriffen zu haben, jedenfalls erlahmte sein Elan, und als Emily feststellte, dass sich eine ganze Woche lang überhaupt niemand auf der Baustelle hatte blickenlassen, war sie am Rande der Verzweiflung.

«Isabelle, du musst mir helfen, diesen Schnarchsack und

seine Leute wieder auf Kurs zu bringen! Die können doch nicht alle schon in den Sommerferien sein!»

«Doch, immerhin ist Mitte Juli», meinte Isabelle lapidar. «Und was soll ich da machen? Du hast ihn doch mit deinem Charme eingewickelt. Mich nimmt er ja nicht einmal zur Kenntnis. Es heißt immer nur ‹Mademoiselle Bennett hier› und ‹Mademoiselle Bennett da›.»

«Eingewickelt? Spinnst du? Er nimmt mich überhaupt nicht ernst. Vielleicht kannst du mehr bei ihm ausrichten, als Einheimische, meine ich. Du musst es versuchen ... bitte!»

Isabelle seufzte ergeben. «Jawohl, *Madame la Directrice*!»

Also versuchte sie es. Isabelle bestellte Monsieur Ferrier zum Manoir und stapfte selbst mit energischen Schritten durch den Wald. Es war wieder ein heißer Sommertag, doch in der Ferne kündigte sich mit Donnergrollen endlich ein erlösendes Gewitter an. Das machte es für Isabelle leichter, sich in Stimmung zu bringen, und so redete sie sich in Rage. Ein bisschen Theater musste schon sein, bei jemandem wie Ferrier.

Sie trafen sich wieder im Innenhof am Brunnen, der nun aufgedeckt war, jedoch immer noch nicht funktionierte. So oft und energisch Isabelle auch an dem eingerosteten Hahn drehte, es kam nicht ein Tropfen Wasser. Noch ein Kostenpunkt, dachte sie und setzte in Gedanken die Grundreinigung des Brunnens und die Überprüfung der Wasserleitung auf die schon ellenlange To-do-Liste.

Der Bauleiter erwartete sie schwitzend und wieder mit seiner dünnen Mappe, die er wohl ständig als Alibi mit sich führte.

«Ah, Monsieur Ferrier! Danke, dass Sie es einrichten konnten, sich mal wieder hier blickenzulassen», begrüßte Isabelle ihn mit zuckersüßem Lächeln. Der Bauleiter holte tief Atem und setzte zu einer ruppigen Antwort an, doch sie ließ ihn erst gar nicht zu Wort kommen. «Mademoiselle Bennett hat heute keine Zeit. Sie werden mit mir vorliebnehmen müssen. Ich habe jede Vollmacht, mit Ihnen zu reden. Und auch zu handeln, sollte es erforderlich sein.»

Ferrier atmete hörbar aus und blickte sie mit zusammengekniffenen Augen an. Nun hatte sie seine volle Aufmerksamkeit.

«Die Zeit läuft uns buchstäblich davon, Monsieur, wir müssen endlich vorwärtskommen, wenn wir überhaupt noch eine Chance haben wollen, das Hotel wie geplant im Mai nächsten Jahres zu eröffnen», begann sie ihm die Leviten zu lesen. «Und ich kann Ihnen verraten, Mademoiselle Bennett ist wirklich sehr, sehr aufgebracht!»

Zunächst versuchte Léon Ferrier, sich mit Abwiegeln aus der Affäre zu ziehen, dann trumpfte er auf und verwehrte sich rabiat gegen die Vorwürfe, doch Isabelle gab keine Handbreit nach. Als er sich aufzuplustern begann, unterbrach sie kurzerhand seine Tiraden und setzte ihm ein Ultimatum. «Wir sind keineswegs gewillt, uns hier als kleine naive Waldmägdelein vorführen zu lassen, denen man getrost nach Herzenslust auf dem Kopf herumtanzen kann. Kommen Sie endlich in die Gänge, Monsieur Ferrier!»

Jetzt schwieg er, blickte nur verdrossen zu Boden.

«Aber ja, Mademoiselle ... *bien sûr*.»

«Ich erwarte von Ihnen einen koordinierten Zeitplan, an den sich auch der kleinste Handwerker zu halten hat.»

«Ich muss schon sagen, Mademoiselle, jemanden mit Ihrem Durchsetzungsvermögen hätte ich gern in meiner Firma. Wollen Sie nicht bei mir anfangen?»

«Nein, Monsieur Ferrier, gewiss nicht. Ich möchte, dass Sie endlich bei uns anfangen. Habe ich mich klar genug ausgedrückt?»

«Absolut, Mademoiselle ... absolut!»

Dann fielen mit einem Riesenkrach Donner und Blitz zusammen, und es begann von einer Sekunde auf die andere aus den zusammengeballten schwarzen Wolken zu schütten. Isabelle sprintete über die Terrasse, um sich im Haus in Sicherheit zu bringen. Ferrier folgte ihr schnaufend, seine Aktenmappe schützend über den Kopf haltend. Im Trockenen besprachen sie sachlich die Zeitplanung, bevor Isabelle den Bauleiter mit einem festen Händedruck verabschiedete.

Sie war vollends zufrieden mit sich. Am meisten imponierte ihr selbst, mit welcher Selbstverständlichkeit sie «wir» und «uns» gesagt hatte.

Das Gewitter hatte die Luft gereinigt, in jeglicher Hinsicht.

Während also die Renovierungsarbeiten im Manoir wieder Fahrt aufnahmen, hielt Isabelle es für angebracht, Emily näher mit Land und Leuten vertraut zu machen, ihr ein bisschen Périgord-Feeling zu vermitteln, wie sie es nannte. An einem warmen Spätnachmittag setzten sie sich vor Valéries Boulangerie und gönnten sich ein Stück *Tarte aux pommes.* Emily blätterte in dem Reiseführer, den Isabelle ihr geschenkt hatte und der schon ziemlich abgegriffen aussah.

«*Mon Dieu!* Wo sollen wir denn da anfangen?»

«Na, vielleicht mit einem Ausflug durchs Tal der Dordogne bis Sarlat. Ein toller Markt in Le Bugue, Burgen in Beynac und Castelnaud, die lohnen sich wirklich. Auch das Château de Milandes, das hat früher mal Josephine Baker gehört. Sieht aber eher wie eine Burg aus. Also: eine echte Mittelaltertour, wie klingt das?»

«*Formidabel!*»

Sie hatten selten so viel Spaß gehabt wie bei diesem Ausflug durch das Périgord noir. Das Tal der Dordogne war gespickt mit Natur- und Kultursehenswürdigkeiten, wobei der kurze Abschnitt zwischen Domme und Trémolat alles übertraf: Sie fuhren mit Isabelles schon etwas klapprigem Renault an in sattem Gelb gestrichenen Bauernhäusern vorbei, durch malerische Dörfer, passierten prächtige Schlösser und trutzige Bastiden. Manchmal stiegen sie aus, um einen Ausblick zu genießen.

Den atemberaubendsten bot sicherlich die Bastide Domme mit ihren drei trutzigen Stadttoren, von wo aus sie hinunter ins Tal auf die bekannte mittelalterliche Brücke sehen konnten, die sich über die Dordogne spannte. Vom Aussichtspunkt Belvédère de la Barre ließen sie den Blick weit schweifen: von den Türmen des Château de Montfort über die weit gezogene Schleife der Dordogne bis zum Dorf La Roque-Gageac. Ein unvergleichliches Panorama.

Emily war hellauf begeistert. Dies war noch einmal etwas ganz anderes als das beschauliche Fleury, in dessen Mauern sich alles zusammendrängte, aus dem die Wege in Wälder und Weinberge führten und auch zum Schloss, das sich allerdings nur auf einem kleinen Hügel erhob und nicht etwa majestätisch über der Stadt thronte. Das Val d'amour war eben ein Tal, und spektakuläre Ausblicke suchte man hier vergebens. Es sei denn, man stieg den Kirchturm hoch. Das kam für Emily, die unter Höhenangst litt, natürlich nicht in Frage.

Kurz vor dem Dorf Castelnaud-la-Chapelle machten sie bei der Ferme de Vielcroze halt.

«Nüsse, Nüsse, Nüsse!», rief Isabelle.

«Was?»

«Wir schauen im Ecomusée de la Noix du Périgord vorbei. Da lernst du alles über die Nussverarbeitung in dieser Region.»

«Gibt's auch Kostproben?», fragte Emily, die an keinem kulinarischen Mitbringsel vorbeigehen konnte, hoffnungsvoll. Sie hatte auf ihrer Tour schon in einer Destillerie einen Pflaumenbrand und ein Glas mit in Armagnac eingelegten Früchten erstanden.

«Natürlich! Nusslikör, Nussbrand, süße Nusscreme, *Tarte aux noix* ... alles, was dein Herz begehrt.»

Auch in Castelnaud boten die vom Flussufer treppenartig nach oben steigenden Häuser eine pittoreske Kulisse. Sie gipfelte in der Burg, «eine der eindrucksvollsten Wehranlagen des französischen Mittelalters», wie der Reiseführer verriet, von deren Terrasse man weitere markante Bauwerke erkennen konnte: das Schlösschen La Malatrie, das stolze Beynac und das Manoir de Marqueyssac.

Zu Schlossbesichtigungen war Emily an diesem Tag nicht zu bewegen, die meisten waren für die Öffentlichkeit ohnehin nicht zugänglich, wie sie mit Erleichterung feststellte. Sie blühte jedoch auf, als sie einen Spaziergang durch den ausgedehnten Park von Marqueyssac unternahmen.

Auch die Gärten des Manoir d'Eyrignac waren ihnen einen Besuch wert, doch inzwischen waren ihre Beine müde, und sie flanierten nicht lange umher, sondern ließen sich auf einer Bank nieder und hielten das Gesicht in die Sonne.

«Dieser Garten wurde im 18. Jahrhundert angelegt und gilt als einer der schönsten Frankreichs», dozierte Isabelle.

«Natürlich ... ich habe nichts anderes erwartet. Das Périgord ist ja überhaupt das Allerschönste, was *la douce France* zu bieten hat. Du solltest deine Papeterie aufgeben, Isabelle, und Fremdenführerin werden. Du hast wirklich ein bemerkenswertes Talent, unbedarften Touristen das Blaue vom Himmel zu holen.»

Isabelle ließ sich von diesem Spott nicht irritieren, sondern deutete ein Grinsen an.

«Mehr Himmel auf Erden als im Périgord gibt es wirklich nicht.

Genau das will ich dir zeigen. Du bist zwar keine unbedarfte Touristin – na ja, zumindest keine Touristin –, aber immerhin wird dieses bezaubernde Fleckchen dein neues Zuhause!»

Am frühen Abend kehrten sie nach Fleury zurück. Isabelle wollte schon in die Straße zum Manoir einbiegen, doch Emily bat darum, sie vor dem Rathaus abzusetzen.

Sie blickte dem Wagen nach, dann machte sie sich auf den Weg in Richtung Kirche, überquerte die Place des Roses und tauchte in das Gewirr der kleinen Gässchen hinter dem Friedhof ein.

Langsam ging sie die stillen Häuser entlang, hinter deren Fenstern noch Leben und Bewegung zu erkennen war. In einer der Gassen hinter der Kirche blieb sie stehen; eine perlende Musik drang an ihr Ohr, die Klänge eines Klaviers, reine, fließende Akkorde.

Sie ließ sich auf den Stufen der Freitreppe eines größeren Hauses in der Nähe nieder. Nur wenige Passanten waren noch unterwegs, beachteten sie jedoch kaum, allenfalls mit einem Seitenblick und einem flüchtigen Nicken. Emily legte den Kopf auf die Knie, lauschte dem Pianokonzert, es war kein Igor Levit, der hier spielte, aber doch jemand, der musikalisches Talent und Fingerspitzengefühl hatte. Das war ein schöner Tag mit Isabelle, dachte sie. Ich liebe unsere kleinen Ausflüge ... überhaupt das Zusammensein mit ihr. Und das Périgord war wirklich ein Traum! Und – Isabelle hatte recht – nun auch ihr Zuhause.

Sie schloss die Augen, hörte der Musik zu und träumte sich in ihr Manoir, wo sie bereits Gäste auf der Terrasse dinieren sah. In ihrem Speisesaal spielte ein junger Pianist auf dem alten, etwas verstimmten Klavier Chopin, einen melancholischen Walzer oder ein hingetupftes Nocture, wie jetzt der unbekannte Musiker ein paar Häuser weiter. Es war schon etwas kitschig, was sie sich da zusammenträumte, aber das machte nichts, denn wenn das Kitsch war, dann hatte es davon bisher eindeutig zu wenig in ihrem Leben gegeben.

Ich habe mich wohl doch verliebt, in dieses Fleury, dachte sie.

10 *Emily findet auf dem Erntedankfest neue Freunde.*

Manchmal war es Emily angesichts all der auftretenden Schwierigkeiten durch den Kopf gegangen, ob es nicht doch besser gewesen wäre, das Manoir zu verkaufen. Aber diese «Schwächeanfälle» vergingen zuverlässig nach wenigen Stunden wieder. Hinzu kam: Um zu verkaufen, bräuchte man einen Käufer. Und Emily musste einsehen, dass sich nicht jeder zu Häusern hingezogen fühlte, die in aller Seelenruhe zu romantischen Ruinen verfielen.

Nach dem besonderen Abend unter dem Fenster des Klavierspielers hörten die Zweifel auf. Endgültig.

Und wenn sie ehrlich war: Es machte ihr sogar Spaß, das Beste aus dem Manoir herauszuholen, es von Grund auf zu überholen, wieder bewohnbar und ansehnlich zu machen. Natürlich waren ihre Möglichkeiten begrenzt. Eine Komplettsanierung hätte ihre finanziellen Ressourcen weit überstiegen. Doch ein bis in den letzten Winkel durchrenoviertes Luxushotel, das trotz seines hohen Alters am Ende den Charme eines Neubaus verströmte, war ihr sowieso eine Horrorvorstellung. Schon aufgrund des relativ begrenzten Platzes, sollte das kleine Hotel den Charme eines «Familienbetriebs» bekommen.

Der Sommer ging dahin, es waren arbeitsreiche Wochen und Monate, die Emily ausschließlich in Fleury verbrachte. Sie verlor oft die Geduld, wenn sie mit ansah, wie langsam, wenn auch gründlich die Renovierung voranging. Dann klagte sie Isabelle oder Adèle ihr Leid, die stets voller Mitgefühl waren, sie aber auch immer wieder auf den Boden der Realität zurückholten.

«Es ist ein Langstreckenlauf, kein Sprint», sagte Isabelle.

«Ein Marathon. Und die Zielgerade ist noch nicht in Sicht», ergänzte Adèle.

«Ja, ihr habt recht. Es ist ja auch schon einiges geschafft», seufzte Emily. «Und ich bin wirklich dankbar dafür. Für alles ... besonders für euch beide!»

Anfang Oktober bot sich ihnen eine Gelegenheit, diese Dankbarkeit gemeinsam zu feiern. Erntedank war in Fleury nicht nur ein kirchliches Fest. *Le Jour d'Action de Grâce* wurde traditionell am ersten Sonntag im Oktober gefeiert, begann mit einem Dankgottesdienst in der festlich mit Blumen, Früchten, Ähren und Weinranken geschmückten Kirche und fand dann seinen ersten Höhepunkt auf dem Erntedankmarkt. Die Stände wurden nicht wie üblich vor der kleinen Markthalle aufgebaut, sondern auf dem Kirchplatz, der nicht sehr groß war. So entstand zwar leicht ein Gedränge, doch auch das gehörte zum Charme dieses Festes, das alle in Fleury liebten, weil sie etwas feierten, das für sie essenziell war: die Fülle des Lebens.

Emily hatte sich von Isabelle zum Besuch des Gottesdienstes überreden lassen. Für sie als Anglikanerin mit eher lockeren Bindungen an ihre Konfession war das «katholische Brimborium» mehr Folklore als Religion. Auch Isabelle war keine regelmäßige oder gar eifrige Kirchgängerin, doch den Besuch des Erntedankgottesdienstes ließ sie sich nicht nehmen.

Die Kirche war schon gefüllt, als sie eintrafen, doch Isabelle und Emily fanden noch Platz in einer Bank ganz in der Nähe der Bricassarts, denen in der *Église* seit jeher ein separates, aus zwei Holzbänken bestehendes Gestühl mit einem wunderschön geschnitzten Baldachin aus dunkelblauem Stoff zur Verfügung stand. Sie frequentierten es zwar nicht oft, doch Erntedank war eine der wenigen Gelegenheiten, zu denen sich die Adelsfamilie ganz offiziell in der Stadt blickenließ, da das Fest auch auf ihren Gütern und mit ihren Pächtern gefeiert wurde.

Christian Arnault, der junge Pfarrer von Notre Dame des Roses, predigte eindringlich über Gemeinschaft und das Miteinander, doch so richtig mitreißen ließ sich die Gemeinde nicht. Emily las auf den sie umgebenden Gesichtern alles Mögliche, Langeweile, Spott, Ungeduld, doch bei den Liedern blühte die ganze Gemeinde auf, sang lautstark und freudig zur Begleitung des talentierten Organisten, etwas schleppend und auch nicht sonderlich notensicher, aber darauf kam es gar nicht an.

Zum Schluss zog der Organist alle Register, es brauste durch das imposante Kirchenschiff, als die Gemeinde ihrem Pfarrer beim Auszug folgte. In wenigen Minuten war der Platz vor dem Gotteshaus überfüllt, und auch Emily fand sich, zusammen mit Isabelle, die sich bei ihr untergehakt hatte, mitten auf dem Erntedankmarkt wieder. «Wie wunderbar!», schwärmte sie glücklich.

Fleury erlebte einen sonnigen Herbsttag, die Landwirte und Weinbauern der Gegend boten ihre Produkte an, und beim Rundgang über den Markt entdeckte Emily sogar die Bricassarts in seltener Einmütigkeit. Sie lächelte über Adèles spöttische Blicke, als der Baron an einem der riesigen leeren Fässer, an denen die Taverniers standen und ausschenkten, stehen blieb und in seiner etwas unbeholfenen Art das Gespräch suchte. Wenn man Adèles Blicke richtig interpretierte, wohl in einem zu blasierten Ton, den er aber mit jovialem Lächeln zu kaschieren versuchte. Für Emily war deutlich zu spüren, dass Schloss und Stadt im Grunde wie zwei völlig verschiedene Universen nebeneinanderher existierten, ohne sich je wirklich zu berühren.

Der Pfarrer zog mit seinem Gefolge in einer kleinen Prozession von Stand zu Stand und segnete die Ernte dieses Jahres. Immer wieder wurden ihnen Wein, frisch gepresste Obstsäfte, Paté, Schinken, Gänseschmalz und andere Spezialitäten angeboten. Christian Arnault lehnte nie ab, nahm immer zumindest einen Schluck oder einen Bissen, lächelte und nickte anerkennend, bevor er zum nächsten Stand weiterzog.

«Wenn er so weitermacht, wird er am Ende des Rundgangs zwei, drei Flaschen Wein intus haben», flüsterte Emily ihrer Freundin ins Ohr.

Isabelle grinste. «Mindestens. Irgendwann wird er kapitulieren und sich dann schwankend zurück in die Sakristei begeben. Ob er es bis zum Pfarrhaus schafft, darauf würde ich nicht wetten.»

«Er scheint aber ziemlich trinkfest zu sein. Schau ... dieses Glas hat er sogar in einem Zug geleert!»

«Das war ja auch ein *Le Sang du Périgord*. Ein göttliches Gesöff ... das trinkt er aus Glaubensgründen.»

Emily kicherte und blickte sich um. «Die schwarz gekleidete Frau da schräg hinter ihm scheint seine Glaubensgründe aber zu missbilligen. Ziemlich finsterer Blick. Seine Mutter?»

«Wo denkst du hin! Das ist Marguerite Marquet, die Küsterin. Menschgewordener Argwohn, sage ich dir. Die schaut immer so. Sie wird hier Madame La Mort genannt, wegen ihrer schwarzen Kleidung, aber auch, weil sie für die Totenwäsche, Beerdigungen und Friedhofsangelegenheiten zuständig ist, für die letzten Dinge des Lebens sozusagen.»

«Na, dann hoffentlich nicht auch für die Hochzeiten!»

Isabelle puffte ihre Freundin in die Seite. «Ach, Quatsch, was du wieder denkst! Sie führt die ‹Anti-Hochzeits-Fraktion› in der Stadt an und wird überall wegen ihres scharfen Mundwerks gefürchtet.»

«Und euer Pfarrer? Wie kommt er hier zurecht? Du hast mal gesagt, dass Laura de Bricassart ein Auge auf ihn geworfen haben soll ...»

«Du merkst dir aber auch alles!», spöttelte Isabelle. «Christian Arnault lässt niemanden an sich heran, weder die schwarze Marguerite noch die strahlende Laura. Er ist erst Mitte dreißig, weißt du, und erst seit einem Jahr bei uns. Er wurde vom Bischof von Périgueux nach Fleury geschickt, damit die Kirche dem wachsenden Ansturm der Trauungen standhält.»

«Er ist ziemlich attraktiv.»

«Na ja ... schon. Jedenfalls ist er jung und dynamisch, für gewisse Modernisierungen aufgeschlossen und liegt schon deshalb im Dauerstreit mit Marguerite. Aber, wie gesagt, er lässt sie auflaufen. Laura übrigens auch – sie besucht fast jede Woche wegen irgendwelcher Besprechungen das Pfarrhaus, was Madame La Mort zuverlässig in Rage bringt.»

Während ihres kleinen Rundgangs über den Markt blieben auch die beiden Freundinnen immer wieder stehen, um der Ernte «Dank zu sagen», das schien hier eine feststehende Redewendung zu sein. Und es gab unendlich viel zu kosten. Manches schmeckte ihnen so gut, dass sie gleich etwas davon kauften: ein Glas Heidelbeermarmelade, eine Tüte knuspriger Käsegebäckstangen, eine kleine, pfeffrig-scharfe Wildschweinsalami und eine großzügig bemessene Käseauswahl.

Als sie am ziemlich belagerten Stand des vom Schloss betriebenen Weinguts Samiral vorbeiflanierten, rief ihnen jemand etwas hinterher. Isabelle blickte sich um und wollte Emily dann rasch weiterziehen. Doch die wandte ebenfalls den Kopf und blieb prompt stehen.

Es war Jean-Luc, der ihnen vom Stand des Weinguts der Bricassarts aus mit einem Glas Samiral Rouge zuprostete.

«Na, wen haben wir denn da?», rief Emily. «Seine Durchlaucht, den Nachwuchsbaron ...»

Jean-Luc grinste. Innerlich schien er höchst zufrieden mit sich, Emily zum Stehenbleiben gebracht zu haben. Sie war allerdings fest entschlossen, sich diesmal nicht provozieren zu lassen, ganz gleich, was für Unverschämtheiten er von sich gab.

«Oh, die kleine englische Miss. Mit ihrer Gouvernante ... salut, Isabelle!»

«Salut, Jean-Luc», erwiderte Isabelle, die inständig zu hoffen schien, ihre Begegnung würde nicht wieder in einen Eklat münden, diesmal womöglich noch in aller Öffentlichkeit. Besorgt kniff sie Emily in den Oberarm, was diese mit einem unwilligen Blick quittierte.

«Darf ich die beiden Ladys denn auf einen Tropfen aus unserem Keller einladen?»

«Warum nicht?», sagte Emily. «Ich liebe spendable Aristokraten. Die Großzügigkeit wirkt ihnen so angenehm anerzogen.»

«So ist es, Mylady. Bitte sehr ...» Er reichte ihnen die mit Rotwein gefüllten Gläser. *«Santé, Mesdemoiselles!»*

Sie stießen an und nahmen den ersten Schluck. Emily verzog das Gesicht.

«Ziemlich sauer, Ihr Rouge!»

«Trocken, Miss Bennett, nicht sauer. Ein feiner, aber notwendiger Unterschied.»

«Nicht für meinen weinkennerischen englischen Gaumen. Damit können Sie niemanden beeindrucken oder betrunken machen.»

«Ach, bei unseren Gegenspielern gelingt uns das ganz gut. Dann sind sie wehrlos, und wir können sie besser ausrauben.»

«Ich bin doch gar nicht Ihre Gegenspielerin. Wann begreifen Sie das endlich? Sie sind es, der mich davon abhalten will, hier etwas Sinnvolles aufzubauen. Oder etwa nicht?»

«Wer wollte Sie auch schon gegen sich haben? Ich jedenfalls nicht.»

«Also keine Gegner mehr?», fragte Emily in gespielter Koketterie.

«Nicht die Spur.»

«Und was wollen Sie stattdessen sein ... etwa ein Freund?»

Jean-Luc stutzte. Dann reckte er sich, als nehme er all seinen Mut zusammen. «Ja», sagte er frei heraus. «Das wäre ich tatsächlich gern. Spricht etwas dagegen?»

Nun war es an Emily, verdutzt zu sein. Und für einen Moment sprachlos. Sie war sich nicht sicher, ob sie ihn ernst nehmen sollte oder ob er sie nur wieder provozieren wollte. Sie beschloss, ihm eine Chance zu geben.

«Nein ... dagegen spricht nichts.» Sie hielt ihm ihr Glas zum Anstoßen entgegen. «Auf die etwas säuerliche, jedoch unverbrüchliche englisch-französische Freundschaft!»

«Oder die französisch-englische Freundschaft», ergänzte Jean-Luc konziliant.

Emily kam aus dem Staunen gar nicht mehr heraus. Was war denn das? Eine Aussöhnung im Schnellverfahren? Isabelle schien es ganz ähnlich zu empfinden. «Hoppla», raunte sie ihrer Freundin zu. «Da begibst du dich aber auf holpriges Terrain. Sieh zu, dass du nicht stolperst.»

Emily warf ihr einen amüsierten Blick zu und hob nur kurz die Schultern.

Jean-Luc schien das Getuschel der beiden Freundinnen nervös zu machen. «Keine Geheimabsprachen, bitte. Das sind Friedensverhandlungen, die frei und in aller Öffentlichkeit geführt werden. Und traditionell mit einem Kuss besiegelt.»

«Oh, träumen Sie weiter, Jean-Luc», sagte Emily. Der abrupte Sympathieschwenk war ihr nicht ganz geheuer. «Hier wird nur getrunken, nicht geküsst.»

«Warten wir's ab. Ich für meinen Teil kann warten ... lange, wenn es sein muss.»

Isabelle aber war still geworden und warf den beiden in ihr Geplänkel Vertieften einen nachdenklichen Blick über den Rand ihres Glases zu. «Wie auch immer», sagte sie dann. «Ich werde mich eurem Waffenstillstand gerne anschließen. Natürlich nur, wenn ihr erlaubt.»

«Wir erlauben», sagten Emily und Jean-Luc wie aus einem Mund.

Die «Friedensverhandlungen» kamen an diesem Tag jedoch zu keinem Ergebnis mehr. Immer wieder wurden sie – von beiden Seiten – unterbrochen von spöttischen oder sarkastischen Bemerkungen, und es war nie ganz klar, ob sie ernst- oder scherzhaft gemeint waren. Immerhin gelang es ihnen, den kleinen Umtrunk am Bricassart-Stand ohne größere kommunikative Blessuren hinter sich zu bringen.

Schließlich verabschiedeten sich Emily und Isabelle und zogen Arm in Arm weiter zu neuen kulinarischen Abenteuern. Als sie entdeckten, dass eine der den Kirchplatz säumenden Bänke unbesetzt war, setzten sie sich, jede ein Heidelbeereis vom Stand des kleinen Eiscafés am Marktplatz in der Hand.

«Ein kurioser Kerl, dieser Jean-Luc», meinte Emily. «Ich weiß nie so genau, was ich von ihm halten soll.»

«Im Zweifelsfall wenig. Ich traue ihm jedenfalls nicht.»

«Du hast recht, er ist undurchschaubar.»

«Dafür flirtest du aber ziemlich ungeniert mit ihm.»

«Flirten? Ich flirte doch nicht ...»

Isabelle blickte sie skeptisch an. «Wie würdest du das denn nennen? Es ist doch ganz offensichtlich – jedenfalls für mich –, dass dir sein ... Interesse gefällt.»

«Nun übertreib mal nicht. Ich habe nur versucht, wieder auf eine höfliche Ebene zu kommen.»

«Höfliche Ebene ... nennt ihr das so in England? Mir sah es eher danach aus, als hätte das stolze Burgfräulein die Zugbrücke etwas heruntergelassen.»

«Zugbrücke herunterlassen ... nennt ihr das so in Frankreich?», erwiderte Emily schlagfertig. «Und wo wir gerade über Zugbrücken sprechen – mir sieht es ganz danach aus, als ob dieser Gentleman dort drüben nur allzu gern bereit wäre, über deine zu spazieren ...»

«Wer ...?», setzte Isabelle an, bis sie erkannte, wen Emily meinte. Ein Mann in blauer Uniform, der ihr nun ein fröhliches «Salut, Isabelle!» zurief und mit der Hand am Képi grüßte, bahnte sich lässig einen Weg durch das Gedränge auf dem Kirchplatz, blieb aber nicht bei ihnen stehen, sondern steuerte auf den Blumenstand von Rosalie Fontaine zu, die ihm ein Sträußchen reichte, das er sich prompt ins Knopfloch steckte.

«Ui, wer ist denn dieser Capitano?», fragte Emily, als er sich außer Hörweite befand. «Der hat ja George Clooney sein Lächeln abgekauft! Und er ist dir eben gefährlich nahe gekommen, findest du nicht? Hüte dich bloß vor den wachen Augen des Gesetzes!»

«Das ist Charles Chauveron. Aber ich muss dich enttäuschen – er hat zwar den Rang eines *Chef de police*, im Grunde ist er aber nur ein einfacher – und der einzige – Gemeindepolizist in Fleury. Auch wenn er durchaus etwas hermacht, wenn er mit diesem schneidigen Stolz und in seiner schmucken Uniform durch die Stadt patrouilliert. Allerdings glaube ich, in Fleury ist noch nie jemand auf nichtlegale Weise zu Tode gekommen. Charles gehört eher zu den folkloristischen Attraktionen, vor allem für Touristen, die Martin Walkers Périgord-Krimis lesen und auf der Suche nach Bruno, Chef de police, sind.»

«Wie auch immer – er scheint ein Auge auf dich geworfen zu haben, so wie er dir eben zugezwinkert hat.»

«Ach, Emily, was du nur immer denkst. Er ist einfach ein *Homme à femmes*. Von mir abgesehen würde wohl keine alleinstehende Frau in Fleury nein sagen, wenn Charles auch nur die

Augenbraue in ihre Richtung hebt, die Verheirateten schon gar nicht. Dann und wann sieht man ihn auch in weiblicher Begleitung, hört dieses oder jenes. Aber für wen sein Herz wirklich schlägt, hat er bisher im Unklaren gelassen.»

Emily hob die Schultern. «Du hast meine Frage nicht beantwortet, Schätzchen.»

«Na schön, wenn du es genau wissen willst: Charles Chauveron ist überhaupt nicht mein Typ. Kannst du dir im Ernst vorstellen, wie ich abends am Arm dieser Uniformjacke durch die Stadt flaniere? Nein? Also, bitte! Außerdem interessiert er sich gerade viel mehr für Rosalie.»

In diesem Augenblick tätschelte Charles Chauveron tatsächlich den Arm der Floristin, neigte sich zu ihr und flüsterte ihr etwas ins Ohr. Sie errötete prompt und machte ihrem Namen damit alle Ehre.

«Siehst du», sagte Isabelle trocken, «das meine ich.»

Emily schwieg und leckte den letzten Rest Eis aus der Waffel. Sie musste zugeben, dass der Gendarm von Fleury ganz offensichtlich das Blumenmädchen auserkoren hatte, um es unter seinen ganz persönlichen Schutz zu stellen.

Den Nachmittag verbrachten Emily und Isabelle – wie anscheinend ganz Fleury – auf dem Marktplatz. Die Mairie war festlich beflaggt, die Terrasse des *Cerf Blanc* voll besetzt, die Markthalle platzte aus allen Nähten. Hier boten die Stände regionale Produkte an, und Emily konnte an keinem Brett mit winzigen Kostproben vorbeigehen. Paté, Gänseschmalz, Salami, allerlei Getrüffeltes, knuspriges Brot, Waldhonig, Aufstriche, Konfitüren ...

«Pass auf, dass du dir nicht den Bauch vollschlägst», warnte Isabelle. «Sonst hast du heute Abend keinen Platz mehr für das *Diner de nuit*.»

«Ja, ich platze bald. Ist aber auch zu verführerisch, findest du nicht? Aber was ist denn das für ein Diner?»

«Ein Gelage auf dem Marktplatz. In einer Stunde werden dort große Tische aufgebaut. Und dann beginnt ein Spektakel, das du noch nicht erlebt hast. Ein Nachtmahl unterm Sternenhimmel. Für den ganz großen Appetit.»

Emily stöhnte.

«Ja, und den Wein spendiert die Stadt, auch das *Cerf Blanc* stiftet ein Fass. Die Köche und Bauern servieren ihre Spezialitäten. Im großen Zelt hinter dem Rathaus kochen sie schon seit Stunden ...»

«Oje, ich glaube kaum, dass ich noch mehr essen kann.»

Isabelle lachte. «Notfalls probierst du nur ein paar Bissen und trinkst dafür mehr.»

«Ich werde also entweder pappsatt oder volltrunken?»

«Nicht Entweder-oder. Fleury fordert dir alles ab, wie du ja schon weißt.»

Emily nickte ergeben. «Na schön, Schluss mit der Probier-Orgie.»

Sie verließen die Markthalle und gingen zu der kleinen Kirmes, die man hinter dem Gebäude aufgebaut hatte. Wie aus der Zeit gefallen, reihten sich hier alte Fahrgeschäfte aneinander, unter anderem ein Kinderkarussell, außerdem ein paar Stände mit Geschicklichkeitsspielen, eine *Rôtisserie roulante*, sogar eine Straßendruckerei, die Lesezeichen und Postkarten produzierte. Handwerker demonstrierten ihre alten Künste an längst ausgemusterten Maschinen und mit museumsreifen Werkzeugen. Hauptattraktion war ein kleines magisches Atelier, wo ein Fotograf altmodische Kostüme samt Spazierstock oder Fächer zur Verfügung stellte, um dann die so Verkleideten abzulichten. Aber auch ein paar Straßenkünstler zeigten ihre Kunststücke. Rosalie Fontaine unterwies gebannt zuschauende Mädchen in der Kunst, kleine Blumenkränze zu knüpfen. Die Stadtkapelle spielte Walzer, Polkas, Volkslieder und ab und zu einen Marsch im Stil der Marseillaise. Und Valérie Aubry knetete im Takt dazu Teig für die *beugnons*, Krapfen, die ihr Mann dann in Fett ausbuk und verkaufte. Dazu lud sie auch immer ein paar Kinder ein, die begeistert mittaten und auf den Teig einschlugen.

«Wie auf einem englischen Vintage-Markt!», rief Emily entzückt, als sie durch die Budenstraßen flanierten.

Isabelle grinste. «Ja, aber unser Vintage wird nicht künstlich reanimiert. Es gehört quasi zur DNA von Fleury. Muss man natürlich mögen ...»

«Aber wer könnte das denn nicht mögen?»

«Keine Ahnung.» Isabelle zuckte die Schultern. «Vielleicht unsere Aristokraten?», fügte sie hinzu, als sie dem Baron und der Baronne de Bricassart nachschaute, die ohne einen Blick nach rechts oder links durch die Budenstraße zurück zum Schloss zogen. Für sie war das Erntedankfest offensichtlich vorbei.

Wenig später wurden Tische auf dem Marktplatz aufgestellt, mit blütenweißen Tischdecken überzogen und mit einfachem Besteck und Geschirr eingedeckt. An jedem Tisch fanden acht Personen Platz. Isabelle zog Emily hinter sich her, sie war erpicht darauf, einen der Tische zu ergattern, von denen aus man den besten Überblick hatte. Und in Windeseile war ihre kleine Tischgesellschaft komplett, als sich auch Laura und Léonie de Bricassart, André Chardin, der Musiker Serge Amalric und zwei weitere Mitglieder seiner Band dazusetzten. Adèle, die auch an diesem Abend im Service eingespannt war, brachte Karaffen mit Wein und Wasser herbei, zwinkerte Emily zu und zündete die Windlichter an, die auf dem Tisch standen.

Das *Diner de nuit* konnte beginnen.

Die Sonne war untergegangen, und eine blaue Dämmerung hatte sich über den Platz gelegt. Ringsumher tauchten die Straßenlaternen, die Kugellampen in den Arkadenbögen sowie unzählige Lampions in den Bäumen und Fenstern das abendliche

Gelage in ein stimmungsvolles Licht. Jean-Luc, der zwei Tische weiter saß, konnte Emily nur noch schemenhaft erkennen. Er schien ihr zuzulächeln, und sie winkte ihm etwas scheu, bevor sie sich wieder umdrehte und den nun in bewundernswertem Tempo aufgetragenen Speisen widmete.

Sie verspürte sogar wieder so etwas wie Hunger, zumindest Appetit. Das Mahl war einfach, aber üppig. Es waren *Terrines de viande* herbeigebracht worden, Brotkörbe, Schüsseln mit mariniertem Gemüse, *Plats de salade* und *Plateaux de fromage*. Dazu Weintrauben, Birnen- und Feigensenf. Die Terrinen enthielten geschmortes Lamm- und Rindfleisch, aber wegen der vielen Kräuter schmeckte es anders, als Emily erwartet hätte, und sie wurde nicht müde, immer wieder Brot in die würzige Sauce zu tunken.

Die Musiker langten mit besonderem Appetit zu, sie mussten sich stärken, denn sie würden später noch zum Tanz aufspielen. Léonie de Bricassart saß neben Serge, dem Bandleader, mit dem sie wohl ziemlich vertraut war, denn sie lehnte ihren Kopf an seine Schulter, sobald er sie in den Arm nahm.

Die Unterhaltung am Tisch war lebhaft, und die Stimmung wurde immer ausgelassener. Es fiel Emily nicht leicht, die Satzfetzen sinnvoll miteinander zu verbinden. André Chardin erzählte ununterbrochen Witze, aber der Humor des Périgord erschien ihr ein bisschen zu speziell. Auf der leergeräumten Terrasse des *Cerf Blanc* wurde unter den großen Schirmen und Lichtergirlanden getanzt. André Chardin forderte abwechselnd Isabelle und Laura auf, doch als er auch Emily zum Tanz bat, winkte diese lächelnd ab. Ihr Kopf war schwer geworden, sie war rundum glücklich und zufrieden. Und pappsatt und volltrunken auch.

«Wir sollten allmählich gehen, meinst du nicht?», sagte Isabelle und blickte sie aufmunternd an, auch sie sprach jetzt schon etwas undeutlich.

«Neeein … wir sind doch gerade erst gekommen …»

«Sei nicht albern, Emily. Du musst ins Bett … und ich auch.»

Kurzerhand zog Isabelle die Freundin auf die Beine.

«Na gut … aber dieses Erntedank müssen wir unbedingt morgen wiederholen», war Emilys letzter Kommentar, ehe sie sich doch auf den Weg machten.

11

Jean-Luc sieht Emily in ganz neuem Licht – und begegnet ihr in ihrem Manoir.

Wie eine Kompassnadel sich nach dem Magneten ausrichtet, so war Jean-Luc in den vergangenen Wochen auf Emily fokussiert gewesen, wann immer er sie zu Gesicht bekam. Meistens geschah dies zufällig, unverhofft, doch weniger häufig, als er es sich wünschte. Und nie bemerkte sie seine Gegenwart, es war, als sei er ein Gespenst. An einem Morgen sah er sie durch den Schlosspark spazieren – natürlich nur durch den öffentlich zugänglichen Teil des Parks. Sie war ganz allein unterwegs, ohne ihren Schatten Isabelle, was selten genug vorkam, und gern hätte er die Gelegenheit genutzt, sie anzusprechen. Doch stattdessen stand er da wie paralysiert und blickte ihr nach, wie sie schließlich im Wald hinter dem Schlossgelände verschwand.

In seinem Alltag lief Jean-Luc quasi auf Autopilot. Nicht dass irgendjemand in seiner Familie oder sonst wer es bemerkt und ihn auf sein Verhalten angesprochen hätte. Nur einer erkannte die Zeichen, mit einer Mischung aus Besorgnis und Belustigung: Nicolas Bourdieu. Der hatte auch die kurze Begegnung am Nachmittag des Erntedankfestes auf dem Kirchplatz mitbekommen. Unfreiwillig, versteht sich. Er stand zufällig in der Nähe, als Jean-Luc den beiden Frauen einen Wein spendierte und dann mit ihnen anstieß, und als Emily mit ihrer Freundin weitergezogen war, schlenderte er zu Jean-Luc hinüber.

«Na, hast du Frieden geschlossen mit deiner Erzfeindin?»

Jean-Luc schnaubte. «Erzfeindin! Red nicht so einen Unsinn, Nicolas. Immerhin schaffen wir es inzwischen, ein paar Worte zu wechseln, ohne uns gegenseitig an die Gurgel zu springen.»

«Ja, es sah ganz einvernehmlich und entspannt aus. Ein Fortschritt. Und ... wie soll es jetzt weitergehen?»

«Weitergehen? Gar nichts wird weitergehen. Ich habe ihr meine Freundschaft angeboten ... ja, wirklich, schau nicht so ungläubig ... Und darauf hat sie nur gesagt, unser Wein sei ihr zu sauer. Zu sauer! Ist das zu fassen? Ich weiß wirklich nicht, warum sie sich mir gegenüber so sperrig verhält.»

«Das bist du nicht gewohnt, mein Freund, oder? Dass sich jemand nicht gleich bereitwillig in deine Arme wirft.»

Jean-Luc blickte verdrossen zu Boden. «Wenn du es so sehen willst», sagte er nach einer Weile. «Ist für mich tatsächlich ungewohnt. Bislang hatte ich da keine Probleme. Warum auch? Ich bin ja kein übler Kerl ...»

Nicolas grinste. «Nein, ein übler Kerl bist du nicht. Aber du kannst auch nicht erwarten, dass dir alle Frauen zu Füßen liegen und dich anhimmeln, sobald du mit den Fingern schnippst.»

«Nicht alle ... das erwarte ich nun wirklich nicht.»

«Nein?»

«Nein. Eine würde mir schon reichen ...»

«Emily Bennett. Die soll es sein? So sicher bist du dir?»

«Ja, sie muss es sein.» Jean-Luc nickte bedrückt.

«O, mein Freund», Nicolas tätschelte ihm die Schulter, legte dabei den Kopf schief und blickte ihn fest an. «Sollen, müssen ... meinst du wirklich, dass sich das Schicksal so herumkommandieren lässt? Oder die Liebe?»

Die Worte des alten Gärtners und Freundes gingen ihm seit dem Erntedanktag nicht mehr aus dem Kopf. Natürlich war es ein Ding der Unmöglichkeit, «das Schicksal herumzukommandieren», das sah auch er ein. Aber es musste ihm doch irgendwie gelingen, Emily für sich zu interessieren, sie dazu zu bewegen, dass sie ihm wenigstens eine Chance gab. Er fühlte sich hilflos, eine Erfahrung, die ihm bislang völlig fremd war. Wie ein konfuser Vierzehnjähriger, der nicht weiß, wohin mit seinen Hormonen. Es war unwürdig. So ging es nicht weiter.

Nein, er musste sich ihr stellen.

Irgendwann. Irgendwo.

Die Gelegenheit dazu ergab sich nicht ganz unerwartet, als er an einem ziemlich kühlen Herbstmorgen auf seinem täglichen Spaziergang etwas missmutig durch den Wald streifte und seine Schritte unbewusst Richtung Manoir lenkte. Die Sonne hatte an diesem Tag keine Kraft mehr, vielleicht auch keine Lust, ausgerechnet dieses verwöhnte Fleckchen Erde noch einmal zu beglücken. Sie schien nur fahl durch das Blätterdach, das sich über ihm ausbreitete. Am Himmel hatten sich pudrige Wolken zusammengeballt, nicht dunkel und schwer – Regen war kaum zu erwarten –, aber sie sorgten für einen Dunst, der sich über die Landschaft legte wie ein hauchdünner Stoff.

Er war mit seinem Hund Bobo unterwegs, der ihm immer wieder vorauslief und dann stehen blieb, um zu schauen, ob sein Herr ihm auch folgte. Eigentlich war Bobo gar nicht sein Hund, er hatte ihn nur adoptiert, als er nach Fleury zurückgekehrt war. Mittlerweile war er ihm aber zu einem echten Gefährten geworden, und er ging selten ohne den braun-weißen Jack Russell Terrier spazieren.

Unvermittelt blieb Bobo stehen und legte den Kopf schief.

«Na, hast du was entdeckt? Willst du mir was zeigen?»

Doch Bobo schien ihm nichts zeigen, sondern gleich weiterstürmen zu wollen. Der junge Herr streunte ihm einfach nur zu lustlos durchs Gehölz.

Dann und wann kam etwas Wind auf und wirbelte die herabgefallenen Blätter durcheinander. Unter den Schuhen knisterte es, Jean-Luc erinnerte sich, wie er als Kind immer durch das brüchige Laub gestapft war und dabei so viel Geraschel wie nur möglich ausgelöst hatte.

Jetzt aber schritt er nachlässig über den rostgoldenen Blätterteppich. Er hatte sich einen dünnen Ast genommen, mit dem er beim Gehen immer mal wieder gedankenverloren auf das Laub oder einen Busch einschlug. Wenn er damit Eichhörnchen, Vögel oder anderes Getier aufschreckte, bemerkte er es nicht einmal. Er war in Gedanken versunken, und es war ausnahmsweise nicht einmal die Engländerin, an die er dachte, in seinem Kopf herrschte nur ein unbestimmtes Grundrauschen. Bobo schien die unausgeglichene Stimmung seines Herrn zu spüren und trottete jetzt brav neben ihm her. Nur wenn Jean-Luc dann und wann ein Stöckchen aufnahm und durch die Luft schleuderte, rannte er freudig hinterher, er wurde dieses Spiels nicht müde.

Als sie schließlich mitten auf dem Waldweg plötzlich vor einem niedrigen hölzernen Tor standen, das nur noch schief in den Angeln hing, eine hohe, von Gestrüpp überwucherte Hecke, die vermutlich eine Grundstücksgrenze markieren sollte, vor sich, wurde Jean-Luc bewusst, dass das Manoir nicht mehr weit entfernt sein konnte. Dann sah er zwischen den Bäumen zwei Lastwagen und hörte Handwerker, die sich etwas zuriefen, während sie Material und Werkzeug abluden.

Er zwängte sich durch das Tor, das in den Angeln quietschte, und es war, als betrete er ein magisches Reich, das nur aus Grün zu bestehen schien. Bobo war stehen geblieben und nahm Witterung auf.

Jean-Luc schob die niedrigen Äste und das Gestrüpp beiseite. Der Pfad vor ihm war von Moos bedeckt und führte geradewegs auf das große Haus zu. Als er weiterging, spürte er hier und da eine Wurzel oder einen Stein unter seinen Schuhen. Er erinnerte sich vage, schon einmal hier gewesen zu sein, aber da war er noch ein Junge gewesen, auf großem Abenteuer im Wald von

Fleury. Damals hatte niemand im Manoir gewohnt, es war alles verrammelt, keine Tür, kein Fenster ließ sich öffnen. Unverrichteter Dinge war er wieder abgezogen.

Aus der Distanz nahm Jean-Luc das Manoir in Augenschein. Es hatte sich bereits einiges getan, das konnte er erkennen. Ein Teil des Hauses war eingerüstet, bestimmt für den Außenanstrich. Man hatte auch viel von dem wuchernden Gestrüpp rund ums Haus entfernt. Das Manoir schien nicht länger der Verwitterung und Verwahrlosung preisgegeben.

Er war so in den Anblick versunken, dass er nicht hörte, dass jemand hinter ihn getreten war.

Es war Emily Bennett. Sie hatte ihn erwischt. Wie peinlich!

Bobo hingegen war es überhaupt nicht peinlich. Er schoss auf die junge Frau zu und sprang an ihr hoch. Emily lachte und tätschelte seinen Kopf.

«Na, wen haben wir denn da?», fragte sie, schaute dabei aber nicht den Hund, sondern seinen Begleiter an. Es war unklar, von wem sie eine Antwort erwartete.

«Sie kennen Bobo?», fragte Jean-Luc erstaunt.

«Bobo? Ihr Hund heißt Bobo? Was ist denn das für ein bescheuerter Name?»

«Wieso bescheuert? Und wieso springt er überhaupt so auf Sie an?»

«Wiedersehensfreude. Wir kennen uns, nicht wahr?», sprach Emily den Vierbeiner direkt an und kraulte ihn, sodass er vor Wonne aufjaulte.

«Sie kennen Bobo?»

«Aber ja!» Sie streichelte ihn so hingebungsvoll, dass Jean-Luc fast ein bisschen neidisch wurde. Jetzt macht sie mir schon meinen Hund abspenstig!

«Und woher?»

«Er hat mich bei meinem ersten Spaziergang durch Fleury begleitet, nicht wahr ... Hund?»

«Sie nennen ihn Hund ... nur Hund? Das ist ja nicht mal ein Name ... Hund!»

«Wir hatten noch keine Gelegenheit, uns näher vorzustellen. Ah ... jetzt verstehe ich ... beim Schloss haben wir uns getrennt. Ich hätte es mir gleich denken können: Bobo de Bricassart!» Sie lachte.

Auch Jean-Luc musste grinsen. Bobo de Bricassart, das war wirklich zu komisch.

«Na ja, Bobo oder Hund ... ihm scheint's egal zu sein.»

«*Alors,* Mademoiselle, wir können jetzt ...», dröhnte es aus dem Hintergrund. Verdutzt blieb Léon Ferrier stehen, als er seine Bauherrin und den jungen Schlossherrn zusammen sah, wie sie sich über den Hund beugten und ihn in trauter Gemeinsamkeit streichelten. «Oh, ich sehe ... Sie haben gerade ...»

«Ah, Monsieur Ferrier», sagte Emily, die sich wieder aufrichtete und dem Bauleiter die Hand gab, «schauen Sie, unser junger Baron gibt mir die Ehre. Womit ich das verdient habe ... keine Ahnung.» Und dann wieder an Jean-Luc gewandt: «Aber ich führe Sie gern durchs Haus, Monsieur de Bricassart. Und Bobo natürlich auch.»

Der Hund war schon über die Treppe in die erste Etage geflitzt. Emily schickte sich an, ihm zu folgen, und bedeutete Jean-Luc mit einer Handbewegung, sie doch zu begleiten.

Sie führte ihn durch das gesamte Parterre. Die früheren von ihrer Tante genutzten Räumlichkeiten waren in einen Speisesaal mit Ausgang auf die Terrasse umgebaut worden. Auch in der Küche waren die Sanitär- und Malerarbeiten bereits weitgehend abgeschlossen. Mit sichtbarem Stolz präsentierte Emily die Ergebnisse der Restaurierung. Der historische Kachelboden in der Küche strahlte ebenso in neuem Glanz wie das abgeschliffene Parkett.

«Na, was sagen Sie, Jean-Luc? Ist doch klasse geworden, oder?»

Er nickte. «Fabelhaft ... ja, wirklich.»

«Wir haben bereits ein Zimmermädchen verpflichtet ... Immer wenn ich jetzt durch dieses Haus gehe, fühle ich mich schon wie in einem Hotel. Ich sehe schon vor mir, wie wir die Gäste empfangen, sie zu ihren Zimmern führen, die Küche in Betrieb nehmen und im Speiseraum schönes Geschirr und Besteck eindecken.» Sie blickte ihn strahlend an.

«Sie haben eben eine blühende Phantasie», knurrte Jean-Luc. Es war in der Tat frappierend, dass die junge Engländerin in so kurzer Zeit schon so viel erreicht hatte. Das Manoir würde ein kleines Schmuckstück werden, da war er sich bereits nach diesen wenigen Einblicken sicher – während er mit seinen Plänen für das Schloss im Grunde noch keinen Schritt weitergekommen war.

«Nun ja, für solche Projekte braucht es wohl auch Phantasie, nicht wahr?», sagte Emily, als sie wieder in der Eingangshalle angekommen waren. «Und natürlich Geduld. Allerdings muss ich zugeben, dass ich Geduld nicht unbedingt zu meinen Stärken zählen kann.»

Jean-Luc nickte. «Ich auch nicht», murmelte er kaum hörbar.

«Die oberen Etagen sind noch Baustellen. Da führe ich Sie gern ein anderes Mal herum. Jetzt sieht es dort noch aus, als sei ein Vulkan explodiert. Grässlich! Ich hatte keine Ahnung, wie viel Dreck bei Renovierungsarbeiten anfällt.» Und wie um ihre Worte zu bestätigen, begannen in diesem Moment – begleitet vom Gebrüll des Bauleiters, der sich vergeblich verständlich zu machen versuchte – Bohrer und Steinsäge zusammen ein schrilles Geräuschduett.

«Lassen Sie uns nach draußen gehen», schrie Emily durch den anschwellenden Lärm und hielt sich die Ohren zu. «Hier versteht man sein eigenes Wort nicht mehr.»

Auch draußen war die Geräuschkulisse noch ohrenbetäubend, denn Terrassentüren und etliche Fenster standen sperrangelweit offen. Sie setzten sich auf die beiden Stühle am zugedeckten Brunnen. Um sich verständigen zu können, mussten sie nahe zusammenrücken. Jean-Lucs Herz schlug ihm bis in die Kehle hinauf. Sich der ungewohnten Nähe nur allzu bewusst, vermieden sie, sich anzusehen, sondern schauten unentwegt zum Haus, als hielten nur ihre Blicke die Arbeiten in Gang. Es war, als fessele der Geist des Hauses sie aneinander, für wenige Augenblicke nur. Doch sie reichten, um Jean-Luc ein Lächeln auf die Lippen zu zaubern.

«Danke», sagte er, als er schließlich aufstand und Emily die Hand reichte.

Sie blicke ihn erstaunt an. «Danke ... wofür?»

«Für Ihre Führung durchs Haus. Für Ihre Freundlichkeit. Und für Ihre Gesellschaft. Ich muss jetzt gehen ... leider.»

Nach einem kurzen Händedruck und ehe Emily noch etwas erwidern konnte, war er verschwunden.

12

Isabelle testet einen jungen Koch, der sie von seinen Kochkünsten zu überzeugen versucht – und von sich.

Die Suche nach einem *Chef de Cuisine* für das Restaurant gestaltete sich schwieriger als erwartet. Der Arbeitsmarkt war auf diesem Gebiet nicht gerade überfüllt, was Emily lediglich die Qual der Wahl beschert hätte. Adèle warnte sie schon vorsorglich: «Wenn du unsere Cathérine abwirbst, ist es aus mit unserer jungen Freundschaft. Die ist hier im *Cerf Blanc* unersetzlich!» Das hatte Emily natürlich nicht im Sinn. Sie inserierte Stellenanzeigen der in Périgueux und Bergerac erscheinenden Zeitungen, aber die einzigen Bewerbungen kamen von zwei marokkanischen Straßenköchen, die zwar exzellente Zeugnisse vorweisen konnten, jedoch keinerlei Erfahrungen in der Küche des Périgord hatten. Emilys Gäste würden dagegen regionale Küche und lokale Spezialitäten erwarten, und die sollten sie bei ihr auch ihr bekommen.

«Puh, das wird schwierig», seufzte Emily eines Abends, als sie Isabelle wieder einmal von den Fortschritten bei der Restaurierung und Einrichtung des Manoirs berichtete und auch – wie schon mehrfach – die Köchin zur Sprache brachte.

«Vielleicht hat Valérie eine Idee.»

«Die habe ich schon gefragt. Sie meinte, ich solle doch mal Bernadette Jeunet ansprechen, die *Cuisinière* im Schloss. Die sei Köchin aus Leidenschaft, wofür sie bei der an Migräne und Magenproblemen leidenden Schlossherrin oft nicht genug Anerkennung finde. Aber das traue ich mich nicht.»

«Das traue ich mich nicht …», äffte Isabelle ihre Freundin nach. «*Mon Dieu!* Als du Jean-Luc die Stirn geboten hast, warst du nicht so … zimperlich.»

«Das ist etwas ganz anderes», meinte Emily leise, ohne zu erklären, warum. «Jedenfalls will ich niemanden abwerben. Das bringt doch nur böses Blut. Ich bin auf das Wohlwollen der Leute hier angewiesen und möchte es mir mit niemandem verscherzen, indem ich das Schloss gegen mich aufbringe.»

«Dann musst du dich selbst an den Herd stellen ...»

«Bist du verrückt? Ich kann Spiegeleier und Spaghetti zubereiten, das war's dann auch schon mit meinen Kochkünsten.»

«Nun stell dein Licht mal nicht unter den Scheffel. Ich kann mich noch sehr gut an das Mitternachtsmahl erinnern, das du uns mal nach einer durchzechten Nacht in unserer kleinen Küchenbutze gezaubert hast.»

«Ja, okay, aber das war die rühmliche Ausnahme. Eigentlich habe ich nicht das geringste Talent. Und mit englischer Küche werde ich hier wohl auch kaum punkten können.»

«Du hast recht. Die gaumenverwöhnten Franzosen denken sonst eher strikt lokalpatriotisch, aber wenn es etwas gibt, auf das sich wirklich alle verständigen können, dann sind es die Leckerbissen aus dem Périgord.»

«Na, siehst du. Ich will einen Koch, der meine Gäste zum Schwärmen bringt, sie sollen die herausragenden Delikatessen meiner phänomenalen Regionalküche preisen.»

«Vermutlich hast du schon einen Michelin-Stern im Visier.»

«Nur einen?» Dann seufzte sie. «Doch mir wäre schon geholfen, wenn ich einfach eine Köchin verpflichten könnte, die einigermaßen bewandert in der heimischen Küche ist.»

«Nicht verzweifeln, Emily. Du wirst ihn schon finden, deinen Chef de Cuisine.»

Nach einigen Umwegen war es schlussendlich ein Tipp von Rosalie, der sie auf die Spur brachte. «Frag doch Yves Deschamps», hatte sie ihnen geraten, als sie eines Morgens mit duftenden Croissants und zwei knusprigen Baguettes in der Tüte mit der aufgedruckten Zuckerfee in ihrem Blumenmeer anlegten.

Isabelle rollte mit den Augen. Yves Deschamps! Ausgerechnet!

«Was denn?», fragte Rosalie irritiert. «Er fristet im winzigen Café seiner Eltern eine traurige Existenz und bereitet *Croques Monsieur* und Pilzomeletts zu. Dabei hat er ganz andere Sachen drauf. Ich kann das beurteilen, denn ich war mal auf einem Fest, für das ich die Blumendekoration gemacht habe, da hat er gekocht und eine Köstlichkeit nach der anderen kreiert. Hm ... ich kann dir sagen ...!»

«Hat er denn eine Ausbildung? Irgendwelche Referenzen?», fragte Emily mit einem Anflug von Hoffnung.

«Keine Ahnung. Eher nicht. Aber was willst du mit Referenzen? Lade ihn ein in dein Manoir, zeig ihm die Küche und lass dir ein Probemenü kochen. Und wenn dir das nicht gefällt, dann bekommst du deine Blumendekoration für das Manoir ein halbes Jahr umsonst.»

Gegen diese nachdrückliche Empfehlung fiel auch Isabelle keine passende Entgegnung mehr ein. Na schön, sie würden es versuchen mit Yves Deschamps.

«Er kann sich ja auch als ein Glücksgriff erweisen», sagte Emily.

Isabelle war sich da alles andere als sicher. Denn ihr war Yves Deschamps keineswegs unbekannt. Es gab einmal eine Zeit, da hätte sie ihn gern näher kennengelernt, wenn ihm nicht sein Ruf wie Donnerhall vorausgeeilt wäre. In Fleury kannten sich fast alle jungen Leute, Beziehungsbörse und Heiratsmarkt fanden praktisch in aller Öffentlichkeit statt. Und irgendwann, so schien es ihr, war wohl jedes halbwegs hübsche Mädchen schon einmal in Yves' Armen gelandet. Nur bei ihr war es nie so weit gekommen. Zwar hatte er auch Isabelle bereits im Visier gehabt, zumindest konnte sie sich dieses Eindrucks nicht erwehren, doch sie strahlte wohl eine natürliche Aversion gegen alle Schürzenjäger aus. In ihren Augen war Yves Deschamps kein ernstzunehmender Kandidat, und dass er noch immer in der Küche seiner Eltern vor sich hin werkelte, war für Isabelle auch nicht gerade ein Beweis zielstrebiger Karriereplanung.

Ausgerechnet Yves Deschamps! Er würde Emily zum Dessert verspeisen, wenn sie nicht aufpasste. Ganz zu schweigen von den anderen weiblichen Angestellten des Manoirs – und das in einer Umgebung, die den größten Liebespaaren der Literaturgeschichte gewidmet war. Yves Deschamps würde im siebten Himmel arbeiten.

Doch die Frage der Küchenbesetzung ließ sich nicht umgehend regeln, denn Emily musste noch einmal zurück nach Portsmouth. Ihr Bruder Charles gedachte seine langjährige Lebensgefährtin endlich vor den Traualtar zu führen, mochte aber auf Emilys Angebot, mit der Hochzeit doch bis zur Eröffnung des Manoirs im nächsten Frühjahr zu warten und das rauschende Fest dann in ihrem Hotel zu feiern, nicht eingehen.

«Meine Güte!» Sie blies die Wangen auf. «Erst lässt er sich zehn Jahre Zeit mit seiner Charlotte. Dann kann es nicht schnell genug gehen! Ist da Gefahr in Verzug?»

Wie auch immer, sie buchte ein Flugticket und tröstete sich mit dem Gedanken, dass sie bei dieser Gelegenheit auch gleich die eingeplanten Möbel für das Manoir in Augenschein nehmen konnte. Kurz vor ihrer Abreise überraschte sie Isabelle mit einer Bitte, die dieser den Atem verschlug.

«Kannst du das nicht übernehmen, Isabelle?»

«Was übernehmen?»

«Yves Deschamps? Dass du dich mal mit ihm triffst ...»

«*Pas du tout, ma chère*, absolut nicht!» Isabelle war ehrlich empört. «Den musst du dir schon selber angeln ... Wenn er sich dich nicht vorher angelt.»

«Ach, jetzt stell dich nicht so an. Das kannst du doch wirklich mal für mich tun!»

«Mal?»

«Okay, du tust eine Menge für mich. Ich weiß das wirklich zu schätzen. Aber schau, jetzt ist schon Herbst, und ich muss wirklich bald damit anfangen, Personal einzustellen. Bislang habe ich nur Ela, aber ob sie als Zimmerfee geeignet ist, muss sich erst noch herausstellen. Wie auch immer, du kannst doch diesen Yves einfach mal ins Manoir einladen und ihn ... testen.»

«Testen?»

«Na, seine Kochkünste, meine ich natürlich. Du kannst doch am besten beurteilen, ob er die famose *Cuisine périgourdine* draufhat. Ob er den Ansprüchen genügt, die wir an unsere Küche stellen.»

Wenn sie Isabelle herumbekommen wollte, sagte Emily immer «wir». Sie wusste genau, welche Knöpfchen sie drücken musste, um ihre Freundin zum Einlenken zu bewegen.

Isabelle seufzte. «Na schön. Wenn überhaupt eine Yves Deschamps die Stirn bieten kann, dann bin das wohl ich. Ich bin immun gegen ihn.»

«Na, siehst du.» Emily grinste verschmitzt. «Du machst einen Termin mit ihm, in unserer Manoir-Küche, lässt dir was Schönes kochen, probierst alles durch und rufst mich dann an. Und wenn er unseren Kriterien entspricht, werde auch ich ihn mir anschauen, sobald ich wieder zurück bin.»

Isabelle murmelte etwas Unverständliches. «Unsere» Manoir-Küche! «Unsere» Kriterien!

Yves Deschamps verdankte einen erheblichen Teil seiner Wirkung dem Wuschelkopf, bei dessen Anblick es wohl jeder Frau in den Fingern zuckte. Dazu war er durchtrainiert, hochgewachsen, mit einem interessanten Gesicht, in dem seine blitzenden Augen fast unaufhörlich in Bewegung waren. Er sieht tatsächlich zum Anbeißen aus, musste Isabelle zugeben – und dann gleich über diesen ihr für einen Koch äußerst passend scheinenden Vergleich grinsen.

«Oh, Mann.» Der Koch zum Anbeißen schaute sich verblüfft um in der Küche des Manoirs. «Das ist ja mal was!»

Isabelle war nicht sicher, ob es wirklich anerkennend oder doch eher abschätzig gemeint war.

Der lässige Küchenchefbewerber ging umher, die Unterlippe vorgeschoben, als müsse er hochkarätige Antiquitäten oder Gemälde fragwürdiger Provenienz begutachten, zog hier eine Schublade auf und schob dort einen Riegel zurück. «Das ist alles antik, oder? Mächtig antik!»

«Kannst du was damit anfangen? Ich meine, siehst du hier einen Ansatzpunkt, um daraus eine ... funktionierende Küche zu machen?»

«Einen Ansatzpunkt, *hein*? Der Abzug hier ...», er klopfte auf das Kupfer, «... ist allererste Qualität. Wenn der noch in Ordnung ist ... hui!» Er rieb sich die Hände, bereits in Vorfreude, wie es schien.

«Und der Herd? Der Ofen?»

«Der Gasherd scheint mir okay zu sein. Beim Ofen bin ich mir nicht so sicher. Käme auf einen Versuch an, ob der richtig zieht, meine ich. Was gibt es denn an Pfannen, Töpfen, Kasserollen? Gibt's Messer? Ohne Messer ist eine Küche nichts wert.»

Isabelle wies auf ein paar vereinzelte Exemplare des fraglos ebenfalls antiken Kochgeschirrs, die an einer Stange über dem Herd baumelten. Yves Deschamps unterzog alles seinem prüfenden Blick und brummte zustimmend. «*Pas mal.* Damit kann man arbeiten. Die Anrichte könnt ihr aber wegwerfen. Dieses wacklige Monstrum taugt nichts, ist auch nur furniert. Und überhaupt die Holzplatten, die sind alle hinüber. Bis auf den Fleischerbock hier ... darauf könnte man ganze Klafter Holz spalten, und ihr hättet für die nächsten harten Winter genug Heizmaterial. Der ist echt ... *authentique*!»

Isabelle seufzte. «Wenigstens etwas ist echt ... und zu gebrauchen.»

Yves warf ihr einen raschen Blick von der Seite zu. «Ach, mach dir nicht allzu viele Sorgen, kleine Isabelle. Das bekommen wir schon hin.»

Dass auch er so unbekümmert von «wir» sprach, blieb ihr nicht verborgen. Und «kleine Isabelle» – was bildete er sich eigentlich ein? Sie warf ihm einen empörten Blick zu, den er jedoch ignorierte.

«Diese alten Küchen sind ja eigentlich für die Ewigkeit gebaut. Nur dass die Ewigkeit ...», er kicherte, «in diesem Gemäuer schon eine ganze Zeit lang andauert.»

Wieder rieb er sich erfreut die Hände, was er wohl immer tat, wenn etwas unverhofft zu seiner Zufriedenheit lief. «Na, das wäre ja mal ... ein Anfang, oder?»

«Vielleicht», sagte Isabelle unbestimmt und sah rasch weg. *O, là, là*, Yves' Blick war ihr einfach ein bisschen zu intensiv.

«Ab wann brauchst du mich?»

«Ich brauche dich gar nicht, Yves. Ich mache hier nur das Casting. Für meine Freundin Emily, wie du weißt.»

«Ah ja, Emily. Habe ich schon mal gesehen. Diese kleine Engländerin, nicht wahr?»

Isabelle atmete tief durch. «Wir machen es so: Du kochst für mich ein Probemenü. Und wenn du mir dann noch gefällst, empfehle ich Emily, dich ab Frühjahr hier einzustellen, sobald das Hotel seinen Betrieb aufnimmt. Einverstanden?»

«Im Frühjahr, *hein*? Und ich gefalle dir? Na, das ist ja mal ganz was Neues. Ein Kompliment von dir ... wow!» Yves grinste sie an.

«Nichts da, Kompliment ... Du gefällst mir nicht ... Nicht so ... Das heißt, ich erwarte, dass das, was du kochst, mir gefällt ...», plapperte Isabelle nervös herum. Dann riss sie sich zusammen. «Also, ich gebe dir eine Chance», erklärte sie von oben herab und ein bisschen großspurig. «Aber vorher musst du mich überzeugen.»

Sein Grinsen wurde noch breiter. «Oh, ich kann sehr überzeugend sein! Nächsten Samstag gehen wir beide auf den Wochenmarkt einkaufen, und am Abend koche ich dich in den siebten Himmel.»

Nach dem Ersten Weltkrieg hatte der Stadtrat von Fleury den Bau einer kleinen Markthalle beschlossen. Sie fand ihren Platz direkt neben dem Stadttor und sah mit ihren grün gestrichenen Eisenverstrebungen, den Art-déco-Mustern auf dem Fliesenboden und den Kugellampen aus wie eine alte Pariser Metrostation. Die Verkaufsstände wurden von Händlern der Region beschickt, und zweimal wöchentlich kamen außerdem die Kleinbauern aus der näheren Umgebung zum *Marché* nach Fleury.

Isabelle war gespannt, welches Probemenü Yves kochen wollte. Er tat geheimnisvoll und verriet nichts, während sie mit ihm über den Samstagsmarkt streifte. Da sie selbst einen Laden hatte, ergab sich für Isabelle nicht oft die Gelegenheit, während der Öffnungszeiten frisches Gemüse und Obst, Käse und Fleisch, Kräuter und Eier auf dem Markt einzukaufen. Umso mehr genoss sie es, jetzt mit Yves durch die Gassen zwischen den Buden und Ständen zu flanieren und ihm dabei zuzuschauen, wie er seine mitgebrachten großen Einkaufskörbe mit Köstlichkeiten füllte. Er hatte ihr nur gesagt, die Speisenfolge am Abend würde *à la Périgord typique* sein, wie für das Hotel gewünscht.

Isabelle war neugierig, wie Yves die «klassische périgordinische Küche» interpretieren würde. Sie stellte sich darauf ein, dass an großzügig in Fett brutzelndem Geflügel kein Weg vorbeiführte, und war überrascht, dass sich seine Körbe nicht mit frisch geschlachteter Ente und weniger mit Schmalz und Butter füllten, sondern vielmehr mit Salat, Nüssen und Pilzen, Zucchini, Knoblauch, Beeren und jeder Menge Zitronen. Dazu ein paar Muscheln und ein sehr schönes Stück Rindfleisch. Zum Schluss schob er mit mysteriösem Lächeln eine Flasche Bergerac in den Korb.

«Ich nehme nicht an, dass ich dich mit *Confit de canard* oder *Tarte au chocolat* beeindrucken könnte», sagte Yves, als sie am späten Nachmittag all die auf dem Markt erworbenen Sachen in die Küche des Manoirs schleppten.

«Mich sollst du ja auch nicht beeindrucken.»

«Na, dies wird doch ein Probekochen, oder nicht? Und ich gebe zu, dass ich die Küchenleitung in eurem Manoir schon gerne übernehmen würde. Also möchte ich deine Erwartungen übertreffen, dich überraschen, damit du vor deiner englischen Freundin aus dem Schwärmen gar nicht mehr herauskommst.»

Und damit legte er gleich los. Zuerst richtete er seinen Platz ein und breitete die Zutaten vor sich aus. Isabelle bewunderte seine präzisen Handgriffe, die nahtlos ineinander übergingen, es war wie ein durchchoreographiertes Küchenballett, routiniert, leichthändig, hochprofessionell.

Yves hatte die Küche gleich zu seinem Reich gemacht. Er hatte auch nichts dagegen, dass Isabelle ihm dabei zuschaute, im Gegenteil, es schien ihn noch zu beflügeln, denn er pfiff und summte vor sich hin.

Als Ofen und Herd auf Temperatur gebracht waren, es in den Töpfen brodelte und in den Pfannen zischte, verließ Isabelle die Küche. Sie räumte in dem kleinen Speisesalon auf und deckte den Tisch. Kurz überlegte sie, ob sie ihn mit zwei Kerzenleuchtern dekorieren sollte, entschied sich dann allerdings dagegen, denn ein Candlelight-Dinner wäre vielleicht doch das falsche Signal. Dann stand plötzlich Yves in der Tür und schüttelte den Kopf.

«Nein, Isabelle, *mon amour*, wir essen in der Küche. Ich habe dort schon eine Ecke freigeräumt. Köche setzen sich selten bei Kerzenschein an gedeckte Tische, sie essen immer am liebsten in ihrer Küche. Das ist ihre Werkstatt, ihre Arena, dort schlägt ihr Herz. Also, in einer Viertelstunde in der Küche ... wenn ich bitten darf.»

In der Küche erlebte Isabelle dann eine kulinarische Sternstunde, ein Menü, bestehend aus vier Gerichten, eines köstlicher als das andere. Yves machte sich nicht die Mühe, ihr alles zu erklären und die einzelnen Bestandteile zu benennen oder gar wie ein Sternekoch darüber zu fachsimpeln. Er setzte ihnen beiden eine Portion vor und begann umstandslos zu essen. Dabei warf er Isabelle einen erwartungsvollen Blick zu.

«Na los! Oder muss ich dich füttern?»

Sie lachte und hob abwehrend die Hände.

Dann kostete sie.

Zuerst das *Amuse-Bouche* – eine kleine Portion *Salade aux noix*, kaum mehr als ein Salatbouquet mit Nüssen und wilden Kräutern, benetzt von einer Vinaigrette aus Oliven- und Walnussöl und begleitet von *Beignets de Courgettes*, ausgebackenen Zucchini-Krapfen.

Es folgten *Noix de Saint-Jacques en persillade*, gebratene Jakobsmuscheln mit Petersilie und Knoblauch.

Schließlich ein klassisches *Bœuf à la Périgourdine*, ein Rinderschmortopf mit einer unerwarteten Aufwertung in Form von Morcheln, die sich ganz vorzüglich mit dem Bergerac-Wein vertrugen. Dazu ein sommerliches Gemüse- und Kartoffelgratin, das am Tellerrand für Abrundung sorgte.

«Meine Güte ... Yves», seufzte Isabelle selig, «du kochst wirklich wunderbar.»

Sie merkte ihm an, dass er sich ein allzu selbstzufriedenes Grinsen verkniff. Stattdessen fuhr er nur verlegen über seinen Wuschelkopf, als hätte er sich solch ein Kompliment gar nicht verdient.

«Meinst du das ernst? Schmeckt es dir?»

Mit einem leichten Stöhnen und mit vollem Mund kauend sagte sie: «Das fragst du noch? Ich dachte, das wäre unübersehbar.» Sie wies auf die leeren Teller.

«Ich mag Frauen, die mit Appetit essen und genießen können.»

«Ich bin froh über den Plural. Nein wirklich, Yves, es ist ... überragend! *Formidable! Magnifique!*»

Zum Schluss gab es die auch im Périgord obligatorische *Plateau de fromages*, die Yves mit *Cabécou, Brie de Meaux, Beaufort, Bleu d'Auvergne* und dem traditionellen *Époisses de Bourgogne* vorbereitet hatte. Dazu ein knuspriges *Pain de campagne*, und ein paar dekorativ verteilte Waldfrüchte mit einem feinen Ensemble aus Feigen-, Aprikosen- und Birnensenf. Außerdem kredenzte er ihr eine kleine Silberschüssel, in der sich eine Masse von intensiv gelber Farbe befand. Isabelle warf einen skeptischen Blick darauf. Was war das, ein Vanillepudding? Sie konnte sich nicht vorstellen, dass dieses opulente Festmahl mit etwas so Ordinärem wie Pudding zu Ende gehen sollte.

«Schau nicht so pikiert. Probier erst mal ...»

«Na schön. Was ist denn das überhaupt?»

Diesmal ließ Yves sich zu einer Erklärung herab. «Zitronenmousse à la Fleury. Leicht und fluffig wie eine *Mousse au chocolat*, versetzt mit winzigen Biskuitstückchen, die in einer Marinade aus Weißwein und Zitronenschale gebadet haben und dann karamellisiert wurden ...»

Ohne auf ihren Protest zu achten, schob er ihr einen Löffel mit der Zitronenmousse in den Mund, und sie konnte ein zufriedenes Aufseufzen nicht unterdrücken. Genießerisch verdrehte sie die Augen.

Das nahm er wohl als ein Zeichen, näher zu rücken und ihr behutsam eine Haarsträhne hinter das Ohr zu streichen. Noch bevor Isabelle reagieren konnte, beugte er sich zu ihr vor und küsste sie.

Mit einer heftigen Bewegung stieß sie ihn von sich. «Bist du verrückt geworden?»

«Nein ... Ja ... Meine Güte, jetzt mach nicht so ein Drama draus. Ich mag dich eben, Isabelle ... ich habe gedacht ...»

«Mir ist egal, was du gedacht hast! Du liegst jedenfalls mächtig daneben!»

Sie merkte, wie ihr die Wut Tränen in die Augen trieb. Trotzig verschränkte sie die Arme und drehte sich um, damit er es nicht mitbekam.

«Bitte ... geh jetzt ...»

«Aber, Isabelle ...»

«Lass mich allein ...»

«Aber wirst du Mademoiselle Bennett jetzt sagen, dass ich ...»

Sie schwieg. Dann nickte sie widerwillig. «Ich werde ihr wahrheitsgetreu sagen, dass du ein phantastischer Koch bist. Doch wir beide ... wir sind fertig miteinander. *C'est fini, compris?* Und nun geh endlich!»

Als er weg war, löschte sie die Lichter, nahm ihren Mantel und schloss die Tür ab. Ein paar Schritte würden ihr jetzt guttun. Der Himmel war wolkenlos und sternenübersät, der Mond stand hell am Firmament. Während sie in der Abendkühle den schmalen Pfad entlangging, bis zu dem befestigten Weg, der von der Stadt zum Manoir führte, versuchte sie, einen klaren Gedanken zu fassen.

Es war, als sei in dieser Herbstnacht auf einmal wieder etwas aufgerissen, was sie sorgsam unter Verschluss gehalten hatte. Hatte sie nicht alles hübsch sortiert in den Schubladen ihrer Seele, hier die Sorgen, dort die Sehnsüchte, hatte sie nicht abgeschlossen mit der Liebe, sich unberührbar, unverwundbar gemacht? Davon war sie fest überzeugt, aber Yves' Kuss hatte sie vollkommen durcheinandergebracht, eine Schublade aufgezogen, nur einen Spaltbreit, aber schon das konnte gefährlich werden, wenn sie nicht aufpasste. Ausgerechnet Yves!

Auf dem Platz vor dem Stadttor blieb sie stehen. An die alte Stadtmauer geschmiegt blinkte da bunt das kleine Karussell, ein letztes Überbleibsel der Erntedankkirmes. Es war mit Planen zugehängt, aber nur teilweise und nachlässig; man konnte die Pferde mit ihrem Goldgeschirr und ihren flatternden Mähnen erkennen und die Gondeln, das Polizeiauto und den Feuerwehrwagen, die Bären und die Elefanten. Sie waren in ihren sanften Bewegungen erstarrt und standen nun lautlos still, verzaubert wie im Märchen. Lange blickte Isabelle auf dieses bewegungslose Stillleben, das sonderbar trostlos wirkte, weil es so fröhlich und sorglos gemeint war und sie in einer so aufgewühlten Stimmung antraf.

Ein Wind kam auf und ließ sie frösteln.

Sie zog eine der Abdeckplanen etwas weiter auf und setzte sich in eine venezianische Gondel. Rot und Gold waren ihre Farben, mit einem Baldachin, auf den silberne Sterne auf einen dunkelblauen Nachthimmel gestickt waren. Dort blieb sie sitzen, still, traurig, unbewegt, als gehörte sie zum Inventar dieses Karussells und als hätte man auch sie hier einfach vergessen. Eine Prinzessin in ihrem Wagen, der sonst immer nur im Kreis fuhr, ohne Ziel und ohne Sinn, wie die Gedanken in ihrem Kopf. Und als ihr schließlich erschöpft die Augenlider zufielen, blieb schließlich nur noch ein Gedanke übrig: Was, wenn jetzt das Orchestrion zu spielen anfängt und sich diese Gondel in Bewegung setzt? Dann fahre ich weg, bis ans Ende der Welt …

ZWEITER TEIL

Das Manoir

13 *Isabelle stellt Yves auf die Probe und wundert sich.*

Der Spätherbst zeigte sich von seiner ungemütlichsten Seite, die Blätter fielen nicht sanft von den Bäumen, sondern wurden von heftigen Böen abgerissen. Auch von den milden Temperaturen, von denen das Périgord oft noch spät im Jahr verwöhnt wird, war nichts mehr zu spüren. Zumeist pfiff ein unangenehmer Wind durch die Gassen und über die Plätze von Fleury-sur-Azurain, und wer nicht unbedingt nach draußen musste, blieb in seinen komfortablen vier Wänden. Die Alltagsgeschäfte – die Boulangerie, die Epicerie, der Traîteur, die Apotheke und auch die Trafik im Stadttor – florierten weiterhin, während die sonst mehr von durchreisenden Touristen frequentierten Läden sich auf eine längere Durststrecke einstellten.

Isabelle kannte das aus früheren Jahren. Manchmal zwang eine Insolvenz einen Einzelhändler zum Aufgeben, Geschäfte, die es nun nach teils jahrzehntelangem Durchhaltevermögen nicht mehr bis in die nächste Saison schaffen würden. Es war für Isabelle unfassbar, wie etwas Alteingesessenes, scheinbar Ewiges, das sie seit ihrer Kindheit kannte, einfach so verschwinden konnte.

Der Leclerc-Supermarkt an der Kirche – ein für Provinzverhältnisse ansehnlicher Laden – schien vom Wechsel der Jahreszeiten nichts mitzubekommen, dort war immer Hochbetrieb. Doch allgemein verringerte sich das Tempo in der Stadt, es wurde alles noch eine Spur gemächlicher als sonst schon. Isabelle bemerkte, wie die Kundenfrequenz auch in ihrem Laden von Tag zu Tag nachließ, auch wenn sie ihre Stammkundschaft hatte, nicht zuletzt ein paar Senioren, die bei ihr jeden Morgen ihre Zeitungen kauften, Frauen, die Glückwunschkarten oder Geschenkpapier brauchten, Kinder, die ein paar Kleinigkeiten für ihre eisern gesparten Cents erstanden. Sie musste lächeln, als sie sich an die Einkäufe ihrer Kinderfreundinnen erinnerte, mit welchem Ernst sie für ihr kleines Geld – damals noch Centimes – ihre Auswahl in Mamans Laden getroffen hatten.

Der Allerheiligentag zog eine unsichtbare Grenze im Kalender – nun blieben die Touristen nahezu ganz aus, Hochzeiten und andere Veranstaltungen gab es kaum noch, die Stadt schien in einen frühen Winterschlaf zu fallen und sich schließlich ganz in sich selbst zurückzuziehen.

Die Trostlosigkeit des Novembers wurde jedoch durch freudige Erwartung abgelöst, als die städtischen Handwerker mit der Installation der alljährlichen Illumination begannen. Sie spannten Weihnachtsgirlanden über den Platz, hängten Lichterketten in den Arkadenbögen, an den Laternen und in den Fenstern der Mairie auf und errichteten das kleine Holzbudendorf auf der Place des Roses vor der Kirche. Es war keine ambitionierte Sache, doch dieser winzige *Marché de Noël* brachte etwas Atmosphäre und Stimmung in den in dieser Jahreszeit oft eintönigen Alltag.

Bei *Les Feuilles d'Isabelle* wurden den ganzen Dezember über eifrig Kalender gekauft, glitzernde Weihnachtskarten sowie Geschenkpapier und überhaupt alles, was mit Sternen, Engeln, Mistelzweigen und Glöckchen dekoriert war. Darüber hinaus war Isabelle auch auf dem kleinen gemütlichen Budenmarkt mit einem Stand vertreten, und da er erst am Nachmittag öffnete, übergab sie ihren Laden dann vertrauensvoll an Madame Claudel und zog mit einer Auswahl ihres Sortiments zu ihrem Stand auf dem gemütlichen Budenmarkt auf dem Kirchplatz. Sogar selbstgestaltete Weihnachtskarten verkaufte sie dort – Isabelle hatte sie an langen Novemberabenden eigenhändig illustriert und dann in kleiner Auflage drucken lassen. Auf dem Markt begegnete sie Valérie, die Miniaturausgaben ihrer berühmten Zimtschnecken und ihre begehrte heiße Schokolade mit Zimt offerierte. Rosalie verlegte sich auf hübsche Wintergestecke in den Trendfarben des Jahres.

Fleury spiegelte sich im Lichterglanz der Straßenillumination, während vom Kirchplatz der Duft von heißen Maronen, gebrannten Mandeln und *Vin chaud à la cannelle* durch die Gassen zog. Nach dem Glühwein mit Zimt war Isabelle süchtig, sie genehmigte sich fast jeden Abend einen Becher.

Natürlich führte sie weiterhin fast täglich Telefonate mit Emily, die ihre Eltern in Portsmouth besuchte. Isabelle hatte sie an einem regnerischen Vormittag am Flughafen von Bergerac verabschiedet und ihr nachgeblickt, wie sie mit Schal und Mütze bewehrt den Kampf gegen den nasskalten englischen Winter aufzunehmen gedachte. «Ich kann erst nach den Festtagen wiederkommen, irgendwann im Januar», hatte Emily erklärt. «Weihnachten ist das große Bennett-Familienfest, weißt du.» Etwas melancholisch war Isabelle in ihrem altersschwach tuckernden Renault vom Flughafen nach Hause gefahren. Schade, dachte sie, ohne Emily wird's einsam sein.

Waren im Manoir die Arbeiten seit Ende November nur noch schleppend vorangegangen, so kamen sie jetzt völlig zum Erliegen. Es war, als fiele auch dieses allmählich wieder zum Leben erwachende und vom Lärm der Handwerker erfüllte alte Haus erneut in einen tiefen Dämmerzustand. Nächtlicher Frost überzog den über und über mit Laub bedeckten Weg zum Manoir mit Eiskristallen, die jeden Schritt unheimlich knirschen ließen. Es war kalt und ungemütlich im Gemäuer, und der Wind pfiff, als zöge er durch Hunderte Löcher und Ritzen, was er vermutlich auch tat.

Das hatte zu einem weiteren Problem geführt: Die Heizung des Manoirs war noch nicht repariert worden – mit diesen Arbeiten sollte es erst im neuen Jahr weitergehen –, und Ela konnte unmöglich in dem eisigen Haus überwintern. Also hatte Isabelle ihr kurz entschlossen angeboten, bis zum Frühling ihre Untermieterin zu sein und sich im eilig freigeräumten Zimmer von Maman einzurichten. Ela fand es wunderbar, und Isabelle war, ehrlich gesagt, erleichtert, nicht die ganze Adventszeit über allein zu sein.

Und Yves? Sie hatte sich angewöhnt, mit den Schultern zu zucken, wenn sie an ihn dachte oder seinen Namen hörte. Seit ihrer Kindheit kannten sie sich, waren zusammen in der *École primaire* gewesen (wo sie allerdings keinerlei Interesse aneinander gezeigt hatten) und sich immer mal wieder über den Weg gelaufen, ohne mehr füreinander übrigzuhaben als ironische Bemerkungen. Zwei «Übriggebliebene» in dieser Stadt, was sie jedoch weder in solidarischer Sympathie noch in heftiger Abneigung miteinander verband. Und nun würden sie sich regelmäßig sehen!

Doch sosehr sich Isabelle bemühte, Yves gedanklich mit Nichtachtung zu strafen – eine Frage ging ihr nicht mehr aus dem Kopf: War Yves' Annäherungsversuch womöglich nur seinem Ehrgeiz geschuldet gewesen, Isabelle möge ihn für den Job in der Manoir-Küche empfehlen? Schließlich hatte er keinen Zweifel daran gelassen, wie sehr er daran interessiert war – wohl die letzte Chance, in Fleury seine kulinarischen Ambitionen zu verwirklichen. Er wusste vermutlich genau, wie viel davon abhing, dass Isabelle bei dieser «kleinen Engländerin» ein Wort für ihn einlegte. Was ja auch genau so geschehen war. Auf ihre Empfehlung hin hatte Yves den Job im Manoir bekommen und würde dort den Kochlöffel schwingen.

Trotzdem kam es vor, dass sie ihre Schritte unwillkürlich in die Nähe des kleinen Cafés seiner Eltern an der Kirche lenkte.

Manchmal setzte sie sich sogar in den plüschig im Stil der fünfziger Jahre eingerichteten Gastraum, bestellte bei seiner Mutter einen Milchkaffee und erhaschte bisweilen einen Blick auf ihn. Wenn er sie dann bemerkte, hob er die Hand und lächelte ihr zu, aber nie wechselte er ein paar Worte mit ihr.

Worüber hätten sie auch sprechen sollen? Die Grenze war gezogen.

Dann kam der Nachmittag, an dem Isabelle auf dem kleinen Weihnachtsmarkt, bepackt mit Nachschub, den sie zu ihrem Stand bringen wollte, mit ihm zusammenstieß, ohne gleich zu bemerken, wer es war, der ihr da im Weg stand. «Oh, pardon», murmelte sie, bemüht, alle Päckchen auf dem Arm zu balancieren, und wollte hastig weitergehen. Erst als er sie am Ärmel ihres Mantels festhielt, bemerkte sie, dass es Yves war, der sich an einem der Stände ein Glas Glühwein genehmigte.

«Nicht so eilig, Mademoiselle Améry», sagte er mit seinem berühmten schiefen Lächeln. «Darf ich Ihnen Ihre Last abnehmen und Sie zur Entschuldigung auf einen Wein einladen?»

«Entschuldigung? Nun ... eigentlich habe ich ... ach, ist ja egal», stammelte Isabelle und stellte ihre «Last» ab.

«Das heißt, Sie nehmen meine Einladung an, Mademoiselle?»

«Jetzt hör schon auf damit. Über ‹Mademoiselle› sind wir ja wohl hinaus.»

«Sind wir das?» Er zog amüsiert die Augenbrauen hoch.

«Nach deinem plumpen Annährungsversuch auf jeden Fall!»

«Plumper Annährungsversuch?», empörte er sich nur halb gespielt. Als er ihren festen Blick sah, lenkte er jedoch ein. «Na schön, Isabelle Améry. Ich gebe es zu. Und entschuldige mich in aller Form.»

«Na schön, Yves Deschamps. Schließen wir Frieden.»

Also ließ sich Isabelle von ihm auf einen *Rouge* einladen, und sie plauderten eine Weile, mehr oder weniger zwanglos. Er legte sich mächtig ins Zeug, doch sie versuchte tapfer, sich gegen seine Charmeoffensive zu wappnen, zumindest bemühte sie sich um einen nachsichtig-gelangweilten Gesichtsausdruck, ohne zu wissen, ob ihr das Theater gelang.

Schließlich spielte der Meister der Hartnäckigkeit seinen Trumpf aus. «Ich könnte mal wieder für dich kochen», meinte er. «Das wäre doch nicht verkehrt, oder? Als Freunde.»

Jetzt wollen plötzlich alle Freunde sein, dachte Isabelle. Erst Jean-Luc, nun Yves. Sie zuckte die Schultern und wandte den Blick von ihm ab, ließ ihn über die Marktbuden schweifen, als sei von dort irgendeine Erleuchtung zu erwarten. Dann traf sie eine Entscheidung. Was war schon dabei, sich mit ihm zu einem Abendessen zu treffen? Vielleicht wäre das auch eine Möglichkeit herauszufinden, welche Absichten er ihr gegenüber tatsächlich hatte.

«Ja, warum nicht? Aber ich koche!» Yves' Augenbrauen bewegten sich in ungeahnte Höhen, aber Isabelle hatte ihre Gründe und blieb hartnäckig. «Schau nicht so skeptisch ... Wir machen es so: Du kaufst was Schönes auf dem Markt ein, und ich stelle mich an den Herd. Was hältst du davon?»

Seine Augenbrauen senkten sich wieder, dann nickte er. «*Bon ...*», sagte er, «danke für die Einladung. Ich bringe die Sachen mit, du kochst, und ich kümmere mich derweil um das Dekor für ein Candlelight-Dinner. Passt doch zur Weihnachtszeit ... Kerzen, meine ich ... oder nicht?»

«Kerzen? Ähm ... ja, absolut! Wie wäre es nächsten Samstag?»

«Perfekt! Dann bis nächsten Samstag. So gegen sieben, passt dir das?»

«Das passt.» Sie prostete ihm zu und lächelte schief. Dann

hob sie die Tragetaschen und Päckchen auf und schickte sich an, sie zu ihrem Stand zu tragen. Sie drehte sich nicht um, spürte aber seine Blicke in ihrem Rücken.

Am frühen Samstagmorgen, als Isabelle die Fensterläden aufstieß und noch bevor die Händler auf dem Platz vor der kleinen Markthalle den Wochenmarkt bevölkerten, war der Himmel klar und wolkenlos. Ein kühler Wind ließ einen frischen, aber nicht frostigen Tag erwarten. Perfektes Wetter für den Weihnachtsmarkt, dachte Isabelle.

Sie hielt den Laden nur bis zum Mittag geöffnet und kam nach dem nachmittäglichen Budenzauber einigermaßen erschöpft nach Hause. Ela empfing sie mit einer Tasse heißer Schokolade. Dankbar ließ sich Isabelle in ihren Lieblingssessel fallen, legte die Beine hoch und schlürfte genüsslich.

«Wir bekommen heute Abend Besuch», rief sie ihrer Mitbewohnerin zu, die in der Küche irgendwas suchte. Aufgeregt kam Ela angelaufen. «Oh ... Besuch! Wer denn? Kommt deine Tante?»

«Tante Aurélie? Nein, nein ... ich habe Yves Deschamps eingeladen. Das heißt, vielleicht hat er sich auch selbst eingeladen. Ich werde uns jedenfalls was Schönes kochen.»

Mit Ela als zusätzliche Gesellschaft hatte das gemeinsame Abendessen weniger von einem Rendezvous, und als Isabelle sah, wie ihre Mitbewohnerin sich freute, fühlte sie sich bestärkt. Sie wollte gerade zu weiteren Erklärungen ansetzen, als es klingelte.

«Ach, du meine Güte, ist er das?» Isabelle sah auf die Wanduhr. «Oh, schon sieben ... er muss es sein.»

Er war es. Vollbepackt mit Tüten und Taschen, leicht außer Atem, das Haar verstrubbelt, folgte er Isabelle in die Küche und stellte seine Mitbringel ab.

«Also, es steht alles bereit für die Starköchin», verkündete er, als Ela in die Küche kam und ihn ebenfalls begrüßte. Wenn er überrascht war, die Verkäuferin aus André Chardins Trafik hier zu sehen, ließ er es sich nicht anmerken.

Er hatte es Isabelle leichtgemacht und Zutaten für eine Quiche und einen Salat besorgt. Es war fast ein wenig beleidigend, dass er ihr nicht mehr zutraute, aber sei's drum. Sie machte sich an die Arbeit, während sich Ela und Yves nebenan in ihrem Zimmer unterhielten. Die Türen hatte sie einen Spalt offen gelassen, um ja kein Wort zu verpassen. Sie traute Yves noch immer nicht, und wenn er nun die Gelegenheit nutzte und versuchte, Ela zu becircen, wären ihre Zweifel bestätigt. Doch es war nichts Verdächtiges zu vernehmen, obwohl sich Ela ziemlich nah zu ihm gesetzt hatte. Ein helles Lachen von Yves, ein übermütiges Kichern von Ela. Sie amüsierten sich prächtig, doch zu lautstark. Nichts weiter als die Unterhaltung zweier Menschen, die ganz gut miteinander auskamen.

Isabelle zog gerade die goldbraun gebackene und verführerisch duftende *Quiche lorraine* – die ihr vorzüglich gelungen war – aus dem Ofen, als das Geplänkel plötzlich versiegte. Kein Laut drang mehr aus dem Zimmer. Stille.

Verräterische Stille.

Sie steckte sich einen Flaschenöffner in die Gesäßtasche ihrer Jeans, klemmte sich eine Flasche Rotwein unter den Arm und nahm das Tablett mit der Quiche, der Salatschüssel, Tellern, Gläsern und Besteck. Sie hatte Mühe, die Balance zu halten, während sie mit dem Ellenbogen die Klinke herunterdrückte. Als sie in der Tür zu ihrem Zimmer stand, hätte sie beinahe das Tablett fallen gelassen. Die beiden saßen eng beieinander, hatten sogar die Köpfe zusammengesteckt. Doch keine Umarmung und auch kein Kuss. Stattdessen blickten beide gebannt auf ein Smartphone, auf dem Yves konzentriert hin und her wischte.

Was um Himmels willen schauten sie sich da an?

«Tata ... *la quiche magnifique*!», rief Isabelle aufgekratzt und stellte das Tablett auf einem Beistelltisch ab.

Yves blickte auf. «Duftet phantastisch, Isabelle. Ich zeige Ela nur gerade die Bilder von meinem neuen Boot. Nächsten Frühling werde ich Kahnpartien auf dem Fluss anbieten ... Wir sind gleich so weit.» Und an Ela gewandt: «Echtes Holz, schau ... Und das ist der Motor. 25 PS, damit schafft man 45 Stundenkilometer ... toll, nicht wahr? Man kann also rudern oder sich ganz bequem über den Fluss tuckern lassen ...»

Ela heuchelte Begeisterung. Isabelle warf ihr einen fragenden Blick zu, den sie nur mit einem leichten Schulterzucken beantwortete, was Yves, der mit dem Öffnen der Flasche beschäftigt war, nicht mitbekam.

Die Quiche schmeckte wirklich köstlich. Auch der Wein war hervorragend, eigentlich viel zu gut für dieses schlichte Mahl. Irgendwann öffneten sie eine zweite Flasche, die Stimmung wurde locker und fröhlich. Yves schien sich wie der Hahn im Korb zu fühlen, doch es war ganz offensichtlich, dass seine eigentliche Sympathie Isabelle galt. Seine ihr zugedachten Komplimente, seine Blicke und zufälligen Berührungen waren nur als Zuneigung zu deuten.

Es war ein wunderbarer Abend unter Freunden – den Isabelle jedoch nicht unbeschwert genießen konnte. Yves machte sie nervös. Da war etwas zwischen ihnen, und es fiel ihr zunehmend schwer, es zu verdrängen ...

14

Isabelle bekommt Besuch vom Weihnachtsmann, der ein schönes Geschenk für sie bringt.

Wie immer man es auch drehen und wenden mochte – ein Winterwunderland war das Périgord nicht. In den meisten Jahren fiel zwischen Dezember und Februar gerade mal an ein paar Tagen Schnee, der selten liegen blieb. Immerhin luden die kühlen Temperaturen zu gemütlichen Abenden vor dem prasselnden Kaminfeuer im *Cerf Blanc* ein, und die köstlichen Spezialitäten der Region schmeckten dann noch einmal so gut und wärmten sowohl den Körper als auch den Geist. Schwarze Trüffel, Steinpilze und heimischer Käse waren ja das ganze Jahr über verfügbar, und Cathérine, die Köchin im Cerf Blanc, zauberte aus ihnen wundervolle Wintergerichte.

Trotzdem wollte ein richtiges Weihnachtsgefühl ohne ordentliche Schneekulisse nicht aufkommen. Isabelle hatte sich längst daran gewöhnt, dass «weiße Weihnacht» im Land der Dordogne zur absoluten Ausnahme geworden war.

In diesem Jahr jedoch geschah das Wunder. Zwei Tage vor dem Fest setzte ein Schneefall ein, wie ihn Fleury nur selten erlebt hatte. Vom dramatisch gefärbten Abendhimmel fielen über Stunden dicke Flocken, die im Licht der Straßenlaternen tanzten und dann zu Boden sanken, wie um in einen lang ersehnten Schlaf zu fallen. Schon lange verblasste Erinnerungen an Schlittenfahrten und ausgedehnte Wanderungen durch von Schnee glitzernde Parks und Wälder ließen nicht nur Isabelles Herz höherschlagen.

Und der Schneefall dauerte an, die ganze Nacht und den folgenden Tag. Er überzog Fleury-sur-Azurain wie mit glitzerndem Zuckerguss, an dem die *Boulangère* Valérie Aubry ihre helle

Freude gehabt hätte. Die Autos verschwanden unter dicken Mützen, und von den Gehwegen war das seltene Scharren emsig kratzender Schneeschaufeln zu hören – ein Geräusch, das jeden, der es aus der Geborgenheit seines gemütlichen Heims vernahm, sogleich in frohe Erwartung versetzte.

Trotz dieser Winterfreuden sollte es ein stilles Weihnachtsfest werden. Ela war über die Festtage zu ihrer Familie nach Krakau gefahren, und die sonst so lebenslustige Isabelle hatte ein paar Anflüge von Melancholie erlebt, was ungewohnt für sie war, denn allein fühlte sie sich nur selten. Doch diesmal wurde das Gefühl der Traurigkeit noch durch Gedanken an Yves verstärkt.

Am Tag vor Weihnachten erledigte sie ihre Besorgungen für die Festtage in der kleinen Markthalle und erwischte sich dabei, wie sie bei jedem Stand überlegte, was wohl Yves kaufen und wie er mit dem Händler verhandeln würde. So achtete sie noch mehr als sonst auf Qualität. Auch das zeigte ihr, dass der ungestüme Koch sich in ihren Gedanken festgesetzt hatte. Und von dort aus schlich er sich – auf leisen Sohlen wie ein Dieb in der Nacht – immer tiefer in ihr Herz.

Sicher trug die Erwartung, die Weihnachtstage diesmal allein zu verbringen, entscheidend zu Isabelles gedämpfter Stimmung bei. Früher hatte sie zumeist mit ihrer Tante Aurélie in Saint-Cyprién gefeiert, doch die hatte angerufen und sich mit einer hartnäckigen Grippe entschuldigt. Nur um der Form Genüge zu tun, stellte Isabelle bei sich zu Hause ein paar Zweige auf und schmückte sie mit nostalgischem Schmuck, der das Jahr über in einer Kiste auf dem Dachboden schlummerte. Sie ging oft spazieren, sie las viel und verbrachte Stunden mit dem Anschauen herabbrennender Kerzen und dem Genuss ihrer Lieblingsschokolade. Sie kuschelte sich in ihre Lieblingsdecke im Sessel, trank kannenweise leicht überwürzten Tee mit dem verheißungsvollen Namen *Winterzauber*.

Die seit Wochen fast täglichen Telefonate mit Emily waren zum Erliegen gekommen. Isabelle wagte es nicht, ihre Freundin in Portsmouth anzurufen oder sie mit Nachrichten zu bombardieren. Hatte diese ihr nicht deutlich zu verstehen gegeben, Weihnachten sei das Fest der Familie? Da wollte Isabelle nicht stören.

Wie immer in solchen Zeiten, in denen sie ganz auf sich selbst zurückgeworfen war, dachte Isabelle daran, sich eine Katze anzuschaffen. Rosalie im Haus nebenan hatte einen kleinen Stubentiger, den sie wegen der Blumenkohlfarbe seines Fells Chouchou nannte und der innerhalb kürzester Zeit zum heimlichen Star der Blumenhandlung avanciert war. Am liebsten schlief er dort den lieben langen Tag auf einem Moosbett, das Rosalie ihm auf dem halbhohen Schrank mit den Specksteinherzen und Trockenblumensträußchen hergerichtet hatte. Auf seinen Streifzügen kam Chouchou fast täglich durch ein offenes Fenster zu Mademoiselle Améry und streckte sich in deren Lieblingssessel aus, sodass Isabelle sich dem wohligen Gefühl hingeben konnte, die Katze sei auch ihr Haustier ... irgendwie. Doch bei den frostigen Temperaturen da draußen traute sich das Tier jetzt wohl mehr nicht vor die Tür.

Die ganze Stadt hatte sich in die dichte Schneedecke eingekuschelt und schien darin überwintern zu wollen. Auch die kleine Papeterie blieb zwischen den Jahren geschlossen, ebenso wie die Bibliothek. In den beiden Wochen vor Weihnachten hatte in der winzigen Stadtbücherei im Rathaus Hochbetrieb geherrscht. Alle Bücherbegeisterten, ob groß oder klein, hatten sich für die Feiertage stapelweise mit Romanen und Kinderbüchern eingedeckt, mehr als sie in dieser Zeit je würden lesen können.

Am Weihnachtstag besuchte Isabelle den Festgottesdienst in der Kirche. Christian Arnault predigte über die Liebe, worüber sonst, und die Gemeinde sang mit Inbrunst die alten, stimmungsvollen Weihnachtslieder. «Les anges dans nos campagnes» und «Minuit, chrétiens». Anschließend trafen sich die Stammkundinnen von Valéries Boulangerie wie jedes Jahr an diesem Tag zum traditionellen Frühstück in der warmen Backstube der «Zuckerfee». Es war stets eine formlose, fröhliche Angelegenheit, zu der Valérie Unmengen von Kaffee, Gebäck und Kuchen auffuhr und zum Schluss ein paar Flaschen Crémant spendierte, die für einen ziemlich ausgelassenen Höhepunkt sorgten. Rosalie Fontaine hatte für alle kleine Weihnachtsgestecke mitgebracht, was nicht nur Isabelle rührte. Es war eine zusammengewürfelte Gesellschaft von Frauen, die sich hier auf das Fest im Kreis ihrer Familien einstimmten, und es herrschte ein Gefühl der Wärme und des Zusammenhalts.

Isabelle zog als eine der Letzten beschwipst und glücklich nur zwei Häuser weiter in ihre Wohnung, wo sie den Kamin anzündete und versonnen nach draußen auf die weißbemützten Dächer blickte. Sie überlegte, ob sie sich – wie jedes Jahr – *Tatsächlich Liebe* anschauen sollte. Dann entschied sie sich doch für *Last Christmas*, einen neueren Film, den sie noch nicht kannte.

Sie las einige Grußkarten und Briefe, die eingetroffen waren, sogar Tante Aurélie hatte es noch zur Post geschafft. Von Emily war ein in weihnachtliches Papier eingeschlagenes Päckchen gekommen, auch Isabelle hatte für sie ein kleines Geschenk mit einem Brief auf den Weg gebracht. Sie beschloss, es erst am nächsten Morgen auszupacken, nach einem ausgiebigen Frühstück im Bett.

Natürlich hatte Isabelle überlegt, ob sie nicht auch Yves etwas schicken sollte. Aber irgendwie fühlte es sich falsch an. Sie hatte keine Ahnung, was ihm vielleicht gefallen könnte, und wollte nicht mit einem Verlegenheitsgeschenk aufwarten. Also hatte sie nur eine ihrer selbstillustrierten Weihnachtskarten ausgewählt und ein paar Zeilen geschrieben, in einer – wie sie hoffte – überzeugenden Mischung aus Zuneigung und ironischer Nonchalance.

Ihre Gedanken schweiften ab und ließen die letzten Monate Revue passieren. Sie holte ihr blaues Glücksbüchlein hervor, blätterte darin herum und las ein paar Einträge. Was für ein ereignisreiches, verrücktes, wunderbares Jahr war dies gewesen!

So brachte Isabelle den Tag herum, bis zum frühen Abend. Sie genoss die ungewohnte Stille, die Freiheit, nichts mehr zu müssen, aber alles tun zu können. Eigentlich war die Woche zwischen Weihnachten und Neujahr die einzige Zeit des Jahres, in der keiner etwas von ihr wollte.

Dann klingelte es. Erst glaubte sie, sich getäuscht zu haben, weil es ihr so unwahrscheinlich vorkam. Doch schellte die Klingel erneut, etwas drängender sogar, dreimal hintereinander. Sie lief zum Fenster, das auf den Marktplatz ging, und steckte den Kopf hinaus.

Es war Yves Deschamps. Der unmögliche Yves, mit einer unmöglichen Weihnachtsmannmütze auf dem Kopf, unter der sein verwuscheltes Haar hervorlugte. Er trug sein schiefes Grinsen im Gesicht und in der Hand ein Tannenbäumchen, das er unbeholfen mit kleinen roten Kugeln und einer nicht ganz geschmackssicheren, unentwegt bunt blinkenden Lichtergirlande geschmückt hatte.

«Ho, ho, ho!», rief er fröhlich hinauf.

«Oh, du bist es ... ach, herrje ... einen Augenblick ...», rief sie hinab und trat vom Fenster zurück. Ein rascher Blick in den

Spiegel ... oh je, sie sah im besten Fall «hyggelig» aus in ihrem ausgeleierten Wollpullover, der Pluderhose und den Puschen. Doch zum Umziehen war jetzt keine Zeit, sie fuhr sich nur rasch mit ein paar energischen Handbewegungen durchs Haar, legte etwas Rouge auf und probierte ein Lächeln. Das musste reichen.

Dann lief sie die Treppe hinab und riss atemlos und mit Schwung die Haustür auf. Der «Weihnachtsmann» hatte indessen das Bäumchen abgestellt, ein ungeschickt eingewickeltes Päckchen legte er auf der Flurkommode ab, als er Isabelle umarmte, nur kurz und unsicher, aber genauso war es ihr recht. Eine stürmischere Umarmung würde das falsche Signal geben.

«Was machst du denn hier, Yves? Müsstest du nicht bei deinen Eltern sein und Weihnachten feiern?»

«War ich ja ... bin doch ein guter Sohn. Wir haben phantastisch gegessen ... ich habe gekocht! Geschenke gab's auch schon, und jetzt ist Julie da, meine Schwester ... kennst du, oder? Sie lebt in Paris. Die werden sich so viel zu erzählen haben, da bin ich für ein paar Stunden entbehrlich.»

«Und dann kommst du ausgerechnet zu mir?»

«Ja, zu wem denn sonst? Du bist doch der einzige Mensch, zu dem ich gehen kann in dieser bitterkalten Nacht. Oder schickst du mich zurück in den Stall?»

Sie boxte ihn vor die Brust und versuchte, ihn mit einem grimmigen Blick zu strafen. Doch er grinste nur, und sie konnte gar nicht anders, als sich von seinem Übermut anstecken zu lassen.

«Na schön ... wenn's denn so ist. Komm mit nach oben. Und vergiss deinen schnuckeligen Weihnachtsbaum nicht da draußen.»

Entgegen ihrer heimlichen Befürchtung wurde es ein überaus harmonischer Weihnachtsabend mit Yves. Mittlerweile schien er sich in ihrer Wohnung wie zu Hause zu fühlen. Er hatte sich in seinen «Lieblingssessel» gesetzt, den Isabelle ihm großmütig überlassen hatte, um selbst auf dem Bett, das mit einem Grandfoulard in weihnachtlichen Farben bedeckt war, die Beine auszustrecken. Allerdings war sie sich gar nicht sicher, ob ihr dieser Sicherheitsabstand wirklich gefiel. So oder so war es gemütlich, ein paar Duftkerzen brannten, heißer, mit Orangen und Zimt gewürzter Wein, den Yves in ihrer Küche zubereitet hatte, dampfte in den Gläsern, im Hintergrund spielte Weihnachtsmusik, und sie plauderten angeregt über dies und das, ganz entspannt.

Nach gut zwei Stunden stand Yves auf, um sich zu verabschieden. Er streckte Isabelle beide Arme entgegen, und sie ließ sich bereitwillig von ihm vom Bett hochziehen. Da sie schon ein paar Gläser intus hatte, konnte sie den Schwung nicht abbremsen und prallte gegen seine Brust. Wie aus einem Reflex heraus hielt Yves sie fest und zog sie kurz näher an sich heran, als es angebracht gewesen wäre. Obwohl dieser Moment einen Wimpernschlag später schon vorbei war und Yves sie wieder freigab, war es Isabelle, als habe er viel länger gedauert.

Zum Abschied drückte sie einen flüchtigen Kuss auf seine Stirn und legte ihm kurz eine Hand an die Wange.

«Joyeux Noël, Yves!», sagte sie mit einem Lächeln. Er öffnete die Haustür und trat in die jetzt nur noch von wenigen Lichtern erhellte Dunkelheit unter den Arkaden.

«Joyeux Noël, Isabelle!» Er winkte ihr noch einmal zu und stapfte davon.

Sie blickte ihm nach, wie er über den Marktplatz ging und dabei immer wieder mit der Schuhspitze Schnee aufwirbelte, wie ein kleiner übermütiger Junge. Mit einem Lächeln schloss sie die Haustür und lehnte sich von innen dagegen.

Der Weihnachtsmann, dachte sie. Es gibt ihn doch!

Im Flur fiel ihr Blick auf das Päckchen, das Yves bei seiner Ankunft auf der Kommode abgelegt hatte. Er schien vergessen zu haben, es ihr zu überreichen. Isabelle nestelte das ungeschickt zusammengeklebte Geschenkpapier herunter – definitiv nicht in ihrer Papeterie gekauft! – und hielt ein kleines Kästchen aus Kirschholz in der Hand. Es sah antik aus, hatte ein paar kaum sichtbare Kratzer. Auf dem Deckel war ein geschwungenes «I» intarsiert. Isabelle fühlte sich beschämt, als ihr einfiel, dass sie für Yves nicht mehr als ein paar leicht dahingeworfene Zeilen übrig gehabt hatte.

Vorsichtig öffnete sie das Kästchen.

Es war leer.

Nein, doch nicht ganz. Auf dem Boden lag ein Kärtchen mit einer entzückenden Bleistiftzeichnung wie von Sempé. Ein Mann und eine Frau standen am Herd und blickten gemeinsam in den Kochtopf. Erst auf den zweiten Blick sah man, dass die Dampfwölkchen, die daraus hochstiegen, aus geschwungenen Wortgirlanden bestanden. Und so entzifferte Isabelle nach und nach sechs Zeilen.

Ein Menu d'amour
nur für uns beide.
Ein Kuss, der wartet
nur auf uns beide.
Eine Liebe, die wächst
nur in uns beiden.

15 *Emily Bennett trifft einen alten Freund am Strand.*

Ungefähr eintausend Kilometer nordwestlich von Fleury war die Stimmung eine ganz andere, nicht nur meteorologisch: Schnee gab es in Portsmouth natürlich nicht, dafür wie immer jede Menge Regen. In der Woche vor Weihnachten war Emily dieses ständige Nieseln leid, zu dem die milden Temperaturen jahreszeitlich nicht recht passen wollten. Aber das war eben typisches Portsmouth-Wetter, aufgefrischt durch böigen Wind, der das Meer aufschäumte. Weihnachtsstimmung kam dabei nicht auf, und auch wenn das Fest vor der Tür stand, hatte Emily keine Lust auf den Vintage Christmas Market in Portsmouth oder einen Einkaufsbummel durch die lichtergeschmückten Areale in der City. Dann schon lieber einsame Strandwanderungen ...

Mehr noch als der Regen drückte Emily aber etwas anderes aufs Gemüt: Ihr fehlte die «Fleury-Routine», die bestimmt war von unzähligen Treffen, Gesprächen, Besorgungen und natürlich der Arbeit an ihrem Manoir. Vor allem vermisste sie Isabelle. Nicht nur war diese durch ihre aufopfernde Hilfe unersetzlich geworden, sie war auch wie eine Schwester, die Emily nie gehabt hatte.

Selbstverständlich fand sie auch Unterstützung in ihrer Familie. Sie löcherte ihre Eltern mit Fragen und sog begierig alles auf, was diese aus ihrer jahrzehntelangen Erfahrung im Hotelgewerbe zu erzählen wussten. Auch ihr Bruder Charles nahm lebhaften Anteil an den Plänen für das Manoir. Stundenlang saß Emily mit ihm zusammen und brütete über Finanzierungsplänen, Kreditverträgen, Budgets, Rechnungen. Charles holte sie auch immer wieder auf den Boden der Tatsachen zurück, wenn sie sich in Träumereien zu verlieren drohte.

«Du bist meine Rettung, Charly ... wirklich!», seufzte Emily. «Ohne dich wäre ich schon längst in diesem Sumpf versunken.»

Charles grinste. «Ja, du würdest unter einem Berg von Schulden begraben liegen.»

Sie boxte ihm vor die Schulter. «So schlimm ist es nun auch wieder nicht!»

«Viel schlimmer», sagte Charles, «viel, viel schlimmer.»

Sie verdrehte die Augen.

Bei ihren Strandwanderungen gingen ihr jedoch noch ganz andere Fragen durch den Kopf, grundsätzliche Fragen. Die Erbschaft, ihr neues Leben in Fleury – all das war wie ein Sturm über sie gekommen, ohne dass sie Zeit gehabt hätte, lange darüber nachzudenken. Ein ums andere Mal fragte sie sich dann, ob sie wirklich die richtige Entscheidung getroffen hatte. Nicht was das Manoir betraf, da war sie sich inzwischen ganz sicher. Was ihr zu schaffen machte, war die bevorstehende komplette Umkrempelung ihres Lebens, ihrer Vorstellung von der Zukunft.

Als sie aus Portsmouth wegzog, dieser «provinziellen Einöde», um endlich die richtige, die große Welt kennenzulernen, schien ihr London genau richtig zu sein: eine verlockende, schillernde Großstadt, Geschäfte, die immer geöffnet haben, wilde Partys statt gähnender Langeweile, Reizüberflutung, hippe Bars, laute Clubs. So sicher war sie sich gewesen, dass es nichts Schlimmeres gab als die Spießigkeit und Enge der Kleinstadt. Und nichts Schöneres als das unbändige Gefühl der Freiheit. Das Gefühl, dass jeden Tag alles neu ist.

In Fleury hingegen gingen schien die Zeit langsamer zu vergehen, hier konnte sie die Stille hören – oder vielmehr ein fein abgestimmtes Ensemble von leisen Geräuschen. Ein Vogel zwitscherte. Ein Baum rauschte. Eine Frau rief einer anderen etwas über die Straße zu. Ein Hund kläffte irgendwo. Der Gegensatz zur Stadt war, dass es sich nicht zu einem Geräuschteppich verband, sondern nuanciert blieb. Niemals hatte sie das – von ihr insgeheim durchaus befürchtete – Gefühl, dass es sie anödete oder ermüdete. Es war eine Welt, in der man den Überblick behielt, und das erfrischte und belebte Emily.

Allerdings war es wirklich ein großer Schritt, den sie da vorhatte zu tun. Und eigentlich konnte sie mit niemandem so richtig darüber reden, nicht einmal mit Isabelle, die war notorisch glücklich in ihrem Städtchen und hatte kaum Erfahrungen in der großen weiten Welt gesammelt. Eigentlich gab es nur einen in Fleury, der ihren Zwiespalt vielleicht nachvollziehen könnte: Jean-Luc de Bricassart. Auch er war von einem Ausflug in die Welt wieder nach Fleury zurückgekehrt und fühlte sich zwischen einem Erbe und seinen Träumen hin und her gerissen. Die Begegnungen mit ihm waren allerdings alles andere als ermutigend gewesen: Meist hatten sie sich angegiftet, und es schien Emily unwahrscheinlich, dass Jean-Luc sich ihre Probleme anhören würde.

Mit diesen Gedanken im Kopf stapfte Emily am Strand von Southsea entlang, ein sich meilenweit erstreckender Kieselstrand, gesäumt von einer beeindruckend langen Promenade, die in den Sommermonaten ein turbulentes Strandvergnügen bot. Zu dieser Jahreszeit jedoch waren die Strandcafés geschlossen und der Amusement Pier mit dem kleinen Jahrmarkt und den paar Spielhallen lag verlassen da. Die Arkaden waren wie leergefegt, und das Riesenrad drehte sich auch nicht mehr, was das Ganze wie ein in pastelligen Winterfarben eingefrorenes Bild wirken ließ. Nur in der Nähe des Aquariums war noch eine Fish-&-Chips-Bude geöffnet, aus deren winzigem Schornstein Rauchwölkchen in den grauen Himmel stiegen.

Wie jeden Tag war sie fast allein hier draußen, abgesehen

von ein paar unbeirrten Strandwanderern, die jedoch allenfalls aus der Ferne die Hand zum Erkennungsgruß hoben. Umso erstaunter war sie über den Mann im langen Mantel, der über den Kies zielstrebig und mit raschen Schritten auf sie zulief, wie ein Kurier, der eine dringende Nachricht zu überbringen hat.

Sie erkannte ihn erst, als er wenige Meter vor ihr seinen Gang verlangsamte, und selbst dann traute sie kaum ihren Augen.

Henry Beaufort hatte sich ziemlich verändert: von dem schlaksigen, stets etwas überdrehten Studenten, dem sie mit siebzehn trotz der ihr noch eigenen Schüchternheit erlaubt hatte, mit ihr zu «gehen», zu einem Mann, der jetzt selbstsicher die letzten Schritte auf sie zukam.

Sie erinnerte sich an den tiefen Sturz zurück in die Bedeutungslosigkeit, als Henry ihr damals nach nur wenigen Wochen und von einem Tag auf den anderen den Laufpass gab, ohne Erklärung. Henry verschwand aus ihrem Leben, erst aus dem Blick, dann aus dem Sinn.

Und nun war er plötzlich wieder da, stand direkt vor ihr. Ein hochgewachsener Mann, der sich seiner Attraktivität bewusst war, dessen markante Gesichtszüge jedoch schon unübersehbare Spuren eines fordernden Lebens erkennen ließen, die sich vor allem in den Fältchen rund um seine blauen Augen abzeichneten.

«Henry Beaufort ... ich fasse es nicht! Was machst du denn hier? Hast du mich etwa gesucht?»

Henry runzelte die Stirn. Vielleicht hatte er ein bisschen mehr Euphorie erwartet.

«Gesucht, ja. In eurem Hotel. Deine Mutter hat mir gesagt, dass ich dich hier draußen finden würde. Was um Himmels willen machst du bei diesem grauenhaften Wetter an diesem gottverlassenen Strand?»

Emily schnaubte amüsiert. Er schaffte es doch tatsächlich, diese etwas atemlos hervorgestoßene Antwort auf ihre Frage wie einen Vorwurf klingen zu lassen. Sie beschloss, nicht weiter darauf einzugehen.

«Ich gehe spazieren, das ist alles. Aber was machst *du* hier? Und warum willst du mich überhaupt sprechen? Nachdem du mich damals abserviert hast, dachte ich, ich würde nie wieder von dir hören.»

Henry schluckte, ließ sich aber nicht irritieren. «Emily ... immer geradeheraus und auf Kurs, wie? Ich habe einen ganz bestimmten Grund, mit dir sprechen zu wollen. Bin schließlich extra deswegen von London hergekommen. Fahre auch heute Abend schon wieder zurück. Aber müssen wir das wirklich hier am Strand besprechen ... oder darf ich dich vielleicht einladen?»

«In die Fish-&-Chips-Bude da drüben?»

Henry rümpfte die Nase über den herüberwehenden Geruch von Bratfisch und quälte sich ein Grinsen ab. «Nein, wir gehen in die Stadt, schlage ich vor. Ins *Spinnaker Cafe*. Wenn die noch offen haben.»

«Haben sie», sagte Emily. «Na schön. Ich kann mir zwar wirklich beim besten Willen nicht vorstellen, was wir noch miteinander zu besprechen hätten. Aber ... sei's drum ... gehen wir.»

Das in Old Portsmouth gelegene *Spinnaker Cafe* hatte tatsächlich noch auf, wenn es auch spärlich besucht war. Emily war etwas mulmig zumute, schließlich war dies der Ort, an dem sie vor einer Ewigkeit Händchen gehalten und sich zum ersten Mal geküsst hatten. Doch das war immerhin Lichtjahre her. Sie fanden einen ruhigen Platz in einer Ecke und bestellten sich etwas zum Aufwärmen, Emily eine heiße Schokolade, Henry einen Irish Coffee. Bis die Getränke gebracht wurden, entstand eine ungemütliche Pause, die sie mit beiläufigen Blicken und hilflosem Smalltalk anfüllten. Emily spürte eine wachsende Nervosität. Was will er wohl von mir?, fragte sie sich wiederholt. Schließlich brachte der Kellner die Getränke, was Henry wohl als Startschuss interpretierte.

«Nun, Emily ... lange her, nicht wahr? Ich weiß, ich weiß, das war damals vielleicht nicht die eleganteste Art, mich von dir zu verabschieden. Tut mir auch leid, im Nachhinein, bitte glaub mir das. Aber ich bin nicht hergekommen, um irgendwas aufzuarbeiten, sondern ...», er machte eine bedeutungsschwangere Pause, «... um den Blick nach vorn zu richten.»

«Ich habe nicht die geringste Ahnung, auf was ich mit dir zusammen den Blick richten sollte ...»

«Nun ja, du weißt sicherlich, dass deine und meine Mutter befreundet sind ... seit damals schon ...»

«Nein, das weiß ich nicht. Aber Mrs. Bennett kann sich natürlich anfreunden, mit wem sie will, meinetwegen auch mit Mrs. Beaufort.»

«Jedenfalls hat Mrs. Bennett meiner Mutter erzählt, was du in Frankreich vorhast ... im Périgord, nicht wahr? Und Mom hat mir dann berichtet, dass du da in irgendeinem verschlafenen Nest ein Hotel eröffnen willst und dabei bist, ein altes Manoir zu renovieren. Sie hat mir auch von dem Konzept erzählt, das du dir ausgedacht hast und das ich wirklich phantastisch finde ... tolle Perspektiven ... wenn man es richtig anpackt.»

«Richtig anpackt? Verstehe ich dich richtig ... du willst ein Geschäft mit mir machen?»

Er blickte sie eindringlich an und schlug einen formellen Ton an: «Ja, es geht um etwas Geschäftliches, um das mal vorauszuschicken. Um dein Business, Emily. Und nur darum – alles andere haben wir lange hinter uns, und es ist nicht besonders gut gelaufen.»

«Doch, Henry, es ist gut gelaufen, du hast es nur nicht gut beendet.»

«Wie auch immer, lass uns darüber jetzt nicht mehr streiten. Ich habe jedenfalls einen sehr interessanten Vorschlag für dich, nämlich den, unsere Kräfte zusammenzuspannen, um ...» Er hielt inne, als er bemerkte, dass Emily die Stirn krauszog und ihr Blick skeptisch wurde.

«Du und ich ...», sagte sie leise und schüttelte den Kopf.

«Warte ... warte. Hör es dir wenigstens erst mal an. Ich verspreche dir, du wirst darüber nachdenken ... ernsthaft.»

Sie seufzte und zuckte die Schultern.

Also trank Henry Beaufort einen tiefen Schluck aus seinem Glas und begann dann damit, ihr seinen Vorschlag zu unterbreiten, ein Angebot, das sie – seiner Meinung nach – nicht ablehnen konnte.

Im Nachhinein musste Emily zugeben, dass das, was Henry ihr da ans Herz legte, so verkehrt gar nicht war. Nach seinem Studium hatte er im Management und Marketing großer Hotels Karriere gemacht und sich dann auf das Luxussegment spezialisiert. Schließlich war er von einem britischen Investor angesprochen worden, der ihm eine Partnerschaft in einem neuen Unternehmen anbot: *Splendid Isolation Corp.* Diese Firma ging auf Einkaufstournee durch ganz Europa, übernahm kleine, anspruchsvolle, aber nicht sehr rentabel geführte Hotels – überall dort, wo im Tourismusbereich bei einer zahlungskräftigen Klientel noch etwas zu holen war. Henry Beaufort war als Mitgesellschafter und Geschäftsführer die treibende Kraft bei diesen Akquisitionen.

Emily Bennetts im Périgord geplantes *Manoir au Val d'amour* schien perfekt in dieses Schema zu passen. Hinzu kam, dass die Dordogne – nicht gerade ein Hotspot im Windschatten der französischen Provinz – ein vielversprechendes Fleckchen war: touristisch nicht mehr unerschlossen, aber noch keineswegs am Ende der Möglichkeiten. Das Périgord war im Kommen, davon war Henry überzeugt. Und das Manoir könnte ein «Juwel in der Krone» werden, die er gerade schmiedete.

Aus welchen Quellen, ließ er unerwähnt, doch Henry hatte auch in Erfahrung gebracht, dass das Finanzierungsmodell des Manoirs auf ziemlich wackligen Füßen stand. Was da alles gehämmert, verlegt und gezimmert wurde – allein die neu eingebauten Badezimmer mit den Vintage-Metrokacheln! Das würde die kleine Erbschaft, von der Emily zu zehren schien, doch rasch zur Neige gehen lassen, oder nicht? Jedenfalls war das Manoir-Projekt nach Henrys Einschätzung hoffnungslos unterkapitalisiert. Mit einer großzügigen Finanzspritze von *Splendid Isolation* jedoch ließe es sich auf ein sicheres Fundament stellen. Das würde auch Emily einsehen müssen. *Hotelière* könne und solle sie natürlich bleiben ... Sie habe gute Ideen, keine Frage. Aber beim unternehmerischen Knowhow, da sehe er doch ein großes Fragezeichen.

Emily hörte zu. Aufmerksam. Sie ließ sich nichts anmerken und sich nicht zu irgendwelchen emotionalen Reaktionen hinreißen. Teils weil sie die Idee wirklich verführerisch fand, zumindest das in Aussicht gestellte Kapital, das sie von einigen Sorgen befreien würde. Teils weil Henry wirklich überzeugend war, und was sie schon vor vielen Jahren an ihm gemocht hatte, gefiel ihr auch jetzt: seine Begeisterungsfähigkeit, sein Optimismus, seine zupackende Art.

Schließlich hatte er alle Karten auf den Tisch gelegt. Er trank den letzten Schluck des schon erkalteten Irish Coffee und legte die Hände erwartungsvoll vor sich auf den Tisch.

«Na, was sagst du?»

16 *Emily kehrt mit neuer Energie nach Fleury zurück.*

Es war später Freitagnachmittag und dunkelte schon, als Emily und Isabelle beim Manoir ankamen. Isabelle hatte die Freundin mit ihrem klapprigen Renault wieder am Flughafen von Bergerac abgeholt und sie stürmisch in die Arme geschlossen. Dann hatten sie sich direkt auf den Weg gemacht.

Alle Türen waren verrammelt und verschlossen, und sie mussten etliche der riesigen und teils verrosteten Schlüssel bemühen, um sich Einlass zu verschaffen. Überall standen Farbeimer, Werkzeuge, Maschinen und Baumaterialien herum. Gleich Anfang Januar, nach der langen Winterpause, hatte Léon Ferrier seine Handwerkertrupps wieder ins Manoir kommandiert. Inzwischen spürte wohl auch der Bauleiter den Zeitdruck des auf den 15. Mai festgelegten Eröffnungstermins. Die Elektroinstallationen waren abgeschlossen, allerdings steckten in sämtlichen Fassungen, die aus den Stuckornamenten ragten, nur simple Glühlampen, es gab noch keine passenden Leuchten. Doch es war schon jetzt ein Vergnügen für Emily, die neu installierten Vintage-Schalter zu betätigten – klick-klack, und es wurde Licht im Gemäuer.

«Hier hat sich ja allerhand getan», befand sie mit anerkennendem Rundumblick.

«Findest du?», fragte Isabelle, die den Eindruck ihrer Freundin anscheinend nicht teilte.

«Ja, finde ich. Es sind vielleicht nur Kleinigkeiten, aber die Elektrik funktioniert schon mal phantastisch. Und der Verputz ... tolle Farbe, die wir da ausgesucht haben. Schau mal, die früheren Schäden im Terrazzoboden ... alle ausgebessert.» Sie lief zu einem der Fenster, öffnete und schloss es wieder –

auch intakt! Strahlend tätschelte sie ihrer Freundin den Arm. «Ach, Isabelle, das ist alles wirklich wunderbar! Wir dürfen tatsächlich hoffen, dass wir es doch noch schaffen bis Mitte Mai ...»

Isabelle nickte, mit einem etwas unergründlichen Lächeln. «Wir.»

Emily unterdrückte den Impuls, die Fortschritte in einem etwas realistischeren Licht zu sehen. Für sie zählte, dass es im Manoir voranging, was sie vorsichtig optimistisch stimmte.

Sie gingen durch jede Etage, jeden Raum und notierten all das, was noch zu tun oder zu ändern war. Dabei beratschlagten sie über die nach wie vor offenen Punkte der Ausstattung. Nach wie vor ungeklärt waren die Details der «Liebespaar-Suiten», die Möblierung, die Innenbeleuchtung. Emily hatte im Depot ihrer Eltern jedes einzelne Stück, das sie für das Manoir als geeignet ansah, fotografiert, um es ihrer Freundin zeigen zu können. Später, nach dem Abendessen.

Emily war «in high spirits» nach Fleury zurückgekehrt, und zum ersten Mal hatte sie dabei das Gefühl, nach Hause zu kommen. Und auch wenn in ihrem Manoir noch unendlich viel zu tun sein mochte, es war ihr «home and castle». Zumindest würde es das werden – und bleiben.

Im *Cerf Blanc* wurden sie mit großem Hallo begrüßt. Adèle war außer sich vor Freude und hüpfte aufgekratzt wie ein Springteufelchen herum. Sogar Antoine kam hinter dem Tresen hervor und umarmte die beiden Ankömmlinge so fest, dass ihnen beinahe die Luft wegblieb. Cathérine Soubirous lief aus der Küche herbei und versprach ihnen ein Menü, «das ich auch dem Präsidenten kochen würde, sollte er sich jemals zu einem Abstecher nach Fleury herablassen». Die Terrasse war natürlich noch geschlossen, auch das kleine Eiscafé *La Myrtille* hatte noch nicht geöffnet, es war wenig los auf dem Marktplatz, überhaupt in der Stadt. Man erholte sich hier noch von den Völlereien der Weihnachtszeit, wie Emily vermutete.

«Na klar, die haben sich hier alle die Bäuche vollgestopft. Gänseschmalz, Gott erhalt's!», rief Adèle und klatschte in die Hände. «Also, was darf es sein? Der Monbazillac, den ihr so gern mögt? Ein Bergerac sec? Oder der jüngste Rouge vom Samaral?»

Emily war überrascht. «Du hast Wein vom Gut der Bricassarts in deinem Keller?»

«Klar. Ich nehme, was ich kriegen kann. Auch von den Brics. Nur allerbeste Qualität natürlich. Und wenigstens darauf versteht sich unsere Schlosskellerei.»

«Es geschehen noch Zeichen und Wunder», murmelte Isabelle, allerdings so leise, dass es nur Emily mitbekam. Die aber verzog den Mund.

«Vielleicht ein bisschen zu ... trocken. Jedenfalls für meinen Geschmack.»

«Dann probiert mal unseren selbst angesetzten *Vin de noix*», entschied Adèle und verschwand im Weinkeller.

Cathérine hielt Wort und ließ allerlei Köstliches auffahren, das Adèle schwungvoll servierte. Die Küche des *Cerf Blanc* bot auch an diesem Abend traditionelles *Périgord pur*, so wie es von den Gästen erwartet wurde. *«Sans chi-chi»*, wie Adèle immer betonte. Die Highlights auf der Karte waren natürlich auch hier Geflügelspezialitäten, aber die Qualität überstieg das übliche Touristenmenü doch bei weitem. Emily rätselte oft, was das Geheimnis der *Cuisinière* war.

«Mein Geheimnis», verriet ihnen Cathérine, «sind die sparsam, aber effektiv eingesetzten Kräuter und Gewürze – immer nur gerade so viel, um den Eigengeschmack der Zutaten hervorzukitzeln. Gerade bei Wild ist das wichtig.»

«Ja, deine Wildgerichte sind phantastisch», lobte Emily.

«Und natürlich spielt der Wein eine große Rolle in der Gastronomie des Périgord, also auch in meiner Küche. Bei mir kann man sich schon mit dem Essen betrinken ...» Sie kicherte, wedelte winkend mit dem Serviertuch und eilte wieder zurück zu ihren Töpfen und Pfannen.

«Das mit dem Betrinken bitte nicht weitersagen», warnte Adèle. «Sonst werden hier nämlich keine Flaschen mehr bestellt, weil alle auf die alkoholischen Prozente in Cathérines Essen vertrauen. Und wie stehen wir dann da?!»

«Keine Sorge», meinte Emily, die mit großem Appetit aß. Nach wochenlanger englischer Kost bot ihr die Küche des *Cerf Blanc* einmal mehr eine Offenbarung. Von der Vorspeise bis zum Dessert.

«Mal was von Jean-Luc gehört?», fragte sie Isabelle beim *Clafoutis* betont beiläufig, als erkundige sie sich nach dem Wohlergehen ihrer Tante. Sie schob sich einen Bissen in ihren Mund und ließ einen wohligen Seufzer hören. Cathérine hatte die Nachspeise persönlich an ihren Tisch gebracht und verraten, sie habe sie mit *Reineclauden* zubereitet, gelbgrünen Edelpflaumen, die sie selbst eingemacht hatte.

Isabelle durchschaute die kleine Scharade und hob die Augenbrauen. «Nanu, wieso interessiert dich das?»

«Mich interessiert alles. Immerhin bin ich jetzt Bürgerin von Fleury, *n'est-ce pas*? Oder fast. Nächste Woche gehe ich ins Rathaus und melde meinen ersten Wohnsitz hier an.»

«Und dafür brauchst du eine Information über Jean-Lucs aktuelle Befindlichkeit? Warum fragst du nicht nach André? Oder Ela? Oder Valérie? Oder Rosalie? Oder ...»

«Hör schon auf! Wenn es über sie etwas zu berichten gäbe,

hättest du es mir längst erzählt. Über Jean-Luc jedoch hast du am Telefon nie ein Wort verloren ...»

«Genau wie du. Wie auch immer ... ich habe nur gehört, dass er seit Anfang des Jahres mit Freunden in der Bretagne sein soll. Ferien am eiskalten Meer.»

«Nur Freunde oder auch Freundinnen?»

«Du stellst Fragen! Kann mich nicht erinnern, dass du mich als Privatdetektivin engagiert hättest.»

Emily gab auf. Es war ihr peinlich, gegenüber ihrer Freundin zuzugeben, dass sie in den vergangenen Wochen ziemlich oft an Jean-Luc de Bricassart gedacht hatte. Mit gemischten Gefühlen zwar, doch ließen einige davon ihr Herz schneller klopfen – wofür nun wahrlich keinerlei Berechtigung bestand, wie sie fand.

Emily beschloss, das rutschige Terrain zu verlassen und das Thema zu wechseln. Sie zeigte Isabelle die Fotos, die sie von den Möbeln und Einrichtungsgegenständen in Portsmouth gemacht hatte, und erwähnte bei jedem einzelnen Stück, wie und wo es im Manoir Verwendung finden könnte. Isabelle war gehörig beeindruckt.

Dann war der Moment gekommen, ihrer Freundin von Henry Beauforts überraschendem Angebot zu erzählen. Sie hatte das Thema vor sich hergeschoben, weil sie plötzlich nicht mehr sicher war, die richtige Entscheidung getroffen zu haben.

«Ich habe es abgelehnt», gestand sie Isabelle. Es hatte sich einfach nicht richtig angefühlt, das Projekt aus den Händen zu geben.

Zu ihrer Erleichterung reagierte Isabelle wie erhofft.

«Ich bin froh, dass du der Verführung widerstanden hast», sagte sie.

Emily grinste. «Na ja, eine Verführung war es nicht gerade. Ich habe schon ein paar Tage und Nächte darüber nachgedacht. Die Finanzierungsprobleme wäre ich mit einem Schlag losgeworden, das war nicht so einfach von der Hand zu weisen.»

«Aber du hättest deine Unabhängigkeit eingebüßt. Mit Geld wird ja immer etwas erkauft, was du eigentlich nicht hergeben möchtest. Dieser Henry scheint mir ein echter Marketing-Fuzzi zu sein ...»

«Er kann sehr überzeugend sein, das schon, aber es hatte durchaus Hand und Fuß, was er mir angeboten hat. Und diese Kooperation ... die *Splendid Isolation* ... die hätte schon zum Manoir gepasst. Allerdings hast du recht ... es war nur eine Option, nicht mehr. Ich habe ihm freundlich, aber bestimmt abgesagt.»

«Da war Monsieur Beaufort sicherlich am Boden zerstört ...»

«Das nun nicht gerade. Aber er ist es nicht gewohnt, dass man ihm widersteht ...»

«Deine späte Rache ... kalt serviert.»

«Es hat einfach nicht gepasst mit ihm. Damals nicht und heute auch nicht. Ich will das alleine durchziehen, mit dir natürlich. Ich habe so lange gebraucht, bis ich mich dazu durchgerungen habe. Zu dem Hotel. Zu einer Zukunft in Fleury. Das weißt du am besten, Isabelle. Ich will auf eigenen Füßen stehen, zum ersten Mal in meinem Leben. Und da will ich mich nicht – wenn auch nur finanziell – jemand anderem in die Arme werfen. Das bin ich mir schuldig. Und dir auch.»

Isabelle schien gerührt. «Auf die neue Bürgerin von Fleury!», sagte sie und hob ihr Glas.

In der Woche darauf war es endlich so weit. Die Mairie von Fleury-sur-Azurain, in der Emily ihren neuen Wohnsitz anmelden wollte, war nicht übermäßig groß, ein kompaktes historisches Gebäude mit Freitreppe davor, doch allein schon durch ihre Lage mitten am Marktplatz und gegenüber den Arkaden wirkte sie imposant. Die zahlreichen, wenn auch kleinen Fenster waren im Sommer mit Blumenkästen geschmückt (fast jeder Besucher von Fleury machte ein Foto von diesem prächtigen Motiv). Doch noch hingen hier die festlichen Leuchtsterne – bis zur *Chandeleur*, dem Mariä-Lichtmess-Fest, das in katholischen Gegenden die Weihnachtszeit beendete. Das gesamte erste Stockwerk, mit seinen Balkons eine Art *Bel étage* des Rathauses, nahm der Sitzungssaal des *Conseil municipal* ein.

Auch an diesem Tag war es kalt und windig, doch gleich hinter der Eingangstür wurde Emily von heimeliger Wärme empfangen. In der Halle herrschte Zwielicht, denn durch die kleinen Fenster fiel nur wenig Licht herein, und an diesem grauen Morgen waren die riesigen Kugellampen, die von der holzgetäfelten Hallendecke hingen, noch nicht eingeschaltet. Ein paar Gestalten huschten an ihr vorbei und verschwanden hinter ledergepolsterten Bürotüren. Emily erkannte Monsieur Meunier, Isabelles «Schattenmann», im Hauptberuf Lehrer und Stadthistoriker, wie er – einen Aktenstapel balancierend – mit eiligen Schritten auf eine Tür zusteuerte, über der in Messingversalien ARCHIV stand.

Das Büro der Assistentin des Bürgermeisters, Laura de Bricassart, war nicht schwer zu finden. Die Tür stand offen, und als Emily eintrat, wurde sie herzlich begrüßt.

«Bruno Bouvier, unser *Monsieur le Maire*, ist heute leider nicht da», sagte Laura und breitete entschuldigend die Hände aus, «er hätte Sie sicherlich gern persönlich begrüßt ...»

«Wollen wir uns nicht duzen? Wir sind uns ja beim Erntedankmarkt schon begegnet und saßen beim Abendessen am gleichen Tisch. Ich bin Emily ...»

«Mit meiner Schwester Léonie, ich erinnere mich. Das war ein sehr schöner Abend! Sehr gern, Emily. Ich bin Laura.»

«Habe ich nicht vergessen! Freut mich, Laura. Ich nehme an, du weißt, warum ich heute hier bin ...»

«So edel, wie du angezogen bist, willst du dich sicherlich als neue Bürgerin von Fleury registrieren lassen.» Laura zwinkerte ihr zu.

«Bin ich overdressed?», fragte Emily besorgt. Sie hatte am vergangenen Samstag extra noch einen Stadtbummel durch das geschichtsträchtige Périgueux mit seinen beeindruckenden architektonischen Sehenswürdigkeiten gemacht. Dabei hatte sie in einer Boutique, die ihr so gut gefiel, dass sie sie am liebsten geradewegs nach Fleury versetzt hätte, einen eleganten taubengrauen Seidenrock zu ihrem dunkelblauen Blazer gekauft.

«Nein, nein ... du bist perfekt. Allerdings bist du da bei mir im falschen Büro. Es wäre mir zwar ein Vergnügen, dich zu einer Bürgerin von Fleury zu machen, aber dafür ist Madame Ribéry zwei Türen weiter zuständig. Ich bringe dich hin ...»

«Dann müssen wir das Vergnügen nachholen ...»

«Oh, ja, unbedingt! Darf ich dich vielleicht einladen ... heute oder morgen Abend? Ich möchte zu gern mit dir anstoßen.»

Emily war verblüfft ob dieser überschwänglichen Herzlichkeit, freute sich aber. «Ja, gerne ... lieben Dank! Morgen passt mir gut. Wo soll's denn hingehen ... ins *Cerf Blanc*?»

«Cathérines Küche ist wirklich nicht zu verachten, aber die kennen wir ja zur Genüge. Irgendwann, wenn bei dir der Küchenbetrieb anfängt, erwarte ich natürlich eine Einladung in dein Manoir. Aber bis dahin können wir vielleicht mit meiner bescheidenen Behausung vorliebnehmen. Morgen um acht Uhr?»

«Im Château?», fragte Emily und konnte eine leichte Aufregung nicht unterdrücken.

«Natürlich. Schau nicht so perplex ... ganz so exklusiv und extravagant ist es nun auch nicht. Und meine Familie werde ich dir ersparen ... wir werden ganz *entre nous* sein und uns von Bernadette schön bekochen lassen. Isabelle kann gern mitkommen, wenn sie mag. Na, wie klingt das?»

«Das klingt phantastisch. Dann bis morgen ... um acht. Du

meine Güte – ich weiß gar nicht, ob ich für eine Einladung auf ein Schloss etwas Passendes zum Anziehen habe. Wie ist denn der Dresscode?»

Laura lachte. *«No code, just fun.»*

Überraschenderweise lehnte Isabelle es kategorisch ab, Emily ins Schloss zu begleiten.

«Du kannst ruhig auch mal allein was unternehmen, Emily. Es wird sowieso Zeit, dass du dir hier noch andere Bekannte suchst ... ohne immer mich im Schlepptau zu haben!»

«Aber mein Französisch ...»

«Dein Französisch ist perfekt», stellte Isabelle nüchtern fest.

«Aber das allein ist doch nicht der Grund, warum du nicht mitkommen willst! Neue Bekannte ... so ein Blödsinn! Dafür ist noch genug Zeit. Magst du Laura de Bricassart nicht ... ist es das?»

«Ganz im Gegenteil. Ich mag sie sogar sehr, und das sage ich nicht häufig, wenn es um jemanden aus dem Bricassart-Clan geht. Abgesehen von Léonie, aber die ist noch ein Küken ...»

«Und warum ...», begann Emily erneut.

«Himmel noch mal, nun bedräng mich doch nicht so! Und schau mich nicht so treuherzig an, das verfängt bei mir nicht. Ich ... ich habe eben etwas vor. Ich bin verabredet. Punkt!»

«Mit wem denn?»

«Emily ... bitte! Du bist nicht meine Anstandsdame! Lass es gut sein. Ich werd's dir schon noch erzählen ... wenn's denn was zu erzählen gibt. Einstweilen ...»

«Einstweilen?»

«... gehst du schön zu Laura in ihr Schlösschen. Du wirst einen wunderbaren Abend haben und dich blendend mit ihr verstehen, das kann ich dir versprechen.»

«Und du?»

Isabelle blies genervt die Wangen auf und schüttelte den Kopf.

«Du bist eine ganz schöne Geheimniskrämerin geworden!», schimpfte Emily, doch Isabelle winkte ab.

«Das war ich schon immer. Und jeder braucht ein paar Geheimnisse ...»

Der Abend im «Schlösschen» verlief ganz anders, als Emily erwartet hatte. Laura holte sie am Eingangstor ab und führte sie ohne weitere Umwege oder gar eine offizielle «Besichtigung» direkt zu ihrem Appartement, das feminin, aber überraschend schlicht eingerichtet war. Pastellfarben gestreifte Tapeten, ein paar ausgewählte Antiquitäten, Bücherregale, vor allem mit Bildbänden, eine altmodische Recamière, ein großer, unbearbeiteter Holztisch mit bunten Eisenstühlen, weiße Stoffe vor den großen Fenstern. Emily fühlte sich sofort wohl. Das Sofa, auf dem sie Platz nahmen, war sehr bequem. Laura streifte sich die Schuhe von den Füßen und zog die Beine an. Emily tat es ihr gleich.

Die Schlossköchin hatte ein paar Getränke und Platten mit Häppchen bereitgestellt. Die Atmosphäre war so zwanglos und gemütlich, dass sich gleich die Lust aufs Plaudern einstellte. Sie sprachen über das Leben im Schloss (weniger aufregend, als man sich vorstellen mochte), im Manoir (noch ziemlich provisorisch), in der Dordogne im Allgemeinen und Fleury im Besonderen. Ein bisschen Klatsch, ein bisschen Tratsch. Emily verkniff es sich, sich nach Jean-Luc zu erkundigen, das war ihr dann doch zu heikel. Laura schien jedoch keine Hemmungen zu haben, ihr eine Frage nach der anderen zu stellen, und alle bezogen sich darauf, was genau sie mit dem Manoir vorhatte.

Jeder in Fleury wusste, dass es auf ein Hotel hinauslaufen sollte, aber Details kannte eigentlich niemand.

Also erzählte Emily ihr von dem Konzept, das sie für das künftige *Manoir au Val d'amour* entwickelt hatte. Laura war begeistert. Kurzerhand kramte Emily ihr Smartphone hervor, auf dem die Fotos gespeichert waren, die sie im Depot ihrer Eltern gemacht und die sie auch schon Isabelle gezeigt hatte. Sie steckten die Köpfe zusammen und klickten sich durch die Galerie. Laura erfasste sofort, in welchem Stil die einzelnen Zimmer eingerichtet werden sollten.

«Das ist genau das, was Fleury noch gebraucht hat!», stellte sie fest und steckte sich dann eine gefüllte Feige in den Mund.

«Meinst du wirklich?» Emily war erleichtert.

«Aber ja! Du wirst dich vor Gästen nicht retten können. Da stecken so viele schöne Ideen drin. Sobald die Handwerker fertig und ein paar Zimmer vorzeigbar sind, hätte ich gern ein paar Bilder von dir, für einen Folder, den ich den Brautpaaren zeigen und den Eventagenturen zuschicken kann. Die Fotos brauche ich dann auch für unsere Website. Ich kann dir gar nicht sagen, wie ich mich freue. Nicht dass ich im Ansatz etwas anderes erwartet hätte, aber es ist wirklich *very charming*, so sagt ihr doch drüben in England, oder?»

Emily lächelte. «Ja, *très charmant*, wie ihr hier in Frankreich sagt. Und so soll es auch sein. Aber nun erzähl mir doch mal etwas über eure Hochzeiten. Da bist du doch die Person, auf die es ankommt ... habe ich jedenfalls gehört.»

Laura wirkte geschmeichelt, wehrte dann aber bescheiden ab. «Nicht ich allein. Aber bei mir laufen die Fäden zusammen. Ich berate Brautpaare, Hochzeitsplaner und Eventagenten. Wir haben eine Website, über die laufen zumeist die Anfragen und Kontakte. Es ist ja nicht so, dass man bei uns einfach nur irgendeine Location bucht. Man bucht die Hochzeitsstadt! Geheiratet wird anderswo auch, aber wir bieten schon etwas Besonderes. Und inzwischen haben wir uns auch einen gewissen Ruf erworben.»

«Adèle hat mir erzählt, vor dem Hochzeitsboom sei Fleury ein ziemlich verschlafenes Nest gewesen.»

«Ja, leider muss man das wohl so nennen. Die Touristen finden in der Dordogne, gerade im Périgord noir, so viele interessante Orte mit teilweise bedeutenden architektonischen, historischen und kulturellen Schätzen, dagegen fallen wir ziemlich ab.»

«Und mit den Hochzeiten habt ihr endlich die Nische gefunden, nach der ihr so lange gesucht habt.»

Laura nickte. «Es ist ein Saisongeschäft, klar, im Herbst und Winter tut sich bei uns nicht viel. Aber das ist in anderen Orten im Périgord auch nicht anders. Wir haben nach wie vor nicht so viele Tagestouristen, auch wenn deren Zahl langsam und kontinuierlich steigt. Für das traditionelle Handwerk und die Gastronomie, für die alteingesessenen Geschäfte und Läden ist die Entwicklung aber ein Segen. Wer hier sein Fest feiert, bringt zwar das Brautkleid mit, aber nicht das Essen, die Band, die Blumen, das Catering, den Champagner, die Servicekräfte. Das ist auch gar nicht nötig, denn das übernehmen alles wir. Wir dekorieren ihnen die ganze Stadt, wenn's sein soll. Wir bieten ihnen die Kulisse – inklusive aller Requisiten und Komparsen, falls gewünscht. Notre Dame des Roses ist ein Traum – und der Pfarrer auch nicht zu verachten! Dazu das historische Stadtbild, Rosenbögen, die Art-déco-Markthalle, ein Festmahl unter freiem Himmel, am Ufer des Azurain ... Das alles ist doch sehr viel mehr, als andere Städte zu bieten haben. Viele Leute wollen mittlerweile im Val d'amour heiraten, das sei ein gutes Omen, sagen sie. Und wir sagen: *Bienvenu!* Und empfangen sie mit offenen Armen.»

«Beeindruckend!» Mehr brachte Emily nach diesem kleinen Vortrag nicht heraus. Sie hatte im Eifer des Zuhörens ganz vergessen, sich von den Snacks zu nehmen und ihren Wein zu trinken.

«Ja, wir geben uns Mühe», fügte Laura hinzu. «Und machen all das mit Liebe. Wir freuen uns über jedes Jawort, das in unseren Mauern gesprochen wird. Wir profitieren von den Hochzeiten, klar, aber wir spielen niemandem etwas vor. Alles kommt von Herzen – und mehr kann man ja wohl nicht verlangen, oder?»

17 *Isabelle schüttet André Chardin ihr Herz aus.*

Auch wenn sie Emily gegenüber so geheimnisvoll getan hatte, war Isabelles Verabredung weit entfernt von einem Rendezvous oder gar einem «Geheimtreffen». Sie hatte lediglich eine Einladung von André Chardin angenommen, ins *Le Petit Canard,* ein kleines Restaurant, das erst vor kurzem geöffnet hatte. Von Yves hat sie nichts gehört, seit er zu einem mehrwöchigen Praktikum in einem Sterne-Restaurant in Bordeaux aufgebrochen war. Da war ihr die Verabredung mit André gerade recht gekommen. Mit dem Trafikanten pflegte Isabelle eine lockere Beziehung, sie trafen sich hin und wieder auf einen Apéritif, und Andrés leicht mürrische Art, sein bodenständiger Charme wirkten stets beruhigend auf Isabelle. Nicht zuletzt war der Abend mit ihm auch eine gute Gelegenheit, vielleicht etwas zur Sprache zu bringen, was sie mit Emily nicht diskutieren wollte. Zumindest jetzt noch nicht.

Le Petit Canard, «Die kleine Ente», war ein entzückendes Etablissement, ein typisches Bistro, ohne allzu extravagante gestalterische Ambitionen und erfreulich solide. Überall standen Enten herum, holzgeschnitzt, getöpfert oder aus Porzellan. Ein etwas schräges Dekor, das aber grundsympathisch wirkte und dem Namen des Bistros gerecht wurde.

Sie begrüßten sich mit den übliches *bises* und setzten sich an einen der Tische mit den rot-weiß gewürfelten Tischdecken. Die erste halbe Stunde verging über Plaudereien, lokalen Anekdoten und Flüstergeschichten. André Chardin durfte mit Fug und Recht als einer der bestinformierten Männer der Stadt gelten. Zwar war er kein «Ureinwohner» Fleurys – er kam aus der Bretagne und war der Liebe wegen nach Fleury gezogen, als er die Stadtschönheit Fabienne geheiratet hatte. Doch seit er den kleinen Laden im Stadttor übernommen hatte, war die Trafik so etwas wie ein Dreh- und Angelpunkt für das Stadtgespräch geworden, wo alle, die sich mit legalen Suchtmitteln eindecken wollten, munter eigenen Klatsch gegen fremden Tratsch tauschten.

André legte seine unvermeidliche blaue Packung Gauloises und ein Zippo auf den Tisch, unschlüssig, ob er hier rauchen durfte. Vermutlich war es verboten, aber er brauchte die Zigaretten in griffbereiter Nähe, und sei es nur, um damit herumzuspielen. Sie bestellten eine Flasche Wein, einen Bergerac, und einen Vorspeisenteller mit regionalen Tapas, von dem sie sich beide zwanglos bedienen konnten.

Isabelle hatte den Eindruck, dass André sie nicht einfach nur zum Plaudern um ein Treffen gebeten hatte, sondern irgendetwas auf dem Herzen hatte, sich jedoch schwertat, einfach damit herauszurücken. Also erzählte sie ihm erst einmal vom Manoir und Emilys Plänen. Sie wusste, dass er ihre Freundin sympathisch fand und ihre ersten Schritte in Fleury mit Interesse verfolgt hatte. Eine seiner Fragen, die er zuweilen dazwischenwarf, brachte sie jedoch aus dem Konzept.

«Und du, Isabelle? Es scheint ja ganz so, als habe die junge Miss Bennett hier ihre Berufung gefunden. Aber bist du denn glücklich mit dem Laden deiner Mutter? Ich war wirklich untröstlich, als sie von uns ging, nur wenige Monate nach meiner Fabienne. Versteh mich nicht falsch – ich finde es tapfer und ehrenwert, dass du das Geschäft übernommen hast! Aber ich könnte mir vorstellen, dass es doch nicht dein Lebenstraum ist, Bleistifte und Briefmarken zu verkaufen. Du bist intelligent, hast sogar studiert, da kommt man nicht unbedingt auf die Idee, sein Leben mit dem Verkauf von Zeitungen an alte Männer und Postkarten an gelangweilte Frauen zuzubringen …»

Isabelle schluckte. Er hatte einen wunden Punkt getroffen.

«Ich meine …», fuhr er fort, «eigentlich schlägt dein Herz doch für etwas anderes … für Bücher, wie ich weiß … für die Literatur … Und dafür bietet dir die Stadtbücherei doch eigentlich kein ausreichend spannendes Betätigungsfeld.»

Isabelle spürte ihr Herz schneller klopfen. Treffsicher hatte André etwas angesprochen, was wohl jeder an einem bestimmten Punkt seines Lebens spürt – diese gewisse Bangigkeit der Zukunft gegenüber, eine diffuse Angst, etwas Wichtiges zu vergessen oder zu versäumen, etwas zu verlieren, das einen früher einmal glücklich gemacht hat. Schon länger plagten auch Isabelle diese Sorgen. Zwar lenkte sie die Arbeit am Manoir im Moment davon ab, gab ihr die Vorstellung, etwas Sinnvolles mit ihrem Leben anzufangen und Emilys unbeirrtes «Wir» hielt die Illusion aufrecht. Doch wusste Isabelle tief in ihrem Innern, dass das Manoir Emilys Zukunft war und nicht ihre.

Und auch André Chardin war vermutlich aufgefallen, dass Isabelle seit dem Tod ihrer Mutter ernster geworden war, weil sie sich dem Leben hatte stellen müssen.

«Ich hatte nicht den Mut, den Laden, diese Familientradition, aufzugeben. Vielmehr meinte ich, rasch den Ernst des Lebens begreifen und mich entsprechend darauf einstellen zu müssen.»

«Vielleicht bist du dadurch einfach zu schnell erwachsen geworden», meinte André mit einem mitfühlenden Blick.

«Was wusste ich damals schon von der Bedeutung des Erwachsenseins? Mit sechzehn heißt Erwachsensein, alles zu dürfen und auf nichts Rücksicht nehmen zu müssen. Inzwischen ist es nun genau umgekehrt: Mit fast dreißig weiß ich alles über die Bedeutung des Erwachsenseins, doch von so etwas wie Freiheit habe ich keine Vorstellung mehr.»

«Und das macht dir zu schaffen?»

«Irgendwie schon. Jetzt, wo ich sehe, dass Emily unbeirrt ihren Weg geht. Ich freue mich für sie, immerhin ist sie meine

Freundin, aber wenn ich ehrlich bin, macht es mich auch ein bisschen neidisch, dass sie nun … na ja … so etwas wie ihre Bestimmung gefunden zu haben scheint.»

«Und nun fragst du dich, wo deine Bestimmung liegt?»

Sie zögerte, gab es dann aber mit einem leichten Kopfnicken zu.

«Aber von hier weggehen, um es herauszufinden, möchtest du nicht, weil du den Laden deiner Mutter nicht aufgeben willst. Außerdem willst du deine Freundin Emily nicht im Stich lassen. Das bindet dich noch zusätzlich an Fleury, nicht wahr?»

«Ich habe zwiespältige Gefühle, André. Ich fühle mich ja wohl hier, erlebe jeden Tag glückliche Momente.» Sie dachte an ihr Glückstagebuch, das sie fast jeden Abend mit ihren Notizen füllte. «Aber manchmal schaue ich mich in meinem kleinen, leider immer viel zu vollen Laden um, und dann kommt mir der Gedanke, wie viel lieber ich eine echte Buchhandlung hätte, nicht nur ein einziges Bücherregal.» Sie seufzte und stärkte sich mit einem Schluck Wein.

«Fleury ist vermutlich zu klein für eine solche Unternehmung», murmelte André und drehte versonnen eine Zigarette zwischen den Fingern.

«Das habe ich auch schon festgestellt – ich brauche mir ja nur die geringe Ausleihfrequenz in unserer kleinen Stadtbücherei im Rathaus vor Augen führen. Weihnachten ausgenommen herrscht dort nicht gerade Hochbetrieb.»

«Und da helfen auch die Touristen nicht …»

«Genau. Hier wird definitiv lieber geheiratet als gelesen.» Sie grinste, wurde dann aber rasch wieder ernst. «Trotzdem würde ich es gern versuchen. Ich habe Ideen, weißt du … Doch mein Sparkonto sagt mir unmissverständlich, dass mir für solch ein Unternehmen schlicht die Ressourcen fehlen. Mir hat eben keine Tante so viel Zaster vererbt.»

André hörte ihr aufmerksam zu, schenkte ab und zu Wein

nach und griff nach der einen oder anderen *bagatelle* vom üppig bestückten Vorspeisenteller.

Dass die Rede wieder auf Emily gekommen war, erleichterte es André, auch mit seinem Anliegen herauszurücken. Er druckste etwas herum, es schien ihm nicht leichtzufallen, den Grund seines Treffens mit Isabelle zur Sprache zu bringen.

Von Adèle, seiner linken Parteifreundin im Stadtrat, wurde André stets auf dem Laufenden gehalten, was die Pläne mit dem neuen Hotel anbelangte. Wann immer Emily und Isabelle ihn in seiner Trafik aufsuchten, meistens Arm in Arm, blickte er sie gespielt mürrisch an und knurrte: «Ah ... die Rosen von Fleury!» Doch er hatte sich sehr aufgeschlossen gezeigt und vor allem Emily ins Herz geschlossen. Warum, darüber schwieg er sich aus. Vielleicht, so hatte Isabelle überlegt, fand er es mutig, dass eine noch so junge Person ein solch ambitioniertes Projekt in Angriff nahm. Denn manchmal schaute er sie aufmunternd an und sagte: «Sie schaffen das schon, Emily.» Wie sie das schaffen sollte, darüber machte sich aber wohl keiner in der Stadt Gedanken. Niemand bis auf Isabelle, natürlich.

André hielt mit seiner Bewunderung für Emily nicht hinter dem Berg. Zwar hatte er generell nicht viel für das «Hochzeitsgedöns» in Fleury übrig – eine sentimentale Ader konnte ihm niemand nachsagen – und begegnete «diesem ganzen Theater» mal mit nachsichtigem Spott, mal mit beißendem Sarkasmus. Doch man wusste nie, wie ernst er es meinte, und hielt ihm zugute, dass er wenigstens nicht querschoss, weder im Stadtrat noch in der Öffentlichkeit.

«Ja, die Erbtante und ihr Manoir. Ich muss sagen, dass ich der Idee, aus dem heruntergekommenen Haus ein schmuckes kleines Hotel zu machen, einiges abgewinnen kann. Es ist gut für Fleury, wenn in den Tourismus investiert wird, das muss selbst ich alter Narr zugeben. Emily macht das famos, findest du nicht?» Eine rhetorische Frage, Isabelle quittierte sie mit einem

Nicken. «Aber hält sie das finanziell auch durch, was meinst du, Isabelle?»

«Es wird knapp, so viel kann ich sagen.»

«Ich habe gehört, dass die Restaurierung ihr geerbtes Vermögen verschlingt. Vielleicht braucht sie bald unsere Unterstützung …»

«Tja, aber mit Geld kann ich leider nicht dienen … Darüber haben wir ja gerade gesprochen.»

«Das meine ich auch nicht. Vielleicht kann man ihr auf andere Art und Weise etwas unter die Arme greifen. Wie schaut's denn zum Beispiel mit der Einrichtung aus?»

«Sie lässt einiges aus dem Depot ihrer Eltern herschaffen, die in Portsmouth ein Strandhotel betreiben. Aber das reicht sicher nicht aus, um das ganze Hotel auszustatten, auch wenn es ja nicht so viele Zimmer sind.»

André nickte. «Verstehe. Dann … habe ich vielleicht etwas für sie …»

«Aus deinem Antiquitätenladen?»

Er wiegte den Kopf und lächelte geheimnisvoll. «Nicht ganz. Beziehungsweise nicht nur. Vielleicht habe ich ein paar Sachen und auch ein paar Kontakte an der Hand, die für Emily von Interesse sein könnten.»

«Ich glaube, sie wird für jede Hilfe und Unterstützung dankbar sein. Setzt euch doch einfach mal in Ruhe zusammen … Übrigens ist sie dir sehr dankbar, dass du Elas Kündigung so problemlos angenommen hast. Und Ela ist auch glücklich über ihre neue Anstellung.»

«Na ja, sie hat es lange genug in meiner Räucherkammer ausgehalten … bewundernswert lange. Und es wird ja auch noch eine ganze Weile dauern …» Offensichtlich rechnete er nicht mit einer allzu baldigen Eröffnung des Manoirs. Er nahm mit einem Seufzen die Zigarette aus dem Mundwinkel, drehte sie bedächtig zwischen den Fingern hin und her, um sie sich schließlich wieder in den Mund zu stecken. «Ich muss jetzt doch mal für ein paar Minuten vor die Tür ... zum Rauchen. Bestellst du in der Zwischenzeit ein schönes Dessert für uns? Wenn ich mich recht erinnere, steht auf dieser Enten-Speisekarte auch eine *Tarte au chocolat*. Die könnte ich jetzt gut gebrauchen. Und dabei beratschlagen wir, was ich noch für deine Freundin Emily tun kann ...»

18

André Chardin erzählt Emily eine traurige Geschichte und hält eine besondere Überraschung für sie bereit.

Wenige Tage später hatte Emily gerade eine Auswahl Konfekt (nach dem sie verrückt war) mit einem Augenzwinkern bei Ela bezahlt, als André Chardin sie beiseitezog und ihr zuraunte: «Ich hätte da vielleicht was für Sie. Besuchen Sie mich doch demnächst mal in meiner Antiquitätenmühle. Sie liegt im Tal Écoute-la-Pluie. Ihre Freundin wird Ihnen sicherlich den Weg zeigen können, nicht wahr, Isabelle?» Er lächelte ihr zu, und Isabelle lächelte verschwörerisch zurück.

«Du kommst doch mit, Liebes?», fragte Emily besorgt, als sie draußen unter dem Stadttor standen. «Ich kenne Monsieur Chardin gar nicht wirklich.»

«Natürlich! Aber André ist wirklich ein anständiger Kerl, du brauchst dir keine Sorgen zu machen. Soweit ich weiß, will er dir nur seine Unterstützung anbieten.»

«Unterstützung wobei?»

Isabelle hob die Schultern. «Keine Ahnung.» Sie würde Emily nicht die Überraschung verderben.

Am nächsten Tag holten sie André Chardin am Stadttor ab. Obwohl Emily sich bemühte, gelang es ihr nicht, ihm irgendwelche Hinweise zu entlocken, was er ihr zeigen wollte.

«Na schön», sagte sie schließlich keck. «Dann schaue ich mir Ihre Briefmarkensammlung mal an!»

So machten sie sich am späten Nachmittag auf den Weg zu

seinem Zuhause. André lebte in einem der hübschen Kalksteinhäuser, aus denen die kleine Siedlung Écoute-la-Pluie draußen am Stadtrand bestand. Auch ein kleines Landhotel gleichen Namens gehörte dazu. «Lausche dem Regen» verdankte seinen Namen einer Mühle, die einst dort in Betrieb gewesen war: Der Mahlstein hatte sich nur dann gedreht, wenn das Flüsschen Azurain ausreichend Regenwasser mit sich führte.

Jetzt war die Mühle Andrés Domizil und nahezu vollständig mit wildem Wein bewachsen, wie ein kleines Hexenhaus. Nur ein altes Eisenschild mit der gemalten Aufschrift *Antiquités & Brocante* über der Tür ließ darauf schließen, dass es sich um ein Geschäft handelte.

Ein ganz besonderes Geschäft allerdings. André Chardin betrieb es zusammen mit seiner Tochter Marie-Luce, die aber nicht mit ihm zusammenlebte, sondern nur zu den Öffnungszeiten anwesend war. Diese waren zwar auf einer Visitenkarte, die hinter der Fensterscheibe steckte, verzeichnet, schienen jedoch verhandelbar.

Das alles erzählte ihnen André, als sie vor seinem Laden angekommen waren. «Die Öffnungszeiten sind bei uns willkürlich, weil es eben nicht nur ein Laden ist, sondern auch das Haus, in dem ich wohne. Ich lebe inmitten der Antiquitäten und nutze sie, solange sie nicht verkauft sind. Manchmal ruft mich Marie-Luce in der Trafik an und erkundigt sich für einen Interessenten, ob diese Louis-XV-Kommode oder jene alte Truhe wirklich zu verkaufen sei. Fast immer sage ich ja. Es gibt ohnehin viel zu viel Mobiliar und Krempel in diesem engen Haus.»

Dann schloss er die Tür auf und ließ sie eintreten in seine Wunderkammer. «*Voilà* – die Schatzhöhle des Ali Baba.» Er machte eine unbestimmte Handbewegung, die den ganzen Raum umfasste. Sie schauten sich um.

«Sie wohnen wirklich in diesem ... Durcheinander?» Emily sah ihn verblüfft an.

André nickte. «Ja, eine Wohnung wie ein kleines Museum, nicht wahr?»

So konnte man es natürlich auch nennen. Es war eine wirre Mischung aus Trödel und Preziosen. Eine ziemlich unwiderstehliche Mischung allerdings, wie Emily fand, die einiges für kreative Unordnung übrighatte.

Trotz des musealen Charakters der Einrichtung, waren die Spuren, dass hier wirklich gelebt und nicht nur ausgestellt wurde, unübersehbar: volle Aschenbecher, aufgeschlagene Bücher, leere Kaffeetassen, halb aufgezogene Schubladen, aus denen irgendetwas hervorquoll, hier antike Tischwäsche, dort ein prächtiger bordeauxroter Vorhangstoff mit eingewirkten Goldfäden, der als Tischdecke dienen mochte. André schien nur gerade so viel aufzuräumen, dass man Kunden ohne große Entschuldigung durch das *Dépot* führen und sie dann unbehelligt ihre eigenen Entdeckungen machen lassen konnte.

«Suchen Sie gar nicht erst nach Preisschildern!», riet André Emily, ihren wandernden Blick richtig deutend. «Die Preise setze ich nach Lust und Laune fest. Was Marie-Luce zuverlässig in Rage bringt, zumal ich mich meistens auch kaum an Anschaffungspreise oder Ähnliches erinnere. ‹Du verkaufst die Stücke zu billig›, klagt sie dauernd. Aber ich denke, die Leute wollen ein Schnäppchen machen und freuen sich wie die Spitzbuben, wenn es ihnen gelingt. Das ist doch nur gut fürs Geschäft.»

Er grinste und steckte sich eine neue Zigarette zwischen die Lippen, spielte mit seinem alten Zippo, das er auf- und zuschnappen ließ, bevor endlich die Flamme hochschoss. Dann nahm er einen tiefen Zug.

«Letztlich ist Marie-Luce die Herrin über die Kasse.» Er wies auf die riesige alte Registrierkasse aus Messing, die auf einem länglichen Tisch stand, welcher mit etwas Phantasie als Verkaufstheke durchgehen konnte. «Die Kasse steht übrigens nicht zum Verkauf, da bin ich unnachgiebig, obwohl beinahe jeder Kunde danach fragt.»

«Aber abgesehen von der Kasse verkaufen Sie alles?», fragte Emily ungläubig. «Ihre eigenen Sachen?»

«Ja. Fast alles. Es kommt aber auch immer wieder Nachschub, ich treibe ständig was auf: antike Sofas, Stühle und Tische, Spiegel und Kaminaccessoires ... Mein Museum verändert sich ständig, es lebt, sozusagen.» Er hob die Schultern, als müsse er um Nachsicht bitten.

Emily schüttelte amüsiert den Kopf. «Das ist aber nicht gerade eine Eins-a-Lage für einen Laden, oder? Wer kommt denn bis hierher ins Tal?»

«Nicht viele, das stimmt. Aber genug. Ich lebe von meinem schlechten Ruf. Mund-zu-Mund-Propaganda, verstehen Sie. Es spricht sich herum, dass bei mir alles Mögliche und Unmögliche zu finden ist. Wir stehen sogar im *Lonely Planet.*» Er grinste. «Isabelle hat es Ihnen sicherlich schon erzählt: In der Dordogne leben zahlreiche Ausländer, manche das ganze Jahr über, andere nur im Sommer. Sie alle kaufen Bauernhäuser, *Gîtes*, stillgelegte Mühlen, Türme und halb verfallene Villen, sogar Schlösser. Und die statten sie dann aus. Das muss dann alles *authentique* sein ... oder was immer sie dafür halten.»

Sie setzten sich auf ein von André hastig freigeräumtes Sofa, das ungemein bequem war, wie Emily feststellte.

«Und dann kommt noch eine dahergelaufene Engländerin wie ich mit ihrem geerbten Manoir und ihren hochtrabenden Plänen!», scherzte sie. Gleich wurde sie jedoch wieder ernst. «Sie kannten die früheren Bewohner des Manoirs, nehme ich an? Meine Tante Hermione und den Comte?»

André nickte. Wieder eine Zigarette, wieder das Zippo. Hörte dieser Mann denn niemals auf zu rauchen?

«Natürlich. Sie waren ja ... stadtbekannt. Und Charles Henri war mein Freund.»

«Und ... welchen Eindruck hatten Sie von meiner Tante?»

«Als sie hierherkam – lange bevor die Engländer das Périgord für sich entdeckten –, war sie eine Erscheinung. Sie brachte frischen Wind in diese selbstzufriedene Kommune. Pfiff munter auf jede Konvention, also war es nur folgerichtig, dass sie sich den ebenfalls ziemlich unkonventionellen Comte de Bruyant angelte. Meistens waren sie auf Reisen, Italien, Spanien, Portugal, Griechenland ... bis in den Nahen Osten und wohl noch weiter. Kamen sie dann zurück, schlugen sie in Fleury ihr Liebeslager auf, aber nicht im Manoir, sondern in der Wohnung, die Ihre Tante gemietet hatte. Ließen sich tagelang nicht draußen blicken. Dieser Flower-Power-Lebensstil wirkte in Fleury vollkommen fremd und war für die spießigen Bürger, von denen es hier früher noch mehr gab als heute, ziemlich gewöhnungsbedürftig. Ein permanenter Eklat. Im Grunde gewöhnten sie sich auch gar nicht daran, sondern ließen die beiden Bohemiens einfach gewähren. Natürlich nicht, ohne sich in einem fort zu mokieren, versteht sich. Vor allem Marguerite Marquet, diese übellaunige Frömmlerin.»

André drückte energisch seine Zigarette aus und griff ausnahmsweise einmal nicht gleich nach der nächsten. «Als Charles Henri vor ein paar Jahren starb, kehrte Hermione allen den Rücken und zog sich zurück, verschrullte und vereinsamte zusehends. Sie hatte ihre große Zeit gehabt, ihre große Liebe und auch ihre großen Auftritte. Das war nun alles *passé* ...»

Emily hatte seiner Erzählung gebannt gelauscht. In ihrer Erinnerung war Hermione eine temperamentvolle Endfünfzigerin, die vor erfrischendem Zynismus nur so sprühte, sich ihr gegenüber aber rührend fürsorglich gegeben hatte.

«Dass sie sich in das kleine Geisterhaus zurückzog, hat auch mich seinerzeit überrascht», warf Isabelle ein.

«Woran ist der Comte gestorben? War er krank? Hat sie

ihn gepflegt?» Emily war erpicht darauf, mehr über ihre Tante und deren aufregendes Leben im französischen Exil zu erfahren.

André erlaubte sich ein kurzes Schnauben, als sei diese Vorstellung vollkommen absurd. Bevor er antwortete, zündete er sich erst einmal eine neue Zigarette an.

«Krank? Nein, nicht dass ich wüsste. Er erschoss sich eines düsteren Novembertages auf einer Waldlichtung in der Nähe des Manoirs. Man hat ihn blutüberströmt im Moos gefunden, mit einer kleinen antiken Pistole in der Hand. Niemand weiß, warum, es gab keinen Abschiedsbrief. Hermione war am Boden zerstört. Kurz darauf gab sie ihre Wohnung auf und übersiedelte ins Manoir, das ihr der Comte wohl hinterlassen hatte.»

«Und es war wirklich ... Selbstmord?»

«Es wurde natürlich ermittelt, ein Brigadier kam aus Périgueux, zeitweise stand sogar Ihre Tante unter Verdacht. Aber diesen Verdacht hat hier niemand geteilt. Fleury wollte an die romantische Liebesgeschichte der beiden glauben, auch wenn sie nun zu einem Schauerroman geworden war.»

Emily schwieg betroffen. Dann fragte sie: «Warum sind die beiden nicht vorher schon ins Manoir gezogen?»

«Es war bereits seit längerer Zeit unbewohnt. Ich kann mich jedenfalls nicht erinnern, dass dort jemals irgendwer gewohnt hätte. Der Comte, der ja ein Onkel unserer Baronne war, hat es jedenfalls nie genutzt. Wäre Hermione nicht dort eingezogen, wäre es einfach weiter verrottet und schließlich endgültig zur Ruine verfallen. Nicht dass sie irgendetwas unternommen hätte, um es instand zu setzen oder gar zu restaurieren. Sie hat auch nie jemanden eingeladen. Hat sich von allen abgewandt und wollte niemanden mehr sehen. Ich kam ein paarmal auf meinen Spaziergängen dort vorbei, doch wer immer sich in die Nähe des Hauses wagte, musste erleben, dass Ihre Tante ihn mit einem

Gewehr, mit dem sie aus einem der Fenster ziellos Schüsse abgab, lautstark vertrieb. Sie brüllte: ‹Keinen Meter näher, oder ich blase dir das Licht aus!› Nein, niemand wollte hier riskieren, von einer verrückten Alten erschossen zu werden, nur weil er es wagte, sich dem Manoir zu nähern.»

«Das ist ja eine furchtbare Geschichte. Ich hatte keine Ahnung davon!» Emily war wirklich erschüttert. Was für ein Drama! Es erklärte allerdings auch, dass sich bei der Beerdigung ihrer Tante kaum jemand hatte blickenlassen.

«Wissen Sie, warum meine Tante so früh gestorben ist?», fragte sie.

«Ich weiß es nicht. Nach dem Tod von Charles Henri hatte ich keinen Kontakt mehr zu ihr. Als wir alle noch jung und abenteuerlustig waren, haben wir viel zusammen unternommen, auch zu dritt. Ihr freizügiger Lebensstil hat mich immer fasziniert. Durch die beiden habe ich meine Frau Fabienne kennengelernt, die aber auch schon seit ein paar Jahren nicht mehr unter uns weilt. Es scheint fast, dass lebenslustige Frauen in Fleury keine hohe Lebenserwartung haben ...»

«Das tut mir leid», murmelte Emily. Dann schwiegen sie eine Weile, jeder in seine eigenen Gedanken versunken. Irgendwann stand André auf und verschwand. Als er zurückkam, hielt er einen Zettel in der Hand, den er auf dem Beistelltisch ablegte und dann nicht mehr weiter beachtete. Emily begann ziellos im Raum umherzugehen, als sei sie eine seiner Kundinnen auf der Suche nach etwas Besonderem. *À la recherche du temps perdu.*

Zerstreut nahm sie diesen und jenen Gegenstand in die Hand und betrachtete ihn, als könne er ihr etwas offenbaren.

Wohl um Emily und ihren Gastgeber auf andere Gedanken zu bringen, rief Isabelle André den Zweck ihres Hierseins in Erinnerung.

«Du wolltest Emily etwas zeigen ...»

André schreckte auf. «Aber ja, doch vorher muss ich Ihnen noch etwas erklären. Nehmen Sie doch bitte wieder Platz.»

Emily setzte sich gehorsam auf das Sofa und blickte ihn erwartungsvoll an.

«Möchten Sie etwas trinken? Einen Pastis vielleicht?»

Sie wollte schon ablehnend den Kopf schütteln, besann sich dann aber und sagte: «Gern. Ich habe noch nie in meinem Leben Pastis getrunken und jetzt das Gefühl, doch einen Drink vertragen zu können.»

André goss den Pastis in drei alte geschliffene Kristallgläser ein und prostete ihnen zu: *«Cin cin!»*

«Cin cin!» Emily nippte an ihrem Glas und empfand den blumigen Geschmack als seltsam tröstlich.

«Bon», begann André von neuem. «Irgendwann, nicht lange vor seinem Tod, da lud mich Charles Henri eines Tages in sein Haus ein, das jetzt Ihnen gehört, Emily ...»

«Das Manoir ...»

André nickte. «Er führte mich in den großen Salon, der vollkommen leergeräumt war bis auf ein paar Möbel, Truhen und Koffer, die in einer Ecke zusammengeschoben worden waren. ‹Kannst du das übernehmen?›, fragte er mich. Ich muss wohl verdutzt geschaut haben, denn er fügte hinzu: ‹Keine Angst, du sollst es mir nicht abkaufen. Du sollst es nur bald abholen und bei dir lagern.›

‹Regelst du etwa schon dein Erbe?›, zog ich ihn auf. ‹Warum willst du das alles loswerden?›

‹Ich will es nicht loswerden. Nur in Sicherheit bringen ...›

‹In Sicherheit? Vor wem? Hermione?›

Er erklärte mir, dass die Stücke für ihn mit sentimentalen Erinnerungen verbunden seien. Stücke aus dem 17. bis 19. Jahrhundert ... also nicht ohne Wert ... Er wolle nicht, dass sie in die falschen Hände gerieten.

‹Was für falsche Hände denn?›, fragte ich. Ich war mehr als

überrascht von dem generösen Angebot. Charles Henri meinte aber nur, es sei besser, wenn ich nichts wisse. Ich sollte die Sachen einfach nur verwahren.»

André unterbrach sich und zog ein letztes Mal an der Gauloise, bevor er auch diese in einem der übervollen Aschenbecher ausdrückte. Er griff nach dem Zettel, den er auf dem Beistelltisch abgelegt hatte, und hielt ihn hoch.

«Dies ist eine Liste der Gegenstände ... ein Inventar, wenn man so will ... die gebe ich euch nachher mit.»

«Nun hast du uns aber wirklich neugierig gemacht», sagte Isabelle und blickte ihn gespannt an. «Und diese Möbel aus dem Manoir befinden sich hier?»

«Nicht hier, aber in einer Remise neben dem Haus. Ich habe alles in Folie verpackt, nichts davon verkauft, auch nicht nach dem Tod meines Freundes. Und jetzt ...»

«Jetzt möchten Sie es mir verkaufen?», fragte Emily.

«Nicht verkaufen ... schenken oder vielmehr zurückgeben! Das Manoir gehört nun Ihnen, Emily ... und in gewissem Sinn auch diese Möbel. Wenn Sie einen Blick drauf werfen möchten ... Vielleicht können Sie ja das eine oder andere gebrauchen, für Ihr Hotel.»

«Oh», sagte Emily und nahm verlegen einen so großen Schluck von ihrem Pastis, dass sie sich schütteln musste. «Das wäre ... das wäre wirklich sehr großzügig ...» Sie hustete, stellte das Glas ab und wedelte mit einer Hand vor ihrem Gesicht.

«Na, schauen wir uns die guten Stücke erst einmal an.» André stand auf und wandte sich zur Tür. «Wollen wir?»

Es war dunkel in der Remise, die André aufschloss, aber keineswegs so muffig, wie Emily es erwartet hatte. Zwei Fenster waren gekippt und sorgten für frische Luft. «Wir haben hier kein elektrisches Licht», meinte André entschuldigend. «Nur ein paar Laternen.» Er zündete sie an und stellte sie in die Mitte, wo sie ein warmes, jedoch nicht sehr helles Licht warfen. «Für einen ersten Eindruck muss das reichen.»

Dann schnitt er die Folien auf und zog sie von den Gegenständen. Ein ums andere Möbelstück wurde im flackernden Licht der Laternen sichtbar.

«Le petit trésor du Manoir», sagte André und verbeugte sich ironisch wie ein Theaterdirektor vor dem Bühnenvorhang.

Emily verstand sofort, was er meinte. Es war wirklich ein kleiner Schatz, der da vor ihnen ausgebreitet wurde – nicht so luxuriös, wie man hätte vermuten können, keine übermäßigen Vergoldungen, kein überbordender Zierrat. Es waren edle Stücke, schlicht und doch fein gearbeitet, «ausdrucksvoll», wie André es nannte. Und tatsächlich schienen sie wie beseelt vom Geist der Geschichte des Manoirs. Die Polstermöbel waren intakt, die Farben der Stoffe leuchteten noch, nichts war verblasst oder zerschlissen. Zwei kleine Sofas, sogar ein paar passende Kissen. Vier gemütliche Sessel. Ein paar Beistelltische, quadratische, runde, ovale, mit Gebrauchsspuren zwar, doch schon eine einfache Behandlung mit Politur würde ihnen rasch ihren Glanz zurückgeben.

Besonders entzückend fand Emily die winzigen Ausziehtische, für die ihr gleich eine Verwendung als Frühstückstischchen vorschwebte.

Ja, dachte sie, das passt alles wunderbar zum Stil des *Manoir au Val d'amour*.

In einer großen Holzkiste fand sie außerdem noch sorgsam verpacktes Porzellan: wunderbares Limoges-Geschirr, teilweise noch original in feinstes Seidenpapier eingeschlagen – eine edle Sonderanfertigung, die lange auf diesen besonderen Moment der Enthüllung gewartet hatte.

Mit leuchtenden Augen drehte Emily sich zu André Chardin

um und schloss ihn überglücklich in die Arme. Dem verdutzten Händler fiel vor Schreck und Freude die Zigarette aus dem Mund. Isabelle trat die Kippe diskret aus, er merkte es nicht einmal.

«Das ist alles für mich?», fragte Emily atemlos.

«*Bien sûr, Emily!* Es hat alles hier auf dich gewartet. Wie wir alle!»

19 *Emily erfährt einiges über die Hochzeiten in Fleury.*

Auch in den folgenden Monaten blieb Emily weiterhin in Fleury. Für Reisen nach Portsmouth oder London fehlte ihr einfach die Zeit – denn die raste so schnell dahin, dass ihr manchmal schwindlig wurde. Es gab so viel zu tun und zu entscheiden, die Tage waren angefüllt mit Besorgungen und Erledigungen.

Kurz nach ihrem Besuch in der Mühle stellte sich Max Marchais bei ihr vor, ein seit langem im Ruhestand lebender, jedoch noch rüstiger Steinmetz. Er kam auf Andrés Empfehlung hin und bot sich für «Verschönerungsarbeiten» an. Mit Hammer und Meißel bewaffnet nahm er sich wochenlang mit unglaublicher Akribie jeden Bogen und jede Säule vor, um die wunderschönen Details an Fenstereinfassungen, Treppen und Fassaden herauszuarbeiten und wieder zum Strahlen zu bringen. Marchais arbeitete praktisch umsonst, obwohl Emily ihn mehrmals um ein Kostenangebot bat. «Lassen Sie mich nur machen, bitte», sagte er dann. «Und keine Sorge wegen der Kosten. Ein solches Projekt macht mir einfach zu viel Freude, und warum sollten Sie für mein Vergnügen aufkommen? Laden Sie mich einfach mal zum Essen ein und spendieren Sie mir eine gute Flasche Rotwein. Das passt schon ...»

André Chardin schickte auch Sergio Piccoli vorbei, einen in der Nähe von Fleury lebenden Italiener, der die Terrassenböden ausbesserte. Zwar nicht nur für ein Essen mit Wein, doch seine Offerte war trotzdem mehr als akzeptabel.

Alle anderen Handwerker waren von Leon Ferrier verpflichtet worden, und Emily musste zugeben, dass sie im Großen und Ganzen Qualität ablieferten. Sorgfältig, Stück für Stück und Raum für Raum restaurierten die Handwerker das Haus, und Ärger gab es eigentlich nur wegen ständiger Terminverzögerungen. «Machen Sie sich keinen Kopf, Mademoiselle Bennett», war die Standardantwort des Bauleiters. «Das kriegen wir schon hin!» Emily seufzte, was sollte sie auch sonst tun. Die brauchen ja ewig, dachte sie fast jeden Tag, an dem die Sonne über dem Manoir aufging.

«Du kannst nichts daran ändern», sagte Isabelle dann immer. «Außer jeden Morgen eine Kerze in der Kirche anzünden und ein Gebet um Geduld sprechen. Geduld ist die größte Tugend der Bauherren. Gras wächst auch nicht schneller, wenn man daran zieht.»

«Musst du immer so altklug sein», grummelte Emily dann. Ihre Freundin hatte ja recht, aber wer mochte schon Freundinnen, die immer recht hatten?

Im März schien es Emily an der Zeit, ihre Eltern nach Fleury einzuladen. Doch die Bennetts waren jetzt, kurz vor der Saison, in ihrem eigenen Hotel unabkömmlich.

Diese Absage erleichterte Emily, wie sie sich eingestehen musste. Sie hätte ihren Eltern gern das Haus gezeigt, aber es war wahrscheinlich wirklich besser, damit bis zur Eröffnung zu warten. Sie wurde von Tag zu Tag dünnhäutiger und hätte mit Kritik nicht gut umgehen können.

Doch als dann die Lieferwagen vorfuhren und die Sachen aus Portsmouth abluden, war Emily regelrecht beflügelt. Ja, zum ersten Mal im vergangenen Dreivierteljahr war sie optimistisch, dass sie es schaffen würde, das Hotel zum Termin eröffnen zu können. Auch die Möbel und Einrichtungsgegenstände aus Andrés Remise wurden geliefert. Die gröbsten Renovierungsarbeiten waren erledigt, immer wieder wurden Schuttcontainer abtransportiert, mehrmals zogen Putzkolonnen durchs Haus.

Und als das Manoir seinen Innen- und Außenanstrich bekam, wurde es schlagartig heller. Auch in Emilys Herz.

Ihre ganze Energie und ihren Ideenreichtum steckte Emily nun in die Gestaltung und Einrichtung der Zimmer. Durch die «Themen» waren die besonderen Akzente, die sie setzen wollte, vorgegeben: Eine durchgehende oder gar uniforme «Hotelausstattung» war nicht ihr Ding. Jedes Zimmer sollte ein Unikat sein, darauf war sie nicht wenig stolz. Voller Freude entdeckte sie eines Tages, dass auf dem Dachboden – in Ölpapier eingeschlagen – sogar noch Originalvorhänge aus Fortuny-Stoffen und Tapeten von William Morris lagerten. Das eine oder andere musste ausgebessert werden, aber der Aufwand würde sich in Grenzen halten.

Kopfzerbrechen bereitete Emily jedoch die Außengestaltung. Nachdem all das Gestrüpp und der gröbste Wildwuchs entfernt worden waren, zeigte sich, dass man die Grünanlage praktisch ganz neu «erfinden» musste. Den Hof mit dem Brunnen und der gepflasterten Terrasse würde sie mit einer Buschbepflanzung am Rand und Blumenkübeln optisch aufwerten können. Doch was war mit dem Areal rund ums Haus? Das waren teilweise ziemlich große Flächen, Wiesen und Brachland. Sollte sie dort vielleicht einen Obstgarten anlegen? Einen Kräutergarten? Etwas Parkähnliches mit großen gepflegten Rasenflächen verbot sich angesichts der Lage des Manoirs im Wald – zu viele Bäume, die zu nah am Haus standen. Sie abzuholzen kam für Emily nicht in Frage. Leider war es weder ihr noch dem Bauleiter gelungen, einen Gärtner zu verpflichten, der Zeit, Fachkunde und Kreativität für die Gestaltung mitgebracht hätte. Es ließ sich nur das Gröbste erledigen, und mit einem Seufzer entschied Emily, die Außengestaltung vorerst zu verschieben und erst im nächsten Jahr in Angriff zu nehmen.

Doch direkt am Haus wurde Emily selbst tätig. Sie wählte Pflanzen und dekorative Kübel aus, für die kleinen Balkone, die

Terrasse und die große steinerne Eingangstreppe. Dabei folgte sie einem Rat ihrer Mutter und entschied sich gegen Gewächse, die zwar prächtig aussahen, aber doch nur einmal im Jahr für ein paar Tage oder Wochen blühten. Stattdessen kamen Salbei, Rosmarin, Jasmin, Wein und Geranien zum Einsatz – ziemlich gewöhnliche Pflanzen, die der Sommerabendluft jedoch die würzige Note verleihen würden, die zur Lage des Manoirs am Waldrand gut passte.

Mit besonderer Liebe widmete sie sich ihrer eigenen kleinen Wohnung im «Atelier» direkt unter dem Dach, deren Einrichtung sie sich immer «wildromantisch» vorgestellt hatte. Vierzig Stufen von der Eingangshalle im Erdgeschoss ging es hinauf, und an einen Lift war natürlich nicht zu denken. Jedes Mal, wenn Emily in ihr Atelier hinaufstieg, wurde sie mit einem wunderbaren Erlebnis belohnt: Durch die beiden neu eingebauten großen Dachfenster, deren hellblaue Rollos die größte Sonneneinstrahlung und die damit einhergehende Aufheizung verhindern sollten, fiel so viel Licht in den Raum, dass es ihn zum Leuchten brachte. Von ihrem Bett aus konnte Emily den Himmel über sich sehen, den Taghimmel mit rasch dahinziehenden Wolken über den Wipfeln der großen Bäume draußen, den Nachthimmel mit seinem Sternenzelt und einem hoch über dem Dach stehenden Mond, der ihren Schlaf bewachte. Sie hoffte, im Sommer bei geöffneten Fenstern immer eine frische Brise genießen zu können, selbst an den heißesten Tagen.

Hier oben musste nicht viel umgebaut werden. Emily beschränkte sich darauf, ein kleines Bad einzurichten sowie eine Miniaturküche, damit sie sich morgens ein Frühstück machen konnte, ohne – womöglich im Bademantel – nur für einen Kaffee in die große Küche im Parterre hinabsteigen zu müssen. Und dabei Gefahr zu laufen, Hotelgästen im Treppenhaus zu begegnen. Sie ließ den Holzboden ausbessern, stellte ein paar dekorative Möbel auf und hängte Bilder an die Wände. So schuf sie die Atmosphäre eines englischen Landhauses, wie sie es aus ihrer Heimat kannte. Ein kleines Stück *Merry Old England* in der französischen Provinz.

Als die Küche renoviert und eingerichtet war, wollte Emily ihr Versprechen einlösen, Laura zu einem Abendessen einzuladen. Dass sie sich selbst an den Herd stellte, kam jedoch nicht in Frage. Zu den Dingen, die Emily in unschöner Regelmäßigkeit Tränen der Enttäuschung in die Augen trieben, gehörte ihre Talentlosigkeit in der Küche. Sie hatte einfach kein Händchen dafür, mochte sie sich auch noch so anstrengen.

Es war demütigend, dass sie das nicht hinbekam. «Du bist eben eine Romantikerin», sagte Isabelle dann mit einem Achselzucken. «Du träumst von der blauen Blume. Etwas Handfestes überfordert dich leicht.»

«Na ja, so ganz stimmt das nicht ...», versuchte Emily abzuschwächen. «Ich bin ja nicht lebensuntauglich. Und das mit dem Haus habe ich ganz gut hingekriegt ... oder nicht? Ich bin ...»

«Du bist die Kreative, ich weiß.» Isabelle grinste. «Zuständig für geträumte Taten. Ganz ohne Ironie: Darin bist du wirklich gut. Ich bewundere dich dafür. Und ich wäre froh, hätte ich deine Zauberkräfte.»

Da die Küche für sie feindliches Terrain war, war Emily schon drauf und dran, für das bevorstehende Abendessen Yves Deschamps vorzeitig ins Manoir zu bitten, um sich von ihm etwas Schönes kochen zu lassen. Doch da kam Laura, die sich unbändig über die Einladung freute, mit einem überraschenden Vorschlag um die Ecke. Emilys schüchternen Hinweis auf ihre unzulänglichen Kochkünste beantwortete Laura mit der Bitte, ihre Schwester Léonie mitbringen zu dürfen. Emily war erleichtert. Und neugierig, denn von verschiedenen Seiten hatte sie schon von Léonies Kochleidenschaft gehört. Sie konnte sich zwar nicht recht vorstellen, wie weit es damit bei einer behütet aufgewachsenen, gerade mal etwas über zwanzig Jahre alten Adelstochter her sein sollte, aber sie war gern bereit, sich überraschen zu lassen. Sollte sie ruhig ein paar *hors-d'œuvre* zaubern!

Der «Stresstest» war ein voller Erfolg. Léonie brachte alles mit, was sie benötigte, und nahm am späten Nachmittag die Manoir-Küche in Beschlag. Sie schaltete ihr kleines Transistorradio ein, aus dem unentwegt irgendwelche Oldies plärrten, breitete ihre Messer aus und begann damit, Gemüse zu putzen, Obst zu schneiden, Fleisch zu würfeln, Dips herzurichten. Emily und Laura zogen sich unterdessen ins Atelier zurück, mit einer Flasche temperiertem Weißwein, die in einer Kühltasche den Weg ins Manoir geschafft hatte.

«Jetzt erzähl mir noch mehr über euer Erfolgsgeheimnis ... die Hochzeitsstadt Fleury, meine ich.»

«Du denkst, du hast eine Expertin vor dir?»

«Ja, das hast du doch bei meinem Besuch im Schloss schon bewiesen, oder? Ich finde Hochzeiten ja hochromantisch», gab Emily zu. «*Vier Hochzeiten und ein Todesfall* ... du verstehst schon. Und wenn irgendwelche Royals sich das Jawort geben, sitzt man bei uns gemeinsam vor Rührung heulend auf dem Sofa vor dem Fernseher. Und beim ersten Kuss auf dem Balkon, reichen wir einander die Taschentücher. Engländer haben ein Faible für romantische Locations, raschelnde Roben und mehrstöckige Torten mit Marzipanfiguren obendrauf.»

«Nicht nur Engländer. Da haben auch wir Franzosen einiges zu bieten. Wusstest du, dass manche der international bekannten Hochzeitsbräuche ihren Ursprung in Frankreich haben?», fragte Laura.

Emily schüttelte den Kopf. «Welche denn?»

«Zum Beispiel das Werfen des Brautstraußes, der Brautschleier oder der Junggesellenabschied – alles französische Erfindungen!»

«Das glaube ich nicht.»

«Ist aber so. Übrigens auch das weiße Brautkleid!»

«Unmöglich!»

«Doch! Die Tradition, dass die Braut Weiß trägt, kommt auch von uns. Von der Herzogin Anne de Bretagne, wenn du es genau wissen willst. Die hat im 15. Jahrhundert zum ersten Mal in Weiß geheiratet. Durchgesetzt hat sich dieser Brauch aber erst ein paar Jahrhunderte später, als Eugénie ihren Kaiser Napoleon III. geheiratet hat und in einem weißen Kleid vor den Altar trat.»

«Was du alles weißt, Laura. Du bist ja ein wandelndes Hochzeitslexikon.»

«Wohl kaum. Ich hab mir nur so einiges angelesen, mich informiert, als ich den Job im Rathaus übernahm und seit ich jeden Tag mit Hochzeiten zu tun habe. Es gibt aber auch eine Reihe von Traditionen, die wir nicht exportiert haben.»

«Da bin ich ja beruhigt. Wäre für mich aber auch gut zu wissen, wo das Manoir doch in eurem Hochzeitsbusiness mitmischen soll.»

Laura legte den Kopf schief. «Du willst noch mehr? Und ich dachte schon, ich wäre die Einzige, die diese Bräuche spannend findet. Aber bitte, ich habe einiges auf Lager. Manches ist einfach nur skurril, anderes hat einen tieferen Sinn. Wie zum Beispiel, dass kurz vor der Trauung noch Hindernisse überwunden werden müssen. Die Nachbarn und Freunde bringen auf dem Weg zur Kirche Stoffschleifen an, die vom Brautpaar zerrissen werden müssen. Oder auch Dornenzweige, die sie zusammen zerschneiden sollen.»

«Das klingt ja verrückt.» Emily zog überrascht eine Augenbraue hoch. «Und wozu das alles?»

«So soll geprüft werden, ob das Paar auch bei Schwierigkeiten zusammenhält.»

«Dann steht dem ehelichen Glück ja nichts mehr im Wege.»

«Genau ... solange der Ehemann seine Frau auch immer schön beschützt.» Laura grinste. «Weißt du, warum nach französischer Tradition während der Trauung der Mann rechts neben seiner zukünftigen Frau stehen sollte?»

«Keine Ahnung ...»

«Der Sinn dieses Brauches ist, dass der Mann bei möglichen Angriffen jederzeit sein Schwert mit der rechten Hand ziehen kann, um seine Frau zu schützen. Kommt heute allerdings nur noch selten vor.» Laura kicherte.

«Und die Entführung der Braut – ist die etwa auch eine französische Erfindung?»

«Ja, ist sie. Hat sich aber natürlich längst in aller Welt durchgesetzt. Auch bei uns entführen Freunde die Braut, und der Bräutigam muss sie suchen. Er wird unauffällig abgelenkt – ein Wunder, dass das immer noch so funktioniert –, während seine Freunde mit der Braut durch die Wirtshäuser ziehen. Wenn der Bräutigam sie endlich findet, muss er sie mit einer Lokalrunde auslösen. Das ist wahrscheinlich überall so. Aber die Versteigerung des Strumpfbandes – gibt's das bei euch auf der Insel auch?»

«Das Strumpfband schon, aber eine Versteigerung?»

«Dieser Brauch ist bei uns immer noch äußerst beliebt und läuft so ab: Die Braut stellt sich in die Mitte der Tanzfläche und beginnt, ein wenig zu tanzen und dabei ihr Kleid zu lüften. Immer ein bisschen höher, jedoch nicht ohne Gegenleistung. Für jeden Zentimeter mehr bieten die Männer Geld, während die Frauen dagegen bieten. So wandert der Saum des Kleides nach oben und wieder zurück, bis endlich das Strumpfband zu sehen ist. Der letzte Bieter bekommt es dann unter dem Applaus der Gäste zugeworfen. Oder er darf es der Braut sogar eigenhändig abnehmen.»

«Ziemlich verrucht.»

«Ja, nicht wahr?»

«Aber dann hat die Braut ja gar kein Strumpfband mehr, das ihr der frischgebackene Ehemann in der Hochzeitsnacht abstreifen kann.»

«Na ja, der hat mit dem Brautkleid noch genug zu tun.»

«Und mit dem Schleier, nehme ich an?»

«Wo denkst du hin? Auf gar keinen Fall! Nach französischer Tradition darf die Braut, die ihren Schleier den ganzen Tag über nicht ablegt, das Fest nämlich vor Mitternacht nicht verlassen. Erst wenn es zwölf schlägt, nimmt die Brautjungfer der Braut den Schleier ab. Das ist das Symbol dafür, dass die Braut vergeben ist und nun als verheiratete Frau gilt.»

«Eigentlich ein ganz schöner Brauch.»

«Finde ich auch. Und dann ...»

«... nach Mitternacht ...»

«... kommt der Bräutigam ins Spiel. Er trägt die Braut über die Schwelle. Betritt sie alleine oder vor ihrem Mann das Brautgemach, so bedeutet es angeblich, dass sich das Paar in Zukunft viel streiten wird. Oder es bringt Unglück, und das will natürlich keiner. Übrigens auch keine Perlen ... *strictement interdit*!»

«Aber Perlen sind doch wunderschön ...»

«Ja, schon, aber eine Braut sollte sie an ihrem Hochzeitstag trotzdem nicht tragen. Perlen stehen für Tränen ... Unglück für die Ehe.»

«Das ist ja ein glattes Parkett, auf dem man schnell mal ausrutschen kann.» Emily zog die Stirn kraus. «Und was ist mit den Hochzeitsplanern? Man hört ja immer wieder von völlig abgefahrenen Ideen, die den Brautpaaren von Eventfuzzis aufgeschwatzt werden. Komplett ausgefallenes und verrücktes Zeug.»

«Ach, du schaust zu viele Hollywoodfilme. In der Realität ist das ganz anders. Hochzeitsplaner sind professionell. Ich bin eigentlich immer erleichtert, wenn ich mit einem zu tun bekomme. Die organisieren ein solches Fest eben anders als die Mütter und Schwiegermütter, die zur Hochzeit ihrer Sprösslinge ihren Geschmack und ihre Vorlieben ausleben, aber oft gar nicht wissen, an welchen Schrauben man drehen muss, damit es eine perfekte Feier wird.»

«Perfekt muss es bei dir immer sein, Laura, oder?», fragte Emily lächelnd.

«Ja, natürlich. Jedes Brautpaar erwartet das.»

Emily nickte. «Ich erinnere mich an die Hochzeit einer Freundin, bei der ein Bekannter des Paares die Musik aufgelegt hat ... eine Katastrophe!»

«Klassischer Fehlgriff», sagte Laura. «Vielleicht sogar der größte Fehler, den man machen kann. Bekannte und Freunde sollten mitfeiern, aber nicht den DJ spielen und auch keine ‹professionellen› Fotos machen, nur weil sie das neueste Smartphone haben.»

«In der Notre Dame des Roses würde ich aber auch Fotos machen! Davon haben mir schon alle vorgeschwärmt.»

«Ja, und warte erst, bis du die Rosendeko siehst! Ohne Rosen geht bei uns nichts. Die meisten Brautpaare stellen sich übrigens oft gar nichts so Großartiges, Ungewöhnliches vor. Sie sehnen sich nach Geborgenheit, Gemeinschaft, Atmosphäre, großen Gefühlen, Naturverbundenheit. Der Trend geht überhaupt immer mehr in Richtung Natur. Gerne draußen an einem Fluss oder im Wald oder eben unter einem Rosenbogen. Dein Manoir wird sicherlich zu einem Sehnsuchtsort, das kann ich dir versprechen. Am schönsten ist es, wird mir oft gesagt, wenn ‹alles zusammen passt›. Und wir sind, glaube ich, ziemlich gut darin, die Voraussetzungen für eine Hochzeit zu schaffen, die man für immer in Erinnerung behält. Als wirklich schönsten Tag des Lebens.»

«Das hört sich so an, als hättest du den wunderbarsten Beruf der Welt», staunte Emily.

«Den habe ich auch», bestätigte Laura mit unüberhörbarem Stolz. «Ich bin mit der Planung, der Vorbereitung, der Koordination befasst, das Fest als solches läuft dann ohne mich ab. Und das Gelingen einer Hochzeit hängt eben maßgeblich von einer guten Planung ab. Und die braucht Zeit. Alles Überstürzte ist Mist, kann ich dir sagen. Das habe ich nur allzu oft erlebt. Unter einem Jahr Vorlaufzeit geht fast nichts.»

«Ein ganzes Jahr Vorlauf?», fragte Emily ungläubig.

«Mindestens ein halbes, besser ein ganzes Jahr.»

«Gut zu wissen.»

«Ja. Du wirst es an deinen Reservierungen sehen. Wenn du im Mai noch viele freie Termine im Kalender hast, läuft irgendwas schief. Aber mach dir keine Sorgen, das wird schon. Du wirst dich in deinem Manoir vor Heiratswilligen gar nicht retten können! Ich freue mich schon jetzt darauf, wenn du mal deine eigene Hochzeit dort feierst.»

«Da kannst du lange warten!»

Laura warf ihr einen vielsagenden Blick zu. Auf eine Antwort verzichtete sie, zumal sich Léonie jetzt zu ihnen setzte.

«Ihr redet über Hochzeiten – warum nicht auch über meine?»

Laura rang sich ein gequältes Lächeln ab.

Vor Emilys inneres Auge traten hingegen sogleich eindrucksvolle Bilder. Schelmisch meinte sie: «Oh, das wird dann ja eine Prinzessinnenhochzeit, wie schön! Aber wahrscheinlich ohne die strengen Hochzeitsregeln unserer Royals, oder?»

«Strenge Hochzeitsregeln?» Laura beugte sich gespannt vor. «Lass doch mal hören ... Vielleicht können wir da noch was lernen.» Sie lachte.

«Na, ihr wisst schon, nach der Tradition des britischen Königshauses. Erstens: Das Hochzeitskleid ist immer weiß, das ist auch bei uns schon seit 1840 so, seit Queen Victorias Trauung in der Royal Chapel des St. James's Palace», sagte Emily.

«Nicht bei mir, ich will ein Kleid mit farbigen Bändern ...», rief Léonie dazwischen.

«Zweitens: Die Hochzeitstorte wird mit Früchten gemacht. Drittens: Im Brautstrauß steckt immer ein Zweig Myrte – das Kraut der Liebe. Und der Brautstrauß wird – viertens – nie geworfen, sondern gemäß Protokoll auf dem Grab des unbekannten Soldaten in der Westminster Abbey abgelegt.»

«Ein solches Grabmal hätten wir hier auch. Westminster Abbey natürlich nicht», sagte Léonie.

«Fünftens: Die Eheringe enthalten immer walisisches Gold, ein Brauch, der auf Queen Mum zurückgeht.»

«Das wäre schwierig», sagte Laura grinsend.

«Sechstens: Die weiblichen Gäste tragen Hut. Oder etwas Hutähnliches, ein Federgesteck.»

«Prinzipiell möglich», sagte Léonie, «auch wenn ich mich selbst kaum mit einem Ascot-Hut herumspazieren sehe.»

«Siebtens: Unsere Royals heiraten immer Protestanten, und wer nicht protestantisch ist, muss sich vorher taufen lassen.»

«Ausgeschlossen!», befand Laura. «Da spielt unser Pfarrer nicht mit.»

«Den du ja grundsätzlich verteidigst.» Emily lächelte spöttisch. «Achtens: Der Bräutigam trägt Uniform ...»

«Ach, hör auf», lachte Léonie. «Das nimmt ja gar kein Ende mit den Regeln. Serge in Uniform – das wäre ein Witz! Nein, so formell wird es bei mir nicht. Und überhaupt nicht steif, eher lustig ... eine Riesenparty, Flower-Power, ihr versteht.»

«Ob deine Eltern damit einverstanden wären?», zweifelte Emily. «Sie haben vermutlich andere Vorstellungen und Pläne, was die Hochzeit ihrer Sprösslinge angeht.»

Léonie nickte. «Vor allem Maman. Aber die lasse ich sowieso außen vor ...»

«Sie wird keinen Sou springen lassen für irgendwelche verrückten Ideen, Schätzchen», warf Laura ein.

«Und es wird sie schon genug ärgern, dass ihre jüngste Tochter den Anfang macht. Eigentlich wäre ja Jean-Luc als Erster dran ...»

«Der braucht wohl noch etwas», befand Laura.

«Was denn?» Emily beugte sich neugierig vor.

«Zeit. Mut. Romantik. Eine Frau ...»

«Ja, ihm fehlt alles», kicherte Léonie und schob sich einen in Dip getunkten Möhrenschnitz in den Mund.

«Na ja, Frauen eigentlich nicht», lästerte Laura. «Nur die eine, die ja sagt. Aber bis der mal einen Antrag über die Lippen bringt, wird mein kleines Schwesterlein wahrscheinlich schon das zweite oder dritte Kind in unserer Kirche taufen lassen ...»

«Ich will keine Kinder», erklärte Léonie. «Jedenfalls nicht gleich. Erst mal ziehe ich mit Serge durch die Welt – ich mache die Küchen unsicher, und er zupft seine geliebten Villon-Songs auf der Gitarre ...»

«Maman und Papa werden begeistert sein!»

Léonie zuckte die Schultern. «Ist mir egal. Die werden schon von Serge nicht begeistert sein und allein deswegen einen Aufstand machen. Wenn sie überhaupt zu meiner Hochzeit kommen ...»

Emily schwieg betroffen. Sie konnte sich überhaupt nicht vorstellen, ihre Hochzeit ohne ihre Familie zu feiern, doch das stand ja auch nicht zu erwarten.

«Na schön, keine Prinzessinnenhochzeit! Sollte dein Vater sich weigern, seine jüngste Tochter zum Traualtar zu führen, kann das ja Jean-Luc übernehmen ...»

Léonie zog eine Schnute und trank verlegen einen Schluck Wein. Vermutlich ging ihr jetzt auf, dass sie mit ihrem Enthusiasmus nicht weit kommen würde, was ihre Familie betraf, Laura natürlich ausgenommen. Emily tätschelte ihr die Schulter.

«Mach dir keinen Kopf, Léonie. Wenn alle Stricke reißen und die gekrönten Häupter das Schloss gegen deine Flower-Power-

Wedding verbarrikadieren, kannst du bei mir im Manoir feiern. Wir können auch den Champagner strömen und Rosen auf dich regnen lassen, und Rosalie wird dir dein Blumenkränzchen ins Haar stecken. Aber komm bloß nicht auf die Idee, dich an diesem ‹schönsten Tag im Leben› selbst in die Küche zu stellen!»

Léonie lachte. «Schade, das würde zu mir passen, Fettspritzer und Obstflecken auf meinem Hochzeitskleid. Oder nicht, Laura?»

Ihre Schwester blickte sie mit einem etwas verunglückten Lächeln an. «Léonie, du Kindskopf! Wie hast du dir das bloß gedacht? Bist du dir ganz sicher mit Serge?»

«Ich liebe ihn», sagte Léonie schlicht und warf ihrer Schwester einen entwaffnenden Blick zu. «Kann man sich denn noch sicherer sein?»

20 *Emily eröffnet das Manoir mit einem rauschenden Fest.*

Sie hatte sich den Abend so oft in allen Einzelheiten ausgemalt, dass sie schließlich fast eine Art Filmdrehbuch im Kopf hatte. Trotzdem war Emily ziemlich aufgeregt, jetzt, wo sie vor dem Spiegel stand und sich mit kritischem Blick betrachtete. Nach dem Duschen, Haarewaschen und Föhnen tupfte sie sich ein paar Tropfen *Angel* hinter die Ohren und ins Dekolleté, das Parfum, auf das sie noch jedes Mal angesprochen worden war, wenn sie es verwendete. Doch irgendetwas fehlte, das Gefühl der Unzufriedenheit konnte sie nicht abschütteln. Sahen ihre Augen nicht müde aus? Auch ihre Haut schien ihr nicht rosig, sondern so blass zu sein, als stünde sie im grellen Licht einer Umkleidekabine. Da würde wohl das Make-up Abhilfe schaffen müssen. Sie trug es mit konzentrierter Miene auf, routiniert, aber auch sorgfältig. Sie wollte glamourös aussehen an diesem Abend, egal in welchem Licht. Dann probierte sie ein Lächeln, es fiel etwas gequält aus. Vielleicht habe ich einfach nicht genug gelächelt in der letzten Zeit. Dieser ganze Stress, diese Aufregung.

Das raffiniert geschnittene tiefblaue Seidenkleid, das sie für den Abend ausgewählt hatte, hing schon seit längerem im Schrank. Sie hatte es in der Boutique in Périgueux entdeckt und eigens für diesen Anlass gekauft. Vorsichtig zog sie es über den Kopf und steckte die kleine silberne Schärpe fest, blickte in den Spiegel, und da war es endlich, das Gefühl, dass sie sich gefiel. Sie bürstete sich das Haar und brachte es dann mit wenigen Griffen in seine gewohnte Form. Noch rasch die hochhackigen Schuhe übergestreift, ein Griff zu den Accessoires, ein letzter Blick. Ein gelungenes Lächeln. Sie war bereit für ihr *Grand Opening*.

Als sie auf der obersten Treppenstufe stand, hörte sie Ela rufen: «Emily ... komm, schnell! Die schleichen durch den Wald!»

Sie lief die knarzende Wendeltreppe hinab in den zweiten Stock, wo Ela eines der Fenster geöffnet hatte. Da sah auch sie die ersten Gäste kommen: Wie in einer etwas unordentlichen Prozession schritten sie über den befestigten Waldweg, immer auf der Hut, nicht doch über eine Wurzel zu stolpern oder gar auf dem Moos auszurutschen.

«Gleich wird eine hinfallen und sich das Kleid ruinieren», kicherte Ela. Mittlerweile sprach sie viel besser Französisch.

«Das wollen wir doch nicht hoffen, oder? Nun lauf wieder nach unten und schau, ob du Cathérine nicht noch etwas helfen kannst. Nur für den Anfang, später sollst du dann natürlich mit uns allen feiern. Du gehörst jetzt zur Familie, weißt du? Zu unserer Manoir-Familie.»

Ela wurde verlegen, ihre Wangen röteten sich. «Ach, Emily, Familie ... wie schön!»

Cathérine Soubirous war eine «Leihgabe» der Taverniers. Nicht für immer natürlich, in der Manior-Küche würde demnächst Yves Deschamps Messer und Kochlöffel schwingen, doch für den Eröffnungsabend. «Für das kulinarische Programm deiner *Soirée d'ouverture* leihen wir dir Cathérine aus. Wir übernehmen auch sämtliche Kosten. Das wäre dann sozusagen unser *Entrebillet*», hatte Adèle mit einem Augenzwinkern gesagt. Sie hatte Emily ein Buffet vorgeschlagen, von einem mehrgängigen Menü jedoch abgeraten: «Du musst dich entscheiden, Emily, was du willst: ein gesetztes Essen an festlich gedeckten Tischen mit Menükarten und Sitzordnung – oder ein legeres Fest, bei dem man herumlaufen und sich mit allen austauschen kann.» Emily hatte sich ohne Zögern für «ein rauschendes Fest» entschieden, ohne zu viel Programm oder zeremonielle Steifheit. Es sollte – für alle reichlich! – etwas Schönes zu essen und zu trinken geben, die Gelegenheit, immer wieder mit neuen Leuten ins Gespräch zu kommen, Musik von der Band *Les Fleurystes* und zu späterer Stunde auch ausgelassenen Tanz. Ein paar Worte beim Champagnerempfang zu Beginn mussten genügen, um den Anlass zu würdigen.

Sie selbst beschränkte sich auf die Begrüßung. Sie wollte das Manoir für sich sprechen lassen, ihre Gäste nicht mit irgendwelchen Ausführungen langweilen, die auch sie selbst bei solchen Anlässen immer überflüssig fand. Sie hörte sich selbst nicht gerne reden, obwohl sie durchaus eloquent und schlagfertig war. Also nahm sie sich vor, lieber mit jedem Gast ein paar persönliche Worte zu wechseln.

Die Begrüßung übernahm dann dankenswerterweise Bürgermeister Bruno Bouvier. Er sah dies wohl sogar als einen offiziellen Anlass, denn er hatte sich eine mit Orden besteckte Schärpe und die goldene Amtskette umgelegt. Er sah aus wie ein Offizier aus einer Operette. Er musste nur dreimal in die Hände klatschen, dann hörte das Stimmengewirr wie auf Kommando auf, und alle Aufmerksamkeit richtete sich auf ihn. Ein Mikrophon gab es nicht, und er brauchte auch keines. Sein sonorer Bariton war markant genug, um damit bis zum letzten Winkel durchzudringen.

Die Gäste bildeten einen Halbkreis um ihn und blickten ihn gespannt an. Eine Autorität, eine Respektsperson. Bruno Bouvier war es gewohnt, dass das Licht auf ihn fiel, sobald er nur einen Raum betrat. Und er schien es zu genießen, im Mittelpunkt zu stehen, auch diesmal.

Emily war ihm dankbar, dass er «ein paar Worte sagen» wollte, wie er es nannte. Er schnupperte demonstrativ.

«Was haben Sie für ein tolles Parfum! Darf ich fragen, was Sie da aufgetragen haben?»

«*Angel.* Von Thierry Mugler.»

«Sensationell! Und der Name passt zu Ihnen.»

«Sie übertreiben, *Monsieur le Maire.*»

«Keineswegs. Also ... gehen wir es an! Muss ich auch etwas durchschneiden?»

«Wie bitte?»

«Ein Band durchschneiden. Schließlich ist das doch eine Eröffnung, oder? Ich schneide gern was durch. Gibt auch immer ein gutes Bild für die Presse.»

«Nein, kein Band, kein Bild, keine Presse.»

«Schade. Na schön, dann muss ich mich auf die Kraft des Wortes verlassen. *Une gloire énorme!*», fügte er mit selbstironischem Grinsen hinzu.

«Ich bin sicher, Sie werden sehr überzeugend sein, *Monsieur le Maire.*»

«Das werde ich, Mademoiselle Bennett. Verlassen Sie sich darauf!»

Und er hielt Wort.

Er holte weit aus. Die ruhmreiche Vergangenheit von Fleury. Die Schönheit der Stadt, ihrer Gassen und Plätze, ihrer Häuser und vor allem «unseres Manoirs». Er vergaß nicht zu erwähnen, dass es in einem beklagenswerten Zustand gewesen sei, als Emily Bennett – «die schönste und bezauberndste Engländerin, die je die Tore unserer wehrhaften Stadt durchschritten hat» – es übernommen und zum «hinreißendsten Hotel des Périgord noir» gemacht habe. Solch visionärer, energischer Unternehmergeist nötige ihm immer Bewunderung ab. Er sei froh, betonte der Bürgermeister, dass Fleury mit der «Renaissance des Manoirs» eine «uns alle beglückende Bereicherung» erfahre.

«Und ich übertreibe nicht», schwärmte er hemmungslos weiter, «wenn ich sage, dass die Restaurierung dieses Bauwerks von unschätzbarer historischer Bedeutung ein Meilenstein unserer Stadtentwicklung geworden ist. Ich hatte vorhin die Freude, von unserer charmanten *Hotelière* durch das Haus geführt zu werden und mir selbst einen Eindruck von der rundum geglückten Renovierung, der liebevollen Einrichtung und der entzückenden Atmosphäre zu verschaffen, mit der Mademoiselle Bennett den Geist des Périgord erfasst und heraufbeschworen hat. Intuitiv hat sie alles richtig gemacht, das Ergebnis ist phantastisch, wie Sie selbst sehen werden. Nun ist das Haus, auf dessen Terrasse wir uns hier versammelt haben, zum *Manoir au Val d'amour* geworden. Ich bin sicher, dass dieser Name seine Wirkung auch auf all die hochzeitswilligen Paare, die uns aufsuchen, nicht verfehlen wird. Mademoiselle Bennett ist seit einiger Zeit Bürgerin unserer Stadt. Sie hat sich nicht nur entschieden, ihr Erbe anzutreten und das Manoir zu übernehmen. Sie hat sich damit auch für Fleury entschieden, für uns alle. Das erfüllt mich mit nicht geringem Stolz. Das Manoir wird das Flaggschiff unserer Hotellerie sein, ein Stern am Himmel von Fleury – und, wer weiß, vielleicht auch bald im Michelin –, eine Freude für alle, die hier übernachten und die berühmte Gastfreundschaft des Périgord erfahren.» Er hob sein Glas und prostete Emily zu, die spürte, wie die Röte ihre Wangen flutete, und verlegen den Blick senkte. «Ich trinke auf Sie, Mademoiselle, auf Ihre Kühnheit, auf Ihren Mut, auf die Hoffnung, mit der Sie uns erfüllen! *Vive la République! Vive le Périgord! Vive Fleury-sur-Azurain! Vive Le Manoir au Val d'amour!*»

Ja, Bruno Bouvier konnte überzeugend sein. Sehr überzeugend.

Wenig später wurde das Buffet eröffnet, und der Bürgermeister ließ es sich nicht nehmen, auch dies zu einem offiziellen Akt zu machen.

Was Cathérine Soubirous auf langen Tischen im Speisesaal

aufgebaut hatte, konnte sich sehenlassen. Sie lud zu einer Genussreise durch die Spezialitätenküche des Périgord: Frühlingssalate mit verschiedenen Vinaigrettes, gebratene Entenbrust an Schwarzer-Johannisbeer-Sauce, Bratkartoffeln *à la sarladaise, Poulet Henri Quatre,* Kalbfleisch mit Morcheln, Risotto mit Champignons, Lauch und Trüffeln, *Tarte Tatin* mit roten Zwiebeln und Ziegenkäse. Eine Käseplatte mit nicht weniger als zwanzig verschiedenen Sorten und dreierlei Fruchtsenf. *Fleur-de-sel*-Butter. Ein Brotkorb mit Baguette und *Pain de campagne.*

Fast noch beeindruckender war die Patisserie, zu der auch Valérie Aubry einiges beigesteuert hatte: *Madeleines* mit Heidelbeeren, Minicrêpes mit *Beurre noisette* und *Mandarine Napoleon, Coulonts au chocolat, Pots de Crème* mit Gewürzschokolade, eine herrliche Fraisier-Schichttorte und nicht zuletzt *Pêche Melba* – kleine Kugeln Vanilleeis, durchzogen von fruchtigem Pfirsichcoulis. Alles in winzigen Portionen, sodass man von möglichst vielem kosten konnte, ohne gleich pappsatt zu kapitulieren und in Ohnmacht zu fallen.

Den ganzen Tag hatte die Köchin des *Cerf Blanc* in der Manoir-Küche gewirbelt, zusammen mit drei Mitarbeiterinnen, die sie nach Herzenslust und mit hochrotem Kopf herumkommandierte. Den etwas ruppigen Ton nahm ihr niemand übel, den waren alle gewohnt. Denn jeder wusste, wie er Cathérine zu nehmen hatte, anders als unter aufgedrehtem Turbo lief sie nicht zur Hochform auf. Und was sie gezaubert hatte, war pure kulinarische Magie.

Bis auf Jean-Luc de Bricassart, der sich an diesem Abend entschuldigen ließ, waren alle Emilys Einladung gefolgt: Isabelle und Yves natürlich, die Taverniers, die Aubrys, Bruno Bouvier und Maurice Ulian (jeweils mit ihren Frauen), André Chardin, Charles Chauveron, Laura und Léonie de Bricassart, Rosalie Tavernier ... Emily hatte im Grunde jeden eingeladen, mit dem sie in Fleury bekannt war, natürlich auch Léon Ferrier und die Chefs der Bau- und Handwerksfirmen, die monatelang im Manoir gearbeitet hatten, mit einem Ergebnis, das sich wirklich sehenlassen konnte. Besonders glücklich war sie über ihre Gäste mit der weitesten Anreise: ihre Eltern, Louise und Richard Bennett, sowie Charles und Charlotte aus Portsmouth und aus London ihre Freundin Jeannie Greenaway. Die angereisten Gäste würden alle auch im Manoir übernachten.

Emilys Mutter war überrascht: «Und in diesem prächtigen Haus hat meine Schwester gewohnt ... kaum zu glauben! Das hätte ich ihr nicht zugetraut, muss ich zugeben. Sie muss ja eine *Grande Dame* gewesen sein, oder?» Ihre Tochter nickte nur und ließ unerwähnt, was André Chardin ihr über die *Grande Dame* erzählt hatte, die mehr eine *Femme fatale* gewesen war und zuletzt ein düsteres Schattendasein in diesem ziemlich heruntergekommenen Haus gefristet hatte. Davon konnte sie ihrer Mutter immer noch berichten, heute würde es nur die Stimmung trüben.

Später, als sich sacht die Dämmerung über das Manoir ausbreitete, vermischte sich der süße Duft von Jasmin, Frangipani, Schneebällen, Flieder und Sternbalsam, der über der Terrasse lag, mit dem aromatischen Rauch der Feuerschalen. Der sprudelnde Brunnen, der warme Wind in den Baumkronen, das Gelächter der Gäste, die bunten Lampions, die an den Ästen der Bäume wippten, alles verwob sich miteinander und fiel über sie wie ein purpurner Regen. Emily fühlte sich, als sitze sie in einer Riesenschaukel, die sie schwungvoll in die Höhe hob und dann wieder fallen ließ, ihr Magen zog sich zusammen – es war beängstigend und aufregend und erleichternd zugleich.

Und dann, endlich, legte sich alle Anspannung und fiel von

ihr ab. Dies war ihr großer Tag, und er war ein voller Erfolg. Alle waren freundlich zu ihr, es regnete Komplimente, und die Freude war fast mit Händen zu greifen. Es wurde ein fröhliches Fest, das die Leute aus Fleury, ihr Haus und nicht zuletzt sie als neue Mitbürgerin zusammenbrachte. Leger und entspannt, nicht steif und feierlich, genau so, wie sie es sich gewünscht hatte. Und dann, irgendwann und mittendrin, trat genau dieses Gefühl ein, das Isabelle ihr einst prophezeit hatte: Emily stand mitten auf der Terrasse und fühlte sich berauscht von den *félicitations*, all den Glückwünschen ihrer Gäste, sie blickte zu Isabelle, die sie anstrahlte und ihr ganz leicht zuwinkte. Und als die Band ihr Lieblingslied «Beyond the sea» spielte, stahl sich eine Träne der Rührung in ihr Auge, die sie rasch wegzwinkerte. Das Glück lief wie eine Gänsehaut über ihre Haut, so intensiv, dass sie ergriffen die Arme verschränkte und den Blick auf den Boden richtete.

Die Nacht hatte sich über das Haus gesenkt, drinnen brannten sämtliche Lichter, alle Fenster hell erleuchtet. Von oben sähe es sicherlich wie ein leuchtendes Schiff mitten auf dem Meer aus, dachte Emily. Die Band spielte leichten Jazz, einige Paare tanzten, Isabelle mit Yves, Adèle mit Antoine, Rosalie mit André Chardin, Charles mit Charlotte. Und dann sah Emily einen Mann in der Terrassentür stehen, dessen Absage ihr einen Stich versetzt hatte und der nun überraschend doch noch den Weg hierher gefunden hatte. Jean-Luc de Bricassart, mit einem Strauß weißer Rosen in der Hand und einem verlegenen Lächeln auf den Lippen, die ein unhörbares *«Bonjour!»* formten. Sie ging auf ihn zu, und sie brachten eine angedeutete Umarmung und die üblichen *bises* zustande. Doch bei aller Verlegenheit zwischen ihnen spürte Emily, wie eine Woge der Freude sie ergriff.

«Emily Bennett ...», sagte er nur in einem anerkennenden Ton. «Auch von mir ... und von der ganzen Familie alles Glück, das du dir wünschst! Aber wie ich sehe, sind wir ja bereits mit Laura und Leónie bestens vertreten.»

Sie war überwältigt und vergrub ihr Gesicht in dem duftenden Bouquet – vielleicht stammte es ja aus dem Rosarium seines Vaters. Sie reichte es an Ela weiter, die rasch ins Haus lief, um nach einer großen Vase zu suchen. Dann nahmen sie sich zwei Gläser Champagner und gingen ein paar Schritte um die Ecke, wo sie unbeobachtet waren.

Hier blieb Emily stehen und lehnte sich gegen die Mauer, an der sie sich mit einem Fuß abstützte. Sie schaute ihn an, forschend, aber aufmunternd. Jean-Lucs Blick war ernst, vielleicht machte es ihm doch etwas aus, dass sie heute im Manoir die Eröffnung des Hotels feierte und nicht er im Schloss. Dann berührte sie ihn am Ärmel, ganz leicht nur.

Er schaute sie nicht an, sondern ließ den Blick verlegen über den Garten schweifen. In seiner Rechten hielt er eine Zigarette, die er noch nicht angezündet hatte, während sein linker Handrücken wie absichtslos über ihre Hand und ihren Unterarm strich. Es fühlte sich an, als berühre er nur die Härchen. Und doch war seine Nähe für Emily überwältigend. Keiner von beiden sagte ein Wort, bis sie sich beiläufig eine Haarsträhne aus der Stirn strich und einen verwegenen Blick aufsetzte.

«Ich weiß nicht das Geringste über Sie, Baron de Bricassart», sagte sie. «Aber ich mag Sie. Vielleicht, weil Sie immer so traurig wirken.»

«Ich bin nicht traurig ...», begann Jean-Luc.

«Aber Sie sehen so aus. Falls es Sie aufmuntert: Ich weiß es zu schätzen, dass Sie heute den Weg zu mir ... zu uns gefunden haben. Und dass Sie mir Glück gewünscht haben. Ich werde es wirklich gebrauchen können. Danke!»

Sie hielt ihm das Champagnerglas entgegen, und sie stießen an. Wortlos, aber was musste auch gesagt werden? Es war ein Anfang, nicht mehr und nicht weniger. Und als hätte er ihre

Gedanken gelesen, sagte er mit dem Anflug eines Lächelns: «Ja, nehmen wir dies als Anfang einer wunderbaren Freundschaft. Ich weiß auch nichts von Ihnen, Miss Bennett, aber ich bin begierig, mehr über Sie zu erfahren.»

«Ich glaube, das lässt sich einrichten. Irgendwann ... bald», sagte sie leichthin.

«Und ich ... mag Sie auch», fügte Jean-Luc noch hinzu, aber da hatte sie sich schon abgewandt, um wieder zurück zu ihren Gästen zu gehen. Sie blickte jedoch noch einmal über ihre Schulter, um ihm mit einem Lächeln zu signalisieren, dass sie seine Worte gehört hatte. Jean-Luc folgte ihr, zog sich allerdings zurück, als sie sich von den Taverniers und den Aubrys in ein Gespräch verwickeln ließ. Er ging hinüber zu Laura und Léonie, die in der Nähe der Band standen und ihren Bruder so stürmisch begrüßten, als sei erst mit ihm die Festgesellschaft komplett.

Emily brauchte einen Augenblick Ruhe und ging von der Terrasse zurück in den Speisesaal, wo André Chardin ihr zuzwinkerte, während er sich noch einen Teller am Buffet füllte («Diese Johannisbeer-Ente – *formidable*! Ich kann nicht widerstehen!»). Sie wollte sich einen Augenblick ausruhen, doch auch im Haus herrschte ein Kommen und Gehen, Lachen, Reden, Tanzen, Singen, Gläserklingen, untermalt von der etwas wehmütigen Melodie einer Ballade, die Serge Almaric und seine Jungs jetzt spielten.

Emily hatte mit allen Gästen wenigstens ein paar Worte gewechselt, mit den meisten Champagner getrunken, mit einigen getanzt, doch noch mit niemandem länger gesprochen. Aber dies war ja auch nicht der Abend für tiefsinnige Gespräche, dies war ein Fest, das Fleury ausgelassen feiern sollte. Emily schlenderte durch ein paar Räume im Erdgeschoss, überall begegnete sie Gästen auf einem Besichtigungsrundgang durchs Haus oder Cathérine und ihren Servicekräften oder dem Bürgermeister Bouvier, der leicht erhitzt auf Monsieur Ulian, den Notar, einredete.

Ihr Blick streifte den Tisch, auf dem sich die Gastgeschenke stapelten. Sie freute sich schon darauf, sie alle morgen zu öffnen.

Die Tür zum Rauchersalon, in dem sie eine kleine Bibliothek untergebracht und den sie mit dem neu aufgepolsterten Sofa ihrer Tante, ein paar Sesseln und Tischchen eingerichtet hatte, war nur angelehnt. Sie stieß sie etwas weiter auf, und seltsamerweise war dies die einzige Tür im Haus, die nicht knarrte oder quietschte, sondern sich lautlos öffnen ließ. Die mit roten Schirmen bemützten Lampen gaben ein warmes Licht, der Kronleuchter an der Decke war ausgeschaltet worden. Warum, wurde ihr sofort klar, als sie das Paar erkannte, das sich hierher zurückgezogen hatte, um ungestört zu sein.

Yves hatte sich in einen der Sessel gesetzt, Isabelle auf seinem Schoß, und beide waren in Zärtlichkeiten vertieft. Sie küssten sich, versunken in eine Welt, in die nur sie beide passten.

Emily blieb im Schatten der Tür stehen und ließ für einen Augenblick dieses intime Bild auf sich wirken, das sie bezauberte. Auf gar keinen Fall wollte sie stören oder die beiden in ihrem Tun unterbrechen, warum auch. Sie war nur erstaunt.

Isabelle und Yves ... also doch!

Sie spürte, wie sich ihr Herz für einen Moment zusammenzog, vielleicht wegen der leichten Enttäuschung, es so zufällig mitzubekommen, dass die beiden nun wohl zusammen waren. Isabelle hatte nur hin und wieder eine Andeutung gemacht, immer so verschämt, dass Emily es nicht wagte, nachzufragen, um Genaueres in Erfahrung zu bringen. Ihr war es nur seltsam vorgekommen, dass Isabelle, die ihr sonst alles anvertraute, sie in diesem Punkt auf Abstand gehalten hatte. Es war wie eine kleine Barriere zwischen ihnen, die Emily zwar wahrgenommen, der sie jedoch keine größere Bedeutung beigemessen hatte.

Möglichst lautlos zog Emily sich zurück. Es wäre ihr höchst unangenehm gewesen, wenn ihr «Eindringen» bemerkt worden wäre.

Vor der Tür atmete sie durch.

Sie ging zurück auf die Terrasse, mischte sich wieder unter ihre Gäste. Und als Jean-Luc sie aufforderte und auf die Tanzfläche führte, tanzte sie mit ihm, leichtfüßig, beschwingt, und aus ihrem Haar löste sich eine Strähne, die sie nicht wieder zurücksteckte. Sie legte den Kopf an seine Schulter, und ihr Blick hob sich zu den Sternen, die nun aufgegangen waren und ihr zuzwinkerten.

21 *Isabelle gibt der Liebe eine Chance.*

Die Nacht, in der sie und Yves Hand in Hand vom Manoir zurück nach Fleury gingen, auf dem unebenen Weg stolpernd, einander auffangend, sich festhaltend, war die schönste, die sie je erlebt hatte. Isabelle war angefüllt mit fast unerträglichem Glück – und auch ein bisschen betrunken, aber nicht so sehr vom Alkohol, mehr vom Leben, von Luft und Liebe und von der Ahnung, dass für sie in dieser Nacht eine neue Zeit anbrechen würde. Die intensiven Maidüfte, die sich über Stadt und Land ausgebreitet hatten, trugen ihr Übriges dazu bei, dass schon ein einziger Atemzug berauschend auf sie wirkte.

Sie liefen über den Marktplatz und die Arkaden entlang, bis sie *Les Feuilles d'Isabelle* und ihre Wohnung darüber erreicht hatten. Sie waren außer Atem, schütteten sich aus vor Lachen. Und fielen übereinander her, kaum dass sie die Haustür hinter sich zugezogen hatten. Erhitzt stolperten sie unter Küssen die Treppe hoch bis in ihr Zimmer, wo Isabelle sich aufs Bett fallen ließ und Yves forschend ansah. Ein paar unendliche Sekunden – oder waren es Minuten? – schaute auch er sie nur an, unschlüssig vor ihrem Bett stehend. Weil sie kein Licht angemacht hatten und nur der Mond fahl durchs Fenster schien, konnte sie nicht erkennen, ob er lächelte. Doch seine Augen glänzten, da wusste sie, dass sie ihm gefiel. Und dann legte er sich zu ihr.

Für einen Moment berührte sein rechter Arm vorsichtig ihre Schulter, als wolle er sie um Erlaubnis fragen, und sie zog ihn näher zu sich heran. So hielt er sie halb umschlungen und seine Berührung, sein Geruch nach Tabak, Wein und Erwartung schienen allgegenwärtig.

Dann begannen sie wie auf Kommando, sich hektisch an der

Kleidung des anderen zu schaffen zu machen, sie abzustreifen, loszuwerden. Bis Isabelle schließlich nackt neben ihm lag und sich ihre Brust im Rhythmus ihres schneller werdenden Atems hob und senkte. Er sah sie liebevoll an, nahm sie fest in seine Arme. Sie konnte das Klopfen seines Herzens hören, als sie ihren Kopf an seine Schulter legte und er mit ihren Haaren zu spielen begann.

Seine Berührungen, so zart sie waren, schickten Hitzewellen durch ihren Körper. Sie begann sich aufzulösen in dem Gefühl, dass nichts und niemand sich mehr zwischen sie und den einzigen Mann drängen konnte, mit dem sie zusammen sein wollte. Er war ihr nun so nah, wie er es nur sein konnte.

Sie verloren sich in ihren Küssen – oder war es nur ein einziger Kuss, der einfach kein Ende nehmen wollte? Isabelle öffnete sich dem Mann, der seit Jahren ein Irrlicht in ihren Gedanken gewesen war. Sie hatte es sich nie eingestanden, immer hatte sie ihn abzuwehren versucht, aus Selbstschutz. Doch seit seinem ersten Kuss konnte sie ihm nicht länger aus dem Weg gehen. Und jetzt geschah, was so hatte geschehen müssen. Gegen alle Wahrscheinlichkeit. Es schien ihr, als habe ihr Leben in diesem Augenblick seine Bestimmung erreicht.

Die Spannung, die sich zwischen ihnen aufgebaut hatte, während sie in Emilys Salon im Sessel gesessen und einander mit Blicken und verstohlenen Berührungen den Verstand geraubt hatten, löste sich wie in einer Explosion.

Yves' Wärme, die Berührung seiner Lippen, seine Küsse gingen ihr durch und durch, sodass sie die Augen schloss und das Prickeln des Glücks auf ihrer Haut genoss. Sie hatte erwartet, dass er fordernder sein würde, ungestümer. Und war umso überraschter, dass er ein so zärtliches Spiel mit ihr begonnen hatte, sie streichelte, ihren Duft inhalierte. Isabelle streckte sich ihm mit einem wohligen Räkeln entgegen.

Bis er von ihr abließ, sich neben sie auf den Rücken fallen

ließ und sie die Initiative übernahm. Sie setzte sich auf ihn und öffnete sich ihm mit ungewohnter Gier. Es war, als würde sie Feuer fangen, als sie in einen gemeinsamen Rhythmus fanden. Alle Bedenken wurden von der Gegenwart ausgelöscht, gingen unter in einer unaufhörlichen Flut des Entzückens, während sie eins wurden ...

Sie hörten erst auf, als die letzte Welle verebbt war. Eng umschlungen lagen sie beisammen und schauten einander an, als müssten sie die Bestätigung des eben Erlebten in den Augen des anderen suchen.

«Wo hast du das bloß gelernt?», murmelte sie, halb im Scherz, und schmiegte sich an seine Brust.

Yves schloss die Augen und schüttelte nur lächelnd den Kopf. «Bei dir», sagte er leise.

Diesen Augenblick bekam der Himmel nicht zurück.

Als der Mond, sich diskret hinter die Wolken zurückgezogen hatte wie hinter einen Vorhang, lagen sie ineinander verschlungen in der sternenlosen Dunkelheit da. Yves zupfte gedankenverloren ihre verstrubbelten Haare auseinander, und Isabelle ließ es in glücklicher Erschöpfung geschehen. Wie schade, dachte sie, dass ich diese Erinnerung nicht einrahmen kann, um sie mir immer und immer wieder anzuschauen. Hoffentlich bleibt sie so leuchtend und verblasst niemals.

«Isabelle ...», begann Yves, beendete den Satz jedoch nicht. Es war, als genügte es ihm vollends, sie bei ihrem Namen zu nennen, als stecke darin bereits alles das, was sie ihm bedeutete. Doch es war nur ein Atemholen für den Satz aller Sätze, den Isabelle und Yves fast gleichzeitig aussprachen: «Ich liebe dich.»

Am Morgen wurde sie nicht wie sonst von den durchs Fenster fallenden Sonnenstrahlen geweckt, sondern vom Duft nach Kaffee und Liebe, der durch ihre Wohnung zog. Isabelle stützte sich auf und blinzelte ins Licht, sah Yves mit einem Tablett vor ihr stehen. Der Kaffee, den Yves gemacht hatte, war ihr eine Spur zu stark, doch als wäre er mit ihren Geschmacksvorlieben bereits ein wenig vertraut, hatte er die genau richtige Portion Milch hineingegeben.

«Für ein richtiges Frühstück habe ich nichts Geeignetes bei dir gefunden», sagte er. «Das müssen wir ändern.»

«Ja, ändern», seufzte sie. «Wie so vieles ...»

«Nach diesem fabelhaften Kaffee gehen wir zurück zum Manoir und machen für alle Murmeltiere dort das *petit déjeuner*, okay?»

«Machen wir», murmelte sie. «Aber wir haben doch noch Zeit, oder?»

«Aber ja! Wir werden immer Zeit genug für uns haben, das kann ich dir versprechen.»

«Beweise es mir!», befahl sie, stellte die Kaffeetasse auf dem Nachtschränkchen ab und schlug die Bettdecke zur Seite.

Die Kirchturmuhr schlug sieben Mal, als sie sich auf den Weg zurück zum Manoir machten, das seit dem gestrigen Abend ein Hotel war und nun die ersten Gäste beherbergte. Der Morgen glänzte feucht vom Tau und von Erinnerungen. Es war noch kühl, Isabelle fröstelte und zog sich – wie es auch schon Yves getan hatte – die Kapuze ihres Pullovers über. Sie hatte sich gegen das Ensemble vom Vorabend entschieden und war in bequeme Sachen geschlüpft: Jeans, T-Shirt, Sneakers. Das Fest war vorbei, der Rausch vorüber, nach dem *Grand Opening* würde nun der Alltag ins *Manoir au Val d'amour* einkehren. Für Yves war es der erste Arbeitstag, und Isabelle machte es Freude, ihn auf dem Weg zu «seiner Arbeit» zu begleiten.

Das Haus schien noch zu schlafen, nichts regte sich. Während Yves «die Küche anwarf», wie er es nannte, schlich Isabelle auf Zehenspitzen zum Speisesaal. Nun, da das Haus belebt war, Gäste hier übernachteten und noch der Duft von Farbe in der Luft hing, erschien ihr alles neu und vielversprechend. Sie dachte an den Tag vor ziemlich genau einem Jahr zurück, als sie mit Emily zum ersten Mal das Manoir besichtigt hatte und ihre Freundin so enttäuscht gewesen war. Es war überwältigend zu sehen, was sie in einem Jahr geschafft hatten.

Sie riss sich aus den Gedanken und räumte erst einmal auf, legte neue Tischdecken auf, faltete Servietten. Dann deckte sie in Windeseile ein, für siebzehn, besser achtzehn Personen, wer weiß, und achtete trotz der Eile auf die akkurate Position von Geschirr und Besteck. Nicht gerade wie bei den Royals, dachte sie, aber fast.

In der Küche hatte Yves schon Brot aufgebacken und Konfitüren in kleine Schälchen gefüllt, die auf den einzelnen Tischen Platz finden sollten. Auch die große Kaffeemaschine war bereits in Betrieb, die Butter aus dem Kühlschrank genommen und portioniert, Orangensaft gepresst und in Glaskrüge gefüllt. Er ist wirklich effizient, dachte Isabelle. Geradezu unheimlich. Als Nächstes brachte sie die Platten mit Käse und Schinken aus der Küche und verteilte sie auf den Tischen.

In diesem Moment tauchte Ela auf, noch verschlafen und im Nachthemd. Erschrocken wedelte sie mit den Händen. «Oh, Isabelle, warte ... Das muss doch ich machen.» Sie stieß einen polnischen Fluch aus und stürzte dann unter weiteren unverständlichen Verwünschungen davon, um sich anzuziehen. In Rekordzeit, denn schon nach vier Minuten stand sie mit perfektem Make-up wieder vor ihr und ließ nicht mehr zu, dass Isabelle auch nur einen weiteren Handschlag rührte.

Wie es sich gehörte, war Emily, die frischgebackene Hoteldirektorin, noch vor ihren Gästen auf den Beinen. Sie schien erstaunt, dass fleißige Geister schon alles für das Frühstück vorbereitet hatten, umarmte als Erstes Isabelle und dann auch Ela.

«Ihr seid die Besten!», murmelte sie. «Habe ich immer schon gewusst. Das schreibe ich als ersten Satz in unsere Hotelchronik, damit noch Generationen nach uns wissen, wem ich das alles zu verdanken habe. Das war ein wunderschönes Fest gestern, nicht wahr?»

Wer wollte dem widersprechen? Sie nickten alle drei. Dann ging Emily in die Küche zu ihrem neuen Koch, und Ela lief in den Garten, um ein paar Blumen für die schlichten Vasen zu pflücken, die sie auf die Anrichte und die Fensterbänke gestellt hatte.

Isabelle blieb in dem kleinen Speisesaal stehen, der sich von nun an jeden Morgen in den Frühstücksraum des Manoirs verwandeln würde. Sie öffnete die Terrassentüren, der sonnige Maimorgen hatte sich bereits von der frühmorgendlichen Kühle verabschiedet. Dann schaltete sie den Brunnen ein, der sofort Wasser nach oben pumpte und mit seinem Kaskadenspiel begann. Künftig wird hier zum Frühstück bestimmt auf der Terrasse gedeckt, überlegte sie. Wenn das Wetter es zulässt.

Jetzt standen hier noch die Reste der Feier herum – ein heilloses Durcheinander aus fleckigen Tischdecken, leeren Weinflaschen, unzähligen Gläsern und Tellern, umgeworfenen Stühlen. Die Spuren dieser heiteren Verwüstung bedachte Isabelle mit einem schiefen Lächeln. Nein, diesen Anblick wollen wir den Gästen nicht zumuten, dachte sie. Aber aufgeräumt wird später, nicht jetzt. Sie stellte nur die Stühle auf und schloss dann die Terrassentüren wieder hinter sich.

Wie auf einen geheimen Weckruf trudelten einer nach dem anderen die Gäste ein. Emily und Ela hatten den Speiseraum noch einmal umgestellt und die einzelnen Tische aneinandergeschoben, sodass sich ein großes Karree ergab. Und an diesen großen Tisch setzten sich nach und nach Emilys Eltern, Charles und Charlotte, Jeannie Greenaway, Ela, André Chardin, Adèle und Antoine, Cathérine Soubirous, Rosalie und Valérie sowie die Musiker der Band, alle, die hier übernachtet hatten, und schließlich auch Emily selbst. Isabelle und Yves natürlich nebeneinander, sie konnten kaum die Augen und Hände voneinander lassen.

Es war eine bunt zusammengewürfelte Gesellschaft. Die meisten hatten mit einem mürrischen Kater zu kämpfen, wurden aber nach der ersten Tasse Kaffee bereits wieder munter.

Zufrieden blickte Emily in die Runde. «Haben wir noch Champagner kalt gestellt?», fragte sie. Yves sprang auf und lief in die Vorratskammer.

Allgemeines Aufstöhnen. «Schon wieder Alkohol?»

«Ja, das muss jetzt sein», befand Emily. «So wie wir hier alle beieinandersitzen, das ist der *spirit* des Manoir. Wie sagt ihr ... *esprit?*»

«*Bonne entente* ... der gute Geist der Freundschaft», schlug Adèle vor.

«Genau! Darauf müssen wir anstoßen. Es war ein so wunderbares Fest ... weil ihr alle wunderbar seid! Das Manoir ist ein altes Gemäuer. Jahrzehntelang nur bewohnt von Schatten und Gespenstern. Wer weiß, ob es jemals in seiner Geschichte ein so fröhliches Fest erlebt hat! Ah, Yves hat noch ein paar Flaschen aufgetrieben, wie ich sehe ... *bon*! Während er uns allen einschenkt, möchte ich noch sagen, wie viel mir der heutige Morgen bedeutet, mehr noch als der gestrige Abend. Weil wir hier in einer Runde sitzen, weil in dieser Stunde, hier und heute, das Abenteuer beginnt. Um ehrlich zu sein, ich hatte nie einen Lebenstraum. Bis ich nach Fleury gekommen bin. Bis ich mich – nach einigen Anlaufschwierigkeiten, ich geb's zu – in dieses Haus verliebt habe. Da wurde das Manoir mein Lebenstraum. Ihr alle habt ihn für mich in Erfüllung gehen lassen. Dafür werde ich euch immer dankbar sein, mehr, als ich sagen kann. Und auch mehr, als ihr euch vorstellen könnt.» Sie wischte sich eine Träne aus dem Augenwinkel. «Puh, ich gerate aus der Fassung. Um euch den peinlichen Ausbruch meiner Rührseligkeit zu ersparen, mache ich es kurz und komme lieber zum Ende: Ich stoße mit euch an auf die Familie, die Freundschaft ... die Liebe», sie lächelte Isabelle zu, «auf das Val d'amour und auf Fleury-sur-Azurain, dieses kleine Stück Himmel auf der großen Erde. *À votre santé!*»

«*À la vôtre, Emily*», rief Isabelle aufgekratzt.

«Ja, auf dich, *chérie, la maitresse du manoir*!», fiel Adèle ein, die gerne das letzte Wort behielt – weshalb ihr Mann Antoine sie in die Seite stieß, sodass sie ihren Crémant verschüttete. Das aber ging in dem ausgelassenen Gelächter unter, das an diesem Morgen so schnell kein Ende finden sollte.

22 *Emily stöbert in Liebesbriefen, die sie erröten lassen.*

In den ersten drei Monaten nach der Eröffnung und zum ersten Mal in ihrem Leben erfuhr Emily, wie befriedigend es sein konnte, etwas ganz Eigenes zu schaffen, sich auf die denkbar schönste Weise zu verausgaben und dafür Anerkennung zu finden. Tagsüber ging sie völlig auf in ihrem Engagement für das Manoir und seine Gäste, abends fiel sie müde und erschöpft, aber glücklich ins Bett.

Rasch hatte es sich herumgesprochen, dass es in dem Périgord-Städtchen Fleury-sur-Azurain dieses kleine, überaus charmante Manoir gab, mit einer altmodischen Pension wie aus dem Film *Zimmer mit Aussicht* und einer *Hotelière*, die ihren Gästen etwas Besonderes und Seltenes bot: Gastfreundschaft, Aufmerksamkeit, Behaglichkeit und Zuwendung.

Kein Zweifel: Das *Manoir au Val d'amour* machte bald Furore. Emily hatte es nicht erwartet und schon gar nicht zu hoffen gewagt, doch bereits nach wenigen Wochen war sie fast ständig ausgebucht. Was nicht zuletzt mit den Empfehlungen zu tun hatte, die Laura in ihren Beratungsstunden im Rathaus heiratswilligen Paaren gab, aber auch mit der famosen Website, die Jeannie Greenaway entwickelt hatte. Ihre Freundin in London wurde sogar zu einer zuverlässigen Mitarbeiterin, denn als klar wurde, dass Organisation nicht gerade Emilys Stärke war, hatte Jeannie ihr angeboten, auch die Reservierungen über die von ihr betreute Website abzuwickeln. Was Emily dankbar akzeptierte. Jeden Tag bekam sie von Jeannie ein Reservierungs-Update, was es ihr glücklicherweise erlaubte, sich in dem winzigen Büro, das sie sich hinter der Rezeption eingerichtet hatte, nicht länger als unbedingt nötig aufzuhalten. Viel lieber war sie im Haus unterwegs und kümmerte sich zusammen mit Ela um jedes Detail, als in der Kammer mit dem altmodischen Messingschild *Bureau* Stunde um Stunde zuzubringen und sich mit Anfragen, Buchungen, Stornierungen und allen nur möglichen Mails herumzuschlagen.

Nach wenigen Wochen hatte sich alles eingespielt: Beherzt navigierte Emily ihr kleines Team durch die wenigen Turbulenzen. Es gab ein paar Pannen, Missverständnisse, Reibereien, doch das alles hielt sich im Rahmen, und die Gäste, die sich nach und nach einfanden, bekamen nichts davon mit. Auch die ersten Hochzeitsgesellschaften buchten das Hotel. «Es wird spannend», sagte Emily jedes Mal, wenn nicht nur Übernachtungen gebucht, sondern auch die Feierlichkeiten im Manoir ausgerichtet wurden und die oft unvermeidlichen «Hochzeitsplaner» ihr den letzten Nerv zu rauben versuchten. Solange in den Sommermonaten die große Terrasse zur Verfügung stand, ließ sich dort alles wunderbar arrangieren, wie auch schon beim *Grand Opening.* Bei Regen oder kühlerem Wetter wurde es drinnen rasch eng – der von Emily immer etwas großspurig als Speisesaal bezeichnete Hauptraum im Parterre reichte maximal für dreißig bis vierzig Plätze an mehreren Tischen – und Tanzen war dann sowieso nicht möglich.

Doch das kleine Hotel beherbergte auch einsame Herzen, Ehebrecher und Frisch- – oder weniger frisch – verliebte. Es machte seinem Namen *Manoir au Val d'amour* alle Ehre.

Diese Gäste brachten ihre ganz eigenen Geschichten mit: der alte Sorbonne-Literaturprofessor Bertrand Beaumarchais, der hier zunächst seine Ferien verbrachte, dann aber gar nicht mehr aus seinem winzigen, mit Büchern vollgestopften Einzelzimmer in der zweiten Etage ausziehen wollte, sondern für ein paar Monate Dauermieter wurde. Der russische Geschäftsmann Yuri Arkadi und seine Geliebte Natascha, die sich unentwegt stritten und unentwegt liebten, beides lautstark und wenn möglich vor

Publikum. Der britische Kunsthändler Robert Chambers, der das von ihm bevorzugte Romeo-&-Julia-Appartement in regelmäßigen Abständen, allerdings jedes Mal mit einer anderen Beauté, bezog. Die berühmte Pariser Opernsängerin Louise Grimaud, die im Manoir mit zwei einander ständig abwechselnden Liebhabern eine Ménage-à-trois begann (ohne dass die Liebhaber Kenntnis voneinander hatten oder bekommen durften – logistisch ein ziemliches Problem, das Emily und Jeannie aber in den Griff bekamen).

Emily liebte all diese Geschichten, die ihre Gäste mitbrachten oder in ihrem Manoir erlebten. Wer immer hierherkam, sollte sich rundum wohlfühlen, und wenn er einen Wunsch hatte, mochte der auch noch so skurril sein, hätte Emily ihn am liebsten auf der Stelle erfüllt.

Sogar ein Wiedersehen mit einem alten Bekannten gab es. Eines Tages erhielt Emily von Jeannie ihr tägliches Update über die Reservierungen, das sie wie stets nur überflog. So überlas sie «J. Fairlie, Doppelzimmer oder Appartement».

Als Jeannie sie am Telefon darauf ansprach, reagierte Emily kühl und sachlich. «Soll er doch kommen mit seiner Neuen», sagte sie leichthin, «das ist mir egal. Er ist ein Gast wie jeder andere, nicht mehr.» Sie wollte sich vor Jeannie nicht die Blöße geben, einzugestehen, dass es ihr immer noch etwas ausmachte. Machte es ihr überhaupt etwas aus? Ganz sicher war sie sich nicht.

Jonathan Fairlie reiste also mit seiner Geliebten Eleonore an und war mächtig überrascht, als er an der Rezeption von seiner früheren Flamme Emily Bennett begrüßt wurde. Emily sah ihm an, dass er mit sich rang, gleich wieder abzureisen. Unter Stress geriet er leicht in Panik, und er ging jeder kleinsten Unannehmlichkeit eher aus dem Weg, als sich ihr zu stellen. Emily war jedoch ausnehmend freundlich zu ihm, besonders zu seiner Begleiterin (was ihn offensichtlich irritierte), keinerlei Missgunst war zu spüren, also verbrachte Jonathan mit Eleonore ein entspanntes Wochenende im Manoir. Aber Emily war doch froh, als die beiden wieder in ihren Wagen stiegen und von dannen brausten. Nun habe ich auch das überstanden, dachte sie. Dass sie diese kleine Herausforderung so problemlos gemeistert hatte, erfüllte sie mit Stolz. Sie war wirklich über Jonathan hinweg. Isabelle sparte nicht mit Lob, als sie von dieser Eskapade und ihrem guten Ausgang hörte.

«Das war ein souveräner Einstand als *Hotelière*, meine Liebe», sagte sie. «Ich bin mächtig beeindruckt von deiner Professionalität.»

«Wieso? Hast du geglaubt, ich inszeniere hier ein Eifersuchtsdrama? Zumal ich gar keine Eifersucht empfunden habe, das kannst du mir glauben.»

«Nicht mal ein kleines bisschen?»

«Nein, nicht die Spur. Eleonore ist eine sympathische Frau, und ich wünsche Mr. Fairlie wirklich, dass sie nicht nur eine weitere Episode in seinem unübersichtlichen Liebesleben bleibt. Aber seine Hochzeit muss er trotzdem nicht unbedingt im Manoir feiern ...»

«Nein, darauf können wir verzichten», lachte Isabelle.

Nun hatte sie zur Abwechslung mal «wir» gesagt. Was Emily amüsiert zur Kenntnis nahm, aber nicht weiter kommentierte.

Das Liebespaar Isabelle und Yves schien unter einem glücklichen Stern zu stehen. Emily bekam sie natürlich mit, diese Blicke, die Isabelle Yves unentwegt zuwarf. Ihre Freundin hatte sich kopfüber in eine *amour fou* gestürzt, wie es die Franzosen so treffend nennen. Doch Näheres dazu erfuhr Emily nicht, und das war vielleicht auch ganz gut so. Denn auch für sie selbst schienen sich die Anfänge oder zumindest die Möglichkeiten eines Liebeslebens anzubahnen.

Jean-Luc de Bricassart speiste manchmal im kleinen Hotelrestaurant, und Emily leistete ihm dabei Gesellschaft, wenn sie es einrichten konnte. Allein wegen der Küche kam er nicht – schließlich kochte auch Bernadette Jeunet, die *Château-Cuisinière*, vorzüglich. Meistens brachte er seinen Hund Bobo mit und sah dann belustigt zu, wie sein äußerst lebhafter Begleiter mit der *Directrice* spielte. Jedenfalls schien sich die beim Eröffnungsfest besiegelte «Freundschaft» zu entwickeln – Emily sonnte sich in der Aufmerksamkeit, die Jean-Luc ihr entgegenbrachte. Was Isabelle stets spöttisch kommentierte.

«Ich bin gespannt, wann er Bobo den Heiratsantrag überbringen lässt», lästerte sie gern. «Besonders eilig scheint er es allerdings nicht zu haben.»

«Du bist unmöglich, Isabelle!», konterte Emily, die solche Anspielungen überflüssig fand. «Warum findest du dich nicht einfach damit ab, dass sich nicht alle gleich in eine Affäre stürzen, wenn sie plötzlich entdecken, dass sie sich mögen?»

Ungerührt überging Isabelle diese Spitze.

«Na, weil auch du jetzt im Val d'amour lebst. Was sich hier anbahnt, kann bekanntlich nicht unglücklich enden. Eine Erkenntnis meiner schönen berühmten Cousine, wie du weißt.»

«Was man ja tagaus, tagein an dir und deinem Koch zur Genüge beobachten kann.»

«Er ist dein Koch, Emily, nicht meiner. Lenk nicht ab. Und gib wenigstens zu, dass dein Herz für den jungen Bric entflammt ist.»

«Bric – warum nennt ihr die de Bricassarts eigentlich immer so abfällig?»

«Es gab Zeiten, da hat dich das nicht gestört.»

«Es gab Zeiten, da warst du noch nicht so nervig. Zwischen

Jean-Luc und mir ist nichts. Wir sind nur Freunde. Kannst du das nicht einfach akzeptieren?»

«Ich schon», schloss Isabelle. «Aber du offenbar nicht.»

In der Tat war es seltsam mit Jean-Luc. Wenn sie sich trafen, war es eigentlich immer angenehm, doch waren sie beide peinlich darauf bedacht, bei aller Freundschaft eine gewisse Distanz zu wahren. Möglicherweise ließ sich Emily auch von seinem «Adelsstatus» einschüchtern, wie Isabelle vermutete, was sie jedoch stets von sich wies.

Emily mochte Jean-Luc, sie flirtete mit ihm, sie berührte ihn dann und wann, beiläufig, wie aus Versehen. Immer wieder betonten sie unisono, wie froh sie über die «Freundschaft» waren, zu der sie sich nun durchgerungen hatten. Die Pläne, die Jean-Luc mit dem Schloss hatte, kamen nie zur Sprache, Emily vermutete, dass er bei seiner Familie damit einfach nicht weiterkam. Und sie musste zugeben, dass sie darüber auch ganz froh war. Als Konkurrenten würde es ihnen sicherlich nicht leichtfallen, so ungezwungen miteinander umzugehen.

Bei ihren Begegnungen gab Jean-Luc jedes Mal etwas mehr von sich preis. Er erzählte sehr witzig von seiner Kindheit im Schloss, von seinen Privatlehrern, von seiner etwas neurotischen Familie, von Nicolas Bourdieu, von dem Sonderstatus, den er als Adelsspross in Fleury hatte. Aber auch von seinen Jahren an der ENA, Frankreichs Elite-Uni, die seit jeher als Kaderschmiede mit Machtgarantie galt, für «die jeweils Besten der Besten einer Generation». Emily war überaus erstaunt über diesen merkwürdigen, sehr französischen Mikrokosmos, eine Hochschule, die die mächtigste geschlossene Gesellschaft des Landes ausbildete und deren Absolventen über ein beispielloses Netzwerk verfügten.

«Für die meisten gilt die ENA als Königsweg, um an die wichtigsten Posten des Landes zu kommen», erzählte Jean-Luc. «Natürlich war ich stolz, ein *Enarch* zu werden, der schon nach bestandener Aufnahmeprüfung sicher sein kann, es geschafft zu haben. Noch lieber wäre ich zum Studium nach Paris gegangen, aber vor ein paar Jahren zog die ENA ja aus dem gediegenen 7. Pariser Arrondissement nach Straßburg um – für viele ein Abstieg, zumal sie jetzt in einem umgebauten ehemaligen Frauengefängnis residiert.» Jean-Luc grinste. «Aber es gab dieser veralteten, besitzstandswahrenden Institution einen Innovationsschub: In Straßburg wurde sie internationaler, weiblicher, europäischer.»

«Also studieren jetzt auch Engländer dort?», erkundigte sich Emily.

«Ja, schon ... ein paar. Ich habe an der ENA viel gelernt, viele Kontakte knüpfen können. Aber der abgehobene Geist, der dort herrscht, vom Hausmeister bis zum Examenskandidaten, hat mich immer auch abgestoßen. Man wird unglaublich gefordert, aber eben auch gefördert. Viele sind vom ersten Tag an auf dem Durchmarsch, wissen genau, was und wohin sie wollen. Ich wusste es nicht, weiß es im Grunde heute noch nicht. Irgendein austauschbarer Job interessiert mich nicht – ich stehe zu meinen Wurzeln in der Provinz und verspüre keine rechte Lust, in Paris in einer Topbehörde oder einem Topunternehmen ständig Topleistungen abrufen zu müssen. Darum bin ich erst mal zurück nach Fleury gekommen.»

«Aber fühlst du dich hier nicht ein bisschen unterfordert? Ich meine, wenn man erst mal so eine Ausbildung und diese vielen Kontakte hat – was machst du damit in eurem Schloss? Auch deine Idee mit der Luxusabsteige dürfte da ja noch nicht der Weisheit letzter Schluss sein, oder? Hier steht ja nun keine Karriereleiter bereit, auf der du nach oben klettern kannst.»

Jean-Luc grinste. «Besser ein glücklicher Zwerg als ein unglücklicher Riese. Aber mit einer solchen Einstellung mache ich mich natürlich bei den Enarchen lächerlich. Sei's drum. Vielleicht lande ich ja wirklich noch irgendwann im Außenministerium oder in einer Konzernzentrale.»

«Das wäre schade. Hier könntest du es immerhin bis zum Bürgermeister bringen. Wie wäre das?» Emily breitete einladend die Arme aus.

«Keine Perspektive, fürchte ich. Ein Bricassart wird hier niemals in ein kommunales Amt gewählt werden. Nicht in diesem Tal der Selbstzufriedenen. Val d'amour – das hört sich in Straßburg nach Märchenstunde an: *Es war einmal im Val d'amour...* So was würde dort keiner jemals ernst nehmen.» Er seufzte. «Aber was soll's. Jetzt bin ich erst mal hier und sondiere ein bisschen meine Möglichkeiten. Hauptsächlich meinem Vater zuliebe, der der Zukunft ziemlich hilflos gegenübersteht, finde ich. Vielleicht kann ich ihm unter die Arme greifen. Wenn er meine Unterstützung denn will ...»

«Und zulässt.»

«Ja, und zulässt. Ich gebe zu, das hört sich alles nicht sehr ambitioniert an. Aber meine Ambitionen, die muss ich wohl erst noch finden ...»

Da er kein Übernachtungsgast war, blieb Emily mit Jean-Luc auch immer in den für jedermann zugänglichen Hotelräumlichkeiten, die im Parterre lagen. Sie lud ihn nie in ihr «Atelier» ein, das erschien ihr nicht passend, zumal es dort unter dem Dach nur einen Raum zum Wohnen und Schlafen gab, was eine Einladung mehr als zweideutig gemacht hätte. Sie setzte sich zum Diner an seinen Tisch, weil er sie jedes Mal ausdrücklich dazu aufforderte. Sie ließ die Digestifs und den Kaffee im kleinen Salon servieren, wenn es am späteren Abend draußen kühl wurde. Sie spazierte mit ihm auch durch den Wald, allein schon, damit «Hund Bobo» seinen Auslauf bekam.

Doch Emily wäre keine Romantikerin, hätte sie dieses stillschweigende Arrangement mit der Zeit nicht auch als zunehmend künstlich empfunden. Ihr war schon klar, dass Jean-Luc nicht wegen des phantastischen Essens oder wegen Bobos Auslauf zu ihr ins Manoir kam. Er war an ihr interessiert, keine Frage. Sehr sogar. Doch sie kamen bei ihren Begegnungen immer wieder an einen heiklen Punkt – wie an ein Gartentor, das verschlossen ist, das man aber auch ganz leicht aufstoßen könnte, wenn man nur wollte.

Und eines Abends entdeckten sie, dass das Tor offen stand.

Es war Isabelle, die es geöffnet hatte.

Ein paar Tage zuvor war Emily auf der Suche nach alten Plänen und Grundrissen des Manoirs gewesen. Während sie auf dem Dachboden eine Truhe durchstöberte, in der sie einen Teil der völlig unsortierten Unterlagen ihrer Tante verstaut hatte, stieß sie auf ein dickes, in braunen Karton eingeschlagenes Päckchen. In ihrer unverwechselbaren schwungvollen Handschrift hatte Hermione *Wer an wen sein Herz verlor* darauf geschrieben. Das hatte natürlich Emilys Neugier geweckt.

In dem Päckchen fand sie einen mit einer lavendelblauen Schleife nachlässig zusammengebundenen Stapel Briefe, die noch in ihren Umschlägen steckten. Briefe von Hermione und ihrem Comte, die Korrespondenz einer großen Liebe, wie sie aufregender, ja herzzerreißender nicht hätte sein können. Was für eine unglaubliche Geschichte! Mit wachsender Faszination blätterte Emily durch die Briefe, diese Zeugnisse einer glühenden Leidenschaft. Sie wurde rot, als sie realisierte, dass sie selbst etwas Vergleichbares überhaupt noch nie kennengelernt hatte.

Am Abend eines heißen, schwülen Augusttages gönnte sie sich zusammen mit Isabelle, die sich von Yves schon verabschiedet hatte, auf der Terrasse einen eisgekühlten Weißwein. Bald würde der Abendbetrieb losgehen, der an diesem Tag jedoch überschaubar bleiben sollte. Dann sah sie Jean-Luc – diesmal ohne Hund – auf das Manoir zukommen und wünschte für einen Moment, Isabelle möge doch aufbrechen, wie sie es wenige Minuten zuvor angekündigt hatte. Doch die Freundin blieb sitzen, und da sie mit dem Rücken zu ihm saß, bemerkte sie Jean-Luc erst, als dieser an den Tisch trat und sie beide mit dem inzwischen geflügelten Wort «Ah, die Rosen von Fleury!» begrüßte. Isabelle schien das als Aufforderung zu verstehen, ihren angekündigten Abschied noch hinauszuzögern.

Zu Emilys Überraschung war ihre Freundin an diesem Abend jedoch friedlich gestimmt und ausnehmend charmant gegenüber Jean-Luc. Sie plauderten über das Manoir, die Hochzeiten, den aktuellen Klatsch aus Fleury. Valéry hatte in der Boulangerie – also in aller Öffentlichkeit – einen heftigen Streit mit ihrem mehlbestäubten Ehemann ausgetragen, über den Grund konnte man nur spekulieren. Rosalie hatte einen neuen Lieblingskunden, Charles Chauveron, der sie fast täglich in ihrer Blumenhandlung besuchte und stets auffallend lange blieb, als könne er sich nicht für einen der liebevoll gebundenen Blumensträuße entscheiden. Albert Marquet, der Küster, hatte die Wohngemeinschaft mit seiner übellaunigen Schwester Marguerite aufgekündigt und sich eine kleine Wohnung in der Nähe der Kirche genommen. Dass das Hauptgesprächsthema in dem kleinen Ort derzeit das neue Liebespaar war – Isabelle und Yves! –, übergingen die drei geflissentlich.

«Ja, in Fleury geschehen wirklich weltbewegende Dinge»,

spöttelte Isabelle stattdessen. «Aber fällt euch nicht auf, dass sie fast immer mit der Liebe zu tun haben … irgendwie?»

«Das ist doch normal», sagte Emily. «Oder willst du uns wieder deine Theorie vom romantischen Val d'amour auftischen?»

«Na, ist doch wahr. Hier wird eigentlich über nichts anderes geredet. Findest du nicht, Jean-Luc?»

Der Angesprochene gönnte sich erst einmal einen Schluck Wein – natürlich ohne Eiswürfel, so was kam für ihn nicht in Frage –, bevor er antwortete: «Das mag daher kommen, dass hier eben nichts Aufregenderes passiert. Manchmal glaube ich, die Leute hier tratschen nur deshalb so oft und so gern über die Liebe.»

«Das sind doch auch alles nur erotische Wetterberichte», meinte Emily missmutig, ihr gefiel die Wendung, die das Gespräch genommen hatte, nicht. «Heute ist's schwül, so wie jetzt, morgen kommt ein Gewitter, und dann atmen alle wieder auf. Oder werden nüchtern, wenn sie zu viel getrunken haben.»

«Nein, nein, so ist das nicht», beharrte Isabelle. «Das Val d'amour trägt seinen Namen nicht ohne Grund …»

«Jetzt werd nicht albern. Die Einzige», diese Spitze konnte Emily sich nicht verkneifen, «die hier im siebten Himmel schwebt, bist du mit deinem Yves! Fleury ist – abgesehen von den Hochzeiten – in Sachen Liebe eher unauffällig.»

«Wie kannst du so was sagen, Emily? Und was ist mit deiner Tante Hermione und dem Comte? Die Liebesbriefe der beiden, die du vor kurzem gefunden hast, sprechen eine andere Sprache. Das war eine große Liebe, eine ganz große Liebe!»

«Liebesbriefe? Was für Liebesbriefe?» Jean-Luc warf irritierte Blicke von der einen zur anderen.

Da erzählte Isabelle von dem Fund ihrer Freundin. Es war Emily irgendwie nicht recht, dass Jean-Luc auf diese unvermittelte Weise Kenntnis davon bekam. Doch Isabelle ließ nicht locker. «Die musst du dir mal anschauen, Jean-Luc. Mir sind die Tränen gekommen, als Emily mir aus diesen Briefen vorgelesen hat …» Dann fiel ihr Blick auf die kleine Uhr, die sie an einem Kettchen um den Hals trug. «Ach, du je, ich muss jetzt wirklich los. Ich bin noch mit Rosalie verabredet, und die wartet schon …»

Sie stand hastig auf, umarmte Emily und gab Jean-Luc ein Luftküsschen. «Adieu, ihr beiden! Ihr könnt jetzt ungestört nach oben ins Atelier, ich bin weg. Und gleich wird's hier draußen ohnehin ungemütlich – ein Gewitter wird's heute Abend auf jeden Fall noch geben. Hoffentlich schaffe ich es noch rechtzeitig zurück. Salut, ihr beiden!» Dann lief sie davon.

Emily warf Jean-Luc einen Blick zu. Er schaute sie unverwandt an, als läge der Ball jetzt in ihrem Garten und als könnten sie ohne diesen das Spiel nicht fortsetzen.

«Na schön, warum nicht?», seufzte sie dann. «Interessiert dich das wirklich?»

Jean-Luc grinste. «Und ob. Der Comte war ein Verwandter, mein Großonkel. Ich kannte ihn zwar kaum, als er noch unter den Lebenden weilte, doch er ist Teil unserer Familiengeschichte. Aber ich will dich wirklich nicht bedrängen – wenn's dir jetzt nicht passt, vielleicht ein andermal.»

Im Bruchteil einer Sekunde fasste Emily den Entschluss, dass es vielleicht an der Zeit wäre, Jean-Luc doch einmal in ihr «Atelier» einzuladen. Eine kaum hörbare Stimme, die sich in ihrem Hinterkopf meldete, flüsterte ihr zwar zu, dies sei ein Schritt ins Ungewisse, doch sie ignorierte die Warnung.

Jean-Luc war sichtlich bemüht, sich nicht allzu neugierig umzuschauen, als sie das Atelier betraten. Die Sonne hatte es den ganzen Tag über kräftig aufgeheizt. Emily öffnete die beiden Dachfenster und ließ die angestaute Luft abziehen, doch kühl wurde es angesichts der draußen noch immer herrschenden Temperaturen natürlich nicht. Sie machten es sich – in sicherem

Abstand – in den beiden Sesseln bequem, und Emily nahm das Bündel Briefe zur Hand, öffnete den einen oder anderen, um Jean-Luc daraus vorzulesen.

«Hör dir das an! Hermione Browning, die Princesse, an Charles Henri de Bruyant, den Comte.»

Mein Liebster,
es ist so schön und schmerzt so schön, mich Ihnen anzuvertrauen, aber wenn ich Sie umarmen will, finde ich nur mein Kopfkissen vor, ein schwacher Trost, gar kein Trost, und Sie werden verstehen, Liebster, dass diese Form der Abwesenheit mich allmählich wahnsinnig macht. Wenn wir uns dann endlich, endlich sehen, werde ich Ihnen in den Schoß fallen, wie eine wunderbar reife Frucht.

Doch noch bevor sich mein schönster Traum erfüllt, beschleichen mich ängstliche Gedanken, dass ich Sie verlieren könnte, dass Sie mich verlassen könnten ... Und mein liebster Comte, mein Geliebter, ich kann Sie nicht mehr ziehen lassen, das müssen Sie verstehen. Es wäre mir unerträglich!

Küssen Sie mich, lieber Comte, küssen Sie mich bald! Ob zärtlich, heftig, an allen erlaubten und unerlaubten Stellen. Und bis dahin verführen Sie mich weiterhin mit Ihren Worten! Ich bin und bleibe stets die Ihre!

Hermione

«Und die Antwort des Comte?», fragte Jean-Luc.

«Kann ich dir auch geben.»

Werfen Sie mir nie wieder vor, liebste Princesse, ich würde Sie mit Worten verführen. Sie sind es, die mich spätestens mit diesem Brief in die völlige Willenlosigkeit getrieben haben.

Es ist berauschend, wie Sie Ihre Contenance verlieren. Wie Sie schon jetzt geben, was Sie erst anzukündigen meinen. Glauben Sie nicht, mein Herz befände sich in anderer Verfassung als das Ihrige. Es liegt so wehrlos vor Ihnen, so angefüllt mit Verlangen, so zitternd vor Angst, ob Sie es lieben werden. Ich bin gar nicht mehr ich selbst. Sie sind mein Untergang, und Sie sind mein Aufgang. Sie sind alles für mich …

Sie geben mir das wenige, das ich Ihnen bieten kann, tausendfach zurück. Mein Herz ist zum Zerspringen gefüllt mit einem Begehren, für das ich zu meinem tiefen Leidwesen nur das hilfloseste Vokabular habe. Jedes «Liebster», das Sie schreiben, kommt mir vor wie ein Echo Ihres Körpers, und ob die Küsse, von denen Sie träumen, erlaubt oder unerlaubt sind, spielt keine Rolle. Sie vetrauen sich mir ohnehin bereits auf die intimste Weise an, die ich mir nur denken kann.

Liebste, wenn ich mir vorstelle, welch unendliche Zeit uns noch trennt, bis wir uns wiedersehen, dann wird mir schwindlig. Ich weiß mir keinen Rat, wie ich das aushalten soll. Und doch: Wenn wir durch diese Wüste gegangen sind, mit den kleinen Oasen unserer nächtlichen Telefonate und täglichen Briefe, dann werden wir am Horizont die Stadt in der Sonne glitzern sehen. Und Sie werden mein Brunnen sein.

Warten Sie auf mich, Bildschöne. Dann trage ich alles Glück der Welt in mir.

Ihr Comte

«Aber warum schreiben sich die beiden in einer so antiquierten Sprache?», wunderte sich Jean-Luc. «Das muss aus den sechziger und siebziger Jahren stammen, da hat man doch ganz anders miteinander geredet!»

«Das habe ich mich auch gefragt. Ich glaube, es war eine Art Übereinkunft, um das Spiel der Annäherung reizvoller zu machen. Um sich Dinge sagen zu können, die anders vielleicht banal geklungen hätten. Es gibt da auch einen Brief des Comte, in dem er genau darauf eingeht. Warte ... ja, hier! Zunächst ein Ausschnitt aus dem Brief der Princesse, auf den er antwortet.»

Mein lieber Comte,
jeden Tag schaue ich nicht weniger als zwanzig- oder dreißigmal in den Briefkasten, der mein kleines Gedankengefängnis geworden ist und in das nur dann ein Sonnenstrahl fällt, wenn ich Nachricht von Ihnen darin finde. Geliebtes Herz – ach, wie gern lese ich das. Ich höre dann Ihre Stimme, spüre den Blick, den Sie mir schenken und der tief sinkt in den Grund meines Seins, zu dem nur Sie allein Zugang haben.

Liebster, ich muss es gestehen, ich bin eine Süchtige geworden. Was haben Sie aus mir gemacht? Ich giere nach Ihren Worten und, ach, nicht nur nach diesen! Halten Sie mich fest, lieber Comte. Ganz fest!

Schreiben Sie bitte rasch zurück – und wenn es nur ein Satz ist!

Ich küsse Sie heftig,
Ihre Princesse

Herzensschöne,
wie können Sie nur glauben, ich brächte es über mich, Ihnen nur einen einzigen Satz zu schicken! Wo doch all meine Gedanken und Gefühle jeden Tag und jede Nacht nur um den wunderschönen Stern Hermione kreisen.

Ich habe keinen Trost für Sie, meine Princesse. Ich habe nur meine Liebe, die ich Ihnen schenke und die Sie ergrei-

fen können, habe ich doch mein Schicksal in Ihre Hände gelegt. Sie gehen mir nicht eine Minute, nicht einen Wimpernschlag lang aus dem Sinn.

Und, bitte, glauben Sie keinen Augenblick lang, dies alles seien nur hochtrabende Worte, ein Sprachspiel, das wir spielen, wie in den Briefromanen, die Sie so lieben. Es ist alles wahr, so wirklich, wie es nur sein kann.

Sie haben mir einen Himmel geöffnet – und ich trete ein.

Mein Herz klopft mir zum Zerspringen!

Hermione, Liebste, halten auch Sie mich fest.

Ihr Comte

«Das ist ein wenig sentimental, aber auch ... wirklich schön», sagte Jean-Luc, als Emily den Brief wieder in den Umschlag steckte und den Stapel auf den Tisch zurücklegte.

«Ja, nicht wahr? Sehr schön sogar.»

«Aber sie waren nie in diesem Haus zusammen, oder?»

«Ich weiß es nicht, keine Ahnung. Hermione ist jedenfalls erst nach dem Tod des Comte hier eingezogen.»

«Vielleicht war es ihnen hier zu gruselig. Wenn man bedenkt, wie es hier noch vor wenigen Jahren ausgesehen hat ...»

«In den ersten Jahren sind sie sich wohl nur selten begegnet. Hermione lebte noch in England, der Comte hier. Sie haben viel telefoniert und sich ebendiese altmodischen Briefe geschrieben. Die meisten in dieser Sammlung sind natürlich von ihm, aber auch von ihr gibt es einige, in der Form von Entwürfen, Abschriften oder Durchschlägen, mit Kohlepapier auf der Schreibmaschine getippt. Man könnte diese Korrespondenz fast veröffentlichen, es bräuchte nur eine Herausgeberin, die sich durch das Durcheinander kämpft und alles in die richtige Reihenfolge bringt.»

«Das wäre wirklich wie ein Briefroman aus dem 19. Jahrhundert, ein wundervolles Buch.»

«Ja, unbedingt, das wäre es wirklich.»

Das Gewitter hatte sich am Abend zwar angekündigt, ließ jedoch nach diesem heißen Tag noch auf sich warten. Jean-Luc ist mein Gewittermann, dachte Emily, sich an ihre allererste Begegnung auf der Terrasse des *Cerf Blanc* erinnernd. Dann zog endlich ein leises Grollen über den Himmel, irgendwo weit draußen. Doch die Elemente begannen erst zu wüten, als die Kirchturmuhr Mitternacht geschlagen hatte.

Zuerst zuckten Blitze durch die Dunkelheit, zerriss ein krachender Donner die Nacht, Sturmböen fegten über das Manoir hinweg. Dann setzte heftiger Regen ein. In rascher Folge entluden sich die Blitze und erleuchteten das Atelier, so hell, als schlügen sie direkt durch die Dachfenster ein. Die Donnerschläge wurden durch den mächtigen Widerhall der alten Mauern noch verstärkt, sodass Emily sich wie mitten in einem Inferno fühlte. Sie warf einen verstohlenen Blick auf Jean-Luc, aber den schien das Getöse von draußen nicht zu stören. Ihr Gespräch war versiegt, das Schweigen jedoch, das nur hin und wieder von einer dahingeworfenen Bemerkung unterbrochen wurde, lastete nicht schwer, sondern war leicht wie die dünnen Vorhänge.

Dann stand sie auf, ihre nackten Füße berührten den Boden, und trat dicht an das Fenster. Zuerst konnte sie überhaupt nichts erkennen, nicht einmal die Umrisse der Bäume, die nah am Haus standen und ihr tagsüber immer wie ein Schutzwall vorkamen. Der Sturm jagte die schweren Wolken in Fetzen über den Nachthimmel; zuweilen öffnete sich ein Loch in dieser Finsternis, und sie erblickte flüchtig ein paar klare, glänzende Sterne. Beim nächsten Blitz schaute sie auf die Uhr. Halb eins.

In der Ferne schimmerte nur der Mond durch die Nacht, als sich die schweren dunklen Wolken für einen Moment verschoben. Dann verschwand er schon wieder im weißen Feuerwerk der Blitze.

Sie tastete nach dem Griff des schrägen Dachfensters, drückte ihn herunter. Das Fenster flog auf. Sie beugte sich hinaus, in den kalten Wind. Sprühregen wehte ins Zimmer. Sie spürte die Tropfen auf ihrem Gesicht, und ihre Kleidung wurde innerhalb weniger Sekunden klatschnass.

Durch das Rauschen und Krachen hörte sie Jean-Lucs Stimme hinter sich, die ihr irgendetwas zurief. Mit ein paar Schritten war er beim Fenster, packte den Griff und schloss es so heftig, dass es knallte. Durch das beschlagene Glas waren die Blitze nur noch als weißliches Leuchten sichtbar, und das Krachen des Donners ging in dumpfes Grollen über.

«Du bist ja ganz durchnässt!», stellte er fest. «Kann es sein, dass du – möglicherweise – ein bisschen, nur ein ganz kleines bisschen verrückt bist?»

«So wie du damals auf dem Marktplatz? Ein herrliches Gewitter!»

«Darüber kann man geteilter Meinung sein.» Er verschränkte die Arme. Der nächste Donnerschlag klang gedämpft: Das Gewitter zog nach Süden ab.

«Jetzt komm schon, du erkältest dich ja», sagte Jean-Luc.

«Warum bist du denn so besorgt um mich? Das ist ja fast süß ...»

«Red keinen Unsinn. Komm, zieh dich um. Ich schaue auch weg ...»

«Bien sûr, mon Général!»

Sie zögerte einen Moment, streifte sich aber dann die nassen Sachen über den Kopf, zog sich ein frisches T-Shirt über und rieb sich die Haare trocken. Dann setzte sie sich wieder in den Sessel ihm gegenüber.

«Um ehrlich zu sein, früher, als kleiner Junge, hatte ich Angst vor Gewittern», bekannte Jean-Luc.

«Wirklich? Wie putzig! Ich hatte gedacht, du wärst mein Ritter in schimmernder Rüstung und würdest mich aus allen Stürmen retten», zog Emily ihn auf, um die merkliche Spannung zwischen ihnen aufzulockern.

«Ja, wirklich. Im Schloss sind Gewitter besonders gruselig. Am liebsten hätte ich mich immer unter dem Bett verkrochen. Heute macht mir das natürlich nichts mehr.» Er zögerte. «Hat dieses alte Gemäuer eigentlich einen Blitzableiter?»

«Du stellst Fragen ... keine Ahnung.» Emily kauerte sich tiefer in den Sessel.

«Du frierst ja», sagte er.

«Du könntest mich ja wärmen ... bitte.»

Er kam zu ihr herüber und streichelte ihren Arm, und tatsächlich ging von ihm eine Wärme aus, die wie ein sanfter Strom durch sie hindurchging. Sie hätte sich gern enger an ihn gedrückt, doch sie wagte es nicht, den ersten Schritt zu tun. Die Angst, etwas zu zerstören, war übermächtig.

Dann stand er auf, als sei ihm die Situation unangenehm. Emily folgte ihm zum Fenster, und sie schauten hinaus in die Schwärze. Sachte fuhr sie mit den Fingern durch sein Haar, zwirbelte einzelne Locken und starrte blicklos in die Dunkelheit. Warum nimmst du mich nicht einfach in den Arm?, dachte sie. Ja, worauf warteten sie? Warum standen sie hier zusammen herum wie beste Freunde, die sich doch nach etwas ganz anderem sehnten? Das alles konnte ihm nicht verborgen bleiben, das musste doch auch er spüren.

Wenige Minuten später hatte er sich jedoch verabschiedet, und sie stiegen leise, um niemanden aufzuwecken, die Treppen hinunter bis zur Eingangstür. Es hatte aufgehört zu regnen, und es war deutlich kühler geworden. Irgendwie war diese Kühle bezeichnend.

Er ging, und sie blickte ihm lange nach.

Ihr Herz schlug ihr bis zum Hals, der eng und immer enger wurde, bis die Nacht Jean-Luc verschlungen hatte und sie ihn nicht mehr erkennen konnte.

23

Jean-Luc erlebt mit seiner Familie ein denkwürdiges Frühstück.

Wenn jemals der berühmte erste Satz aus *Anna Karenina* – «Alle glücklichen Familien ähneln einander; jede unglückliche ist auf ihre Art unglücklich» – eine Berechtigung, Gültigkeit oder gar Wahrheit enthielt, dann für die Bricassarts, die Adelsfamilie von Fleury. Sie war tatsächlich auf ihre ganz eigene Art unglücklich. Und dieses Unglück beruhte nicht zuletzt auf der Tatsache, dass sich in der Familie im Laufe der Zeit nahezu unüberwindliche Frontlinien herausgebildet hatten, hinter denen sie alle sich verschanzten – als Einzelkämpfer oder in Allianzen.

Daher war die Atmosphäre oft getrübt, und nur selten herrschte eine ausgeglichene, harmonische Stimmung im Schloss. Zumeist fühlte es sich an wie ein Waffenstillstand. Wie ein explosives Gemisch der unterschiedlichsten Interessen, Ambitionen und Emotionen.

Es gab nur wenige Gemeinsamkeiten, die die Familie hätten zusammenschweißen können. So wie das gemeinsame sonntägliche *petit déjeuner* – eines der letzten verbliebenen Rituale der Familie Bricassart. Egal, wie spät es in der Nacht geworden war, und auch wenn man sich die Bettdecke erst im Morgengrauen über den Kopf gezogen hatte, man wurde um Punkt neun Uhr im kleinen Salon erwartet, wo Bernadette Jeunet üppig den Frühstückstisch gedeckt hatte. Und wo jetzt wie jeden Sonntag alle zusammensaßen.

Es war ein spätsommerlicher Morgen, nicht zu heiß, die Sonne schickte ihr weiches, helles Licht durch die hohen Fenster in den Raum, der in Pastellfarben gehalten war und in dem sich die Familie zu einem – wie zumindest die Kinder hofften –

halbwegs entspannten und spannungsfreien Frühstück versammelt hatte.

Doch an diesem Sonntag im September, kurz nach neun Uhr, ging die Bombe hoch.

«Wir werden mit dieser Mademoiselle Bennett kurzen Prozess machen.» Mit diesen Worten zündete Anne-Sophie, Baronne de Bricassart, die Lunte. In aller Seelenruhe, jedoch mit einem kräftigen Hieb schlug sie ihr gekochtes Ei auf, als würde sie jemanden köpfen. Sie sagte es so beiläufig, als würde sie den Wetterbericht aus der Zeitung vorlesen. Der Baron senkte den Blick und schaute angelegentlich auf die ihm soeben servierten Eier im Glas, Louise hob dankbar die Augen zur Decke, Laura, Léonie und Jean-Luc ließen ihr Besteck auf die Teller fallen.

«Wie meinst du das?», fragte Jean-Luc, als er sich von dem ersten Schreck erholt hatte.

«Wie soll ich das schon meinen? Sei nicht so begriffsstutzig! Natürlich wegen des Manoirs, das sie widerrechtlich unter ihre Fuchtel gebracht hat.»

«Meines Wissens hat Emily Bennett es von ihrer Tante geerbt», warf Laura ein. «Und die hat es vom Comte bekommen. Es gab ein Testament ...»

«Deines Wissens? Da ist es mit deinem Wissen eben nicht weit her. Diese Testamente entbehren jeglicher rechtlichen Grundlage. Weder hatte mein Onkel das Recht, das Manoir zu vererben, noch diese *salope*.»

«Kein Grund, ordinär zu werden», murmelte der Baron.

«Ich bin nicht ordinär, Henri-Armand, ich nenne die Dinge nur beim Namen. Wahrscheinlich hat sie ihm das Manoir abgeluchst, nachdem sie ihm vollkommen den Kopf verdreht hatte. Wie auch immer, die Familie hat einen Rechtsanspruch, das Haus gehört uns, seit jeher. Und diese englische Miss wird es uns zurückgeben müssen.»

«Wie kommst du denn ausgerechnet jetzt darauf?»

«Ich habe *Maître* Courvoisier darauf angesetzt. Er hat im Familienarchiv der Bruyant-Linie kein einziges Dokument dazu gefunden, dass das Manoir meinem liederlichen Onkel übereignet worden wäre. Er hatte ein Nutzungsrecht für das Haus, jedoch keine Verfügungsgewalt. Noch im Bestandsverzeichnis vor fünfundzwanzig Jahren war es im Besitz der Familie aufgeführt!»

«Aber diesen Standpunkt kannst du doch nicht im Ernst jetzt noch vertreten!», brauste Jean-Luc auf, dem der Appetit vergangen war und der brüsk seinen Teller von sich schob. «Miss Bennett hat das Manoir vor über einem Jahr übernommen, sie hat sehr viel Geld in die Renovierung gesteckt. Und sie hat vor ein paar Monaten erst die Eröffnung gefeiert!»

«Das spielt alles keine Rolle. Und wofür sie ihr Geld ausgibt, ebenfalls nicht. Dass sie da jetzt ihre ... Herberge eröffnet hat, ändert doch nichts an den Fakten. Übrigens ist mir zu Ohren gekommen, dass gleich drei Mitglieder unserer Familie bei dieser beschämenden Veranstaltung anwesend waren. Aber lassen wir das für den Moment. Fakt ist jedenfalls, dass nichts davon, was mit dem Manoir unternommen wurde, irgendeine Rechtsgrundlage hat. Darum können und werden wir das Testament anfechten!»

«Wir? Sprichst du jetzt neuerdings im Pluralis Majestatis? Das ist eine Familienangelegenheit, du kannst das nicht einfach eigenmächtig entscheiden. Was sagst du eigentlich dazu, Papa?»

Jean-Luc wandte sich zu seinem Vater und blickte ihn eindringlich an. Henri-Armand de Bricassart, der in seinen Sessel gesunken dagesessen hatte, als ginge ihn das Ganze eigentlich nichts an, straffte sich – er brauchte wohl Statur für seine Antwort.

«Deine Mutter hat die Nachforschungen im Sinne und im

Interesse der ganzen Familie angestellt. Das muss ihr hier jetzt niemand zum Vorwurf machen.»

«Du bist also auch dafür, Emily Bennett mal so eben ‹den Prozess zu machen›, wie Maman es genannt hat?», erkundigte sich Laura gereizt.

«Jetzt hört schon auf, Maman und Papa unter Druck zu setzen und so zu tun, als geschehe hier etwas Ungeheuerliches oder gar Ungesetzliches», schaltete sich Louise ein, doch niemand beachtete sie.

«Bist du dafür, Papa – ja oder nein?», hakte Laura unerbittlich nach. Ihre Augen blitzten, auf ihren Wangen hatten sich hektische Flecken gebildet.

Da schlug ihre Mutter mit der flachen Hand auf den Tisch, dass das Geschirr klirrte.

«Jetzt reicht's aber! Natürlich ist er dafür, Laura. Was denkst du denn? Glaubst du, das ist mein Privatfeldzug? *Au contraire!* Wir sind eine Familie, uns ist Familienbesitz streitig gemacht worden, und wir fechten das jetzt auch als Familie durch. Alle zusammen – und ihr beiden werdet da keine Ausnahme machen!» Sie trank einen letzten Schluck aus ihrer Tasse und stellte sie mit einem Klirren wieder ab. Entnervt blickte sie Laura und Jean-Luc an, die nebeneinandersaßen und die Augen starr auf die Tischdecke hefteten. «Und was euch beide angeht, so wäre es vermutlich mehr als angebracht, etwas Distanz zu dieser Hausbesetzerin zu halten. Ihr solltet wirklich wissen, auf welcher Seite ihr steht.»

Laura schnaubte, sagte aber nichts.

Jean-Luc ballte die Fäuste, entgegnete aber ebenfalls nichts mehr.

Nur Léonie, die noch gar zu Wort gekommen war, meldete sich: «Ihr seid alle Heuchler ... verdammte Heuchler!» Sie sprang auf. «Jahrelang habt ihr euch einen Dreck um das Manoir geschert, habt es verkommen und verrotten lassen. Und jetzt, wo es vollständig restauriert wurde, haltet ihr die Hände auf. Ihr seid so gemein! Das ist nur noch widerlich. Ihr solltet euch schämen! Alle!»

Dann lief sie hinaus. Die Tür knallte hinter ihr zu, dass die Gläser in der Vitrine klirrten.

«Léonie fehlt die Kinderstube», stellte Anne-Sophie de Bricassart kühl fest. Sie blickte ihrer Tochter nicht einmal nach. «Sie ist aufsässig, renitent und respektlos. Das war schon immer so.»

«Hattest du nicht die Aufsicht über die Kinderstube, meine Liebe?», fragte der Baron müde, als sei er all die Diskussionen der letzten Jahre nun restlos leid. «Dann übernimm wenigstens die Verantwortung dafür und behandle deine Tochter nicht wie ein Stubenmädchen!»

Die Baronne schüttelte unwillig den Kopf, ging aber nicht weiter darauf ein. «Na schön, wie ihr wollt», sagte sie nach einer Weile unbehaglichen Schweigens. «Dann eben keinen kurzen Prozess. Miss Bennett bekommt einen Brief, in dem wir unsere Position darlegen, klipp und klar. Wir werden ja sehen, wie sie darauf reagiert. Ich bin sicher, wir erleben ein grandioses Drama aus Empörung und *excitation.* Nur helfen wird ihr das alles nichts!» Sie stützte den Kopf in die Hände. «Und Laura und Jean-Luc, ihr beide haltet euch da raus, habt ihr verstanden?»

«Himmel, Anne-Sophie», rief der Baron nun. «Wir sind hier doch nicht auf dem Schlachtfeld, auf dem du die Truppen befehligst!»

«Noch nicht ...»

Einer nach dem anderen verließ wortlos den Salon. Zum Schluss blieben nur Laura und Jean-Luc sitzen. Laura rührte abwesend in ihrer Tasse, der Kaffee musste längst kalt sein.

«Was war das denn?», fragte Jean-Luc, noch immer entgeistert.

«Die Rächerin der Enterbten?», schlug Laura vor.

Er grinste schief. «*Hélas ... Und ein Sturm löste sich aus den Haaren der Furie und fegte das gesamte Universum hinweg ...*»

«Das kannst du laut sagen.»

«Besser nicht. Die Wände haben Ohren, das weißt du doch.»

«Und die Ohren heißen Louise ...»

Laura rollte die Augen. «Komm, wir gehen ein paar Schritte», schlug sie vor. «Draußen ist es so schön, viel schöner als hier drinnen. Ich brauche jedenfalls frische Luft. Lass uns in den Park gehen. Ich war schon ewig nicht mehr in dem kleinen Pavillon beim Rosarium. Gibt es noch die kleine Bank davor?»

«Gibt es sicherlich. Ja, das ist eine gute Idee. Ich muss jetzt auch hier raus.»

Sie verließen das Schloss und gingen die bekiesten Parkwege bis zum Rosarium. Die Blütezeit war vorüber, die in diesem groß angelegten Rosengarten jedes Jahr spektakulär war. Da der Baron sich auf Duftrosen spezialisiert hatte, lag wochenlang ein Duftteppich über dem Park. Nun allerdings zeigten nur noch vereinzelte Stauden einige prächtige Nachzügler, und man musste schon nahe herangehen, um ihren Wohlgeruch zu erschnuppern.

Danach stand den beiden jedoch nicht der Sinn. Sie steuerten auf den kleinen Pavillon hinter dem Rosengarten zu, der in längst vergangenen Zeiten wohl für amouröse Verabredungen und Tête-à-Têtes genutzt worden war. Er bestand im Grunde nur aus Türen, die man nacheinander auffächern konnte, sodass eine kleine Bühne entstand. Die Eisenteile waren hellgrün gestrichen, das Fensterglas bezauberte mit kunstvollem Facettenschliff, und im Innern boten weiße Voiles Sichtschutz, wenn man ihn denn benötigte. Vor dem Pavillon stand normalerweise eine Sitzbank, doch die war wohl von Nicolas Bourdieu in den Innenraum gebracht worden.

Jean-Luc ließ sich auf die Bank fallen und bot Laura den Platz neben sich an.

Mit einem Seufzer ließ Laura sich neben ihrem Bruder nieder. Eine Weile herrschte Schweigen, bis sie es unterbrach: «Emily darf den Brief nicht unvorbereitet bekommen. Wir müssen sie warnen, Jean-Luc.»

«Das würde ich nicht tun. Und was macht das schon für einen Unterschied, ob sie es vorher weiß oder nicht. Es wird ein Schock für sie sein, so oder so.»

«Aber du kannst sie doch nicht ins offene Messer laufen lassen.»

«Ich habe das Messer nicht gezückt, Laura.»

«Aber das wird sie so sehen, glaub mir. Wenn du sie nicht vor der Zustellung dieses Briefes darauf ansprichst, wird sie zwangsläufig davon ausgehen, dass du deine Hände mit im Spiel hast.»

«Unsinn. Warum sollte sie? Sie vertraut mir. Und ich werde dann zu gegebener Zeit schon das Nötige sagen. Man soll die Feuerwehr nicht losschicken, bevor es brennt.»

«Sei nicht so ein Feigling, Jean-Luc. Ich glaube, du hast einfach Angst vor ihr, vor ihrer Reaktion. Davor, dass sie dich für alles verantwortlich machen und sich von dir zurückziehen könnte.»

Er zog verärgert die Augenbrauen zusammen. «Das ist doch die reinste Panikmache! Man wird sich zusammensetzen und vernünftig miteinander reden, um die Sache aus der Welt zu schaffen.»

«Ach, träum weiter. Glaubst du im Ernst, deine so überaus vernunftbegabte Mutter wäre dazu bereit? Nein, ist sie nicht, das kann ich dir jetzt schon verraten. Sie wird sich nicht mit Emily an einen Tisch setzen und ihr Tee und Gebäck anbieten.»

«Und was schlägt die Chefdiplomatin Laura de Bricassart vor?»

Von draußen kam plötzlich ein Geräusch. Waren das Schritte?

«Pst!», machte Laura und legte den Zeigefinger an die Lippen. «Da ist jemand!»

«Wer sollte denn da sein? Ich hab nichts gehört.»

«Doch, da schleicht jemand um den Pavillon herum.»

In diesem Augenblick wurde die Tür geöffnet. Das Licht der Morgensonne fiel in den Raum, und in der Öffnung stand Nicolas Bourdieu und warf einen gewaltigen Schatten wie über zwei Delinquenten, die vom wachsamen Auge des Gesetzes überrascht werden.

«Habt ihr mich erschreckt! Ich dachte schon, hier wäre jemand eingedrungen, Einbrecher oder so. Obwohl ... zu stehlen gibt es hier ja eigentlich nichts. Was habt ihr beiden denn am Sonntagmorgen im Pavillon zu tuscheln?»

«Wir, äh ... wir reden hier nur ein bisschen ... miteinander ...» Obwohl alles eigentlich unverfänglich war, zog Laura eine schuldbewusste Miene, als hätte sie etwas zu verbergen oder als wäre ihr die Entdeckung peinlich.

«Und dafür müsst ihr euch im Pavillon verstecken?»

«Ach, Nicolas, du guter Wachmann», sagte Jean-Luc und legte dem Gärtner einen Arm um die Schulter. «Es ist nur eine kleine Konspiration zwischen meinem Schwesterlein und mir. Aber wenn es dich interessiert, können wir unsere Unterhaltung auch gern mit dir fortsetzen. Und es gibt einiges zu berichten – nichts Schönes allerdings, fürchte ich. Eher Nachrichten aus der Hölle.»

Nicolas Bourdieu hörte sich den Bericht der beiden Geschwister an. Immer wieder verkrampften sich seine Finger, was darauf hindeutete, dass es auch ihm zu schaffen machte. Schließlich ballte er die Fäuste.

«*Grande merde!* Was für ein Schlamassel! Eine Katastrophe!»

«Übertreibst du da nicht ein bisschen, alter Knabe?»

«Nein, Nicolas übertreibt nicht, definitiv nicht», schaltete Laura sich ein. «Es ist eine Katastrophe. Für Emily, für die ganze Stadt, aber auch für uns. Jedenfalls für dich, Léonie und mich. Louise steht wie immer auf der Seite von Papa und Maman. Der Riss geht mitten durch unsere Familie.»

«Nicht nur durch eure», sagte Nicolas. «Agnès hetzt seit Wochen gegen das Manoir, gegen das Hotel – wie immer ganz die Stimme ihrer Herrin. Eine schrille Stimme, muss ich sagen. Wir hatten schon lautstarke Auseinandersetzungen deswegen. Sie lässt einfach nicht locker, geht keinem Streit aus dem Weg, macht üble Stimmung. Ich kann ihr Gezeter nicht mehr hören. Was hat sie damit zu schaffen? Das frage ich mich wirklich. Anscheinend glaubt sie, die paar Kröten, die das Schloss ihr jeden Monat aufs Konto überweist, verpflichten sie zu uneingeschränkter Parteinahme. Loyal bin ich auch, das wisst ihr, aber das heißt nicht, dass man mit allem, was im Schloss geschieht, ohne Wenn und Aber einverstanden zu sein hat, oder?»

«Das ist merkwürdig, in der Tat», sagte Jean-Luc. «In diesem Punkt seid ihr wirklich nicht ein Herz und eine Seele.»

«Das sind wir schon seit Jahren nicht mehr. Mit ihrer fanatischen Gefallsucht, die ja im Grunde völlig unangebracht ist, bringt sie mich zuverlässig auf die Palme. Sie könnte einfach ihre Arbeit machen, müsste doch nicht alles kommentieren. Was geht es sie an, *hein*? Ich verstehe auch überhaupt nicht, was sie gegen Emily Bennett hat. Das ist doch eine patente junge Frau, die etwas ganz Wunderbares geschaffen hat! Warum fühlt Agnès sich bemüßigt, dagegen zu protestieren? Nur um sich bei eurer Mutter einzuschmeicheln! Manchmal könnte ich aus der Haut fahren ...»

«Ja, Agnès ist ... speziell», meinte Laura. «Das war sie immer. Mit welcher Lust sie die unbedingte Erfüllungsgehilfin spielt! Sie war früher schon das Sprachrohr von Maman. Sie spiegelt ihre Launen, redet ihr nach dem Mund – die perfekte Dienerin ihrer Herrin! So was von vorgestern, schrecklich!»

«Das klingt nach einem ganz schönen Gewittersturm, der da auf uns zukommt», prophezeite Nicolas düster. «Wir müssen zusammenhalten. Wenigstens wir drei.»

24 *Emily bekommt einen Brief und verliert die Fassung.*

Die ersten Ausläufer der Schockwelle erreichten das Manoir in kurzen Abständen. Allerdings waren sie nicht sofort als solche zu erkennen. Niemand wusste oder sagte etwas Konkretes, es gab nur Andeutungen, Hinweise, Gerüchte. Maurice Ulian behauptete, da sei etwas im Gange, er habe es vom Bürgermeister schon bei der Eröffnung des Manoirs gesteckt bekommen. Aber Genaueres wusste auch er nicht oder wollte es nicht sagen. André Chardin hatte etwas in seiner Trafik aufgeschnappt, als eine Kundin raunte, die Tage des Manoirs seien gezählt, es sei nur noch eine Frage der Zeit. Und Laura war bei ihrem letzten Telefonat, als Emily sich wegen der bevorstehenden Hochzeitsfeier eines Paares aus der Bretagne erkundigt hatte, seltsam einsilbig und wünschte ihr zum Abschied mitfühlend «viel Kraft», was sich in Emilys Ohren etwas nach Beileidsbekundung anhörte. Dabei war sie voller Energie, und an Tatkraft fehlte es ihr wirklich nicht.

Doch all diese seismographisch schwachen Anzeichen beunruhigten die Hoteldirektorin nicht allzu sehr. Klatsch und Tratsch fand in Fleury immer einen Nährboden, und im Garten der Gerüchte wuchsen hier täglich neue Gewächse. Wann immer Emily sich in der Stadt blickenließ, bekam sie Komplimente über das «neue Manoir», die meisten Leute schenkten ihr ein Lächeln. Und die anderen – vermutlich alles nur Neider, Intriganten, Sorgensammler.

Zum Glück war immerhin Isabelle an Optimismus nicht zu übertreffen. Das lag einfach in ihrer Natur. Sie erwartete immer zunächst das Positive, das Gute, Erfreuliche. Und konnte mit üblen Stimmungen nicht viel anfangen. «Schwarze Energie», stöhnte sie, wenn ihr irgendjemand querkam oder diffuses Unheil prophezeite. «Davon muss ich mich fernhalten. Und du musst das auch, Emily. Lass das erst gar nicht an dich heran. Sonst läufst du Gefahr, dich mit schlechter Laune und negativen Gefühlen zu infizieren, und wirst deines Lebens nicht mehr froh. Schwarze Energie wird man nicht so leicht los, wenn sie einen erst mal gepackt und fest im Griff hat.»

Emily lachte. «Du übertreibst, Isabelle. Wie immer!»

«Wie du meinst ... Ich wäre auf der Hut.»

«Du bist mein Hut! Du wirst mich schon beschützen.»

«Okay», meinte Isabelle und grinste. «Stimmt auch wieder. Ich bin dein Schutz und dein Schirm. Ich passe schon auf dich auf!»

Ein konkreter Fingerzeig kam schließlich von Laura. Sie war in den letzten Tagen zwar freundlich und herzlich geblieben, wirkte auf Emily aber merkwürdig reserviert, wie gehemmt.

In einem Telefonat erwähnte sie, dass ihre Eltern die Testamente prüfen ließen. Emily merkte ihr an, dass sie sich in einem Konflikt befand, zuckte aber nur mit den Schultern. Es war sicher nur der übliche Ärger mit den Bricassarts, den halb Fleury hatte. Jean-Luc würde es bestimmt zu verhindern wissen, dass daraus eine ernsthafte Bedrohung für Emily erwuchs.

Doch nach der Gewitternacht waren seine Besuche im Manoir ausgeblieben. Laura meinte auf Emilys vorsichtige Nachfrage, er sei für ein paar Tage nach Bordeaux gefahren, wusste aber zum Grund für seine Reise nichts zu sagen. Vielleicht hat er ja einen Investor für sein geplantes Bed & Breakfast im Schloss gefunden und kratzt ein paar Millionen zusammen, dachte sich Emily. Aber Konkurrenz belebt bekanntlich das Geschäft. Allzu viele Gedanken machte sie sich also auch darüber nicht. Es war vielleicht ganz gut, wenn sie jetzt mal eine Pause einlegten. Und vielleicht würde so ihnen beiden ein bisschen klarer, was sie eigentlich wollten. Von sich und vom jeweils anderen.

Die Enttäuschung über ihren letzten gemeinsamen Abend, an dem sie ohne Kuss auseinandergegangen waren, kratzte an ihrem Selbstbewusstsein. Vor allem ärgerte es sie, dass sie selbst nicht den Mut gehabt hatte, Jean-Luc ihre Gefühle zu offenbaren. Doch waren das überhaupt ernsthafte Gefühle? Vielleicht war es ja nur eine flüchtige Verliebtheit, die man besser nicht allzu ernst nehmen sollte. Und die Zeit war noch nicht gekommen, mit ihm «etwas Ernstes» anzufangen. Irgendwie verspürte Emily eine gewisse Scheu, einen Schritt zu tun, den sie hinterher womöglich bereuen würde.

«Geplänkel», meinte Isabelle nur, als Emily ihre Unentschlossenheit andeutete. «Noch schlimmer als bei Yves und mir. Und, glaub mir, wir sind die Meister ... unmöglich zu übertreffen. Wir haben Monate bis zum ersten Kuss gebraucht. Warum sollte es bei dir schneller gehen? Wir sind ja schließlich beide keine fiebernden Teenies mehr, die es vor Ungeduld nicht mehr aushalten.»

«Trotzdem ... findest du es nicht seltsam, dass er hier gar nicht mehr aufkreuzt?»

«Ach was. Vielleicht ist er mit seinen Kumpels unterwegs. Vielleicht macht er eine Weiterbildung. Vielleicht hat er eine Sommergrippe. Oder möglicherweise ...»

«Möglicherweise hat er eine andere», ergänzte Emily düster.

«Ja, das ist immer der erste Gedanke einer nicht sehr selbstsicheren Frau, nicht wahr?»

«Was soll das denn heißen, nicht sehr selbstsicher? Ich habe da, glaube ich, keine Defizite.»

«Offenbar doch. Du denkst gleich, du genügst ihm nicht. Und das bloß, weil du mal ein paar Tage nichts von ihm gehört oder gesehen hast. Warum rufst du ihn nicht einfach an?»

«Spinnst du? Ich rufe ihn doch nicht an! Aber du hast wahrscheinlich recht. Ich sollte einfach ein bisschen gelassener sein. Das wird schon, wie meine Mutter immer zu sagen pflegt. Und möglicherweise könnte uns eine Flasche Monbazillac dabei helfen.»

«Und ob ich recht habe. Ein Monbazillac ist immer eine gute Idee. Fast immer. Also los, zeig, was dein Keller zu bieten hat!»

Der Brief lag auf dem Empfangstresen, in der silbernen Schale, in die Ela die für ihre Chefin bestimmte Post legte. Viel brachte der Postbote ja nicht, meistens nur Rechnungen, Werbebriefe und amtliche Schreiben, alles andere lief über E-Mail. Dieser Brief sah hingegen irgendwie amtlich aus. Der Absender war eine Anwaltskanzlei in Périgueux. Und der Brief hatte es in sich, er schlug einen beflissenen Ton an und war gespickt mit offenen Drohungen. Unterzeichnet war er von einem *Maître* Jules Courvoisier.

Emily traute ihren Augen nicht, als sie ihn las. So ungeheuerlich war die Anschuldigung, so unglaublich die Forderung. Die Familie de Bricassart machte ihr tatsächlich das Manoir streitig! Jetzt, wo sie es renoviert und als Hotel eröffnet hatte. Widerrechtlich ... ohne Rechtsgrundlage ... Testament ungültig ... Der Schluss war unmissverständlich: «Sie werden höflich gebeten, das Manoir zu räumen und unserer Mandantschaft innerhalb von dreißig Tagen nach Zustellung dieses Schreibens zurückzugeben. Für Ihrerseits noch zu klärende Fragen setzen Sie sich bitte mit uns in Verbindung. Sie werden verstehen, dass unsere Mandantschaft im Falle einer Weigerung alle rechtlichen Mittel ausschöpfen wird, die ihr zur Verfügung stehen ...»

Zurückgeben ... vollständig geräumt ... Emily wurde schwindlig, sie ließ sich auf ihren Schreibtischstuhl fallen. Schweiß brach ihr aus, ihr Herz flatterte wie ein Vogel in Todesangst. Mit zitternden Händen goss sie sich ein Glas Wasser ein, das sie in gierigen Zügen trank.

Das glaube ich nicht. Das glaube ich einfach nicht.

Sie fühlte sich angegriffen, wie von einem heftigen Stoß, und alles, was ihr durch den Kopf schoss, waren nur Fetzen von Gedanken, die sie in ihrer Tragweite nicht zu Ende denken wollte. Wie lange sie da fassungslos sitzen blieb, eine Viertelstunde, eine halbe Stunde oder doch nur fünf Minuten, sie wusste es nicht. Blicklos starrte sie vor sich hin, fixierte nur eine kleine kunstvoll ausgebesserte Kerbe in der Holzmaserung ihres alten Schreibtischs, als könnte sie von ihr Aufschluss erwarten über die größte Katastrophe ihres Lebens.

Von draußen hörte sie die Geräusche des morgendlichen Hotelbetriebs. Im kleinen Speisesaal wurde das Frühstück abgeräumt, Klappern von Geschirr und Besteck, Stimmengewirr, Rufe, die sie nicht verstand, ein Staubsauger auf dem Flur der ersten Etage. Vom Empfangstresen der Rezeption hörte sie, wie ein Gast die alte, leicht scheppernde Rufklingel betätigte, ein Geschenk von André Chardin zur Eröffnung. Ela eilte herbei – ein Check-out, eine Rechnung ... Emily stand auf, straffte sich und setzte ein Lächeln auf.

«Bonjour, Madame, bonjour Monsieur ...»

Der Betrieb ging weiter.

Noch.

Die Routine tat ihr gut. Es war nicht so, dass Emily im Laufe des Tages den Brief auch nur eine Minute hätte vergessen können, doch sie «funktionierte», hielt den Betrieb am Laufen. Sie bestätigte Buchungen, überwies Rechnungen, gab Bestellungen durch, verschob Liefertermine, empfing ankommende Gäste.

Auf diese Weise hatte sie gar keine Zeit, sich weiter aufzuregen. Aber auch keine, sich wieder abzuregen. So blieb sie unter permanenter Anspannung.

Mittags tätigte sie dann ein paar Telefonate. Sie brauchte jetzt ihre Vertrauten um sich. Isabelle sowie André und Adèle, die waren beide immerhin Mitglieder des Stadtrats und konnten ihr sicherlich raten, was zu tun war. Emily hatte nur gesagt: «Es gibt Ärger, ich brauche euch», ohne ins Detail zu gehen. Doch die Panik, die unüberhörbare Dringlichkeit in ihrer Stimme hatte alle alarmiert. Sie verabredeten sich für den späten Nachmittag im Manoir.

Emily hatte überlegt, ob sie auch Laura anrufen sollte, sich aber dagegen entschieden. Es war besser, sie jetzt nicht in irgendwelche Loyalitätskonflikte zu stürzen oder sie gar vor den anderen zu kompromittieren. Emily war sich sicher, dass Laura das Vorgehen ihrer Familie auf gar keinen Fall guthieß. Trotzdem, es war besser, sie erst einmal außen vor zu lassen.

Emily führte ihre Freunde in den kleinen Salon und schloss die Tür. Sie gab ihnen reihum den Brief zu lesen, wortlos, sie sollten den Schrecken unvoreingenommen spüren. Nach der Lektüre spiegelten ihre Mienen all das wider, was auch sie empfunden hatte: Ungläubigkeit, Fassungslosigkeit, Empörung, kalte Wut.

«*Merde alors*», sagte André Chardin. Die anderen nickten.

«Wie geht es dir?», fragte Isabelle mitfühlend und streichelte Emily über den Arm.

«Wie soll es mir gehen? Um ehrlich zu sein: Ich weiß nicht ein noch aus. Keine Ahnung, ob das nicht alles nur ein Bluff ist, ein Schuss vor den Bug. Oder ein Angriff mit schwerem Geschütz. Außer dem Testament von Tante Hermione habe ich nichts in der Hand. Wenn die irgendwas vorweisen können, das es aushebelt, dann gute Nacht. Meine Verteidigung dürfte so oder so auf schwachen Füßen stehen.»

«Zumindest sieht es so aus, als hätten sie ganz gute Karten. Aber wer weiß, ob sie damit das Gericht beeindrucken oder überzeugen können», sagte Adèle mit kämpferischem Blick. «Jedenfalls brauchst du etwas, das du ihnen entgegensetzen kannst. Das Testament deiner Tante wird nicht reichen, fürchte ich. Wir müssen da gerissener ... cleverer sein als sie.»

«Vielleicht reicht es ja schon, sich den Eintrag im Grundbuch anzuschauen», meinte Emily.

Isabelle schüttelte den Kopf. «Das haben die bestimmt schon getan. Einen Blick ins *cadastre* kannst du dir sparen. Wie ich deine Tante kenne, ist sie zum Manoir gestiefelt und hat sich dort häuslich eingerichtet, und alle juristischen Fragen waren ihr herzlich egal. Ich glaube nicht, dass Sie da eine Umschreibung oder einen Eintrag vorgenommen hat. Sie hat ihren Comte geliebt, er hat ihr das Manoir vermacht, das wird ihr genügt haben.»

Adèle nickte. «Das glaube ich auch. Trotzdem sollten wir im Rathaus das Grundbuch prüfen. Die Legitimation der Brics bekommen wir mit Sicherheit nicht zu sehen, die werden sie erst vor Gericht präsentieren.»

Bei dem Wort Gericht zuckte Emily zusammen. «Meint ihr wirklich, sie gehen bis zum Äußersten und werden vor Gericht ziehen ... mich verklagen?»

«Jedenfalls belässt es der Brief nicht nur bei einer Andeutung, sondern stellt es klipp und klar in Aussicht. Für den Fall, dass du das Manoir nicht räumst. Das wirst du auf gar keinen Fall, das wirst du nicht einmal in Erwägung ziehen, hörst du? Doch ich fürchte wirklich, die Baronne ist wild entschlossen, das Manoir unter ihre Fuchtel zu bekommen, da kann ich dir leider keine Hoffnung machen.»

Emily seufzte. «Das heißt, ich muss mir einen Anwalt nehmen.»

«Darauf wird es hinauslaufen», meinte André. «Es sei denn ...»

«Es sei denn?»

«Es gelingt dir, die Baronne umzustimmen. Irgendwie. Wenn es noch irgendeine Chance gibt, die angedrohten ‹Rechtsmittel› zu umgehen, dann solltest du sie ergreifen.»

Adèle wiegte den Kopf. «Vielleicht ... mag sein. Aber das, was sie dir geschrieben haben, klingt schon alles ziemlich entschlossen, finde ich.» Sie überlegte. «Allerdings vermute ich auch, dass die Familie sich nicht so einig ist, wie es dieser Brief nahelegt. Laura wird sicherlich dagegen opponieren, Léonie auch. Jean-Luc – keine Ahnung. Er ist immer undurchschaubar, schwer einzuschätzen. Wie auch immer, da geht ein Riss durch die Familie, sage ich euch. Und er öffnet nach meinem Empfinden die einzige Möglichkeit ...»

«... das Ganze noch abzuwenden», vollendete André den Satz. «Im Grunde hast du keine andere Wahl, Emily. Du wirst hier kaum in einem Monat den Betrieb einstellen und die Umzugswagen bestellen wollen. Das wäre kampflose Kapitulation. Nicht nur für dich, für ganz Fleury! Und dazu besteht meines Erachtens überhaupt keine Notwendigkeit.»

«Du solltest vielleicht doch erst mal mit Laura sprechen», schlug Isabelle vor. «Und sei es nur, um ein paar mehr Informationen zu bekommen. Um einschätzen zu können, wie ernst sie es meinen. Und was sie noch in der Hand haben.»

«Keine schlechte Idee», befand Adèle. «Ein erster Schritt. Und dann sehen wir weiter.»

Sie schwiegen. Adèle nippte am Cognac, André zog müde an seiner Zigarette.

«Also, was wollen wir jetzt tun?», fragte Isabelle nach einer Weile. Emily registrierte dankbar, dass sie «wir» gesagt hatte.

«Zumindest nicht das, was sie wollen. Wir müssen Zeit gewinnen. Ich denke, ich sollte wirklich als Erstes mit Laura sprechen. Dann mit dem Bürgermeister. Und auch mit Maurice Ulian. Es muss eine Lösung geben ... Das ist mein Haus, mein

Hotel, meine Zukunft. Mein Leben. Das lasse ich mir von diesem durchgeknallten Adelsclan nicht kaputt machen. Für mich geht es hier um alles.»

«Merde alors», sagte André wieder und drückte energisch seine Zigarette im Kristallaschenbecher aus.

Ein Fazit, das sie ratlos zurückließ.

Am Abend tauchte Jean-Luc auf. Emily hatte gerade ihre Freunde verabschiedet, die Gläser und Aschenbecher waren noch nicht weggeräumt, da stand er überraschend in der Tür. Ein verlegenes Lächeln, ein betrübter Blick. Er umarmte sie nicht wie üblich zur Begrüßung, sondern hob nur verlegen die Hand.

«Ich habe nichts damit zu tun ... Es ist ... Ich kann ...», begann er, als sie sich im verqualmten Salon zusammengesetzt hatten, dessen Fenster Emily geöffnet hatte, damit sich der Rauch verzog.

«Ach, komm mir nicht so, Jean-Luc. Und red dich bitte nicht einfach raus», unterbrach Emily sein Gestammel. «Du hättest es verhindern können ... müssen. Der Brief ist im Namen eurer gesamten schrecklich netten Familie, also auch in deinem.»

«Meine Mutter legt auf meine Meinung keinen sonderlichen Wert. Auch auf die von Laura und Léonie nicht. Nicht einmal mein Vater hat Einfluss auf sie, fürchte ich. Jedenfalls keinen nennenswerten ...»

«Umso schlimmer, dass es euch mit vereinten Kräften nicht gelungen ist, sie von einem solchen Blödsinn abzuhalten.» Emilys blaue Augen blitzten.

«Ob es ‹solch ein Blödsinn› ist, wäre noch zu klären.»

«Ach ja? Was ist es denn in deinen Augen? Eine gerechtfertigte Maßnahme? Der Versuch, eure ach so aristokratische und unantastbare Rechtsposition durchzusetzen? Ist es das?»

Jean-Luc schüttelte den Kopf. «Natürlich nicht. Aber es bleibt ein Fakt – soweit bekannt und rein objektiv gesehen –, dass es nun einmal kein rechtsgültiges Testament gibt. Und das spielt ihr eben in die Hände.»

«Und da fällt ihr eines wunderschönen Morgens einfach mal so ein, sich das Manoir zurückzuholen? Von dem sie meint, es stehe ihr zu und nicht mir? Um das sie sich seit Jahren und Jahrzehnten keinen Deut geschert hat? Jetzt ist es restauriert, jetzt ist es ein Hotel, jetzt hat es einen Wert für sie. Und für dich im Übrigen ja auch.»

«Wie meinst du das?»

«So, wie ich es sage, Jean-Luc. Du musst dich mit dem Schloss gar nicht mehr befassen, um ein Hotel zu eröffnen ... Deine Eltern haben ihren kleinen Krieg gegen dich gewonnen. Und für dich richten sie die Siegesfeier einfach woanders aus.»

«Das glaubst du wirklich, Emily? Ich habe damit nichts zu tun, das schwöre ich dir. Das ist doch alles ... komplett verrückt!»

«Das glaube ich nicht nur, davon bin ich überzeugt. Und wenn ich es mir recht überlege, haben wir damit ja auch gleich das Motiv für diesen Übergriff.»

«Und das wäre?»

«Ach, *Monsieur le Baron*, nun tun Sie mal nicht so scheinheilig! Als wenn Sie es nicht wüssten! Das Manoir kehrt in Ihr Eigentum zurück. Sie bekommen da plötzlich ein wunderbares kleines Hotel an die Hand. Ich bin mir ziemlich sicher, dass letzten Endes Sie hier Hoteldirektor spielen sollen. Wäre ja praktisch, nicht wahr? Wo es doch mit Ihren gastgewerblichen Plänen im Schloss keinen Schritt vorangegangen ist. Nein, es liegt doch auf der Hand: Maman holt für Sie das Manoir zurück, und Sie bekommen gleich das Hotel dazu. Ist das nicht phantastisch?» Emily klatschte ironisch Beifall. «Sie sind am Ziel Ihrer Wünsche und Träume, Monsieur, nun freuen Sie sich mal. Nur eines ist Ihnen nicht gelungen ...» Emily spitzte die Lippen und sah ihn mit grimmig-lauerndem Blick an.

Jean-Luc schaute verständnislos.

«Mich auch noch als Zugabe zu bekommen. Sozusagen als Bonus obendrauf. Darum ging es dir doch in den vergangenen Wochen und Monaten, oder nicht?» Ja, er hat sich in mein Herz geschlichen, um mich auszumanövrieren, nichts anderes, schoss es ihr durch den Kopf. «Du hast dich an mich herangemacht, mich ausspioniert, und ich kleines Naivchen habe sie alle geglaubt, deine Freundschaftsbeschwörungen, deine falschen Komplimente, deine vorgespielten Gefühle – diesen ganzen hohlen Zauber, den du veranstaltet hast, um mich rumzukriegen. Rechtzeitig, bevor das Ding hochgeht. Aber deine Rechnung ist nicht aufgegangen, Maman war einfach schneller ... und krimineller. Ja, krimineller! Hier wird Recht gebrochen oder zumindest gebeugt. Ihr habt ein ganz mieses Spiel angefangen. Aber – oh, wie schade – ich spiele nicht mit. Ich bin da raus! Aber vergiss nicht, Jean-Luc: Nicht du bist es, der bei diesem Theater die Strippen zieht. Deine Mutter ist es. Himmel noch mal, wie borniert und kindsköpfig du bist! Was für ein Versager!»

Emily hatte sich derart in Rage geredet, dass sie tief Luft holen musste, so wütend war sie. Ihre Brust hob und senkte sich schwer. Sie hatte Mühe, jetzt nicht vor lauter Wut loszuheulen. Tapfer schluckte sie die Tränen hinunter und wandte mit einer energischen Bewegung den Kopf ab, starrte die Wand an. Dann verließ sie den Salon, ohne ein weiteres Wort. Sie ließ Jean-Luc sitzen und würdigte ihn keines Blickes mehr.

Ende des Kapitels, dachte sie. Aber der Roman ist noch nicht zu Ende.

25

Im Schloss findet eine denkwürdige Begegnung statt.

Wenig später rief Emily im Rathaus an. Laura war ziemlich zerknirscht, sie schämte sich für ihre Mutter, das sprach sie offen aus. Doch sie hatte wohl auch die – zugegeben vage und vor allem unbegründete – Hoffnung, alles doch noch wieder ins Lot bringen zu können. Emily solle nicht die Nerven verlieren, auch wenn ihr dies schwerfalle. Es sei die Stunde der Diplomatie, sagte sie, und ein direktes Gespräch allemal sinnvoller, als gleich auf volle Konfrontation zu gehen. Und nach ein paar Tagen gelang es ihr sogar, ihre Mutter zu einer Begegnung mit Emily zu bewegen. «Dann könnt ihr euch mal aussprechen», sagte sie.

«Glaubst du wirklich, das hat irgendeinen Sinn?», fragte Emily niedergeschlagen.

«Aber ja! Meine Mutter ist etwas ... eigenartig, doch sie ist kein Unmensch. Sie hat sich da nur in etwas verrannt.»

Irgendwie hörte sich Laura nicht so an, als sei sie davon wirklich überzeugt, jedoch wollte sich Emily ihrem Vorschlag nicht verschließen. Immerhin war die Bereitschaft zu einer Begegnung da. Und sie wäre die Letzte, die eine ihr zur Versöhnung entgegengestreckte Hand ausschlagen würde. Sie musste einfach versuchen, die Wogen zu glätten und die Rückforderung des Manoirs zu verhindern. Einen Versuch war es wert.

Sie stand lange vor dem Kleiderschrank und überlegte, was sie anziehen sollte. Immerhin kam es jetzt darauf an, seriös zu wirken.

Sie bekommt es mit einer Hoteldirektorin zu tun. Dann sollte ich auch wie eine aussehen.

Das Château de Bricassart war nicht Downton Abbey, so viel stand fest. Das Haupttor hatte offen gestanden, und Emily war den Kiesweg zum Eingang des Schlosses hinaufgegangen, bis sie vor einer messingbewehrten Tür stand. Es gab eine Klingel, und Emily läutete, mit einem Summen sprang die Tür wie von Geisterhand geöffnet auf. Kein Empfangskomitee, kein Butler und keine Bediensteten standen parat und fragten sie nach ihren Wünschen. Sie betrat eine kühle Halle mit einer geschwungenen Marmortreppe, auf der sich ein Teppich nach oben wand wie eine rote Schlange.

Von irgendwoher oben kam eine kräftige, befehlsgewohnte Stimme. «In den Salon ... *première étage*!»

Emily lief leichtfüßig die Treppe hinauf. Anne-Sophie de Bricassart stand in der Türöffnung, aufrecht wie ein Wächterengel. Schmal, fast mager. Sie trug ein schlichtes, strenges Ensemble, nur wenig Schmuck. Halblanges, dünnes silbriges Haar fiel ihr in zwei, drei Wellen bis auf die Schultern. Die Baronne war eine vornehme Erscheinung, doch sie strahlte eine Kühle aus, die beängstigend war. Alles an ihr sagte: Komm mir bloß nicht zu nahe!

Mit einem Schritt trat sie beiseite und ließ Emily ein.

Der Salon war der ungemütlichste Raum im Schloss, den man sich vorstellen konnte: groß, leer, einschüchternd, eine kalte Pracht. Die Vorhänge waren so weit zugezogen, dass von draußen nur wenig Licht hereinfiel. Ein kleiner Directoire-Tisch mit einer rot gemaserten Marmorplatte, eine Rosenholzkommode, ein großes Sofa mit harter Polsterung, ein paar Stühle, alles auf einem kostbaren, jedoch verblichenen Teppich. Das Parkett um diese wenig einladende «Sitzgruppe» herum war perfekt poliert, es glänzte wie ein Spiegel, kein Stäubchen war zu sehen. Dies war definitiv ein Raum, in den man einlud, wenn man strikt vermeiden wollte, irgendetwas – oder gar Persönliches – preiszugeben.

Zur Begrüßung gab es keinen Handschlag, keine Anrede,

kein Willkommen. Nur ein knappes Kopfnicken, dann ging die Baronne auf die Sitzgruppe zu, nahm auf dem blau gestreiften Chintzsofa Platz und wies mit einer lässigen Handbewegung auf ein unbequemes goldlackiertes Stühlchen, auf das Emily sich übervorsichtig setzte. Es wackelte derart bedrohlich, dass sie es nicht wagte, die Beine übereinanderzuschlagen. Sie war gezwungen, die Sitzposition eines eingeschüchterten Mädchens einzunehmen, die Beine sittsam geschlossen, die Füße direkt aneinandergestellt. Die Hände legte sie übereinander in den Schoß, peinlich bemüht, sie nicht auch noch zu falten. Sich anzulehnen wagte sie nicht. So verkrampft hatte Emily in ihrem ganzen Leben noch nicht gesessen.

Eine kleine Bürgersfrau war zu einer Audienz bei der hohen Herrschaft eingeladen worden. Das konnte doch nicht wahr sein. War das nicht alles schon seit 1789 Geschichte? Es war so ... schräg!

Eine unbehagliche Stille lag über dem Raum. Die Baronne starrte ihre Besucherin aus halb zugekniffenen Augen an, sie abschätzig musternd, als müsse sie sich erst schlüssig werden, wie man mit solch einem Exemplar einer ihr unbekannten Spezies umging. Emily senkte den Blick, polierte verlegen mit dem Daumen ihre Fingernägel.

«Meine Tochter Laura hat mich gebeten, Sie zu empfangen ... Mademoiselle ... Bennett, nicht wahr?» Anne-Sophie de Bricassart kräuselte die Lippen und machte eine Pause. Emily nickte. «Mir ist zwar nicht ganz klar, was genau wir miteinander zu besprechen hätten ... ich meine, die Dinge liegen ja auf der Hand. Aber ich weiß es zu schätzen, dass Sie mich aufgesucht haben, und werte es als positives Zeichen Ihrer Einsicht. Ich nehme an, Sie haben inzwischen eingesehen, dass Sie sich das Manoir, ein Kleinod, das sich seit Generationen in unserem Familienbesitz befindet ... wie soll ich sagen ... widerrechtlich angeeignet haben.»

Emily blickte erstaunt auf. «Oh, Baronne, nichts dergleichen ist der Fall! Pardon, ich habe es von meiner Tante geerbt, wie allgemein bekannt sein dürfte, und es nun zu einem kleinen Hotel umgebaut. Aber ein Schmuckstück ist es, da haben Sie recht. Vor allem jetzt, nach der Restaurierung ...»

Die Baronne hob eine Hand, wie um Emily Einhalt zu gebieten. «Ich muss an dieser Stelle gleich einhaken und Sie darauf hinweisen, dass auch diese ‹Restaurierung›, wie Sie es nennen, ohne Rechtsgrundlage erfolgte, da sie an unserem Eigentum ohne die Einwilligung unserer Familie vorgenommen wurde. Und ob sie überhaupt im Sinne der historischen Tradition unseres Hauses geschehen ist, entzieht sich meiner Kenntnis – ist für den Augenblick aber auch nicht sonderlich von Belang. Fakt ist und bleibt, dass Sie unberechtigterweise unser Manoir nutzen und bewohnen.»

«So einfach liegen die Dinge nicht, Baronne.»

«Doch, so einfach liegen sie», beharrte Anne-Sophie de Bricassart mit einem maliziösen Lächeln. «Und soweit ich sehe, haben Sie außer einem wertlosen Schreiben, das völlig ungerechtfertigt Testament genannt wird, kein einziges Dokument, das Ihren Besitzanspruch auf das Manoir belegt oder untermauert.»

«Das trifft es nicht wirklich, Baronne. Ich ...», begann Emily und suchte nach Worten.

«Nein, lassen Sie nur. Bemühen Sie sich nicht, ich weiß, dass Sie nichts in der Hand haben. Sehen Sie, Mademoiselle Bennett, ich gestehe Ihnen zu, dass Sie nicht in böser Absicht gehandelt haben. Ja, ich glaube sogar, dass Sie keine Ahnung hatten, wie es sich mit dem Manoir verhält ... wie die Rechtslage sich darstellt. Möglicherweise haben Sie sich von Monsieur Ulian einwickeln lassen, der Ihnen allerdings kein Dokument gezeigt haben kann, dass Sie das Erbe rechtmäßig antreten. Weil es ein solches Dokument eben nicht gibt. Sie waren vielleicht ein bisschen naiv, meine Liebe, als Sie sich vorgestellt haben, hier im Périgord warte das große Glück auf Sie – ein wunderschönes Haus, vielleicht sogar ein Mann fürs Leben.» Emily blickte erstaunt auf, doch die Baronne fuhr ungerührt fort. «Mir ist nicht verborgen geblieben, dass mein Sohn ... nun, ja ... von Ihnen ziemlich bezaubert ist. Das ist kein großes Kunststück. Jean-Luc ist ein bisschen flatterhaft und verliebt sich im Wochentakt. Zu meinem Leidwesen, möchte ich hinzufügen. Nehmen Sie es also nicht persönlich und beschweren Sie nicht unnötig Ihre Gefühle, wenn ich Ihnen sage, dass Sie da nicht die Erste sind und ganz gewiss nicht die Letzte sein werden, an die er sein Herz hängt.»

Sie unterbrach sich, wie um ihre Worte wirken zu lassen. Emily schüttelte nur den Kopf. Wie kann man das jemandem so brutal an den Kopf werfen?, dachte sie. Was soll ich darauf sagen? Ihr fiel keine passende Entgegnung ein. Die Baronne deutete ihr Schweigen vermutlich als Eingeständnis. Was sie für einen winzigen Moment milder zu stimmen schien.

«Sie sind gewiss eine ganz reizende Person, Mademoiselle Bennett, und ich habe persönlich nicht das Geringste gegen Sie. Aber um Sympathien geht es hier nicht, jedenfalls nicht in Bezug auf das Manoir. Es geht hier schlicht und ergreifend um Recht, das müssen Sie mit Ihrem hübschen Köpfchen doch verstehen. Um unser jahrhundertealtes Recht, das Recht unserer Familien, denen das Manoir seit jeher gehört. Mein Onkel, der Comte de Bruyant, hatte zweifellos ein Nutzungsrecht, doch das Anwesen befand sich zu keiner Zeit in seinem Eigentum, sodass er darüber auch nicht verfügen konnte, wie er es wollte. Ich könnte mir sogar vorstellen, dass ihm das gar nicht klar war, als er das Manoir Ihrer Tante überschrieb. Ja, ich weiß, es gibt dieses sogenannte Testament, in dem der Comte der uns übrigens völlig unbekannten Madame Browning das Manoir hinterlassen hat, zusammen mit einer hübschen Summe Geld, von der der Himmel weiß, woher er sie hatte. Lassen wir das mal auf sich beruhen. Doch das Manoir hätte er nicht vererben dürfen. Darum ist sein Testament ungültig ... unrechtmäßig ... ein Witz! Und zwangsläufig folgt daraus, dass auch das Testament Ihrer Tante, in dem sie Ihnen das Manoir weitervererbt hat, null und nichtig ist. Ohne Bedeutung. Habe ich mich so weit verständlich ausgedrückt?»

Emily saß innerlich aufgewühlt, jedoch völlig unbeweglich auf dem Stuhl und hatte der Baronne mit ausdrucksloser Miene zugehört. Die sagte ihr nichts Neues, das alles wusste sie schon aus dem Brief. Doch was sie bedrückte, war die Härte in der schrillen Stimme der Frau, die Rigorosität ihres Standes- und Rechtsdünkels, von dem sie Emily kosten ließ. Irritierend war auch ihr angestrengtes Lächeln, ohne eine Spur Wärme oder Wohlwollen. Angesichts dieser nur mühsam kaschierten feindseligen Stimmung, die ihr entgegenschlug, wurde Emily klar, dass sie hier nichts würde ausrichten können. Die impertinente Art, mit der die Baronne sie überfuhr, ließ nichts Gutes erwarten. Jedenfalls nichts, was den Konflikt lösen oder einen Ausweg aus der verfahrenen Situation weisen könnte. Sie ist an einem Gespräch überhaupt nicht interessiert, dachte Emily. Sie will mich nur fertigmachen.

Emily hätte jetzt gern Isabelle an ihrer Seite gehabt, die ja wie alle in Fleury ihre Erfahrungen mit den «Brics» hatte – und vielleicht eine Idee, wie man ihrer angeborenen Überheblichkeit beikommen konnte. Oder Laura – eine solche Vermittlerin wäre ihr willkommen. Nun bereute sie es, sich der Baronne und ihren Tiraden allein ausgesetzt zu haben. Sie hatte nichts in der Hand, was sie den hochtrabenden Ausführungen entgegensetzen oder womit sie sie gar aushebeln konnte. Anne-Sophie de Bricassart schien alle Trümpfe in der Hand zu haben, Emily nur ein paar wertlose Spielkarten. Es wäre beschämend, sie jetzt auf den

Tisch zu legen und sich dann weiter kaum verhohlenen Hohn und Spott anhören zu müssen.

Les jeux sont faits, dieser alte Spruch fiel ihr ein, das Spiel ist aus. Verzweifelt suchte sie nach einer Möglichkeit, sich irgendwie ihren Stolz und ihre Würde zu bewahren. Den Kopf oben zu behalten, trotz allem.

Eine Woge der Wut schlug über ihr zusammen. Wie von einem Impuls getrieben und ohne dass die Baronne ein Zeichen dazu gegeben hätte, ihr Gespräch sei nun zu Ende und ihr Gast gnädig entlassen, erhob Emily sich so abrupt, dass ihr Stuhl beinahe umgefallen wäre. Doch sie bekam ihn zu fassen und stellte ihn übertrieben vorsichtig wieder hin. Anne-Sophie de Bricassart quittierte dies mit hochgezogenen Brauen, eine solche Ungeheuerlichkeit war ihr wohl noch nicht untergekommen.

Doch Emily hatte genug von dieser demütigenden Einschüchterung. Bewusst bediente sie sich nun der bürgerlichen Anrede. «Madame», sagte sie daher, nicht Baronne, «das war alles sehr ... aufschlussreich. Ich bin Ihnen für Ihre Offenheit ausgesprochen dankbar, hat sie mir doch gezeigt, wes Geistes Kind Sie sind. Ich möchte das nicht kritisieren, nur feststellen. Was Jean-Luc betrifft, so sind Sie auf dem Holzweg. Ich habe kein Interesse an Ihrem dauerverliebten Sohn, jedenfalls keines, das hinausginge über die Maßstäbe der Schicklichkeit, die Ihnen so wichtig sind. Seien Sie ganz unbesorgt!» Die Baronne wollte unterbrechen, doch Emily ließ sie nicht mehr zu Wort kommen. «Und was das Manoir angeht, so gibt es in meinen Augen zwei rechtsgültige Testamente, die Sie bislang nicht angefochten haben, aus welchen Gründen auch immer. Sie haben es nicht getan, als Ihr Onkel sich im Wald von Fleury eine Kugel in den Kopf schoss, und auch nicht, als meine Tante das Zeitliche segnete. Warum Sie jetzt mit Ihren Ansprüchen daherkommen, erschließt sich mir nicht ...»

Wieder wollte ihr die Baronne ins Wort fallen, doch Emily

fuhr einfach fort: «Es ist auch einerlei, ohne Bedeutung, wie Sie so schön gesagt haben. Sie hätten gleich Einspruch erheben können – wahrscheinlich sogar müssen –, als meine Tante als Erbin in das Manoir gezogen ist. Das ist Ihnen doch wohl damals schon alles andere als recht gewesen. Oder als Sie Kenntnis davon bekommen haben, dass das Haus in meinen Besitz übergegangen ist. Und allerspätestens wohl, als ich damit begonnen habe, es unter hohem Kostenaufwand zu restaurieren. Nun erstrahlt es in neuem Glanz, hat eine neue Verwendung gefunden, und ganz Fleury ist begeistert. Vermutlich ist Ihnen gerade das ein Dorn im Auge, aber den müssen Sie sich dann schon selbst rausziehen. Würde ich es tun, wäre es allzu schmerzhaft für Sie. *Au revoir, Madame ... et bonne chance!*»

Ein kurzes Nicken, eine schwungvolle Drehung, dann war Emily auf dem Weg zur Tür.

Die Baronne sprang auf, außer sich vor Wut. «Das ist allerhand, wie Sie hier mit mir reden ... unerhört ... vollkommen inakzeptabel!», schrie sie ihr mit schriller, sich überschlagender Stimme hinterher. «Sie hören von uns, Mademoiselle Bennett! Sie haben keine Ahnung, mit wem Sie es zu tun haben. Nicht die geringste Ahnung!»

An der Tür, die Klinke schon in der Hand, wandte sich Emily noch einmal um. «Ach, übrigens, Madame, noch ein kleiner Hinweis in Sachen *courtoisie*, die Ihnen völlig fremd zu sein scheint: Ich hätte meinem Gast wenigstens einen Tee angeboten. Oder ein Glas Wasser.»

Sie schloss die Tür hinter sich. So leise, dass die Baronne es nicht hören konnte. Emily jedoch hörte, wie im Salon ein Stuhl auf das Parkett polterte.

Touché!

26

Jean-Luc findet in seiner Schwester Laura eine Verbündete.

Jean-Luc de Bricassart war wie betäubt. Immer wieder schüttelte er ungläubig den Kopf. Was Emily ihm in ihrem kleinen Salon entgegengeschleudert hatte, hatte ihn zutiefst erschüttert. Er hatte keine Argumente gehabt, um ihre Anschuldigungen zu entkräften. Emily war davongestürmt und hatte ihn sitzen gelassen wie einen Schuljungen, den man abgekanzelt hatte und der sich nun gefälligst verkrümeln sollte.

Er blieb noch eine Weile in seinem Sessel sitzen, unfähig zu irgendeiner Reaktion. Schließlich zündete er sich einen Zigarillo an. Rauchend starrte er auf die Bilder an der Wand – großformatige, dekorative Gemälde von Redouté und anderen Meistern. Obwohl er sich falsch eingeschätzt und ungerecht behandelt fühlte, musste er zugeben, dass Emily in einem tieferen Sinn gar nicht so unrecht hatte mit all dem, was sie ihm vorgeworfen hatte. Zumindest nur ein wenig.

Schließlich stand er auf, zog die Tür hinter sich zu und ging durch den Wald zum Schloss zurück. Nach der Bemerkung seiner Mutter, das Manoir würde ihnen sowieso wieder zufallen und er könne doch dort seine Hotelambitionen verwirklichen, hatte er sich sogar ausgemalt, wie es wäre, wenn Emily sich für ihn entscheiden und mit ihm zusammen das *Manoir au Val d'amour* führen würde. Es war ihm wie eine Hintertür zu ihrem Herzen erschienen. Und wie ein Rettungsanker für das Manoir.

Völlig unterschätzt hatte er bei seinen Gedankenspielen allerdings Emilys Interpretation. Sie hatte es doch tatsächlich so dargestellt, als bestünde da ein geheimer Plan, sie auszutricksen. Es hatte ihn verletzt, dass sie ihm so etwas zutraute. Denn selbst wenn es im Ergebnis darauf hinausliefe – was für eine Rolle spielte es, wem das Manoir gehörte, wären sie erst einmal zusammen, verheiratet oder nicht? Für Emily wohl eine große, wie er sich eingestehen musste.

Wie verkorkst, wie völlig verfahren die Situation jetzt war! Seine Mutter hatte einen Krieg angezettelt, und er stand ungeschützt zwischen den Fronten. Laura hatte recht gehabt – er hätte gleich mit Emily sprechen und sich auf ihre Seite stellen müssen. Welche Befürchtungen hatten ihn da nur geritten? Er liebte sie doch, was sollte ihm schon passieren? Nichts anderes war doch Liebe: die Bereitschaft, notfalls gegen die ganze Welt zusammenzustehen. Dagegen hätte auch seine Mutter nichts auszurichten vermocht. Ein solcher Liebesbeweis wäre das starke, das sichtbare Signal gewesen, das ihr noch Einhalt hätte gebieten können. Doch er hatte es verpasst, weil ihm das letzte Quäntchen Mut zur Entscheidung gefehlt hatte – zur Entscheidung für Emily. Für seine Liebe. Für seine Zukunft.

Nun war alles verloren.

Sosehr Emilys heftige Vorwürfe ihn getroffen hatten, am meisten ärgerte sich Jean-Luc über sich selbst. Dass sie so außer sich vor Wut war – was war es denn genau genommen anderes als ein Beweis ihrer Liebe, die nun so brutal enttäuscht wurde? Hinzu kam der Eklat, den sie bei seiner Mutter erlebt hatte – Maman musste wie eine Eiskönigin gewesen sein, unerbittlich und kalt, sie hatte Emily wahrscheinlich nicht den Hauch einer Chance gelassen. Das alles hatte er nicht gesehen, oder er hatte es unterschätzt. Jetzt würde niemand mehr über dieses reißende Wasser eine Brücke bauen können, seine Mutter auf keinen Fall, aber auch Emily nicht.

In den folgenden Wochen lastete die Atmosphäre schwer über dem Schloss der Bricassarts. Sie war bis zum Zerreißen gespannt – alle gingen sich nach Möglichkeit aus dem Weg oder sprachen nur das Nötigste. Léonie führte irgendetwas im Schilde, sie machte grimmige Andeutungen und lief oft in die Schlossküche zu ihrer «Freundin» Bernadette Jeunet. Laura ließ sich überhaupt nicht mehr blicken, auch nicht zum sonntäglichen Frühstück, und verzog sich sogar am Wochenende zum Arbeiten ins Rathaus. Sein Vater stapfte mit verschlossener Miene durch das Haus und versteckte sich in seinem Rosarium, obwohl dort zu dieser Jahreszeit nicht viel zu tun war. Oder er streifte durch die Wälder, trieb sich stundenlang an den Fischteichen herum, verbarrikadierte sich in der schlosseigenen Weinkellerei, wo er mit den Winzern fachsimpelte. Maman und Louise jedoch steckten unentwegt die Köpfe zusammen, aber das war zu erwarten gewesen. Dieses Mutter-Tochter-Bündnis war unerschütterlich, und in diesen Zeiten funktionierte es besser denn je.

Das Gespräch mit seiner Mutter zu suchen, hielt Jean-Luc für aussichtslos. Und zwar einzig und allein aus dem Grund, weil es dann schon bald nicht mehr um das Manoir gehen würde (da würde sie ohnehin nicht mit sich reden lassen), sondern vor allen Dingen um Emily. Bei einem ihrer kurzen, heftigen Wortwechsel hatte Anne-Sophie de Bricassart ihrem Sohn deutlich zu verstehen gegeben, dass sie von seinen Gefühlen für Emily wusste und dass sie «diese Beziehung» natürlich missbilligte («Du wirst dein Leben doch nicht mit einer kleinen Pensionswirtin verplempern wollen!»). Sie würde von ihm fordern, sich kompromisslos auf ihre Seite zu schlagen. Und wenn er es ablehnte, würde sie sich sogar zu der Behauptung versteigen, dass er die Familie «verrate».

Alle schienen ihm «Verrat» vorzuwerfen. Seine Familie, Emily, sogar Nicolas Bourdieu, der sehr kurz angebunden gewesen war, als Jean-Luc ihn neulich angesprochen hatte.

«Du hättest es in der Hand gehabt, Jean-Luc. Und du hast es vermasselt. *Tant pis*!»

«Was soll ich denn in der Hand gehabt haben? Gar nichts hatte ich ... Soll ich jetzt hier der Sündenbock sein? Wollt ihr jetzt alle eure Enttäuschung und euren Frust bei mir abladen? Und mir etwa die Verantwortung für dieses Desaster zuschieben?»

«Keineswegs», sagte Nicolas kurz angebunden. «Aber du hast dich einfach totgestellt, du hast keinen Handschlag gerührt, um Emily zu schützen. Jetzt musst auch du die Konsequenzen dieser schäbigen Intrige tragen, so ist es nun mal.»

«Was für Konsequenzen denn, verflucht noch mal? Seid ihr alle verrückt geworden?», schrie Jean-Luc und ließ den Gärtner in seinen Blumenbeeten stehen.

«Ja, lauf nur weg», rief Nicolas ihm hinterher. «Das ist ja auch am einfachsten für dich ... war es immer!»

Nur wenige Tage später bekam Jean-Luc zufällig mit, was seine jüngste Schwester von ihm dachte. Er wollte sich etwas zu trinken aus dem Keller holen und kam auf dem Weg dorthin an der Küche vorbei, als ihm auffiel, dass die Tür offen stand. Léonie und Bernadette redeten vertraulich miteinander. Jean-Luc blieb hinter der halb offenen Tür stehen und hörte mit angehaltenem Atem zu.

«Das sind alles Vollidioten», sagte sie. «Die gehen mir so was von auf den Geist ...»

«Na, na ...», meinte Bernadette beschwichtigend. «So darfst du über deine engsten Angehörigen nicht sprechen.»

«Und warum nicht? Darf ich nicht die Wahrheit sagen? Nicht einmal dir? Ich weiß doch genau, dass sie mich nicht ernst nehmen. Ich bin für sie nur das kleine Küken, das man getrost übergehen darf. Dabei bin ich inzwischen über zwanzig. Sie bekommen nicht einmal mit, dass ich mir mein eigenes Leben aufbaue, und es wird sich nicht hinter diesen Mauern abspielen. Ich bin nicht wie Louise, die sich eine andere Zukunft als im Schloss nicht einmal vorstellen kann. Laura ... die hat es richtig gemacht, sie hat ihren Job im Rathaus, ihr kann keiner mehr was. Sie hat den Absprung geschafft, und wenn sie sich eine Wohnung in Fleury oder woanders suchen wollte, würde sie sich von niemandem daran hindern lassen. Und Jean-Luc ... ach, ich weiß wirklich nicht, woran ich mit Jean-Luc bin. Manchmal glaube ich, er ist nur erpicht darauf, möglichst bald in die Fußstapfen von Vater zu treten, der auch nur ein Duckmäuser ist und vor Maman kuscht.»

«Jean-Luc hat es nicht leicht, Léonie. Er muss seinen Platz erst noch finden. Und er liebt diese englische *Hotelière*, wie ich gehört habe. Was seine Position in eurer Familie nicht gerade erleichtert.»

«Was soll das für eine Liebe sein? Er steht ja nicht einmal zu ihr, wenn es ungemütlich wird. Er hat keinen Finger gekrümmt, um ihr beizustehen. Das ist so ... erbärmlich. Liebe jedenfalls ist das nicht. Unter Liebe verstehe ich was ganz anderes ...»

Dann herrschte für einen Augenblick Stille, abgesehen vom Klappern der Pfannen und Töpfe. Jean-Luc blieb wie erstarrt hinter der Tür stehen. Er hatte nicht den Mut, jetzt hineinzugehen und sich zu stellen. Sich zu erklären. Klartext zu reden.

«Soll ich die Tomaten blanchieren und abziehen?», fragte Léonie.

«Ja, mach das bitte.» Sie hantierten eine Weile still vor sich hin. Dann sagte Bernadette: «Und wie steht es mit deiner Liebe?»

«Alles im grünen Bereich! Serge liebt mich, und ich liebe ihn. Da gibt es keinen Zweifel.»

Serge?, dachte Jean-Luc. Wer zum Teufel ist denn jetzt Serge?

«Das ist wunderbar, Léonie. Es ist immer schön, wenn junge Leute sich lieben.»

Die ist ja wirklich herzig!

«Na ja, immer nur schön ist es nicht. Wir fetzen uns auch mal. Aber nach einer Viertelstunde liegen wir uns schon wieder in den Armen und sagen: ‹Sorry, sorry! Bitte verzeih mir!› Gleichzeitig natürlich. Wir werden heiraten.»

Jean-Luc hörte, wie Bernadette etwas aus der Hand fiel, auf den Steinfußboden, ein Messer vielleicht oder ein Pfannenwender. Vermutlich war sie nicht weniger überrascht von dieser Eröffnung als er.

Doch er hatte sich getäuscht. Bernadette war durchaus im Bilde. Oder fing sich zumindest rasch wieder, genau bekam er es nicht mit.

«Ja, Léonie, aber an deiner Stelle würde ich das in der angespannten Situation nicht so bald verkünden ...»

«Warum denn nicht?»

«Hat er dir denn überhaupt schon einen Antrag gemacht?»

«Ach, Bernadette, wie altmodisch du bist ... Heute fällt doch kein Mann mehr auf die Knie, überreicht dir stammelnd Ring und Rose und wartet dann ergeben auf deine Antwort. Wir haben darüber geredet ... Ich meine, es ist zwischen uns zur Sprache gekommen, einfach so. Seit ich weiß, dass auch er daran denkt, könnte ich platzen vor Glück ...»

«Oh, mein Schatz! Komm in meine Arme!»

Jean-Luc vernahm ein Schniefen und wie Léonie die Köchin mit einem schmatzenden Kuss beglückte. Er hatte genug gehört. Das wurde ja immer besser! Mit leisen Schritten schlich er sich davon, stieg die ausgetretenen Steinstufen zum Gewölbe hinab. Doch er war von all dem, was er gehört hatte, so überrascht, dass er vor dem Weinkeller schon nicht mehr wusste, was er eigentlich hier unten wollte. Léonie ... Léonie, dachte er nur immer. Wie willst du das unseren Eltern beibringen? Doch anders als in seinem Fall würde seine jüngste Schwester nicht die geringste Furcht haben, sie damit zu konfrontieren. Und er war sich sicher, dass sie ihre Pläne durchziehen würde, egal wie die Reaktion ihrer Eltern ausfiel. Ohne einen Riesenkrach würde das natürlich nicht abgehen, das war mal sicher.

Doch wer zum Henker war nur dieser Serge?

Die Antwort auf diese Frage gab ihm Laura, der er alles erzählte. Sie wusste natürlich Bescheid. Um Himmels willen, ein Bandmusiker ... Jean-Luc kramte in seiner Erinnerung, dann fiel ihm ein, dass er ihn schon mal gesehen hatte: Beim Erntedankmahl auf dem Marktplatz, im vergangenen Oktober, hatte dieser schlaksige junge Mann neben Léonie gesessen, wohl auch den Arm um sie gelegt, aber das war ihm nicht verdächtig vorgekommen. Er erinnerte sich sogar, dass es ihn amüsiert hatte, seine Schwester in ihrer ausgelassenen Art feiern zu sehen.

Laura wusste auch von den Hochzeitsplänen. Jean-Luc spürte ihr unterschwelliges Unbehagen, als sie darüber sprach.

«Wir müssen aufpassen, dass uns der Laden nicht um die Ohren fliegt», sagte Laura. «Ich gönne Léonie ihr Glück, wirklich, aber wie sie das Maman und Papa beibiegen will ... keine Ahnung.»

«Tja, erst hatten wir kein Glück, dann kam auch noch Pech dazu», meinte Jean-Luc. Doch über diesen lakonischen Spruch konnte Laura nur müde lächeln.

Sie saßen in Jean-Lucs Appartement. Draußen hatte sich der Abend bereits zur Nacht gelegt, es war stockfinster, dunkle Wolken verschluckten Mond und Sterne. Laura hatte ein Windlicht mitgebracht – «eine Flamme der Hoffnung», wie sie ironisch gesagt hatte –, das ein flackerndes Licht warf. Jean-Luc fand es gemütlich, die Beleuchtung ausgeschaltet zu lassen und mit seiner Schwester wie in Kinderzeiten zusammenzusitzen, als sie noch Streiche ausheckten und sich abends gruselige Geschichten vorlasen.

«Das ist selten geworden ... dass wir hier so beisammensitzen ...»

Laura nickte. «Ja, wir sind älter geworden.»

«Aber nicht weiser.»

«Nein, keine Spur. Das ist es, was mich hier so auf die Palme bringt: dass sich nichts ändert, dass alles immer so weitergeht. Wir leben hier wie in einem Raumschiff, das zufällig vor den Toren von Fleury gelandet ist, auf einem Territorium, wo niemand uns mag. *Grand-père* hat mir mal von früher erzählt, da war das noch ganz anders, ich konnte es kaum glauben. Die Familie de Bricassart war beliebt in Fleury. Kein Fremdkörper, den alle beargwöhnen und von dem sie nichts Gutes erwarten. Ich fürchte, unsere Eltern machen da keine gute Figur. Weißt du, wie sie uns hier nennen?»

«Nein – die Addams Family?»

Laura lachte. «Nicht ganz. Sie kürzen uns nur ab – *les Brics.* Stell dir das mal vor!»

«*Brics?* Wie in *bric-à-brac* ... Gerümpel, Trödel, Plunder?»

«Genau, ein Ramschladen voller überflüssigem Schnickschnack. Aber wir dürfen uns nicht wundern, dass man uns als ewig gestrig abtut», überlegte Laura laut. «Ein störendes Relikt aus alten Zeiten, die längst *passé* sind. Ich bemühe mich im Rathaus wenigstens noch darum, dass das Schloss nicht gänzlich in Ungnade fällt. Aber dann höre ich bestenfalls: ‹Du bist ja ganz in Ordnung, Laura, wir mögen dich auch. Wenn du nur nicht aus dieser Familie kämst!› Ich verstehe sie, wenn sie so reden, aber ich schäme mich auch. Nein, Jean-Luc, wenn unsere Generation es nicht schafft, dass man uns respektiert, dann können wir unser Schloss gleich in Kunstharz gießen, damit man es wenigstens noch ein wenig bestaunen kann. Ich für meinen Teil möchte jedenfalls nicht zum bornierten Provinzadel gehören, den es ja eigentlich gar nicht mehr gibt.»

Jean-Luc hatte ihr mit ernster Miene zugehört. Noch nie hatten sie so offen miteinander über dieses Thema gesprochen. Laura brachte da etwas auf den Punkt, was auch ihm schon des Öfteren durch den Kopf gegangen war. Es war nicht zu leugnen, sondern für jedermann offensichtlich, dass ihre Eltern «das Schloss» nicht nur finanziell heruntergewirtschaftet hatten. Es lag da in abweisender Selbstzufriedenheit über der Stadt und simulierte ein irgendwie herrschaftliches Leben, das lang schon obsolet geworden war und nicht mehr in die Zeit passte. Viele seiner Freunde, auch von der ENA, kamen aus ähnlichen Verhältnissen wie er, erzählten von ihren Familien jedoch keine solchen Geschichten von Standesdünkel, der sich völlig überlebt hatte, oder vom Beharren auf überkommenen Traditionen, gefangen in absurden Ritualen der Selbstüberschätzung. Jean-Luc hingegen wurde verlegen, wenn die Rede auf seine Eltern kam. Wer sie kannte, sprach selten ohne Spott über sie, im besten Fall mit einer herablassenden Nachsicht. Das war bitter, das schmerzte, und Jean-Luc hatte sich längst eine Rüstung zugelegt und das Visier heruntergeklappt. Doch wie Laura war auch er überzeugt, dass nur sie, die nächste Generation, etwas daran ändern konnten.

Draußen war Wind aufgekommen, der an den Fensterläden rüttelte.

«Hörst du? Der Sturm zieht schon auf. Hoffentlich fegt er uns nicht alle hinweg.»

«Das werden wir zu verhindern wissen», sagte Laura. «Wer, wenn nicht wir? Und wann, wenn nicht jetzt?»

Jean-Luc stand auf und setzte sich neben sie. Wortlos nahm er sie in den Arm und registrierte ihren dankbaren Blick, der voller Wärme und Liebe war, voller geschwisterlichem Vertrauen.

«Wir schaffen das schon, Laura. Du wirst es schaffen, und ich auch. Und Léonie sowieso. Fleury wird die Brics von einer anderen, einer ganz neuen Seite kennenlernen. Es wird verflucht schwer werden, aber am Ende werden wir die Fahne hissen. Und es wird nicht die weiße Flagge der Kapitulation sein.»

«Du kannst ja richtig pathetisch sein», sagte Laura mit leisem Spott in der Stimme. «Spricht da etwa der neue Schlossherr?»

«Vielleicht ... Ich übe schon mal.»

«Pas mal, mon cher», sagte Laura und legte den Kopf an die Schulter ihres Bruders. Wie früher, als sie sich Märchen erzählten, in denen zum Schluss alles gut wurde.

27

Isabelle wird mit einer Nachricht konfrontiert, die ihr den Boden unter den Füßen wegzieht.

Von Juli bis September gehörten die Nachtmärkte zu den schönsten Attraktionen im Périgord. Sie boten ein außergewöhnliches Einkaufsvergnügen und außerdem die Möglichkeit, unter freiem Nachthimmel zu essen. Auch jetzt, an einem schönen, milden Septemberabend, wurden die nostalgischen Stände auf dem Marktplatz aufgebaut, Laternen spendeten Licht, Lampions schaukelten in der Abendbrise, Fackeln schufen eine geradezu magische Atmosphäre.

Die Gelage des *Marché nocturne* muteten irgendwie mittelalterlich an und passten daher wunderbar zu der historischen Atmosphäre von Fleury. An Tischen und Bänken saß ein munteres, aufgekratztes Publikum, das die Köstlichkeiten, die aufgetischt wurden, zu schätzen wusste: gebratenes Lammfleisch, Rindersteaks vom Grill, Wildschweinwürstchen und Schnecken, die unvermeidliche *Foie gras*, aber auch üppig und originell belegte Pizzen aus dem Holzkohleofen, vegetarische und vegane Gerichte, Salate und Obst. Und natürlich Wein.

Von wagenradgroßen Schwenkgrills stieg würziger Rauch auf und legte sich als Duftwolke über die tafelnden Marktbesucher, und es gab kaum einen Stand, der ohne Feuerstelle auskam. In Fleury liebte man das öffentliche Grillen – mit Musik. *Les Fleurystes* spielten jedes Mal, aber auch Straßenmusikanten zogen von Tisch zu Tisch.

Es war das erste Mal, dass Isabelle und Yves den *Marché nocturne* zusammen besuchten. Die Leute, die mit ihnen am Tisch saßen, kannten sie nicht, es mussten Touristen sein, aber das störte sie nicht. Sie waren sich selbst genug, wie alle Verliebten.

Während langsam der Vollmond über dem Marktplatz aufstieg, war alles ein einziger großer Gaumenschmaus, den Isabelle vor allem auch wegen des Gemeinschaftsgefühls und der einzigartigen Atmosphäre der Lichter liebte. Später, wenn die Stimmung allzu ausgelassen wurde und die stadtbekannten Streithähne ihre Gefieder sträubten, flüchtete sie gewöhnlich nach Hause, es waren ja nur ein paar Schritte. Wenn sie dann die Fenster, die zum Marktplatz gingen, öffnete, hörte sie bis weit in die Nacht ein Stimmengewirr, ja ein Brausen wie am Meer, wenn die heranrauschenden Wellen sich am Strand brechen.

Auch diesmal wartete sie nicht bis zum Schluss, sondern zog Yves hinter sich her, bis sie beide in ihr «Liebesnest» sanken und dort taten, was Liebende eben tun.

Inzwischen war es nahezu stockfinster, sodass Isabelle eine Kerze anzündete und sich dann wieder zu Yves ins Bett legte.

«Ich liebe dich, Yves», sagte sie einfach. Es fasste alles für sie zusammen, was sie empfand.

«Ich dich auch, Isabelle.»

Er begann, ihre Schultern und ihren Rücken zu streicheln, so sachte, als zeichne er die Linien eines Gemäldes nach.

«Weißt du, wovon ich träume?», sagte er nach einer Weile.

«Wovon denn?», fragte sie träge und drückte sich an ihn.

«Dass wir zusammen weggehen. Dass wir diese verschlafene Stadt hinter uns lassen und irgendwohin fahren, wo wir nur für uns sind, wo wir uns ein gemeinsames Leben aufbauen. Ein richtiges Leben ... wir beide, zusammen. Nicht nur ab und zu ein paar Stunden, die wir dem Alltag stehlen.»

Für einen Moment gab sich Isabelle den leuchtenden Bildern hin, die vor ihrem inneren Auge entstanden: wie sie mit Yves irgendwo im Finisterre, am Meer, auf der überdachten Terrasse eines Ferienhauses saß und auf die silbrig schäumenden Wellen blickte. Wie sie Hand in Hand über einen lebhaften Markt schlenderten. Wie sie sich unter Sternen küssten, unter einem unwirklich nachtblauen Himmel ...

«Oh ja», murmelte sie. «Das wäre schön.»

«Wärst du dazu bereit, Isabelle?», fragte Yves. «Würdest du mit mir fortgehen?»

«Ja, natürlich», murmelte sie. «Aber wohin?»

Er zögerte. «Vielleicht nach Paris?», sagte er dann.

Mit einem Schlag war sie hellwach. Sie richtete sich auf.

«Nach Paris? Wieso denn nach Paris?» Stirnrunzelnd blickte sie ihn an, wie eine Lehrerin, die nicht glaubt, dass ihr Lieblingsschüler eine falsche Antwort gegeben hat.

Yves reagierte nicht sofort. Es war offensichtlich, dass er mit sich rang, dass er nach den richtigen Worten suchte, wenn es die denn überhaupt gab.

«Na ja ...», begann er zögerlich und streichelte abwesend ihr Haar. «Ich habe ein Angebot bekommen.»

«Ein Angebot? Du? Aus Paris?»

Er nickte.

«Und von wem, wenn ich fragen darf?» Ihre Stimme klang etwas schärfer, als sie es beabsichtigt hatte.

Er schwieg, schaute sie nur unverwandt an. Als könnte er in ihren Augen lesen, was er nun antworten sollte.

«Ich weiß, du wirst jetzt enttäuscht von mir sein, vielleicht sogar böse ... Aber, glaub mir, es ist die Chance meines Lebens.»

«Oh, ich dachte schon, ich wäre die Chance deines Lebens.»

«Das bist du ja auch ... persönlich. Aber ich meinte beruflich.»

«Du hast ein Stellenangebot aus Paris, willst du mir das sagen? Und ich soll mitkommen, hast du das gemeint mit ‹weggehen› und ‹irgendwohin fahren› und ‹ein gemeinsames Leben aufbauen›? Ach, Yves, du solltest mich doch ein bisschen besser kennen.»

«Träumst du nicht auch davon, hier wegzukommen ... weg aus dieser engen Stadt, aus diesem kleinen Laden, für den du von morgens bis abends schuftest, von diesem langweiligen Leben, in dem nichts passiert?»

«Ich glaube, es geschieht hier eine ganze Menge. Jedenfalls für mich. Ich will doch ankommen, nicht weglaufen.»

«Eben hast du noch anders geklungen ...»

«Eben haben wir ein bisschen ins Blaue geträumt!»

«Was spricht denn dagegen, Träume auch wahrzumachen? Das Glück beim Schopf zu packen, wenn es sich bietet?»

«Aber ich habe es doch beim Schopf gepackt ... mit dir. Ich habe mein Glück gefunden. Ich finde es jede Stunde, jede Minute, die ich mit dir zusammen bin.» Isabelle wandte sich ab, fassungslos, dass Yves das offensichtlich nicht genauso sah wie sie. Dann fiel ihr auf, dass er immer noch nicht gesagt hatte, wer oder was ihn von hier, von ihr wegzulocken versuchte, und sie fragte noch einmal nach.

Er zögerte wieder. «Du wirst mich hassen, wenn ich dir das sage ...», meinte er schließlich.

«Yves, ich bin kein kleines Mädchen, das man vor irgendwelchen schlimmen Wahrheiten schützen muss. Ich halt's schon aus, wenn du's mir sagst. Also, heraus mit der Sprache ...»

Yves holte tief Luft. «Hélène Géricault.»

«Wie bitte? Meine Cousine?»

Er nickte. Isabelle blieb vor Erstaunen der Mund offen stehen. Dann schüttelte sie den Kopf, ganz langsam, ungläubig.

«Das kann nicht sein. Ich fasse es nicht. Das ist ... unmöglich!»

«Isabelle, hör zu. Es ist nicht so, wie du jetzt denkst ...»

Sie konnte nicht glauben, dass er ihr mit diesem blöden Standardspruch kam.

«Ach nein? Was denke ich denn?»

«Hélène hat mich angerufen, vor ein paar Wochen ...»

«Oh, Hélène! Man ist schon per Du, seit ein paar Wochen. So lange weißt du es schon und hast mir kein Sterbenswörtchen davon gesagt?»

«Beruhige dich. Es ist doch alles ganz harmlos ...»

«Nichts ist harmlos bei Hélène. Gar nichts, nie! Sie wird schon ihre Gründe haben, warum sie ausgerechnet dich – dich! – in Paris haben will!»

«Lass es mich dir doch erklären!»

«Bitte, nur zu, erkläre es mir. Ich bin wirklich gespannt!»

Sein Smartphone hatte sich mit dem melodischen Klingelton gemeldet, den Yves so mochte. Er war gerade dabei, für seine Eltern etwas zum Abendessen zuzubereiten. Wie jeden Abend hatten sie das Café zugesperrt und sich dann in der kleinen Küche eingefunden, wo Yves ihnen eine *Assiette de charcuterie* hergerichtet und sie mit Gewürzgurken und Mixed pickles garniert hatte. Das war ein Ritual bei den Deschamps, der abendliche Imbiss nach getaner Arbeit. Doch an diesem Abend aß Yves nicht mit seinen Eltern, sondern ging vor die Tür, um die nächste halbe Stunde mit dem Smartphone am Ohr unentwegt Runden um den Kirchplatz zu drehen.

Er kannte Hélène Géricault von ihrer Hochzeit in Fleury. Vermittelt von Laura de Bricassart, die damals dieses Event koordiniert hatte, war er für die Küchenbrigade verpflichtet worden, die zu dem großen Ereignis die kulinarischen Höhepunkte hatte beisteuern sollen. Ein paar der Speisen, die Hélène wohl besonders mochte, hatte Yves zubereitet. Und sie hatte sich an ihn erinnert, als ihre Freundin Sophie Vergès, die Tochter des französischen Staatspräsidenten, in einem Gespräch erwähnte, der Élysée-Palast suche Verstärkung für seine Küche. Und die sollte – ausnahmsweise – nicht aus Paris kommen, sondern aus verschiedenen kulinarisch interessanten Regionen des Landes.

Von alldem hatte Isabelle nichts mitbekommen. Damals war Yves für sie noch ein nicht ernstzunehmender Hallodri gewesen, an den man besser keinen Gedanken verschwendete.

Nun seufzte sie, ein bisschen erleichtert, dass Hélène nicht aus Eigeninteresse, sondern nur als Vermittlerin tätig geworden war. Ihre Cousine hatte vermutlich keine Ahnung, dass sie, Isabelle, jetzt ausgerechnet mit Yves zusammen war. Das hätte sie Hélène denn doch nicht zugetraut: ihr so herzlos und kaltblütig den Geliebten auszuspannen. Auch wenn sich das im ersten Moment so angehört hatte.

«Und du hast dich jetzt entschieden ... für Paris?»

«Ich fahre in ein paar Tagen hin, zu einem Vorstellungsgespräch. Und ich wollte dich fragen, ob du nicht mitkommen willst. Wäre doch auch für dich schön, mal hier rauszukommen ...»

«Aus diesem Elend, meinst du? Nein, Yves, ich will hier nicht ‹rauskommen›. Mir gefällt's hier ganz gut, nach wie vor. Vielleicht später einmal, in ein paar Jahren, wer weiß. Ich meine, du hast gerade erst deinen Job im Manoir angetreten! Jetzt willst du schon wieder weg – und uns alle hier im Stich lassen?»

«Es ist eine Chance ... eine Riesenchance. Himmel, Isabelle, der Élysée-Palast! Das kann ich mir doch nicht entgehen lassen, wenn mir kleinem Provinzkoch eine solche Gelegenheit geboten wird. Das musst du doch verstehen!»

«Das Einzige, was ich verstehe, ist, dass du dich schon entschieden hast. Hast du doch, oder?»

Yves schwieg, hob die Schultern und ließ sie wieder fallen. Und dieser kleine Augenblick des Schweigens zeigte Isabelle, dass sie ihn verloren hatte.

Wenig später war er einfach gegangen. Er hatte noch einmal ihre Wange gestreichelt, «Wir sehen uns» gemurmelt und dann ihr Haus verlassen. Und – so wie es aussah – wohl auch sie.

Wie betäubt blieb Isabelle zurück. Sie sprach mit niemandem, rief weder Rosalie, Valérie oder Adèle an, auch Emily nicht. Gerade Emily nicht. Sie schämte sich, so sitzengelassen worden zu sein. Ich bin abserviert worden, einfach so, dachte sie. Und das nur, weil ich in Fleury bleiben möchte.

In dieser Nacht ging Isabelle ziellos durch die nur spärlich beleuchteten Gassen von Fleury, stolperte über das Kopfsteinpflaster, als wäre sie hier noch nie zuvor entlanggegangen. Sie versuchte, sich zu beruhigen, doch die Tränen in ihren Augen ließen sich nichts befehlen. Ein verliebtes, sich küssendes Pärchen, das ihr begegnete, versetzte ihr einen Stich und rief den beunruhigenden Wahn hervor, überall in Ecken und Hauseingängen stünden diese händchenhaltenden Verliebten, die turtelnd demonstrierten, wie leicht ein Herz zum anderen findet.

Wie oft hatte sie in ihren geliebten Büchern nicht schon den abgedroschenen Satz «Es brach ihr das Herz» gelesen, und nun musste sie feststellen, dass es tatsächlich geschehen konnte. Das Herz konnte einem brechen, und es war ein starker, physischer Schmerz, bei dem man aufschreien wollte, so sehr wütete er nicht nur in der Seele, sondern auch im Körper.

Mit einem Schlag – und ein solcher war es wirklich – hatte sie jegliche Hoffnung verloren, je wieder mit einem Mann glücklich zu werden. Dann suche ich mein Glück eben wieder alleine, dachte sie in einem Aufwallen von Trotz und Resignation. Was spräche dagegen, wenn sie einfach ihr Leben weiterführte, mit ihrem Laden, mit ihren Freundinnen, mit all den kleinen Dingen des Lebens, die auch glücklich machen?

Unwillkürlich hatte sie ihre Schritte dann doch nach Hause gelenkt. Sie blieb mitten auf dem Marktplatz stehen, auf dem nun niemand mehr zu sehen war, der *Marché nocturne* war längst abgebaut. Sie war allein, nur in der Ferne waren noch einige Schritte auf dem Pflaster zu hören. Als sie an der Fassade der Arkadenhäuser hochblickte, erschienen sie ihr unter dem hochstehenden Vollmond wie eine rettende Bastion, die ihr immer bleiben würde, gleich was geschehen mochte. Hier war ihr Zuhause, ihr Fluchtpunkt, ihre Lebensmitte, ihre Heimat. Dieses ganze Gerede, das Glück doch woanders zu suchen, all das dumme Zeug, das sie mit Yves diskutiert hatte, war doch nichts als bedeutungsloses Geschwätz.

Sie schloss die schwere Haustür auf und stieg die enge, knarzende Holztreppe hoch zu ihrer Wohnung, die ihr nun, wo Yves nicht mehr da war, seltsam groß vorkam. Trist und verlassen. Die Liebe war ausgegangen, ohne eine Nachricht zu hinterlassen, wann sie zurückkehren würde. Isabelle stellte das Radio an, der Sender FIP spielte *Musique au minuit*, ihre Lieblingssendung mit «Mitternachtsmusik», die sie oft hörte. Unter einem Kopfkissen zog sie ein weißes T-Shirt hervor, das Yves «Ich-geh-dann-mal-nach-Paris» irgendwann bei ihr vergessen hatte. Dieses alberne Shirt mit dem Aufdruck *Chef de Cuisine*, das sie ihm geschenkt hatte, als er den Vertrag für die Manoir-Küche unterschrieben hatte. Sie sah ihn vor sich, wie er halb nackt in ihrem Zimmer stand, und eine blitzartige Erinnerung an jene Tage, da sie seine Nähe so sehr genossen und sich in seiner Gegenwart völlig vergessen hatte, packte sie. Sie wusste, jede Einzelheit seiner Gestalt bliebe ihr unauslöschlich eingeprägt, jede Sommersprosse auf seinem Rücken, jede Nuance der übernächtigten Schatten unter seinen Augen. Sie schloss die Lider, um diese Bilder von Yves und ihrem Zusammensein zu verbannen. Doch es gelang ihr nicht.

Der fadoähnliche Song, der nun aus dem Radio kam, verstärkte ihre Trauer noch. Sie schluchzte, warf sich auf das Bett, schlug ein paarmal heftig aufs Kissen ein. Und dann, nach langem Starren an die mit Sternen bestickte Decke ihres Himmelbetts, ließ sie sich vollends in die Enttäuschung fallen, die sich ihrer bemächtigt hatte, wurde schwer und müde. Irgendwann fielen ihr die Augen zu, und sie überließ sich willig dem Schlaf, der nach ihr griff und sie hinabzog. Und es war ihr im Moment des Einschlafens völlig gleich, ob sie jemals wieder daraus erwachen würde.

Am nächsten Morgen, als sie durch das noch verschlafene Fleury stiefelte und den Weg zum Manoir einschlug, waren Wut und Empörung der Trauer gewichen. Isabelle wurde plötzlich von solcher Wehmut gepackt, dass sie befürchtete, sie würde sie niemals wieder loslassen. Als sie dann bei Emily im Atelier saß, heulte sie sich aus. Die Freundin hatte sie voller Mitgefühl in den Arm genommen und ihr Tee serviert, und Isabelle nahm die Tasse dankbar entgegen. Rosentee, dachte sie, ausgerechnet Rosentee. Sie nahm einen Schluck und versuchte ein tapferes Lächeln, doch es missglückte.

Isabelle war nicht zu beruhigen, was ihre Freundin auch sagen mochte. Immer wieder stürzten ihr Tränen aus den Augen, ein See der Untröstlichkeit. Nie zuvor hatte sie sich so verletzt gefühlt, so verwundbar. Emily versuchte, ihr ins Gewissen zu reden, sie dürfe Yves jetzt nicht einfach aufgeben, sie solle großmütig sein, auf ihn warten.

«Und wenn die Gefühle sich im Lauf der Zeit ändern? Wenn man nach all dem Warten nicht mehr derselbe Mensch ist, der man einmal war?»

«Isabelle, glaub mir, die Liebe ist wie starkes Holz, das mit den Jahren immer fester und härter wird.»

«Meine Güte, du klingst wie der Kalender meiner alten Tante.»

«Ja, ein bisschen antiquiert, ich weiß. Aber die Liebe ist das Einzige, das zwischen zwei Menschen von Bedeutung ist. Wirklich das Einzige.»

Isabelle schniefte.

«Du musst das Kunststück fertigbringen, ihn ziehen zu lassen und doch nicht zu verlassen, verstehst du?»

«Er geht weg, meine Güte! Er haut ab. Einfach so ...»

«Nicht einfach so. Er hat sich seine Entscheidung nicht leichtgemacht, das musst du ihm glauben. Aber es ist seine große Chance, beruflich den nächsten Schritt zu tun ... Du darfst ihm da nicht im Weg stehen.»

«Genau seine Worte. Du redest schon wie er. Bist du seine Anwältin, oder was?»

«Rede keinen Unsinn, Isabelle. Ich versuche nur, mich in ihn hineinzuversetzen und seine Beweggründe zu verstehen.»

«Warum versetzt du dich nicht in mich? Bist du seine Freundin oder meine?»

Emily schüttelte den Kopf. «Natürlich deine, *ma petite*. Was denkst du denn? Ich bin auf deiner Seite, ich bin immer auf deiner Seite ... so wie du auf meiner. Das ist doch klar, oder?» Isabelle nickte zögerlich. «Und du darfst deine Zuversicht, dass alles gut wird, nicht verlieren. Weißt du nicht mehr, was meine Tante Hermione sagte, als ich damals hier mit meinem Liebeskummer ankam? ‹Die Liebe wächst mit der Entfernung.›»

«Ein selten blöder Spruch. Fand ich damals schon. Es gibt wohl genug Beziehungen, die genau daran zerbrechen: dass der eine weggeht und der andere zurückbleibt. Yves in Paris, im Élysée-Palast – was für eine tolle Aussicht! Er wird allen Frauen dort den Kopf verdrehen, er wird sich vor verliebten Blicken gar nicht retten können.»

«Yves weiß ganz genau, was er an dir hat. Und ich vermute

mal stark, dass seine Angst, dich zu verlieren, nicht kleiner ist als deine.»

«Und ich soll hier bescheiden auf seine Rückkehr warten, wann es ihm gerade passt?»

«Jetzt wirst du melodramatisch, Isabelle, etwas, das du immer mir vorwirfst. Warum bist du nur so pessimistisch? Du bist doch sonst immer die Optimistischere von uns beiden! Ich kann dir nur eines sagen: Eine Liebe, die nicht stark genug ist, solche Stürme zu überstehen, die taugt einfach nichts, jedenfalls nichts fürs Leben. Du bist unendlich liebenswert, Isabelle, das meine ich nicht nur als deine Freundin. Und auch Yves weiß das. Er glaubt womöglich stärker an eure Liebe, als du es für möglich hältst.»

Isabelle antwortete nicht. Sie hielt den Kopf über die Tasse Tee gesenkt, die sie längst ausgetrunken hatte, als könnte sie in dem winzigen Rest am Boden etwas herauslesen.

«Große Liebe, hm ...», sagte sie mit zweifelndem Unterton in der Stimme.

«Ja, genau so ist es. Große Liebe bedeutet auch großer Schmerz ... manchmal. Wenn du nur ein bisschen Schmerz willst, dann darfst du dich nur ein bisschen verlieben. Dann ist es eben keine große Liebe und auch kein großes Glück.»

Die folgenden Tage wurden bleiern. Der Himmel über Fleury öffnete seine Schleusen und stürzte das sonnenverwöhnte Val d'amour tagelang in Regenfluten. Die Wolkendecke war undurchdringlich und hing schwer wie Schiefer, riss überhaupt nicht mehr auf. Isabelle stand verloren in ihrem Laden, wie ein Regenschirm, den eine Kundin vergessen hatte. Bei diesem Dauerregen kam nur wenig Kundschaft, und sie hatte keine Ablenkung, die sie auf andere Gedanken als die an Yves, diesen verdammten Kerl, hätte bringen können. Sie stellte sich hinter das Schaufenster, verschränkte die Arme und blickte verdrossen hinaus auf die Arkaden. Das Rathaus und das *Cerf Blanc* gegenüber waren hinter einem Regenvorhang verborgen, wie in einer anderen Welt.

Im Gegensatz zum Himmel hatte Isabelle sich ausgeweint. Manchmal schien es ihr, als könne sie ihre Fassung wiedergewinnen und das ganze Malheur relativieren. Sonderbar, dachte sie dann, dass es mir so viel zu schaffen macht. Warum stelle ich mich eigentlich so an? Es ist doch wirklich nicht für lange. Ein paar Wochen, ein paar Monate, auf keinen Fall länger als ein Jahr. So hatte er gesagt, vage. Und doch, es war zu lange. Und sie würde von nun an mit der Befürchtung leben, dass er nie wieder den Weg zurück nach Fleury finden würde, zu ihr.

Und dann, als sie so hinter dem Fenster stand und blicklos auf den dauerprasselnden Regen schaute, setzte sich dieser kleine, böse, sicherlich unfaire, aber doch nicht von der Hand zu weisende Gedanke in ihr fest: Emily! Sie musste mit ihm gesprochen haben! Sie hatte ihm womöglich dazu geraten, nach Paris zu gehen! ‹Er hat sich seine Entscheidung nicht leichtgemacht› – das hatte doch ganz danach geklungen. Ihre Freundin hatte sie verraten, aus welchen Gründen auch immer. Wie wirr stolperten die Gedanken durcheinander, haltlos und chaotisch. Isabelle verlor jegliche Bodenhaftung, als eine sehr hässliche Schlussfolgerung die Oberhand gewann: Emily war eifersüchtig. Weil es mit ihr und Jean-Luc nicht voranging. Sie wollte Yves von Fleury, von Isabelle weglotsen. Darum dieses Gerede von «Chancen ergreifen» und «auf ihn warten». Sie hatte ihm eingeredet, dass sie ihre Freundin schon auf Kurs halten würde, sodass Yves sich beruhigt auf den Weg nach Paris machen konnte.

Meine Emily!, dachte Isabelle bitter, der Hals wurde ihr eng. Diese treulose, hinterhältige Intrigantin! Wie konnte ich nur so blind sein? Wie konnte ich nur!

28 *Isabelle sagt adieu zu Liebe und Freundschaft.*

Es war ihr letzter gemeinsamer Abend vor seiner Abfahrt. Yves war zu ihr gekommen, sie hatten ein bisschen geredet, doch Isabelle hatte sich unbehaglich gefühlt, da sie um die entscheidenden Fragen einen großen Bogen machten. Zum Beispiel um die wichtigste, die nach Emilys Rolle in dem ganzen Theater. Isabelle wagte es nicht, ihre Freundin zur Sprache zu bringen, aus lauter Angst vor der Bestätigung, dass sie mit ihrem Verdacht richtiglag. Er hatte sich für sie längst zur Gewissheit verdichtet, und doch wollte sie ihm nicht erlauben, den letzten Rest Vertrautheit zwischen ihnen zu zerstören.

Vorsichtig, als könnte er etwas zerbrechen, hatte er sich zu ihr gelegt. Er berührte sie nicht, sein Blick war schuldbewusst und doch ganz offensichtlich bemüht, ein bisschen Zuversicht zu verbreiten. Isabelle sperrte sich nicht dagegen, sie umarmte ihn, ihre zärtliche Bereitschaft ließ Yves sogleich stark werden, seine Muskeln spannten sich an, als hätten sie auf diese letzte Gelegenheit gewartet. Isabelle ließ sich auf seine Berührungen ein, als könnte sie ihm mit ihrer Liebe, ihrer Offenheit ein Geschenk machen, ihn doch noch umstimmen. Sie öffnete ihre Arme, ihre Augen, jede Pore ihrer Haut, um ihn aufzunehmen, ihn festzuhalten. Doch als er sich wieder von ihr löste, wusste sie, dass sie ihn verloren hatte. Ihn ... die Liebe ... die Zeit ... einfach alles.

Lange lagen sie schweigend nebeneinander. Schließlich rührte sich Isabelle wie im Halbschlaf. «Du hast mir nicht gesagt, dass du mich liebst», murmelte sie abwesend, als meine sie jemand anderen. «Wie damals ... beim ersten Mal.»

«Ich bete dich an, Isabelle», erwiderte Yves mit rauer Stimme.

Sie blickte ihn traurig an und legte dann ihren Kopf an seine Schulter. «Das ist gar nichts», sagte sie leise, als spräche sie zu sich selbst. «Gar nichts. Anbeten kann man auch aus der Ferne, lieben nicht.»

Er antwortete nicht. Ihre Augen folgten den Zeigern der immer zu laut tickenden kleinen Uhr, die auf dem Nachttisch stand. Es war ihr, als zählten die Zeiger die Zeit herunter, die ihnen noch blieb. Die Zeit bis zur letzten Nähe, zur letzten Umarmung, zur letzten Berührung. Dann würde sie wohl stehenbleiben, die Zeit, für immer ...

Sie lag abgewandt von ihm, daher bekam er nichts davon mit, als sie lautlos zu weinen begann. Sie ließ die Tränen einfach fließen, wischte sie nicht weg. Dann schien er es doch bemerkt zu haben, denn er drückte mit einem «He ... he ...» ihre Schultern. Sie wandte sich um und versuchte ein tapferes Lächeln, das ihr nicht gelingen wollte.

«Ich hasse es, Abschied zu nehmen», sagte sie. «Du nicht auch?»

«Alles ist ein Abschied», sagte er, aber es klang banal, wie ein Gemeinplatz.

«Rede nicht so altklug daher. Was weißt du schon? Du weißt gar nichts! Du hast offenbar kein Problem mit Abschieden ... hast wahrscheinlich schon zu viele hinter dich gebracht.»

«Das ist unfair, Isabelle, und das weißt du genau. Und das ist auch kein Abschied, jedenfalls keiner für immer. Ich komme ja zurück ... irgendwann ... bald.»

«Wer weiß das schon», sagte Isabelle mit brüchiger Stimme, in der die Weigerung zu spüren war, weiter darüber zu diskutieren. Sie zuckte gleichgültig die Schultern. Sie wollte keine Versprechungen von ihm hören, keine Beteuerungen, keine Beschwörungen. Sie richtete sich auf und fuhr sich mit der Hand durchs Haar. «Für mich ist es ein Abschied, und er fühlt sich endgültig an ...» Sie verrieb die Tränenspuren auf ihren Wangen.

Yves wollte antworten, doch sie legte mit einem abwehrenden «Schh ...» einen Finger auf seine Lippen. «Sag lieber nichts mehr. Jedes Wort macht es nur noch schwieriger. Es ist besser, wenn du jetzt gehst.»

Die Kirchturmuhr schlug sieben Mal.

Wenige Minuten später trug er seine Reisetasche nach unten und warf sie auf den Rücksitz des Wagens, den er direkt vor ihrem Haus geparkt hatte. Er wollte sie noch einmal küssen, doch Isabelle wandte den Kopf ab, und der Kuss fand nicht ihre Lippen, sondern nur ihre linke Wange. Sie blickte Yves nach, als er von ihr wegging, nach diesem letzten, allzu flüchtigen, verunglückten Kuss. Dann stieg er ein. Er saß sehr kompakt in dem für ihn viel zu kleinen Fahrgehäuse, und es schien ein bisschen lächerlich, mit einem so kleinen Wagen in eine so große Stadt zu fahren. Yves ließ den Motor an, der viel zu laut knatterte, bog dann um die Ecke und fuhr auf das Stadttor zu. Isabelle winkte ihm nach, kraftlos, mechanisch, sogar noch, als er aus ihrem Blick verschwunden war. Erst nach einer Weile merkte sie, dass es sinnlos geworden war, und ging zurück ins Haus.

Es war noch früh am Morgen, doch die Boulangerie hatte schon geöffnet, und Isabelle ging zu Valérie hinüber, die sie mit dem frischesten Croissant, das jemals aus einem Backofen gezogen worden war, und einem Café au Lait zu trösten versuchte. Isabelle setzte sich in eine Ecke und versuchte, ihre Gefühle unter Kontrolle zu bringen. Sie ließ die Tränen zu, die in ihr hochstiegen, sobald sie allein waren, und riss sich zusammen, wenn eine Kundin den Laden betrat. Valérie beobachtete sie voller

Mitgefühl und Sorge. Sie wusste nicht, was sie sagen oder tun sollte. Einmal ging sie zu ihrer Freundin hinüber und drückte sie kurz an sich, und Isabelle war für einen Moment dankbar für das Weiche und die Wärme, die Valérie ihr gab. Doch schon im nächsten Augenblick wurde ihr die Kehle eng, und sie hatte das Gefühl, keine Luft mehr zu bekommen.

«Möchtest du ein Baguette mitnehmen?», fragte Valérie, die nun nach und nach die Regale und die Thekenauslage mit frischen Backwaren füllte. «Sie sind heute besonders knusprig geworden ...»

Isabelle schüttelte den Kopf. Sie würde ganz sicher keinen Bissen mehr herunterbekommen. Auch von dem Croissant hatte sie nur ein Stückchen abgebissen und es nach dieser winzigen Kostprobe liegen gelassen.

Die Kirchturmuhr schlug acht Mal, die Zeit lief also doch weiter, als sei nichts gewesen. Sie musste etwas tun, irgendwas. Was brachte es, in Selbstmitleid zu zerfließen? Sie dachte an Emily und ihren Verrat, diese Last, die sie nicht abschütteln konnte. Zum Schluss stand man immer allein da ...

Und um diesen Schlussstrich zu ziehen, würde sie Emily eine SMS schicken. Gleich jetzt. Sie kramte ihr Mobiltelefon aus der Tasche und begann, hektisch zu tippen, wie in einer Manie formten sich die Wörter und Sätze auf dem Display.

Ich weiß, was du getan hast, Emily. Du warst es, die mir Yves abspenstig gemacht hat. Keine Ahnung, warum, ich will es auch gar nicht wissen. Wahrscheinlich bist du eifersüchtig, weil ich die große Liebe gefunden hatte und es bei dir und Jean-Luc nicht klappen will. Glaube bloß nicht, dass ich dir das je verzeihe!
Isabelle

Danach war Funkstille. Stundenlang. Tagelang. Es machte Isabelle stutzig, dass Emily gar nicht reagierte. Das sah ihr nicht ähnlich. Mit nichts konnte man ihre Freundin mehr in Rage bringen als mit Vorwürfen, sie wies sie grundsätzlich empört zurück, ob sie nun gerechtfertigt waren oder nicht. Doch nun kam nichts, keine Antwort. Das Schweigen war dröhnend, ohrenbetäubend. Für Isabelle ein unwiderlegbarer Beweis, dass sie richtiglag. Dass Emily aus dem einfachen Grund schwieg, weil der Vorwurf eben stimmte und sie sich ertappt fühlte. So einfach war das. Den ganzen Tag über blickte Isabelle immer wieder auf das Display ihres Mobiltelefons, keine Antwort. Schließlich stopfte sie das Ding wütend in ihre Tasche. Dann eben nicht, du falsches Biest.

Das Zerwürfnis der beiden «Rosen von Fleury» blieb nicht unbemerkt. Innerhalb kürzester Zeit schien es eine Art Stadtgespräch zu sein. Isabelle bemerkte es an den verstohlenen Blicken, an den beiläufigen Andeutungen und an dem betont rücksichtsvollen Umgang mit ihr, den alle an den Tag legten. Sie schienen wie auf Zehenspitzen zu gehen, als könnte der kleinste Laut zu einer Explosion führen. Das machte es Isabelle schwer, hocherhobenen Hauptes durch die Straßen zu gehen und ganz Fleury zu zeigen, dass sie damit schon fertigwurde.

Doch sie wurde damit nicht fertig.

Das schien auch die Auffassung der drei Grazien von Fleury sein, die sich nun verstärkt um Isabelle kümmerten. Adèle, Rosalie und Valérie. Sie erwiesen sich als wahre Freundinnen, bemüht, in ihrem Umgang mit Isabelle den richtigen Ton zu treffen. Rosalie band ihr alle paar Tage am frühen Morgen ein kleines Sträußchen an den Türgriff ihres Ladens, ein hilfloses, wortloses Zeichen, das Isabelle doch jedes Mal rührte. Adèle, etwas resoluter als die Floristin, winkte schon mit einer Flasche Monbazillac, sobald Isabelle sich nur dem *Cerf Blanc* näherte. Ihr Trost war handfester, aber nicht weniger wirkungsvoll als Rosalies liebe Blumengrüße. Isabelle konnte sich mit niemandem so gut betrinken wie mit der Wirtin, spätabends, wenn der Gasthof seine Tore schloss und der tägliche «Absacker» fällig war.

Und Valérie? Ihre zupackende Art, die frei war von sentimentalen Anwandlungen, empfand Isabelle vielleicht als am hilfreichsten. Die *Boulangère*, sonst plapperfreudig und keiner Expedition in die Abgründe von Klatsch und Tratsch abgeneigt, wusste, wann es besser war, den Mund zu halten. Wenn Isabelle sich an eines der Tischchen draußen vor der Bäckerei setzte, überließ Valérie den Verkauf oft kurzerhand Nelly, ihrer rechten Hand, und setzte sich zu ihr, drückte ihr den Arm und schaute sie mit einem Blick an, der «Ich fühle mit dir!» zu sagen schien. Oder: «Das wird schon!»

Obwohl es natürlich nicht wurde, taten Isabelle all diese Aufmerksamkeiten gut. Innerlich mochte sie sich allein und zurückgewiesen fühlen, doch sie war es nicht. Die Begegnungen mit ihren Freundinnen schienen sie vor weiteren Verletzungen zu schützen. Auch sie hatten mit der Liebe so manches Mal ihre Probleme gehabt und konnten Isabelles Gefühle nachvollziehen.

Doch sie alle waren auch sichtlich bemüht, den Draht zu Emily nicht vollends und unwiderruflich abreißen zu lassen. Aus verschiedenen Bemerkungen hörte Isabelle heraus, dass die drei auch mit ihrer einst besten Freundin in Kontakt standen und ihre Version der Geschichte zu kennen schienen. Wenn es diese Version überhaupt gab.

«Warst du mal wieder im Wald spazieren?», fragte Adèle eines Abends betont beiläufig. Sie wollte wohl wissen, wie groß ihre innere Entfernung zu Emily tatsächlich war.

«Nein ... warum? Meinst du, ich laufe im Val d'amour herum und setze mich der Gefahr aus, Miss Bennett zu begegnen?», erwiderte Isabelle, bemüht, ihren aufsteigenden Ärger zu unterdrücken.

«Warum sprichst du nicht mir ihr? Und sei es nur, um reinen Tisch zu machen und Klarheit zu schaffen?»

«Es ist doch alles klar.»

«Meinst du wirklich? Findest du es nicht ein bisschen ungerecht, jemanden mit einem solchen Vorwurf zu konfrontieren und ihm nicht einmal die Gelegenheit zu geben, die Sache aus der Welt zu räumen?»

«Die Sache, wie du es nennst, ist nicht aus der Welt zu räumen, Adèle. Nicht mit Worten, nicht mit Taten ... überhaupt nicht.» Isabelle verschränkte die Arme und blickte unruhig umher.

«Wie du meinst», sagte die Wirtin, verschränkte ebenfalls die Arme und schwieg. Was ihr vermutlich alles andere als leichtfiel.

«Weißt du, was mich jetzt wirklich aufbauen würde?», brach Isabelle nach einer Weile das Schweigen, als es ihr unbehaglich wurde.

Adèle hob die Augenbrauen und schüttelte den Kopf.

«Ein weiterer Monbazillac. Und ein paar von Cathérines unwiderstehlichen Käsestangen.»

«Okay ...», sagte Adèle gedehnt. Dann grinste sie Isabelle an. «Wenn's sonst nichts ist. Der Dealer deines Vertrauens steht dir doch immer gern mit deinen Lieblingsdrogen zur Verfügung.» Dann stand sie auf, um das Gewünschte zu holen.

«Monbazillac, diese süße Plörre!», murmelte sie im Weggehen.

Irgendwann ging Isabelle auf, dass Adèle, Rosalie und Valérie sich allesamt abgesprochen und sich offensichtlich eine Strategie zurechtgelegt hatten, die Funkstille zwischen ihr und Emily zu beenden. Rosalie schwadronierte plötzlich von der Kraft der Vergebung, Valérie von der Bedeutung der Freundschaft, Adèle vom Aufbruch zu neuen Ufern. Dass jeder eine zweite Chance verdient habe. Dass man mit Aufrichtigkeit am weitesten komme. Es war nicht so, dass Isabelle immun gewesen wäre gegenüber diesen «Einflüsterungsversuchen», wie sie es nannte. Der Zorn auf Emily, der in ihr gewütet hatte, verzog sich und loderte immer seltener auf. Das Gefühl der Härte, das sie Emily gegenüber entwickelt hatte, bekam feine Risse. Immer öfter ertappte Isabelle sich dabei, wie sie sich vorstellte, einfach ins Manoir zu laufen und die «Verräterin» zur Rede zu stellen.

Es waren nur Gedankenspiele, kaum mehr. Doch eines Morgens, als sie ihre geröteten Augen im Spiegel sah, fühlte Isabelle keine blanke Verachtung mehr, ja nicht einmal mehr Ablehnung. Nur noch namenlose Trauer. Sie würde bald zum Manoir gehen, nicht um Emily zur Rede zu stellen oder um ihr mit großem Tamtam neue Anschuldigungen um die Ohren zu hauen. Sondern um ihr in einfachen, ehrlichen Worten zu sagen, wie verletzt sie sich fühlte, wie geschlagen mit einer Wunde, die einfach nicht heilen wollte.

Ich bin es niemandem schuldig, überlegte sie. Niemand anderem als mir selbst.

Als sie den Entschluss gefasst hatte, ging es ihr schlagartig besser. Zum Leidwesen von Madame Claudel, die es immer freute, wenn sie einspringen konnte, übernahm Isabelle den Laden wieder und versuchte überhaupt, sich dem Alltag von neuem zu stellen. Sie begann damit aufzuräumen, in ihrer Wohnung, aber auch in ihrer Seele, in ihrer Gefühlswelt Ballast abzuwerfen. Die Gedanken an Yves wurden sehnsüchtiger, die an Emily wehmütiger.

Am Abend vor dem Tag, an dem sie zum Manoir gehen wollte, saß Isabelle in ihrem Sessel, ihr blaues Notizbuch auf den Knien, in dem sie ihre Gedanken und Ideen aufschrieb.

Es war einer der letzten heißen Tage des Sommers gewesen. Über Wochen hatte sich das Haus aufgeheizt und bot keinen kühlen Winkel mehr, in den man sich zurückziehen konnte. Also hatte Isabelle ihren täglichen Tee im Kühlschrank ziehen lassen und ihn mit Minze und ein paar Eiswürfeln versetzt, die ihr wenigstens die Illusion einer Erfrischung verschaffen sollten.

Der Tee hatte den verheißungsvollen Namen *Seelenruhe*. Wenigstens der Tee wusste, was sie brauchte.

Die weiße Seite des Notizbuches, das aufgeschlagen vor ihr lag, wirkte wie ein Vorwurf. Schreib doch endlich, wie du dich fühlst, schien sie zu sagen.

Sie überlegte, kaute am Stift. Ein Schluck Tee, ein Blick aus dem Fenster. Der Himmel war von einem so tiefen Blau, dass die Augen darin baden konnten.

In dem Moment klingelte es. Isabelle verspürte keine große Lust, mit Rosalie oder Valérie zu reden, jemand anders konnte es nicht sein, denn Adèle hatte jetzt auf ihrer Terrasse Hochbetrieb. Isabelle rollte genervt die Augen, beschloss, es läuten zu lassen, stand aber unwillig auf, als die Klingel einfach keine Ruhe gab.

Es war Emily.

Völlig verschwitzt, mit nassem Gesicht und aufgelöstem Haar, als sei sie den ganzen Weg vom Manoir hierhergelaufen, stand sie in der Tür, sagte jedoch kein Wort, sondern blickte die Freundin nur mit großen Augen an. Isabelle starrte zurück, unfähig, sich zu bewegen, etwas zu sagen oder sie gar in den Arm zu nehmen, wie sie es gewöhnlich getan hatte.

«Isabelle ... ich ...», sagte Emily und schluckte.

«Komm rein ...» Isabelle ließ sie eintreten. Seelenruhe! Die Tees bringen auch nicht mehr das, was sie versprechen. Sie wies auf den Sessel. «Setz dich doch ...» Sie selbst nahm auf dem Bett Platz, wie damals, an jenem Weihnachtsabend in grauer Vorzeit, als Yves sie überraschend besucht hatte.

Es war stickig im Zimmer, obwohl das Fenster weit geöffnet war.

«Magst du auch einen Tee?», fragte sie und wandte sich Richtung Küche. Die Kanne im Kühlschrank war noch halb voll.

«Ja», sagte Emily leise.

«Auch Seelenruhe eiskalt?»

«Was?»

«Der Tee, er heißt Seelenruhe ... ich trinke ihn mit Eiswürfeln. Willst du auch so einen?»

«Ja, warum nicht? Oder hast du vielleicht einen, der ‹Best friends forever› heißt?»

«Nie davon gehört», brummte Isabelle. Sie füllte zwei Becher mit dem Eistee und reichte einen davon Emily, die ein paar gierige Schlucke trank und ihn dann wieder abstellte.

«Nichts gegen den High Tea im Savoy, oder?», fragte Isabelle.

Emily schüttelte den Kopf. «Nein, aber er schmeckt großartig. Wirklich ... ich meine, nicht schlecht für das, was ihr Franzosen so alles Tee nennt.»

«Na ja, im Vergleich dazu, was ihr Engländer so alles Freundschaft nennt ...»

«Isabelle, ich ...»

«Ja, was ... du? Du hast mir Yves weggenommen!»

«So war das nicht, Isabelle ... Himmel noch mal, das willst du mir doch jetzt nicht ernsthaft unterstellen.»

«Ich unterstelle dir gar nichts. Mein Gefühl sagt es mir, und das trügt mich selten. Einer meiner wenigen Vorzüge, wie du selbst mal gesagt hast. Willst du etwa behaupten, dass du nichts mit Yves' Weggang zu tun hast? Das kannst du dir sparen, Emily, denn ich würde es dir nicht glauben ...»

Emily seufzte. «Ich wollte das nicht ...»

«Vielleicht hast du es nicht gewollt, aber du hast es getan. Es bleibt nur eine kleine, eine klitzekleine Frage, und du kennst sie!»

«‹Warum?›»

«Genau. Warum. Warum hast du mir das angetan, Emily?»

«Ich habe nichts getan. Nichts mit Absicht, glaub mir das bitte. Aber so ganz unschuldig bin ich nicht, dass Yves das Angebot aus Paris angenommen hat, das gebe ich zu. Ich war vielleicht gedankenlos, zu wenig einfühlsam, aber so etwas wie einen Vorsatz hatte ich nicht. Und ein persönliches Interesse schon gar nicht.»

«Ach nein? Du hast lange vor mir davon gewusst, von dem Angebot. Yves hat es mit dir besprochen, bevor er damit zu mir gekommen ist. Du hast genau gewusst, dass er die große Liebe meines Lebens ist ... war. Und du bist nicht einmal auf die Idee gekommen, mir davon zu erzählen, mir, deiner besten Freundin!»

«Natürlich bin ich auf die Idee gekommen, was denkst du denn? Es stimmt, Yves hat mir eines Abends, nachdem er die Küche geschlossen hatte, davon erzählt. Er war sehr aufgeregt, was verständlich ist, oder? Und er war unschlüssig ... ja hilflos, wie er mit dir darüber sprechen soll. Im Grunde hatte er Angst ...» Isabelle schnaubte, doch Emily fuhr unbeirrt fort. «Ja, Angst. Er hatte das schon tagelang mit sich herumgetragen und hat sich dann irgendwann ein Herz gefasst, mir davon zu erzählen.»

«Ein Herz gefasst, es dir zu erzählen ...»

«Ja, warum denn auch nicht? Wir arbeiten jeden Tag zusammen, und ich glaube, dass er mir vertraut hat. Und das, obwohl er weiß, dass ich deine Freundin ... deine beste Freundin bin. Er brauchte einfach meinen Rat. Und ich sah wirklich keinen Grund, ihn fortzuschicken. Sie hat mich echt geschockt, die Sache mit dem Angebot, schließlich hat sie ja auch erhebliche Auswirkungen auf mich, auf das Manoir, die Küche ...»

«Und warum bist du nicht zu mir gekommen, Emily, gleich am nächsten Tag?»

«Das konnte ich nicht. Er wollte, dass ich ihm verspreche, nichts zu sagen. Und ich habe es ihm versprochen.»

Emily schwieg, und auch Isabelle sagte nichts. Sie schaute zum Fenster. Der Himmel war dunkler geworden, tintenblau, in wenigen Stunden würde er mitternachtsblau sein.

«Noch etwas Tee?», fragte Isabelle nach einer Weile. Ihr war, als hätte sich ein Sturm gelegt. Als könnte sie endlich zur Ruhe kommen.

«Ja ... warum nicht? Seelenruhe kann man nie genug haben», sagte Emily.

In der Küche goss Isabelle den Rest aus der Teekanne ein, er reichte gerade, um die beiden Becher noch einmal zu füllen. Die Seelenruhe ging langsam zur Neige.

Dankbar nahm Emily den Becher entgegen und trank wieder hastig ein paar große Schlucke. Durch das Fenster gelangte ein Lüftchen ins Zimmer, nur eine Ahnung von Wind, doch genug, um den erhitzten Gesichtern tatsächlich etwas Abkühlung zu bringen.

«Das mit der Angst glaube ich nicht», sagte Isabelle, die sich ans Fenster gestellt hatte und nach draußen blickte. «Yves ist überhaupt nicht der ängstliche Typ. Im Gegenteil. Er ist ... verwegen, mutig ... Er packt die Dinge an.»

«Ja, diesen Eindruck macht er», räumte Emily ein. «Er will immer cool erscheinen. Aber an diesem Abend ... damals ... war er es eben nicht. Er war total verunsichert, wie zerrissen zwischen seinem Stolz über das Angebot aus Paris und seiner Liebe zu dir.»

«So wird er es kaum ausgedrückt haben.»

«Doch, genau so hat er es gesagt.»

«Und was war ... ist dann deine Rolle dabei?»

«Ich habe auch über meinen Schatten springen müssen. Ungeachtet dessen, dass sein Weggang mich in die größten Probleme stürzt, habe ich ihm zugeraten, das Angebot anzunehmen.»

«Also doch!»

«Wenn er es nicht getan hätte, glaubst du nicht, er hätte es sich dann zeit seines Lebens vorgeworfen? Etwas verpasst, eine großartige Gelegenheit nicht ergriffen zu haben, als sie sich ihm bot?»

«Was ist mit der Gelegenheit, mit der Frau zusammen zu sein, die er liebt?»

«Ich kann mich nur wiederholen, Isabelle: Eine Trennung ist schwierig ... schwer auszuhalten, keine Frage. Aber es ist nur auf Zeit, versteh das doch! Yves hat nicht vor, den Präsidenten und seine Gäste die nächsten Jahre und Jahrzehnte zu bekochen. Doch er wird unglaublich viel lernen in Paris, er wird einen großen Schritt nach vorn tun. Das ist wirklich die große Chance seines Lebens. Und ich finde es nicht ganz fair, wenn du ihn mit deinem Entweder-oder unter Druck setzt, nur aus Angst, ihn zu verlieren. Du wirst ihn nicht verlieren, Isabelle – nicht, wenn du ihn nicht selbst aufgibst.»

«Aber die anderen Frauen? Sie werden ihn auf verrückte Gedanken bringen, im fernen Paris, das weiß ich ...»

«Das weißt du nicht, Isabelle. Du hast Angst davor, du befürchtest es, und niemand kann das besser verstehen als ich. Doch du musst einfach Vertrauen haben, ein bisschen Vertrauen ... Warum fällt dir das nur so schwer?»

Isabelle wandte sich vom Fenster ab und setzte sich auf den

Rand ihres Bettes. Dann hob sie den Blick und schaute Emily an. Tränen standen ihr in den Augen. Sie nickte, kaum merklich. Und während ihr Blick klarer wurde, als würde sich ein Vorhang langsam heben, sah sie keine Verräterin mehr vor sich sitzen, sondern eine Freundin, deren sorgenvoller Blick ihr schon ganz zu Anfang aufgefallen war. Und deren Sorgen nicht nur mit ihr, Isabelle, zu tun hatten und mit ihrer Freundschaft, die am Abgrund balanciert war. Sondern mit noch etwas ganz anderem.

«Vertrauen ... ja. Wahrscheinlich hast du recht. Ich muss ... ich sollte wirklich etwas mehr Vertrauen haben.» Sie unterbrach sich und holte tief Luft. «Aber du bist nicht nur wegen Yves hergekommen, nicht wahr? Und nicht nur meinetwegen ...»

Emily schüttelte den Kopf. «Nein.»

Sie öffnete ihre kleine cognacfarbene Bridge-Umhängetasche, die sie ständig trug, und zog ein Kuvert hervor, das sie Isabelle wortlos reichte.

Es war ein amtliches Schreiben. Absender: *Palais de justice de Périgueux.* In einem graublauen Umschlag, der nichts Gutes verhieß. Und er enthielt auch nichts Gutes, wie Isabelle feststellte, als sie das Schreiben las.

Es handelte sich um eine Klageschrift.

Beklagte: Emily Bennett, *Le Manoir au Val d'amour*, Fleury-sur-Azurain

Klägerin: Anne-Sophie de Bricassart, vertreten durch die Kanzlei Courvoisier & Cie., Périgueux

Die Baronin hatte ernst gemacht mit ihrer Drohung. Sie hatte Emily auf Herausgabe des Manoirs verklagt. Auf vollständige und unverzügliche Rückgabe der Immobilie an die Familie de Bricassart. Die Begründung überflog Isabelle nur, sie war ihr längst aus dem früheren Schreiben der Baronin bekannt.

Emily war aufgestanden und hatte sich neben Isabelle aufs Bett gesetzt. Sie war völlig aufgelöst, schüttelte den Kopf, als könnte sie es nicht fassen, und biss sich heftig auf die Lippen, um nicht loszuweinen. Doch sie gab nach, als Isabelle sie in den Arm nahm und ihr den Kopf an die Schulter drückte.

«Sie werden es nicht bekommen», flüsterte Isabelle ins Haar ihrer Freundin. «Das lasse ich nicht zu. Das werden wir alle verhindern ... wir alle miteinander.»

Wir.

DRITTER TEIL

Die Liebe

29

Emily richtet in ihrem Manoir eine besondere Hochzeit aus.

Die Routine des Hotelbetriebs half Emily über die schwierigen Tage hinweg. Sie hatte Maurice Ulian die Klageschrift geschickt und ihn um einen Termin für ein Gespräch gebeten, das dann in ziemlich desillusionierender Sachlichkeit verlief. «Wir haben im Grunde keine Chance, aber die müssen wir nutzen», resümierte der Anwalt. Na toll!, dachte Emily und versuchte ansonsten, diese leidige Angelegenheit erst einmal zu ignorieren, so gut es ging. Bis zum Prozess waren es noch einige Wochen hin. Zusammen mit ihren Freunden würde ihr schon etwas einfallen, um das Schlimmste zu verhindern. Dass sie sich mit Isabelle ausgesprochen hatte, erleichterte Emily sehr. Ohne ihre beste Freundin wäre sie sich vollkommen verloren vorgekommen. Doch mit ihr und den anderen Freunden, aber auch mit *Maître* Ulian an ihrer Seite fühlte sie sich stark und tapfer genug, es mit den Bricassarts aufzunehmen. Sie würden schon einen Weg aus diesem Schlamassel finden.

Sie ging viel spazieren, um ihre Gedanken zu sortieren. Meistens fand sie dazu erst abends Zeit. Der rund um das Manoir gelegene Wald am Stadtrand von Fleury war ihr daher gerade in den Abendstunden sehr vertraut geworden. Es wäre übertrieben zu sagen, sie würde jeden Baum kennen, doch sie fühlte sich freier und energiegeladener, wenn sie durchs Gehölz streifte wie die Göttin Diana auf der Jagd. Über diese etwas übertriebene Phantasie musste sie selbst lachen, doch dass sie kämpferischer werden musste, stand außer Frage.

Es wurde schon früh dunkel, aber Emily fand den Weg zurück zum Manoir mittlerweile im Schlaf. Erst kürzlich war dieser Waldweg von der Stadt befestigt worden, und das letzte

Stück hatten Monsieur Ferrier und seine Baumannschaft mit Beleuchtung versehen – eine Allee aus Laternen, die in geringen Abständen den Weg säumten. Als Emily schließlich zwischen den Bäumen die hell erleuchteten Fenster des Manoirs erblickte, verlangsamte sie ihre Schritte, um sich an dem Anblick zu erfreuen, der sie jedes Mal aufs Neue entzückte.

Doch an diesem Abend kauerte auf den Stufen der Eingangstreppe eine Gestalt.

Hoffentlich nicht unser junger Baron, dachte Emily, deren Puls sich zu beschleunigen begann, sodass sie noch langsamer wurde, wie um sich zu wappnen.

Doch es war nicht Jean-Luc de Bricassart, der dort auf sie wartete, sondern seine jüngste Schwester, Léonie. Als sie Emily näher kommen sah, sprang sie auf.

«Léonie! Seit wann wartest du denn hier?»

«Noch nicht so lange ... vielleicht eine Stunde.»

«Und warum bist du nicht ins Haus gegangen? Hier draußen ist es doch schon ziemlich kalt. Nicht dass du dich verkühlst! Du hättest doch auch drinnen auf mich warten können, und Ela hätte dir sicherlich einen schönen Tee gemacht oder eine heiße Schokolade.»

«Ach, Emily, das ist lieb. Aber ich fürchte, heute Abend brauche ich doch etwas Stärkeres ...»

«Etwas Stärkeres ... hm. Was ist denn passiert? Doch hoffentlich nichts Schlimmes?»

«Wie man's nimmt. Für mich ist es nicht schlimm ... oder nur ein bisschen. Ich bin weg vom Schloss ...»

«Was?»

«Weggelaufen. Abgehauen. Durchgebrannt.»

«Oh, Léonie, und dann kommst du zu mir? Na, komm erst mal rein, dann kannst du mir alles erzählen. Und ‹was Stärkeres› werden wir wohl auch für dich auftreiben ...»

Sie gingen in den kleinen Salon, der schon einige Verschwörungen und Geheimnisse kannte, fanden doch gewöhnlich hier die vertraulichen Treffen mit ihren Freunden statt. Ela brachte eine Flasche Portwein und schenkte ihnen beiden ein, bevor sie die Tür wieder hinter sich schloss.

«Also: Schieß los!», forderte Emily ihren Überraschungsgast auf und beugte sich gespannt vor.

«Losschießen ... tja, das trifft's ganz gut. Heute beim Diner ... da habe ich meinen Eltern gesagt, dass ich Serge Amalric heiraten will.»

«Ach, du je. Warst du allein mit ihnen?»

«Nein, Louise und Laura waren auch dabei. Louise war völlig entgeistert, das kannst du dir denken. Aber meine Eltern gingen sofort hoch, als hätte ich eine Rakete gezündet. Papa hat mit der Faust auf den Tisch geschlagen und mich ganz grimmig angeblickt. Maman konnte ihre Wut nur mühsam unterdrücken und meinte gleich: ‹Das kannst du dir abschminken, Léonie.› Und dann ließ sie eine Tirade los, die gar kein Ende nehmen wollte. Ich erspare dir die Einzelheiten, du kannst es dir vorstellen, oder?»

Emily nickte. «Und dann?»

«Dann habe ich versucht, es ihnen zu erklären. Ich war ganz ruhig. Aber Maman wollte nichts davon hören. ‹Niemand kennt diesen Serge, und ich will ihn auch nicht kennenlernen. Ein Provinzmusiker ... Himmel noch mal! Fällt dir nichts Besseres ein, als hier mit jemandem anzukommen, der auf der Gitarre herumzupft und Liedchen trällert? Glaubst du im Ernst, der wäre eine passende Partie für dich?› Louise meinte typisch hochnäsig: ‹Léonie, das ist wirklich nicht ganz unsere Klasse, das musst du einsehen.› Also bin ich dann doch etwas deutlicher geworden. Ich habe gesagt, dass ich Serge liebe, und da kam von den beiden nur ein verächtliches Schnauben. Ich glaube, Louise und Maman, die wissen gar nicht, was Liebe ist. Und wenn sie es wissen, rangiert Liebe bei ihnen ganz hinten auf der Gefühlsskala.»

«Und dann?», fragte Emily wieder. Ihr war etwas schwummrig geworden, das hörte sich nicht gut an.

«Dann ging es noch eine Weile hin und her. Wir sind alle lauter geworden, auch Papa, der meinte, er könne jetzt keine Aufregung mehr vertragen. Laura war noch am vernünftigsten – sie machte ein paar Anläufe, um zwischen uns zu vermitteln, aber daran war Maman natürlich überhaupt nicht interessiert. Ich bewundere Laura dafür, wie ruhig sie in solchen Situationen bleiben kann, –ich kann das nicht. Ich habe richtig Kontra gegeben. Ich meine, es geht hier schließlich um mein Leben, oder? Ich bin erwachsen, ich habe den Mann fürs Leben gefunden, und ich werde ihn heiraten. Punkt! Und dann ...», Léonie schluckte, «bin ich aufgestanden, auf mein Zimmer gegangen, habe ein paar Sachen in meinen Rucksack gestopft und mich auf den Weg zum Manoir gemacht. Und hier bin ich nun.»

Emily trank ihr Glas in einem Schluck leer.

«Du kannst natürlich hierbleiben, Léonie, das ist ja klar. Ein Zimmer habe ich immer für dich ... bis auf weiteres. Bis sich die Lage wieder beruhigt hat.»

Léonie atmete hörbar auf. Sie blickte Emily mit großen Augen an.

«Das ist schön ... ich bin dir so dankbar. Ich wusste nicht, wo ich hinsollte. Meine beste Freundin Julie lebt in Bergerac, das ist nicht gerade um die Ecke. Maman und Papa werden sich schon wieder beruhigen, hoffe ich einfach mal. Mit meiner Heirat werden sie sich allerdings niemals arrangieren, nicht einmal, um den Schein zu wahren. Das wusste ich von Anfang an. Meine Eltern werden alles unternehmen, um das zu verhindern. Ich hätte nicht einmal eine Chance, wenn ich mit Prinz Harry hier aufgekreuzt wäre. ‹Ein Engländer, was fällt dir ein?›, hätte es dann geheißen. Ich fürchte, ich habe heute Abend wirklich mit meinen Eltern ... gebrochen. Nicht für immer, hoffentlich, aber doch bis Serge mir den Ring an den Finger gesteckt hat. Vielleicht kommen sie dann zur Vernunft ...»

«Und wie stellst du dir deine Zukunft vor? Was sagt denn Serge dazu? Habt ihr überhaupt schon konkret über eine Hochzeit gesprochen?»

«Serge sagt, das ist überfällig. Er weiß über meine Familie nur das, was ich ihm erzählt habe, das reicht schon. Er will mich trotzdem heiraten, verstehst du? Je früher, desto besser. Dann ist die Sache klar und dieser ‹Skandal› hoffentlich ausgestanden. Und dann müssen sich auch meine Eltern damit arrangieren.»

Während Léonie so sprach, mit hochroten Wangen und leuchtenden Augen, lief vor Emilys Augen bereits ein Film ab: Léonie heiratet ihren Gitarristen. Sie feiern ihre Hochzeit im Manoir. Die Eltern kommen natürlich nicht, Louise auch nicht ... Jean-Luc ist wahrscheinlich längst über alle Berge, der setzt keinen Fuß mehr ins Manoir. Léonie bekommt Hausverbot im Schloss, man muss schließlich ein Exempel statuieren und darf sich nichts gefallen lassen, von seinen Gören schon gar nicht. Die Aristokraten sind außer sich vor Wut, nicht nur weil Emily Léonie Unterschlupf bietet, sondern weil sie ihr sogar die Feier ausrichtet. Eine Bricassart-Hochzeit im Manoir – ausgerechnet jetzt! Die ultimative Provokation! Léonie wird depressiv. Die Familie de Bricassart bricht auseinander, zerstreut sich in alle Himmelsrichtungen, und das Château de Fleury verfällt, wird zur Ruine. Und das alles nur, weil Léonie an diesem kühlen Herbstabend mit einem Rucksack vor ihrer Tür aufgekreuzt ist.

Emily stöhnte innerlich auf, sie hatte Mühe, all die verrückten Bilder aus ihrem Kopf zu verdrängen. Nun mach mal einen Punkt, du Hysterikerin, rief sie sich zur Ordnung. Sie musste zugeben, dass ihr Léonie ans Herz gewachsen war. Es war ihr nicht egal, was mit ihr passierte. Sie konnte sie jetzt nicht fortschicken, wohin sollte das Mädchen auch gehen? Sie wollte … sie *musste* ihr helfen.

Emily versuchte ein Lächeln und nahm Léonies Hand.

«Nur Mut! Du hast das Richtige getan heute Abend. Auch dass du zu mir gekommen bist», sagte sie aufmunternd und mit mehr Zuversicht, als sie empfand. Dann meinte sie pragmatisch: «Wir suchen dir gleich ein schönes Zimmer, und dann kannst du dich ausruhen, ein bisschen schlafen. Magst du noch was essen? Hast du Hunger?»

«Hunger … ja. Ich habe ja gar nichts gegessen beim Diner vorhin. Ach, Emily, du bist wirklich eine Freundin.»

«Das ist mein Hauptberuf, weißt du. Na komm, wir gehen in die Küche und schauen, was der Kühlschrank noch zu bieten hat. Ich bin sicher, wir finden da noch ein paar köstliche Reste vom heutigen Diner.»

Sie fanden mehr, als sie beide hätten aufessen können. Emily war jedoch erstaunt, welch großen Appetit das Mädchen hatte – Léonie kostete, kaute und redete ohne Unterlass. Sie war wie befreit und malte sich ihre Zukunft in den rosigsten Farben aus.

Erst einmal eine Hochzeitsreise, natürlich. Nichts Aufwendiges, irgendetwas «Kuscheliges», vielleicht nach Korsika. Oder nach Andalusien. Serge Amalric hatte seine Band, *Les Fleurystes*, war aber auf der Suche nach einer festen Anstellung, wie Léonie berichtete. Natürlich verdiente er in der Saison, wenn er mit seinen Freunden auf Hochzeiten spielte, prächtig, im Herbst und Winter musste er sich jedoch mit Aushilfsjobs – unter anderem in der Markthalle und auf dem Weihnachtsmarkt – über Wasser halten. Geld war ihm nicht so wichtig, aber ganz ohne ging es eben auch nicht. Soweit sie ihn bisher kennengelernt hatte, mochte Emily diesen fröhlichen, immer entspannten Jungen, der das Leben eher heiter nahm und vor der Zukunft keine Angst hatte. Irgendetwas wird sich schon ergeben, schien seine Lebensmaxime zu sein. Und bislang war das auch so gewesen. Nur in puncto Léonie war er ungewöhnlich entschieden, das hatte Emily bereits bemerkt.

«Ich weiß, es ist ziemlich unverschämt von uns ...», sagte Léonie mit vollem Mund. Emily schwante nichts Gutes, als sie «uns» hörte. «Ich meine, ich will unsere Freundschaft nicht überstrapazieren, aber ich wollte ... ich muss dich etwas fragen. Bitte nicht böse werden!»

«*Mon Dieu*, Léonie, ich werde dir nicht den Kopf abreißen. Nun sag schon!»

Sie setzte sich aufrecht hin und blickte Emily mit ihren großen Augen an, als richtete sie zwei Strahler auf sie.

«Hast *du* nicht etwas für uns?», platzte sie dann heraus. «Irgendwas zu tun, meine ich ... Wir könnten bei dir arbeiten! Du kannst doch sicherlich noch Hilfe gebrauchen, oder? Wobei auch immer ...»

Emily atmete aus, war aber darauf bedacht, dass es nicht wie ein Seufzer klang. Natürlich konnte sie Hilfe gebrauchen, aber für die Festanstellung neuer Mitarbeiter reichte ihr Budget nicht. Und ihr war auch nicht ganz klar, welcher Art die Hilfe sein könnte, die ihr angeboten wurde.

«Tja, Léonie ... was stellt ihr euch denn vor?»

«Na ja, das liegt doch auf der Hand, oder? Serge im Haus, vielleicht als eine Art *gérant d'immeuble*. Und ich in der Küche natürlich.»

«Wer um Himmels willen ist denn Gérard Meuble?»

«*Gérant d'immeuble*. Ein Hausverwalter ... einer, der dir Arbeit abnimmt.»

«Léonie, das Manoir ist doch kein riesiges Anwesen oder ein großer Wirtschaftsbetrieb, da braucht es sicher keinen eigenen Verwalter. Ich fürchte ...»

«Moment, Moment», unterbrach Léonie schnell. «Ich meinte auch eher einen *gardien*, einen Hausmeister. Der sich um alles kümmert, verstehst du? Reparaturen, Elektrizität, Heizung, Garten ... so was. Alles, was so anfällt in einem alten Kasten wie diesem!»

«Und du meinst, dein Serge könnte das?»

«Aber ja! Er hat eine richtige Ausbildung und schon in etlichen Betrieben gearbeitet: bei einem Tischler, bei einem Klempner und auch bei einem Schlosser – glaube ich wenigstens. Es wäre ja auch nicht fürs ganze Jahr, im Frühjahr und Sommer weniger, da spielt er mit seinen Jungs auf Hochzeiten. Im Herbst und Winter hätte er dann mehr Zeit ...»

«Na, das ist ja beruhigend, dass er dann Zeit hat.» Emily grinste. Sie konnte das nicht jetzt gleich entscheiden. Daher wechselte sie rasch das Thema. «Und du, Léonie, du weißt aber schon, dass wir einen Koch haben, einen ganz exzellenten sogar ...»

«Yves Deschamps ... ja, ich weiß. Er soll phantastisch sein ...»

«Das ist er auch, kann ich dir versichern!»

«Aber momentan ist er doch in Paris, nicht wahr? Und selbst wenn er wieder da ist – auch er werkelt ja nicht allein in der Küche herum. Er braucht sicherlich Unterstützung. Ich bin mir nicht zu schade zum Gemüseschnippeln und Kartoffelschälen. Und ich habe von Bernadette Jeunet, unserer Köchin im Schloss, so vieles gelernt, habe ihr so oft geholfen, ich kenne alle ihre Rezepte, alle ihre Tricks und Kniffe ... mir fehlt nur ein bisschen Praxis. Meinst du nicht, Yves wäre einverstanden?»

Emily wiegte den Kopf. «Ja, vielleicht.»

Léonie klatschte begeistert in die Hände. «Ich wusste es ... ich wusste es ...»

«Nicht so schnell, Mademoiselle. Ich habe noch nicht ja gesagt!»

«Aber du wirst es tun, nicht wahr? Bitte, bitte ...!»

«*Bon.* Ich werde mit ihm reden. Er hat nur Milena an seiner Seite und liegt mir schon seit Wochen bei jedem Telefonat in den Ohren, dass er noch eine zusätzliche Kraft bräuchte, wenn er erst wieder da sei. Momentan hilft Madeleine Bresson bei uns aus ... solange das *Écoute-la-Pluie* renoviert wird und geschlossen ist. Die wäre für eine Unterstützung sicherlich dankbar.»

Léonie sprang auf und umarmte Emily so stürmisch, dass diese lachen musste.

«Ich wusste es, ich wusste es!», wiederholte sie. «Oh, danke!»

Mühsam befreite sich Emily aus ihren Armen.

Na schön, versuche ich es mit den beiden, dachte sie. Aber noch ein weiterer Gedanke ging ihr durch den Kopf, und der war bei weitem unangenehmer. Ein Problem, das sich nicht mit Begeisterung aus der Welt schaffen ließe, im Gegenteil. Die berufliche Zukunft von Serge Amalric war den Bricassarts sicherlich herzlich egal, doch Léonie in ihrem Manoir als angestellte Köchin, das würde im Schloss für helle Aufregung sorgen. Für Krawall ohne Ende.

Sie musste mit Laura darüber reden. Möglichst bald.

Die wird aus allen Wolken fallen, dachte Emily.

Nachdem sie Léonie ihr Zimmer gezeigt und sich von ihr mit einer Umarmung verabschiedet hatte, schickte sie Laura eine kurze SMS:

> Léonie ist bei mir, sie übernachtet im Manoir. Mach dir keine Sorgen. Wir reden morgen, ja?

Und Laura antwortete prompt:

Da bin ich beruhigt. Morgen, ja! Holst du mich in der Mairie ab, so gegen 11 Uhr? Dann gehen wir auf einen Kaffee zu Valérie.

Der Himmel war bedeckt, es sah nach Regen aus. Mit dem ihr eigenen unerschütterlichen Optimismus hatte Valérie Aubry trotzdem die kleinen Eisenstühle und -tische vor ihre Boulangerie gestellt und sogar die grünen Sonnenschirme aufgespannt. Doch Laura und Emily zogen es vor, sich drinnen einen Platz zu suchen. Valérie brachte ihnen zwei Café crème und für Emily ein Stück *Tarte rustique*, belegt mit Pflaumen und Pfirsichen.

Laura war nach der SMS tatsächlich beruhigt gewesen, aber länger als eine Nacht und einen Morgen dauerte die Beruhigung nicht an. Was Emily ihr nun erzählte, vernahm sie mit ungläubigem Staunen.

«Das darf nicht wahr sein! Emily, sag mir, dass das nicht wahr ist.»

«Doch, Laura, sie wollen beide bei mir anfangen.»

«Ich fasse es nicht! Und du hast ihnen wirklich diese Jobs angeboten?»

«Noch nicht. Ich muss erst einiges klären.»

«Du weißt, was das bedeutet ... für uns im Schloss? Das bedeutet Krieg, Emily. Nicht zwischen uns, aber meine Eltern werden die schwersten Geschütze auffahren, die sie auftreiben können. Das wird für dich richtig ungemütlich!»

«Ich weiß», räumte Emily ein und spießte mit der Gabel ein Stück von der famosen Tarte auf. «Aber sieh es mal so: Wenn ich sie nicht bei mir arbeiten lasse, dann geht Léonie fort ... weiß der Himmel, wohin. Jedenfalls weg aus Fleury. Das kann doch nicht in deinem Interesse sein, Laura.»

«Ist es auch nicht, natürlich nicht ... Nicht auszudenken, wenn sie mit ihrem Serge einfach abhaut und keiner weiß, wohin.»

«Siehst du? Glaub mir, es ist besser, wenn sie im Manoir bleibt. Unter Kontrolle, gewissermaßen. In eurer ... in deiner Nähe.»

Laura seufzte. «Warum fällt der Himmel eigentlich immer mir auf den Kopf? Kannst du mir das vielleicht mal verraten?»

Emily schüttelte den Kopf, klopfte ihr dann auf die Schulter. «Na ja, du bist eine Bricassart. Du kommst aus einem aristokratischen Geschlecht, da hat man nicht nur blaues Blut in den Adern, sondern braucht starke Nerven für all die Kabale und Liebe in eurem goldenen Käfig.»

«Aristokratisches Geschlecht – wie sich das anhört!» Laura griff nach Emilys Hand. «Puh ... ich brauche noch einen Kaffee. Und was Süßes.»

Sie gaben der hinter ihrer Theke im Dauereinsatz herumwirbelnden Valérie gestikulierend ihre Bestellung durch.

«Hab's schon gehört, das mit Léonie», sagte die *Boulangère*, als sie ihnen zwei weitere Café crème hinstellte und dazu *Cramiques* – die Rosinenbrioches waren eine Spezialität des Hauses.

«Von wem?», riefen Emily und Laura wie aus einem Mund.

Valérie grinste. «Eure Mienen sprachen Bände. Nein, im Ernst, Fleury ist ein Kaff, das wisst ihr so gut wie ich. Irgendjemand hat Léonie gestern Abend zum Manoir gehen sehen. Ja, und ehe man sich's versieht, weiß es die ganze Stadt. Ich hatte heute Morgen noch nicht das erste Baguette eingepackt, da war ich schon im Bilde.»

«Dann wissen es Papa und Maman auch schon. *Merde!*», stieß Laura hervor, nicht gerade standesgemäß.

«Das kannst du laut sagen», meinte Emily.

«Besser nicht. Ich bin ja eine Aristokratin!»

Yves Deschamps klang abschätzig, das konnte Emily selbst am Telefon hören. «Léonie de Bricassart in meiner Küche? Hast du dir das auch gut überlegt?»

«Habe ich, mein Lieber. Es ist übrigens unsere, um nicht zu sagen meine Küche. Noch ... bis auf weiteres und vor allem, solange du uns in Paris fremdgehst und ich mich hier mit Madeleine Bresson behelfen muss», fügte Emily düster hinzu. «Léonie hat Talent, kann ich dir versprechen. Sie wird sehr engagiert und mit Feuereifer bei der Sache sein. Wir probieren es einfach mit ihr, ja?»

«Na schön», brummte Yves. «Dann bin ich ja mal gespannt.»

Einen Moment herrschte Stille in der Leitung.

«Und Isabelle? Wie ...», setzte er an.

Emily seufzte. «Sie braucht Zeit, Yves.»

Die Hochzeit von Léonie und Serge fand tatsächlich im Manoir statt. Nur vier Wochen nach der «Flucht» der jüngsten Bricassart-Tochter tauschten die beiden ein beherztes «Ja» vor dem Traualtar. Pfarrer Christian Arnault segnete das Brautpaar in der Rosenkapelle, die zur Pfarrkirche gehörte, dann fuhr die kleine Festgesellschaft zum Manoir, wo sie von Emily erwartet wurde.

Die Hochzeit einer Bricassart wäre «unter normalen Umständen» sicherlich das Ereignis des Jahres gewesen. Mit einem Hochamt in der Notre Dame des Roses, einem Empfang in der Mairie, einem Bankett im Schloss und anschließendem Ball. Nun war sie eine «überschaubare Angelegenheit», wie Laura es ironisch nannte, denn bis auf sie selbst boykottierte die Familie der Braut die Feier – ein ausgelassenes Fest mit Freunden, Gleichgesinnten und Flower-Power, wie Léonie angekündigt hatte.

Emily richtete ihrer Freundin die Hochzeit aus, aber das «Verlustgeschäft» für das Manoir hielt sich in Grenzen. Natürlich war ihre kleine Truppe im Einsatz: Madeleine und Milena in der Küche sowie Ela im Service – aber es gab kein gesetztes Essen mit Tischkärtchen und langatmigen Ansprachen, auch keine «Schlacht am Buffet», stattdessen eine Überraschung: ein Picknick. Da das Wetter mitspielte an diesem frühherbstlichen Tag, zu dem die Sonne Wohlfühltemperaturen beitrug, waren auf dem Rasen hinter der Terrasse Picknickdecken ausgebreitet worden. Madeleine hatte eine Reihe kalter Köstlichkeiten vorbereitet, unter anderem mariniertes Gemüse, Schinken, Käse, Hackfleischbällchen und eine feine Auswahl spanischer Tapas, die Léonie so liebte. Valérie Aubry steuerte ihre berühmten *Tartelettes aux myrtilles* bei, und die Getränke kamen von Emily und Laura.

Das Brautkleid fanden alle hinreißend: ein schlichtes weißes Baumwollkleid mit pastellfarbenen Bändern – kein Schleier, sondern lediglich ein Brautkränzchen aus frisch gepflückten Wiesenblumen, eine Kreation von Rosalie Fontaine, die es der Braut persönlich ins Haar steckte. Léonie sah elfenhaft aus, wie sie mit Serge über die Wiese lief und alle zu ihrem Picknick einlud.

Am Abend gab es dann noch eine Suppe aus Wildgulasch und eine *Petite fromagérie* sowie bunten Herbstsalat und Obst. Die Jungs von den *Fleurystes*, die Serge ebenfalls eingeladen hatte, wollten mitfeiern und nicht den ganzen Abend spielen, also kam die Musik von der Playlist, die das Brautpaar selbst zusammengestellt hatte. Doch die Band hatte ihre Instrumente versteckt hinter einer Mauer aufgebaut, und es war eine ziemliche Überraschung, als sie irgendwann Léonies Lieblingslied, den Beatles-Song «Here comes the sun», intonierten. Freudestrahlend nahm die Braut ihren Bräutigam bei der Hand und führte ihn zum Tanz auf die Terrasse.

Here comes the sun, and I say
It's all right ...

Und so war es auch: Alles war gut. Genau das zwanglose, fröhliche Fest, das Léonie sich gewünscht hatte. Natürlich schmerzte es sie, dass ihre Familie sie zu diesem wichtigen Anlass im Stich gelassen hatte, aber sie ließ es sich nicht anmerken und wirbelte übermütig durch ihren Festtag, steckte alle an mit ihrer unbeschwerten Ausgelassenheit.

«Hast du jemals eine bezauberndere Braut gesehen?», fragte Isabelle.

«Dieser Satz wird vermutlich auf jeder Hochzeit gesagt», meinte Emily. «Aber du hast recht ... zumindest so lange, bis du demnächst vor den Traualtar trittst.»

«Nanu, seit wann bist du die Optimistischere von uns beiden?»

«Seit ich erwarte, dass du noch vor mir heiraten wirst.»

«Reines Wunschdenken!»

Emily lächelte wie eine Sphinx.

Es wurde viel gelacht an diesem Abend und unter den Lampions getanzt, die rund um die Terrasse in die Bäume gehängt worden waren. Lagerfeuerromantik kam auf, als Serge zu seiner Gitarre griff und ein paar Lieder anstimmte, die alle mitsangen. Sogar «Should auld acquaintance be forgot», das Emily so mochte.

«Ich bin so glücklich, Emily ... und so dankbar», gestand Léonie ihrer Gastgeberin zwischen zwei Liedern. «Das sagen ja alle Bräute, und es ist ein Klischee, aber heute ist wirklich der schönste Tag meines Lebens, und ich ...»

Doch weiter kam die Braut nicht. Denn sie sah am Eingangstor der Terrasse jemanden stehen, den sie nicht erwartet hatte und auf den sie jetzt zulief, um ihn jubelnd in ihre Arme zu schließen. Sie zog ihn mit sich in den Kreis der Gäste und knickste übermütig.

Die Playlist war bei «Someone to watch over me» angekommen.

There's a somebody I'm longin' to see
I hope that he turns out to be
Someone to watch over me ...

Und dann tanzten sie zusammen, während Léonie glücklich den Kopf an seine Schulter lehnte.

30

Jean-Luc lernt seinen Vater von einer ganz neuen Seite kennen.

Jean-Luc de Bricassart hätte es nicht gerade als Flucht bezeichnet, aber dass er eine Auszeit brauchte von Fleury und all seinen Querelen, stand für ihn außer Frage. Kurz entschlossen setzte er sich ab, vom Schloss, von seiner Familie, vom Manoir, von allem. Er fuhr nach Concarneau, zu einem Seminar über Tourismusförderung in der Provinz, das von einem renommierten, vom französischen Wirtschaftsministerium geförderten Institut angeboten wurde. Die Gelegenheit kam wie gerufen. Anschließend spannte er ein paar Tage am Meer aus und besuchte seinen Studienfreund Frédéric Breguet, der inzwischen von seinen Eltern das Hotel *La Côte Émeraude* in Dinard, an der gleichnamigen bretonischen Smaragdküste, übernommen hatte und ihm einiges erzählen konnte.

Was Frédéric ihm berichtete, machte ihm Mut. Auch im Fall seines Freundes war der Generationenwechsel im Unternehmen nicht reibungslos abgelaufen, doch man hatte sich schlussendlich auf einen gemeinsamen Weg verständigt. Jean-Luc sah ein, dass er es in Fleury falsch angepackt hatte – zu forciert, zu konzeptionell, zu ambitioniert auch, womit er seine Eltern vor den Kopf gestoßen hatte. Frédéric war die Sache ein bisschen cleverer angegangen: Er hatte seinen Vater nicht mit irgendwelchen hochfliegenden Umbau- und Modernisierungsplänen konfrontiert, die ihn nur auf die Palme gebracht und ihn hätten störrisch werden lassen. Sondern er hatte ihm Respekt für sein Lebenswerk gezollt, aus dem Monsieur Breguet erkennen konnte, dass die Weiterführung des Hotels durch seinen Sohn einem Verkauf auf jeden Fall vorzuziehen wäre.

Jean-Luc ging mit sich ins Gericht. Es wäre besser gewesen,

einfach geduldig das Gespräch mit seinem Vater zu suchen, sich mit ihm zusammenzusetzen und auszutauschen, um Sympathie für die eine oder andere seiner Ideen zu werben. Und dann mit ihm gemeinsam zu überlegen, wie er sich einbringen konnte.

Darüber dachte er nach, wenn er stundenlang auf der Terrasse des *La Côte Émeraude* saß, obwohl der Wind hier an der bretonischen Küste um diese Jahreszeit schon sehr frisch war. Er schlug den Mantelkragen hoch, ging ein paar Stunden am Strand spazieren und ließ den Tag bei einem Drink auf der Terrasse ausklingen, wo er zumeist der einzige Gast war. Es war, als klärte die frische Luft nicht nur den Himmel über Dinard, sondern auch seinen Kopf. Abends zog er dann allerdings durch die Bars und Clubs, was seinen Kopf wieder ziemlich vernebelte.

Was Emily anging, so schob er alle Gedanken an sie beiseite. Er wusste, dass er unbedacht reagiert hatte, auch wenn ihre harschen Anwürfe ihn doch ziemlich verletzt hatten. Jean-Luc brauchte diese Auszeit auch, um sich über seine Gefühle für Emily klar zu werden. Und um zu erkennen, wie alles miteinander zusammenhing – seine Zukunft im Schloss, seine Zukunft mit Emily, wenn es denn überhaupt eine solche gab.

Die Einladung zu Léonies Hochzeit hatte ihn nicht überrascht, ihn aber auf dem falschen Fuß erwischt. Jean-Luc hielt es für besser, Glückwünsche und ein Geschenk zu schicken, als persönlich im Manoir aufzutauchen und die Atmosphäre zu belasten, wenn er dort notgedrungen auf Emily traf. Die seltenen Telefonate mit seinen Eltern, aber auch mit seinen Schwestern, bestärkten ihn in der Überzeugung, wie nötig der Abstand zwischen ihm und Fleury war. Es war alles heillos verfahren, und jeder versuchte, ihn auf seine Seite zu ziehen. Nachdem Emily ihm mehr oder weniger den Laufpass gegeben hatte, sah er sich außerstande, jetzt noch Position zu beziehen – es würde unglaubwürdig wirken. Erst müssten sich die Wogen glätten, und dann würde er weitersehen ... Sich als Gast auf Léonies Hochzeit blickenzulassen, hätte das Verhältnis zu seinen Eltern sicherlich noch stärker belastet. Er hielt es daher für das kleinere Übel, vorerst in Dinard zu bleiben.

Hin und wieder telefonierte er mit Nicolas. Abgesehen von seiner Schwester Laura war der ältere Freund der Einzige, mit dem Jean-Luc aufrichtig und ehrlich reden konnte. Obwohl Nicolas keinen Zweifel daran ließ, dass die Familie mit Emily nicht so umspringen sollte, respektierte er schließlich Jean-Lucs Entscheidung, sich selbst erst mal aus der Schusslinie zu nehmen. Wenn sein Schützling jetzt zwischen den Fronten aufgerieben würde, hätte niemand einen Vorteil davon.

Auch an diesem Tag endete Jean-Lucs Spaziergang auf der Terrasse des *La Côte Émeraude*. Es war jedoch so frisch und windig, dass sein Kaffee binnen weniger Sekunden erkaltete. Jean-Luc verzog sich also rasch ins schützende Innere des Hotels. Als die Rezeptionistin ihm einen Gast meldete, der auf ihn warte, war er überrascht und erschrocken zugleich. Ein Gast? Laura war in Fleury unabkömmlich, Léonie auf einer Art Hochzeitsreise durch Andalusien; Nicolas verreiste so gut wie nie, er war in seinem Leben noch nicht über Bergerac hinausgekommen. Es konnte also nur Emily sein!

Er ging mit schnellen Schritten zur Bar, riss die Tür auf und sah nur einen einzigen Herrn mit dem Rücken zu ihm an der Theke sitzen. Georges, der Barkeeper, der mit Gläserputzen beschäftigt war, zog die Augenbrauen hoch und wackelte bedeutungsschwer mit dem Kopf. Das musste der Gast wohl mitbekommen haben, denn er wandte sich um, und Jean-Luc erkannte ihn.

Es war sein Vater …

Was um Himmels willen führte ihn in die Bretagne? Jean-Luc

hatte noch kurz vor Léonies Hochzeitstag mit ihm telefoniert, und sie hatten nur Belanglosigkeiten ausgetauscht, wie so oft, als hielten beide es für das Beste, nicht mehr von sich preiszugeben und eine Auseinandersetzung nach Möglichkeit zu vermeiden.

«Jean-Luc ...», begann der Baron, brach dann aber ab. Er erhob sich von seinem Barhocker und ruderte ein bisschen hilflos mit den Armen. Jean-Luc lief auf ihn zu und deutete eine Umarmung an, die jedoch ebenso hilflos in einem verlegenen Schulterklopfen endete. Bricassart quittierte es mit einem schiefen Lächeln. Es war ihnen beiden fremd, Zuneigung durch Berührungen zu zeigen.

«Papa, was machst du hier? Ist etwas passiert? Meine Güte, nun rede schon ...»

«Ach, Jeannot ...» Jeannot, sein Kosename aus Kindertagen – seit über zwanzig Jahren hatte Jean-Luc den nicht mehr aus elterlichem Munde gehört. Er blickte seinen Vater gespannt an. «Ich komme in friedlicher Absicht, das will ich von vornherein klarstellen. Nein, es ist nichts Schlimmes passiert. Aber ich muss ... ich wollte mit dir reden. Und da dachte ich mir, ich komme dir einfach ein bisschen entgegen. Wenn ich überhaupt willkommen bin ...» Der Baron warf seinem Sohn einen zweifelnden Blick zu, als sei er sich da alles andere als sicher.

«Natürlich bist du mir willkommen, was für eine Frage, Papa!»

«Ich hatte den Eindruck, du seist vor uns weggelaufen. Auch vor mir. Genau wie Léonie ... Und ich wollte den ersten Schritt tun. Ich glaube nämlich, dass wir uns zusammensetzen sollten, in Ruhe. In Fleury wäre das ja jetzt kaum möglich.»

Jean-Luc nickte. «Ja, Reden ist immer gut. Komm, wir setzen uns dahinüber, in die Sitzgruppe. Was hast du dir bestellt? Einen Armagnac? Den nehme ich auch.» Er gab Georges ein Zeichen und geleitete seinen Vater zu den bequemen Sesseln vor dem Kamin, wo am späten Nachmittag ein Feuer angezündet worden war. «Hier sind wir ungestört. Ist mal ganz schön, nur wir beide, ohne die anderen, nicht wahr?»

Der Baron nickte. Der sonst stets überaus gefasste und selbstbewusste, auch durchaus willensstarke Schlossherr war ganz offensichtlich erleichtert, dass sein Sohn ihn mit offenen Armen empfangen hatte. Henri-Armand de Bricassart war es gewohnt, sich durchzusetzen, ohne viele Worte machen zu müssen, im Schloss wie in der Stadt, einfach auf Grund von Rang und Namen. Nun hatte er wohl nicht mehr allzu viele Optionen, um seine Familie wieder in ein ruhigeres Fahrwasser zu bringen. Es war jedenfalls gut, dass sie sich hier auf neutralem Terrain trafen.

«Wie stehen die Dinge zu Hause, Papa?»

«Die Wogen schlagen hoch, nach wie vor. Keine Entspannung in Sicht. Mit deiner Mutter ist fast kaum noch vernünftig zu reden. Sie scheint einen Rachefeldzug führen zu wollen, wobei mir schleierhaft ist, gegen wen sich ihre Rache richtet. Louise redet ihr nach dem Mund, wie immer. Laura ... tja, Laura bleibt als Einzige ruhig und besonnen. Sie steht insgeheim wohl auf der Seite dieser Miss Bennett – wie die meisten in Fleury, soweit ich das beurteilen kann –, wahrt aber gegenüber ihrer Mutter Haltung. Und Léonie ist auf und davon, wie du weißt.»

«Hast du mitbekommen, wie ihre Hochzeitsfeier war?»

«Ja, aus erster Hand sogar. Ich war nämlich da.»

Jean-Luc war völlig überrascht. «Wie ... da? Ich dachte, ihr hättet entschieden, der Einladung nicht zu folgen?»

«Nun ja, Laura hat sich nicht daran gehalten. Aber das war auch nicht unbedingt zu erwarten. Boykotte funktionieren ja nie lückenlos. Dass das Fest im Manoir stattfand und wohl auch, soweit man hört, von Miss Bennett ausgerichtet wurde, machte es jedenfalls deiner Mutter und mir unmöglich, ausgerechnet dort die überglücklichen Eltern zu spielen.»

«Und du bist trotzdem hingegangen? Respekt!»

«Heimlich natürlich, aber vielleicht hat Anne-Sophie inzwischen doch davon gehört. Wie auch immer, ich war erst spät am Abend da. Weil ich Léonie doch persönlich gratulieren und ihr Glück wünschen wollte. Und weil ich neugierig auf diesen Serge war – gar kein so übler Bursche, muss ich sagen. Mein Töchterchen hat mich auf die Terrasse gezogen und mit mir getanzt. Das war sehr schön. Sie sah hinreißend aus, leuchtende Augen, strahlendes Lächeln ... du kennst sie ja. Ich wollte ihr zeigen, dass ich trotz allem immer für sie da sein werde. Außerdem habe ich ihr noch einen Umschlag zugesteckt. Ich wollte nicht, dass sie sich gegenüber Miss Bennett verpflichtet fühlt.»

Es war wohl die längste zusammenhängende Rede, die Jean-Luc je von seinem Vater gehört hatte. Vor allem erstaunte ihn die Wärme in seiner Stimme – er klang überhaupt nicht hölzern oder unbeholfen wie sonst.

«Und Emily?», fragte er dann zögerlich. «Ich meine ... Miss Bennett?»

«Sie hat mich begrüßt, vielleicht etwas zurückhaltend, aber doch freundlich. Hat mich dann später kurz beiseitegenommen und ein paar Sätze gesagt, die mir zu denken gegeben haben.»

«Was denn?»

«‹Ich hoffe wirklich, Monsieur le Baron, dass wir eine Lösung finden, mit der wir alle leben können. Und ich wünsche mir, dass Sie ganz persönlich daran mitwirken. Jeder für sich genommen ist nicht das Problem. Wir alle zusammen aber sind die Lösung.› Das fand ich doch ... bemerkenswert.»

Jean-Luc schluckte und nippte dann verlegen an seinem Armagnac. Warum nur, dachte er, ist das nicht mir eingefallen?

«Und wie stehst du jetzt dazu, Papa?»

«Ich bin unsicher, muss ich dir gestehen. Juristisch gibt's da wohl tatsächlich nichts zu deuten und zu drehen. Die Papiere, die *Maître* Courvoisier zusammengetragen hat, sind hieb- und stichfest, die kann man nach meinem Dafürhalten nicht ignorieren oder anfechten. Ob man allerdings nun gleich eine so große Oper inszenieren muss, möchte ich doch mit einem Fragezeichen versehen. Das war nicht hilfreich, fürchte ich. Man hätte das Gespräch suchen können – und führen müssen.»

Für Jean-Luc war es eine Erleichterung zu hören, dass sein Vater nicht auf Konfrontationskurs war oder ihm gar mit Vorwürfen kam. Vielmehr stellte er eine große Übereinstimmung zwischen ihnen fest, denn seine Gedanken gingen in eine ähnliche Richtung.

Er lächelte seinen Vater an. «Ich kann es kaum glauben, dass wir ausnahmsweise mal einer Meinung sind.»

«Aber das sind wir doch oft», wandte er Baron ein. «Nur vielleicht nicht immer gleich auf Anhieb. Wir müssen uns aufeinander zubewegen, Jeannot. Das fällt mir nicht leicht und dir sicherlich auch nicht. Wir sind es beide gewohnt, unseren Willen zu bekommen», er lächelte, «und sind dann gleich beleidigt, wenn es mal nicht wie am Schnürchen läuft. Mit Widerstand können wir nicht so gut umgehen, da sind wir uns sehr ähnlich. Aber wir müssen es lernen. Und wir sollten begreifen, dass wir letztlich an einem Strang ziehen müssen.»

Jean-Luc nahm einen Schluck von seinem Armagnac. Er war inzwischen überzeugt, dass dies eines der wichtigsten Gespräche war, die er je mit seinem Vater geführt hatte. Und es hing viel davon ab, wie er jetzt reagierte.

«Wir müssen uns bemühen, den Laden zusammenzuhalten, Jeannot», fuhr der Baron fort. «Das müssen wir irgendwie hinkriegen. Die Bourdieus sind schon völlig zerstritten, es ist bereits von Scheidung die Rede. Die Risse, die durch unsere Familie gehen, lassen auch unsere Angestellten nicht unverschont. Madame Jeunet ist wegen Léonie schlecht auf deine Mutter zu sprechen. Die Mädchen rebellieren gegen ihre Mutter, bis auf Louise natürlich. Und wir, du und ich, stehen mitten dazwischen, die unangenehmste Position, die man haben kann. Wir wollen vermitteln, zumindest ich will das, aber manchmal will ich auch einfach nur meine Ruhe. Dass das alles ein Ende hat, dass sich endlich alle vertragen. Himmel, noch mal, ist das zu viel verlangt? Worum geht es bei der Sache eigentlich, kannst du mir das sagen?»

Jean-Luc zuckte die Schultern. Er zündete sich einen Zigarillo an – Rauchen war in diesem Hotel nur in der Bar erlaubt – und bot auch seinem Vater einen an, doch der Baron schüttelte den Kopf. «Lieber noch einen Armagnac», sagte er.

«Natürlich.» Jean-Luc gab dem Barkeeper ein Zeichen. Noch zwei! «Das kann ich dir auch nicht sagen, Papa. Es sind unterschiedliche Interessen und Voraussetzungen, die da aufeinanderprallen. Nicolas und Agnès Bourdieu, die haben nach meinem Empfinden noch nie zusammengepasst. Nun zeigt sich an einer Angelegenheit, die sie im Grunde gar nicht betrifft, wie weit sie sich auseinandergelebt haben. Und Bernadette? Unsere Köchin hat in Léonie die Tochter gefunden, die sie nie hatte und der sie nun alles beibringen kann, was sie weiß. Über dich und Maman möchte ich gar nichts sagen, das weißt du selbst am allerbesten. Und was uns beide betrifft ... nun ja, ich glaube auch, dass wir im Grunde gar nicht so weit auseinanderliegen. Bis auf die Sache mit dem Hotelbetrieb im Ostflügel. Da bist du ja ziemlich vehement.»

Der Baron nickte, sein Sohn schien einen wunden Punkt getroffen zu haben. «Ich habe lange darüber nachgedacht, seit unserer Familienkonferenz damals, als du uns deinen Vorschlag unterbreitet hast. Und ich fürchte, ich muss dich enttäuschen. Noch immer. Schon die Vorstellung, dass immerzu Gäste ... Fremde auf unserem Grund und Boden herumlaufen – ich ertrage das nicht. Nimm es mir nicht übel, ich kann nachvollziehen und sogar würdigen, was du da im Sinn hast. Als junger Mann hätte ich vielleicht ganz ähnlich gedacht. Aber jetzt stehe ich an der Schwelle zum Alter und soll mich selbst enteignen, mich fremdbestimmen lassen? Ich bin kein Hotelier, Jeannot, und ob du einer bist, müsste sich auch erst noch herausstellen. Irgendwie sehe ich dich da nicht, wie du hinter einer Hotelrezeption stehst und dir die Beschwerden deiner Gäste anhörst – dass der Wasserhahn tropft oder nicht genug Eis im Kühler ist ...»

Jean-Luc grinste. «Nicht ganz einfach, sich das vorzustellen, gebe ich zu. Aber die Finanzlage ...»

Der Baron unterbrach ihn: «Die Finanzlage rechtfertigt nicht jedes Mittel. Wir beide wissen, dass uns das Wasser bis zum Hals steht, da brauchen wir uns nichts vorzumachen. Aber es muss andere Möglichkeiten geben, Gewinn zu machen. Ich habe da jetzt noch kein Rezept oder auch nur eine Idee, über die man ernsthaft diskutieren könnte. Aber lass uns in ein paar Wochen weiterreden, wenn sich alle wieder beruhigt haben und die Entscheidungen gefallen sind.»

«Das ist mir zu passiv, Papa. Wir können uns beide nicht nur immer zurücklehnen und zuschauen, wie sich die Dinge entwickeln. Ich glaube, wir sollten etwas unternehmen, du und ich zusammen.»

Henri-Armand de Bricassart lächelte. «Ich hatte gehofft, dass du das so siehst. Dass du die Hand ergreifst, die ich dir entgegenstrecke. Fällt mir nicht so leicht, gebe ich zu, aber ich meine das aufrichtig.»

«Und was Emily ... Miss Bennett betrifft ...»

«Du liebst sie, nicht wahr?»

Jean-Luc zuckte zusammen. Sein Vater wusste also Bescheid.

«Vor ein paar Wochen hätte ich gesagt: So weit sind wir noch lange nicht. Aber ich bekomme sie selbst hier, Hunderte Kilometer entfernt von Fleury, nicht aus dem Kopf. Und schon gar nicht aus dem Herzen. Mein Gefühl sagt mir ... ach, es schreibt ganze Romane.» Jean-Luc setzte das Glas an den Mund, als müsse er sich Mut antrinken. Dann holte er tief Luft. «Ja, ich habe mich verliebt», gestand er. «Kannst du dir das vorstellen? Ich kann's selbst nicht fassen, dass ich mich in diese kratzbürstige *English rose* verliebt habe. Und bei dem Gedanken, sie zu verlieren ... das reißt mir den Boden unter den Füßen weg. Diese ganze Sache mit dem verfluchten Manoir ... Es kann sein, dass Emily und ich ... dass wir nie wieder ein Wort miteinander sprechen. Dass wir uns nie wiedersehen. Dass ich sie verloren habe. Für immer.»

Der Baron hatte ihm mit einem verständnisvollen Lächeln zugehört.

«Ich hatte keine Ahnung, wie es um dich steht, um dich und Miss Bennett. Aber glaub mir, Jeannot, es ist nicht so aussichtslos, wie du jetzt denkst. Der Dreh- und Angelpunkt ist das Manoir. Wenn wir diese Sache in den Griff bekommen, dann ist auch deine Liebe gerettet.»

Er hatte «wir» gesagt. Und war dann aufgestanden. «Ich muss wieder los, mein Junge ... besuche noch einen alten Freund in Rouen, der schon auf mich wartet.» Er setzte seinen Hut auf und strich über die Krempe, eine vertraute Geste. «Mach's gut, wir sehen uns ... bald. *Et merci mille fois!*»

Jean-Luc stand ebenfalls auf und nickte. «*Au revoir, Papa.* Halte mich auf dem Laufenden!», sagte er. Sie gaben sich fest die Hand.

«Ich versichere dir», sagte der Baron und wandte sich zum Gehen, «nichts wird mir größeres Vergnügen bereiten.»

31

Isabelle und Emily testen die Stimmung in der Stadt.

Isabelle hatte es schon immer erstaunlich gefunden, dass nicht nur Frühling und Sommer, sondern auch der Herbst eine Glanzzeit in Fleury-sur-Azurain war. Eine unglaubliche Farbenpracht entfaltete sich in den Wäldern, Alleen und Gärten. Jetzt war die Spätsommerhitze vorbei, die Nächte wurden wieder kühl. Stachelige Früchte fielen von den Bäumen und platzten auf – Emily zeigte sich verwundert darüber, wie viele Kastanien es rund um das Manoir gab.

Der Marktausschuss zog eine positive Bilanz der Saison. Er tagte einmal im Monat in der Mairie, doch anders, als sein Name vermuten ließ, befasste er sich nicht nur mit Markthalle, Wochen-, Nacht- und Weihnachtsmarkt, sondern mit sämtlichen öffentlichen und gastronomischen Unternehmungen in der Stadt. Natürlich gab es auch in Fleury viel politisches Gemauschel in den Hinterzimmern, doch die Sitzungen des Stadtrats und des Marktausschusses waren öffentlich. Es fanden sich immer zahlreiche Zuhörer ein – Gastwirte, Händler, Handwerker, Landwirte –, vor allem dann, wenn ihre Angelegenheiten verhandelt wurden. Zum Saisonende in der Oktobersitzung stand der obligatorische Bericht des Rathauses auf der Tagesordnung, und diesmal ging Isabelle zusammen mit Emily hin. Die hatte sich noch nie mit Lokalpolitik befasst, aber Isabelle überzeugte sie davon, dass diese auch für das Manoir wichtig und damit in Emilys Interesse sei.

«Ob sich das noch lohnt? Das Manoir ist doch wahrscheinlich bald Geschichte für mich.»

«Gib die Hoffnung nicht auf. Und komm einfach mal mit! Außerdem wird Laura heute ihren ersten großen Auftritt haben.»

Es sollte tatsächlich eine Premiere geben: Laura war vom Bürgermeister höchstpersönlich gebeten worden, die Zusammenkunft zu moderieren. Sie machte sich gut in ihrer Rolle. Routiniert führte sie durch die Sitzung, strukturierte die Diskussion des Berichts, wies die üblichen Zwischenrufer zurück, so charmant, dass diese es sogar mit einem Lachen quittierten. Ein diplomatisches Naturtalent, dachte Isabelle. In zehn Jahren wird sie hier Bürgermeisterin sein. Spätestens. Laura gab alles: Die Saison sei prächtig verlaufen in Fleury, die Aussichten rosig. Die *mariages* hatten sich in den vergangenen Jahren zu einer wichtigen, ja inzwischen schon unverzichtbaren Einnahmequelle in Fleury entwickelt.

Auch wenn es durchaus auch Murren und Protest gegen das «Hochzeitsbusiness» gab, von *overtourism* konnte in Fleury keine Rede sein. «Da ist noch Luft nach oben», meinte Bürgermeister Bouvier.

Das Interesse an diesem Thema war groß. Ideen wurden gesammelt, wie man das Angebot für hochzeitswillige Paare noch attraktiver gestalten konnte. Roger Champéry – einer der unangefochtenen Wortführer der Landwirte, der einen Reiterhof und die größte Landwirtschaft in der Gegend von Fleury betrieb – schlug etwa vor, die Kommune solle doch eine Kutsche anschaffen, um sie Brautpaaren anzubieten. Er selbst würde gern aus seinem Stall zwei Pferde dafür abstellen, und eine Remise zur Unterbringung der Kutsche könne er auch anbieten.

André schnaubte verächtlich, Adèle grinste, und Laura fand die Idee ganz wunderbar. Ein Unterstand, zwei Pferde ... nun fehlte nur noch die Kutsche! Auch dazu hatte Laura eine Idee:

«Es gibt im Fuhrpark des Schlosses noch ein ausrangiertes Coupé, dessen Verdeck sich zurückklappen lässt. Es macht einiges her, hat sogar Halterungen für zwei Fackeln und auf dem Dach ein Messingkrönchen.»

Zustimmendes Gemurmel und Klopfen, sogar anerkennende Pfiffe. Eine Bricassart-Kutsche, das war mal was!

«Was wird Ihr Vater dazu sagen?», rief jemand aus den Zuschauerreihen.

Laura setzte ihr süßestes Prinzessinnenlächeln auf. «Gar nichts. Er hat sie längst vergessen, sie ist zu meinen Lebzeiten noch nie in Betrieb gewesen. Aber sie ist voll funktionstüchtig, und in Weiß wird sie wie neu aussehen. Sollte sie ihm dann bekannt vorkommen, werde ich ihm sagen, sie sei entführt worden. Und ich hätte leider kein Lösegeld aufbringen können.»

Gelächter und das Geräusch trampelnder Schuhe auf dem Parkett des Sitzungssaals.

«Hoffentlich verkalkuliert sie sich da nicht», raunte Isabelle der neben ihr sitzenden Emily zu.

«Das glaube ich nicht. Sie wird schon wissen, was sie tut. Ich traue ihr zu, dass sie das alles längst eingefädelt und sich mit eurem Oberbauern abgesprochen hat.»

«Da könntest du recht haben», gab Isabelle zu und nickte anerkennend.

«Und André Chardin spielt den Kutscher!», kam es wieder von den Zuhörern. Frenetischer Applaus.

«Ruhe, bitte!», rief Laura. «Das Publikum hat hier leider kein Rederecht, wie allgemein bekannt sein dürfte. Doch wenn ich es mir recht überlege – keine schlechte Idee!»

«Das kannst du vergessen, Bricassart-Mädchen», knurrte André.

Das «Bricassart-Mädchen» schien Laura zu wurmen. «Warum denn?», fragte sie aufsässig. «Du hast den Charakterkopf, bist genau im richtigen Alter, mit einem Zylinder strahlst du Würde aus, und mit deiner Gauloise im Mundwinkel siehst du sowieso schon wie ein *cocher* aus!»

André schnaubte wieder, doch sein listiges Lächeln zeigte,

dass er Lauras Retourkutsche (im wahrsten Sinne des Wortes) ganz witzig fand. Und so krakeelte er: «Nein, nein, da wüsste ich noch einen Besseren ...» Und nach einer Kunstpause: «Niemand anderen als Charles, unseren tapferen Gendarmen. Vielleicht kommt er, wenn er ein Brautpaar nach dem anderen kutschiert, ja auf den Geschmack. Selbst zu heiraten, meine ich! Und für die Fahrt zu seiner Hochzeit würde ich die Kutsche auch übernehmen!»

«Außerdem hat er eine schmucke Uniform und viel Autorität», rief Adèle, die nie eine Spitze ausließ, wenn es gegen den *Chef de police* ging.

«Wenn auch nicht auf unseren Straßen, dann wenigstens auf dem Kutschbock», meinte Doktor Picon, gefürchtet für seine von schlechter Laune diktierten Sottisen. «Dann kann er auch endlich mal erleben, dass seine Anweisungen befolgt werden, wenn auch nur von zwei Gäulen!»

«Na, na ... ich muss doch bitten!», rief Bruno Bouvier, der Bürgermeister. Er konnte sich zwar ein Grinsen kaum verkneifen, es aber auch nicht zulassen, dass der ihm unterstehende Polizeibeamte derart zum Gespött gemacht wurde. «Charles ... keine Sorge, wir finden jemand anderen», meinte Bouvier und klopfte dem neben ihm sitzenden und nun rot angelaufenen Hüter der Ordnung jovial auf die Schulter, was etwas herablassend wirkte. «Ich nehme an, die Paradekutsche ist hiermit Beschluss?» Er blickte sich um. «Einstimmig, wie ich sehe. Na also, geht doch!»

Bruno Bouvier hatte wie immer das letzte Wort.

Sie hatten sich an einen Zweiertisch in einer der Fensternischen gesetzt, ein bisschen abseits vom Trubel im großen Gastraum des *Cerf Blanc*. Hier hatten sich die Mitglieder und Zuhörer des

Marktausschusses um die Messingtheke geschart, hinter der Antoine routiniert das Regiment führte.

Von ihrem Nischenplatz aus hatten Isabelle und Emily einen guten Überblick und konnten die Lokalmatadore bei ihrem lautstarken Palaver beobachten. In der Mitte wie ein Fels in der Brandung der Bürgermeister, der wie der Hüter einer entfesselten Rinderherde wirkte.

«Was hältst du von ihm?», fragte Emily, als sie bemerkte, dass Isabelle den Blick auf ihn gerichtet hatte.

«Bruno Bouvier? Er ist faszinierend, nicht wahr? Ich habe ihn nie gewählt, aber für viele in Fleury ist er der Einzige, den sie sich als Bürgermeister vorstellen können. Schon seit unglaublichen zwanzig Jahren! Aber er kann sich eben in Szene setzen und hat ein Händchen für den effektvollen Auftritt. Aber vielleicht wird er ja bei der Kommunalwahl nächstes Jahr mal abgewählt, alle scheinen nicht mit ihm einverstanden zu sein ...»

Doktor Picon hatte den Bürgermeister am Revers gepackt und redete erhitzt auf ihn ein. Was der jedoch gleichmütig an sich abperlen ließ. Er zog die Hand des Arztes von seinem Revers und wischte dann angelegentlich über den Stoff, als müsste er Schmutz entfernen.

«Und der Doktor? Der führt ja in eurem Stadtrat das große Wort.»

«O ja, das tut er.»

«Aber beliebt scheint er nicht gerade zu sein ...»

«Nicht wirklich. Aber gefährlich. Trinkt auch gern mal einen über den Durst. Legendär sind seine Streitereien mit Bouvier im Stadtrat, in einer Lautstärke, dass sie durch alle Fenster bis auf den Marktplatz dringen. Dabei sitzen sie in derselben Fraktion.»

«Was meinst du, steht er auf unserer Seite?», fragte Emily.

«Wohl eher nicht, fürchte ich. Er ist auch der Hausarzt der Bricassarts, jedenfalls lassen sie ihn für die alltäglichen Wehwehchen kommen. Auf seinem Praxisschild hat er sich sogar den Titel Leibarzt verliehen. Nein, er wird gegen das Manoir opponieren, schon aus purer Widerspruchslust stellt er sich gerne gegen die Mehrheit.»

«Und der Bürgermeister?»

Isabelle wiegte den Kopf. «Schwer zu sagen. Öffentlich wird er wohl nicht Partei ergreifen, aber ihm gefällt sehr, was du aus dem Manoir gemacht hast. Und in Laura ist er ganz verschossen, wenn sie ihn auch auf Abstand hält. Aber eben auch bei Laune, weil er sich von ihr bewundert fühlt. Eine merkwürdige *alliance*, diese beiden ...»

Sie schwiegen eine Weile.

«Die schauen alle immer wieder zu mir herüber», stellte Emily dann fest.

Auch Isabelle hatte es bemerkt. Und daraus geschlossen, dass inzwischen wohl der Konflikt zwischen Manoir und Schloss zur Sprache gekommen war, der in Fleury seit Wochen für Gesprächsstoff sorgte. Auch die Lokalpresse hatte einige Artikel darüber gebracht. Überall, wo Emily auftauchte, wurde sie darauf angesprochen. Sie bemühte sich tapfer, sich unbeeindruckt zu geben und Zuversicht zu verbreiten – viele sprachen ihr Mut zu und gaben zu verstehen, dass sie auf ihrer Seite standen.

«Ich habe keine Lust, jetzt auch im *Cerf Blanc* zum Mittelpunkt des Stadttratsches zu werden», flüsterte sie ihrer Freundin zu. Isabelle war daher froh, dass Adèle ihrem Wink folgte, mit einem Stuhl kam und sich zu ihnen an den kleinen Fenstertisch setzte.

«Keine Sorge, Emily», beruhigte sie die Wirtin, als ihr deren besorgter Blick auffiel. «Es sieht mächtig nach Krawall aus, doch der Schein trügt. Nichts tun sie lieber, als sich zu echauffieren, egal worüber. Ich kann dich beruhigen – das Manoir hat mehr Sympathisanten als das Schloss. Die meisten drücken dir die Daumen, solange du den Brics mal zeigst, wo der Hammer hängt.»

«Dann bin ich beruhigt», sagte Emily und nippte an ihrem Apfelsaft. Adèle warf einen abschätzigen Blick in ihr Glas.

«Apfelsaft beruhigt dich?», fragte sie ungläubig.

«Sie war zu nichts anderem zu bewegen», warf Isabelle ein.

«Ich kann mich jetzt nicht betrinken ... ich brauche einen klaren Kopf», sagte Emily. «Vielleicht spricht mich gleich jemand an, dann will ich kein dummes Zeug reden.»

«Schätzchen!» Adèle legte demonstrativ einen Arm um Emily und drückte sie an sich. «Was glaubst du denn! Meinst du, von denen wagt es einer, drei Frauen an einem Tisch zu stören? Die meisten sind zwar Maulhelden, aber sie können auch Kavaliere sein! Von denen hast du nichts zu befürchten. Wirklich nicht.»

«Meinst du?»

«Ja, sie meint», antwortete Isabelle anstelle Adèles, die schon aufgesprungen war, um eine Flasche Wein zu holen. «Du musst wirklich nicht zur Abstinenzlerin werden! Wir erneuern jetzt unser Bündnis auf ewige Freundschaft und unverbrüchliche Treue ... komm! Eine für alle, alle für eine! Sag es!»

Emily wand sich verlegen. «Ach, nein, das ist doch albern!»

«Das ist überhaupt nicht albern», protestierte Adèle, die an den Tisch zurückgekehrt war und nun drei Weingläser füllte. «Komm, der Schwur der drei Musketiere!»

«Also gut: Eine für alle, alle für eine!»

Sie sagten es alle drei und stießen so heftig miteinander an, dass die Gläser klirrten und der Wein überschwappte. Für einen Moment wurde es still im *Cerf Blanc*, aller Augen richteten sich auf die drei Frauen am Fenster. Dann setzte der Lärm wieder ein.

«Jetzt bist du wirklich eine von uns!», rief Adèle triumphierend.

Es gab Tage, an denen auch Isabelle den Schwur der Musketiere hätte brauchen können. Sie fühlte sich oft allein, nämlich immer dann, wenn sie an Yves dachte. Und das geschah ziemlich häufig.

Manchmal telefonierten sie, aber nicht jeden Tag. Yves war ziemlich eingespannt in der Élysée-Küche: unregelmäßige Arbeitszeiten, und Diners, Empfänge, Galas kamen noch dazu. Oft fand er nicht die Zeit oder war schlicht zu erschöpft, um mit Isabelle zu sprechen oder ihr eine Nachricht zu schicken. Doch wenn er anrief, zog sich ihr Herz wehmütig zusammen.

Blieben die SMS oder Anrufe aus Paris eine Zeitlang aus, fühlte Isabelle sich niedergeschlagen. Ihr kleines blaues Notizbuch füllte sich dann mit eher nachdenklichen Einträgen, über das Leben im Allgemeinen und die Liebe im Besonderen. Vielleicht bin ich reif für eine Therapie, dachte sie nicht nur einmal. Es erschien ihr dann fast besser, all die Erinnerungen an Yves zu begraben, bis sie sich schließlich ganz auflösten. Oder sie einfach im hellen Tageslicht verblassen zu lassen. Es ermüdete sie, ständig und geradezu zwanghaft an Yves zu denken, vor allem, wenn er «abtauchte», wie sie es nannte. Dann badete sie stundenlang in Selbstmitleid. Brachte er sich jedoch in Erinnerung, schickte er ihr eine SMS oder rief sie an, dann schlug ihr Herz höher. Auch wenn sie zumeist nur Alltäglichkeiten austauschten. Doch las sie seine Worte oder hörte sie seine Stimme, war gleich alles wieder da: vor allem die Intensität, mit der er ihr Herz ausfüllte, sosehr sie sich dagegen auch wehrte und sich gegen die Enttäuschung zu wappnen suchte. Gegen die Unsicherheit. Gegen diesen verdammten Seiltanz, zu dem sie gezwungen war.

Eines Nachmittags, als sie nach einem Gespräch mit Emily vom Manoir zurück in die Stadt stiefelte, begegnete sie dem Ehepaar Brantôme – Marie-Jo und Jean-Marie, die alle nur *Les Maries* nannten. Sie waren seit über fünfzig Jahren verheiratet, tippelten täglich händchenhaltend und so vorsichtig an Isabelles Laden vorbei, dass man Angst hatte, ein starker Windstoß könne sie einfach wegwehen.

Dieser Anblick rührte sie zutiefst, und sie dachte, dass es nun mit jedem Jahr unwahrscheinlicher wurde, dass auch sie das noch erlebte: eine Liebe, die so dauerhaft und unerschütterlich war wie die der beiden Maries, eine Liebe, die allen Stürmen trotzte – und die letztlich darin bestand, die Hand des geliebten Menschen zu halten, um noch ein paar tastende Schritte weiterzugehen, jeden Tag aufs Neue.

Wenn sie darauf noch eine Chance haben wollte, dann musste Isabelle sich endlich ein Herz fassen.

32 *Emily sieht einen Hoffnungsstreifen am Horizont.*

In Fleury-sur-Azurain rumorte es. Die bevorstehende gerichtliche Auseinandersetzung mit den Bricassarts fachte die Spekulationen an, und in der Gerüchteküche herrschte Hochbetrieb. Emily war alles andere als erfreut darüber, derart in den Fokus zu rücken. Doch Adèle behielt recht: Die meisten ihrer Mitbürger schienen wohl auf Emilys Seite zu stehen, brannten darauf, dass endlich mal jemand den ungeliebten Brics Paroli bot. Für sie schien Emily eine Art Jeanne d'Arc zu sein, die gegen mächtige Feinde zu Felde zieht, in schimmernder Rüstung und mit spitzer Lanze.

Doch ganz ungeteilt war die Unterstützung nicht, die Emily aus dem Ort bekam. Da war zum Beispiel Doktor Picon: Bei keinem Hausbesuch, in keiner Sprechstunde ließ er es sich nehmen, gegen das Manoir zu wettern. Aus welchem Grund, vermochte niemand zu sagen. Vielleicht, um bei den Bricassarts gut dazustehen. Möglicherweise auch, um dem Bürgermeister, seinem bevorzugten Gegner, eins auszuwischen.

Tatsächlich war dem Bürgermeister kein Wort zu entlocken, das ihn der Parteinahme überführt hätte. Er gab sich strikt neutral, obwohl Emily zu wissen meinte, dass es ihm alles andere als gelegen käme, wenn das Manoir unter die Fuchtel von Anne-Sophie de Bricassart käme. Das Manoir war jetzt ein Hotel, und es lag im Interesse von Fleury, Gastlichkeit zu demonstrieren.

Man hätte damit rechnen können, doch niemand hatte es erwartet, dass Doktor Picon in seinem Kulturkampf eine mächtige Verbündete finden würde. Eine Frau, die ihn partout nicht ausstehen konnte, die sich aber plötzlich «seinem Lager» anschloss und dort die Trommel rührte. Antistimmung gegen das Manoir –

das war ganz nach ihrem Geschmack! Was Marguerite Marquet dazu bewogen hatte, sich als Wortführerin gegen die «drohende Eroberung Fleurys durch die Engländer» aufzuspielen, blieb ebenfalls im Dunkeln. Vielleicht war es unverhohlene Fremdenfeindlichkeit, doch die Küsterin hetzte im Grunde immer gegen alle und jeden. Das Manoir schien ihr jedoch eine Steilvorlage für ihre Hasskampagne zu liefern. «Ein Sündenpfuhl, dieses Luxushotel für die Reichen», wetterte sie. Das müsse man «den sozial Schwachen so lange in den Kopf hämmern, bis sie es kapierten».

Was für eine Hexe, dachte Emily.

Selbst Christian Arnault versuchte, die Marquet auf ihre Seite zu bringen, doch dem jungen Pfarrer gefiel es gar nicht, dass die Küsterin jetzt ausscherte und eine Privatvendetta anzettelte. Was gingen die Kirchengemeinde Veränderungen im Gastgewerbe von Fleury an?

Wie ein Flächenbrand hatte der Streitfall auf das Städtchen übergegriffen. Jeder hatte eine Meinung dazu und vertrat sie mehr oder weniger lautstark. Die Atmosphäre vergiftete sich mehr und mehr. Ein Riss ging durch Fleury, durch Schloss und Stadt, durch Familien und Ehepaare. Und Emily fand sich mittendrin. Es war zum Verzweifeln!

Bisweilen schoss Emily sogar der Gedanke durch den Kopf, die Bricassarts könnten tatsächlich recht haben und das Manoir wäre Hermione von ihrem Geliebten womöglich gar nicht rechtmäßig vererbt worden. Sie war einfach völlig verwirrt. Am Boden zerstört. Ihr Lebenstraum drohte sich in nichts aufzulösen. Dazu kamen Existenzängste, ihr ganzes Vermögen steckte in diesem Manoir, das nun von einer ihr feindlich gesinnten Familie beansprucht wurde. Auch Maurice Ulian, den sie für ihre anwaltliche Vertretung verpflichtet hatte, konnte ihr nicht viel Hoffnung machen.

Fieberhaft suchte sie nach Auswegen. Schließlich kam sie auf die Idee, der Baronne über ihren Anwalt einen Brief zukommen zu lassen, in dem sie ihr vorschlug, diese solle zunächst auf den Eigentumsanspruch verzichten, im Gegenzug würde Emily die Klägerin über die Jahre mit einem Teil der Gewinne aus dem Hotelbetrieb abfinden und ihr dadurch das Manoir – sozusagen in Raten – abkaufen. Der «Kaufpreis» müsse sich natürlich aus dem Wert des Hauses vor der Restaurierung errechnen. Dann wäre sie zwar über eine längere Zeit formell nicht mehr Eigentümerin des Manoirs, hätte aber wenigstens das Hotel gerettet. Und sie hätte nicht die ganzen Renovierungs- und Einrichtungskosten in den Sand gesetzt.

Der gegnerische Anwalt schirmte seine Mandantin jedoch hermetisch ab. Keine direkten Kontakte mehr! Auf das von Emily vorgeschlagene Verhandlungsgespräch mochte sich Anne-Sophie de Bricassart sowieso nicht einlassen. Die Antwort aus dem Schloss ließ denn auch nicht lange auf sich warten: Kühl beschied *Maître* Courvoisier, dass Emilys Vorschlag für seine Mandantschaft nicht in Frage komme und dass sie weiter den Rechtsweg beschreiten werde.

Und dieser Weg führte direkt zum Gericht in Périgueux.

Wie immer nach dem Erntedankfest (das in diesem Jahr unter ergiebigen Regenschauern quasi ins Wasser gefallen war) ließ im Laufe des Oktobers der touristische Trubel in der Stadt nach. Immer weniger Gäste verirrten sich nun in die idyllische Stadt im Val d'amour, und Hochzeiten waren Ereignisse mit Seltenheitswert. Nur ein paar unerschrockene und ungeduldige Paare, die nicht bis zum nächsten Jahr warten mochten, «trauen sich noch her, um sich zu trauen», wie Isabelle sagte, nie um ein Wortspiel verlegen.

Die Ergebnisse zweier Aktionen sollten die bevorstehende

gerichtliche Auseinandersetzung um das Manoir jedoch noch beeinflussen: Emily wollte den gesamten Nachlass ihrer Tante Hermione durchforschen. Und Bürgermeister Bouvier beauftragte Arthur Meunier, im Stadtarchiv nach Dokumenten zu fahnden, die in irgendeiner Weise mit dem Manoir, den Testamenten und der offensichtlich nicht ganz unproblematischen Beziehung des Comte de Bruyant zur Familie de Bricassart zu tun hatten.

Et voilà – beide Suchaktionen förderten etwas zutage. Nichts, was man als *coup* hätte bezeichnen können. Nichts, womit man den Prozess in Périgueux, der inzwischen für Dezember angesetzt worden war, noch hätte abwenden können. Doch es gab der «Beklagten» doch endlich Munition beziehungsweise Material in die Hand. Jedenfalls war dies die allgemeine Meinung der «Verschworenen», die sich in regelmäßigen Abständen bei Emily einfanden.

Mehrere Abende hatte Emily damit zugebracht, sich durch die Hinterlassenschaften ihrer Tante zu wühlen und jeden Papierstoß Blatt für Blatt durchzugehen. Ein unglaubliches Chaos in Kisten, Schachteln und Schubladen. Das Atelier sah schließlich aus, als hätte ein Sturm die Dachfenster aufgedrückt und die Papiere durcheinandergewirbelt, die sie hier ausgebreitet hatte, um sich einen Überblick zu verschaffen. Offensichtlich hatte Hermione Browning es sich angewöhnt, nichts, aber auch gar nichts wegzuwerfen, was ihr jemals zugestellt worden oder sonst wie zugeflogen war. Emily saß ziemlich mutlos vor den Papieren und seufzte immer wieder auf. Meine Güte, was für ein heilloses Durcheinander! Sie übertrifft mich noch um Längen!

Sie begann damit, alles akkurat in Stapeln zu sortieren: Tickets, Einkaufszettel, Listen, Quittungen, Briefe, Postkarten, Steuerbescheide, Aufzeichnungen, Hotelrechnungen, Kofferaufkleber, abgelaufene Reisepässe, Billets, Fotos, Opernkarten, Stadtpläne, Zettel mit irgendwelchen Notizen in kaum zu entziffernder Handschrift. Es war ein wahres Sammelsurium. Meine Tante war wirklich eine sehr bemerkenswerte Frau, dachte Emily. In jeglicher Hinsicht.

Doch sie fand nichts Wichtiges.

Bis sie eines Abends auf einen Brief des Comte de Bruyant stieß, der sie elektrisierte. Sie hatte, mehr um sich von ihren düsteren Zukunftsgrübeleien abzulenken, ein wenig in den Liebesbriefen gestöbert, die sie so herrlich altmodisch und romantisch fand und die es regelmäßig schafften, sie aufzumuntern.

Der Brief war auf den 25. September 1989 datiert, wie die anderen handschriftlich auf himmelblauem Papier mit eingeprägtem Wappen verfasst worden, enthielt jedoch neben den üblichen Liebesbeteuerungen und Komplimenten des Comte eine Passage, die Emilys Herzschlag beschleunigte.

Dieser Brief könnte ihre Rettung sein …

Wegen der Herbstkühle an diesem regnerischen Tag hatten sich die «Rosen von Fleury» von der Terrasse in den Gastraum verzogen, wo die stets fröstelnde Emily den von ihr sonst so geliebten kühlen Weißwein verschmähte und sich stattdessen eine heiße Schokolade bestellte. Picons Stammplatz an der Theke des *Cerf Blanc* war an diesem Abend glücklicherweise verwaist, und so waren sie ungestört. Schließlich hatte Emily gewichtige Neuigkeiten mitzuteilen.

«Ich habe etwas gefunden, was uns helfen könnte, glaube ich», verkündete sie, als alle ihre Getränke vor sich stehen hatten. «Einen Brief des Comte an meine Tante. Er hat ihn ihr vor über dreißig Jahren geschrieben. Ich lese ihn euch mal vor …»

Was nun die Zukunft angeht, meine Liebste, so bin und bleibe ich zuversichtlich. Sollte der Lauf der Zeit mich vor dir aus dem Leben reißen, so ist für dich gesorgt, mein Herz, wie ich es dir einst versprach. Mein Testament ist bei unserem Maître *Ulian in Fleury deponiert. Das kleine Manoir in Fleury, an dem wir so oft vorbeispaziert sind, wird dir ebenso gehören wie jeder einzelne Sou, der auf meinen Bankkonten schlummert. Meine Nichte Anne-Sophie mag versuchen, dir das Manoir abspenstig machen, doch es ist das kleine Zugeständnis, das ich von meinem Vater bekommen habe, als ich der Familie für immer den Rücken kehrte, um mein Leben mit dir zu teilen. Im Gegenzug habe ich auf alle weiteren Erbansprüche verzichtet. Das Manoir ist mein Eigentum, und es wird dereinst deines sein …*

Die drei hatten gespannt zugehört und schienen beinahe das Luftholen vergessen zu haben, bis Emily den Brief wieder zusammenfaltete und erwartungsvoll in die Runde blickte.

«Endlich hast du was in der Hand, Emily!», rief Laura, die als Erste die Sprache wiederfand. «Aber ich komme auch nicht mit leeren Händen …» Sie wedelte triumphierend mit einem Blatt Papier. «Das hier ist die perfekte Ergänzung!»

Auch Arthur Meunier war nämlich fündig geworden. Er hatte sich tagelang im Rathausarchiv vergraben und durch die Ordner und Kartons gewühlt, die dort lagerten. Vielleicht war er dabei nicht nur der Anordnung des Bürgermeisters gefolgt, sondern hatte es auch getan, um Isabelle zu imponieren. Wie auch immer, in heller Aufregung war er in das Vorzimmer des Bürgermeisters gestürmt und hatte das Stadtoberhaupt unverzüglich zu sprechen gewünscht. Die Anmeldung seines Besuchs wartete er gar nicht erst ab, sondern lief an Laura vorbei direkt in Bouviers Amtszimmer und ließ in der Hektik die Tür offen stehen, sodass die Assistentin alles mithören konnte, was er vorbrachte.

Als er wieder weg war, hatte Laura ihren Chef gefragt, ob sie das Papier kopieren dürfe, um es Emily zu geben. Bouvier atmete einmal tief durch, nickte dann aber.

«Ja, tun Sie das. Ich denke, damit dürfte das Gericht vielleicht wirklich zu überzeugen sein. Und Mademoiselle Bennett wird es helfen ... hoffentlich!»

Es handelte sich um ein amtliches Schreiben. Kein rechtsverbindliches Original, wohl aber eine Apostille, mit der internationale Dokumente, Unterschriften oder Stempel bestätigt werden. In diesem Fall war es eine Bestätigung der Vermögenswerte im Besitz der Familien de Bruyant und Rouge de Pennac aus dem Jahr 1985, eine Aufstellung, in der das Manoir nicht aufgeführt worden war. Warum das Rathaus von Fleury diese Apostille seinerzeit angefordert hatte, hatte Arthur Meunier nicht rekonstruieren können. Jedenfalls gab es damit einen ersten ernstzunehmenden Hinweis, dass das Manoir zumindest seit Mitte der achtziger Jahre nicht mehr zum Eigentum der Baronie zählte. Und Anne-Sophie hatte es daher auch gar nicht in die Ehe mit Henri-Armand de Bricassart einbringen können.

«Damit musst du gleich morgen früh zu meinem Papa. Er wird begeistert sein. Das ist Gold wert für seine Verteidigungsstrategie. Er wird dich hocherfreut an seine breite Anwaltsbrust drücken.»

33

Emily steht vor Gericht und ist nicht die Einzige, die sich über das Urteil wundert.

Der große Tag war gekommen. Alles stand auf dem Spiel, doch auf der Fahrt zur Gerichtsverhandlung in Périgueux, die sie zusammen mit Isabelle unternahm, hatte Emily alle Nervosität hinter sich gelassen. Sie war ausgeschlafen, und in ihrem Business-Kostüm fühlte sie sich seriös und unangreifbar.

«Darin wirst du jeden Richter für dich gewinnen», meinte Isabelle.

«Wenn es keine Richterin ist …»

«Auch jede Richterin.»

«Zum Glück habe ich *Maître* Ulian an meiner Seite. Er ist eloquent, wirkt kompetent und wird mich bestens vertreten, da bin ich mir sicher.»

«Hast du Angst vor Anne-Sophie de Bricassart?», fragte Isabelle, während sie sich auf die Straße konzentrierte, denn sie hatten den Stadtrand von Périgueux erreicht und waren nun auf dem Weg in die Innenstadt – der Verkehr war dichter, unübersichtlicher geworden.

Emily überlegte einen Augenblick. «Nein, eigentlich nicht … Oder nur ein bisschen. Sie ist immer für eine Überraschung gut, fürchte ich. Aber was will sie noch nachlegen? Sie hat ja alle ihre Instrumente schon ausgepackt.»

«Ulian wird sie schon in die Zange nehmen und ihr zusetzen. Ich glaube, du hast ganz gute Karten.»

«Wollen wir's hoffen. Wir sind bald da. Dort hinten, das große Gebäude, das müsste es sein.»

Sie stellten den Wagen in einem Parkhaus in der Nähe ab. Das Gerichtsgebäude, ein neoklassizistischer Bau mit Säulenvorhalle, wirkte imposant und einschüchternd. Im Inneren erwartete sie eine Halle, aus der eine breite Marmortreppe nach oben führte, in die erste Etage. Der Saal II der Zivilgerichtskammer nahm sich jedoch vergleichsweise bescheiden aus: ein etwas erhöhter Tisch für die Richter, die Flagge der Republik dahinter, ein Zeugenstand, links und rechts die Tische für Anklage und Verteidigung und zwei Stuhlreihen für das Publikum hinter einer Barriere – das war es auch schon. Durch die hohen Fenster fiel das fahle Licht des Dezembermorgens auf das helle Holz, aus dem der Saal gezimmert war.

«Es ist beinahe gemütlich hier», meinte Isabelle.

«Na ja, nicht ganz ... schau!»

Ein hoher Eisenständer stand vor der Saaltür. Wie ein Restaurant kündigte das Gericht die heutige Verhandlung auf einem Schild an:

Anne-Sophie de Bricassart, Fleury-sur-Azurain,
für die Familie de Bricassart,
vertreten durch *Maître* Jules Courvoisier, Périgueux,
vs.
Emily Bennett, Fleury-sur-Azurain,
vertreten durch *Maître* Maurice Ulian,
Rechtsanwalt und Notar, dortselbst

Vorsitzender Richter:
Dr. Giancarlo Maravilla

«Liest sich wie ein Menü mit drei Gängen», meinte Isabelle.

«Ja, und ich bin der Hauptgang. Und da ist auch schon mein erster Gast ...»

Emily begrüßte ihren Anwalt, der seinen Tisch bereits mit Papieren, Aktenordnern und einer eleganten Schreibunterlage belegt hatte, auf der seine Brille deponiert war. Maurice Ulian umarmte sie, begrüßte sie wortreich und zwinkerte ihr dann zu, als wolle er ihre Nervosität dämpfen. Doch seine Mandantin war auch jetzt, kurz vor Beginn der Verhandlung, die Ruhe selbst; an diesem Morgen spürte sie nichts mehr von der Unruhe der letzten Wochen, nur noch kühle Entschlossenheit. Worüber sie sich selbst wunderte.

Emily drehte sich um und bedachte die Leute aus Fleury, die zu ihrer Unterstützung angereist waren, mit einem aufmunternden Kopfnicken: Isabelle natürlich, die sie hergefahren hatte, Adèle Tavernier und André Chardin, Rosalie Fontaine (Valérie Aubry war leider unabkömmlich, da ihr Mann erkrankt war), Bruno Bouvier, Léonie de Bricassart sowie Ela Marószan. Außerdem ein Gerichtsreporter, wie Ulian ihr zuflüsterte, sowie ein paar unbekannte Gesichter, wie sie vermutlich in jedem Gerichtssaal dieser Welt anzutreffen sind. Aus Fleury waren sie jedenfalls nicht. Und vom Schloss saß nur – ganz am Rand und in der Nähe der Tür – Nicolas Bourdieu da, auf dessen Sympathie die Adelsfamilie aber sicherlich nicht zählen könnte oder würde.

Der Tisch der Klagepartei war noch leer. Von den Bricassarts ließ sich niemand blicken, auch die Baronne nicht. Im allerletzten Augenblick kam mit wehender Robe *Maître* Jules Courvoisier hereingerauscht. Er liebte ganz offensichtlich den großen Auftritt, obwohl dieser angesichts des spärlich besetzten Auditoriums etwas großspurig und lächerlich geriet.

«Muss die Klägerin nicht persönlich erscheinen?», flüsterte Emily ihrem Anwalt zu.

Maurice Ulian schüttelte den Kopf. «Nicht unbedingt. Sie kann sich vertreten lassen, ist ja kein Strafprozess. Aber es wirkt wie eine Provokation, das gebe ich zu. Vielleicht soll es das ja auch sein ... Fühlen Sie sich denn provoziert?»

«Keine Spur», sagte Emily. «Mein Puls sagt jetzt schon *merci.*»

Die Tür an der Stirnseite des Saals wurde geöffnet. Richter Giancarlo Maravilla, begleitet von zwei Beisitzerinnen, betrat den Raum, nickte in die Runde, legte sein Barett auf dem Tisch ab und setzte sich. Und damit nahmen wie auf Kommando auch alle anderen Anwesenden Platz.

Die Begrüßung war kurz und förmlich. Der Richter, mittleren Alters und von eher kleiner Statur, trug sein schwarzes Haar kurzgeschnitten; es hatten sich bereits ein paar graue Strähnen eingeschlichen, die seine Seriosität noch unterstrichen. Er wirkte vertrauenerweckend, verbindlich. Kein scharfer Hund, dachte Emily, aber vielleicht täusche ich mich auch. *Juge* Maravilla hatte zwar einen italienischen Namen, aber er sprach exzellentes Französisch, mit einem nur ganz leichten Akzent.

In melodischem Singsang verlas der Richter die Anklageschrift, die allen Beteiligten natürlich längst bekannt war. Trotzdem blieb diese Formalität nicht ohne Wirkung: Dass sie offiziell vorgetragen wurde, verlieh ihr noch mehr Gewicht. Man trug keine Privatfehde mehr aus, sondern stand vor Gericht.

Nun wird es ernst, dachte Emily.

Es wurde nicht nur ernst, sondern geradezu kämpferisch. Nach den knapp gehaltenen Eingangsplädoyers verzettelten sich die beiden Anwälte in einen Kleinkrieg aus undurchsichtigem juristischem Formalkram und hitzig vorgetragenen Argumenten. Sie wedelten mit Schriftsätzen, pochten auf Paragraphen, Vergleichsfälle, Gerichtsurteile, die nur sie zu kennen schienen (oder auch nicht), und überluden das Gericht mit Einsprüchen. Es war, als huldigten sie dem Gott des Gemetzels. Emily, die Beklagte, war überhaupt nicht gefragt, sie verfolgte den Schlagabtausch wie eine Zuschauerin das ständige Hin und Her des Balls auf einem Tennisplatz.

Es wäre übertrieben zu behaupten, dass sie allzu viel verstand von dieser Verhandlung. Die reden alle so schnell, dachte sie. Sie beobachtete daher vor allem den Richter und die beiden Beisitzerinnen, ihre Mienen, ihre Körpersprache, ihre Reaktionen, und versuchte, aus ihnen abzulesen, wem sie «zuneigten» und wie die Sache für sie stand. Richter Maravilla blieb die ganze Zeit hochkonzentriert. Man spürte, dass ihm an einem fairen Verfahren in seinem Gerichtssaal gelegen war. Die Anwälte hingegen schenkten einander nichts. Die Beweisstücke wurden im Original vorgelegt und zu den Akten genommen; welche Bedeutung ihnen beigemessen wurde, erschloss sich Emily nicht.

Irgendwann drehte sie sich zum hinter ihr sitzenden Publikum um. Wie «ihre Fraktion» den Verlauf einschätzte, konnte sie nicht erkennen. Nicolas Bourdieu blickte verdrossen drein, Rosalie Fontaine lächelte, Adèle reckte optimistisch den Daumen in die Höhe, was vom Richter prompt gerügt wurde.

«Das läuft gut», raunte ihr Maurice Ulian irgendwann zu, als die gegnerische Seite in Papieren blätterte, um ein vom Richter gefordertes Schriftstück beizubringen. Eine Atempause. «Lassen Sie sich von den Showeinlagen meines Kontrahenten nicht irritieren.»

Doch irgendwann spürte Emily, die zunächst von furchtloser Zuversicht erfüllt gewesen war, dass die Sache zwar auf etwas hinauslief, jedoch nicht in ihre Richtung. Den bohrenden Fragen des Richters entnahm sie, dass die von ihrer Seite vorgelegten Papiere nicht den Eindruck hinterließen, den sie sich von ihnen versprochen hatte. Es war nun einmal doch alles nur «aus zweiter Hand» – sie hatten keine unmittelbar beweiskräftigen Dokumente, die den Prozess in ihrem Sinne «drehen» konnten. Ein wohlwollender, ihr zugeneigter Richter würde sie vielleicht anders interpretieren als Maravilla, der sie allem Anschein nach als nicht besonders bedeutend einschätzte. Auch Ulians Körperspannung ließ merklich nach – womöglich hatte er eingesehen, dass die Bricassarts einfach die besseren Karten hatten.

Von den Beisitzerinnen, die sich weitgehend aus dem Geschehen heraushielten und dem Richter die Bühne überließen, hatte Emily einen besseren Eindruck. Manchmal fing sie einen Blick von ihnen auf, und sie bildete sich ein, darin durchaus eine gewisse Sympathie zu lesen. Zumindest Aufgeschlossenheit oder Verständnis für ihre Situation. Doch welche Rolle sie bei der Urteilsfindung spielen würden, vermochte sie nicht einzuschätzen.

Zeugen waren nicht vorgesehen, es würde wohl nach Aktenlage und den Plädoyers entschieden. *Maître* Courvoisier hielt eine Befragung Emilys für überflüssig. Er meinte barsch, ihre Position sei aus den beigebrachten Unterlagen hinlänglich erkennbar, «da braucht es nicht noch mehr Show» – eine Bemerkung, die vom Richter prompt gerügt wurde.

Am Ende der Verhandlung, nach den kurz gehaltenen Schlussplädoyers der Anwälte, brachte Maravilla einen Vergleich ins Gespräch und lud die beiden Kontrahenten in sein Amtsbüro ein. Doch Courvoisier lehnte den Vorschlag brüsk ab. Er schien sich seiner Sache sehr sicher zu sein und folgte wohl auch den Instruktionen seiner Mandantin – er musste es ausfechten, und er wollte es auch. Sein selbstgewisses Lächeln trug nicht wenig dazu bei, dass Emilys Puls jetzt doch in die Höhe ging.

Zum ersten Mal schoss ihr der Gedanke durch den Kopf, wie es wäre, wenn sie das Manoir tatsächlich verlöre. Bislang war es ihr eher wie ein theoretischer Ausgang des juristischen Verfahrens erschienen, den sie nicht wirklich in Betracht gezogen hatte. Und das trotz ihres notorischen Pessimismus. Ihre zaghafte Zuversicht, aus der Sache unbeschadet herauszukommen, war immer wieder von ihren Freunden und – abgeschwächt – auch von Maurice Ulian befeuert worden. Ihre Schulter hatte schon blaue Flecke von all dem aufmunternden Klopfen, mit dem ihr alle immer wieder Mut zugesprochen hatten. *Das wird schon, du wirst sehen* ... Sie war sich nicht sicher gewesen, hatte sich aber immer sicher gefühlt. Nun schien sie dieses Gefühl getrogen zu haben.

Dann richtete Maravilla das Wort an sie. «Bevor sich das Gericht zur Beratung und Urteilsfindung zurückzieht, will es der Beklagten die Möglichkeit einer Stellungnahme geben. Möchten Sie noch eine persönliche Aussage machen, Mademoiselle Bennett?»

Emily schüttelte den Kopf. «Nein danke, Euer Ehren. Ich denke, *Maître* Ulian hat mich bestens vertreten und alles in meinem Sinne vorgetragen. Ich wünsche mir nur ein faires Urteil.»

«Das werden Sie bekommen, Mademoiselle», sicherte ihr Richter Maravilla mit einem zurückhaltenden Lächeln zu. «Hiermit schließe ich die Verhandlung.»

Nachdem das Gericht sich zur Urteilsfindung zurückgezogen hatte, wartete Emily mit ihrer getreuen Gefolgschaft auf dem Flur vor dem Gerichtssaal. Sie rauchte sogar am offenen Fenster eine Gauloise, die André ihr angeboten hatte. Ab und zu warfen Isabelle und Adèle ihr schwer zu deutende Blicke zu, aus denen man Besorgnis oder auch Resignation herauslesen konnte. Gesprochen wurde kaum. Es war so viel geredet worden, vor diesem Gerichtstermin und auch während der Verhandlung, dass nun alles gesagt schien.

Nun würde das Gericht sprechen.

Die Vertreter der Zivilrechtskammer betraten den Gerichtssaal mit ernsten Mienen. Man sah ihnen an, dass sie sich die Entscheidung nicht leichtgemacht hatten. Giancarlo Maravilla stand auf, raschelte in den Papieren und zog ein Blatt hervor.

Ein einzelnes Blatt, auf dem Emilys Schicksal entschieden worden war.

Zunächst dankte Maravilla den Beteiligten für das insgesamt faire Verfahren, das sie vor Gericht ausgefochten hatten. Um Höflichkeit bemühen sich die Franzosen immer, dachte Emily, aber es tröstete sie nicht. Denn der Richter sprach der Klagepartei in letzter Konsequenz die Rückgabe des Manoirs zu.

«Die Klägerin hat überzeugend dargelegt, dass die Beklagte ihren Rechtsanspruch auch mit den vorliegenden Testamenten nicht begründen kann. Sie mag das Manoir in gutem Glauben, rechtmäßig zu handeln, in Besitz genommen haben. Doch den Besitzanspruch der Klägerin wertet das Gericht als berechtigt.»

Der Urteilsspruch war keine Überraschung, und doch ging ein Raunen durch den Saal, das der *Juge* nicht kommentierte oder rügte, sondern einfach hinnahm.

Emily war am Boden zerstört. Sie schloss die Augen. Das Manoir gehörte also doch rechtmäßig den Bricassarts, der Comte hätte es nicht seiner langjährigen Lebensgefährtin vererben dürfen, führte der Richter weiter aus. Und damit war auch Emilys Erbschaft hinfällig. «Ohne Rechtsgrund», wie Maravilla es nannte.

Emily senkte den Kopf, als hätte das Urteil «lebenslänglich» gelautet. Und in gewisser Weise war es auch so. Die Rückgabe des Manoirs würde ihr Leben in Fleury besiegeln ... beenden.

Doch dann folgte ein weiterer Paukenschlag, mit dem niemand gerechnet hatte.

«Das Gericht erkennt an, dass in der Annahme des Erbes durch die Beklagte keinerlei Vorsatz lag, die Klagepartei bewusst und in Kenntnis der faktischen Rechtslage zu täuschen.» Maravilla blickte jetzt Emily direkt an, mit einem warmen, wohlwollenden Blick. «Die Beklagte hat eine immense Investition getätigt, um das Klageobjekt instand zu setzen und zu restaurieren, und diese Renovierung kann nicht rückabgewickelt werden. Das Haus hat einen erheblichen Wertzuwachs erfahren. Daher wird die Klagepartei verpflichtet, der Beklagten innerhalb einer Frist von drei Monaten nach Zustellung des schriftlichen Urteils sämtliche Kosten, die im Zusammenhang mit der Renovierung entstanden sind, nach Vorlage der Rechnungen und der erfolgten Überweisungen zu erstatten. Für die anschließende Räumung des Klageobjekts und für seine Rückgabe wird der Beklagten eine Frist von einem Jahr eingeräumt, gerechnet vom heutigen Tage an. Sämtliches Mobiliar und sonstige Einrichtungsgegenstände verbleiben im Besitz der Beklagten. Die ausführliche Urteilsbegründung und weitere Regelungen gehen Ihnen in Kürze zu. Eine Revision wird zugelassen. Die Kosten des Verfahrens werden von beiden Parteien zu gleichen Teilen getragen.»

Es folgten noch ein paar Ausführungen zur Urteilsbegründung, weitgehend in einer Juristensprache, der Emily im Einzelnen nicht mehr folgen konnte. Sie war wie betäubt, schaute den Richter an, aber es schien ihr, als bewegten sich seine Lippen tonlos. Die Beisitzerinnen schenkten ihr ein warmherziges Lächeln.

«Ein halber Sieg», meinte der Anwalt anschließend erschöpft, aber doch irgendwie zufrieden. «Immerhin. Mehr wäre auch in einem Vergleich nicht drin gewesen.»

Doch für Emily fühlte es sich nicht wie ein Sieg an, auch nicht wie ein halber. Sie hatte das Manoir verloren. Es war *perdu*. Eine Woge der Enttäuschung schlug über ihr zusammen. Tränenblind blickte sie durch den Gerichtssaal, doch nirgendwo fand sie Trost. Sie schluckte die Tränen hinunter. So weit kam es noch, dass sie hier losheulte.

In der Halle des Gerichtsgebäudes verabschiedete sich Emily von ihren Freunden. Sie umarmten einander, und dann gingen alle ihrer Wege. Emily hatte jedem von ihnen ein «Danke» ins Ohr geflüstert, und als sie zu Isabelle in den Wagen stieg, sagte sie es noch einmal laut.

«Danke, Isabelle, für alles!»

Die Freundin drückte ihren Arm.

«Fahr mich zurück, bitte», sagte Emily tonlos und schlug die Wagentür zu. Sie schnallte sich an, richtete den Blick geradeaus. Es hatte zu regnen begonnen, die Tropfen flossen in Schlieren die Scheibe hinab.

«Wohin möchtest du? Zum Manoir?», fragte Isabelle vorsichtig und drehte den Zündschlüssel.

Emily zuckte die Schultern. «Ich weiß es nicht.»

Und dann weinte sie doch noch.

34 *Eine Enttäuschung und ihre überraschenden Folgen*

Die folgenden Tage verbrachte Emily weitgehend in ihrem Atelier unter dem Dach. Im Hotel war nicht mehr viel los, der Betrieb war fast zum Erliegen gekommen. Nur noch ein paar wenige Gäste geisterten durch das Manoir, eine Hochzeit stand in nächster Zeit nicht an, und Ela und Milena würden das, was zu tun war, mühelos allein schaffen. Emily sah durchs Fenster, über das Oberlicht zogen schwerfällig dunkle Wolken, es war keine Frage, dass der Herbst mittlerweile in den Winter übergegangen war. Auf der Fensterscheibe über ihr verdorrten die letzten von den Bäumen gefallenen Blätter und verdunkelten das Atelier in der früh einsetzenden Dunkelheit noch zusätzlich. Die Abende waren kalt, und heute würde es sicher noch regnen.

Immer wieder grübelte sie über das Urteil, das der Richter mit ernster, aber durchaus auch verständnisvoller Miene verlesen hatte. Wie ungerecht es war, auch wenn es ihr eine Gnadenfrist gewährte und sie dann wenigstens wieder ein gutgefülltes Bankkonto hätte. Vorausgesetzt natürlich, die Bricassarts zahlten. Da es die Spatzen von den Dächern pfiffen, wie sehr das Schloss mit finanziellen Schwierigkeiten zu kämpfen hatte, stellte Emily sich innerlich schon auf Verzögerungen bei der Überweisung ein. Insgeheim hoffte sie darauf, dass sie das Geld gar nicht aufbringen konnten und ihr damit einen Hebel in die Hand gaben, das Urteil doch noch anzufechten. Maurice Ulian machte ihr da durchaus Hoffnungen. Ohne neue Beweise, dass die Bricassarts sich das Manoir unrechtmäßig «zurückgeholt» hatten, wäre eine Revision ziemlich aussichtslos. Doch würden die Bricassarts die Zahlung schuldig bleiben, sähe die Sache ganz anders aus.

Sie schenkte sich ein Glas Portwein ein, ihr Allheilmittel gegen düstere Stimmung. Das kleine Radio verbreitete beschwingten Jazz im Atelier, sodass sie sich zu entspannen begann. Ihre Gedanken wanderten ziellos, und sie ließ es zu, weil sie selbst kein Ziel mehr hatte, auf das sie sie ausrichten konnte.

Erschöpft von den Aufregungen der vergangenen Wochen, ließ Emily sich fallen. Es war ein turbulentes Jahr gewesen, das nun bald hinter ihr liegen würde, voller Höhe-, aber auch Tiefpunkte. Erst sieben Monate war es her, dass sie ihr Hotel eröffnet hatte, mit hochtrabenden Plänen und wunderbaren Aussichten. Jetzt war da nur noch dieses Gefühl vom nahenden, unausweichlichen Abschied. Irgendwo im Haus klingelte das Telefon – noch vor wenigen Tagen wäre sie jetzt aufgesprungen und hingelaufen. Doch sie ließ es läuten. Wer immer es war, könnte sie auf ihrem Smartphone erreichen. Oder es war eben nicht so wichtig.

Jetzt spielte Keith Jarrett, und Emily wiegte den Kopf im Takt der Musik, die Augen geschlossen, mit einem unbestimmten Lächeln auf den Lippen. In Augenblicken wie diesen schien es ihr doch möglich, wieder mit sich selbst in Einklang zu kommen. Trotz des Rückschlags, den sie hatte einstecken müssen. Und ungeachtet des Dramas um das Manoir, vor dessen letztem Akt spätestens in einem Jahr der Vorhang fallen würde.

Träge öffnete sie die Augen. Im Halbdunkel leuchtete das Bild von John Singer Sargent, das sie hier aufgehängt hatte, ein Replikat des berühmten *Carnation, Lily, Lily, Rose*, das sie liebte, seit sie es in der Tate Britain entdeckt hatte. Selbstvergessen schauten die beiden Mädchen in die Lampions, die sie in ihren Händen hielten. Eine überaus friedvolle Stimmung ging von diesem Bild aus, und nach ein paar Augenblicken fiel ihr auf, wie sehr ihr das weiß gekleidete Mädchen in der Mitte ähnelte – als sie selbst noch ein Kind gewesen war ...

Ohne die Augen von dem Sargent-Bild abzuwenden, streckte

sie einen Arm vor und tastete nach dem Tischchen, nach dem dort abgestellten Kristallglas, in dem der Portwein leuchtete wie ein kleiner roter Lampion.

Nur Verluste, dachte sie. Das Manoir weg, Jean-Luc weg, meine Zukunft weg ... Das Jahr, das ihr der Richter großzügig zugestanden hatte, würde nichts daran ändern, dass sie in Fleury keine Perspektive mehr hatte. Was sollte sie jetzt bloß tun? Sich ein anderes Haus suchen, das für ein kleines Hotel geeignet war, und dann alles auf Anfang stellen? Einfach wieder von vorne anfangen? Sie hatte so viel Energie, so viel Phantasie in das Manoir gesteckt, es war ihr Zuhause geworden. Und das Gefühl von Zuhause und von Heimat konnte man nicht so einfach mitnehmen, es ließ sich nicht in einen Koffer falten und irgendwo anders wieder auspacken.

Sie lauschte dem Regen, der gleichmäßig auf die Dachfenster platschte, die Tropfen liefen unaufhörlich in Schlieren hinab. Wie eintönig das war, dieses sanfte Prasseln. Das Geräusch von Verlorenheit ... Einsamkeit, dachte sie. Sie war nun wieder allein, die Beziehung mit Jean-Luc war vorbei, noch ehe sie richtig begonnen hatte. In ihrem Inneren war irgendetwas für immer kaputtgegangen. Wie sollte sie umgehen mit dieser bittersüßen Einsamkeit, die sich auf ihr Herz gelegt hatte und sie bedrückte?

Sie hätte jetzt gern den Kopf an seine Schulter gelegt, die Augen geschlossen und seinen vertrauten Duft eingeatmet. Sich mit ihm zusammen die Zukunft ausgemalt, einen glücklichen Ausgang. Sie verschränkte die Arme hinter dem Kopf und blickte zur Decke, folgte mit müde werdendem Blick jedem Fehler, jeder kleinen Unebenheit des Anstrichs. Und sie wusste, dass sie die Erinnerungen ebenso abstreifen musste wie die Hoffnungen, die alle nicht in Erfüllung gegangen waren. Und auch nie mehr in Erfüllung gehen würden.

Der letzte Gast des Jahres war zugleich Emilys bislang prominentester. Eigentlich hatte sie ja noch nie prominente Gäste gehabt, also war dies eine Premiere. Die junge Frau mit langem blondem Haar, das sie sorgfältig unfrisiert offen trug, war lässig-elegant gekleidet, hatte ein hübsches Gesicht mit offenem Blick, eine Stupsnase und einen etwas zu großen Mund mit vollen Lippen. Sie wirkte wie ein Fabelwesen auf Urlaub, unbekümmert, jung, und checkte unter dem klingenden Namen Sophie Vergès ein, der Emily jedoch nichts sagte. Sie hatte zwei Einzelzimmer gebucht, aber da das Hotel bereits ziemlich leer war und kurz vor der Winterpause stand, gab Emily ihr ein Upgrade. Sophie Vergès bekam das Romeo-&-Julia-Appartement, für ihre Begleitung war das Doktor-Schiwago-&-Lara-Zimmer vorgesehen.

Zunächst aber kam sie allein. Da sie bis auf Professor Beaumarchais, der erst am letztmöglichen Tag vor der Winterpause ausziehen wollte, der einzige Gast war, hatte sie Ela und Léonie quasi zu ihrer alleinigen Verfügung. Die Köchin fragte nach ihren Wünschen und kochte dann ein Abendmenü, das Ela ihr im Speisesaal servierte. Sophie Vergès saß ganz allein da bei diesem Diner, schien die Aufmerksamkeit, die ihr entgegengebracht wurde, aber sehr zu genießen. Es war wie eine Filmszene – eine schöne Frau allein im Kerzenlicht, plaudernd mit Ela, die sie an ihren Tisch gebeten und eingeladen hatte, mit ihr zu speisen, nachdem sie serviert hatte. Ela hatte zunächst erschrocken abgelehnt, nein, nein, das dürfe sie nicht, doch Sophie hatte gelacht, das gehe schon in Ordnung: «Ich werde die Verantwortung dafür übernehmen, dass Ihnen hier niemand den Kopf abreißt.»

So erzählte Ela es nach dem Diner ihrer Chefin. Emily war ein bisschen erstaunt, aber nicht sonderlich interessiert an diesem merkwürdigen Tête-à-Tête.

Am nächsten Morgen brach der geheimnisvolle Gast zu einem Spaziergang in die Stadt auf. Und schon in der Mittagspause kam Isabelle ins Manoir geradelt. Aufgeregt und mit geröteten Wangen platzte sie ins *Bureau.*

«Weißt du überhaupt, wen du hier unter deinem Dach hast?», rief sie, noch immer außer Atem.

«Keine Ahnung. Aber du weißt hoffentlich, dass ich über meine Hotelgäste keine Auskünfte geben darf. Auch nicht dir gegenüber.»

«Ach, Auskünfte, Schnaufkünfte! Emily, du Schaf – das ist Sophie Vergès!»

«Sophie Vergès, ja. Und ... muss ich die kennen?»

«Solltest du. Sie ist nicht nur die engste Freundin von Hélène, meiner Cousine, sondern das Covergirl auf jeder dritten *Paris Match*-Ausgabe. First It-Girl of Paris. Singt sogar, ihr erstes Album, *Mes Promises*, war ganz oben in den Charts. Vor allem aber: Sie ist die Tochter des Präsidenten! Wohnt im Élysée-Palast!»

Nun war Emily doch verdutzt. «Ach, du je ... mit eurem Präsidenten hatte ich ihren Namen überhaupt nicht in Verbindung gebracht! Und was macht Mademoiselle Sophie ein paar Tage vor unserer Winterpause in unserem schon halb verlassenen Etablissement? Warum kommt sie nicht im Frühjahr, wenn es hier viel schöner ist? Jetzt friert sie sich da draußen doch nur ihren hübschen Hintern ab.»

«Nicht jeder friert sich hier was ab, so wie du. Keine Ahnung, warum sie hier ist. Verwandte, Freunde – wohl eher nicht. Vielleicht braucht sie einfach etwas Ruhe, und die findet sie ganz sicher nicht in einem der Luxuskästen an der Côte d'Azur. Dort machen die Paparazzi Biwak und schießen los, wenn sie nur vor die Tür tritt.»

«Ruhe findet sie bei uns auch nicht, wenn du weiter so herumschreist, Isabelle. Mach wenigstens die Tür zu.»

Isabelle schloss die Tür zum *Bureau* und ließ sich dann auf den einzig freien Stuhl fallen, der nicht von Papieren belegt war.

«Und jetzt ... was willst du tun?»

«Na, du bist drollig! Was soll ich schon tun wollen? Sie ist mein Gast und will ihre Ruhe haben, wie du sagst. Die soll sie auch bekommen. Wir werden ihr ein paar schöne Tage ermöglichen, mit der gebotenen Diskretion, wenn ich bitten darf, und ansonsten ...»

«Aus der Diskretion wird nichts. Sie war nicht gerade inkognito in Fleury unterwegs. Ich glaube, sie wurde überall erkannt, wo sie sich hat blickenlassen. Auch von mir, als sie in meinem Laden ein blaues Notizbuch gekauft hat. Stell dir vor, genauso eines, wie auch ich es habe ... das mit den Sternen!»

«Schön, Isabelle. Also keine Diskretion in Fleury. Bei mir aber schon. Hier kann sie ganz für sich sein. Das heißt, wenn sie will. Ela hatte schon das zweifelhafte Vergnügen, an ihren Tisch geladen zu werden ...»

Isabelle unterdrückte einen Aufschrei. «Willst du damit sagen, Ela hat mit ihr geredet – und diniert?»

«Diniert ... meine Güte, nun komm mal wieder runter. Léonie hat ihr was Schönes gekocht, natürlich viel zu viel, und deine Sophie hat Ela gebeten, ihr ein bisschen Gesellschaft zu leisten.»

«Himmel noch mal, und das sagst du erst jetzt? Wir müssen Ela sofort fragen, was ...»

«Wir werden nichts dergleichen tun. Morgen kommt außerdem ihre Begleitung. Sie hat nämlich ein weiteres Zimmer gebucht.»

«Ein weiteres Zimmer? Äh ... dann ist es wohl nicht ihr Freund, oder? Sie ist mit Robert de Rougemont zusammen, das weiß jeder.»

«Na, ich weiß es jedenfalls nicht. Er oder sie checkt ein, deine

Sophie bezahlt, und was die miteinander anstellen oder nicht, ist mir herzlich egal.»

«Das sollte es aber nicht, Emily! Es wäre eine Sensation, wenn sie hier heimlich jemanden trifft. Jemand anderen als Robert de Rougemont, meine ich. Was für ein Versteckspiel! Sie glaubt doch nicht im Ernst, dass sie ihren neuen Lover oder wen auch immer unbemerkt hier unterbringen kann, nur weil sie zwei Zimmer bucht! Immerhin ist das hier ein Liebeshotel.»

«Liebeshotel! Ich hasse es, wenn du das Manoir so nennst. Sie kann hier tun und lassen, was immer und mit wem immer sie will. Und du wirst schön deine vorlaute Klappe halten, hast du verstanden? Kein Wort zu niemandem! Unterstehe dich und tratsche das bloß nicht in ganz Fleury herum! *Compris?*»

Isabelle nickte zerknirscht und schwieg. «Ich hätte aber doch zu gern gewusst ...», begann sie nach einer Weile.

«Ich aber nicht. Und nun geht das brave Mädchen wieder zurück in sein Lädchen ... bitte!»

Natürlich war Emilys Neugier geweckt, auch wenn sie das Isabelle gegenüber nicht hatte zugeben wollen. Von Sophie Vergès hatte sie keinen Begriff. Sie googelte ein bisschen herum, klickte sich durch ein paar Artikel über die Präsidententochter und fand unter anderem heraus, dass Robert de Rougemont einer der wichtigsten Pariser Kunsthändler war, ein junger Shootingstar der Szene. Dann rief sie nach Ela und fragte sie aus. Und von ihr erfuhr sie, dass ihr prominenter Gast erzählt hatte, sie wolle sich Fleury mal anschauen, sie habe schon so viel Schönes darüber gehört. Auch von den Hochzeiten habe sie gewusst. Und dass sie zwar bei der Hochzeit ihrer Freundin Hélène Géricault nicht dabei gewesen sei, da sie damals gerade ihr Album in einem Studio in London aufgenommen hatte, wohl aber einiges davon gehört hatte. Somit war klar, dass die Präsidententochter hier etwas ganz Bestimmtes im Sinn hatte.

Tags darauf entpuppte sich der mysteriöse Begleiter als ein kleiner älterer Herr im Dreiteiler mit einer auffällig gemusterten Fliege, der so distinguiert aussah, als sei er weniger der neue Lover der Präsidententochter als vielmehr der Protokollchef des Élysée-Palasts. Das war natürlich Unfug, im Übrigen verhielt er sich völlig unauffällig, und außer einem weiteren Spaziergang durch Fleury, einem Ausflug nach Sarlat-la-Canéda und einem *Diner à deux* im Manoir passierte nicht viel. Sie verbrachten den Abend im kleinen Salon, luden Emily auf einen Drink und ein bisschen Smalltalk ein, ließen sich am nächsten Morgen – aus höflichem Interesse – ein paar Zimmer zeigen, weil die *Hotelière* es nicht hatte lassen können, ihnen davon vorzuschwärmen. Sie schienen ziemlich beeindruckt zu sein. Dann reisten sie wieder ab – stiegen in zwei Wagen und fuhren getrennter Wege.

Emily war froh, als sie die Tür hinter ihnen schloss. Ein seltsames Paar, dachte sie. Vielleicht war er ihr Onkel? Der Präsident jedenfalls nicht. Den kannte Emily von Bildern. Und dann hatte sie sie auch schon vergessen, die «Sophie-Affäre», wie Isabelle sie fortan nannte. Sie freute sich dennoch, dass der Ruf des Manoirs offensichtlich bis nach Paris gedrungen war. Und sie konnte sich des Gedankens nicht erwehren, dass nicht nur Hélène, sondern auch Yves damit zu tun hatte. Das behielt sie aber Isabelle gegenüber für sich. Sonst kam ihre Freundin womöglich noch auf dumme Gedanken.

Dann nahte Weihnachten. Emily hatte sich entschlossen, dieses Jahr nicht zu ihrer Familie nach Portsmouth zu fahren. Das trübe Wetter dort und die langen Strandspaziergänge würden sie sicherlich in eine Depression stürzen. Ihre Eltern waren entsetzt gewesen über das Gerichtsurteil, und insbesondere ihre Mutter würde sie unentwegt löchern, was sie denn jetzt tun wolle.

Isabelle hatte sie zu sich nach Hause eingeladen – sie war auch allein, da Yves in Paris unabkömmlich war. Am Weihnachtsmorgen würden sie zusammen in den Gottesdienst gehen, danach zum traditionellen Empfang in Valéries Boulangerie. Dann vielleicht zusammen etwas kochen und es sich gemütlich machen.

Sie hatten sich fest vorgenommen, das Beste draus zu machen, damit es kein allzu trauriges Weihnachtsfest wurde.

Mitte Dezember, als auch Professor Beaumarchais als letzter Gast abgereist war, schloss Emily das Hotel. Ela fuhr mit ihrem Bruder nach Krakau, Léonie und Serge zu Freunden nach Bergerac, neue Reservierungen standen erst für Ende Januar im Buchungskalender. Das Manoir würde in einen wochenlangen Winterschlaf fallen und sich von den Strapazen des vergangenen Dreivierteljahrs erholen. So wie Emily, die sich in der Stadtbücherei einen Stapel Romane auslieh. Sie freute sich auf entspannte «Leseferien», nahm sich auch den *Schatten des Windes* mit, Isabelles Lieblingsbuch, von dem diese ihr oft vorgeschwärmt hatte.

Emily war zum ersten Mal in der kleinen Bibliothek, die im Parterre des Rathauses untergebracht war, in einem rundvertäfelten Raum mit hohen Regalen, und schaute der engagierten Bibliothekarin Isabelle Améry einen Nachmittag lang dabei zu, wie sie die kleinen und großen Bücherbegeisterten von Fleury mit Lesestoff versorgte. Die Freundin war hier ganz offensichtlich in ihrem Element, und Emily nahm sich vor, Isabelle irgendwann in den Weihnachtstagen zu fragen, warum sie eigentlich in ihrem winzigen Laden nicht eine Buchhandlung einrichtete. Das ist doch ihre eigentliche Bestimmung, dachte sie. Warum sieht sie das nicht? Stattdessen sortiert sie Postkarten ...

Emily seufzte. Ja, vielleicht könnte sie sich für Isabelles Unterstützung in Sachen Manoir revanchieren und sie bei ihrem Zukunftstraum unterstützen. Oder im Reiterhof Champéry Pferde striegeln? Sie grinste. Ach, an Ideen und Plänen würde es ihr kaum mangeln. Vielleicht tat sich ja doch noch eine Möglichkeit für sie auf, in Fleury zu bleiben. Eine Möglichkeit, an die sie jetzt noch gar nicht dachte. Jedenfalls nahm sich vor, in den nächsten Wochen Augen und Ohren offen zu halten und sich die eine oder andere Idee durch den Kopf gehen zu lassen.

Vielleicht war für sie das Kapitel Fleury noch gar nicht abgeschlossen.

Über die Weihnachtstage kam Emily wirklich zur Ruhe. Sie ließ alles hinter sich, all die Aufregungen der vergangenen Wochen. Und es gelang ihr erstaunlich gut, das auszublenden, was sie bedrückte. Isabelle, patent und optimistisch wie immer, unterstützte sie dabei, so gut es ging. Emily verlebte stille Tage mit ihr, durchaus mit ein paar melancholischen Momenten, doch im Grunde war es ein Fest der Freundschaft. Endlich einmal ohne die alltäglichen Verwicklungen, ohne Strapazen und Störfälle.

«Ich liebe diese Zeit», gestand Isabelle. «Wie schön, endlich einmal zur Ruhe zu kommen und die stille Zeit zu genießen. Ist es nicht wunderbar, dass wir hier so zusammensitzen, ohne Probleme zu wälzen, ohne uns Sorgen zu machen? Dass wir einfach nur ... zusammen sind?»

Emily nickte. Sie empfand es ähnlich. Natürlich waren die düsteren Gedanken nicht vertrieben, sie hatten sich aber irgendwo verkrochen und gaben Ruhe. Die Freundinnen tranken

Unmengen Tee, auf Wein oder Drinks hatten sie keine Lust, weil sie «wirklich mal runterkommen» wollten. Sie beschenkten einander mit Kleinigkeiten und backten zusammen. Vielmehr backte Isabelle nach dem alten Rezept ihrer Familie einen traditionellen Baumkuchen, und Emily ging ihr dabei zur Hand. Aber als sie das Blech aus dem Ofen zogen und sich darüber beugten, um den köstlichen Duft der *Bûche de Noël* zu schnuppern, empfanden sie es doch als ihr gemeinsames Werk.

«Du könntest unserer Zuckerfee Valérie Konkurrenz machen», sagte Emily bewundernd. «Oder ihren Mann in der Backstube ablösen.»

Isabelle lachte. «Ich könnte es auch lassen. Du neigst einfach dazu, mich in allen Dingen für kompetent zu halten, in denen du dich nicht so gut auskennst.»

«Da ist was dran. Du bist mein großes *role model*, das weißt du doch.»

«Aber hoffentlich nicht nur fürs Kuchenbacken ...»

Emily musste sich eingestehen, dass sie dieses zwanglose Beisammensein mit ihrer Freundin in den vergangenen Monaten sehr vermisst hatte. Es war selten geworden, dass sie sich einfach mal verabredeten, um etwas zusammen zu unternehmen, so wie in ihren ersten Monaten in Fleury, als sie zu zweit Ausflüge gemacht und das Périgord erkundet hatten.

Die Backaktion hatte in der Küche des Manoirs stattgefunden – dieses Reich hatten die beiden nun ganz für sich. Sie probierten alles Mögliche aus, und auch das Weihnachtsessen bereiteten sie hier zu. Natürlich wurde es kein *Grand menu*, wie Yves oder Léonie es gezaubert hätten. Sie beschränkten sich auf Maronencremesuppe, Pasta mit Wildpilzsauce und mit Käse überbacken sowie Wintersalate. Und sie speisten auch nicht im Speisesaal oder Salon, sondern zogen sich in das gemütlichere Atelier unter dem Dach zurück.

Hier überraschte Emily ihre Freundin mit der «Buchhandlungsidee». Isabelle schien ganz gerührt, dass sie ihr das zutraute. Doch sie verhehlte auch nicht ihre Bedenken, die sie schon André Chardin gegenüber geäußert hatte.

«Wie auch immer», schloss sie ihr kleines Referat, «Fleury ist nicht gerade eine Lesemetropole.»

Das musste auch Emily zugeben: Fleury war ein Städtchen, in dem das literarisch interessierte Publikum eher überschaubar war. «Aber schau mal, das ist in den ‹Bücherdörfern›, von denen es in Großbritannien einige gibt, nicht anders: Hay-on-Wye in Wales oder Wigtown in Schottland. Die haben auch klein angefangen mit Antiquariaten, Bücherfestivals, Autorenlesungen und so weiter. Dann kamen immer mehr literaturbegeisterte Touristen, und die Idee hat weite Kreise gezogen. Gibt es schon ein Bücherdorf in Frankreich?»

Isabelle nickte, das musste sie nicht erst auf ihrem Smartphone googeln. «Ja, es gibt schon ein paar: Montmorillon, Cuisery in der Bourgogne, das kleine bretonische Bécherel und das noch winzigere Montolieu in Okzitanien.»

«Aber keines im Périgord! Fleury könnte damit wirklich punkten, vor allem auch mit Veranstaltungen. Es würde vielleicht im Winter und im Frühling Leben in die Stadt bringen, bevor die Hochzeiten Saison haben. Wir brauchen doch Ideen, damit auch in den stilleren Monaten mehr los ist in der Stadt!»

«Jetzt hast du ‹wir› gesagt!»

«Ja, wir! Wenn ich dann das Hotel noch hätte, könnte ich es auch auf Lesebegeisterte und Bücherfreunde ausrichten.» Emily genoss das warme Gefühl, das sie bei diesem Gedanken durchströmte. «Die Paten meiner Appartements sind ja schon allesamt literarische Figuren, daran könnte ich anknüpfen. Vielleicht ließe sich in der kleinen Kammer neben meinem *Bureau*, wo jetzt nur Krempel abgestellt ist, ein Bücherkabinett einrichten. Ich hätte sogar schon einen Namen dafür: *Cabinet des livres oubliés*. Kabinett der vergessenen Bücher – das klingt doch irgendwie verführerisch, oder nicht? Und auch der kleine Salon neben dem Speisesaal heißt ja schon Bibliothek, obwohl da nur ein paar Regale mit Büchern gefüllt sind. Immerhin ...»

Sie war mal wieder Feuer und Flamme. Wie schön wäre es, wenn ihre Freundin darauf anspringen würde und sie sich eines neuen «Projekts» annehmen könnten.

«Das Manoir wird zwar bald Geschichte sein, zumindest für mich. Aber auch wenn ich das Hotel wieder schließen muss, verloren ist es für das Gastgewerbe damit nicht unbedingt. Im Gegenteil, ich bin mir sogar ziemlich sicher, dass die Bricassarts vorhaben, das Manoir als Hotel weiterzuführen. Diese Chance wird sich Jean-Luc nicht entgehen lassen. Nur meine Zukunft ist es eben nicht mehr. Die muss ich ganz neu erfinden. Warum nicht mit dir zusammen? Warum nicht mit Büchern? Lass uns diese Idee doch mal ausspinnen, irgendwann im neuen Jahr. Ich glaube nämlich, nicht nur ich brauche eine Perspektive, sondern auch du!»

«Hm», machte Isabelle. «Ja, vielleicht hast du recht. Die Zeichen stehen auf Veränderung. Werfen wir unsere kleine Phantasiemaschine mal an und schauen wir, womit sie uns überrascht.»

An diesem Abend bezog Isabelle zum ersten Mal das Cyrano-&-Roxane-Appartement und verkündete am Morgen darauf, als Emily sie mit einer heißen Schokolade weckte, sie habe noch nie in ihrem Leben so gut geschlafen.

«Nun übertreibst du aber. Dein Bett zu Hause scheint mir auch ziemlich gemütlich zu sein. Allerdings wirkt hier wohl die Atmosphäre auf dich. Vielleicht hast du auch von Yves geträumt ...»

«Hör mir bloß auf mit Yves! Der wacht heute Morgen wohl an der Seite irgendeines Pariser Models auf.»

«Ach was, du spinnst, Isabelle. Wie immer. Yves ist gestern Abend bestimmt todmüde ins Bett gefallen nach dem aufwendigen Menü der Präsidentenfamilie am Réveillon.»

Isabelle nickte. «Wie man in den Zeitungen lesen konnte, verbringt *la famille présidentielle* Weihnachten dieses Jahr tatsächlich im Élysée. Ich nehme alles zurück, es wird wohl nur eine Küchenhilfe sein, neben der er aufwacht.»

«Du bist furchtbar, Isabelle ... wirklich! Immer dieses Misstrauen!»

«Er hat gestern nicht angerufen!»

«Er wird einfach sehr beschäftigt gewesen sein. Und du hättest ja auch anrufen können, oder? Warum nimmst du nicht erst mal das Naheliegende an?»

Noch während sie das sagte, läutete das Telefon. Da die Anlage umgestellt war, klingelte es jetzt in der Winterpause nicht nur unten am Empfang und im *Bureau*, sondern in jedem Zimmer. Also auch bei Cyrano & Roxane.

Emily und Isabelle blickten sich an.

«Wie jetzt? Wer ruft denn zu Weihnachten im Manoir an?» Emily schien unschlüssig, ob sie überhaupt drangehen sollte.

«Nun mach schon ... Das ist bestimmt Yves. Er hat es auf meinem Festnetzanschluss versucht, dann wahrscheinlich auf dem Handy, aber das liegt, glaube ich, noch oben in deinem Atelier. Himmel, jetzt ist wahrscheinlich schon der Anrufbeantworter angesprungen! Nimm doch endlich ab, Emily!»

Zögernd nahm Emily den Hörer in die Hand. «Ja?», meldete sie sich vorsichtig.

Sie schüttelte den Kopf, hielt für einen Moment die Sprechmuschel zu und flüsterte: «Es ist nicht Yves!» Dann hörte sie ungläubig zu, was die Anruferin ihr zu sagen hatte.

«Salut, Emily», rief Sophie Vergès. «Ich darf doch Emily sagen ... ja? Okay, wunderbar. *Pardon* für die Störung am Weihnachtstag, aber ich denke, es ist verzeihlich, wenn du hörst, warum. Robert und ich haben gestern Abend beschlossen, dass wir in Fleury heiraten werden. Nächstes Jahr im Mai. Und da wollte ich nicht warten, sondern es dir gleich sagen, bevor du die offizielle Nachricht bekommst. Wir wollen in deinem Manoir logieren und unser großes Fest in Fleury feiern. Robert ist ganz begeistert von der Idee. Und Monsieur Braque ist auch angetan ...»

«Monsieur Braque ...», stammelte Emily.

«Aristide Braque, unser Protokollchef. Er war mit mir im Manoir, erinnerst du dich?»

Emily nickte, ohne zu realisieren, dass Sophie dieses Nicken im fünfhundert Kilometer entfernten Paris wohl kaum sehen konnte.

«Und ... nun ja, ich dachte, du solltest es gleich als Erste erfahren. Ich freue mich so! Alles Weitere besprechen wir Anfang des neuen Jahres, ja? Vorausgesetzt, du hast nächsten Mai überhaupt noch Kapazitäten.»

«Natürlich, Mademoiselle Vergès, gerne.»

«Sophie.»

«Pardon, Sophie ... ja. Die Freude ist ganz auf meiner Seite. Was für eine schöne Überraschung! Was für ein tolles Weihnachtsgeschenk! *Merci*, Sophie. Puh, ich bin überwältigt ... was soll ich sagen?»

«Du musst jetzt nicht gleich was sagen, Emily. Wir reden später ... ganz ausführlich. Ich melde mich bald wieder. *Bon Noël ... et à bientôt!*»

Dann war die Verbindung unterbrochen.

35 *Jean-Luc kommt endlich zur Besinnung – und mit einem Freund ins Manoir.*

Anders als Emily verbrachte Jean-Luc den Jahreswechsel nicht in Fleury –zum ersten Mal in seinem Leben. Nach der eher frostigen *Fête de Noël* im Kreis der Familie – die «abtrünnige» Léonie war von der Baronne «ausgeladen» worden – brach er gleich am nächsten Tag auf und fuhr nach Dinard, wo er wieder im Hotel *La Côte Émeraude* ein Appartement reserviert hatte. Er freute sich auf das Wiedersehen mit Frédéric Breguet, seinem «Schicksalsgenossen», mit dem er sich während seines letzten Aufenthalts angefreundet und viele Gespräche geführt hatte. Weniger über Liebeskummer – Frédéric war mit der bezaubernden Mélanie verheiratet, ziemlich glücklich, wie es schien – als vielmehr über Probleme im Geschäft, mit Hotels, Vätern und dem Leben.

Jean-Luc und sein Vater waren während der vergangenen Monate in Kontakt geblieben, wie sie es sich versprochen hatten. Ein paarmal kam der Baron abends zu ihm, um das Gespräch mit ihm zu suchen. Er hängte es nicht an die große Glocke, versuchte im Gegenteil, es geheim zu halten, doch Agnès Bourdieu bekam es natürlich mit und steckte es der Baronne. Ein unerquicklicher Zwist unter den Eheleuten war die Folge, denn Anne-Sophie lief zur Höchstform auf, als sie ihrem Gemahl unterstellte, sie zu hintergehen.

Henri-Armand de Bricassart ließ diesen Vorfall gegenüber seinem Sohn nicht unerwähnt.

«‹Was soll das heißen?›, habe ich gekontert. ‹Etwa, dass ich meine Frau hintergehe, wenn ich mich mit meinem Sohn treffe? Gehst du jetzt auch unter die Verschwörungstheoretiker? Oder ist es schon Paranoia?›»

«Das hast du wirklich gesagt, Papa?»

«Ja, Wort für Wort. Vielleicht habe ich mich da etwas im Ton vergriffen. Aber deine Mutter bringt mich mit ihrem Misstrauen zuverlässig auf die Palme ...»

Ungeachtet dieser und anderer Störfeuer blieben Vater und Sohn im Austausch. Allmählich gewannen sie Verständnis füreinander, fassten Vertrauen. Im Punkt «Zukunft des Schlosses» kamen sie auf keinen gemeinsamen Nenner, doch dem Baron gefiel, dass Jean-Luc seinen Standpunkt respektierte, auch wenn er seinen Intentionen zuwiderlief. Und Jean-Luc gefiel, dass sein Vater ihm zuhörte, seine Ideen und Vorschläge nicht gleich abtat, sondern ernsthaft über sie nachdachte. Es schien ihm wirklich etwas daran zu liegen, wieder einen Draht zu seinem Sohn zu finden.

Das «Urteil von Périgueux» interpretierten sie jedoch unterschiedlich. Der Baron stellte dankbar fest, dass sich die Stimmung in der Familie wieder besserte. Die Übernahme der Renovierungskosten war natürlich ein schwerer Brocken, mehr als nur ein «Wermutstropfen», wie seine Gemahlin es genannt hatte. Der Baronne war es vor allem wichtig, prinzipiell Recht bekommen zu haben und dass das Manoir in absehbarer Zeit wieder an die Familie fiel. Für sie war es ein «Sieg» über die unverschämte Emily Bennett, der einen schweren Genugtuungsanfall bei ihr ausgelöst hatte, während sie sich über die Kostenübernahme der Restaurierung nicht weiter den Kopf zerbrach. Das war nicht ihre Sache, das sollte Henri-Armand regeln, der «Herr über die Schatulle», wie sie gern spöttelte. Dem Baron brachte dieser Beschluss jedoch das Budget gehörig durcheinander. Eine «Herausforderung», die er immer wieder mit seinem Sohn diskutierte. Doch wie sie es drehten und wendeten, sie fanden keine Lösung.

Jean-Luc allerdings hatte aufgeatmet, als er von dem Urteil hörte. Es tat ihm leid für Emily, doch immerhin würde sie für ihren Aufwand entschädigt werden. Und insgeheim hoffte er, dass sie beide doch wieder eine Basis finden würden, wenn sie sich erst einmal beruhigt und die Enttäuschung über das verlorene Manoir überwunden hatte. Es gab Tage, da wuchs diese Hoffnung ins Unermessliche, und andere, da sank sie zusammen zu einem Häufchen Asche. Es war eine Achterbahnfahrt der Gefühle, auf der er ganz allein unterwegs war. Aber darüber wagte er mit seinem Vater nicht zu sprechen.

Den letzten Abend des Jahres verbrachte Jean-Luc in größtmöglicher Tristesse. Er hasste die *Rites de passage*, die mit dem Übergang in ein neues Jahr verbunden waren. Die aufgesetzte Fröhlichkeit, das Herunterzählen der letzten Sekunden vor dem Jahreswechsel, die Umarmungsorgien um Mitternacht, die jeder mit jedem feierte, diese ganze Mischung aus Sentimentalität und Übermut. Was dazu führte, dass er den Tag mehr schlecht als recht hinter sich zu bringen versuchte. Seine Gedanken stürzten in eine unheilvolle Abwärtsspirale, wenn er nur an das vergangene Jahr dachte. Ihm fielen dann vor allem die Katastrophen und Fehlschläge ein, weniger die Glücksmomente und Erfolge, von denen es definitiv zu wenige gegeben hatte. Es war ein zutiefst deprimierendes Vergnügen.

Natürlich dachte er auch an Emily. Wie könnte er nicht! Sie stand in seinem ganz persönlichen Jahresrückblick ebenfalls nicht auf der Haben-, sondern auf der Sollseite. Bis auf wenige Augenblicke, in denen sie wie halbwegs vernünftige Menschen miteinander kommuniziert hatten, hatte er es häufig vergeigt, durch eine ungeschickte oder unsensible Bemerkung, die ihm immer erst nachher auffiel. Nicht ein einziges Mal hatte er ihr zu verstehen gegeben, was er für sie empfand. Warum nur hatte er sie an jenem Gewitterabend nicht in die Arme genommen und geküsst? Sie war für ihn zweifellos die größte Herausforderung des vergangenen Jahres gewesen. Und er hatte sie nicht bestanden.

Mit hochgeschlagenem Mantelkragen spazierte er an diesem kalten Abend die Uferpromenade entlang. Das Meer breitete sich in drohend dunklem Silber vor ihm aus wie ein Teppich, der Wellen schlug. Gischt spritzte über die Kaimauer, und wenn Jean-Luc nicht aufpasste, würde er völlig durchnässt bei der Silvesterparty ankommen, die die Breguets in ihrem Hotel veranstalteten. Er hatte sein Kommen zugesagt, aber vorher musste er sich sammeln.

Als er nach mehr als drei Stunden völlig durchgefroren endlich im Festsaal des *La Côte Émeraude* ankam, herrschte dort eine ausgelassene Stimmung. Dutzende Wildfremde hatten sich bereits angefreundet, Frauen in eleganten Kleidern und mit erhitzten Wangen, Männer in Smokings, die schon etwas derangiert aussahen. Eine fünfköpfige Combo spielte gar nicht mal so schlecht jazzige Evergreens, einige Paare tanzten. Gleich würde es Konfetti regnen oder Goldflitter. Er sah Frédéric und Mélanie, die hektisch im Einsatz waren, und zwinkerte ihnen zu. Frédéric zwinkerte zurück. In nicht einmal einer Stunde würden sie *«bonne année»* zu ihm sagen, Mélanie würde ihn umarmen, und er würde die fünf Sekunden genießen, in denen sie sich an ihn drückte.

Die champagnerselige Silvesterparty im *La Côte Émeraude* endete für ihn im freien Fall, in einem nie dagewesenen Absturz. Gegen fünf Uhr taumelte Jean-Luc davon. Wie beschämend das war!

Am Neujahrstag tauchte er überhaupt nicht mehr auf, sondern schlief gleich durch bis zum übernächsten Morgen.

Der Kater, mit dem er aufwachte, war ein Monstrum. Es schrie und schlug um sich, wenn er nur den Kopf hob.

Es war Tag null im Leben des Jean-Luc de Bricassart.

An Tag eins fuhr er zurück. Erholsam war die Bretagne-Tour nicht gewesen, zur erhofften Besinnung war er nicht gekommen. Immerhin war er wieder nüchtern. Die düstere Depression war wie weggeblasen, doch das unbestimmte Gefühl des Versagens wollte einfach nicht verschwinden.

Wenige Tage später lief er auf dem Marktplatz von Fleury Isabelle Améry über den Weg, Emilys bester Freundin. Zu seiner Überraschung wandte sie sich nicht ab oder lief schreiend davon, sondern lud ihn zu einem Abendessen ins *Petit Canard* ein, das Jean-Luc noch nicht kannte. Einen Augenblick zögerte er, ob er diese unerwartete Einladung annehmen sollte, dann dachte er: Was soll's, schaden wird es nicht. Und vielleicht erfahre ich von ihr etwas über Emily. Es war Zeit, dass er wieder eine Brücke zu Emily schlug – und wer würde sich dazu besser eignen, als ihre beste Freundin? Auch wenn er dazu gehörig über seinen Schatten würde springen müssen.

Eigentlich kannte er Isabelle nur oberflächlich. Manchmal kaufte er in ihrem Lädchen eine Zeitung oder ein Magazin, aber darüber hinaus hatten sie keinen Kontakt. Doch Isabelle zeigte sich erstaunlich anteilnehmend, als er kleinlaut einräumte, es sich mit Emily gründlich verdorben zu haben.

«Ich hab's vermasselt, Isabelle, das ist mal klar. Jetzt hasst sie mich ...»

«Sie hasst dich nicht. Das darfst du nicht denken. Sie ist enttäuscht, das ja, niedergeschlagen, dass es nicht geklappt hat, mit euch, meine ich. Aber es ist noch nicht alles verloren, Jean-Luc. Du solltest einfach mit ihr reden.»

Er stocherte in seinem *Confit de canard* herum, das vorzüglich war, doch er hatte einfach keinen Appetit. Dafür trank er viel, was Isabelle mit einer hochgezogenen Augenbraue quittierte.

«Ich brauche das jetzt ... sorry», verteidigte er sich. «Ich muss meinen Kummer ertränken.»

«Und ... verschwindet er dann auch?»

«Nicht wirklich», gab er zu.

«Warum trinkst du dann so viel? Das ist schon unsere zweite Flasche. Die erste hast du fast allein geleert.»

«Keine Ahnung. Ich muss sie ... ich muss das alles vergessen!»

«Aber warum eigentlich?»

«Du meinst, ich soll mich dem Schmerz stellen ... so was in der Art?»

Isabelle lächelte mitfühlend. «Ja, so was in der Art. Du solltest dich deinen Gefühlen stellen.»

Jean-Luc raufte sich die Haare. «Ich weiß einfach nicht weiter.»

«Dann überlege dir doch einmal, was dein Ziel sein könnte. Wenn es nämlich wirklich darin besteht, Emily wieder für dich zu gewinnen, könntest du anfangen, darüber nachzudenken, wie du es erreichen kannst.»

«Wie soll ich das schon erreichen können? Gang nach Canossa? Sie schmollt in ihrem Märchenschlösschen, gibt mir die Schuld an allem, was schiefgelaufen ist, und wird mich ganz bestimmt nicht reinlassen, wenn ich an ihre Tür klopfe.»

«Na ja, ins Schlafzimmer erst mal nicht, damit könntest du recht haben. Aber ich glaube nicht, dass sie dich wegschicken würde.»

«Meinst du wirklich?», fragte Jean-Luc und wuschelte sich verlegen durchs Haar.

Auf das Dessert hatte er plötzlich Appetit. Er stürzte sich auf das *Tri des compotes* mit Zimtsahne, als hätte er tagelang nichts gegessen. Er bestellte sich sogar eine weitere Portion, während er sich beim Wein nun zurückhielt, obwohl sie die Flasche gerade erst geöffnet hatten.

Jean-Luc schenkte ihr nach. «Nun bist du an der Reihe ...»

«Monsieur de Bricassart, ich bin durchaus bereit, eine Menge für Sie zu tun. Aber nicht, mir die Kante zu geben, um Ihre Seele zu retten.»

«Muss ich dann schon selber tun, wie?» Er lachte.

«Ganz genau.»

«Und was sollte ich Ihrer Meinung nach tun, Frau Therapeutin?»

Isabelle schwieg einen Moment und drehte ihr Weinglas zwischen den Fingern. Dann grinste sie ihn an. «Ich hätte da schon eine Idee. Sie hat vier Buchstaben.»

In diesem Winter fiel in Fleury kein Schnee. Der Zauber vom vergangenen Jahr wiederholte sich nicht. Nicht einmal Frost gab es. Dafür kroch Feuchtigkeit in alle Ritzen und setzte sich überall fest. Wochenlang blieb es trüb, schwer tropfte der Regen von den Ästen.

Jean-Luc war froh über die robusten Schuhe, die er angezogen hatte, aber auch über den inzwischen befestigten Weg, der zum Manoir führte. Es lag ein paar Monate zurück, dass er dem Hotel zuletzt einen Besuch abgestattet hatte, an jenem Nachmittag, als Emily wutentbrannt aus ihrem Salon gestürmt war und ihn sitzengelassen hatte. Seither hatte Funkstille geherrscht.

Bobo, den Jean-Luc nicht grundlos mitgebracht hatte, sprang übermütig neben ihm her. Als das Manoir vor ihm auftauchte wie ein Schloss im Märchenwald, spürte Jean-Luc einen Schauder, der ihn frösteln ließ. Er verlangsamte seine Schritte, während der Terrier nun auf das Haus zujagte. Immerhin bellte er nicht und ruinierte so die Überraschung.

Vier Buchstaben, dachte Jean-Luc. Bobo. Hund. Wirklich eine verrückte Idee.

Das Manoir lag still, wie verlassen vor ihm. War Emily … war überhaupt jemand zu Hause?

Bobo setzte sich auf die oberste Stufe der Freitreppe und blickte unverwandt die große Eingangstür an. Jean-Luc drückte die Klingel. Aus dem Haus drang ein gedämpftes Läuten.

Nichts geschah. Niemand ließ sich blicken.

Er klingelte noch einmal, etwas länger jetzt, und mit Nachdruck, als würde der Gong dadurch lauter ertönen.

In der kleinen Eingangshalle ging ein Licht an, wie Jean-Luc beim Blick durch die bunten Glasscheiben der Tür erleichtert sah.

Und auch die Tür öffnete sich einen Spaltbreit.

Mit einem Satz sprang Bobo an Emily hoch und blickte sie, auf den Hinterbeinen stehend, mit erwartungsfrohem Hecheln an.

«Na, wen haben wir denn da?», fragte sie und erkannte erst dann, als sie die Tür ein Stück weiter öffnete, dass Hund nicht allein gekommen war, sondern jemanden mitgebracht hatte.

«Oh, Jean-Luc ... mit dir habe ich wirklich nicht gerechnet. Hast du dich im Wald verirrt?»

«Ja, verirrt. Aber nicht im Wald. Sondern im Leben.» Das war ziemlich direkt, aber er hatte genug Zeit verloren.

«Und da hat dich dein Hund zu mir geführt?»

«Sozusagen. Ich brauchte ihm nur zu folgen. Hund kannte den Weg ...»

«Du nennst ihn jetzt auch Hund?»

«Ja, er hört auf nichts anderes mehr. Ich konnte ihn nicht davon abbringen.»

«Guter Hund!» Emily kraulte ihn hinter den Ohren und am Hals, was dem Vierbeiner Geräusche puren Wohlbehagens entlockte. «Na, mein Hübscher, hast du mich vermisst? Sieht ganz so aus ...»

«Dürfen wir reinkommen? Hier draußen ist es ziemlich kalt ... Wir kommen aus dem Regenland.» Jean-Luc brachte ein schiefes Grinsen zustande.

Emily schien nach einer passenden Replik zu suchen, nickte dann aber nur und öffnete ihnen die Tür.

Sie standen eine Weile unschlüssig in der Empfangshalle, die wie ausgestorben war. Jean-Lucs Blick irrte umher, als müsse er sich hier erst wieder zurechtfinden, während Emily sich weiter um den um sie herumtanzenden Hund kümmerte und sich selbst zu drehen begann, so sehr freute sie sich über die Begrüßung.

«Wir gehen nicht wieder in den schlimmen Salon, oder?»

Emily schüttelte lächelnd den Kopf. «Keine gute Idee. Hat uns kein Glück gebracht.»

«Nein. Ich war seitdem keine Minute mehr glücklich.»

«Nun übertreib nicht, Jean-Luc.»

«Ich übertreibe nicht. Hund übrigens auch nicht, wie du siehst. Er war ziemlich deprimiert in den vergangenen Monaten. Jetzt ist er wieder zufrieden.»

Bobo lief in das offen stehende *Bureau*, wandte sich dann auffordernd um, und sie folgten ihm.

Jean-Luc schaute sich um. «Hier arbeitest du also?»

«Nicht nur hier. Im ganzen Haus. Aber nicht mehr lange, wie du weißt.»

«Das tut mir leid ...» Er meinte es ernst, ohne jegliches Kalkül. «Es tut mir leid, Emily.»

«Bist du gekommen, um dich zu entschuldigen?»

Jean-Luc schwieg. «Wenn ich mich entschuldigen könnte, würde ich es tun», sagte er schließlich. «Das kannst du mir glauben. Ich würde es sofort tun. Aber mit einer Entschuldigung ist nichts aus der Welt zu schaffen. Das weiß ich ebenso gut wie du. Es ist ... es ist kompliziert.»

«Das sagen die Männer immer.» Emily räumte einen Stapel Prospekte von einem Stuhl und bot ihm an, Platz zu nehmen. Sie selbst setzte sich auf den Schreibtisch, stützte sich mit den Händen auf und ließ die Beine baumeln.

Jean-Luc nickte. «Ich wollte, ich könnte alles ungeschehen machen ... dieses ganze Desaster.»

Emily seufzte. «Ich habe mein Haus verloren, Jean-Luc. Ich habe alles verloren, was ich mir aufgebaut habe. Deine Familie hat mich vor Gericht gezerrt und mir dort den Prozess gemacht. Und du bist doch Teil dieser Familie, oder?»

«Ja, ich bin Teil dieser Familie. Teil des Problems. Teil dieser ganzen verfluchten *merde*, in die wir dich geritten haben. Ich kann dir gar nicht sagen, wie mich das beschämt.»

«Immerhin gehört das Manoir bald ja auch dir ...»

«Glaubst du wirklich, ich würde nur einen Fuß in dieses Haus setzen, wenn man es dir erst einmal weggenommen hat? Es gehört doch dir.»

«Das hättest du vor Gericht sagen sollen, Jean-Luc. Ich kann mich nicht erinnern, dass du dort gewesen bist, als ich vor dem Richter stand. Nicht einmal deine Mutter hat sich blickenlassen. Sie hat sich von diesem Cognac-Advokaten vertreten lassen.»

«Nein, ich war nicht da. Ich habe mich verkrochen, nicht nur vor der Verhandlung, nicht nur vor dir. Auch vor meiner Familie. Wir sind alle Feiglinge gewesen, bis auf Léonie, die ich für ihre Haltung und ihre Konsequenz bewundere. Aber meine Feigheit ist am wenigsten entschuldbar.»

Emily blickte ihn unverwandt an.

«Was soll ich noch sagen?», sagte er leise.

«Nichts mehr, Jean-Luc. Ich rechne es dir hoch an, dass du doch noch den Weg zu mir gefunden hast. Dass du ein paar Dinge klargestellt hast. Und ich nehme dir ab, was du gesagt hast. Ich weiß nicht, wann ich dir verzeihen kann ... ob überhaupt. Ich ...» Sie wischte sich über die Augen, scheinbar ohne sich dafür zu schämen.

«Emily ... du musst mir nicht verzeihen. Wahrscheinlich wirst du das nie können. Aber das ist heute, hier und jetzt, nicht wichtig. Ich bin nicht hergekommen, um mir die Absolution zu holen. Aber ich möchte dir etwas schenken.»

Emily blickte erstaunt auf und schien sich zu fragen, worauf er anspielte, da er nichts in der Hand hielt und auch keine Anstalten machte, etwas aus seiner Manteltasche zu kramen.

«Wenn du möchtest, wird Hund bei dir bleiben. Er wünscht es sich sehr, das kann ich dir verraten. Und ich wünsche es mir auch.»

«Du willst mir Bobo schenken?», fragte Emily ungläubig.

«Wenn du ihn willst, ja. Er ist doch dein Hund ... von deinem ersten Tag in Fleury an. Weißt du nicht mehr?»

Emily rutschte von der Schreibtischkante und streichelte Bobo, der wieder unentwegt an ihr hochsprang.

«Natürlich weiß ich das noch. Das ist ... das ist ... wunderbar natürlich. Was soll ich sagen? Danke, Jean-Luc, damit machst du mir wirklich eine große Freude. Und du, Bobo, willst du denn überhaupt bei mir bleiben?»

Daran ließ der Hund nicht den geringsten Zweifel.

Sie nennt ihn jetzt Bobo, dachte Jean-Luc. Und fühlte sich plötzlich ganz warm.

Wenig später verabschiedeten sie sich. Mit einer scheuen Umarmung und den üblichen angedeuteten Küssen. Dann wandte Emily sich um und schloss die Tür hinter sich.

Er konnte es nicht sehen, aber er hätte schwören mögen, dass sie lächelte. Ihr unwiderstehliches, unvergleichliches, unglaublich anziehendes Emily-Bennett-Lächeln.

36 *Emily und Laura bereiten die Hochzeit des Jahres vor.*

Das Geld kam nicht. Drei Monate nach Zustellung des schriftlichen Urteils hatten die Bricassarts die ihnen vom Gericht auferlegte Verpflichtung, Emily die Kosten der Restaurierung zu erstatten, nicht erfüllt. Sie hatten keinen einzigen Euro überwiesen. Maurice Ulian schickte unverzüglich eine Mahnung, die aber unbeantwortet blieb. Im April setzte er der Baronne und ihrem Rechtsverdreher Courvoisier eine letzte Frist von weiteren vier Wochen.

«Wenn sie nicht zahlen, sollten wir in Revision gehen», empfahl der Anwalt seiner Mandantin. «Wir haben gute Chancen, dass das Urteil dann aufgehoben wird. Und das Manoir in Ihrem Besitz bleibt, Emily.»

«Sie werden schon noch zahlen. Irgendwie kratzen sie das Geld zusammen, und wenn sie ein paar Grundstücke irgendwo am Rand ihres riesigen Besitzes verkaufen.»

«Ihnen läuft aber jetzt die Zeit davon. Bislang haben sie nichts verkauft, es gibt keine Änderungen im *cadastre*, das habe ich überprüft. So einfach, wie man sich das vielleicht vorstellt, ist es auch gar nicht, die Bricassarts haben ja kein ausgewiesenes Bauland, auf das jemand scharf wäre. Wer braucht schon ein paar Wiesen oder Waldgebiete? Und warum sollten sie das jetzt erst in Angriff nehmen?»

«Sie haben sicher noch etwas in der Hinterhand», argwöhnte Emily, die sich einfach keinen falschen Hoffnungen mehr hingeben wollte. «Jean-Luc wird vielleicht noch einen Investor auftreiben ...»

Maurice Ulian seufzte. Der gewohnheitsmäßig zuversichtliche Anwalt konnte mit der notorischen Skepsis seiner britischen Mandantin wenig anfangen. Um sie aufzuheitern, hatte er sie ein paarmal auf eine Flasche Wein aus seiner wohlgefüllten *Cave à vin* eingeladen, aber seine sonst so zuverlässige Mischung aus Charme und Wein konnte diesmal nichts ausrichten.

Die angespannte Beziehung zu den Bricassarts belastete auch weiterhin Emilys Verhältnis zu Jean-Luc. Sie trafen sich nun öfter, streiften mit Bobo gemeinsam durch den Wald. Aber ihre Unterhaltung blieb an der Oberfläche, und Emily hielt es nicht für angebracht, Jean-Luc direkt auf die finanziellen Verhältnisse in seiner Familie anzusprechen. Sie gingen so vorsichtig miteinander um, als bewegten sie sich über vermintes Gelände. Niemand wollte jetzt einen falschen Schritt tun. Die frühere Vertrautheit schien endgültig *passé* zu sein.

Doch die Spaziergänge taten ihnen gut, in jeder Hinsicht. Draußen, an der frischen Luft, konnten sie nebeneinanderher laufen, ohne sich ständig anschauen zu müssen. Das Frühjahr ließ die Natur wiedererwachen und erblühen, und noch mehr als die beiden Spaziergänger genoss es Bobo. Der Terrier war nicht lange irritiert gewesen, nun bei Emily zu leben, auch wenn er Jean-Luc jedes Mal freudig begrüßte. Und für seine neue Herrin war der übermütige und irgendwie immer gut gelaunte Hund ein Glücksfall, ohne den sie sich ihren Alltag gar nicht mehr vorstellen konnte.

Seidenweiche Luft lag nun über den Wiesen und Feldern, aromatischer Duft stieg aus den Wäldern auf. Es war der ganz spezielle Geruch des *prime vert*, des ersten Grüns, wie Emily lernte. Das ganze Périgord schien davon erfüllt, von den Schlüsselblumen, deren Knospen aufsprangen. Wildkirschen zierten wie weiße Wattetupfer die Hänge, erste Frühlingsmorcheln reckten ihre Köpfe aus der Erde, als könnten sie es nicht erwarten, gefunden zu werden.

Madeleine Bresson ging zurück ins *Écoute-la-pluie*, nachdem dort die Renovierungsarbeiten abgeschlossen waren. In der Küche des Manoirs führte jetzt Léonie das Regiment, mit der wackeren Milena an ihrer Seite. Als Stellvertreterin des Küchenchefs, denn für Emily stand es außer Frage, dass mit Yves Deschamps irgendwann wieder zu rechnen sein würde. So hatte er es ihr versprochen. Emily hielt ihm also im Manoir sozusagen den Herd warm. Doch nicht nur ihr war klar, dass er sich beeilen musste, wollte er in ihrer Hotelküche noch einmal groß rauskommen. Nur noch ein Dreivierteljahr, dann würde das *Manoir au Val d'amour* schließen. Und auch Yves' gastronomisches Abenteuer würde hier sein Ende finden, so oder so.

Léonie war jedenfalls eifrig bemüht, ihn zu ersetzen. Natürlich hatte sie nicht die Routine eines erfahrenen Kochs, aber ein solcher war im Grunde auch Yves nicht. Doch sie machte es durch enormen Ehrgeiz wett, sie kochte solide und kreativ zugleich, und was sie auf den Tisch brachte, konnte sich sehen – und schmecken – lassen. Fast täglich telefonierte sie mit Bernadette Jeunet, und einmal wagte sich die Schlossköchin sogar ins Manoir, um ihren Schützling am neuen Arbeitsplatz zu besuchen. Abends, in aller Heimlichkeit, bei Nacht und Nebel sozusagen, denn die Bricassarts sollten und durften davon nichts mitbekommen.

Als die Saison begann, traditionell im April, standen auch erneut Hochzeiten auf dem Programm. Fleury wurde wieder zur großen Bühne für das Stück «Der schönste Tag im Leben», das zahlreiche Brautpaare auch in diesem Jahr zur Aufführung brachten. Wie immer fanden diese Feste mehr oder weniger in aller Öffentlichkeit statt: die große Auffahrt in der Kutsche, kleinere Trauungen in der Rosenkapelle, größere in der ebenfalls über und über mit Rosen geschmückten Kirche; standesamtliche Trauung im Rathaus mit Empfang durch den Bürgermeister und Eintrag in das Goldene Buch der Hochzeiten der Stadt. Bälle, Diners, Tanzvergnügen – oft auf der Place des Roses oder auf dem Marktplatz. Das Manoir war schon bald so gut wie ausgebucht, und so manche Hochzeit im kleineren Rahmen wurde sogar komplett hier ausgerichtet und gefeiert wie seinerzeit die von Léonie und Serge.

Im Château, so war allenthalben zu hören, kam der junge Baron nicht weiter mit seinem Vorhaben, ein luxuriöses Bed & Breakfast einzurichten. Vielleicht hatte er es mittlerweile aufgegeben, wer wusste das schon. Es drang nicht mehr viel nach draußen, was die Familie de Bricassart trieb und umtrieb. Die Brics hatten den Prozess in Périgueux gewonnen, und Fleury ging wieder mehr oder weniger zur Tagesordnung über.

Seit Weihnachten war Emily in einer seltsam abgeklärten Stimmung. Sie hatte die Katastrophe innerlich verarbeitet, sich damit abgefunden, das Manoir nur noch eine begrenzte Zeit zu führen und dann alles zusammenzupacken und ein Umzugsunternehmen zu bestellen. Bis dahin, so hatte sie sich geschworen, würde sie die ihr noch verbleibende Zeit genießen, hier eine glanzvolle Saison hinlegen, wertvolle Erfahrungen sammeln, die charmante Gastgeberin geben. Das fiel ihr auch nicht weiter schwer, denn sie bewirtete ihre Gäste gern. Sie freute sich, wenn sie Komplimente über das Manoir hörte, wenn sie das Gästebuch durchblätterte und die Kommentare las, die man ihr hineingeschrieben hatte. Und wenn sich ein Hochzeitspaar am Morgen nach dem Fest überschwänglich bei ihr bedankte, empfand sie es als Sternstunde und verlor kein Wort darüber, dass das Manoir und seine schönen Appartements bald schon

Geschichte sein würden, jedenfalls vor dem ersten Hochzeitstag dieses glücklichen Paares.

Doch in einem kleinen, versteckten, für niemand anderen als sie zugänglichen Winkel ihres Herzens flackerte ein Flämmchen, das nie ausging. Es weigerte sich einfach zu verlöschen. Es war und blieb Emilys geheime Wärmequelle, und so klein sie war, so viel Energie gab sie ihr, selbst in den dunkelsten Momenten.

Sie nannte es ihr Fleury-Gefühl – ein Gefühl von zu Hause, ohne das sie sich ihr Leben nicht mehr vorstellen mochte. Und ihr Glück auch nicht.

Allerdings musste sie sich eingestehen, dass auch Jean-Luc maßgeblich zu diesem Gefühl beitrug, was sie beunruhigte. Jetzt, wo sie sich darauf einstellte, das Manoir in ein paar Monaten an seine Familie zurückzugeben, war sie darauf bedacht, dass die kleine Zuneigung, die sie wieder angefacht hatten, hübsch unter Kontrolle blieb. Sie fand es schön, mit Jean-Luc spazieren zu gehen, mit und ohne Bobo, und Gespräche zu führen, aus denen das Manoir und alles, was damit zusammenhing, einfach ausgeklammert wurde. Es gab Momente, in denen sie sich bereit fühlte, ihren sehnsüchtigen Gefühlen nachzugeben, sich ihm zu öffnen, doch sie rief sich immer rechtzeitig zur Vernunft. Nein, mit Jean-Luc würde nichts laufen, bis sie sich darüber klar war, wie es nach dem Manoir für sie aussehen würde. Im Grunde glaubte sie nicht an eine Zukunft mit ihm.

Das war die «vernünftige Emily», aber es gab auch noch die «romantische». Die hielt es fast nicht aus, wenn Jean-Luc ihr verdruckste Komplimente machte oder ihr sonst wie zu erkennen gab, wie sehr er sie mochte. Als er eines Abends – sie saßen im kleinen Salon bei einem Sherry – wie beiläufig die Bemerkung fallenließ, er sei von ihrer «Hingabefähigkeit» beeindruckt (er ließ es offen, was genau er damit meinte), gab ihm Emily sogleich Kontra.

«Hingabefähigkeit?», fragte sie in gespieltem Erstaunen. «Was soll das denn sein? Das hat mir noch niemand gesagt.»

«Dann war es vielleicht Zeit», beharrte Jean-Luc.

«Ich muss schon sagen, dass du dich da ein bisschen weit aus dem Fenster lehnst. So gut kennen wir uns doch überhaupt nicht, dass du meine Hingabefähigkeit beurteilen könntest.»

Es sollte ein wenig kokett klingen, doch Jean-Luc schien aus der Frage auch eine gewisse Zurückweisung herauszuhören. Die ihn anzuspornen schien, stärker aus sich herauszugehen.

«Ich weiß eine ganze Menge über dich», behauptete er kühn und schenkte ihr Sherry nach.

«Ach ja? Was denn? Oder besser: Was meinst du zu wissen?» Emily sah ihn spöttisch an, aber nur kurz, dann nippte sie an ihrem Getränk, um ihr Lächeln zu verbergen.

Jean-Luc blickte einige Sekunden auf den blank polierten Tisch mit den schönen Intarsien – es schien, als müsse er sich sammeln oder als sei er unschlüssig, wie viel er ihr verraten sollte. Dann nahm er sichtlich all seinen Mut zusammen, hob den Kopf und blickte sie offen und ernst an.

«Ich weiß, Emily, du hältst dich für unergründlich, bist aber nur unsicher. Ich weiß, du bist eine jener überaus attraktiven Frauen, die meinen, sich dem Interesse eines Mannes nur durch kühlen Spott erwehren zu können. Ich weiß, dass du ehrlich bist, aber auch unerbittlich, vor allem dir selbst gegenüber. Ich weiß, dass du Gefühle in mir entfachst, die zugegeben sehr verwirrend sind und die ich nicht für möglich gehalten hätte. Ich weiß, dass du auch etwas für mich empfindest, sonst würdest du nicht einen solchen Aufwand betreiben, mich innerlich auf Abstand zu halten. Aber du würdest dir eher die Zunge abbeißen, als das zuzugeben. Ich weiß, dass du ein großes Herz hast, aber nicht immer den Mut, es zu zeigen. Und ich weiß auch, dass zwei Menschen, die einander so traurig gemacht haben, sich trotzdem sehr lieben können.»

Und dann herrschte für einen langen Augenblick Stille.

«Das alles weißt du über mich ... über uns?», brach Emily schließlich das Schweigen, mit dünner Stimme. Sie war so erschrocken über seine direkten Worte, dass sie prompt vergaß, ihre spöttische Fassade aufrechtzuerhalten. Um Zeit zu gewinnen, strich sich hastig eine Locke zurück, die ihr in die Stirn gefallen war, als sie den Kopf gesenkt hatte, um Jean-Lucs intensivem Blick auszuweichen.

In diesem Augenblick spürte sie, dass etwas Unwiderrufliches geschehen war zwischen Jean-Luc und ihr, aber auch in ihr selbst. Was auch immer aus ihrem Leben in Fleury werden sollte, hinter diesen Augenblick würde sie nicht mehr zurückkönnen. Er würde ihr bleiben, für immer. Es war ihr, als hätte sich mit einem Mal um sie herum ein schützender Kokon gebildet, in dem die Liebe, die nun ausgesprochen im Raum stand, sich nicht mehr zu verstecken brauchte.

Doch sie brach den Bann, indem sie rasch das Thema wechselte. Und auch Jean-Luc schien im Nachhinein etwas irritiert über seinen «Ausbruch» und dankbar, dass Emily das Gesagte nicht zurückwies, sondern in ihrem Herzen verschloss. Offensichtlich war es Jean-Luc gelungen, sich dort zu verewigen.

Im Rathaus hatte Laura alle Hände voll zu tun, die Fäden all der bevorstehenden *mariages* in der Hand zu behalten. Oft holte sie Emily mit ins Boot, nicht nur weil das Manoir inzwischen zu einem «wichtigen Faktor» geworden war, sondern weil auch sie – anders als die meisten Händler, Gewerbebetriebe und Gastronomen – das große Ganze im Blick hatte, mehr jedenfalls als nur ihre eigenen geschäftlichen Interessen. In ihrem *Manoir au Val d'amour* war Emily ständig bemüht, ihr Angebot zu verbessern, und sie hatte dafür – neben Isabelle – in Laura ein Gegenüber gefunden, auf dessen Wort sie hörte und dessen Meinung für sie zählte.

Die *Coche de mariage*, die Hochzeitskutsche, war zu einem wahren Prunkstück geworden. Gérard Marly, der Schreiner, hatte sie grundlegend überholt, die roten Samtpolster ausgebessert, die Messingteile poliert, ihr einen cremeweißen Anstrich verpasst und auch das Krönchen auf dem Dach neu vergoldet, sodass es in der Sonne funkelte. Und es war jedes Mal ein Ereignis, wenn die Kutsche mit dem Brautpaar vor der Kirche oder vor dem Rathaus vorfuhr und die Hochzeitsgäste und Zuschauer dieses Spektakels zu Beifallsstürmen hinriss. Der Kutscher, der in feinsten Zwirn gewandet war und einen Zylinder trug, hielt mit formvollendeter Verbeugung den Schlag auf und reichte der Braut die Hand, um ihr beim Ausstieg zu helfen. Dieser Kutscher war niemand anderer als – Charles Chauveron!

Bruno Bouvier war vollkommen perplex gewesen, als der Stadtpolizist im Rathaus bei ihm vorgesprochen und ihm mitgeteilt hatte, er habe es sich überlegt und könne es sich durchaus vorstellen, dieses Ehrenamt zu übernehmen. Laura, die dabei gewesen war, erzählte es Emily aus erster Hand, als Augenzeugin.

«Aber wie kommt es, dass er seine Meinung geändert hat? Im Marktausschuss wirkte er doch noch so pikiert über den Vorschlag», fragte Emily erstaunt.

«Das haben wir nur dem Zylinder zu verdanken. Er hat ihn auf seinem Dachboden gefunden, eine Hinterlassenschaft seines Vaters, und findet sich damit offenbar unwiderstehlich. Und ich gebe zu: Ich habe unseren wackeren Ordnungshüter kaum je anders als in seiner schmucken Uniform gesehen und muss sagen, mit dem Zylinder sieht er noch besser aus! Es ist also für alle Seiten ein Gewinn!»

Die Zusammenarbeit von Laura und Emily wurde in diesem Frühjahr aber vor allem deshalb so intensiv, weil alle Kräfte sich auf das bevorstehende Ereignis des Jahres richteten: die Hochzeit von Sophie Vergès und Robert de Rougemont. Seitdem die offizielle Nachricht aus dem Élysée-Palast eingetroffen und auch in der Lokalpresse publik geworden war, hatten alle großen Zeitungen und Magazine darüber berichtet. Seither stand die Stadt sozusagen unter permanenter Hochspannung. Fast jeden Tag war Laura in irgendeiner Weise mit diesem Event befasst. Und natürlich auch Emily, denn Sophie Vergès und die Präsidentenfamilie hatten das Manoir zu ihrem Hochzeitsdomizil ausgewählt. Wahrlich eine Überraschung für Fleury, die sogar Doktor Picon und seine Mitstreiterin Marguerite Marquet zum Schweigen gebracht hatte.

Laura wusste ebenfalls zu berichten, dass auch im Schloss die Drähte heiß liefen. Denn natürlich ließen die Bricassarts an ihrem heftigen Interesse, Gastgeber des Präsidenten der Französischen Republik zu spielen, nicht den geringsten Zweifel. Sie ließen alle ihre Verbindungen spielen und überschütteten Paris förmlich mit Ergebenheitsadressen und generösen Offerten. Doch die Braut blieb bei ihrem Entschluss. Vielleicht war es Hélène Géricault zu verdanken, ihrer besten Freundin, die von Emilys tapferem Kampf um das Manoir erfahren hatte, und womöglich hatte auch Yves seine Hände im Spiel. Jedenfalls blockte das Brautpaar alle Sirenengesänge aus dem Schloss ab. Höflich, ja freundlich, aber auch unmissverständlich.

Emily jubelte. Nicht nur insgeheim, sondern ganz offen. Sie platzte vor Stolz, dass die Präsidententochter ihre Hochzeitsnacht im Manoir erleben wollte. Das Hotel war von ihr komplett gebucht worden. Nach den Feierlichkeiten in der Stadt sollte es hier am späten Abend noch einen Imbiss und eine «Überraschung» geben, einen Ausklang des festlichen Tages. Am Morgen dann ein opulentes Frühstück, über dem Léonie wochenlang brütete, denn etwas Originelleres als Croissants, Konfitüre und frisch gepressten Orangensaft gedachte sie schon aufzutischen. Alle paar Tage kam sie mit neuen Ideen zu Emily gelaufen. Manche Vorschläge waren vielleicht ein bisschen übertrieben, aber ein in der Form eines Brotkorbs gebackenes *Pain de campagne, Gâche* und *Brioche feuilletée* klangen doch sehr gut. Léonie wollte auch Valérie Aubry fragen, was ihre Boulangerie beisteuern und am frühen Morgen anliefern könnte. Und Valérie schlug – unter anderem – eine opulente *Tarte à la rose* vor, eine mit Rosencreme gefüllte und mit Beeren und Rosen garnierte Torte.

Zu diesem Frühstück wurden nicht nur die Hotelgäste erwartet, sondern auch vierzig oder fünfzig weitere Gäste, die am Vormittag per Shuttle zum Manoir gebracht werden sollten. Eine logistische Herausforderung, die Laura und Emily gleichermaßen Schweißperlen auf die Stirn trieb. Denn mit dieser Größenordnung wäre eine Bewirtung in den kleinen Speiseräumen des Manoirs unmöglich. Man würde also das *petit déjeuner* (das so *petit* gar nicht sein würde) draußen auf der Terrasse servieren. Und auf Sonnenschein hoffen.

«Die Security treibt mich noch in den Wahnsinn», klagte Laura eines Abends, als sie und Emily nach einem dieser anstrengenden Tage im Atelier saßen und sich bei Portwein zu entspannen suchten. «Du kannst dir nicht vorstellen, wie die sich aufgeführt haben bei ihrem ersten Rundgang durch die Stadt. Zu sechst, mit einem Brigadier an der Spitze, sind sie angerollt, und die Vorstellung, die Hochzeit sozusagen in aller Öffentlichkeit ablaufen zu lassen, mit Tausenden, womöglich Zehntausenden von Zuschauern und Schaulustigen, trieb ihnen das blanke Entsetzen ins Gesicht. ‹Unmöglich! ... Eine Katastrophe! ... Ein Albtraum! Wie stellen Sie sich das vor? Das ist alles so eng hier ... da können wir ja gar nichts absperren. Das geht überhaupt nicht! Damit kommen Sie niemals durch! Wenn da was passiert ...› Und so weiter und so fort, es hörte überhaupt nicht mehr auf. Die Konferenz der Bedenkenträger. Als ich einzuwenden wagte, es sei auch auf der Hochzeit von Hélène Géricault – die ihnen natürlich allen ein Begriff war – nicht anders gewesen, auch damals habe die ganze Stadt mitgefeiert, sagte der Brigadier nur: ‹Aber das war doch etwas ganz anderes! Das können Sie doch überhaupt nicht vergleichen! Diesmal ist die nationale Sicherheit berührt. Wir können den Präsidenten hier unmöglich ins offene Messer laufen lassen!›

‹Und Sie befürchten, dass die Bürgerinnen und Bürger von Fleury ihren Präsidenten mit offenen Messern erwarten?›, habe ich gefragt. Vielleicht ein bisschen zu ironisch, gebe ich zu. ‹Nein, nicht alle natürlich. Einer reicht aber schon. Und Sie bieten ihm hier die perfekte Kulisse für sein Attentat!›, meinte der Brigadier. So ein Schwarzmaler!

‹Das will natürlich niemand riskieren›, habe ich gesagt. ‹Doch an der Tatsache, dass das Fest hier mitten in Fleury steigt, inmitten einer noch nicht abschätzbaren Menge von mitfeiernden Zuschauern, werde ich nichts ändern können – und Sie auch nicht. Wir brauchen ein Sicherheitskonzept.›

Dann hat er genickt. ‹So ist es. Ein Sicherheitskonzept. Wenigstens eine, die hier mitdenkt!›»

Während Laura sich jetzt mehr oder weniger jeden Tag mit tausend Problemen aller Art herumschlug, eines dringender als das andere, stürzte sich Emily in die Vorbereitungen im Manoir. Besprechungen mit ihrem Team, Telefonate mit Sophie Vergès und ihren Leuten, erste Abstimmungen mit der von ihr beauftragten Hochzeitsplanerin, Budgetplanungen, Verpflichtung von Aushilfskräften. Die Listen wurden immer länger und immer einschüchternder.

Laura hatte schon recht gehabt, man brauchte mindestens ein halbes Jahr für die Planung und Vorbereitung einer Hochzeit. Jetzt standen ihnen für diese große Herausforderung nicht einmal fünf Monate zur Verfügung, von denen schon einige um waren. Was sie alle gar nicht mitbekommen hatten, so rasch schien die Zeit davonzueilen. Doch sie stand still an einem denkwürdigen Wochenende, als Fleury am Freitagnachmittag von einer Invasion aus Paris überrollt wurde.

Eine kleine Armada von Limousinen rollte auf den Marktplatz. Aus den Wagen stiegen Sophie Vergès und ihr Bräutigam Robert du Rougemont, Brigadier Richard Marly, Aristide Braque, der Protokollchef des Élysée, sowie zwei Sicherheitsleute.

Angeführt wurde der Tross von Mélisande de Rosay, der Hochzeitsplanerin, die Sophie Vergès engagiert hatte und die gleich zwei Assistentinnen im Schlepptau hatte. De Rosay eilte ein legendärer Ruf voraus, sie galt als führende Eventplanerin für die oberen Zehntausend von Paris, und sie war daran gewöhnt, das Zepter zu schwingen, bis sich auch der kleinste Dienstbote ihrem Willen beugte. Bei ihren Telefonaten hatte de Rosay wie eine ältere Diva geklungen. Umso überraschter war Emily, als eine drahtige, sehr elegant gekleidete Frau in ihren Vierzigern auf sie zueilte.

«Ah, Sie müssen Emily Bennett sein, unsere grandiose *Hotelière*. Ich habe schon so viel von Ihnen und Ihrem Manoir gehört! Nein, schauen Sie nicht so irritiert. Nur das Allerbeste, glauben Sie mir! *Tout Paris* schwärmt von Ihnen!»

Mélisande de Rosay – «Méli» – führte ohne jeden Zweifel das große Wort an diesem Wochenende, das der generalstabsmäßigen Planung sämtlicher Abläufe diente. «Wir müssen in die Spur kommen, Kinder!», rief Méli. *«Alors, vite, vite!»*

So zog sie mit der ganzen Pariser Bagage und den Verantwortlichen in Fleury durch die Stadt, ließ sich alles zeigen, klatschte zustimmend in die Hände, meistens jedenfalls. Wenn etwas ihren Unwillen erregte, spitzte sie ihre vollen Lippen und ließ ein «Schön, darüber werden wir noch reden» fallen.

Der Platz war das größte Problem. Sic alle brauchten zu viel davon, besonders die Presse und das Fernsehen mit ihren Übertragungswagen. Das *Cerf Blanc* würde an diesem Tag vollen Betrieb fahren, um alle jene zu bewirten, die nicht zur Hochzeitsgesellschaft gehörten, Zuschauer, Zaungäste, Touristen. Der große Saal der Mairie wurde für die standesamtliche Hochzeit, das gesamte Rathaus für den anschließenden Empfang des Bürgermeisters und der Honoratioren der Stadt und des Départements benötigt.

Himmel, was für ein Aufwand, dachte Emily.

Das größte Platzproblem gab es aber für die Hochzeitsfeier selbst. Für immerhin hundertachtzig geladene Gäste war der Saal des *Blanc Cerf*, der für die meisten Veranstaltungen genutzt wurde, nicht groß genug. «Eine Puppenstube!», kommentierte Méli, während sie sich darin umsah. Adèle blies die Lippen auf und schnaubte.

Diese Hochzeit bringt die Stadt an die Grenze ihrer Kapazität, dachte Emily. So ein Pech, dass die Markthalle gerade jetzt renoviert wird. Doch dann kam ihr ein Gedankenblitz.

«Ich hab's ... die Markthalle!», rief sie laut der betretenen Gruppe zu und wies nach draußen.

Méli war entsetzt. «Eine Markthalle? Haben Sie den Verstand verloren?»

«Schauen Sie sich die Halle erst einmal an, Méli. Sie steht jetzt leer wegen des neuen Anstrichs, wird aber in spätestens zwei, drei Wochen wie neu aussehen. Gehen wir mal rüber.»

Also zog der Trupp im Gänsemarsch über den Marktplatz. Als Méli auf die Halle zuschritt, rief sie bereits erstaunt: «*Mon*

Dieu, reines Art nouveau, wo findet man das denn heute noch?»

«Hier in Fleury», meinte Laura, die sofort die Chance erkannte und nutzte.

Die Markthalle war leergeräumt, die Stände waren abgebaut worden, und so konnte man leicht erkennen, dass dieses wohlproportionierte Gebäude eigentlich bestens geeignet wäre, um dort eine große Hochzeitsfeier auszurichten.

Mélisande de Rosay ging staunend umher, bewunderte die Eisenkonstruktion, die schon frisch in Hellgrün und Hellblau gestrichen war. Auch die Wände erstrahlten bereits wieder in hellem Weiß. Von den Dach- und Wandfenstern fiel freundliches Licht auf den Holzboden, der als Nächstes abgeschliffen und versiegelt werden sollte. Schließlich klatschte sie in die Hände.

«Kompliment, Emily! Das ist die Lösung. Und so originell!»

Auch das Brautpaar war begeistert. Sophie fiel Emily erleichtert um den Hals.

Emily war in ihrem Element. Dies wird mein Meisterstück, sagte sie sich, als das Planungskomitee wieder zurück nach Paris gefahren waren. Und es gelang ihr sogar, Isabelle für die letzten beiden Wochen vor dem «Event» von ihrem Laden loszueisen und sie zur Mitarbeit im Manoir zu überreden. Sie brauchte jemanden an ihrer Seite, dem sie vorbehaltlos vertraute und der ihr unter die Arme griff.

Die ganze Stadt vibrierte vor Anspannung, Erwartung und Vorfreude. Sogar der Wettergott war milde gestimmt. Das Tief, das sich zwei Wochen lang über dem Périgord noir festgesetzt hatte, drehte rechtzeitig vor dem vermutlich größten Tag in der Geschichte Fleurys ab und machte einem Hoch Platz, das seine freundlichen Vorläufer ins Tal der Dordogne schickte und auch dem Val d'amour Hochgefühle bescherte.

Die Sonne sollte also herabscheinen auf Sophie und ihren Robert. Auf die Hochzeit des Jahres. Auf Fleury. Und auch auf Emily und Isabelle, die am Vorabend auf der Terrasse des Manoirs standen und dem Sternschnuppenregen am Himmel zuschauten.

«Wenn ich nur so ein Kleid hätte wie das Sterntaler-Mädchen im Märchen», sagte Emily verträumt, «würde ich es jetzt aufhalten für die ganzen Sterne.»

Isabelle lachte.

«Ach, Emily, du verlierst selbst in der größten Hektik nicht deinen Sinn für Kitsch.» Sie gab ihr einen Kuss. «Dafür liebe ich dich!»

«Nur dafür?»

«Unter anderem, Emily, unter anderem!»

37

Fleury feiert die Hochzeit des Jahres, und Emily erlebt ein Wunder.

Die Braut trug ein raffiniertes weißes Kleid aus Seide und eine mit winzigen Röschen bestickte Stola, beides von einem angesagten Pariser *Couturier* entworfen. Es war so schlicht, dass es schon als Understatement durchgehen konnte, aber gleichzeitig elegant, irgendwie sah es auf eine unbestimmte Art «zeitlos» aus und passte von daher sogar zu der mittelalterlichen Atmosphäre von Fleury. Langsam schritt Sophie Vergès am Arm ihres Vaters die Stufen zur Stadtkirche empor, bevor sie den Blicken der dicht gedrängten Menge Schaulustiger, die sich auf der Place des Roses eingefunden hatte, entschwand. Doch ehe sich die riesigen, mit Eisenornamenten beschlagenen Holztüren hinter ihr schlossen, drehte sie sich noch einmal um und winkte mit strahlendem Lächeln in den Beifall hinein, der ihr entgegenbrandete.

Von allen Ereignissen dieses denkwürdigen Tages hätte Emily sich die Trauung in der Kirche am liebsten angeschaut. Sie liebte diese zärtlichen Augenblicke, wenn die Eheleute sich ihr «Ja» gaben und einander die Ringe ansteckten. Doch sie war im Manoir unabkömmlich, zu viel gab es hier noch für den Abend vorzubereiten. Ein Trupp von Handwerkern und Elektrikern war eingetroffen, um eine aufwendige Lichtinstallation in den Bäumen anzubringen, die die Terrasse säumten. Mélisande de Rosay hatte Emily bei ihrem Rundgang durch die Stadt im Flüsterton gesagt, diese Installation sei eine Idee des Präsidenten höchstpersönlich, eine Überraschung, mit der die Hochzeitsfeierlichkeiten ihren strahlenden Abschluss finden sollten. Also galt die höchste Geheimhaltungsstufe, damit Sophie und Robert nichts davon mitbekamen, und daher begannen die Handwerker mit den Installationsarbeiten auch erst, nachdem sich die Limousinen mit der Präsidentenfamilie, dem Brautpaar und den anderen im Manoir untergebrachten Gästen am späten Vormittag in Bewegung gesetzt hatten. Die Kolonne sollte bis zum Stadttor fahren, wo die Hochzeitskutsche für Sophie Vergès und ihre Eltern bereitstand. Robert de Rougemont erwartete sie dann in der Kirche vor dem Altar.

So verging dieser prächtige Tag, ohne dass Emily direkt oder aus nächster Nähe einen Eindruck von der Hochzeitszeremonie gewinnen konnte. Sie hatte allerdings keine Zeit, das zu bedauern. Stattdessen lief sie zwischen den in den Bäumen herumhantierenden Elektrikern herum, die nach allem möglichen verlangten.

«Haben wir eine längere Leiter?», fragte sie Serge, ihren Hausmeister, der zum Glück die Ruhe weghatte.

«Ja klar ... zwei sogar», rief er ihr und den Handwerkern zu.

Emily atmete erleichtert auf. Auf Serge Amalric war Verlass, wie immer. Wenn sie eine richtige Entscheidung im vergangenen Jahr getroffen hatte, dann war es die Einstellung von Léonie und ihrem Serge gewesen. Insgeheim war sie froh, dass der Bandleader diesmal mit seinen *Fleurystes* nicht im Hochzeitseinsatz war. Sophie hatte ihre eigene Band aus Paris mitgebracht, mit der sie auch ihr Album aufgenommen hatte. Und Serge war im Manoir wirklich unersetzlich.

Isabelle hingegen stand inmitten des gespannt wartenden Publikums, ziemlich nah vor der Kirche, von wo sie einen wunderbaren Blick auf die Kutsche hatte, als sie auf die Place des Roses bog und die unüberschaubare Menge der eintreffenden Braut Sophie und natürlich auch dem Präsidenten Jacques Vergès zujubelte. Isabelles Position war so günstig, dass sie mit dem Smartphone spektakuläre Fotos aufnehmen konnte, die sie Emily schickte, zum Trost.

Adèle und Valérie waren leider ebenfalls mit Vorbereitungen beschäftigt, um den Ansturm der Gäste aus nah und fern zu bewältigen. Doch Rosalie Fontaine, die wieder wunderschöne Blumendekorationen beigesteuert hatte – unter anderem einen Parcours aus mehreren Rosenbögen, durch den die Braut am Arm ihres Vaters wie eine Märchenprinzessin auf die Kirche zuschritt –, schickte ebenfalls in geradezu beängstigender Schnelligkeit Fotos und WhatsApp-Nachrichten ins Manoir. Erwartet wurde die strahlende Sophie von einer Reihe entzückender, Rosenblätter streuender Mädchen. Und den sechs Brautjungfern, die roséfarbene Kleider trugen und sich mit der kurzen, jedoch aufwendig gefalteten Schleppe abmühten, damit die Braut nicht ins Stolpern geriet.

Sie selbst beobachtete indes live, wie sich nach der Hochzeitszeremonie die Türen der Kirche wieder öffneten. Sämtliche Glocken läuteten, Orgelklänge brausten hinaus auf den Platz. Das Brautpaar trat erneut auf die Stufen der Treppe, Robert winkte steif, Sophie verteilte großzügig Luftküsschen, dann schritten sie Arm in Arm durch das Spalier der in einheitliches Schwarz gekleideten Honoratioren der Stadt. Mühsam begann die Kutsche, sich einen Weg durch die engen, überfüllten Gassen zum Marktplatz zu bahnen. Immer wieder musste sie anhalten, doch Charles Chauveron auf dem Kutschbock machte seine Sache sehr souverän und wedelte lächelnd mit der Peitsche in Richtung der Schaulustigen, was diese mit Lachen quittierten und deren Begeisterung nur noch mehr anfachte.

Es müssen Tausende sein, vermutete Isabelle. So ein Spektakel hatte Fleury noch nicht einmal bei der Hochzeit von Hélène erlebt.

Die Zeremonie in der Mairie dauerte länger als die kirchliche Trauung. Wahrscheinlich Ansprachen ohne Ende und dann natürlich das Goldene Buch der Hochzeiten.

Schließlich brandete der Applaus wieder auf, als das Brautpaar aus der Mairie kam, und beim Kuss auf der Rathaustreppe reagierte das Publikum mit einer kollektiven Ekstase. Böllerschüsse, Fanfarenbläser, die Stadtkapelle spielte einen pathetischen Marsch.

«Phänomenal», konstatierte Ela begeistert und sah Emily über die Schulter, während diese verzückt das Video anschaute, das Isabelle ihr geschickt hatte. «Ist das nicht phä-no-me-nal, Emily?»

Emily seufzte. «Ja, ist es. Unsere Royals auf dem Balkon des Buckingham Palace sind nichts dagegen!»

«So möchte ich auch mal Hochzeit feiern ...»

«Das wirst du auch, meine Liebe. Dann wird Fleury erst recht außer Rand und Band sein.»

«Ach, du machst einen Scherz.» Ela zog einen Schmollmund.

«Nur einen kleinen ... verzeih, nur einen klitzekleinen.»

Von der Hochzeitsfeier in der Markthalle bekam Emily keine Bilder oder Filmchen zu sehen, denn dort dinierten und feierten nur geladene Gäste, während das schaulustige Volk sich auf der Terrasse des *Cerf Blanc* und an Imbissständen, die vor den Restaurants und Cafés aufgebaut worden waren, stärkte oder an Getränkebuden erfrischte. Die öffentlichen Feierlichkeiten würden erst gegen fünf Uhr weitergehen, auf dem Tanzboden vor der Markthalle, auf welchem Präsident Vergès eine Ansprache an die Bevölkerung halten wollte.

Doch auch davon sollte Emily nichts mitbekommen.

Sie musste nämlich zwei Gäste begrüßen, mit denen sie unter keinen Umständen hatte rechnen können. Schon gar nicht an diesem besonderen Tag.

Ela stöberte ihre Chefin im Weinkeller auf.

«Emily? Du musst hochkommen, bitte!», rief sie die Treppe hinunter. «Du wirst erwartet ...»

Es waren Henri-Armand Baron de Bricassart und Jean-Luc, die in der Empfangshalle warteten.

Emily blickte ihren Besuch perplex an und schüttelte dann die ihr entgegengestreckten Hände.

«Verzeihen Sie bitte, Mademoiselle Bennett, aber wir möchten Sie um eine kurze Unterredung bitten. Ich weiß, Sie sind heute über die Maßen beansprucht. Schenken Sie uns trotzdem eine halbe Stunde Ihrer kostbaren Zeit?»

«Sie überraschen mich, Baron. Sehr sogar.»

«Es ist keine unangenehme Überraschung, wie ich hoffen möchte.»

«Das liegt ganz an Ihnen, oder? Mich wundert nur, Sie ausgerechnet jetzt hier zu sehen, denn Sie sind doch sicherlich ein wichtiger Gast auf der großen Hochzeitsfeier in Fleury.»

«Es gibt noch andere wichtige Dinge.»

«Sogar heute, am bedeutsamsten Tag in der Geschichte dieser Stadt?»

«Was wir Ihnen zu sagen haben, ist von großer Bedeutung. Und die Familie de Bricassart ist auf dem Fest durch die Baronne und meine Tochter Louise bestens vertreten. Mir liegt zudem, offen gestanden, nicht allzu viel daran, dass der Präsident mir die Hand schüttelt und wenige Augenblicke später bereits meinen Namen wieder vergisst.»

«Ganz im Gegensatz zur Baronne.» Diese Spitze konnte sich Emily einfach nicht verkneifen.

«Ja, vermutlich. Ich bin sicher, sie wird schon dafür sorgen, dass *Monsieur le Président* sie in Erinnerung behält.»

Emily lotste ihre Gäste in den Salon, wo bereits alles für die abendliche Hochzeitssoirée vorbereitet war. «Nehmen Sie doch bitte Platz, *Messieurs.*»

Der Baron und Jean-Luc setzten sich in die Sessel. Emily fragte sie nach ihren Wünschen, doch sie baten nur um ein Glas Wasser, das Ela in einer eisgekühlten Karaffe brachte.

«Ich gestehe, nun bin ich doch neugierig», sagte Emily, setzte sich aufrecht hin und schlug die Beine übereinander, auf die sie dann ihre gefalteten Hände legte.

Henri-Armand de Bricassart nickte. «Ich will gleich zum Punkt kommen, Mademoiselle Bennett», begann der Baron. «Es geht natürlich um das Manoir, wie Sie sich denken können.»

«Das ist doch alles gerichtlich geklärt, oder? Das Manoir wurde Ihnen zugesprochen, in einem halben Jahr werde ich es räumen und Ihnen leer und besenrein übergeben.»

«Vorausgesetzt, wir überweisen Ihnen die Renovierungskosten.»

«Ja, was bis dato allerdings noch nicht geschehen ist, wie Sie ja wissen.»

«Und zwar aus gutem Grund nicht geschehen ist, möchte ich hinzufügen.»

«Weil Sie das Geld nicht haben oder weil Sie es nicht aufbringen können?»

Der Baron schüttelte den Kopf. «So simpel ist es nicht. Eine siebenstellige Summe haben selbst wir nicht in der Portokasse. Trotzdem könnten wir diese immense Aufwendung aufbringen, auch wenn wir dann andere geplante Investitionen zurückstellen müssten. Was schmerzlich wäre, aber keine Katastrophe.»

«Sie können sich denken, dass die Karten neu gemischt werden, wenn Sie dieser Verpflichtung nicht nachkommen. Mein Anwalt wird mir sicherlich raten, in Revision zu gehen.»

«Das wird nicht nötig sein, Mademoiselle.»

«Und warum nicht?»

«Weil wir auf die Rückgabe des Manoirs verzichten.»

Emily blieb für einen Augenblick das Herz stehen. Ihr Blick hätte erstaunter nicht sein können.

«Das ... das müssen Sie mir jetzt aber doch erklären. Hat es etwa mit dir zu tun, Jean-Luc?»

Der Angesprochene schüttelte lächelnd den Kopf. «Nur am Rande, Emily. Mein Vater wird es dir näher erläutern.»

Der Baron nahm einen Schluck Wasser.

«Wie Sie wissen, war meine Familie sich uneins über die Berechtigung der Klage, die Notwendigkeit des Prozesses, überhaupt in dieser ganzen Angelegenheit. Es erscheint mir müßig, das jetzt noch einmal alles zu rekapitulieren. Fakt ist, dass das Gericht in Périgueux ein Urteil gefällt hat, mit dem niemand von uns allen zufrieden ist. Sie am allerwenigsten, aber auch wir nicht.»

«Das verstehe ich nicht. Ihre Gemahlin hat doch bekommen, was sie wollte. Und das Geld können Sie auch auftreiben. Wo liegt das Problem? Und woher kommt der Sinneswandel?»

«Das Problem liegt darin, dass wir damit keine Lösung gefunden haben, die für uns moralisch vertretbar wäre. Darum der Sinneswandel, bei meinem Sohn und mir.»

«Und die Baronne?»

«Sagen wir mal so: Jean-Luc hat ihr ein Angebot gemacht, das sie nicht ablehnen kann.» Wieder nahm der Baron einen Schluck Wasser. «Erinnern Sie sich an den Satz, den Sie mir auf Leónies Hochzeit mit auf den Weg gegeben haben?»

«Nicht mehr im Wortlaut, fürchte ich.»

«Ich weiß ihn noch Wort für Wort. Sie haben gesagt: ‹Ich hoffe wirklich, Monsieur le Baron, dass wir eine Lösung finden, mit der wir alle leben können. Und ich wünsche mir, dass Sie ganz persönlich daran mitwirken. Jeder für sich genommen ist nicht das Problem. Wir alle zusammen aber sind die Lösung.›

Das ist mir nicht mehr aus dem Kopf gegangen, muss ich gestehen. Vor allem, was meine Rolle betrifft.»

«Und jetzt haben Sie eine Lösung gefunden, mit der wir alle leben können?»

«Ich glaube, ja. Weil Sie recht haben: Wir alle zusammen sind die Lösung. Wir erkennen Ihre Erbschaft an, Mademoiselle Bennett, und damit Ihren Besitzanspruch: Dieses Manoir gehört Ihnen.»

«Und jetzt wollen Sie es mir schenken, verstehe ich das richtig?»

«Wir können Ihnen nichts schenken, was Ihnen bereits gehört, Mademoiselle. Wir verzichten auf unseren gerichtlich erstrittenen Anspruch, das ist etwas anderes.»

Emily konnte nicht glauben, was sie da hörte. Für einen Moment war sie sprachlos. Dann atmete sie tief durch.

«Ich kann es kaum fassen. Damit hätte ich im Leben nicht gerechnet. Wie um alles in der Welt konnten Sie die Baronne dazu bewegen, diese Entscheidung mitzutragen?»

«Es war meiner Gemahlin zu vermitteln, dass es für sie besser wäre, auf das Manoir zu verzichten als auf ihren Sohn, gewissermaßen.»

Emily warf Jean-Luc einen verwirrten Blick zu. Der konnte den Anflug eines Grinsens nicht unterdrücken.

«Es klingt dramatischer, als es war», warf er ein. «Kein Ultimatum oder so. Aber ich habe meiner verehrten Maman zu verstehen gegeben, dass ich meine Zukunft nicht in einer Stadt sehe, in der das Schloss seine Interessen kaltblütig und ohne Rücksicht auf Verluste durchsetzt. Und auch nicht mehr im Château. Du hast diesem alten Gemäuer wieder eine Zukunft gegeben, Emily, und man müsste vollends borniert sein, wollte man das nicht anerkennen. Auch wir im Schloss ringen um unsere Zukunft, es ist noch längst nicht alles geklärt, aber wir sind auf einem guten Weg.»

«Aber du könntest doch dein Bed & Breakfast hier verwirklichen, Jean-Luc. Eben im Manoir statt in eurem Château. Was wäre denn der Unterschied?»

«Der Unterschied bist du, Emily. Du bist eine perfekte *Hotelière.* Du hast dir hier etwas aufgebaut, das wirklich bewundernswert ist. Du führst dein Hotel mit Herzblut, und du tust es, weil es dir gehört. Weder mein Vater noch ich könnten es ertragen, wenn wir dich sozusagen vom Hof jagen würden, nur weil wir formal vielleicht im Recht sind. Moralisch sind wir es definitiv nicht. Darum schenken wir dir das Manoir nicht, du musst es uns auch nicht in Raten abkaufen, wie du mal vorgeschlagen hast. Es gehört dir. Und du gehörst zu Fleury.»

Emilys Augen wurden feucht, mühsam hielt sie die Tränen zurück. Doch das Glück, das sie empfand, ließ sie gleichzeitig lächeln. Sie schüttelte den Kopf. «Ihr seid unglaublich, ihr zwei, wisst ihr das?»

«Das sind wir wohl», meinte Jean-Luc lässig. «Aber wirklich unglaublich finde ich, dass wir hier nur mit inzwischen lauwarmem Wasser abgespeist werden. Nun wäre doch ein edlerer Tropfen angebracht. Schenkst du uns etwas ein, bevor die illustre Élysée-Gesellschaft alles vor unseren Augen wegtrinkt?»

«Champagner?»

«Unbedingt!»

«Ich trinke nur eine *coupe* mit, dann muss ich zurück in die Stadt», kündigte der Baron an. «Dem Präsidenten die Hand schütteln.»

«Ich bleibe noch – wenn du erlaubst, Emily.»

«Ja, Jean-Luc, ich erlaube! Ich bestehe darauf!»

Jean-Luc wich nicht von ihrer Seite, den ganzen Nachmittag über nicht. Am späteren Abend kehrte das Brautpaar mit seinen Eltern, engsten Freunden und ausgewählten Hochzeitsgästen ins Manoir zurück, und Emily und ihre Truppe erwarteten sie im Spalier vor dem Eingang.

Emily hatte einiges in eine Art Uniform für ihre Servicebrigade investiert. Die sieben Kellnerinnen und Kellner, die als Aushilfen von einem Cateringservice in Bergerac engagiert worden waren, waren in die Hotelfarben Bordeauxrot und Weiß gekleidet, Frauen wie Männer mit langen Schürzen, auf die das Emblem und der Name des *Manoir au Val d'amour* in Gold gestickt waren. Auch Léonie, Ela, Serge und Yves hatten sich zusammen mit Emily und Isabelle erwartungsvoll zum Empfang aufgestellt.

Sophie Vergès lächelte erschöpft, aber unendlich glücklich. Nun war der große Tag fast vorbei, Höhepunkte hatte sie wahrlich genug erlebt. Jetzt war sie hier mit ihren Vertrauten zusammen, die Anspannung fiel sichtlich von ihr ab. Auch dieser «familiäre Ausklang» im überschaubaren Rahmen war eine Idee ihres Vaters gewesen – zwanglose Gespräche, ein bisschen Musik und Tanz, ein kleiner Imbiss, die Abnahme des Brautschleiers und dann die Verabschiedung des Brautpaars.

Emily lernte nun auch Hélène Géricault kennen, die nicht im Manoir untergebracht, sondern bei ihrer Cousine Isabelle untergekommen war und sich in lobenden Worten über das Hotel ausließ. «Ich werde sicher ganz bald wieder für ein paar Tage herkommen, liebe Emily. Es ist ja zauberhaft hier. Fast bin ich ein bisschen neidisch auf Sophie – bei meiner eigenen Hochzeit logierten wir im Schloss, natürlich ganz prächtig, aber so eine herzliche, warme Atmosphäre wie das Manoir hatte das Schloss nicht.»

Damit war das Stichwort gefallen, und Emily weihte Isabelle und Hélène in die neuesten Entwicklungen ein. Sie erzählte ihnen von dem Besuch des Barons und seines Sohnes und von deren Entscheidung, ihr Eigentumsrecht anzuerkennen. Isabelle war außer sich vor Freude, und auch Hélène strahlte sie an.

«Ich glaube, meinen Titel ‹Glückspilz des Jahres› bin ich los. Du hast noch mehr Glück als ich im Val d'amour gefunden, Emily», sagte die Schauspielerin mit gespielt betrübter Miene.

«Na ja, das Glück kommt, das Glück geht ...»

«Wie man's nimmt. Ich fühle mich jedenfalls vom Glück verwöhnt und bin auch sehr dankbar dafür. Von meinem Agenten stammt ja der berühmte Satz: ‹Die Hélène ist solch ein Glückspilz, wenn die aus dem Fenster springt, dann fliegt sie nach oben.›»

Emily lachte. «Das Manoir scheint ja ein wunderbarer Platz zu sein, um über das Glück zu philosophieren. Und abheben kann man hier ganz besonders gut.»

«Ach ja», seufzte Hélène. «Mein Satz über die glücklichen Ehen, die im Val d'amour geschlossen werden, ist ja zu so etwas wie einem geflügelten Wort geworden. In meinem Fall stimmt er, für andere Paare sicherlich auch, aber mein Gefühl sagt mir, dass man sich sein Glück doch eher erarbeiten muss, als dass es einem in den Schoß fällt.»

«Das sehe ich anders», wandte Emily ein. «Ich finde, Glück ist ein Geschenk, unplanbar, unverdient.»

«Ach, Emily, du bist so eine Romantikerin ...», sagte Hélène.

«Tut mir leid, dass ich euch hier den Spaß verderben muss», unterbrach sie Isabelle, «aber da drüben, bei den Bäumen ... da ist was im Gange.»

Nun kam auch Jean-Luc dazu, während Isabelle es vorzog, sich Hand in Hand mit Yves ein paar Schritte zu entfernen.

Jean-Luc umarmte Emily von hinten und legte seinen Kopf auf ihre Schulter. Sie schauten beide in Richtung der Bäume.

«Jetzt bin ich gespannt, was da kommt», murmelte Emily.

«Hm.»

«Vielleicht ein kleines magisches Wunder im Manoir?»

«Hmmm.»

«Ich bin froh über eure Heldentat.»

«Na ja, so heldenhaft war es gar nicht. Es ist ja nicht so, dass das Manoir Mamans Herzensprojekt gewesen wäre», erklärte Jean-Luc. «Vielleicht sollte ich ihr mal *Stolz und Vorurteil* auf den Nachttisch legen.»

«Leg es erst mal auf deinen Nachttisch!»

«Brauche ich gar nicht. Hab ich gelesen. Du bist dieser Elizabeth Bennet sehr ähnlich, weißt du das?»

«Und was ist mit Mr. Darcy?»

«Der war mir nicht so sympathisch», sagte Jean-Luc grimmig.

«Ach nein? Eigentlich schade, wenn man bedenkt, wie die Geschichte ausgeht.» Emily wandte sich um und legte einen Arm um ihn.

«Unsere Geschichte wird jedenfalls nicht so enden», prophezeite Jean-Luc.

«Kein Happy End?»

«Doch schon ... vielleicht. Aber erst einmal muss sie anfangen, unsere Geschichte.»

Und dann wagte Emily es doch, endlich.

«Mit diesem Kuss?», fragte sie.

NACHSPIEL

Isabelle Améry sieht die Sterne aufgehen.

Der Abend hatte sich über das Manoir gelegt, es war dunkel geworden, und rund um das festlich erleuchtete Anwesen gingen die Laternen an. Die Hochzeitsgesellschaft hatte sich auf der Terrasse versammelt, die Kellner wandelten mit Tabletts umher und boten Champagner Rosé an. Da trat Yves mit zwei Gläsern auf Isabelle zu. Seit seiner Rückkehr waren sie keine Minute ungestört gewesen. Aber sobald Isabelle ihn wiedergesehen hatte, da hatte sie gewusst, dass sie ihrer Liebe eine Chance geben würde. Es war an der Zeit, Vertrauen in das Glück zu lernen. Und an diesem verheißungsvollen Abend fiel es ihr besonders leicht. Aneinandergeschmiegt spazierten sie und Yves nun den Weg hinab zum kleinen Tor.

«Schön, dass du hier bist ... wenn auch nur für ein paar Tage.»

«Ja, morgen muss ich schon zurück nach Paris. Aber ich packe nur meine Sachen zusammen und übergebe meinen Platz, denn in einer Woche komme ich wieder. Für immer.»

Isabelle fühlte, wie eine Woge der Erleichterung sie durchflutete. Sie schloss die Augen, um diesen Augenblick auszukosten, auf den sie so lange gewartet und um den sie so oft gebangt hatte. Und als sie ihre Augen wieder öffnete, sah sie Yves lächeln.

«Ist das wirklich wahr?»

«Ja, natürlich. Glaubst du, ich bin ein Lügner? Ein Freibeuter? Ein Bandit?»

«Wer weiß?», erwiderte Isabelle. «Du hast viele Gesichter.»

Bevor Yves ihr eine schlagfertige Antwort geben konnte, wehte von der Terrasse leise Musik herüber, und die *Illumination* begann. Anfangs noch fast kaum wahrnehmbar, dann immer stärker glommen unzählige kleine Lichter in den Bäumen auf, gingen hier und da an, dann verloschen einige wieder, und andere begannen das Spiel – bis von den vielen Farben nur die roten Lämpchen übrig blieben und eine Herzform bildeten. Darin die ineinander verschlungenen Buchstaben S & R.

Eine feierliche Stille legte sich über die Zuschauer, die das Spektakel zunächst mit unzähligen «Ahs» und «Ohs» verfolgt hatten, dann jedoch nur noch schweigend staunten.

«S & R. Romantisch, nicht wahr?» Yves konnte den Blick nicht von den blinkenden Lichtern in den Bäumen abwenden.

«Ja, eine wunderschöne Idee. Wird auch unserer Emily gefallen. Sie träumt jetzt sicherlich von ‹E & J-L›.»

«Und wovon träumst du, Isabelle?»

«Das weißt du genau.» Sie boxte ihn zärtlich gegen die Schulter.

«Niemand kann in deinen klugen Kopf schauen, meine Schöne.»

«Nein, aber zu spüren ist es doch wohl, oder?»

Yves nickte nachdenklich. «Da hast du recht.» Er nahm sie in den Arm, zog sie noch näher an sich – und dann flüsterte er ihr die Frage ins Ohr, auf die sie insgeheim gehofft hatte, ohne jemals wirklich daran zu glauben.

Und als sie nickte, zustimmte, sprachlos vor Glück, das immer größer wurde und sie ausfüllte, steckte er ihr einen Ring an den Finger. Sie sah es nicht, sie spürte es nur. Ein Kuss, der sich alle Zeit der Welt nahm, besiegelte ihren Bund.

Dann veränderten sich die Lichter in den Bäumen, wieder so langsam, dass man es zunächst kaum mitbekam. Doch sie wurden immer kleiner und schwächer und verloschen schließlich, und irgendwie war es Isabelle, als glühten sie woanders weiter. Als wanderten sie nach oben in den Nachthimmel.

Über dem Manoir war der Mond aufgegangen.

«Lass uns noch ein Stückchen spazieren gehen, die Nacht

ist so schön», sagte Isabelle und wandte die Augen wieder zum Himmel, an dem die silbrige Sichel und ein paar Sterne glänzten. «Kommst du mit?»

Yves folgte ihrem Blick.

«Mit dir würde ich überallhin gehen, sogar zu den Sternen», sagte er und griff nach ihrer Hand.

Nicolas Barreau
Die Zeit der Kirschen

416 Seiten

Seit einem Jahr sind Aurélie, die schöne Köchin aus dem Le Temps des Cerises, und André, der Lektor und Bestsellerautor, ein Paar. Nun kommt der Valentinstag – das perfekte Datum für einen Heiratsantrag. Doch ehe André die Frage der Fragen stellen kann, geschieht etwas Unerwartetes: Aurélies kleines Restaurant bekommt einen Michelin-Stern – und die junge Köchin schwelgt im Glück. Bis sie erfährt, dass die Vergabe nur eine Verwechslung war. Ein arroganter Sternekoch aus Vétheuil führt ein Restaurant gleichen Namens und verspottet sie ob ihrer Naivität am Telefon. Doch als sie Jean-Marie Marronnier kurze Zeit später persönlich trifft, ist Aurélie ziemlich fasziniert von dem kultivierten Mann mit den blauen Augen. Aurélie beschließt, einen Kochkurs bei dem Sternekoch zu machen, und der vom Erfolg und von den Frauen verwöhnte André erfährt zum ersten Mal in seinem Leben, was das Wort Eifersucht bedeutet …